dtv

Peter. Nicht völlig schwarz, aber schwarz genug. Etwas zu schwarz für die Verhältnisse, in die er hineingeboren wird. Ende 1946. Als Sohn einer Wiener Straßenbahnschaffnerin und eines amerikanischen Soldaten. Herumgestreunt am Donaukanal, dem kleineren, ordinären Bruder der Donau. Ein Menschenalter später gelandet am Mississippi. In einer Pianobar, am Klavier, erzählt er seine Geschichte. Eine Geschichte vom Etwas-anders-Sein. Erzählt aus einer etwas anderen Perspektive.
Ein sehr subjektives Buch, aber auch ein doppelter Stadtroman. Wien und New Orleans. Die Hauptstadt der klassischen und romantischen Musik und jene des Jazz. Zwischen Schubert und Delta-Blues, manchmal heiter, manchmal traurig, immer auf sehr persönliche Weise gespielt.
»Verdammt noch einmal, ich bin nicht aus Afrika.« Diesen Satz spricht Peter allerdings nicht in New Orleans, sondern in Wien. Zu Besuch in seiner Mutterstadt, nach zwanzig Jahren jenseits des Großen Wassers. Daheim ist daheim, hat er gedacht, aber vielleicht war das ein Irrtum.

Peter Henisch, geboren 1943 in Wien. Studium der Germanistik, Philosophie, Geschichte und Psychologie. Mitbegründer der Zeitschrift ›Wespennest‹ und der Musikgruppe ›Wiener Fleisch und Blut‹. Peter Henisch wurde vielfach ausgezeichnet, u. a. mit dem Rauriser Sonderpreis für Literatur und dem Anton-Wildgans-Preis. Sein Roman ›Die schwangere Madonna‹ wurde 2005 für den Deutschen Buchpreis nominiert, 2007 stand ›Eine sehr kleine Frau‹ wiederum auf der Auswahlliste für diesen Preis. 2009 erschien der Roman ›Der verirrte Messias‹.

Peter Henisch

Schwarzer Peter

Roman

Deutscher Taschenbuch Verlag

Von Peter Henisch sind
im Deutschen Taschenbuch Verlag erschienen:

Die schwangere Madonna (13591)
Die kleine Figur meines Vaters (13673)
Eine sehr kleine Frau (13866)

›Schwarzer Peter‹ erschien 2000 im Residenz Verlag.
Die vorliegende Taschenbuchausgabe wurde von
Peter Henisch neu durchgesehen.

Ausführliche Informationen über
unsere Autoren und Bücher
finden Sie auf unserer Website
www.dtv.de

MIX
Papier aus verantwortungsvollen Quellen
FSC® C019821

2011 Deutscher Taschenbuch Verlag GmbH & Co. KG,
München

Umschlagkonzept: Balk & Brumshagen
Umschlaggestaltung: Wildes Blut, Atelier für Gestaltung,
Stephanie Weischer unter Verwendung eines Fotos von
akg-images / Erich Lessing
Gesetzt aus der Sabon 9,25/11,9·
Gesamtherstellung: Druckerei C. H. Beck, Nördlingen
Gedruckt auf säurefreiem, chlorfrei gebleichtem Papier
Printed in Germany · ISBN 978-3-423-13975-5

Für Joe Logsdon

ERSTER TEIL

1

Sie werden lachen, aber ich komme aus Wien. Auch wenn ich möglicherweise nicht ganz so aussehe. Vienna. Austria. Europe. Ob Sie es glauben oder nicht. Ich bin dort geboren und habe meine ersten dreißig Jahre dort verbracht.

An der schönen, blauen Donau? Das weniger. Also erstens ist die Donau gar nicht blau. Und zweitens fließt sie ja eher an Wien vorbei. Den Donauwalzer werden Sie von mir also nicht zu hören bekommen. Seien Sie mir nicht böse, aber das ist nicht meine Musik.

Was wirklich durch Wien fließt, ist der Donaukanal. Der kleinere, ordinärere Bruder der Donau. Er nimmt seinen Weg von der Nußdorfer Schleuse, wo er sehr bewußt aus der Donau entlassen wird, bis zum sogenannten Praterspitz, wo er, schon fast vergessen, in sie zurückkehrt. Über diesen Donaukanal würde kein Mensch einen Walzer schreiben.

Allerdings gibt es ein Wienerlied, in dem von einer schrägen Wiese am Donaukanal die Rede ist. Es geht ungefähr so – hören Sie – die Blue Notes sind meine persönliche Note. In meiner Kindheit habe ich mir eingebildet, daß ich auf so einer schrägen Wiese gezeugt worden bin. Gewisse Andeutungen meiner Mutter und ihre Vorliebe für eine bestimmte, vor den Blicken Vorübergehender durch besonders dicht wucherndes Gebüsch geschützte Stelle haben mich auf diese Idee gebracht.

Auch mich hat es immer wieder dorthin gezogen. In einer meiner frühesten Erinnerungen sehe ich mich einige Meter unter dieser Stelle am Ufer sitzen, ein Spielzeugschiff, das stromabwärts will, am Bindfaden. Das Schiff ist aus Holz, roh geschnitzt, ungefähr zwanzig Zentimeter lang, unlackiert.

Je eine kleine Bank an der Bug- und an der Heckseite, in der Mitte ein kleines, mit einem Fetzchen alten Leintuchs bespanntes Segel.

Der Bindfaden aber ist ein *Papierspagat.* Richtige Hanfschnüre waren in den kargen Jahren nach dem Krieg eine Seltenheit. Und so ein Papierspagat weicht sich im Wasser auf. Das weiß ich seit damals, ich war ungefähr fünf Jahre alt, durch Schaden wird man klug. Der Papierspagat also weicht sich auf, gleich wird es soweit sein. Ich sitze am Donaukanal, auf einer schrägen Wiese an der Erdberger Lände. Ziemlich weit unten, dort wo das gelbe Gras aufhört und die grauen Kiesel anfangen. Und jetzt ist es soweit: Das Ende der Schnur, die ich in der Hand halte, schlängelt sich wie ein blasser Wurm im erbssuppenfarbenen Wasser, und das Holzschiffchen fährt, für mein Auge kleiner und kleiner werdend, davon.

Ich kann diese Szene auch rückwärts laufen lassen. Das Holzschiffchen schwimmt dann stromaufwärts, und der Spagat wächst an der aufgeweichten Stelle wieder zusammen. Aber nur mit dem Ergebnis, daß es wieder passiert. Unversehens schlängelt sich das Ende der Schnur, des Papierspagats, im Wasser, unversehens ist die zuvor durch den Zug der Strömung verursachte Spannung weg, und das Holzschiffchen, *mein* Holzschiffchen, fährt davon, für mein Auge immer schwerer erkennbar, bis ich nicht mehr genau weiß, ob ich es noch sehe oder nur an einer bestimmten Stelle, an der es schon im nächsten Augenblick nicht mehr sein kann, vermute, denn der Fluß, der es mir weggenommen hat, fließt mit rascher, in meiner Erinnerung sogar heftiger Strömung, auch wenn es sich nur um den Donaukanal und nicht um die aus Unterscheidungsgründen in Wien so bezeichnete *Große Donau* handelt.

Natürlich ist nicht auszuschließen, daß mein Schiff in die Große Donau geraten ist. Am Donaukanalufer scheint es, obwohl dort viele Sträucher ihre Zweige mit mattsilbernen Blättern ins Wasser tauchten, soweit ich stromabwärts gesucht habe, jedenfalls nicht hängengeblieben zu sein. Nach dieser vergeblichen Suche waren meine Beine von Brennesseln verbrannt, von Socken, Hose und Hemd pflückte meine Mutter, als ich verweint nach Hause kam, ganze Klumpen von Kletten. Schneuz dich, sagte sie, wenn dein Schiff unten, am Praterspitz, in die Donau geschwommen ist, so ist es jetzt unterwegs ins Schwarze Meer.

Damals hatte ich vom Schwarzen Meer noch keine durch geographische Schulkenntnisse verdorbene Idee. Daß meine Mutter das Schiffchen, an dem meine Seele hing, in einem *schwarzen* Meer landen lassen wollte, schien mir indes nicht unpassend. Vage stellte ich mir vor, das Schwarze Meer sei in Afrika. Und von dort, aus einem großen Teich, kamen, so hatte mir die Großmutter erzählt, zwar alle Kinder, aber solche wie ich besonders.

Die Großmutter war tot – als sie noch gelebt hatte, hatte sie mir viele Geschichten erzählt. Ab und zu hatte sie sich auch ihre Brille aufgesetzt und mir vorgelesen. Zum Beispiel aus dem Bilderbuch, in dem *zehn kleine Negerlein* immer weniger werden, bis nur mehr eins bleibt. Aber meine Mutter hatte gemeint, das sei ein blödes Buch, und hatte es weggeworfen.

Da kannte ich aber die Verse schon lange auswendig. Wenn meine Mutter nicht zu Haus war, spielte meine Großmutter die Melodie dazu auf dem Klavier. Dieses Klavier hatte sie in den strengen Frostwintern nach dem Krieg zwar manchmal verheizen wollen. Jetzt aber war sie froh, daß sie das nicht getan hatte.

Vom Krieg war in meiner Kindheit noch viel die Rede. *Vor* dem Krieg / *nach* dem Krieg – der Krieg war vergangen und doch gegenwärtig. Viele Väter waren *im Krieg geblieben*. Der meine auch, behauptete meine Großmutter, aber diese Geschichte war kompliziert.

Sprach sie von meinem Vater, so meinte sie den mit meiner Mutter durch eine sogenannte Ferntrauung verbundenen

Mann. Dessen Bild, das eines unter seiner Mütze unsicher lächelnden Wehrmachtssoldaten, war eines Tages von unserem Nachtkästchen im Kabinett verschwunden. Und was ist, fragte die Oma manchmal, wenn der Ferdl doch noch heimkommt? Sei still, pflegte meine Mutter auf diese Frage zu antworten, der kommt nimmer.

Seine späte Heimkehr hat die Großmutter nicht mehr erlebt. Er und ich fuhren dann manchmal mit geliehenen Fahrrädern durch die Praterau und versuchten, einander kennenzulernen. Bis ans Ende der Praterinsel fuhren wir, dorthin, wo Donaukanal und Donau wieder zusammenfließen. Bis an den Praterspitz, eben jenes Kap, von dem aus mein Schiffchen, wenn ich meiner Mutter glauben wollte, schnurstracks ins Schwarze Meer geschwommen war.

Das war damals ein Ort von ganz eigenartiger, leicht entrückter Atmosphäre. Ein Ort, an dem angelangt, man die Welt, in der man sonst umherlief (jedes Mal, wenn ich hinkam, machte ich aufs neue diese Erfahrung), ein bißchen hinter sich ließ. Nebeneinander saßen wir auf den öligen Steinen, die den Auslauf der Landzunge bedeckten, das Wasser vor uns kreiste in kleinen, trichterförmigen Strudeln, flußabwärts blickend, hatte man das Gefühl von bereits hier im Ziehen des Stroms vorhandener Ferne. Nein, sagte da der Mann, dessen Familiennamen ich immerhin trug, ich kann wirklich nicht finden, daß du mir besonders ähnlich siehst, aber wir sollten einfach so tun, als wär nichts.

Sagt es und spuckt ins bleigrau fließende Wasser. Denn wie gesagt ist die Donau nicht blau, nicht einmal an sonnigen Tagen. Diesen Tag habe ich als sonnig in Erinnerung, obwohl die Sonne, wie meistens in Wien, etwas blaß war. Deine Mutter, sagt Ferdinand, ist keine schlechte Frau, wir sollten ihr nicht bös sein. Allerdings war meine Mutter, wie man in Wien sagt, eine ausgesprochen fesche Frau. Mir ist sie damals sogar richtig schön vorgekommen. Besonders in ihrer Schaffnerinnenuniform hat sie mir imponiert. Da trug sie eine Schirmkappe, eine kurze, tailliert geschnittene Jacke und eine Umhängetasche mit Zwickzange.

Wie sie mit sicheren Schritten, die auch in der Kurve nicht aus der Balance kamen, im Wagen hin und her ging! Wie sie, mit einer natürlichen Autorität, die ihren Liebreiz indes keineswegs minderte, die Fahrgäste aufforderte, nicht auf der Plattform stehenzubleiben, sondern ins Wageninnere vorzugehen! Mit welchem Schwung sie das Geld entgegennahm, gegebenenfalls wechselte und dafür die Fahrscheine ausgab! Und vor allem: Wie geradezu virtuos sie mit der Zange hantierte! – Auf den Fahrscheinen gab es kleine Felder mit Zahlen und Ziffern, in deren genaue Bedeutung, so schien es mir damals, nur Schaffner eingeweiht waren. Die mußten, je nach der Strecke, die jemand zu fahren beabsichtigte, je nachdem, ob er gerade erst ein- oder umgestiegen war, mit der Zange durchlöchert (wie es in der Schaffnersprache hieß: *entwertet*) werden. Manche Schaffner waren ungeschickt oder schlampig, die durchlöcherten diese Felder auf zweifelhafte, die exakten Begrenzungen verunzierende Weise. Hingegen war jeder von meiner Mutter entwertete Fahrschein ein kleines Kunstwerk an Kondukteurspräzision.

Höhepunkt ihres schaffnerischen Agierens aber war zweifellos der Augenblick, in dem die Waggons an den Stationen, an denen sie kurz gehalten hatten, wieder losfahren sollten. Auf dem vorderen Trittbrett stehend, ließ sie sich da kühn aus der damals noch generell offenen Tür hängen, sich nur mit einer Hand an der den Einstieg vom Ausstieg trennenden Messingstange festhaltend, um zu sehen, ob nicht doch jemand vorschriftswidrig und sich selbst gefährdend auf dem hinteren Trittbrett stand. Dann rief sie mit kehliger, aber trotzdem aparter Stimme *Achtung, Abfahrt*, diesen Ruf fallweise durch einen Pfiff mit der Trillerpfeife bekräftigend. Und griff schließlich, sich ins Wageninnere zurückschwingend, mit Elan nach dem über den Köpfen der Fahrgäste durch den ganzen Wagen gespannten Klingelriemen, den niemand außer ihr berühren durfte, und dann klingelte sie, zum unmißverständlichen Zeichen für den Fahrer, daß es nun wirklich bis zur nächsten Station weitergehe. Mit einem Wort: Meine Mutter war in dieser Rolle großartig. Wenn ich, was vorkam, mitfahren durfte, konnte ich beobachten, wie sie auf dieser fahrbaren Bühne, die ihr Tag für Tag zur Verfügung stand, die Blicke auf sich zog. Ich zog auch die Blicke auf mich, aber aus anderen Gründen. Meine Mutter hatte, im Gegensatz zu mir, nichts Exotisches, sondern, bei aller launigen Erregung, die sie durch ihr Auftreten verursachte, etwas herzerwärmend Anheimelndes.

Davon fühlten sich sogar die angeheimelt, die in Wien eigentlich gar nicht zu Haus waren. Wien war ja damals eine von alliierten Soldaten besetzte, in vier Besatzungszonen geteilte Stadt. An bestimmten Haltestellen der Strecke, die sie tagein, tagaus fuhr, rief meine Mutter das für mich anfangs noch sehr geheimnisvolle Wort *Zonengrenze*. Im ersten Bezirk fuhren *die Vier im Jeep*, je ein Vertreter der amerikanischen, der englischen, der französischen und der russischen Besatzungsmacht, als alliierte Militärstreife.

Meist überholten sie die Tramway ganz einfach, manchmal fuhren sie aber auch eine Weile neben ihr her und standen, bei Rotlicht an Kreuzungen wartend, auf gleicher Höhe. Da mag es schon vorgekommen sein, daß sie der Schaffnerin, die in just diesem Augenblick auf der Plattform oder sogar auf dem Trittbrett auftauchte, zunickten oder zuwinkten. Manchmal war auch ein *schwarzer* Mann dabei. Einer, der zwei Reihen weißer Zähne zeigte, die infolge des Kontrastes zur damals in Wien noch ungewöhnlichen Hautfarbe besonders weiß wirkten.

Meine Mutter hat selten von ihm erzählt. Nur manchmal, in adventlichen Abendstunden, die von meiner Erinnerung wegen ihrer nicht nur von unserem alten Kanonenofen ausgehenden Wärme besonders gern reproduziert werden, hat sich ihre Zunge gelöst. Draußen, vor dem Küchenfenster, schneit es in langsam sinkenden Flocken, meine liebe Mamma steht am Tisch, der mit einem großen, mehlbestaubten Leintuch bedeckt ist, und walkt Teig. Ich darf allerlei hübsche Formen – Blumen, Tiere, Sterne, Kartenspielsymbole – aus dem Teig ausstechen, während sie, hinter meinem Rücken ab und zu einen Schluck aus der Rumflasche nehmend, aus der sie zuvor einige Tropfen in den Teig gemischt hat, ungefähr folgendes preisgibt: Daß er ein netter, freundlicher, höflicher Mensch gewesen sei, der ihr nicht nur Zigaretten und Nylonstrümpfe, sondern auch weißen Flieder und rote Rosen geschenkt habe. Daß er nicht nur gut Boogie gespielt, sondern auch leidlich Walzer getanzt und auf dem Piano nicht nur *Ol' Man River*, sondern auch den Klavierauszug von Schuberts *Forellenquintett* gespielt habe, zur Besänftigung meiner Oma. Bei dieser Gelegenheit fiel meiner Mutter ein, wie schön seine Hände gewesen seien, mit ihren langen, schlanken, dunkelbraunen Fingern, an denen die hellen, gepflegten Nägel mit den fast rosigen Monden um so mehr auffielen. *Meine* Patschhände hatten noch nicht ganz diesen Appeal, aber was nicht war, konnte ja noch werden.

Daß die schönen Hände dieses Herrn beim ersten Blickkontakt zwischen meiner Mutter und ihm auf dem Lenkrad des alliierten Patrouillenjeeps gelegen sind, ist allerdings unwahrscheinlich. Zwar habe ich das eine Kindheit lang geglaubt, aber nach allem, was ich später darüber in Erfahrung gebracht habe, hätte das Kommando der in Wien stationierten Truppen kaum einen Schwarzen in diesen legendären Jeep gesetzt. So einer saß für gewöhnlich im LKW. Gepflegte Fingernägel und durch anscheinend gediegenen Unterricht erworbene pianistische Fähigkeiten änderten daran nichts.

Wahrscheinlich konnte Dad (ich will ihn der Einfachheit halber so nennen) meiner Mutter aus dem Führerhaus eines Lastautos auch weit unbefangener zuwinken, als er es aus dem Jeep gekonnt hätte. Seine alliierten Kollegen hätten ihn sicher mit Argusaugen beobachtet. Womöglich ist er mit

Lebensmitteln gefahren. Bei der Versorgungslage in den Jahren '45 und '46 wird ihn das Ma gleich noch etwas sympathischer gemacht haben. So oder so vermittelte sie mir eine durchaus angenehme Vorstellung von meinem abwesenden Vater. Allerdings hatte sie auch eine rechtschaffene Wut auf ihn, die damit zusammenhing, daß er sie, sobald man ihn in die Staaten heimfahren ließ, nicht mitgenommen, sondern in Wien sitzenlassen hatte. Deswegen hatte sie auch sein Foto zerrissen. Und einmal, daran erinnere ich mich noch allzugut, hat sie ihn ihrer älteren Schwester, der mit einem ehemaligen Blockwart verheirateten Tante Fanny, gegenüber glatt verleugnet.

Nein, sagte sie, der Mann, mit dem sie sich in einer schwachen Stunde eingelassen habe, sei keineswegs schwarz gewesen. Im Gegenteil. Sogar sehr weiß. Mit einem roten Schädel und Sommersprossen. Sie wisse auch nicht genau, wie meine etwas dunklere Hautfarbe und die Beschaffenheit meines Haars zu erklären seien. Aber in einem Buch über Biologie habe sie gelesen, daß so etwas alle heiligen Zeiten einmal vorkomme.

Die Großmutter starb leise, jedenfalls hörten wir nichts davon im Schlaf. In der Früh lag sie im Bett und schaute starr gegen die Zimmerdecke. Oma, sagte ich, steh auf, aber sie wollte nicht. Mit halb banger, halb zärtlicher Hand schloß ihr meine Mutter die Augen.

Drei Tage lang blieb die starre Oma noch im kalten Zimmer. Dann wurde sie abgeholt, erst auf dem Zentralfriedhof sahen wir sie wieder. Da lag sie im Sarg, der noch einmal geöffnet wurde, und sah fremd aus. Dann wurde der Sarg endgültig verschlossen und eingegraben.

War ich traurig? Ich weiß nicht. Ich glaube, ich war ernst. Traurig war ich eher, weil mich meine Mutter von da an im Kabinett allein ließ. Ich meine, bei Nacht. Bis dahin hatte sie dort mit mir in einem Bett geschlafen. Nun aber war mehr Platz, und sie übersiedelte ins Ehebett der Oma.

Es war ein Ehebett, ja – früher hatte es auch einen Opa gegeben. Aber der war bereits vor dem Krieg gestorben. Ein Glück für ihn, hatte die Oma manchmal gesagt. Am Ende hätten sie ihn noch zum Landsturm eingezogen.

Das Ehebett jedenfalls stand im *großen* Zimmer. Es gab gar kein *kleines* Zimmer, aber wir nannten das große so im Vergleich zum Kabinett. Eine Zeitlang stand ich auf wie ein Schlafwandler und marschierte durch die Küche dort hinüber. Dann kuschelte ich mich, so breit das Bett war, ganz eng an meine Mamma.

Sie lachte meistens, weil sie das lustig fand. Aber bei ihr bleiben durfte ich nur ausnahmsweise. Eigentlich sei ich schon viel zu groß dafür. Suchte ich mit Hand und Mund die Brust meiner Mutter, so schob sie mich sanft, aber im entscheidenden Moment doch sehr bestimmt beiseite.

Zu groß! Ich war viereinhalb. Ich maß einen Meter und neun Zentimeter. Auf dem Türstock zwischen Küche und Kabinett dokumentierten mit Tintenstift gezogene Striche samt Datumsangabe mein Wachstum. Im letzten Jahr war ich ganz gewaltig gewachsen. In den Kindergarten wollte meine Mutter ein so großes Kind nicht mehr schicken.

Wenn meine Mutter auf der Straßenbahn fahren mußte, betreute mich nun Frau Miklas. Das war die alte Frau, die unter uns wohnte. Sozusagen meine Ersatzgroßmutter. Allerdings war sie ein reichlich schwacher Ersatz.

Ich kann nicht behaupten, daß sie sich wirklich um mich kümmerte. Sie kam nur herauf, um mir das von meiner Mutter vorbereitete Essen zu wärmen. Zwischendurch fragte sie mich manchmal mit viel zu lauter Stimme, ob sie mir ein Schmalzbrot streichen solle. Sie redet so laut, erklärte meine Mutter, weil ihre Ohren schlecht sind.

Weil ihre Ohren schlecht waren, hatte sie immer zwei Wattepfropfen darin stecken. Diese Wattepfropfen sahen schon ziemlich alt aus. Nicht ganz so alt wie die Frau Miklas, aber beinahe. Ich konnte mich des Verdachts nicht erwehren, daß die alte Frau besser gehört hätte, hätte sie die Wattepfropfen einfach herausgezogen.

Aber schön, mir war ihre Schwerhörigkeit ganz recht. So fühlte sie sich nicht durch mein Klavierspiel gestört. Mit dem Klavier, auf dem ich den halben Tag klimperte, vertrieb ich mir die Zeit. Ich hatte genug Zeit, um das Instrument Taste für Taste zu erforschen.

Natürlich konnte ich noch nicht richtig Klavier spielen. Aber was ist schon richtig, ich bitte Sie! Die Großmutter hatte mir einige Kinderlieder beizubringen versucht, dabei hatte sie meine Finger immer nur auf die weißen Tasten gelenkt. Jetzt fand ich heraus, daß es viel besser klang, wenn ich auch die schwarzen verwendete.

Mir wurden die schwarzen Tasten immer lieber. Ich empfand, wie soll ich sagen, eine gewisse Affinität zu ihnen. Manchmal schlug ich nur einzelne von ihnen an, wie ein Klavierstimmer. Dann saß ich und lauschte ihrem Klang nach, der wer weiß wohin verschwand.

Schon früh machte ich die Erfahrung, daß die Menschen meiner Umgebung kaum imstande waren, mich einfach als ihresgleichen zu betrachten. Etwas an mir oder in ihnen veranlaßte sie zu merkwürdigen Reaktionen. Die ein bißchen verbaute (durch eine schlecht und recht kaschierte Verkrümmung des Rückgrats zu kurz geratene) *Parfumeriemitzi* zum Beispiel brach jedes Mal in Entzückensrufe aus, wenn meine Mutter und ich ihr Geschäft betraten. Nie unterließ sie es, auf meine angebliche Ähnlichkeit mit einer sogenannten Negerpuppe hinzuweisen, die bei ihr daheim auf dem Sofa saß. Hingegen schaute mich Herr Resch, der hagere *Greißler*, bei dem wir (in den ersten Jahren meiner Erinnerung noch gegen Lebensmittelmarken) Milch, Brot, Mehl und – wenn wir Glück hatten – Eier bekamen, unter seinen zottigen Brauen hervor immer nur finster an. In all den frühen Jahren meiner dunklen Existenz hat er kaum ein Wort an mich verloren. Herr Wolny, der

Schuster, der immer halb eingeschlafen auf dem Schemel vor seinem nach Leder und Staub riechenden Keller saß, wachte auf, wenn ich vorbeikam, hob seinen weißhaarigen Kopf und fragte mich, ob ich mir nicht die schwarze Schuhpasta aus dem Gesicht wischen wolle. Ein stereotyp wiederholter Scherz, den er, wie meine Mutter versicherte, zwar nicht bös meinte, der mir jedoch, je älter ich wurde (unversehens war ich fünf, fünfeinhalb), immer deutlicher auf die Nerven ging.

Was die Kinder betraf, so verhielten sie sich den Erwachsenen, die sie erzogen, naturgemäß nicht unähnlich. Einmal im Park kam ein dünnes, blondes Mädchen auf mich zu, bis es schließlich mit weit aufgerissenen Blitzblauaugen vor mir stand, um mir im nächsten Augenblick mit beiden Händen ins Gesicht zu tasten. Eine Gruppe von Kleinen, die mich anscheinend mochten, nahm mich in die Mitte und tanzte um mich herum Ringelreihen. Einmal in der Sandkiste grub ich gemeinsam mit einem Buben, aus dessen Nase ständig der Rotz tropfte, ein *Durchtunell*, aber als wir mitten im schönsten Graben waren und unsere Hände sich unterirdisch begegneten, wurde mein Partner von der schrillen Stimme seiner Mutter gerufen und kam nicht wieder.

Daß ich zum Einzelgänger wurde, ist also kein Wunder. Es entsprach aber sicher auch meinen Neigungen. Gern versank ich in mich selbst und meine Phantasiewelt. Das Hereintrampeln anderer Kinder in diese Sphäre empfand ich meist als störend.

Deswegen sah mich der Park auch relativ selten. Viel lieber streunte ich an der Erdberger Lände. Von unserem Haustor in der Wassergasse waren es bis dorthin nur ein paar Schritte. Auf der Lände konnte ich mich links Richtung Rotundenbrücke oder rechts Richtung Stadionbrücke wenden.

Zwar solle ich, schärfte mir meine Mutter ein, *nicht zu weit* gehen. Doch überließ sie es mir zu beurteilen, was zu weit *war*. Du bist ja schon groß, sagte sie, ich verlaß mich auf dich. Also paß auf dich auf und fall nicht ins Wasser. Nein, zu den ängstlichen Müttern gehörte sie nicht. Aber daß ich den ganzen Tag zu Haus saß, während sie auf der Straßenbahn fuhr, konnte man nicht von mir verlangen. Und der Effekt gab ihr recht – ich *fiel* nicht ins Wasser. Ich war ja schon groß: einen Meter achtzehn, zeigte der Tintenstiftstrich am Türstock, einen Meter zwanzig.

Bald sollte ich, hieß es, in die Schule kommen. Doch mit meinem Schuleintritt gab es eine unvorhergesehene Verzögerung. Als mich meine Mutter zur Anmeldung in die Volksschule Erdbergstraße brachte, nahm mich der Direktor persönlich in Augenschein. Scharf betrachtete er mich durch seine Kurzsichtigenbrille, die die enge Konstellation seiner Augen besonders hervorhob. Dann fragte er mich, wie ich hieße und wo ich wohnte. Ich sagte es ihm, obwohl er es in dem Anmeldeschein, den meine Mutter ausgefüllt hatte, hätte lesen können. Von den weiteren Fragen, die er mir stellte (ob ich mich auf die Schule freute, ob meine Mamma brav sei etc.), war eine dümmer und überflüssiger als die andere. Daraus, daß es mir nach und nach zu blöd wurde zu antworten, schloß er anscheinend, daß ich der Sprache, die zwar meine Mutter-, aber kaum meine Vatersprache war, noch nicht recht mächtig sei und daß ich mich daher noch ein Jahr entwickeln solle.

Großartig! Auf dem Heimweg war ich bester Laune. Obwohl meine Mutter etwas betroffen wirkte. Später hat es manchmal geheißen, ich hätte auf diese Weise ein Jahr verloren. Ich bin bis heute überzeugt davon, eins gewonnen zu haben.

Mir wurde ohne die Schule beileibe nicht langweilig. Wenn das Wetter schlecht war, spielte ich Klavier, wenn das Wetter gut war, streunte ich am Donaukanalufer. Am Anfang, der für mich jetzt schon im Nebel einer eher vage erinnerten Vorzeit lag, war ich kaum außer Sichtweite unseres mit einer Fensterfront auf die Lände hinausschauenden Hauses gegangen. Nach und nach aber hatte ich mein Revier erweitert, und nun, im reifen Alter zwischen sechs und sieben, nun *verfügte* ich darüber.

Souverän. Das ist das richtige Wort. Wenn ich daran zurückdenke, komme ich mir vor wie ein kleiner König in seinem Reich. In einem Reich, in das jene Kolonialmächte noch nicht eingedrungen waren, die alles, was sich wölbt, planieren, alles, was offenliegt, zuschütten, alles, was wegsteht, abschneiden. Der Pfad am Ufer lief weder beschottert noch asphaltiert, das Gras und das sogenannte Unkraut wuchsen hoch und wild, kein Mensch kam damals auf die Idee, dort zu mähen oder zu jäten.

Da gab es breite, dunkelgrüne, im Wind raschelnde Halme. Da gab es auch schmale, hellgrüne, in der Sonne glänzende Ähren und Rispen. Da gab es den Wegerich und den Knöterich, deren Stiele man zu Schlingen formen und deren Köpfchen man, diese Schlingen zusammenziehend, frech in die Gegend schießen konnte. Und da gab es die Mäusegerste, deren haariges Haupt man sich als *Schliefhansel*, die Grannen nach unten gekehrt, in den Ärmel stecken und bis zur Achselhöhle hinaufwandern lassen konnte, was ein aufregendes Kitzeln verursachte.

Natürlich gab es auch Mäuse, Hamster und Ratten. Letztere hatten die Bomben der Jahre '44 und '45 aus ihrem sonst unterirdischen Dasein ans Tageslicht getrieben. Sie hatten einen schlechten Ruf und galten als giftig, obwohl eher sie – auf den Gehsteigen, vor den Kellerfenstern, aus denen ich an den Beinen manchmal einen kalten Luftzug und in der Nase einen modrigen Geruch spürte, war allenthalben ein weißes Pulver gestreut – vergiftet wurden.

Ich aber hatte nichts gegen sie, nur die ganz großen, grauen, die manchmal, im ufernahen Wasser schwimmend, eine stromlinienförmige Spur kleiner Wellen zogen, waren mir etwas unheimlich.

Und Gänseblümchen gab es und Wiesenklee und vor allem Löwenzahn. Im Frühling war mein Ufer ganz gelb von ihm. Und dann wich das Gelb seiner Blüten dem Weiß seiner Samen. Eine Invasion kleiner Fallschirmchen, von denen allerdings viele im Fluß landeten.

Der Fluß! Dieser mein Fluß, auf dessen Wasseroberfläche ich, wenn ich im richtigen Winkel warf, weiße Steine bis zu fünf Mal hintereinander hüpfen lassen konnte. Der Fluß, in dem ich manchmal meine schwarzen Füße badete, die dann, wenn ich sie ruhig hielt, von kleinen, nadelförmigen, sanft an den Zehen knabbernden Fischen umschwärmt wurden. Der Fluß, der zur Philosophie anregt – keine zwei Mal, habe ich später gelesen, steigt man in denselben. Für mich war der Donaukanal dieser Fluß. Ihm habe ich viel zu verdanken.

Insbesondere die Bekanntschaft des Fährmanns. Der Fährmann betrieb die Überfuhr, mit der man, gerade in der Mitte zwischen den beiden kriegsinvaliden Brücken, von der Erdberger Lände zum gegenüberliegenden Ufer, dem sogenannten Schüttel, fahren konnte. Ein großes, zillenförmiges Boot aus geteertem Holz, auf dessen Bugseite ein Häuschen mit roweißroter Fahne auf dem Dach das Steuerrad schützte. Es hing an einem Drahtseil, dessen anderes Ende an einem merkwürdigen kleinen Wagen befestigt war. Dieser auf einem zweiten, quer über den Fluß gespannten Seil laufende Wagen faszinierte mich ungemein. Aus der Ferne sah er aus wie ein Dampfbügeleisen. Ein Dampfbügeleisen, das auf zwei Rädern lief. Dieses merkwürdige Ding hieß, wie mir der Fährmann eines glücklichen Tages verriet, *Laufkatze*.

Der Fährmann hatte auch eine richtige Katze, die, wie ich, Peter hieß und schwarz war. Allerdings hatte sie, zum Unterschied von mir, einen weißen Fleck auf der Brust. Manchmal überließ mir der Fährmann, der ein sehr faltiges, aber freundliches Gesicht hatte, für eine Weile das Steuerrad. Schau her, sagte er, du mußt immer ein bißchen gegen den Strom steuern, so kannst du die Kraft des Flusses richtig nutzen.

Was tust du, wenn du ablegst? Richtig. Du drehst das Steuer Richtung Strommitte. Probier nur! Du schaffst das! Siehst du! Da rührt sich schon etwas! Je mehr wir quer zum Strom stehen, desto stärker drückt das Wasser auf die uferzugewandte Seite. Eigentlich ist die ganze Fahrt nur ein Versuch des Boots, auszuweichen.

Am anderen Ufer aber war der Prater. Wie ich später gelernt habe, kommt sein Name vom italienischen Wort *prato*, also Wiese, und das ist, so selbstverständlich den Wienern das eingebürgerte Wort über die Lippen kommt, eigentlich eine unzureichende Bezeichnung. Handelt es sich doch um ein weitläufiges Wald- und Augebiet, dessen Wesen sich keineswegs auf die Wiesen reduzieren läßt, die es darin natürlich gibt. Für mich als Kind war der Prater dort drüben jedenfalls die Jenseite im Gegensatz zur Diesseite, ein Areal, in das ich manche Phantasien und Ahnungen projizierte, eine Insel zwar, wie es hieß, von der ich jedoch bis zu meinem sechsten Lebensjahr nur einen schmalen Küstenstreifen kannte, und daß sie dahinter irgendwo enden sollte, an der großen, grauen Donau, und nicht ein ganz einfach endloser Kontinent war, das konnte ich mir damals gar nicht recht vorstellen.

Von unseren Fenstern aus sah man schon etwas von ihm. Nicht aus meinem Kabinett, von dem aus man nur in die öde Wassergasse schaute, aber aus der Küche und aus dem Zimmer. Ein Wogen von Baumwipfeln über den Häusern dort drüben. Diese Häuserzeile sah zwar, da und dort durch eine Bombenlücke unterbrochen, ähnlich aus wie die Häuserzeile hüben, doch weil dahinter die Verbauung bald endete, kam sie mir immer seltsam untief und unwirklich vor, hatte sie etwas bloß Fassaden- oder Kulissenhaftes, stand sie für mich da wie eine spanische Wand.

Stimmt, Kinder – diese Auffassung teilte auch meine in

bezug auf meinen Verbleib sonst eher sorglose Mutter –, Kinder sollten die Praterauen lieber nicht allein betreten. Auch manchen Erwachsenen galt der Prater als unheimlich. Damals, in jenen Jahren nach dem Krieg, in denen wir immer noch waren. Dem Krieg, der, wie ich nach und nach mitbekam, sieben Jahre gedauert hatte, aber die mußten viel länger gewesen sein als normale sieben Jahre.

Nicht allein also. Meine Mutter sprach mir gegenüber selten Verbote aus. Dieses jedoch bestand. Du gehst mir nicht über die Schüttelstraße! Die Schüttelstraße verlief auf der jenseitigen Böschung parallel zum Donaukanal. Die längste Zeit hatte ich mich brav an dieses Verbot gehalten.

In Begleitung meiner Mutter war ich natürlich schon öfter im Prater gewesen. Das war naheliegend, von unserem Haus brauchte man, um dort hinzukommen, ja nur über die Rotundenbrücke zu gehen. Die war zwar noch kriegsbeschädigt, da und dort fehlte eins der dunkelbraunen, nach Teer riechenden Bretter, so daß man, während man zur Überwindung des Spalts einen größeren Schritt machte, nach unten schauend, das Wasser des Kanals sah. Aber wenn man diese Brücke hinter sich hatte, brauchte man nur mehr fünf Minuten bis zur *Jesuitenwiese.*

Dort lagen an sonnigen Wochenenden mit schwarzen Turnhosen bekleidete Männer neben in rosige Kombineigen gehüllten Frauen im Gras. Dort wurde so manches Wiesenmatch fußballbegeisterter Jugendlicher oder Arbeitsloser ausgetragen. Zwar kam manchmal ein Polizist vorbei, der die völlig absurde Auffassung vertrat, daß auf der Wiese nicht Fußball, sondern bloß Handball gespielt werden dürfe. Aber er konnte sich damit nur im wahrsten Sinne des Wortes vorübergehend durchsetzen, kaum war er vorbei, wurde mit durch sein überflüssiges Erscheinen nur kurz abgekühlter Leidenschaft weiter gekickt.

Solche Schutzleute kamen übrigens selten. Auf der Jesuitenwiese, im Vorhof des Praters gewissermaßen, fühlte man sich auch ohne ihren Schutz halbwegs sicher. Dorthin kamen sogar Großmütter mit ihren Enkeltöchtern, die sich dann mit anderen Enkeltöchtern zum Blinde-Kuh-Spielen zusammentaten. Und die russischen Soldaten, die, wild und wehmütig klingende Lieder singend, in der *Rustenschacherallee* vorbeimarschierten (lange Zeit habe ich den Namen dieser Allee nicht mit Rusten, einer dort wachsenden Baumsorte, sondern mit eben diesen Russen assoziiert: keine Ahnung, womit die Russen dort schacherten), selbst sie, deren Präsenz im zu ihrer Besatzungszone gehörenden Prater in den Augen der meisten Wienerinnen und Wiener viel zur Unheimlichkeit des Augebietes beitrug, wurden von der Jesuitenwiese aus nur am Rande wahrgenommen.

Ich will sagen, die Jesuitenwiese hatte in ihrer ebenso weit- wie beiläufig ausgebreiteten Sanftheit nichts oder nur wenig Beunruhigendes. Auf sie, wäre es nur um sie gegangen, hätte der von *prato* abgleitete Name perfekt gepaßt. Sie entsprach beinahe dem Idealbild von Wiese. Auch wenn ihr Gras, das war der Preis ihrer Popularität, seine schütteren Stellen hatte, an denen der graubraune Sandboden durchsah.

Auf der Jesuitenwiese ließen, wenn der Wind gut war, Väter mit ihren Söhnen die zu dieser Zeit durchwegs noch selbstgebauten Drachen steigen. So einen Drachen mit mir steigen zu lassen hatte übrigens eines schönen Herbsttags auch meine Mutter versucht. Meine Mutter war eine in vieler Hinsicht beachtliche Frau. Aber zur perfekten Drachenbauerin fehlte ihr leider doch einiges.

Es war eine *Birne*, die sie, mit meiner Assistenz, aus zwei Rundhölzern und einem großen Bogen Packpapier zusammenbastelte. Der deltoidförmige Typus im Gegensatz zum hexagonalen *Raffler*. Ich hatte der Birne ein lustig lachendes Gesicht gemalt. Aber so traurig das war – richtig steigen wollte sie nicht.

Vielleicht hat meine Mutter die sogenannte Waage, jenes aus Fäden bestehende, sensible Gleichgewichtsorgan zwischen dem Drachen und der Schnur, an dem sie hängt, nicht richtig austariert. Oder (das war von Anfang an mein Verdacht) sie hat den Schwanz zu kurz gemacht. Außerdem wäre es wahrscheinlich besser gewesen, diesen Schwanz mit Grasbüscheln statt mit Papierschnitzeln zu beschweren. Jedenfalls war unser Drachen, so nett er aussah, ein Versager.

Womöglich war das sein Glück, denn manche Drachen, die besonders schön stiegen, hingen nachher in den die Wiese säumenden hohen Bäumen. Im Winter verrotteten sie, und im Frühjahr riß der frische Wind die letzten Papierfetzen von ihren Skeletten. Unser Drachen hingegen stand eine Zeitlang in der Abstellkammer und lachte. Aber er war kein triumphales Erinnerungsstück, und irgendwann, als meine Mutter glaubte, ich hätte ihn vergessen, hat sie ihn wohl weggeworfen.

Über die Jesuitenwiese hinaus gingen wir selten. Schlug meine Mutter mit mir einen jener kleinen, verlockenden Wege ein, die vom östlichen Ende der Wiese ins Dickicht führten, so war sie darauf bedacht, daß wir möglichst bald wieder aus diesem Dickicht herauskamen. Sie war überhaupt keine ängstliche Frau, meine Mutter. Aber gewisse Wörter, die im Gespräch mit Tante Steffi manchmal fielen, Wörter wie *Gesindel*, *Schleichhändler*, *Schieber*, *Kindervazahra*, und besonders das Wort *Vergewaltigung*, das mich noch mehr beschäftigte als die anderen, schienen auch ihr zu denken zu geben.

Meist erreichten wir dann nach fünf, maximal zehn Minuten die Hauptallee. Wenn sich das Dickicht lichtete und die Hauptallee in Sicht kam, atmeten wir beide auf. Anderseits kam mir die Hauptallee, so schnurgerade, wie sie dalag, von disziplinierten Kastanienbäumen und damals kaum gepflegten, aber im Prinzip sehr zivilisierten Reitwegen flankiert, recht langweilig vor. In meiner Seele wuchs eine Sehnsucht nach Abenteuern.

Legte die Überfuhr auf der anderen Donaukanalseite an, so war die Versuchung, den Prater auf eigene Faust und aus einer etwas anderen Perspektive zu erforschen, jedenfalls groß. Wenn ich doch eigentlich schon beinahe dort war! Der Fährmann ließ mich an Land und zwinkerte mir zu. Er wußte, daß ich der Versuchung nicht auf die Dauer widerstehen würde.

Und so war es. Erst stieg ich auf der aus Pflastersteinen gefügten Treppe die Böschung hinauf. Dann, wenn keine Straßenbahn in Sicht war (die für Wiener Verhältnisse ungewöhnlich schnell, aber in großen Intervallen fahrende Linie 80, die mich nicht allzulange Zeit später noch in einem anderen Zusammenhang beschäftigen sollte), überquerte ich kühn, das mütterliche Verbot bereits übertretend, die Schüttelstraße. Dann ging ich jedes Mal ein längeres Stück in die bezeichnenderweise sehr kurze Friedensgasse hinein. Und dann gab es noch einige melancholisch wirkende, mit Efeu und wildem Wein überwachsene Villen, aber dahinter sah ich das verlockende Wogen der Baumwipfel schon sehr nah.

Hier war noch einige Zeit eine Grenze für mich. Diese Villen, anscheinend unbewohnt, aber da und dort mit rostroten Sowjetsternen versehen, die aussahen, als hätte man sie den grauen Mauern in einer Art Kartoffeldruckverfahren aufgestempelt, diese schattig-kühl, aber auch modrig aus ihrer verwunschenen Verwahrlosung mich anwehenden Villen hauchten mir eine vorerst unüberwindliche Scheu ein. Doch eines Nachmittags überwand ich die Scheu. Und kam an den Villen vorbei, immer die wogenden Baumwipfel vor Augen.

Ich überquerte eine Allee und drang durch ein kleines Gehölz. Dann lag auf einmal eine Wiese vor mir. Es hatte etwas Beglückendes, wie sie sich vor mir öffnete und in ihrer grünen Unberührtheit ausbreitete. Im ersten Moment hatte ich das Gefühl, völliges Neuland zu betreten.

Allmählich kam mir die Wiese aber bekannt vor. Auf eigenartige Weise sah sie der Jesuitenwiese ähnlich. Auf der Jesuitenwiese gab es einen alten, vor Zeiten vom Sturm oder Blitz gefällten Baum. Auf dieser Wiese gab es einen ganz ähnlichen, nur lag er statt auf der linken auf der rechten Seite.

Ich brauchte geraume Zeit, um das zu begreifen. Für gewöhnlich hatten meine Mutter und ich die Wiese von der Rotundenbrückenseite betreten. Jetzt kam ich dagegen von der Überfuhrseite. Doch auch als mir das soweit klar war, hörte die seitenverkehrte Wiese nicht auf, seltsam zu sein. Seltsam anders. In ihrer wochentäglichen Stille und Einsamkeit. Mit meiner Mutter kam ich ja immer nur an Samstagen oder Sonntagen hin. Niemand war da. Kein einziger Mensch außer mir. Nur Vögel flogen. Aber sehr hoch und fern am Himmel.

Ein Rest von Geheimnis blieb, selbst als ich jenen am Rand der Wiese liegenden Baumstamm erreicht hatte. Diesen Baumstamm, der durch die vielen Jahre, die er, teilweise entrindet, der Sonne, dem Wind und dem Regen ausgesetzt, dort lag, und durch die Aktivität der vielen Kinder, die im Lauf dieser Jahre auf ihm herumgeturnt waren, ganz grau und glatt geworden war, beinah wie ein Stein. Ich erkletterte diesen Baumstamm und balancierte auf ihm. Aber vielleicht balancierte ich auf einem Baumstamm in einem Paralleluniversum.

Dann tauchte ich aber wirklich ins Unbekannte. Dichtes, staubiggrünes Gebüsch und Gerank. Da und dort hingen von den Bäumen Lianen. Dazwischen liefen schmale, gewundene Schleichwege.

Und immer wieder überraschende (nun wirklich noch nie erblickte) Lichtungen. Altweibersommerfäden oder zwischen hohen Halmen gespannte Spinnennetze glänzten in der Sonne. Es gab Bäume, in die eine Reihe von großen Dreikantnägeln eingeschlagen waren. Da konnte man hinaufsteigen und in einer Astgabel sitzend Ausschau halten.

Mein Gott, war das schön, mein Gott, war das (ja:) erregend! Ich spürte diese Erregung im ganzen Körper, in der ganzen Seele. Ich war Tarzan, den ich natürlich im Kino gesehen hatte, aber Johnny Weissmüller war mir zu weiß. Ich war ein den Weißen, die sich die Herrschaft über mich und meinesgleichen angemaßt hatten, glücklich entflohener schwarzer Prinz.

Zu dieser Phantasie paßte das Heustadelwasser ausgezeichnet. Ein in der Au verlorengegangener Flußarm. Es war tatsächlich eine Art von *Bayou*. Ein Vierteljahrhundert später, als ich hierhergekommen bin, war es frappierend, draußen im Mississippidelta diese Art von Gewässer wiederzufinden.

Ein Biotop, erfüllt von wimmelndem Leben. Wasserläufer, Schwimmkäfer, Kaulquappen in allen Entwicklungsstadien, fertige Kröten und Frösche. Silber- und Rotflossen, Karpfen, manchmal die dunklen, raschen Schatten von Hechten. Nicht gerade Alligatoren, aber ab und zu eine stattliche Ringelnatter.

Ich saß am Ufer und schaute, was mir *erschien*. Sei es im Wasser, sei es an Land, sei es in der Luft. Zuweilen kamen Wildenten geflogen und wechselten, ein Stück auf ihren großen, flachen Füßen gleitend wie Wasserschifahrer, das Element. Einmal sah ich an einer Stelle, an der mir zuerst gar nichts aufgefallen war, eine mit großen runden Augen vor sich hinstarrende Eule auf einem Ast hocken.

Wenn ich so saß und wartete, war ich in einem eigenartigen Zustand. Einerseits von überscharfer Aufmerksamkeit, anderseits ein bißchen wie in Trance. In diesem Zustand hätte mir alles Mögliche oder Unmögliche begegnen können. Sowohl für naturwissenschaftliche Erkenntnisse war ich empfänglich als auch für Epiphanien.

SITZ ALSO HIER am Klavier und rede ins Dunkel. Spiele und rede ins Dunkel, als ob jemand da wäre. Und vielleicht ist ja wirklich jemand da, vielleicht sind Sie ja wirklich da, obwohl ich Sie nicht sehe. Bei gedämpftem Licht hat dieser Raum eine erstaunliche Tiefe.

Ich meine: Sie könnten da sein – ich will es nicht ausschließen. Da sein und hören, wie ich hier meinen Blues spiele. Und rede (*babbling* nennt man das in der Branche, in der ich nun einmal arbeite). Was so ein halbwegs betrunkener Pianist vor sich hin brabbelt.

Spätabends. Wie jetzt. Früher am Abend bin ich noch weniger redselig. Da bin ich – Sie können die Kellnerin fragen – recht schweigsam. Da reden die Leute, die rundherum sitzen, selbst. Zuviel und zu laut meistens – einfach rücksichtslos.

Klar, werden Sie sagen, das ist kein Lokal, in dem man brav zuhört. Man muß wissen, worauf man sich einläßt, wenn man auf einem Klavier spielt, dessen Deckel als Tischplatte dient. Die Leute kommen hierher, um sich zu unterhalten und zu trinken. Aber ein Mindestmaß an Rücksichtnahme würde ich mir manchmal schon wünschen.

An Rücksichtnahme darauf, daß hier einer spielt. Schließlich ist das nicht einfach eine Bar, sondern eine Piano-Bar. Someone is really playing here, can you dig it? Aber die meisten, die hier hereinkommen, haben kein Ohr dafür.

Häufig auch die nicht, die sich zu mir ans Klavier hocken. Wie mir diese Figuren manchmal zu Leib rücken! Wie manche ans Mikro drängen, um mitzusingen! Es kommt sogar vor, daß sie mir das Mikrofon einfach wegnehmen.

Diese Typen, die glauben, sie müssen sich produzieren! Die können einem den Job hier ganz schön verleiden. Na bitte, denke ich manchmal, dann klimpert doch auch selber. Manchmal habe ich gute Lust, meinen Hintern vom Klavierschemel zu heben und zu gehen.

Aber dann bleibe ich doch und spiele weiter. *I did it my way* zum Beispiel. Doch es ist *überhaupt nicht meine Art*, wie ich das interpretiere. Jetzt ist das anders. Jetzt bekommen Sie mich zu hören, wie ich bin. Meine Musik, meine Worte. Ich hoffe, Sie wissen das zu schätzen.

2

Das gewonnene Jahr verging leider schnell. Und ein zweites wurde mir nicht geschenkt. Besondere Begeisterung, jetzt doch noch in die Schule gehen zu dürfen, empfand ich nicht. Aber bitte. Man würde ja sehen, wie es sich anließ.

Es ließ sich, wie soll ich sagen, ambivalent an. Über dem Schultor lud ein steinerner Herr Jesus die sogenannten Kleinen ein, zu ihm zu kommen. Diesen ehemals vergoldeten Spruch zu Jesu Füßen konnte ich zwar noch nicht lesen, doch meine Mutter las ihn mir vor. In der 1 B wartete indes nicht der Herr Jesus im weiten, schöne Falten werfenden Gewand, sondern der Lehrer Hutterer in einem um die Mitte herum zu engen Anzug.

Unser Peter hier, sagte er, ist zwar schwarz, aber sonst ist er sicher genauso ein Lausbub wie ihr. Dabei legte er mir seine Hände weich und durchs Hemd spürbar feucht auf die Schultern. Ich entzog mich, was ihn dazu veranlaßte, mir den Kopf zu kraulen. Seht ihr, sagte er, der schwarze Peter hat es nicht leicht unter uns, wir müssen also ganz besonders nett zu ihm sein.

Man kann nicht sagen, daß sich der Mann nicht bemühte. Die Zuneigung, die meinen Mitschülern daraufhin einschoß, hatte allerdings etwas Unheimliches. War der Platz in der Bank neben mir vorerst frei geblieben, so rissen sich nun auf einmal alle darum. Nur Lilek, ein Typ mit sowohl zum Trotz als auch zum Spott geneigten, spitzen Gesicht, beobachtete den Rummel um mich mit verächtlich zusammengekniffenen Augen.

Ein paar Wochen saß ein gewisser Bierbaum neben mir, der sich durch größere Geschwindigkeit und Ellbogentechnik gegen die anderen Bewerber um meine attraktive Nähe durchgesetzt hatte. Ein Bub mit deutlich überschüssigen Kräften, der bei den ersten Schreibversuchen reihenweise Bleistifte abbrach und – sobald wir mit Tinte schrieben – die Federn zerspragelte. Zwar war er stolz auf seinen Sieg, doch konnte er, wie sich herausstellte, eigentlich wenig mit mir anfangen. Was auf Gegenseitigkeit beruhte. Schließlich zogen wir eine Grenze in der Mitte der Bank, in der wir einander von Vormittag zu Vormittag weniger leiden konnten, und schlugen einander im Fall von Grenzüberschreitungen auf die Pfoten.

Das war auf die Dauer kein erfreulicher Zustand. Na schön, sagte der Lehrer Hutterer, als er merkte, daß seine Schlichtungsversuche nichts nützten, dann suchen wir halt einen anderen Nachbarn für den Peter. Und ließ den Blick über seine Klasse schweifen. Bis er, mit plötzlicher Treffsicherheit, auf dem kleinen Puschnig landete.

Ich weiß nicht, was er sich dabei gedacht hat, ob er es gut gemeint hat, naiv oder zynisch. Eigentlich traue ich ihm Zynismus nicht zu – er konnte seine Stirn in so gutartige Dakkelfalten legen! Vermutlich hat er sich einfach daran erinnert, daß sich Gegensätze angeblich anziehen. Dem kleinen Puschnig jedenfalls hatten unsere Mitschüler gleich in den ersten Schulwochen den Spitznamen *der Weiße* gegeben.

Er hatte sehr helle Haare und in einem von Sommersprossen übersäten Gesicht fast weiße Wimpern. Die schlug er, ein scheues Kind, häufig nieder, wodurch ihre für Knabenaugen außergewöhnliche Länge auffiel. Auch seine Haut war sehr weiß, der Kontrast, der sich ergab, wenn sein linker Arm neben meinem rechten auf dem Pult lag, war zum Lachen. Es war Anfang Oktober und wurde schon kühl, als ihn der Lehrer neben mich setzte, aber wir trugen noch immer kurze Ärmel.

Wir zwei, so verschieden unsere Pigmentierung war, verstanden uns auf eine stille, fast selbstverständliche Art, die wenig Worte brauchte. In der großen Pause ließen wir einer den anderen vom Jausenbrot abbeißen, auf dem Schulweg, den wir ein gutes Stück weit gemeinsam hatten, gingen wir eng nebeneinander. Manchmal wollte sich Puschnig, der ein paar Ecken vor mir abzubiegen hatte, nicht so früh von mir trennen und begleitete mich weiter. Dann tat es mir leid, ihn den Weg, den er meinetwegen gemacht hatte, allein gehen zu lassen, und ich begleitete ihn zurück.

Sonderten wir uns ab? In gewisser Hinsicht *waren* wir schon abgesondert. Bei mir war das offensichtlich, bei ihm ließ es sich auf die Dauer auch nicht verbergen. Puschnigs Vater war ebenso abwesend wie meiner. Nur daß seiner nicht nach Amerika heimgekehrt war, sondern nach Rußland.

Keine Ahnung, woher unsere Mitschüler das wußten. Mir jedenfalls sagte es Puschnig nur zögernd und leise. Das muß im November gewesen sein, der Himmel über unseren Köpfen ist in dieser Szene sehr grau, unsere Füße patschen durch Lacken. Unmittelbar darauf folgt in meiner Erinnerung eine Dezemberszene, in der eine von Lilek und Bierbaum angeführte Bande hinter uns herrennt, mit eisigen Schneebällen nach uns wirft und uns im bösen Chorgesang als Hurenkinder bezeichnet.

Immerhin schrieb Puschnigs Vater manchmal, auch wenn man nur ahnen konnte, was die kyrillischen Buchstaben, in denen er seine Briefe abfaßte, bedeuteten. *Mein* Vater schrieb nie, aber vielleicht lag das daran, daß er von meiner Existenz gar nichts wußte. Zwar hatte ihn meine Mutter auf einer Ansichtskarte, auf der man die schöne, blaue Donau bewundern und die ersten drei Takte des Donauwalzers in Noten lesen konnte, von meiner damals noch bevorstehenden Ankunft informiert. Doch seine Adresse war auf dem Foto gestanden, das sie zerrissen hatte, und sie erinnerte sich ihrer nur ungefähr.

Man kann meiner Mutter nicht zum Vorwurf machen, daß sie sich, als temperamentvolle junge Frau, die sie damals war, einen anderen fand. Mein Erzeuger war weg, mein Vater, ich meine ihr Mann, war noch nicht wieder da und wurde kaum mehr erwartet. Herr Horak war Fahrer auf der schon erwähnten Straßenbahnlinie 80, die, stets nur ein Triebwagen ohne Anhänger, vom Praterstern zum Lusthaus fuhr. Diese Linie hatte sehr wenig Fahrgäste, am Schüttel sausten ihre Waggons in für die damaligen Wiener Verhältnisse atemberaubendem Tempo dahin, an den Haltestellen (sogenannten *Haltestellen nach Bedarf*) stand selten jemand, dessentwegen man halten mußte.

Meine Mutter fuhr sonst mit der Linie O oder mit der Linie J durch die Erdbergstraße oder die Landstraßer Hauptstraße. Das waren frequentierte Strecken, auf denen sie ihr kommunikationsfreudiges Temperament entsprechend zur Geltung bringen konnte. Ihre vorübergehende Versetzung zur Linie 80 hing, wenn ich mich recht erinnere, mit der Schwangerschaft einer Kollegin zusammen. Daß man ausgerechnet sie auf die bis dahin von dieser Kollegin betreute, öde Strecke versetzte, erschien meiner Mutter vorerst als Zumutung, das sei, sagte sie, eine Gemeinheit, jemand im Personalbüro könne sie anscheinend nicht leiden.

Ich weiß auch noch, daß sie sich anfangs über den Fahrer beklagte. Ein fader, alter Kracher sei das, der nur stur auf das Gleis vor sich starre und sich kaum nach ihr umdrehe. So redete sie zu Tante Gerti, ihrer jüngeren Schwester, die uns öfter besuchen kam. Aber plötzlich redete sie ganz anders.

Die Tatsache, daß sie mit Herrn Horak im Triebwagen meistens allein fuhr, schien ihr auf einmal gar nicht mehr so langweilig. Er sei zwar nicht mehr der Jüngste, aber er habe, müsse sie zugeben, amüsante Ideen und eine erstaunliche Vitalität. Sie glaubte, ich schlafe schon, als sie das erzählte, doch ich schlief in solchen Fällen nie. Stell dir vor, sagte meine Mutter, oben beim *Gassteg*, dort, wo sich die Füchse gute Nacht sagen, hat er ganz einfach auf offener Strecke angehalten.

Was ist los, hat meine Mutter gefragt, Sie müssen schon entschuldigen, hat er gesagt, aber ich halt es nicht aus, so eine nette Frau immer nur im Rückspiegel zu betrachten. Mit diesen Worten setzte er sich und meine Mutter auf die am besten beheizte Holzbank. Das Problem war nur, daß die Heizung, sobald der Wagen stand, zu heizen aufhörte. Draußen hatte es einige Grad unter Null, an den Fenstern blühten die Eisblumen, aber sie konnten sich aneinander erwärmen.

So lang hielten sie es immerhin in dieser winterfesten Umarmung aus, bis schon die nächste Garnitur der Linie 80 hinter ihnen auftauchte. Voll Ungeduld klingelte der Fahrerkollege. Die Schaffnerin, eine bereits etwas ältere Dame, kam nach vorn, um zu sehen, ob es irgendeinen Defekt gebe. Keinen Augenblick zu früh dürften sie sich aus ihrer Umklammerung (vielleicht waren sie doch schon etwas zusammengefroren) gelöst haben.

Tante Gerti lachte viel, als ihr meine Mutter diese Geschichte anvertraute, bei mir, dem Lauscher unter der Decke, löste sie widersprüchliche Reaktionen aus. Natürlich war die Vorstellung davon, was der Herr Horak und meine Mutter da getrieben hatten, und *wie* sie es getrieben hatten, komisch, aber es war auch etwas verwirrend anderes an ihr. Vielleicht lag es daran, daß ich mir manche Details noch nicht genau vorstellen konnte. Wenn ich diese Vorstellung reproduzierte, so gingen von meinem Bauch heiße Wellenbewegungen aus, die spürten sich dort, in der Gegend ihres Ursprungs, wie Angst an, etwas weiter unten wie Lust und etwas weiter oben wie Wut.

Unter diesen Voraussetzungen hätte der Herr Horak, der ja, vorerst noch unbekannterweise, Teil dieser Phantasien war, bei mir auch dann kaum eine Chance gehabt, hätte er mir, sobald er leibhaftig auftauchte, besser gefallen. Er gefiel mir aber ganz und gar nicht. Von der Glatze bis zu den großen Füßen (Schuhgröße 44), für die er – so ein *ordentlicher* Mann, sagte meine Mutter – gleich ein paar *Schlapfen* mitbrachte, als er unsere Wohnung zum ersten Mal betrat. Ausgerechnet zu Weihnachten mußte sie ihn einladen!

Zwar schleppte er den größten Christbaum an, den wir je gehabt hatten, und ließ Batterien von Wunderkerzen sprühen, aber das nützte ihm gar nichts. Mir waren die kleinen Christbäume und die wenigen Wunderkerzen, die wir in den Jahren davor gehabt hatten, lieber gewesen. Sein Geschenk, eine *Indianerausrüstung* mit Federschmuck, schien mir nicht nur unpassend, sondern, darüber hinaus, wie ein Bestechungsversuch. Ich ging an diesem Abend früher ins Bett, als man es von mir erwartet hatte, dem Gutenachtkuß meiner Mutter, ohne den ich sonst nicht einschlafen wollte, wich ich aus.

Am folgenden Morgen war der Herr Horak noch da. Als wir am Vormittag danach Richtung Stadionbrücke spazierten, nahm er meine Mutter mit der Rechten um die Hüfte, während sich seine Linke mir anbiederte. Auf der Höhe der Straßenbahnremise lief ich davon, wich links vom vorgesehenen Weg über die Brücke in die Stadionallee ab und versteckte mich im Wrack des Raddampfers *Leopold*. Der war, wie es hieß, in den letzten Kriegstagen von einer Bombe getroffen worden und lag noch immer mit starker Schlagseite im seichten Wasser.

Das Wasser, durch das man zur wärmeren Jahreszeit waten mußte, um in den Bauch des Schiffes zu kommen, war gefroren. Ich hatte mich, dem Verbotsschild, das mir meine Mutter schon früh buchstabiert hatte, zum Trotz, schon öfter hierher zurückgezogen. An diesem Vormittag herrschte dort drin ein durch die Eiszapfen am Einstieg gefiltertes, von den kalten, mit großen, sechseckigen Schrauben genoppten Wänden grün reflektiertes Kristallicht. Ich ließ meine Mutter und ihren überflüssigen Begleiter draußen nach mir rufen und gab keine Antwort.

Zwar schöpfte ich Hoffnung, als uns der Herr Horak am Abend des Christtags verließ und auch am Stefanitag ausblieb. Doch seine Schlapfen standen noch immer im Vorzimmer. Am 27. Dezember, als meine Mutter wieder Dienst hatte, war mein erster Weg hinunter zur Überfuhr. Aber der Fährmann war nicht da, die Hammerschläge auf den alten Blechdeckel, die ihn sonst herbeiriefen, nützten nichts, offenbar eingewintert lag sein Boot auf der anderen Flußseite.

So ging ich schließlich hinauf zur *Apostelkirche*. Dort wurde fürs Sternsingen am Dreikönigstag geprobt. Eine Veranstaltung, an der ich teilnehmen sollte. Anfangs war ich gar nicht sicher gewesen, ob ich das wollte, aber der Kaplan, der bei uns in der Schule Religion unterrichtete, hatte so lang auf mich eingeredet, bis ich nicht mehr nein sagen konnte.

Natürlich, das war mir schon klar, sah er in mir die Idealbesetzung für die Rolle des sogenannten Mohrenkönigs. Obwohl es, wie er mir versicherte, sonst nicht üblich sei, schon Erstklassler zum Sternsingen heranzuziehen. Normalerweise machten das größere Kinder. Aber abgesehen davon, daß ich ohnehin ein Jahr älter war als meine Erstklasslerkollegen, war mein Fall ein ganz besonderer, ja was die Sternsingerei betraf, für den Katecheten geradezu ein Glücksfall, ein Haupttreffer, das rechtfertigte eine Ausnahme.

Die Apostelkirche stand etwas erhöht über der Erdbergstraße auf einem kleinen, mit großen Pflastersteinen ausgelegten Platz. Zuerst turnte ich ein bißchen auf dem Eisengitter, das den Platz gegen die Erdbergstraße abgrenzte, hängte mich mit den Kniekehlen ein und beobachtete die Welt verkehrt, immer noch unschlüssig, ob ich mir die Maskerade wirklich antun sollte. Das eigentlich Peinliche war, daß meine Hautfarbe eingesetzt werden sollte wie ein Teil einer Verkleidung. Natürlich habe ich das damals noch kaum so gedacht, aber ich glaube, ich habe es so empfunden.

Sollte ich in den hinter der Kirche liegenden Pfarrhof gehen oder doch wieder umdrehen und nach Hause laufen? Die Entscheidung wurde mir abgenommen, als durch die verkehrte Welt, die ich nach wie vor sah, der Kaplan daherkam. Er stand ebenso auf dem Kopf wie die den Platz säumenden kahlen Bäume und der Kirchturm. In seiner Soutane wirkte er aus dieser Position besonders komisch.

Ich lachte. Er lachte auch. Es ist schön, sagte er, daß du da bist. Besser, ich bin da, dachte ich, als zu Haus, wo mich die Schlapfen des Herrn Horak ärgern. Der Herr Jesus wird sich gerade über dich ganz besonders freuen, sagte der Kaplan. Ich habe immer noch den Verdacht, er kam sich im Umgang mit mir ein bißchen missionarisch vor, als wäre ich, trotz meines katholischen Taufscheins, ein kleiner Heide gewesen, den er für seine Gemeinde fangen durfte.

Links und rechts vom Portal der Kirche standen die Herren Petrus und Paulus unter blechernen Heiligenscheinen, die auf ihre steinernen Köpfe montiert waren wie Propeller. Wir gingen aber nicht durchs Hauptportal, sondern durch einen schlichten Nebeneingang in die Sakristei. Dort hing ein Kreuz an der Wand und der Geruch von Weihrauch in der Luft. Sonst sah es jedoch enttäuschend profan aus, der nüchtern ausgeweißte Raum, in dem meine königlichen Kollegen und der Sternträger schon warteten, kam mir ein bißchen vor wie eine Schneiderei.

Vielleicht rührte dieser Eindruck daher, daß in einer Ecke des Raums ein Haufen alter Kleider und Tücher lag. So, wie sie da lagen, sahen sie nicht viel gleich, außerdem stanken sie nach Naphthalin. Nichtsdestoweniger sollten daraus unsere Kostüme entstehen. Vorläufig brauchten wir aber noch gar keine Kostüme, sondern sollten Lieder lernen.

Außerdem benutzte der Kaplan die gute Gelegenheit, uns einen, was mich betraf, vorzeitigen, was die anderen anlangt, außerordentlichen Seelsorgeunterricht zu erteilen. *Vom Umgang mit Gott* – wenn ich recht verstand, beruhte der auf dem Prinzip *Wie du mir, so ich dir.* Der Kaplan erzählte von Herrschaften namens Abraham, Isaak, Jakob, Josef und Moses, aber all diese Erzählungen, von denen ich sonst nicht viel verstand, schienen mir auf eins hinauszulaufen: Wenn *wir* etwas für den lieben Gott tun, wird er sich nicht lumpen lassen und auch etwas für *uns* tun.

Wir müssen ihn allerdings schön bitten und dürfen in der Zeit, in der wir auf die Erfüllung unserer Bitte warten, nichts Schlimmes anstellen. Empfehlung: Besuch in der Kirche vor und nach den Sternsingerproben, Kreuzzeichen auf Stirn,

Mund und Brust, Gebet mit ordentlich gefalteten Händen. Lieber Gott, bitte mach, daß der Herr Horak nicht wiederkommt – aber der Herr Horak kam justament wieder. Kam wieder, steckte seine Stinkfüße in die auf ihn wartenden Schlapfen und ging damit in der Wohnung herum, als hätte er dort hingehört. Kann schon sein, sagte der Kaplan beim nächsten Mal, daß die Erfüllung unserer Bitten noch eine Weile dauert. Aber man muß bedenken – Gott hat eine Menge zu tun. Wir müssen ihn halt im Gebet daran erinnern. Und nicht das Vertrauen verlieren dürfen wir, und brav bleiben müssen wir, dann wird es früher oder später klappen.

Beinahe – aber nur beinahe – geklappt hätte es zu Silvester. Da wollten Herr Horak und meine Mutter feiern. Nicht zu Haus wohlgemerkt, wo ich mit Tante Gerti *Mensch ärgere dich nicht* spielen und – falls ich wirklich so lange aufblieb – um Mitternacht Blei gießen sollte. Der Herr Horak und meine Mutter wollten nach Betriebsschluß der Linie 80 was unternehmen, Silvester war schließlich nicht alle Tage beziehungsweise Nächte, und die Tante Gerti, die sich trotzdem bei mir zu bleiben bereit erklärt hatte, war ein Schatz.

Tatsächlich gossen wir schon gegen elf Uhr Blei, weil wir (das *Mensch ärgere dich nicht* zu zweit konnte, beim besten Willen beider Beteiligten, einen so langen Abend nicht füllen) abwechselnd einzunicken drohten. Dann stießen wir mit *Kracherl* an (Kindersekt, sagte die Tante) und legten uns hin. Die Tante schlief auf einem Feldbett in der Küche, ich rief einige Male nach ihr, weil ich starkes Herzklopfen hatte. Sind sie schon da, fragte ich jedes Mal, nein, sagte die Tante, aber sie werden bald kommen, schlaf.

Am nächsten Vormittag erzählten der strapaziert aussehende Herr Horak und meine Mutter folgendes: Gleich am Praterstern, wo sie den Waggon der Linie 80 in die Remise gebracht hatten, waren sie von russischen Soldaten eingeladen worden. Nur auf einen Schluck, hatten die Russen gesagt, weil meine Mutter so schön sei. Der Herr Horak, der ohnehin nicht recht auf die Einladung eingehen wollte, gefiel ihnen allerdings (das hatten sie und ich also gemeinsam) weniger.

Wie sich bald herausstellte, gefiel er ihnen so wenig, daß sie ihn weit weg wünschten. Er sei, sagten sie, ein lästiger Mensch, weil er meine Mutter dauernd zum Aufbruch dränge. Unter der Tegethoffsäule, dem Denkmal eines altösterreichischen Admirals, der zu der Zeit, als für die Monarchie nicht mehr viel zu gewinnen gewesen war, noch eine späte Seeschlacht gewonnen hatte, ließen sie immer noch eine Flasche kreisen. Den Herrn Horak wünschten sie weit weg, am liebsten nach Sibirien.

Sollte der liebe Gott die Erfüllung meiner Bitte auf diese Weise beabsichtigt haben, so hat er sich, scheint es, im letzten Moment besonnen. Das wäre – ich sah es ja ein – übertrieben gewesen. Die Situation war wirklich nicht ungefährlich, sagte Herr Horak, aus ähnlichen Situationen heraus seien in den Jahren seit '45 schon manche verschwunden. Aber er habe sich nicht provozieren und meine Mutter habe ihren schlagfertigen Charme spielen lassen – letzten Endes seien sie sogar noch mit einer Flasche Krimsekt beschenkt davongekommen.

Ich ging weiter sternsingen üben, betete weiter. Klopfet an, so wird euch aufgetan, habe der Herr Jesus gesagt, sagte der Kaplan. In der auf Neujahr folgenden Woche wurden die Kostüme fertig, erstaunlich, was aus den alten Fetzen geworden war. Der Kaplan legte mir ein blaues Cape um die Schultern und setzte mir eine mit Stanniol umwickelte Pappendeckelkrone aufs Haupt.

Ich sah mich im Spiegel und war von mir beeindruckt. Auch die anderen Könige sahen gut aus, aber die mußten, zum Unterschied von mir, geschminkt werden. Balthasar bekam einen Vollbart aufgemalt, Melchior einen Schnurrbart. Bei Kaspar (so nannten sie mich) genügte die Hautfarbe.

Und dann ist der 6. Januar auch schon da. Wir ziehen los. Wir folgen dem Stern, den der Sternträger voranträgt. Wo wir anklopfen oder anklingeln, wird uns tatsächlich aufgetan. Dafür singen wir ein Lied, in dem wir behaupten, aus dem Morgenland zu kommen und Gold, Weihrauch und Myrrhe für den kleinen Jesus in der Krippe mitgebracht zu haben.

Das kam gut an. Niemand kontrollierte, ob wir diese königlichen Geschenke tatsächlich bei uns hatten. Stattdessen warf man Schillinge in die von König Melchior (oder war es Balthasar?) mit appellierendem Rasseln geschüttelte Sammelbüchse. Außerdem steckte man jedem einzelnen von uns in Stanniol gewickelte Christbaumstücke und Kekse zu. Wobei ich, wie mir schien, am besten abschnitt, obwohl (oder weil?) die meisten Leute nicht kapierten, daß ich echt war.

Nicht als König natürlich, aber als Schwarzer. Der Kaplan jedenfalls war hochzufrieden. Die sternsingenden Könige, sagte er, kämen nämlich einerseits alle drei aus dem Morgenland, doch anderseits verträten sie die drei um Christi Geburt bekannten Kontinente. Ich habe meinen Kontinent Afrika aufs beste vertreten.

Das freute mich mehr, als ich zugab, etwas Strahlendes blieb an mir haften, auch nachdem ich das königliche Cape wieder abgenommen hatte. Mit der Krone auf dem Kopf, die ich behalten durfte, ging ich, größer als ich gekommen war, nach Hause. Ich mußte mich in diesem Zustand unbedingt meiner Mutter zeigen. Aber als ich an unserer Tür stand, wurde mir, erstmals an diesem Tag, nicht aufgetan, jedenfalls nicht gleich, und als meine Mutter öffnete, hatte sie unfrisierte Haare.

Herr Horak, der hinter ihr aus dem Zimmer kam, hatte nicht mehr genug Haare, um vergleichbar zerrauft sein zu können. Aber er kämpfte noch, daran erinnere ich mich genau, mit seinen Hosenträgern. Da schau einmal an, sagte meine Mutter, was für eine schöne Krone du hast! Ich ging schweigend ins Kabinett, nahm die Krone vom Kopf und warf sie in eine Ecke.

Von da an, habe ich den Eindruck, ging der Herr Horak gar nicht mehr richtig weg. Er war regelrecht bei uns eingezogen, in seiner Abwesenheit blieben nicht nur seine Schlapfen da. Er hinterließ seinen Rasierpinsel und seine Rasierklingen, in unserem ohnehin engen Schrank hingen zwei breitschultrige Herrenanzüge. Auf dem Bett meiner Mutter lag ein plump gestreifter Pyjama.

Der Herr Horak, sagte meine Mutter, hat viel durchgemacht. Also sollten wir doch recht lieb zu ihm sein. Er war Witwer, seine Frau war in den letzten Kriegstagen in einem Luftschutzkeller, über dem ein Haus in Grund und Boden gebombt worden war, erstickt. Als ich das erfahren hatte, tat er mir tatsächlich ein bißchen leid, und ich nahm mich ihm gegenüber für ein paar Wochen zusammen.

Aber richtig lieb zu ihm zu sein, nein, das konnte man wirklich nicht von mir verlangen. Es genügte doch wohl, daß meine Mutter so lieb zu ihm war. So *allzu*lieb, fand ich. So *distanzlos* lieb. Mir hatte sie weiszumachen versucht, ich sei zu groß, um bei ihr im Bett zu schlafen.

Manchmal schnarchte der Herr Horak so laut, daß ich es im Kabinett hören konnte. Ganz abgesehen von anderen Geräuschen, die ich hören mußte. Zwischen dem Kabinett und dem Zimmer lag, wie schon erwähnt, nur unsere kleine Küche. Zwar wurde die Tür zum Zimmer immer geschlossen, aber die Tür zum Kabinett blieb offen.

So war das. Meine Mutter war eine temperamentvolle Frau, aber der Herr Horak war ein Schweinigel. Manchmal, wenn sie mich aufweckten und ich nicht mehr einschlafen konnte, schlich ich auf Zehenspitzen bis an ihre Tür. Obwohl es, so mitten in der Nacht, kalt war und die Glut im Kanonenofen nur mehr schwach blinzelte, wurde mir beim Anhören ihres Keuchens und Stöhnens heiß. So heiß, daß ich, ins Bett zurückgehuscht, überzeugt war, Fieber zu haben.

Ja, Fieber hatte ich, hoffentlich hohes Fieber! Damit meine Mutter merkte, wozu das führte! Draußen stürmt es in diesen Erinnerungen, die wildbewegte Straßenbeleuchtung wirft, durch den gehäkelten Vorhang scheinend, bizarre Scherenschnittmuster an den Plafond. In dieses Muster hinein projiziere ich, was meine Mutter mit dem Herrn Horak macht, und am Morgen, wenn sie mich aufweckt und glaubt, mich in die Schule schicken zu können, werde ich krank sein und gepflegt werden müssen.

Ich schaffte es wirklich, ein bißchen krank zu werden. Da ich übertrieb, mußte der Herr Horak sogar den Doktor holen. Der steckte mir einen Löffel in den Mund, horchte und klopfte mir Brust und Rücken ab. Nein, nichts Ernstes, nur eine jahreszeitlich bedingte Verkühlung. Immerhin saß meine Mutter dann einige Male an meinem Bett und fütterte mich. Da mich festere Nahrung im Hals kratzte, bekam ich *Grießkoch*, eine Speise, die mich an glücklichere Tage erinnerte. Auch las sie mir aus einem Buch vor, in dem es um ein Elefantenkind in Kamerun ging. Einmal, als der Herr Horak nicht da war, sang sie mir sogar ein Wiegenlied.

Das war schön. Aber wie lang sollte ich so im Bett liegen? Auf die Dauer war das bestimmt keine Lösung.

Nun, die Lösung ergab sich auf andere Art.

Sie ergab sich durch die Kraft der Musik.

Durch die Kraft *meiner* Musik wohlgemerkt, jetzt lachen Sie nicht. Vielleicht war das Erfolgserlebnis, das ich damals hatte, sogar bestimmend für mein ganzes weiteres Leben. Seit ich zur Schule ging, hatte ich das Klavier etwas vernachlässigt. Jetzt, da ich, immer noch nicht ganz fieberfrei, ein paar Tage zu Hause blieb, hatte ich endlich wieder die Muße dafür.

Meine Mutter hatte gegen mein ebenso freies wie eigenwilliges Klavierspiel nie etwas eingewandt. Im Gegenteil, manchmal hatte sie sogar mitgesummt. Bis ihre Stimme, von meinen synkopischen Wendungen überrascht, aus der Bahn geriet. Aber dann hatte sie meistens gelacht und sogar applaudiert.

Nicht so der Herr Horak. Der hielt sich die Ohren zu. Hielt sich tatsächlich die Ohren zu, wenn ich in Schwung kam. Zu Weihnachten, unter dem Christbaum, hatte er noch höflich zugehört, als ich meine zweifellos originelle Fassung von *Stille Nacht, heilige Nacht* zum besten gab. Aber es dauerte nicht lange, bis er andeutete, daß er sich durch meine Musik strapaziert fühlte.

Kannst du nicht leiser spielen?, fragte er etwa. Oder: Kannst du nicht *etwas Schönes* spielen? Etwas – wie soll ich sagen – *ein bißchen mehr Liebliches?* Nun wußte ich, womit ich ihn bekämpfen konnte.

Hatte ich mich früher spontan ans Piano gesetzt, so betrieb ich mein dem Herrn Horak gegenüber grausames Klavierspiel jetzt systematisch. In seiner Abwesenheit kam mich selten die Lust an, in seiner Anwesenheit meistens. Es war ein Anschlag, deswegen wurde auch mein Anschlag kräftiger. Frau Miklas, die unter uns wohnte, war, wie schon erwähnt, schwerhörig, unsere unmittelbare Nachbarwohnung war eine Schutthalde – der einzige, der sich gestört fühlen konnte und auch sollte, war der Herr Horak.

Obwohl sich der nicht so leicht provozieren ließ. Es dauerte eine Weile, bis er die von mir beabsichtigte Wirkung zeigte. Zuerst einmal schlug er vor, ich solle doch *ordentliche* Klavierstunden nehmen. In der Hörnesgasse 7 wohne, wie er im Vorbeigehen auf einem Schild neben dem Haustor gelesen habe, eine Klavierlehrerin, die mir sicher gerne Stunden geben würde.

Meine Mutter sagte, daß sie nicht wisse, ob sie sich das leisten könne. Ach was, er sei gern bereit, sagte der Herr Horak, die Hälfte zu zahlen. Damit schnitt er sich ins eigene

Fleisch. Abgesehen davon, daß die Klavierlehrerin eine dumme Kuh ohne jegliche Musikalität war, die einen unverhältnismäßig großen Teil der Stunden darauf verschwendete, mir die ihrer Ansicht nach einzig richtige Fingerhaltung zu predigen, eine Nervensäge, die, kaum, daß sie mich auf ihrem Klavier, das zwar besser klang als unseres, zwei Töne spielen ließ, sofort von Zählsucht befallen wurde (ein-e, zählte sie aus unerfindlichen Gründe, zwei-e), was den schönen Klang empfindlich störte, abgesehen davon sollte ich nun auch *Skalen* trainieren, eine Übung, die mir sonst wenig Vergnügen bereitet hätte – dem Herrn Horak gegenüber jedoch bewährte sie sich als Foltermethode.

Trotzdem hielt er es bis in den März hinein aus. Dann aber – seit ein paar Tagen schien die Sonne frühlingshaft, und die Gesichter der Menschen wurden freundlicher, bis auf seins – verlor er eines Abends seine Beherrschung. Es war, nebenbei erwähnt, nicht nur meine Musik allein, die dem armen Mann zusetzte. Seit ein paar Wochen gab es damals auch eine gewisse Spannung zwischen ihm und meiner Mutter.

Seit diesen paar Wochen nämlich fuhr meine Mutter nicht mehr mit ihm auf der fatalen Linie 80, sondern wieder auf den ihr angestammten Linien O und J. Das machte sie froh, das war doch etwas anderes als die selten durch Fahrgäste gestörte Zweisamkeit mit Herrn Horak, aber ihn machte es mißtrauisch. Einen mit ihm befreundeten Kontrollor scheint er allen Ernstes beauftragt zu haben, meine Mutter sozusagen zu beschatten. Da er (so redete er manchmal) selbst auf ihre schönen Augen hereingefallen war, wollte er, schien es, wenigstens auf dem Laufenden sein, wem sie, seiner Beobachtung entzogen, womöglich noch schöne Augen machte.

Das war also die Lage. Meine Mutter, die den Kontrollor auf ich weiß nicht welche Weise als seinen Agenten enttarnt hatte, versuchte zuerst, die Geschichte nicht ernst zu nehmen. Vielleicht war es auch eine Flucht nach vorn, die sie antrat, jedenfalls begann sie, dem Herrn Horak von allen möglichen und unmöglichen Flirts zu erzählen, die ihr der Tag auf den Linien O und J so zutrug. Um das lustig zu finden, hatte der Horak allerdings zu wenig Humor. Er saß mit finsterem Gesicht im Zimmer, eine Zigarette nach der anderen rauchend, oder stand, waidwund auf den Donaukanal hinunterblikkend, am Fenster.

Da merkte ich instinktiv, daß er abschußreif war. Am Klavier sitzend, ließ ich mein ganzes Feeling gegen ihn los. In aller Lautstärke. Ohne Rücksicht auf Qualitätsverluste. Diese Lautstärke ist auch der Grund, warum ich den vollen Wortlaut des Streits, der schließlich (und endlich) ausbrach, nicht wiederzugeben imstande bin.

Nur soviel weiß ich, daß der Herr Horak seine Stimme erhob. Das war kein Wunder, er mußte mich übertönen. Und daß sich meine Mutter, eine für gewöhnlich freundliche, aber, wie schon erwähnt, temperamentvolle Frau, das nicht gefallen ließ. Schrei nicht so, schrie sie, glaubst du, ich laß mich von dir anschreien?!

Und dann geschah es. Dann verlor er vollends die Kontrolle über sich. Kannst du nicht wenigstens, schrie er, deinem *Bankert* sagen, er soll mit seiner *Negermusik* aufhören? Jetzt hatte ich ihn soweit. Soweit hätte er nicht gehen dürfen. Was hast du gesagt, fragte meine Mutter sehr leise, aber sehr deutlich in der Pause, die ich ihr dafür ließ, sag das noch einmal.

Er sagte es noch einmal. Aber mich, der ich exakt da wieder einsetzte, forte, fortissimo, crescendo, konnte er damit nicht mehr treffen. Der Herr Horak mußte aufpassen, daß er selbst nicht getroffen wurde, meine Mutter warf die Bleikristallvase, die er ihr zu Weihnachten geschenkt hatte, nach ihm. Vor Schreck über das Klirren, das der Aufprall an der Wand hinter ihm verursachte, hörte ich vorläufig zu klimpern auf. Geh, sagte meine Mutter, sehr weiß im Gesicht, aber gerade in dieser Situation heroisch an meiner schwarzen Seite, was ich ihr heute noch hoch anrechne, geh, verschwind, bevor ich dich hochkantig hinausschmeiß.

Mein Gott, war das schön! Es wurde Frühling, und der Herr Horak war weg. Meine Mutter ging mit mir am Donaukanal spazieren. Ab und zu trieb noch Eis vorbei, aber nur ganz wenig. Auf den großen Ufersteinen unterhalb der Rotundenbrücke glänzten die Möwen in der Sonne und spreizten ihr Gefieder.

In dieser Erinnerung ist der Himmel von pastellfarbenem Blau, das Haar meiner Mutter hat im Kontrast dazu einen fast rötlichen Schimmer. Ein weicher Wind weht, in dem sich ihr Haar bewegt. Auf der Höhe der Persil-Fabrik gab es einen Baum, der war voll Spatzen. Das Wort *jubilieren* paßt nicht zu ihnen, aber sie zwitscherten, so klein sie waren, in großer Besetzung, gleichzeitig aufgeregt und begeistert.

In der ersten Frühlingssonne fuhren wir zwei gemeinsam mit der Überfuhr. Dieses Bild macht mir ganz besondere Freude. Meine Mutter steht an die Reling gelehnt, lächelnd, und nimmt zur Kenntnis, daß ich steuere. Und der Fährmann lächelt auch, er hat ein ganz eigenes, sehr zurückhaltendes Lächeln auf seinen schmalen Lippen zwischen den scharfen Falten, die seine Wangen links und rechts unterteilen, und er lächelt nicht nur meinetwegen, sondern auch wegen meiner Mutter, die ein seltener Besuch ist.

HE, SIE DA hinten, was halten Sie eigentlich davon, mich auf ein Bier einzuladen? Ich meine: Sie lassen mich reden und bedenken nicht, daß mir dabei der Mund austrocknet. Na ja, vielleicht finden Sie, ich sollte lieber weniger reden. Lieber die Luft anhalten und mich aufs Klavierspielen konzentrieren.

Aber sehen Sie, bei mir läuft das halt so. Wenn sich die Seele lockert, so lockert sich auch die Zunge. Wenn ich gut drauf bin, dann komm ich beim Spielen ins Reden. Und beim Reden wieder ins Spielen – eins ergibt das andere.

Also, ein Bier würd ich schon noch ganz gut vertragen. Acadian Amber oder Woodoo Blackened Dixie. Auf dem

Klavier steht ein Glas Bier, nein, stimmt nicht ganz, steht ein Pappbecher Bier, aber daran hab ich mich im Lauf der Jahre gewöhnt. Wer daraus trinkt, stinkt übrigens keineswegs, das Bier ist hier besser als im Rest der Vereinigten Staaten.

Danke. Dank dir schön, Leslie. Sag dem Herrn oder der Dame dort hinten schönen Dank. Verzeihen Sie meine Unsicherheit in bezug auf Ihr Geschlecht, aber Sie lassen sich ja nicht sehen. Sie bevorzugen es, im Dunkel zu bleiben. Okay, ich weiß Ihre Unaufdringlichkeit zu schätzen.

Obwohl ich Sie eigentlich doch ganz gern sehen würde. Ich meine: Es wäre nett, sich jemanden unter Ihnen vorstellen zu können. Vielleicht ... ja, vielleicht könnten Sie sich eine Zigarette anzünden. Damit ich nur für einen Augenblick einen Schimmer Ihres Gesichts sehe.

Nicht? Keine Hemmungen! Hier bei uns können Sie das ohne weiteres tun. Wir sind nicht im mittleren Westen, ich bitte Sie! Puritanische Kampagnen haben hier keine Chance. Seit die Yankees mit den Zigaretten verrückt spielen, schießen hier in der Stadt die Zigarrenläden ins Kraut.

Trotzdem nicht? Wie Sie wollen. Vielleicht macht es Ihnen ganz einfach keinen Spaß, zu rauchen. Vergessen Sie es. War ja nur so eine Idee von mir. Und sagen wollen Sie auch nichts. Offenbar halten Sie das für überflüssig. Hab ich mir gleich gedacht. Das sieht Ihnen ähnlich.

Obwohl eine kleine Wortspende tröstlich wäre. Es wäre ganz schön, nicht nur in den leeren Raum hineinzureden. Ein gewisses Feedback, Sie verstehen, was ich meine. Aber warum sollen ausgerechnet Sie sich dafür zuständig fühlen.

Gestatten Sie trotzdem, daß ich hiemit auf Ihr Wohl trinke. Santé! Salud! Cincin! In welcher Sprache hören Sie es am liebsten? Woher kommen Sie eigentlich? Vielleicht sind Sie ohnehin von hier. Sind Sie schwarz oder weiß? Wahrscheinlich haben Sie recht, sich dazu nicht zu äußern.

3

Mit der Schule kam ich ganz gut zurecht. Ich war schon im Herbst kein schlechter Schüler gewesen. Im Winter hatte der Kampf gegen den Herrn Horak den größten Teil meiner Energien okkupiert. Nun aber, nach dem triumphalen Sieg in diesem Kampf, blühte ich auch in diesem Bereich zu einer neuen Leichtigkeit und Freiheit auf.

Lesen und Schreiben machten mir nicht nur keine Schwierigkeiten, sondern ausgesprochenes Vergnügen. Ich war nicht als Analphabet dahergekommen. Nicht umsonst war ich so oft in der Straßenbahn meiner Mutter mitgefahren. Sätze wie *Rauchen verboten* oder *Nichts hinausstrecken* hatte ich schon im Vorschulalter in vier Sprachen nachgemalt.

Das wußte der Lehrer Hutterer durchaus zu schätzen. Allerdings hatte er nicht viel dafür übrig, daß ich, weil mir die kyrillische Schrift *auch* gefiel, manchmal einen Buchstaben verkehrt schrieb. Sonst machte ich aber wenige Fehler beim Schreiben. Und wenn es darum ging, etwas halbwegs flüssig und richtig betont vorzulesen, wurde meistens ich aufgerufen, weil ich das mit Abstand am besten konnte.

So auch an jenem Vormittag, als der Direktor unversehens die Klasse betrat. Wir lasen gerade ein ziemlich kindisches Gedicht über den April, der angeblich macht, was er will, aber selbst so simple Strophen konnten die meisten meiner Mitschüler nur stockend entziffern. Beim Eintritt des Direktors war gerade mein früherer Nachbar, Bierbaum, an der Reihe. Was die größere Qual war – für ihn zu lesen oder für uns zuzuhören –, war schwer zu entscheiden.

Ja, danke schön, sagte der Lehrer Hutterer rasch. Und jetzt – wer liest *jetzt*? Er tat so, als ob er tatsächlich die Wahl gehabt hätte. Mir war klar, daß er sie nicht hatte, ich räusperte mich schon. Na schön, sagte er – ganz im Gegensatz zu sonst, wo er mich immer beim Vornamen nannte, meinen Familiennamen verwendend –, der Jarosch soll lesen.

Na ja, und dann las ich, getragen von Selbstbewußtsein. Der Direktor nahm seine Brille ab, putzte sie, als wäre sie angelaufen, setzte sie wieder auf und betrachtete mich irritiert durch die nunmehr garantiert sauber polierten Gläser. Der Lehrer nutzte den guten Wind und ließ mich auch das im Buch folgende Gedicht über den Mai vortragen. Da nickte der Direktor, wie mir schien, etwas gedankenverloren, schüttelte dem Lehrer die Hand, als wollte er ihn zu etwas beglückwünschen, und ging.

Im Gesangsunterricht durfte ich zwar leider nicht ans Klavier, wodurch die Begleitung (besorgt von Herrn Hutterer selbst mit seinen kurzen, dicken Fingern) kaum über die ortsübliche Biederkeit hinauskam. Aber meine Stimme, die ich mit Lust einsetzte, war nicht zu überhören. Die mit den Zirpestimmchen, sagte der Lehrer, können sich an Peter ein Beispiel nehmen. Zwar singt er nicht immer richtig, aber er traut sich.

Von wegen richtig und falsch – darüber wollte ich mit Herrn Hutterer nicht streiten. Ich versuchte halt, etwas zu improvisieren. Um das zu begreifen, dazu fehlte sowohl ihm als auch meinen Klassenkameraden das Feeling. Aber vielleicht war ein Lied wie *Alle Vöglein sind schon da* auch nicht ganz das richtige, um dieses Feeling zu erspüren.

Im Turnen schließlich war ich ohnehin gut. Da ich soviel Zeit im Freien zugebracht hatte, war ich geschickt, ausdauernd und kräftig. Auf den Matratzen, auf denen manch anderer nicht einmal einen geraden Purzelbaum zustande brachte, überraschte (und erschreckte) ich den Lehrer mit einer Hechtrolle. Und an den Ringen, an denen andere wie kleine Säcke hingen, schaffte ich Klimmzüge und Überschläge. Bei den Ballspielen schließlich kam es zu einer für mich etwas kuriosen Wiederbegegnung mit der Geschichte von den zehn kleinen Negerlein. So nannte Herr Hutterer originellerweise das unter meinen Mitschülern sehr beliebte *Abschießen.* Eine – wie soll ichs beschreiben? – anarchistische Vorstufe zum schon eher strategisch geordneten *Völkerball.* Ich machte gute Miene zum wohl nicht wirklich bös gemeinten Spiel, zeigte breit lächelnd die Zähne und bemühte mich, das Negerlein zu sein, das übrigblieb.

In jenem Frühling wäre es mir also rundherum gutgegangen, wäre ich nicht ab und zu *meinem Feind* begegnet. Mein Feind war um etliches älter als ich, er ging bestimmt schon in die Hauptschule. Ich weiß nicht, wie er geheißen hat, er muß in der Gegend gewohnt haben. Einmal sah ich ihn aus dem *Rüdenhof* kommen, einem von der Gemeinde Wien in der heroischen Zeit der Wiener Arbeiterbewegung erbauten festungsartigen Wohnhauskomplex, seither machte ich um den Rüdenhof einen Bogen.

Das nützte aber nichts. Mein Feind lief mir immer wieder über den Weg. Oder war *ich* es, der *ihm* immer wieder über den Weg lief? Er war, wie gesagt, älter als ich, hoch aufgeschossen, um mindestens einen Kopf größer. Unter einem rostigen Haarschopf hatte er ein durch die Sommersprossen, die es übersäten, ebenfalls rötlich wirkendes Gesicht.

Von diesem Gesicht, lang und unjung, habe ich vor allem den Mund in Erinnerung, der sich jedes Mal, wenn er meiner ansichtig wurde, zu einem Ausdruck tief verletzender Verachtung verzog. Es war schrecklich, wenn er mir auf dem Gehsteig entgegenkam (etwa auf jener Strecke in der Heidingergasse, wo hinter einer mit Glasscherben gespickten Mauer die Schornsteine der Siemens-Fabrik rauchten). Von dem Augenblick an, in dem sein Gesicht diesen Ausdruck annahm, bis zu dem Moment, in dem er endlich an mir vorbei war, verging eine Ewigkeit. Der Gipfel des Schreckens aber war erreicht, wenn wir – oder genauer gesagt: kurz bevor wir – auf gleicher Höhe waren.

Manchmal spuckte er, schräg aus dem Mundwinkel, haarscharf an mir vorbei. Manchmal hob er ruckartig die Arme, wie um ein Tier zu verscheuchen. Manchmal, und das war vielleicht das schlimmste, tat er keins von beiden. In diesen

Momenten genoß er nur meine Panik, gleichsam auf mein Herzklopfen lauschend, mit einem unglaublich dreckigen, zynischen Grinsen.

Soweit ich mich erinnern kann, hat er nie ein Wort an mich gerichtet. Und ich habe mich natürlich nicht getraut, etwas zu ihm zu sagen. Was denn auch hätte ich zu ihm sagen sollen? Ich glaube, da wäre alles sinnlos gewesen.

Außerdem hatte ich nicht das geringste Interesse daran, ihn aufzuhalten. Schon sein Vorübergehen bewirkte, daß sich meinem Rückgrat entlang Härchen aufstellten, von deren Existenz ich sonst nichts merkte. Wenn ich vorbei war, ging ich noch eine Weile mit eingezogenem Hals. Die Erniedrigung, die er mir, ohne mir wirklich etwas zu tun, antat, machte mich buchstäblich kleiner, und es dauerte eine Weile, bis ich wieder aufrecht und entspannt gehen konnte.

Wenn mir mein Feind begegnet war, blieb ich oft den ganzen Tag verstört. Was hast du denn?, fragte meine Mutter, wenn ich mich wieder einmal in mein Kabinett zurückzog. Ich versuchte, allein damit fertigzuwerden, aber ich bin nicht sicher, ob mir das je gelungen ist. Das Gefühl, daß es einen Menschen gibt, der einen zu hassen scheint, obwohl er einen gar nicht näher kennt, einfach so, weil man *anders* ist – dieses Gefühl und der Verdacht, daß dort draußen noch viel mehr von der Sorte umherlaufen, sind schwer zu ertragen.

Zum Glück hatte ich auch einen Freund – Sie wissen schon, Puschnig. Mit ihm verbrachte ich in jenem Frühling, der allmählich in einen schönen, heißen Sommer überging, immer mehr Zeit. Abgesehen von den gemeinsamen Stunden in der Schule und auf dem Schulweg, trafen wir uns so gut wie jeden Nachmittag. Gemeinsam unternahmen wir lange Spaziergänge.

Obwohl er nur ein kleines Stück weiter von der Lände entfernt wohnte als ich, hatte er sich dort viel weniger umgetan.

Es gab also viel, was ich ihm noch zeigen konnte. Stromauf- und stromabwärts schleppte ich ihn am Kanal entlang. Alle meine Lieblingsplätze in der Uferlandschaft sollte er kennenlernen.

Nicht jedem hätte ich diese Plätze gezeigt. Eigentlich keinem. Mir fiel kein anderer ein. Dieses Vertrauen war ein besonderes Geschenk. Aber ihm schenkte ich es gern. Er war mein Freund und kein anderer.

Daß er sich weniger umgetan hatte, lag wohl daran, daß er insgesamt zaghafter war. Wie vorsichtig er, die Beine anwinkelnd, zwischen den Brennesseln und Kletten herumstieg! Klar, wir trugen seit Mitte April wieder kurze Hosen. Aber während ich die Bläschen und Kratzer an meinen Beinen kaum mehr beachtete, kaum mehr bemerkte, versuchte er, mit seiner weißen, empfindlichen Haut auch die geringfügigsten Reizungen und Verletzungen zu vermeiden.

Nun wäre mir diese Zaghaftigkeit bei jedem anderen wahrscheinlich auf die Nerven gegangen. Bei ihm aber machte sie einen Teil seines Charmes aus. Ich mochte ihn, ja. Ich mochte ihn wirklich gern. Ein bißchen kam er mir allerdings vor wie ein Mädchen.

Das hinderte uns nicht, einander kameradschaftlich um die Schultern zu nehmen, wenn wir auf dem das Ufer entlangführenden Treppelweg fürbaß schritten. Ihr zwei, sagte der Fährmann, dem ich Puschnig natürlich unbedingt vorführen mußte, seid schon von weitem ein netter Anblick. Zwei richtige Freunde, sagte der Fährmann, das sieht man. Es machte mich froh, daß er meinen Freund akzeptierte.

Sogar ans Steuer hätte er ihn gelassen. Doch Puschnig war nicht besonders hingerissen. Er hatte ganz deutlich Angst, etwas falsch zu machen. Unter seinen langen Wimpern hervorblinzelnd, überließ er das Steuer lieber dem Fährmann und mir.

Natürlich zeigte ich Puschnig auch den Dampfer *Leopold*. Nicht, daß er den nicht kannte. Den kannte jeder aus der

Gegend. Doch *von innen* kannte er ihn noch nicht. Er hatte sich nie getraut, das Wrack zu betreten.

Aber das mußte er, fand ich, unbedingt:

Dort drinnen zu sein, das war ein ganz eigenes Gefühl.

Dort drinnen konnte man die schönsten Phantasiespiele spielen.

Zum Beispiel konnte man sich einbilden, auf einem Mississippidampfer zu fahren.

Let me tell you of the Mississippi …

Was sagst du?, fragte Puschnig.

Vom Mississippi, sagte ich, wirst du doch schon gehört haben.

Ja, sagte er, Missislippi, doch, ich glaub schon … Vielleicht hatte er eher von der Wolga oder vom Jenissej gehört.

Was mich betraf, hatte mir meine Mutter aus *Tom Sawyer* und *Huckleberry Finn* vorzulesen begonnen. Das schien ihr selbst großes Vergnügen zu machen. Ich erzählte Puschnig über die Flucht Huckleberrys mit dem schwarzen Jim. Das könnten wir spielen, sagte ich. Aber du darfst nicht Nigger zu mir sagen!

Zwar trieben Jim und Huck auf einem Floß den Mississippi hinunter. Doch daß ein richtiger Raddampfer wie die *Leopold* ausgezeichnet in ihre Geschichte paßte, daran war kein Zweifel. Wohl lag sein Schaufelrad still im Wasser und rostete. Aber dann war er eben ein Wrack, in dessen Bauch Huck und Jim herumstöberten.

Ein schönes Spiel. Auch wenn mein Freund kein besonders guter Huck war. Nicht nur, weil er seinen Text nicht wußte – er war ganz einfach nicht der richtige Typ. Was den Text betraf, so konnte ich ihm soufflieren, was indessen den Typ betraf … Auch als Tom Sawyer machte er leider nicht die richtige Figur.

Mit seinen schüchtern stakenden, weißen Beinen. Mit seiner leisen, etwas belegten Stimme. Und seinem Augenaufschlag, verdammt noch einmal. Kein Wunder, daß wir nach einigen verunglückten Anläufen auf ein anderes Spiel kamen.

Das war, als er wieder einmal nicht wußte, was er als Huck oder Tom sagen sollte. Als auch mir für den Moment der Faden des von ihm nur unzureichend mitgesponnenen Hirngespinsts ausging. Ein paar Atemzüge lang standen wir einander einfach stumm gegenüber. Zwischen uns war eine sozusagen laute Stille, die Autos, die oben auf der Straße vorbeifuhren, die Amseln, die unten in den Büschen saßen, waren auf einmal sehr fern.

Mir kommt vor, daß Puschnig ein bißchen rot wurde. Aber vielleicht war es auch das milde Licht des frühen Abends, das, durch die Bullaugen schräg einfallend, seinen Hals, seine Wangen und seine in meiner Erinnerung fast transparenten Ohren leicht färbte. Er wurde rot, noch bevor etwas (was eigentlich?) zwischen uns beiden aufkeimte. Eine Möglichkeit. Der Gedanke an eine Möglichkeit. Eine halb bange, halb aufregende Ahnung.

Das Spiel war mir nicht neu. Ich hatte es schon mit meinen Cousinen Susi und Elfi gespielt. Deren Eltern hatten einen Schrebergarten gehabt, an der östlichen Peripherie von Wien, im Bezirk Simmering. Einen Schrebergarten, der mir in der Erinnerung so weitläufig vorkommt, wie er in der Realität unmöglich gewesen sein kann. Aber das liegt wohl daran, daß er, an einer Seite nur durch einen sehr invaliden Zaun begrenzt, in ein abenteuerliches Areal aus Gebüsch und Gehölz überging, das meine Cousinen *Bunkerwald* nannten, der darin aus dem Krieg übriggebliebenen Betonunterstände wegen.

Natürlich sollten wir dieses Gebiet nicht betreten. Es hieß, daß man dort noch auf scharfe Patronen stoßen könnte. Selbstverständlich betraten wir es erst recht. Während die Erwachsenen, vor der erstaunlich weit entfernten Hütte sitzend, mit Wurstbrot, Wein und Tarockkarten beschäftigt waren.

Dort hatte das Spiel für mich Premiere gehabt. Aber das lag nun schon gute zwei Jahre zurück. In einer nur noch vage erinnerten Vorzeit. Inzwischen waren die Schrebergärten an jener Peripherie geschleift und die Betonunterstände gesprengt worden.

Nun zeigte sich, daß sich jenes Spiel auch in anderer Besetzung spielen ließ. Ich fand es nicht weniger spannend als mit den Mädchen. Es war etwas anders, gewiß, eine Variation. Während dort der Unterschied das Aufregende gewesen war, war es hier die Gleichheit.

Wobei diese Gleichheit sich wiederum unterschied. Und gerade diese Verschiedenheit im Gleichen hatte etwas sehr Reizvolles. So war das zumindest zwischen Puschnig und mir. An den Stellen, die normalerweise bedeckt blieben, schien seine Haut noch weißer zu sein als sonst.

Was soll ich sagen? Das Spiel wurde uns nicht langweilig. Wenn wir einander so gegenüberstanden, spürten wir immer wieder aufs neue unser Blut pochen. Es war aufregend. War es so aufregend, weil es verboten war? Eigentlich hatte ja niemand ein derartiges Verbot ausgesprochen.

Trotzdem erschraken wir, als wir eines Tages dabei überrascht wurden. Nicht von einem Erwachsenen übrigens, sondern von einem Schüler unserer Schule. Einem Schüler, den wir vom Sehen kannten. Er hieß, glaube ich, Prohaska und ging schon in die dritte oder vierte Klasse.

Kein Erwachsener also, aber *ein Großer*. Der schien den Dampfer *Leopold* gut zu kennen. Trat jedenfalls ein, als ob er ihm gehörte. War so schnell bei uns unten, daß wir unsere Hosen nur halb heraufziehen konnten.

Er erschien, nebenbei bemerkt, nicht allein, sondern hatte ein Mädchen hinter sich. Doch dieses Mädchen sahen wir nur sehr flüchtig. Oh pardon, sagte er, als er unser ansichtig wurde, eine Wendung, die Kinder auch seines Alters in unserem Milieu damals kaum verwendeten. Und dann, mit einem Lächeln auf den Lippen, das mich, obwohl es ein sozusagen sympathisierendes war, ein bißchen ärgerte: Laßts euch nur ja nicht stören!

Irgendwie störte uns das Bewußtsein, daß dieser präpotente Typ jederzeit wiederkehren konnte, doch. Wahrscheinlich war das der Grund, warum wir von da an, aus der Erdbergstraße zur Stadionbrücke kommend, den Dampfer *Leopold* immer häufiger links liegenließen. Ein anderer Grund war die sommerliche Hitze. Die Ferien brachen an, und man bekam Lust, zu baden.

Ein paar Mal gingen wir ins Stadionbad. Das war durch die von der Brücke geradewegs dorthin führende Allee zu erreichen. Zu von diesem Weg abweichenden Streifzügen ins Dickicht war Puschnig kaum zu überreden. Aber das Heustadelwasser, an dessen der Allee zugewandtem Ende ein Kiosk mit Erfrischungen und Bootsverleih einen ganz zahmen Eindruck machte, ließ er sich doch zeigen.

Weiter drüben, sagte ich, ist es schöner. Am linken Ufer lief ein vergleichsweise frequentierter Weg. Der Weg am rechten Ufer wurde weit weniger begangen. Und dort kannte ich mich aus. Und dort gab es eine kleine Bucht. Und dort war gut sein und bleiben.

Vor oder nach dem Stadionbad-Besuch. Mit der Zeit auch manchmal ganz einfach statt dessen. Sand und Kieselsteine. Weiden, deren überhängende Zweige stellenweise eine Art von Paravent bildeten. Man konnte die Schwimmhose ausziehen und nackt ins Wasser gleiten.

Das war einfach schön, ich hab es nie anders empfunden. Und noch schöner war es, wieder aus dem Wasser herauszukommen. Nackt. Schwarz und weiß. Mit glatter, glänzender Haut. Und dann im Sand, der, je nachdem, wie man sich drehte und wendete, gewisse Körperpartien panierte, nebeneinander zu liegen und zu spüren und zu sehen, wie die eine Atemlosigkeit (die durchs Herumtollen im Wasser verursachte, die jetzt abklang) in eine andere, immer wieder aufregende Atemlosigkeit überging.

Vorbei kam dort niemand, der Weg endete am Maschengitter eines Hundeabrichteplatzes. Wir lagen im Sand, hörten das ferne Gebell der Hunde, sahen die Sonne durch halbgeschlossene Lider. Es war einfach schön, sage ich – nur die Gelsen (so nennt man in Wien die besonders in den Praterauen verbreitete, zwar blutrünstige, aber im Prinzip harmlose Form von Moskitos) waren lästig. Danach waren wir manchmal von oben bis unten übersät mit auf Puschnigs weißer Haut besonders rot anschwellenden Stichen. Mit Anfang September wurden die Gelsen weniger, aber auch die Temperatur ging zurück. Vom Baden konnte da bald keine Rede mehr sein. Dann fing die Schule wieder an, und die Temperatur fiel weiter. Auch im Bauch des Dampfers *Leopold* wurde es verflucht kühl und zugig.

Im darauffolgenden Frühjahr dann, noch bevor die Temperatur wieder zureichend anstieg, schaffte es der Kaplan, Puschnig und mir die bis dahin fast ungetrübte Freude aneinander zu verderben. Und das kam so: Im kommenden Mai sollten wir zur ersten heiligen Kommunion gehen. Mit der Vorbereitung darauf begann der Kaplan schon Anfang März. So wichtig nahm er die Sache, daß er uns zusätzlich zur dienstäglichen Religionsstunde in der Schule jeden Donnerstag zu einer sogenannten Seelsorgestunde in die Pfarre zitierte.

Nun war mir die Pfarre als Ausgangspunkt meines Erfolgs als Mohrenkönig in durchaus angenehmer Erinnerung. Und den Kaplan, der mir damals so nette Komplimente gemacht hatte, fand ich nach wie vor sympathisch. Die Geschichten, die er erzählte, waren zwar manchmal recht unglaubwürdig. Aber er erzählte sie offenbar gern, man konnte ihm also die Freude machen, zuzuhören, und in glücklichen Fällen (etwa dem des ägyptischen Joseph) waren sie spannend genug, daß ich das auch richtig gern tat.

Das wurde mir nun jedoch binnen kurzem verleidet. Statt Geschichten zu erzählen, sorgte sich der Kaplan um unsere Seelen. Nicht abwegig, werden Sie sagen, wir waren ja im Seelsorgeunterricht. Aber unter diesem Unterricht hatte sich, bevor wir ihm ausgesetzt waren, wahrscheinlich keiner von uns etwas Konkretes vorstellen können.

Du lieber Gott, worum ging es denn eigentlich? Wir sollten demnächst den Leib des Herrn empfangen. Was immer das hieß. Wie sich herausstellte, war der Leib des Herrn eine Oblate. Eine Oblate, die wir, ohne sie zu zerkauen und mit Andacht wohlgemerkt, zwischen Zunge und Gaumen zergehen lassen sollten.

Komisch genug. Aber schön, das wäre halb so schlimm gewesen. Auch wenn sich manche von uns Sorgen zu machen begannen, daß sie den Leib des Herrn vielleicht doch beißen würden. Versehentlich, versteht sich. Würden sie dann in die Hölle kommen? Oder zumindest ins Fegefeuer, wenn er ihnen am Gaumen klebenblieb?

Solche Sorgen plagten mich eher weniger. Was mich verstörte und, ja, ich sage es, wie ich es empfand, in der frühen Reife meiner Kindheit empörte, war etwas anderes. Die Vorbereitung auf dieses Hostienschlucken. Man konnte nicht einfach hingehen und es, in Gottes Namen, tun, sondern man mußte sich vorher *reinigen*.

Wenn wir nämlich eine Sünde begehen, erklärte der Kaplan, so beflecken wir uns. Ein Fleck gibt den anderen. Bis unsere Seele ganz schwarz ist. Das mag Gott nicht sehen! Und sein Sohn, der um unserer Sünden willen am Kreuz gestorben ist, erst recht nicht! – Dem Kaplan fiel anscheinend gar nicht auf, was er damit sagte.

Nämlich *mir*, der ich ja nicht aus meiner schwarzen Haut herauskonnte. Und auch gar nicht aus meiner schwarzen Haut heraus*wollte*. Ehrlich. Das wollte ich nie. Bei allen Problemen, die sie mir, summa summarum, doch gemacht hat. So wie ich von Anfang an war, fand ich mich ganz in Ordnung.

Aber jetzt das! Eine *schwarze Seele* war eine *sündige* Seele. War dann – in logischer Konsequenz – ein *schwarzer Körper* auch ein *sündiger* Körper? – Na ja, vielleicht habe ich damals noch nicht ganz in diesen Kategorien gedacht. Aber ich bin sicher, daß ich ungefähr so gefühlt habe.

Zu den fragwürdigen Worten des Kaplans gesellte sich Puschnigs ihnen entsprechendes Verhalten. Mit einem Ausdruck geschreckter Frömmigkeit, den ich bis dahin nicht an ihm gekannt hatte, hing er an den Lippen des Seelsorgers. Er schaffte es, mich ganze Unterrichtsstunden lang kein einziges Mal anzusehen. Auf dem Heimweg vermied er es buchstäblich, an mir anzustreifen, als ob er Angst gehabt hätte, ich könnte abfärben.

An einem Regentag, der mir als besonders trist in Erinnerung geblieben ist, gingen wir an der Persil-Fabrik vorbei, an deren donaukanalwärts gewandter Feuermauer eine riesige, rosige Hausfrau mit einer großen, blauen Waschmittelpakkung aufgemalt war. Puschnigs Gesicht sehe ich in dieser Erinnerung im Profil, es ist womöglich noch etwas weißer als sonst. Noch weißer als sonst und spitz vor Entschlossenheit. Er wird bei der Beichte alles sagen und danach trachten, den dadurch gereinigten Seelenzustand beizubehalten. Was willst du bei der Beichte sagen? Na ja, *alles*, sagte er. Gottlob gelang es mir, ihm das auszureden. Wir einigten uns darauf, für unser Tun die vom Kaplan gebrauchte, verschwommene Bezeichnung zu verwenden. *Unkeuschheit*. Wir hatten Unkeuschheit getrieben. Wir würden nicht ins Detail gehen.

Mehrere Male Unkeuschheit getrieben, so schrieben wirs auf den Beichtzettel. Nicht mehr und nicht weniger würden wir sagen, versprochen? – Jaja, versprochen, nickte Puschnig sehr zögernd. Ich versuchte, ihn wie früher um die Schulter zu nehmen, aber er entzog sich.

Das tat mir weh. Was hatte uns der Kaplan da angetan? Das machte mich nervös. Was würde Puschnig trotz des mir gegebenen Versprechens erzählen? Der Tag der Beichte rückte finster heran. Der Himmel hing tief. Es war ein häßlicher Frühling.

Und dann war er da, dieser Tag. Wahrscheinlich war es ein

Freitag. In der Apostelkirche standen wir in einer langen Reihe vor dem Beichtstuhl. Einer hinter dem andern. Puschnig vor mir. Als er hinter dem Beichtgitter niederkniete, sah ich nur mehr seine Unterschenkel und seine Füße, zum feierlichen Anlaß trug er weiße Kniestrümpfe und schwarze, nicht mit Schnürriemen, sondern mit Schnallen versehene Lackschuhe.

Es war eine kleine Ewigkeit, die er so kniete. Ob er dem Kaplan doch mehr erzählte, als wir vereinbart hatten? Endlich kam er zurück, die Augen unter den langen, weißblonden Wimpern niedergeschlagen. An mir vorbei ging er bis zum Mittelgang, wo er einen geradezu unverschämt feminin wirkenden Knicks machte und ein Kreuz schlug.

Mein Hintermann boxte mich in den Rücken. Na geh schon! Jetzt bist du dran!

Das ließ sich nicht ändern. Ich ging. Kniete nieder. Im Namen des Vaters und des Sohnes und des Heiligen Geistes.

Ja?, sagte die Stimme des Kaplans. Ich sah seine rosige Stirn hinter dem Beichtgitter.

Die Stirn war in die Hand gestützt, die Hand hielt ein kleines Taschentuch, der Kaplan mußte sich ab und zu den Schweiß tupfen.

Na schön. Ich fing an. Ich leierte meine Sünden herunter. Gegen Gebot eins und zwei hatte ich kaum verstoßen, aber ich hatte den Tag des Herrn selten geheiligt. Meine Mutter war zwar katholisch, aber ging wenig zur Kirche. Meist nur auf einen Sprung, zum Beispiel damals, als sie das Halskettchen mit dem schönen Anhänger verloren hatte (ein Andenken an meine Großmutter). Damals, daran erinnerte ich mich, hatte sie zum heiligen Antonius um Beistand gebetet. Und zur Bekräftigung des Gebets ein Zweischillingstück in den Opferstock geworfen. Es war nicht viel drin, das Zweischillingstück prallte auf den Boden des Opferstocks auf. Jedenfalls hatte ich, bevor man mich zum Besuch der Schulmesse nötigte, keine vollständige Meßfeier erlebt. Soviel zum dritten Gebot. Was Nummer vier betraf, so bekannte ich mich auch schuldig. Der Kaplan hatte uns darüber belehrt, daß auch Unfolgsamkeit gegen die Eltern eine Form des Nichtehrens von Vater und Mutter sei. Sollte mir recht sein. Auch wenn ich nur fünfzig Prozent der hier in Frage kommenden Sünden begehen konnte. Mich dazu zu bekennen schien mir überhaupt kein Problem. Ein Schuldbekenntnis bezüglich Gebot Nummer fünf kam mir auch ganz leicht über die Lippen. Gott sei Dank hatte ich niemanden getötet, aber wie uns der Kaplan erklärt hatte, betraf es auch harmlosere Formen des Jemandem-Wehtuns. Schon wahr, mit Bierbaum und Lilek hatte ich gerauft. Leider hatten sie meine Schläge und Tritte nicht ganz so gut getroffen, wie ich es mir gewünscht hätte, aber zu beichten, daß ich auf die beiden losgeschlagen hatte, machte mir direkt eine gewisse Freude.

Dann aber folgte das fatale sechste Gebot. Du sollst nicht Unkeuschheit treiben. Die Formulierung kam mir auf einmal so dumm vor, wie sie wirklich war. *Unkeuschheit! Treiben!* Wie idiotisch das klang! Nein, es war zu komisch. Ich mußte die Lippen ganz fest aufeinanderpressen, um nicht zu lachen.

Nun? Was ist?, sagte der Kaplan. Sprich weiter. Ich warte.

Ich schwieg. Ich konnte meine Lippen unmöglich voneinander lösen.

Hast du nicht gegen das sechste Gebot verstoßen?, fragte die Stimme des Kaplans.

Er schwitzte. Ich schwieg noch immer. Ich war jetzt dazu übergegangen, mir auf die Lippen zu beißen.

Und dann gelang es mir, so zu tun, als ob ich nieste.

Oder, um genau zu sein, das explodierende Lachen als Niesen zu tarnen.

Es war ein sehr lautes Niesen.

Helfgott!, sagte der Kaplan.

Danke, sagte ich, und ging zu den Geboten sieben bis zehn über.

So habe ich meine schwarze Seele behalten. Zwar sprach mich der Kaplan von meinen Sünden los, aber von denen, die ich nicht gebeichtet hatte, konnte er mich nicht lossprechen. Ich stand auf, ging mit gesenkten Augen zum Mittelgang wie vor mir Puschnig. Ich schlug ein Kreuz, betete die mir aufgetragenen fünf Vaterunser und drei Ave Maria, aber das alles war ja, wenn man dem Zauber glaubte, nicht gültig.

Erst recht, das kann man sich denken, die Kommunion. Trotzdem empfing ich sie. Und zwar feierlich. Am Sonntag. Vor dem Altargitter kniend, streckte ich dem Kaplan, der mit der blassen Hostie über einem goldenen Teller daherkam, die Zunge heraus. Auf dem Heimweg traf mich kein Blitz, obwohl es gewitterte.

SIE! SIND SIE noch da oder haben Sie sich inzwischen längst davongemacht? Sind Sie noch wach oder haben Sie sich in Ihren eigenen Traum zurückgezogen? Sie antworten nicht. Natürlich, das war zu erwarten. Sie lassen mich reden, aber es ist Ihnen völlig egal, was ich sage.

Kein Wunder, wahrscheinlich verstehen Sie auch kein Wort. Es ist ja recht unwahrscheinlich, daß Sie meine Sprache sprechen. A very peculiar language, no question – so what? Sie halten das wirklich für bloßes Gebrabbel, was?

Wie die blonde Lady, die wir vor einer Weile hier zu Gast gehabt haben. Die behauptet hat, eine große Nummer in Germany gewesen zu sein. Bei einem Gastspiel in Frankfurt oder Hannover. Mit ihrer Stimme, die den *Germans* angeblich vorgekommen ist wie die Elvis Presleys.

Die also. Mit ihren zwei, drei Wochen Deutschland. Hat glatt behauptet, daß, was ich spreche, kein Deutsch ist. What funny kind of language is that you're talking? Aber darauf, daß *die* mich versteht, hab ich auch nicht den geringsten Wert gelegt.

Wobei es schon stimmt, daß ich *etwas anders* rede. Genaugenommen nicht deutsch, sondern österreichisch. Oder wienerisch oder was weiß ich. Eine Sprache, die es für manche nicht gibt.

Eine Sprache, die mich nun eingeholt hat. Vielleicht ist das ja eine Art von Alterserscheinung. All die Jahre hab ich sie nicht gebraucht, aber auf einmal war sie wieder da. Meine Mutter-Sprache. Im Vater-Land.

Erst waren es nur einzelne Wörter aus dieser Sprache, die mir unversehens in mein *babbling* geraten sind. Einzelne Wörter, die mir ausgekommen sind, wie man auf gut wienerisch sagt. Wörter aber, die eine Neigung gehabt haben, wiederzukehren. Eine Tendenz, sich zu Wort-Gruppen und Sätzen zu formen.

Und dann waren auch die Erinnerungen da, die Bilder. *Aus* dieser Sprache, *in* dieser Sprache, der meinen. Einer Sprache, die mir vor rund fünfzig Jahren in den Mund gelegt worden ist. Und jetzt kommt sie wieder daraus hervor, das ist eine Art von Zungenreden.

Nun hat sie mich wieder, die Sprache, was soll ich tun? Ein Wort gibt das andere, ein Satz gibt den anderen. Österreichisch oder genaugenommen wienerisch gefärbt. Meine Haut ist nicht österreichisch gefärbt, kurioserweise.

Ich würde viel besser hierher passen, finden Sie nicht? Und ich *passe* ja auch recht gut hierher. Klar war ich dessen am Anfang noch nicht so sicher. Aber Jennifer hat viel Energie und Temperament aufgewandt, mir das einzureden.

Was willst du?, hat sie gesagt. Jetzt bist du da und nicht mehr dort. Forget Vienna! Forget Austria! Das ist nur ein kleines, dummes Land über dem großen Ozean. Hinter den sieben Bergen bei den sieben Zwergen. Jetzt bist du hier. Jetzt bist du bei mir. Sei froh, daß du hier bist!

4

Auf meinem Kommunionbild, das ich oft ansah, weil ich herauskriegen wollte, welches Geschlecht der darauf abgebildete Engel hatte (eine Frage, die sich, trotz seines recht durchsichtig fallenden Gewandes, nicht beantworten ließ: wahrscheinlich hatte er keins –), stand eine vom Kaplan in seiner schönsten Schrift geschriebene Widmung. *Zum Gedenken an deine erste heilige Kommunion im Mai 1955.* Das war ein Monat der wesentlichen Ereignisse. Bald nach meiner ungültigen Kommunion sollte der österreichische Staatsvertrag unterzeichnet werden.

Was das bedeutete, versuchte der beflissene Lehrer Hutterer selbst uns Volksschülern zu erklären. Zehn Jahre sei unsere Heimat nun von fremden Soldaten besetzt gewesen. Nach einem schrecklichen Krieg, der über unser armes, kleines Land hereingebrochen sei, wie ein verheerendes Unwetter. Aber demnächst werde diese finstere Zeit ein Ende haben, und Österreich, unser schwer geprüftes, aber viel gerühmtes und geliebtes, wie es in der Bundeshymne hieß, die wir nun in der Musikstunde dauernd singen mußten, würde endlich frei sein.

Vielleicht war es allerdings auch der Bürgermeister, der so sprach. Der Bürgermeister erschien zur Eröffnung der neuen Rotundenbrücke. Mir war zwar die alte lieber gewesen, ehrlich leid tat es mir um die geteerten, in der Sommersonne meiner früheren Kindheit streng duftenden Bretter, auf denen man in einem sanften Bogen bis zur Flußmitte bergauf und von dort an bergab gegangen war. Aber mich fragte man nicht – im Herbst fingen sie an, die alte Brücke abzureißen, und im Frühling würden sie die neue feierlich dem Verkehr übergeben.

In der Menschenmenge, die gekommen war, um dem Spektakel zuzusehen, standen auch meine Mutter und ich. Dort, wo das Katzenkopfpflaster der Rasumovskygasse endete und die neue, glatte Betonbrücke begann, hatte man ein rot-weiß-rotes Band gespannt, das der Bürgermeister durchschneiden würde. Vorher mußte er allerdings noch eine Rede halten, was, wie man merkte, nicht seine Stärke war. Er war ein kleiner, eher schüchtern wirkender Mann, dem die großen Worte nicht leicht über die Lippen kamen.

Trotzdem gab er sich Mühe, nicht allzuunglücklich dreinzusehen. Schließlich war die Brückeneröffnung ein freudiges Ereignis. Und andere, noch freudigere Ereignisse standen bevor. Auch das neue, freie Österreich würde eine Brücke sein, nämlich zwischen Ost und West, die einander nicht über den Weg trauten, hier aber, auf halbem Weg sozusagen, könnten sie einander entgegenkommen, diese schönen Worte hatte sich der Bürgermeister auf einem Zettel notiert, und dafür bekam er aus den vorderen Reihen viel Applaus.

Im Hintergrund waren die Leute allerdings skeptisch. Hellhörig, wie ich war, schnappte ich einen Witz auf, den sie einander erzählten. Der Witz ging so: Jetzt stellen sie an der Donau alle hundert Meter einen Polizisten auf. Und wißt ihr, warum? Damit der Staatsvertrag nicht noch ins Wasser fällt!

Er fiel aber nicht ins Wasser. Am 15. Mai läuteten nicht nur die Glocken der Apostelkirche, just als ich, auf dem Heimweg von der Schule, vorbeikam, sondern angeblich alle österreichischen Kirchenglocken. Als ich nach Haus kam, saßen meine Mutter und die Tante Gerti vorm Radio. Es redete der Bundeskanzler, ein Herr, den ich aus der Kinowochenschau kannte und der mich, groß, dick und schnauzbärtig, wie er auftrat, ein bißchen an den Komiker Oliver Hardy erinnerte. Auch diejenigen Österreicher würden jetzt frei sein, die bisher noch nicht in ihre Heimat hatten zurückkehren dürfen.

Wir begannen zu essen. Ich erinnere mich gut, es gab zur Feier des Tages Schnitzel. Solang das Fleisch durch die Lebensmittelmarken rationiert gewesen war, hatte meine Mutter statt richtiger Schnitzel meist Zellerschnitzel paniert. Nun waren die Lebensmittelmarken seit etwa einem Jahr abgeschafft, aber daß ein richtiges Schnitzel auf den Tisch kam, dazu bedurfte es immer noch eines feierlichen Anlasses. Daß die Staatsvertragsunterzeichnung auch in der Einschätzung meiner Mutter so ein Anlaß war, machte sie noch um einiges erfreulicher.

Wir aßen also die Staatsvertragsschnitzel mit Andacht.

Dazu gab es Erdäpfelsalat aus nicht allzudünn geschnittenen Erdäpfeln, schöner, grüner Petersilie und würfelförmig gehackten, zwischen den Zähnen spürbaren Zwiebeln. Schon im Juni, sagte der Bundeskanzler im Radio, würde, gemäß den mit den sowjetischen Verhandlern bereits in Moskau vereinbarten Abmachungen, ein erster, großer Heimkehrertransport in der Wiener Neustadt eintreffen. Na, was meinst du, sagte da Tante Gerti mitten im schönsten Schnitzelessen – so Gott will, kommt jetzt auch der Ferdl zurück.

Meine Mutter, die gerade ein Stück Erdäpfelsalat in den Mund gesteckt hatte, verkutzte sich. Mir scheint, sagte sie, ich hab zuviel Essig erwischt. Ich schüttelte den Kopf. Die Marinade war ganz so, wie es sich gehörte. Aber meine Mutter wurde ihren Hustenreiz nicht los, und wir mußten ihr auf den Rücken klopfen.

Ein paar Wochen später klingelte es an der Tür. Meine Mutter war nicht zu Haus, sie fuhr auf der Straßenbahn. Ich war daheim. Und zwar, weil es draußen regnete. Es regnete stark. Dem Mann vor der Tür triefte die Nässe aus Haaren und Kleidern.

Ich war am Klavier gesessen, darum hatte ich sein Klingeln nicht gleich gehört. Sein Klingeln war allerdings recht zaghaft gewesen. Ich war nicht ganz sicher, ob ich mich nicht verhört hatte. Aber als ich zur Tür ging und aufmachte, stand da tatsächlich einer, vor Nässe triefend, um ihn hatte sich inzwischen eine kleine Pfütze gebildet.

Anscheinend hatte er gleich, als die Tür aufging, etwas sagen wollen, aber jetzt blieb ihm der Mund offen.

Wer bist denn *du*?, fragte er schließlich.

Und wer sind *Sie*?, fragte ich.

Etwas an seiner Erscheinung berührte mich merkwürdig.

Obwohl er noch relativ jung war, erinnerte er mich an die Leute auf alten Fotos.

Aber wohnt hier nicht, fragte er, die Frau Jarosch?

Doch, sagte ich. Die wohnt hier. Die ist meine Mutter.

Lange sah er mich an. In seinen grauen Augen war eine Ferne, aus der er erst zurückfinden mußte.

Ah so, sagte er. Ist sie zu Hause?

Nein, sagte ich. Meine Mutter kommt erst am Abend.

Und dein Vater?, fragte der Fremde.

Ich zuckte die Achseln.

Seine Augen hellten sich etwas auf. Darf ich reinkommen?

Vielleicht war er doch nicht ganz fremd. Irgend etwas an ihm kam mir bekannt vor.

Weißt du, sagte er, deine Mutter ist meine Frau.

So war das also. Was konnte man machen? Ich ließ ihn herein.

Hast du etwas Trockenes für mich?, fragte er. Ich öffnete die Kastentür.

Da hingen noch ein paar Sachen vom lieben Herrn Horak.

Er zog sie an. Er fragte nicht nach dem Besitzer. Er war einfach froh, daß er sein elend nasses Zeug los war.

Ich nahm es und hängte es auf den Wäschetrockner.

Danke, sagte er. Das Sakko war ihm zu breit und die Hose zu lang. Um den Bauch herum war sie viel zu weit. Besser, wenn er sich setzte. Wir setzten uns ins Zimmer.

Eine Weile saßen wir einander schweigend gegenüber. Draußen hatte es inzwischen zu regnen aufgehört, schräge Sonnenstrahlen fielen durchs Fenster. Jetzt wurde erst richtig deutlich, wie blaß er war. Die Bartstoppeln auf seinen eingefallenen Wangen sahen fast blau aus.

Wie heißt du?, fragte er endlich.

Ich sagte: Peter.

Schön, sagte er, Peter. Ich heiße Ferdinand.

Ich weiß, sagte ich.

Ah ja?, sagte er. Und wie alt bist du?

Ich sagte: Acht.

Er rechnete nach. Also '47 geboren.

Dezember '46, sagte ich.

Aus der Brusttasche seines Hemds zog er eine Zigarettenschachtel mit kyrillischer Aufschrift.

Auch die Zigaretten waren feucht geworden, aber er schaffte es, sich eine anzurauchen.

Weißt du, ich war in Rußland.

War es dort kalt?, fragte ich.

Ja, antwortete er. Manchmal war es in Rußland *sehr* kalt.

Es ist merkwürdig, aber wahr, daß ich Ferdinand gegenüber keine oder *fast keine* Eifersucht empfand. Als er meine Mutter, die spät, aber doch nach Hause kam, umarmte, zog ich mich dezent in mein Kabinett zurück. Natürlich horchte ich. Aber die beiden verhielten sich sehr still. Manchmal hörte ich etwas, aber ich bin nicht sicher, ob es sich dabei um Weinen oder um Lachen handelte.

Daß meine Mutter mit ihm das Bett teilte, mußte ich jedenfalls akzeptieren. Das war etwas anderes als mit dem unseligen Herrn Horak. Zwar seufzte ich beim Einschlafen tief und fühlte mich innen, im Bereich zwischen Brust und Bauch, ein bißchen wund. Aber gleichzeitig hatte ich das Gefühl, in den letzten paar Stunden sozusagen erwachsener geworden zu sein, und darüber war ich nicht unzufrieden.

Daß mir Ferdinand viel weniger Probleme bereitete als der Herr Horak, hängt natürlich auch mit seiner ganz anderen Art zusammen. Obwohl er von einem auf den anderen Tag ganz einfach da war, hatte seine Anwesenheit nichts Störendes. Ich weiß nicht, ob er vor dem Krieg, als ihn meine Mutter kennengelernt hatte, schon so gewesen war, vielleicht hatten ihn die Jahre, die er im und nach dem Krieg in Rußland hatte verbringen müssen, erst so gemacht. Jedenfalls hatte er absolut nichts Verdrängendes oder Einengendes, seine Bedächtigkeit und Behutsamkeit, sein sorgfältiger Umgang mit den Dingen, die ihn – auch das von einem Tag auf den anderen – in unserem Haushalt umgaben (nie zuvor und nie danach habe ich einen Menschen mit sozusagen zärtlichen Händen Geschirr abwaschen gesehen), machten seine Gesellschaft angenehm und beruhigend.

Wahrscheinlich hing diese Bedächtigkeit und Behutsamkeit auch damit zusammen, daß er sich hier und jetzt, in dem Land, in dem er angeblich daheim, und in der Zeit, in die er unversehens geraten war, erst zurechtfinden mußte. Er war froh, wieder da zu sein, aber in den ersten Tagen, bevor er (ein Glück, das damals nicht vielen widerfuhr) in der Werkzeugfabrik gleich um die Ecke Arbeit bekam, schien es ihm auch ein bißchen angst zu machen. Daß er mich auf seine ausgedehnten Spaziergänge durch die Stadt, die er erst wieder kennenlernen mußte, mitnahm, damit wir uns besser kennenlernten, stimmt schon. Aber so nebenbei habe ich immer das Gefühl gehabt, daß er sich in meiner Begleitung auch etwas sicherer fühlte.

Da war es schon richtig, daß ich ihn an der Hand nahm. (Er glaubte natürlich, *er* nähme *mich* an der Hand, aber es war umgekehrt.) So gingen wir durch die Stadt, in der wir beide geboren waren. Beide von dort und doch jeder auf seine Weise fremd.

Das war allerdings die Zeit, in der ich meine Fremdheit am allerwenigsten empfand. Sie schien nur zuweilen durch, meine schwarze Grundfarbe. Bei Ferdinand war es eher umgekehrt. Er empfand eine Fremdheit, die er daheim früher nie empfunden hatte, aber da und dort fühlte er sich doch heimatlich angemutet.

Seine Hand haltend, spürte ich eine bange Spannung, wenn wir um die oder jene Ecke bogen. Und seine Enttäuschung oder sein Aufatmen, je nachdem, ob das Haus, das er dahinter erwartet hatte, noch stand oder nicht. Um diese Zeit gab es nicht mehr allzuviele Bombenlücken in Wien. Aber die Neubauten mit ihren glatten Fassaden schienen ihn auf den ersten Blick mehr zu befremden als die noch hinter Holzplanken versteckten, mit Unkraut überwucherten Ruinen, an denen er vielleicht da und dort etwas fand, an das er sich erinnerte.

Darüber, daß es ein bestimmtes Wirtshaus hinter dem wiederaufgebauten Amalienbad im zehnten Bezirk noch gab, war er besonders erfreut. Es hieß *Zur Steffitant* und stand am Rand der damals noch unasphaltierten Straße, die durch eine hier schon deutlich ins Freie strebende Gegend, zwischen wild wachsenden Wiesen und sandigen Lagerplätzen stadtauswärts in eine vergilbte, südöstliche Ferne führte. Sogar die Wirtin war noch die alte – Jesusmaria, sagte sie, die Hände nicht über dem Kopf, sondern über der gewaltigen Brust zusammenschlagend, der Herr Jarosch! Was hams denn da für einen Murl mit? – Das ist kein Murl, antwortete Ferdinand, sondern mein Bub.

Ah so?, sagte die Wirtin, das o am Ende des Wortes sehr hochziehend. Dann verschwand sie, um die Getränke zu holen. Was hast du?, fragte Ferdinand. Tatsächlich fühlte ich mich ambivalent berührt. Zwar fand ich es schön von ihm, daß er mich selbst vor niedlich formulierten Vorurteilen in Schutz nahm, aber bei aller vorsichtigen Freundlichkeit unseres Umgangs miteinander – mein Vater war er noch lang nicht.

Er sah mich ein Weilchen nachdenklich an und nickte. Da hast du schon recht, sagte er. Aber das hab ich nur so gesagt, damit die Wirtin keine dummen Fragen stellt. Wir beide, sagte er, wissen ja, wie es ist. So. Und jetzt laß es gut sein und trink dein Kracherl!

Ich trank also mein Kracherl, das übrigens so hieß, weil es krachte, wenn man den Kugelverschluß der bauchigen Flasche öffnete. Und Ferdinand trank ein Viertel weißen Gespritzten. Siehst du, dort drüben, sagte er, hab ich einmal gewohnt. Und dort, auf dem Krautacker, hab ich Fußball gespielt.

Jaja, sagte die Wirtin, die sich inzwischen zu uns gesetzt hatte, dein Vater war ein ganz guter Fußballer.

Ferdinand räusperte sich. Na, so richtig gut leider doch nicht.

Dann sprachen sie über einen viel besseren Fußballer, der auch in der Gegend gewohnt hatte. Der hatte Sindelar geheißen und im Neununddreißigerjahr, wie sie sich ausdrückten, das Gas aufgedreht.

Was das Fußballspielen betrifft, so hat mich Ferdinand auf der Jesuitenwiese später buchstäblich in die Lehre genommen. Doch alles der Reihe nach – davon etwas später. Vorerst zum Radfahren, dem schon eingangs erwähnten. Kaum länger als ein, zwei Wochen nach seiner Heimkehr begannen wir mit jenen von meiner Erinnerung mit immer neuer Faszination reproduzierten Fahrten durch den Prater.

Gleich auf der anderen Seite der Rotundenbrücke, in der Böcklinstraße, gab es eine Fahrradwerkstätte, in der man Räder für ein paar Schilling ausleihen konnte. Die Werkstätte lag etwas unter dem Straßenniveau, so daß man, wollte man sie betreten, einige Stufen hinuntersteigen mußte. Drinnen roch es nach Gummireifen und Schmieröl. Der Mann, der die Räder betreute, hatte weiße Haare und eine blaue Latzhose.

Meist standen einige Räder auf dem Kopf, die er – Ferdinand nannte ihn den *Drahteseldoktor* –, durch die untere, für die Nahsicht bestimmte Hälfte seiner zweigeteilten Brille guk-kend, *behandelte*. Es dauerte immer eine Weile, bis er, durch den oberen, für die Fernsicht bestimmten Teil seiner Brille, von uns Notiz nahm. Es war übrigens nur Formsache, daß wir, ihm bei der Arbeit zuschauend, warteten, bis er sich uns zuwandte. Da wir ziemlich oft kamen, mußten wir die Räder, mit denen wir fahren wollten, nicht mehr lang aussuchen.

Die üblichen?, fragte der Alte. Ja, sagte Ferdinand, die üblichen. Er fuhr ein großes, schwarzes Rad, ich ein kleines, blaues. Wir trugen die Räder die Stufen hinauf, und dann schwangen wir uns in die Sättel. Es war immer wieder ein gutes, sozusagen kühnes Gefühl, wenn einem nach den ersten Tritten in die Pedale der Fahrtwind um die Nase blies.

Natürlich war es schön, durch die Rustenschacherallee zu sausen, durch die jetzt keine Russen mehr marschierten. Oder durch die Rotundenallee zu fahren, bis zum großen, leeren Platz vor dem Messegelände, wo man Kreise und Achter ziehen konnte. In der Hauptallee, die mir dadurch gleich viel besser gefiel als früher, strampelten wir eifrig um die Wette. Aber am liebsten war es mir doch, wenn wir von den Alleen und begangenen Spazierwegen endlich ins Dickicht abbogen.

Auf die Schleichwege, deren ich viele kannte. Aber doch weit über mein Revier hinaus. Zwar mußte ich auf diesen manchmal doch recht abenteuerlichen Pfaden ab und zu höllisch aufpassen, daß ich nicht stürzte. Aber du bist ja geschickt, sagte Ferdinand, und kräftige Wadeln hast du auch.

Es erwies sich, daß er den Dschungel besser kannte als ich. Na ja, sagte er, ich bin ja auch schon etwas länger auf der Welt. Als Bub bin ich ziemlich oft hier herunten gewesen. Sich aus dem Sattel erhebend, in den Pedalen stehend, lächelte er, und ich, mich angesichts der vor uns liegenden kleinen, aber steilen Steigung ebenso aus dem Sattel erhebend wie er, lächelte zurück.

Manchmal fuhren wir nach *Maria Grün*. Das war nach dem Lusthaus, in einem Teil des Praters, in den ich zuvor nie gekommen war. Da stand eine winzige Kirche versteckt im Gehölz. Neben ihr war ein Kreuzweg angelegt, an dessen Ende lag Jesus wie Schneewittchen in einem Glassarg.

Mir war er ein bißchen unheimlich, wie er da lag. Aus Gips gebildet, aber in Lebensgröße. Der Lack, mit dem er gestrichen war, blätterte um die Augen und um den Mund herum etwas ab. Sehr blaß sah das aus, richtig tot, aber bei ihm war das nur vorübergehend.

Man konnte ein Grablichtlein anzünden für die Auferstehung. Jesus selbst war zwar schon auferstanden, aber die vielen Toten, die es seither trotzdem gegeben hatte, mußten ihm das erst nachmachen. Zum Beispiel, sagte Ferdinand, die Soldaten, die in den letzten zwei Kriegen gestorben waren. Ihrer wurde hier etwas im Hintergrund gedacht, und natürlich fühlte sich Ferdinand zu ihnen hingezogen.

Zur Erinnerung an die Gefallenen, stand da geschrieben. Ich war ein Kind, aber der Ausdruck *Gefallene* hat mich schon damals peinlich berührt. *Hoppe, hoppe Reiter, wenn er fällt, so schreit er,* fiel mir dazu ein. *Fällt er in den Graben, fressen ihn die Raben* – aber vielleicht hatte ich den Kinderreim bis dahin nur etwas zu harmlos aufgefaßt.

Eines Tages kamen wir an eine kleine, fast kreisförmige Lichtung mit einem alten Baum in der Mitte. Am untersten Ast hing ein von Wind und Wetter schon ganz zerfaserter Strick, an dessen Ende jemand eine Schlinge geknüpft hatte. Ferdinand stieg vom Rad, klappte sein Taschenmesser auf und schnitt den Strick ab. In Rußland, sagte er, hab ich mich auch einmal aufhängen wollen.

Sonst sagte er nichts, stieg nur wiederum auf und fuhr weiter. Und ich fuhr hinter ihm her, durch den Praterdschungel. Hätte er sich in Rußland aufgehängt, dachte ich hinter seinem schmalen, selbst beim Radfahren aufrechten Rücken, so würde mir das leid tun. Allerdings hätte ich ihn dann nicht kennengelernt, aber gerade das wäre schade gewesen.

Bald schien es mir selbstverständlich, daß Ferdinand da war. Nein, selbstverständlich ist nicht das richtige Wort – ich freute mich jedes Mal, wenn er von der Arbeit nach Haus kam. Das war kurz nach fünf – von der Werkzeugfabrik bis zu unserem Haus hatte er ja nur einen Katzensprung. Obwohl ich nach wie vor viel herumstreunte, bemühte ich mich, um diese Zeit daheim zu sein.

Meine Mutter kam meist erst später, also waren wir vorerst unter uns Männern. Servus Peter, grüßte er, und ich antwortete: Servus Ferdl. Von der Bassena auf dem Gang draußen holte er einen Krug Wasser und füllte damit das Lavoir in der Küche. Seinen blauen Monteursanzug legte er sorgfältig zusammen und hängte ihn über die Sessellehne.

Dann stand er mit nacktem Oberkörper, wusch sich mit einem Stück Kernseife unter den Achseln und um den Hals. Seine Rippen konnte man wirklich zählen. Zwar wurde er nun, wie er öfter betonte, wahrscheinlich besser ernährt als die ganzen siebzehn Jahre lang, die er im Krieg und in der Gefangenschaft zugebracht hatte. Aber es schlug ihm nicht an, da war nichts zu ändern.

Dabei war er sportlich – gleich, als er in der Werkzeugfabrik seinen ersten Lohn ausbezahlt bekommen hatte, kam er mit einem Fußball daher. Schau einmal, Peter, sagte er, was ich da hab! Es war ein richtiger Fußball aus hellbraunen Lederflicken, scharf duftend, ein Fußball, wie er sich damals gehörte. Man konnte ihn aufschnüren wie einen Schuh, in seinem Inneren war eine Gummiseele.

Na komm, sagte Ferdinand, worauf wartest du noch? Und schon liefen wir die Stiegen hinunter und Richtung Jesuitenwiese. Bereits auf der damals noch kaum befahrenen Straße spielten wir einander den Ball zu. Das heißt, *er* spielte *mir* den Ball zu, mit dem Zurückspielen hatte ich anfangs noch gewisse Probleme.

Nicht mit dem Spitz, rief er, mit dem Innenrist! Ich gab mir Mühe, aber es sollte noch eine Weile dauern, bis ich das entsprechend beherrschte. Einmal prallte der Ball so unglücklich von meinem Fuß ab, daß er die Böschung zum Donaukanal hinunterrollte. Bei der dadurch notwendig gewordenen Rettungsaktion wäre Ferdinand, im Uferschlamm ausrutschend, beinah ins Wasser gefallen – er lachte und machte nicht viel Aufhebens darum, in mir aber blieb wegen dieses an sich harmlosen Ausrutschers ein Schrecken zurück, den ich lang nicht loswurde.

Trotzdem wollte Ferdinand das vorbereitende Hin- und Herpassen auf der Straße nicht lassen. Erstens juckte es ihn, kaum waren wir vor dem Haustor, immer schon merklich in den Beinen, und zweitens hielt er das für eine gute Übung. Dabei lernst du, sagte er, dich ganz selbstverständlich mit dem Ball zu bewegen. Nur auf der Rotundenbrücke durfte ich den Ball unter den Arm nehmen.

Es ist schon wahr, er fing an, sich ein bißchen wie ein Trainer aufzuspielen. Doch hatte ich ihn deswegen nicht weniger gern. Er legte Wert darauf, daß ich, wie er sich ausdrückte, ordentlich *kicken* lernte – meinetwegen! Ich nahm das nicht ganz so ernst wie er, aber ich wollte ihm nicht die Freude verderben.

Und es *machte* ihm Freude, zweifellos! Waren wir auf der Jesuitenwiese angelangt, so legte er, jedes Mal mit dem gleichen Eifer, unsere Leibchen oder (als die Jahreszeit kühler wurde) unsere Pullover an die Stelle von Torstangen. Dann wurde er bis zur Dämmerung nicht müde, mich mit idealen Flankenbällen zu versorgen. Diese Bälle sollte ich, wie man in der Fußballersprache sagt, per Kopf oder per Fuß *verwandeln*.

Dabei schwärmte er mir von den Fußballern vor, die damals auf den Sportplätzen umherliefen. Der Happel! Der Ocwirk! Der Hannappi! Der Stojaspal! – Bis zu diesem Zeitpunkt verband ich mit diesen Namen so gut wie nichts. Nun aber sollte ich lernen, mich für sie zu begeistern.

Ein paar Mal, am Sonntag, gingen wir miteinander auf den nur ein paar Schritte von der Rotundenbrücke entfernten WAC-Platz. Mich befremdete etwas, daß sich die Leute so aufregten. Ein besonderes Mal besuchten wir sogar das Stadion. Da schrie ich halt mit, damit ich Ferdinand nicht enttäuschte.

Mir war das Spielen viel lieber als das bloß Zusehen. Wahrscheinlich, weil dabei der Kontakt mit Ferdinand unmittelbarer war. Auf der Jesuitenwiese kam ich von Mal zu Mal besser in Schuß. Jaja, schön langsam, sagte Ferdinand anerkennend, wird der Ball dein Freund.

Tatsächlich schaffte ich es nach und nach, den Ball am Fuß zu führen, ohne, wenn ich aufschaute, um zu passen, darüber zu stolpern. Und im Dribbling gelang es mir manchmal, Ferdinand zu überspielen. Natürlich, das wußte ich, ließ er das meistens geschehen. Aber es kam vor, daß ich ihn durch eine geschickte Körpertäuschung wirklich austrickste.

Einmal gelang das so gut, daß er völlig verblüfft war. Nachdem ich, die Ballführung unversehens vom Innen- zum Außenrist wechselnd, derart an ihm vorbeigekommen war, daß er, im Bestreben, meinem Bewegungsablauf zu folgen, mit dem Gewicht auf dem falschen Fuß kurz ins Gras plumpste, saß er zuerst einmal stumm vor sich hinstarrend. Schon fürchtete ich, er hätte sich wehgetan. Aber da sprang er plötzlich auf, packte mich, hob mich hoch über seinen Kopf in die Luft, und dann, bevor er mich wieder zu Boden ließ, quetschte er mich ganz fest.

Auf der Jesuitenwiese trainierten wir meist bis zur Dämmerung. Das ging eine schöne Weile – der Sommer, scheint mir, dauerte in diesem Jahr bis tief in den September. Nach und nach aber wurde es doch früher dunkel. Bis der mit plötzlicher Hast in den November fortschreitende Herbst alles verdunkelte.

Diese frühe Dunkelheit, sagte Ferdinand, halte er nicht aus. Er saß nun oft stundenlang am Fenster, in den Regen hinausstarrend. In den Schneeregen hinausstarrend. In den Schnee hinausstarrend. Sobald es draußen ganz finster war, sein eigenes Spiegelbild anstarrend.

Was hast du?, fragte ich ihn.

Weißt du, sagte er, ich muß jetzt viel an Rußland denken.

Macht dich das traurig?, fragte ich.

Ja, sagte er, das macht mich traurig.

Warum?, fragte ich.

Weil ich so lang dort war, sagte er.

Ist Rußland groß?, fragte ich.

Ja, sagte er. Rußland ist *sehr* groß.

Manchmal saß er vorm Radio und versuchte, russische Kurzwellensender zu hören. Was willst du denn hören?, fragte meine Mutter, aber er konnte es ihr nicht sagen. Ich weiß nicht, sagte er, eigentlich müsste ich es verstehen ... Aber er verstand fast nichts vor lauter Brumm- und Pfeifgeräuschen.

Na komm, sagte meine Mutter, das Essen ist fertig.

Ja, sagte er, ich komm schon. Aber dann saß er vor seinem Teller und vergaß, die Suppe zu löffeln.

Iß, sagte meine Mutter, essen hält Leib und Seel zusammen.

Genau dieser Zusammenhalt hätte ihm notgetan, aber er aß sehr wenig.

Übrigens aßen wir damals recht spät, weil meine Mutter immer später nach Haus kam.

Wo bleibt sie so lang?, fragte Ferdinand. Hat sie früher auch so lang gearbeitet?

Ja, sagte ich. Manchmal.

Na endlich, sagte er. Daß du schon da bist!

Entschuldigung, sagte sie. Aber bei diesem Wetter gibt es manchmal ganz unvorhergesehene Verhältnisse.

Dann küßte sie mich auf den Mund und ihn auf die Stirn.

Die ganze Landstraßer Hauptstraße lang seien die Straßenbahngarnituren gestanden. Durch Auffahrunfälle von Autos völlig blockiert. Das Glatteis! Der Schneematsch! So arg wie in diesem Jahr sei es noch nie gewesen.

In diesem Jahr, kommt mir vor, war der Winter sehr früh dran. In meiner Erinnerung schneit es schon Anfang Dezember. Am 5. Dezember schneit es auf jeden Fall. Da gingen meine Mutter und Ferdinand auf ein Krampuskränzchen.

Ich mußte zu Hause bleiben. Das sei nichts für Kinder. Zu mir würde morgen dafür der Nikolo kommen. Na schön. Ich war schon groß und verständig genug. Wenn sich die beiden nur möglichst gut unterhielten!

Nachdem sie weggegangen waren, las ich noch eine Weile, dann löschte ich das Licht und versuchte zu schlafen. Das war allerdings nicht so einfach: Unten, auf der Straße, gabs Radau. Zwar konnte ich mir denken, was los war – als Krampusse verkleidete junge Burschen nutzten die Gelegenheit, um zu randalieren. Doch obwohl ich mir ganz fest einredete, daß ich mich nicht vor Krampussen fürchtete, war der Schlaf, den ich schließlich und endlich fand, reichlich unruhig.

Er wurde nach Mitternacht noch ärger gestört. Draußen, in der Küche, zerbrach etwas klirrend, eine Stimme, die ich erst mit Verzögerung als die Ferdinands erkannte, schrie mit erschreckender Lautstärke. Ich saß im Bett, mit angehaltenem Atem. Du Schlampe!, schrie Ferdinand. Vor meiner Nase mußt du mit diesem Schlurf kokettieren!

Du spinnst doch, schrie meine Mutter, du bist ja nicht bei Trost! Draußen war ein Getrampel, als liefen die beiden durch die Küche. Dann war es auf einmal still, als wären sie dort angelangt, wo es nicht weiterging. Du, untersteh dich, sagte meine Mutter, schlag mich ja nicht!

Und dann war es plötzlich so, als ob jemand weinte. Nein, ich verhörte mich nicht, es war Ferdinand. Ein verzweifeltes Weinen, tief aus der Brust. Hast du mich überhaupt noch gern? Kannst du mich wenigstens noch leiden?

Dann waren die Worte nicht mehr deutlich genug. Nur soviel bekam ich mit, daß meine Mutter beruhigend auf ihn einredete. Ich stellte mir vor, sie saßen auf dem Boden, und sie hielt seinen Kopf im Schoß. Nach und nach klang es, als ob meine Mutter ein Schlaflied sänge, aber ich weiß nicht, ob sie wirklich sang oder ob ich das, in meinen Polster zurückgesunken, träumte.

Tags darauf ließ Ferdinand die Milchglasscheibe in der Kredenz, die er während der Nacht zerschlagen hatte, neu einschneiden. Zwar gab es keine so schöne mehr wie die alte, auf der – mit einer, wie der Glasermeister behauptete, heute nicht mehr bezahlbaren Manufakturtechnik – ein Korb voll Trauben eingeritzt gewesen war, aber die neue, mit dunklen Herzen auf hellem Grund, war immerhin schöner als der leer gähnende Rahmen. Danach schien fürs erste alles besser zu werden. Sogar das Wetter. Für eine Woche herrschte falscher Frühling.

Vielleicht war das auch ein Grund, daß meine Mutter jetzt abends früher nach Hause kam. Kein Schnee mehr, kein Glatteis – die Straßenbahnen kamen wirklich besser voran. Jedenfalls ließ sie jetzt weniger auf sich warten. Da hatte Ferdinand weniger Zeit zu grübeln.

Das tat ihm wohl. Er war wieder gut aufgelegt.

Weißt du was, sagte er eines Abends nach dem Essen zu meiner Mutter, wir könnten jetzt richtig heiraten!

Wie meinst du das?, fragte meine Mutter. Wir *sind* doch verheiratet.

Aber diese Ferntrauung, sagte er, diese Kriegshochzeit, das war doch nichts Richtiges!

Eine richtige Hochzeit stell ich mir schön vor. In der Kirche, vor dem Pfarrer, mit allem Drumherum. Mit Segen von oben. Bis daß der Tod euch scheidet.

Ich weiß nicht, sagte meine Mutter. Das muß ich mir noch überlegen.

Aber wieso denn?

Das kostet nur Geld, sagte meine Mutter.

Ach was, sagte Ferdinand. Wir müssen ja nicht viele Leute einladen. Wir heiraten in der Apostelkirche und feiern im Wirtshaus vis-à-vis.

Ich weiß nicht, wiederholte meine Mutter. Seit wann bist du überhaupt so katholisch?

Das wars. Danach kam das schlechte Wetter zurück. Und die Finsternis schlug sich noch ärger als vorher auf Ferdinands Gemüt. Stunden um Stunden saß er jetzt wieder am Fenster. Manchmal schauten seine Augen so starr, daß ich Angst hatte, sie könnten steckenbleiben.

Ferdinand, sagte ich, hallo, Ferdl, wo bist du?

Weit weg, sagte er.

In Rußland?

Ja, sagte er. In Sibirien.

Komm zurück, sagte ich.

Jaja, sagte er, ich komm schon.

Aber es dauerte immer länger, bis er wieder da war.

Dann griff er manchmal zur Zeitung und las ein bißchen. Doch fand er wenig Freude an dieser Lektüre. Zuerst langsam, befremdet, dann immer schneller, unwilliger, schüttelte er den Kopf. Alles nicht wahr, murmelte er. Oder: Darf doch alles nicht wahr sein!

Bis dahin hatte ich ihn nur Gespritzten und Bier trinken gesehen, beides mäßig. Nun aber griff er nach dem Rum, den meine Mutter für die Weihnachtsbäckerei brauchte. Stimmt, beim Teigrühren hatte sie auch manchmal einen Schluck genommen. Wenn aber er die Flasche ansetzte, war sie gleich zur Hälfte ausgetrunken.

Dabei bog er den Kopf weit in den Nacken, so daß ich die Schluckbewegungen an seinem Kehlkopf sehen mußte. Das war nicht schön anzuschauen. Er hatte einen sehr ausgeprägten Adamsapfel. Sein Bartwuchs reichte bis tief am Hals hinunter. Seit es ihm so schlecht ging, schnitt er sich öfter beim Rasieren.

Aus!, sagte ich. Hör auf, sonst merkt es die Mamma!

Er setzte die Flasche ab: Du wirst mich doch nicht verraten –?

Er faßte mich fest am Arm: Du bist doch mein Freund, oder –?

Dann ging er hinaus zur Bassena, um die Flasche wieder aufzufüllen.

Natürlich merkte es meine Mutter trotzdem. Nicht erst beim Backen. Auch wenn sie ihn zur Begrüßung nach wie vor nur auf die Stirn küßte. Du hast schon wieder getrunken, stellte sie fest. Er konnte machen, was er wollte, er roch rundherum nach Rum.

Die folgenden Weihnachten waren die traurigsten, die ich bis dahin erlebt hatte. Unter dem Christbaum packte Ferdinand das heulende Elend. Seid mir nicht bös, ihr beiden, aber ich schaffs nicht ... Auf der Couch zusammengekauert, ließ er sich nicht trösten.

Meine Mutter streichelte ihn wie ein Kind. Soviele Tote, schluchzte er, soviele Tote ... Er zitterte. Seine Hände waren ganz kalt. Geh schlafen, sagte meine Mutter zu mir, aber ich blieb.

Ein paar Wochen später allerdings sah es aus, als sei das schlimmste vorbei. So früh der Winter im alten Jahr gekommen war, so früh schien er jetzt, im neuen Jahr, zu vergehen. Zwar setzte sich Ferdinand, wenn er von der Arbeit nach Haus kam, nach wie vor ohne viele Worte ans Fenster. Nur starrte er nicht mehr ins Dunkel – jeden Tag ein bißchen länger konnte er die sich im Wind wiegenden Bäume am anderen Donaukanalufer beobachten.

Dazu synchron hellte seine Miene sich auf. Und sein Rumkonsum ging deutlich zurück. Meine Mutter und ich taten dessen aus taktischen Gründen keine Erwähnung. Aber wir faßten Hoffnung – vielleicht konnte mit dem armen Ferdinand doch noch alles gut werden.

Und allem Anschein nach hofften wir nicht vergebens: Wenn der Föhn so weiter bläst, sagte er eines Abends Ende Februar, können wir Samstag wieder einmal auf die Jesuitenwiese Fußball spielen gehen.

Hatte ich richtig gehört? Was hast du gesagt?, fragte ich.

Samstag nachmittag, sagte er. Du kannst den Fußball schon aufpumpen.

Mein Gott, war ich froh. Weniger des Fußballspielens als Ferdinands wegen. Ich konnte nicht anders, ich mußte ihn einfach umarmen.

Jaja, sagte er, ist schon recht, du erdrückst mich ja fast!

Vom Fenster aufstehend, streckte er sich. Man rostet ja ganz ein, sagte er, über den Winter.

Und dann das: Freitag nacht wurde ich erneut durch einen Streit geweckt.

Ich hab euch gesehn, schrie Ferdinand, mit meinen eigenen Augen hab ich euch gesehn!

Was hast du gesehn, *wen* hast du gesehn?, rief meine Mutter. Du bist ja nicht normal!

Auf offener Straße!, schrie Ferdinand. Wenn jetzt der Frühling kommt, werdet ihr es tun wie die Hunde!

Du bist ja verrückt, rief meine Mutter, du hast Wahnvorstellungen! Wahnvorstellungen?, schrie Ferdinand. Das warst also nicht du an der Ecke vor dem Café *Zartl*?

Nein, sagte meine Mutter, wann soll ich denn dort gewesen sein? Aber selbst *wenn* ich dort gewesen wär, weiß der Teufel mit wem, wär das meine Sache!

So, sagte Ferdinand, das ist *deine* Sache … Auf einmal sprach er sehr leise, so daß ich ihn kaum mehr verstand. Ich stand auf, schlich zur Tür und legte das Ohr an den Spalt. Ich hab geglaubt, murmelte Ferdinand, ich bin noch immer dein Mann …

Dann war es eine Weile ganz still, ich spähte durchs Schlüsselloch, doch da sah ich nur den Herd und die Abwasch mit dem schmutzigen Geschirr vom Abendessen. Den Tisch, die Sessel und die Küchenbank konnte ich aus dieser Position nicht sehen. Ich glaube aber nicht, daß die beiden ganz einfach beim Tisch saßen. Ich weiß nicht warum, aber ich vermutete sie in irgendeiner Ecke.

Es war, wie gesagt, sehr still – um so lauter hörte ich dann die Stimme meiner Mutter. Dabei schrie sie nicht, nein, was ich von ihr hörte, war eher ein heftiges Flüstern. Ein heftiges Flüstern, vom Poltern eines mutmaßlichen Handgemenges begleitet. Nein, laß das, ich bitt dich, laß mich sofort los, ich laß mich nicht festhalten!

Am nächsten Morgen beim Frühstück war Ferdinand nicht da. Meine Mutter war sehr blaß, wenn sie sich über die Kaffeetasse beugte, fiel ihr eine Haarsträhne, deren Widerspenstigkeit mir sonst nie aufgefallen war, immer wieder ins Gesicht. Wo ist denn, fragte ich leise, der Ferdinand? Der Ferdinand ist heut sehr früh weggegangen, sagte meine Mutter, aber der kommt schon wieder.

Gerade der letzte Satz, gesprochen um mich und wohl auch sie selbst zu beruhigen, hatte etwas Beunruhigendes. Der kommt schon wieder? Mit einem bangen Gefühl im Bauch ging ich zur Schule. Sehr früh weggegangen? War er denn nicht, wie jeden Samstag vormittag, in der Arbeit? Du bist schon wieder im Traumland, sagte der Lehrer, der keine Idee hatte, wovon er redete. Mittags, als ich von der Schule nach Haus ging, heulte die Sirene des Siemens-Werks zum wöchentlichen Arbeitsschluß. Das störte die Krähen auf, eine krächzende Schar, die dann ihre Bögen über die Dächer der Lände und den Kanal zog. Nach dieser Sirene richteten sich normalerweise alle Betriebe der Umgebung. Ich machte den kleinen Umweg an der Werkzeugfabrik vorbei, aber Ferdinand war nicht unter den aus dem Tor strömenden Arbeitern.

Mein Herz klopfte. Um meine Mundwinkel spürte ich den leichten Schmerz, den man spürt, wenn einem zum Weinen ist. Ich ging rascher. Vielleicht verhielt es sich ja so, daß mir Ferdinand ein paar Schritte voraus war. So würde es sein. Er hatte sich heute besonders beeilt. Schließlich hatten wir vor, miteinander auf die Jesuitenwiese Fußball spielen zu gehen.

Ich lief. Eigenartigerweise hatten sich die Krähen noch immer nicht niedergelassen. Vielleicht lag es am Föhn, der nervös die graubraune Haut des Kanals kräuselte. Ich kam ans Haustor. Ich hastete die vier Stockwerke bis zu unserer Wohnungstür hinauf. Ist der Ferdinand schon zurück? Meine Mutter antwortete mit einem stummen Kopfschütteln.

Wir saßen zu zweit am Tisch und aßen kaum. Über dem Tisch hatten wir eine Uhr, die an diesem Tag besonders laut tickte. Als meine Mutter den Tisch abgeräumt hatte, schauten wir eine Zeitlang aus dem geöffneten Fenster. Aber weder an der Erdberger Lände noch auf der Rotundenbrücke war Ferdinand zu sehen.

Endlich beschlossen wir, nach ihm zu suchen. Wir schrieben auf einen Zettel, daß wir ihn suchen gegangen seien und daß wir ihn gernhätten. Der Donaukanal glitzerte in der späten Vorfrühlingssonne. Wildenten flogen auf und ließen sich mit platten Wasserschifüßen wieder ins Naß gleiten.

Natürlich kamen wir bald beim Fährmann vorbei. Nein, sagte er, es tue ihm leid, aber den Ferdinand habe er schon ewig nicht gesehen. Das ist auch kein Wunder, sagte meine Mutter, der Ferdinand war krank. Wenn er auftaucht, sagen Sie ihm bitte, er soll nach Hause kommen.

Wenn er auftaucht ... Meine Mutter erschrak, kaum daß sie diese Worte gesagt hatte. Sie biß sich auf die Lippen und suchte in ihrer Handtasche nach einem Taschentuch. Ihr Gesicht sah jetzt gleichzeitig jünger und älter aus, als ich es gewohnt war. Der Fährmann sagte nichts, aber legte ihr seine große, freundliche Hand auf die Schulter.

Aufgetaucht ist der arme Ferdinand etwas mehr als eine Woche später. Es war der Sonntag darauf, als es sehr früh am Morgen bei uns klingelte. Meine Mutter und ich, wir sahen einander mit ebenso verschlafenen wie erschrockenen Augen an. Meine Mutter warf sich einen Schlafrock über, ich lief im Pyjama hinter ihr her.

Vor der Tür stand ein Polizist, mit der Kappe in den vor dem Bauch gekreuzten Händen. Sind Sie die Frau Jarosch, fragte er, die vor einer Weile bei uns eine Abgängigkeitsanzeige gemacht hat? Ja, sagte meine Mutter sehr leise, die bin ich. Dann, sagte der Polizist und senkte den Blick auf die Kappe, habe ich Ihnen eine traurige Nachricht zu übermitteln.

Der Leichnam war auf der Höhe der Simmeringer Gastürme im Ufergebüsch hängengeblieben. Er trug die Kleidung, die meine Mutter zu Protokoll gegeben hatte, und den Ehering mit eingraviertem Trauungsdatum. Die Identifikation war also eigentlich nur noch Formsache. Trotzdem, sagte der Polizist, könne er meiner Mutter diese *Unannehmlichkeit* nicht ersparen.

Was mich betraf, so war ich dabei eigentlich nicht vonnöten. Doch wollte ich nicht allein zu Hause bleiben. Als wir vor der Leiche standen, bedeckte meine Mutter mein Gesicht mit ihren Händen. Ich war ein Kind und sollte lieber nicht hinsehen.

5

Mit diesem Tag war meine Kindheit zu Ende. Es war der 16. Februar 1956, ich war neun Jahre, zwei Monate und neun Tage alt. Zwar lief fürs erste beinah alles so weiter wie vorher, ich ging zur Schule, meine Mutter fuhr auf der Straßenbahn. Aber das war die Oberfläche, darunter war alles von Grund auf verändert.

Es lief alles so weiter wie vorher, nur ohne Ferdinand. Es lief jedoch nicht so weiter, als ob Ferdinand nie erschienen wäre. An den Nachmittagen streunte ich noch immer am Donaukanal entlang. Aber der Donaukanal war nicht mehr derselbe, und auch ich war nicht mehr derselbe.

Auch meine Mutter war für mich eine andere. Sicher, ich liebte sie nach wie vor, meine Mamma. Doch gab es jetzt etwas, das mir nicht aus dem Sinn ging. Jene Szene. Ferdinands Stimme. Und ihre Stimme.

Ich geh ins Wasser!

Na gut, dann *geh* halt ins Wasser!

Hatte sie das wirklich gesagt, oder hatte ich es nur geträumt?

Ich habe es lang nicht wahrhaben wollen, daß sie das gesagt hat.

Aber je öfter sich der Dialog in meiner Phantasie wiederholt hat, desto realer ist er mir erschienen.

Vielleicht, ja wahrscheinlich, gingen diese Worte auch meiner Mutter nicht aus dem Sinn. Sie standen im Raum und ließen sich auch durch häufiges Lüften nicht vertreiben. Eine Zeitlang versuchte sie es damit, die Möbel umzustellen. Aber das Fenster blieb das Fenster, durch das Ferdinand geschaut hatte, und die Tür blieb die Tür, durch die er gekommen und gegangen war.

Nun hatte meine Mutter schon vor Jahren um eine Gemeindewohnung angesucht. Diese von der Gemeinde Wien finanzierten Wohnungen waren zwar meist klein, aber im Vergleich zu vielen sogenannten Zinskasernenwohnungen hell, sauber und – wie man schlichte und geradlinige Funktionalität damals nannte – modern. Der Zins, der nicht an private Hausbesitzer, sondern an die Wiener Stadtverwaltung bezahlt werden mußte, war im Vergleich zu den Wucherpreisen, die dem Vernehmen nach für so manche andere Wohnung verlangt wurden, angenehm niedrig. Vor allem aber brauchten die Mieter zur Anschaffung einer solchen Wohnung keine Eigenmittel.

Auf eine Gemeindewohnung hatte man unter bestimmten sozialen und politischen Bedingungen Anspruch. Die sozialen Bedingungen – eine Bedürfnis- und Einkommenslage, die das Entgegenkommen seitens der Gemeinde rechtfertigte – waren in unserem Fall durchaus gegeben. Was die politischen Bedingungen betraf – die Mitgliedschaft in der SPÖ, der Sozialistischen Partei Österreichs –, so war die für Angestellte der Wiener Verkehrsbetriebe (also zum Beispiel Straßenbahnschaffnerinnen) ohnehin obligat. Ich glaube zwar nicht, daß das gesetzlich gedeckt war, aber es war Usus, und daß meine Mutter dieser Partei angehörte, mit der sie zum Beispiel am 1. Mai, dem Feiertag der Arbeit, an dem vormittags keine Straßenbahn fuhr, in einem großen Umzug, der sogenannten Demonstration, auf der Ringstraße marschieren mußte, eine rote Nelke im Knopfloch der Uniform, hatte ich (als Kind nolens volens auf diesen Umzug mitgeschleppt) zur Kenntnis genommen.

Sonst hörte und sah ich allerdings wenig davon. Meine Mutter hatte zur Politik ein ähnlich nüchternes Verhältnis wie zur Religion. Das heißt, sie kümmerte sich nur an den unvermeidlichsten Feiertagen darum. Und wenn es unbedingt sein mußte. Wenn sie was brauchte.

So wie jetzt zum Beispiel die neue Wohnung. Hinter dem vor Jahren gestellten Ansuchen war sie nie besonders leidenschaftlich hergewesen. Sie hatte es gestellt, weil ihr Arbeitskollegen (darunter der diesbezüglich nicht ganz interesselose Herr Horak) eingeredet hatten, daß es ihr zustand. Aber im Grund genommen hatte sie sich in unserer alten Wohnung wohl gefühlt.

Jetzt hatte sich das geändert. Sie wollte weg aus der *Bruchbude*. Nie zuvor hatte sie so von unserer lieben alten Wohnung gesprochen! Weg, nichts wie weg wollte sie, besser heute als morgen. Wozu, fragte sie, klebe ich eigentlich die roten Marken in mein Parteibuch?

Die Realität war die: Man stand mit so einem Ansuchen in einer langen Warteschlange. Und kam, wenn es mit rechten Dingen zuging, trotz aller Wiederaufbautätigkeit nur langsam voran. Und natürlich gab es sowohl Bedürftigere als auch Beflissenere. Mit einem Wort: Es war gut, wenn man jemanden hatte, der einen an dieser langen Schlange vorbei oder zumindest ein paar Plätze nach vorn schwindelte.

Das war zwar den anderen gegenüber gemein, doch war diese Gemeinheit eine angeblich allen, die damals solche Ansuchen gestellt hatten, gemeinsame. Zumindest die Bereitschaft zu dieser Art von Gemeinheit. Wer diese Bereitschaft nicht hatte, galt einfach als dumm und war es angesichts der Bereitschaft so gut wie aller anderen wahrscheinlich auch. Da konnte er nämlich eine Ewigkeit auf seine Gemeindewohnung warten.

Soviel bekam ich mit. Meine Mutter unterhielt sich mit der Tante Fanny über dieses Thema. Der Frau des früheren Blockwarts, einer Expertin. Die und ihr Mann hatten ihre Gemeindewohnung natürlich schon längst. Und zwar eine große. Man brauchte halt jemanden, der anschob.

Es kam darauf an, jemanden zu kennen oder kennenzulernen. Jemanden, der, wie es hieß, *Beziehungen* hatte.

Kennst du denn niemanden?, fragte die Tante Fanny.

Ich weiß nicht, sagte meine Mutter. Das heißt ... vielleicht ...

Zwei Tage später besuchte uns ein gewisser Herr Grandegg. Ein Typ, zu dem ich, wenn ich wollte, Onkel Edi sagen sollte. Ich wollte *nicht*. Herr Grandegg hatte eine Schwalbenschwanzfrisur (im Nacken für die damalige Zeit ungewöhnlich lange, etwas fettig zusammenfrisierte Haare). Er trug einen großkarierten Anzug in für meinen Geschmack ekligen Gelb- und Brauntönen.

Er duftete penetrant nach jenem Kölnischwasser, nach dem die von der sowjetischen Besatzungsmacht eingerichteten *Usia*-Läden gerochen hatten. Was die Abkürzung bedeutet hat, weiß ich nicht mehr, jedenfalls handelte es sich um Läden, die, von der sowjetischen Besatzungsmacht eingerichtet, unter Umgehung der österreichischen Steuergesetze billige Waren anboten. Der Geruch des Kölnischwassers, das man dort anscheinend ausgesprengt hatte wie Weihwasser in der Kirche, umfing einen sofort, wenn man so einen Laden betrat. Er hatte sich auf unvergeßliche Weise mit dem von mäßig süßen Ostblock-Schokoladen, modrigen Keksen und filterlosen Zigaretten (Marke Budapest: dunkelblaue Schachteln, auf denen die berühmte Kettenbrücke zu sehen war) vermischt. Die anständigen österreichischen Hausfrauen (also auch meine Mutter) hatten in diesen Läden nur mit schlechtem Gewissen eingekauft. Das hatte sie aber weniger gedrückt als die Preise, die sie anderswo bezahlen mußten. Seit dem Abzug der sowjetischen Besatzungsmacht gab es diese Läden nicht mehr. Herr Grandegg jedoch hatte noch rechtzeitig gewisse Lagerbestände erstanden, darunter ein paar tausend Fläschchen jenes Kölnischwassers, in dessen Duft gehüllt er nun daherkam.

Herr Grandegg machte, soviel verstand ich, Geschäfte. Natürlich verstand ich von solchen Geschäften nichts. Doch der Herr Grandegg redete, während er von dem Martini trank, den meine Mutter extra für ihn besorgt hatte, unausgesetzt davon. Jaja, sagte meine Mutter, der Herr Grandegg ist ein Schlaucherl!

Das sagte sie allerdings erst am nächsten Tag. An diesem Abend war sie sehr freundlich zu Herrn Grandegg. Nein, es war nicht gerade so, daß sie sich auf seinen Schoß setzte. Aber einer gewissen, wenn auch vorerst nur scherzhaften Intimität mit diesem Herrn (der, wie sie betonte, ein guter, alter Bekannter sei, den sie aus purem Zufall wieder getroffen habe) war sie durchaus nicht abgeneigt.

Ich hielt das nicht allzulang aus und ging früh ins Bett. Ein spannendes Buch (Stevensons *Schatzinsel*) lenkte mich eine Weile von meiner Mutter und Herrn Grandegg ab. Sie saßen im Zimmer, nicht in der Küche, so daß ich sie nicht reden hörte. Aber zwei, drei Mal lachte meine Mutter so laut und schrill, daß ich mich fast für sie genierte.

Eine knappe Woche darauf holte uns der Herr Grandegg ab, um mit uns eine Baustelle zu besichtigen. Ich kann mir nicht helfen, aber das Auto, das er hatte, sah ihm ähnlich. Es war lang, wirkte trotz seiner aufdringlichen Karosserie alles andere als neu und mit seinen gebleckten Chromzähnen vorn an der Kühlerhaube eigentlich ordinär. Übrigens sah ihm das Auto nicht nur (außen) ähnlich, sondern roch auch (innen) nach ihm, das heißt, es roch so, als ob eine Flasche von jenem *Usia*-Duftwasser zerbrochen und in die Poren der schweißig riechenden Ledersitze gesickert wäre.

Auf der Baustelle entstand ein Wohnhaus, zu dem Herr Grandegg merkwürdigerweise Pläne besaß. Zwar war es verboten, sie zu betreten, aber für uns galt das nicht mehr, nachdem der Herr Grandegg dem Werkmeister einen Fünfzigschillingschein zugesteckt hatte. Über eine geländerlose Treppe stiegen wir hinauf in den zweiten Stock. Dort balancierten wir auf Brettern, die über dem noch feuchten Zementfußboden lagen, zwischen noch unverputzten Wänden.

Na, sagte Herr Grandegg zu meiner Mutter, wie würde dir das gefallen? Eine Gelegenheit: ein plötzlicher Rücktritt. Zwar sei das Haus, das hier noch vor Beginn des Sommers fertig werden sollte, kein Gemeinde-, sondern ein sogenannter Genossenschaftsbau, was bedeute, daß man, falls man die Gelegenheit beim Schopf packen wolle, eine gewisse Summe aufbringen müsse. Aber dabei könnte er, sagte der Herr Grandegg, unter bestimmten Umständen behilflich sein.

Ein Darlehen unter alten Freunden, was hältst du davon? Über die Modalitäten der Rückzahlung werden wir uns schon einigen. Das Wort Modalitäten verstand ich damals noch nicht, aber es klang mir verdächtig. In dem Raum, der das Badezimmer werden sollte, zog der Herr Grandegg meine Mutter ganz eng an sich und grapschte ihr an den Hintern.

In der neuen Wohnung wirst du ein eigenes Zimmer haben, freust du dich nicht? – Klar, sagte ich, aber ich sagte das ohne Überzeugung. Wozu brauchte ich überhaupt ein eigenes Zimmer, in unserer alten Wohnung standen mir, ganz abgesehen von meinem Kabinett, in dem ich schlief, selbstverständlich alle Räume zur Verfügung. Nicht nur der Hand des Herrn Grandegg auf dem Hintern meiner Mutter wegen erfüllte mich die neue Wohnung und alles, was mit ihr zusammenhing, mit tiefer Skepsis.

Zwar wurde der Termin, zu dem das Haus, das wir im Rohbau besichtigt hatten, fertig sein sollte, einige Male verschoben. Aber obwohl ich das, während meine Mutter darüber räsonierte, immer wieder mit Erleichterung zur Kenntnis nahm, konnte ich in dem Jahr, das darüber verging, nicht mehr recht froh werden. Die vierte Volksschulklasse, in die ich inzwischen gekommen war, würde ich, so wie es jetzt aussah, wenigstens noch in der Erdbergstraße beenden können. Aber der Tag unserer Übersiedlung würde bestimmt kommen.

Meine Gegend sollte ich einfach verlassen! Zwar hatte sich, das stimmt, schon durch Ferdinands Tod alles verändert, war der kleine Kosmos, in dem ich bis dahin gelebt hatte, über Nacht kälter und trauriger geworden – aber daß er mich trotzdem nach wie vor umgab, war immerhin ein Trost. Es klingt vielleicht komisch, wenn ich das heute, so lang danach und hier, so weit weg davon, noch sage. Aber diese Gegend – nicht Wien, nicht der dritte Bezirk, nicht der alte Vorort Erdberg, sondern ganz einfach die paar Gassen zwischen Erdbergstraße und Erdberger Lände, das Donaukanalufer, die zwei Brücken, die Überfuhr und das jenseitige Ufer mit den Praterbäumen im Hintergrund – dieses *Grätzel*, wie man auf wienerisch sagt oder zumindest damals noch sagte, war mir auf ganz spezifische Weise Heimat geworden.

Vielleicht entsprach diese simple Gegend, so archetypisch, wie sie mir heute, in der Erinnerung, noch vorkommt, einem präformierten Bild in meiner Seele. Oder auch umgekehrt: vielleicht spiegelte meine Seele ein Bild, das sie, kaum war sie aufgewacht, erblickt hatte, fortan wider. Später habe ich oft das Gefühl gehabt, wo ich gelebt habe, eigentlich nicht zu Haus zu sein. Dort, an der Erdberger Lände, auf den schrägen Wiesen des Donaukanals, hatten die Luftwurzeln meiner Seele einen gewissen Halt gefunden.

Nun sollte ich mich davon einfach losreißen lassen. Ich spürte es schon vorweg: das würde weh tun. Ein paar Tage schwänzte ich die Schule und ging tief in den Prater. Am liebsten hätte ich mich verirrt und wäre nicht mehr zurückgekommen.

Unser Umzug erfolgte dann Anfang Juli. Vor unserem alten Haus in der Wassergasse fuhr das Auto einer Speditionsfirma vor. Zwei Männer in blauen Overalls kamen die vier Stockwerke heraufgestapft. Mit großen, roten Händen packten sie die Möbelstücke, die mit uns übersiedeln sollten, eins nach dem andern, und schleppten sie durchs Stiegenhaus hinunter. Hinten nach gingen wir, meine Mutter und ich. Mein Gott, wie oft war ich diese Stufen hinauf- und hinabgelaufen! Diese alten Stufen, deren Kanten vom vielen Begangenwerden schon ganz abgeschliffen waren. Diese Stufen mit ihren Sprüngen und Rissen, die an manchen Stellen aussahen wie Höhlenzeichnungen oder Hieroglyphen.

Na komm schon, sagte meine Mutter, der Onkel Edi

wartet. Natürlich! Der Onkel Edi! Der unvermeidliche Herr Grandegg! Er hatte sein Auto gleich hinter dem Speditionsfahrzeug geparkt. Er hatte ja alles bestens organisiert. Der Spediteur war sein Freund, und seine Freunde waren auch unsere Freunde.

Der Herr Grandegg küßte meine Mutter und zwinkerte mir zu. Ich wandte mich von ihm ab, um mich von der Parfumeriemitzi zu verabschieden. Dann stiegen wir ein und fuhren dem Speditionsauto voraus. Bis zur Stadionbrücke fuhren wir noch am Donaukanal entlang, aber dann bogen wir nach rechts in die Schlachthausgasse.

JA, LESLIE, ICH weiß, es ist spät, du willst schlafen gehen. Trotzdem ist es etwas unhöflich, einfach die Sessel auf die Tische zu stellen. Du kennst mich doch, wenn ich ins Erzählen gerate ... Über die vergangene Zeit erzählend, merke ich gar nicht, wie die gegenwärtige vergeht.

Sie müssen entschuldigen, aber sie meint es nicht so. Etwas die Seele Stärkendes wird sie uns schon noch bringen. Etwas, das über Abschied und Aufbruch hinweghilft. Sie sind doch einverstanden, hoffe ich, oder?

Trinken Sie noch eine Bloody Mary mit mir! Leslie mixt Ihnen die beste Bloody Mary downriver. Wo wohnen Sie? Hier im Lower- oder drüben im Upper-Quarter? Sind Sie mit dem Auto da oder soll Ihnen Leslie nachher ein Taxi rufen?

Nach Mitternacht eines zu nehmen, gilt hier als ratsam. Die von United Cabs kommen innerhalb von fünf Minuten. Leslie selbst läßt sich jeden Abend eins kommen, obwohl ihr Apartment nur ein paar Blocks von hier entfernt ist. Kein Taxichauffeur in New Orleans wird sich durch so ein Ansinnen gefoppt fühlen.

Was mich betrifft, gehe ich trotzdem lieber zu Fuß. Ich mag diese Stadt nämlich just um diese Stunde. Früher am Abend schwappt der Trubel von der oberen Bourbon Street manchmal bis hierher. Jetzt aber herrscht eine große, erholsame Stille.

Bis auf das ewige Surren der Klimaanlagen. Meiner Meinung nach treiben diese zahllosen Klimaanlagen ja die Außentemperatur noch um einige Grad in die Höhe. Aber was solls. Man ist hier darauf fixiert. Also surrt es. Man kann sich daran gewöhnen.

Und manche Geräusche machen die Stille nur hörbarer. Ab und zu schnarrt eine Zikade wie ein plötzlich angeworfener Rasenmäher. Und hier und da bläst eine Schiffssirene vom Fluß. Das Signal bleibt für ein paar Sekunden in der Luft hängen und wartet auf sein postwendend von der Stadt zurückgeschicktes Echo.

Kommen Sie, es lohnt sich, um diese Stunde zu Fuß zu gehen. Um diese Zeit hat die Stadt ein geradezu surrealistisches Flair. Das müssen Sie sehen. Das sind Fotos, die Ihre Hirnkamera speichern sollte. Diese straßauf, straßab sich wiederholenden Ecken mit den leise und heiß leuchtenden Gaslaternen.

Kommen Sie, ein paar Schritte werden auch Ihnen guttun. Nach der Schwüle des Tages ist der Wind ein großes Aufatmen. So ein Nachtspaziergang mag bedenklich sein, aber ich glaube, ich habe einen Schutzengel. Der reicht auch für zwei – gesetzt den Fall, daß wir eine Strecke denselben Weg haben.

ZWEITER TEIL

I

Die Luftwurzeln der Seele, ja. Darauf kommt es wahrscheinlich an. Daß diese Luftwurzeln irgendwo neuen Halt finden. Die meinen haben es letztlich hier versucht. Und bis zu einem gewissen Grad ist ihnen das auch gelungen. Mit Hilfe von Freunden. Zuallererst mit Hilfe von Joe. Ohne Joe wäre ich mir verlorengegangen. Kann schon sein, hat er gesagt, daß du dich auch hier nicht ganz zu Haus fühlst. But listen: Of all the places in the United States this is the place where you might be more at home than anywhere else.

Kann schon sein, hat er gesagt, daß du manchmal das Gefühl hast, auch hier nicht ganz herzugehören. Aber die Leute hier werden es dich kaum merken lassen. Erstens ist diese Stadt voll von Menschen mit einem ganz ähnlichen Feeling, das sich allerdings oft ins Positive, Offensive, Aktive wendet. Und zweitens ist sie ihrer ganzen geographischen, historischen und kulturellen Lage nach eine von lauter heimisch gewordenen Fremden bevölkerte Insel ...

Hast du New Orleans aus dem Flugzeug gesehen? Na eben, es ist doch völlig von Wasser umgeben. Weit und breit kein vertrauenswürdiger Boden. Im Norden der Lake Pontchartrain, im Süden die Sümpfe.

Wer *hier* eine Stadt bauen will, muß ziemlich verrückt sein. Nun, die Franzosen sind so verrückt gewesen. Anfang des achtzehnten Jahrhunderts war das, als die Herrschaften hier aufgetaucht sind. Sieur de La Salle, Sieur d'Iberville, Sieur de Bienville und wie sie sich alle mehr oder minder hochtrabend genannt haben.

Sie haben das indianische Sommerlager für eine fixe Ansiedlung gehalten. Wo *die* sind, haben sie sich eingebildet, da können *wir auch* sein. Nur sind die Indianer mit Beginn der Sturmsaison abgezogen. Und New Orleans ist mit dem dauernd über die Ufer tretenden Mississippi zurückgeblieben.

Die Insel New Orleans. Hier bin ich also gelandet. Wann das war? Mein Gott, das ist schon ein Weilchen her. Jedenfalls war es Anfang August, wie jetzt. Zweifellos die ungünstigste Zeit, um hier anzukommen.

Schon als ich aus dem Flughafengebäude getreten bin und mich in der *queue* um ein Taxi angestellt habe, war mein Hemd total durchschwitzt. Der Stoff ist mir auf eine nie zuvor erlebte Art auf der Haut geklebt. Bis dahin hatte ich mich meist nach Hitze gesehnt, in Wien habe ich zwei Drittel des Jahres gefroren. Aber in der Plötzlichkeit, mit der sie mich hier buchstäblich angefallen hat, hat mich die feuchte Hitze fast erschlagen.

Dabei war ich gar nicht direkt aus Wien gekommen. Ich hatte zuvor eine Zeit in New York verbracht. New York Ende Juli war auch nicht gerade kühl. Doch mit New Orleans Anfang August war es kein Vergleich.

Ein Klima wie in Kinshasa, sagte der Taxichauffeur. Das konnte ich nicht beurteilen, in Kinshasa war ich nie gewesen. Überhaupt nicht in Afrika, immer noch nicht. Jetzt jedoch war ich dem Schwarzen Kontinent vielleicht näher als je zuvor.

Der Taxichauffeur hatte ungefähr die gleiche Hautfarbe wie ich. Nicht ganz schwarz, sondern eher *café au lait*, wie man hier sagt. Französisch, aber mit eigenwilliger Aussprache. Auch sein *American* war recht eigenwillig.

Ich hatte den Eindruck gehabt, mich in New York schon ganz gut auf das amerikanische Englisch eingestellt zu haben. Aber den Worten des Taxichauffeurs konnte ich kaum folgen. So wurde nicht viel aus der von ihm angestrebten Kommunikation. Außerdem war ich entsetzlich müde, nicht nur infolge des auf mich einstürzenden Klimas.

Wohin er mich bringen solle, fragte der Fahrer. Er wiederholte die Frage einige Male. Don't know, sagte ich. Wissen Sie ein preisgünstiges Hotel? Die Kategorie des Hauses, vor dem er mich endlich ablud, hatte ich mir also selbst zuzuschreiben.

Dort machte ich gleich Bekanntschaft mit den hier heimischen Kakerlaken. Dieser orangeroten, halb transparenten Sorte. Ich überließ ihnen das Etagenbad und kehrte in mein Zimmer zurück. Ich wusch mich, so gut es ging, über der gelblichen Waschmuschel.

Das Wasser war heiß. Auch das aus dem Kaltwasserhahn. Es ist aber ohnehin ratsam, es nicht zu trinken. Auch zu klimatisch besseren Jahreszeiten. In der Grocery auf der anderen Straßenseite kaufte ich mir eine Sechserpackung Dosenbier.

Dann fiel ich aufs Bett unter den Gott sei Dank funktionierenden Ventilator. Der ein Geräusch verursachte wie ein Hubschrauber. Das Bier aus den Dosen war warm und zusätzlich schweißtreibend. Aber nach zwei oder drei Dosen konnte ich immerhin einschlafen.

Was ich hier eigentlich wollte, fragen Sie? – Nun, eigentlich wollte ich hier meinen Vater finden. Jenen G.I., der im Herbst '45 und im Frühjahr '46 mit meiner Mutter Kontakt gehabt haben mußte. Wobei mir schon klar war, daß die Geschichte mit der schrägen Wiese am Donaukanal wahrscheinlich nicht stimmte. Auch aus Gründen der für die Zeit meiner Empfängnis in Frage kommenden Außentemperatur. Ich bin im Dezember geboren, es muß also im März oder spätestens Anfang April geschehen sein. Wahrscheinlich in irgendeinem kleinen Hotel in der amerikanischen Besatzungszone. Somit in einem der Wiener Bezirke Neubau, Josefstadt, Hernals, Alsergrund, Währing oder Döbling.

Mein Vater, dessen Adresse meiner Mutter abhanden gekommen war, hieß William (Bill oder Billy) Meredith. Geboren um 1920, in irgendeinem Nest in Mississippi oder Louisiana. In New York hatte ich mich mit der entsprechenden Veteranendivision in Verbindung gesetzt. Aber die hatten mir auch nicht mehr sagen können, als daß ich ihn, wenn überhaupt, am ehesten im Raum New Orleans finden würde.

2

Die neue Wohnung roch frisch verputzt und hatte sehr weiße Wände. Vom Vorzimmer kam man durch drei verschiedene Türen in drei verschiedene Bereiche. In der Mitte war das Wohn- und Schlafzimmer, rechts die Küche und (wie versprochen) *mein* Zimmer. Links gab es noch einen Raum, dessen Funktion vorläufig unklar blieb und der in den ersten Wochen nach unserem Einzug leerstand. Für meine Mutter und mich war die Wohnung einfach zu groß. Unsere alten Möbel sahen darin recht verloren aus. Man müsste ein paar neue anschaffen, sagte meine Mutter, aber woher nehm ich das Geld dazu? Da mach dir nur keine Sorgen, sagte der Herr Grandegg.

Das Geld für neue Möbel würde der liebe Onkel Edi uns gern vorstrecken. Natürlich hatte er seine Beziehungen zur Möbelbranche. So wurden ein paar neue Möbel angeschafft, aber die paßten nicht zu den alten. Waren die alten solid und grad gebaut, aus dunklem Holz, mit Furnieren, die an manchen Stellen wie sehr faltige, aber sympathische Gesichter aussahen, so standen die neuen recht blaß und gesichtslos auf dünnen, schräg montierten Beinen.

Trotzdem betonte meine Mutter immer wieder, wie schön wir es nun hätten. Und wie froh wir sein könnten, daß wir nun endlich aus der Bruchbude draußen seien. Daß sie von dieser abfälligen Bezeichnung für unser altes Haus nicht lassen wollte, kam mir manchmal vor wie Verrat. Aber die Tante Gerti etwa pflichtete ihr bei und war beeindruckt von unserem weißen Badezimmer.

In mein eigenes Zimmer konnte ich mich immerhin zurückziehen. Tatsächlich hatte ich hier viel öfter das Bedürfnis danach als in der alten Wohnung. Nicht nur der häufigen Anwesenheit des Herrn Grandegg wegen. Obwohl diese meine Rückzugstendenz ohne Zweifel verstärkte.

In diesem Zimmer stand mein altes Piano. Das einzige Möbel, durch das es noch eine Rückverbindung zu früher gab. Zwar war es durch den Transport verstimmt, aber ein Klavierstimmer, den meine Mutter schließlich und endlich kommen ließ, brachte es wieder in Ordnung. Der Mann war mir übrigens unangenehm, um nicht zu sagen unheimlich.

Wie sich erst an der Tür, die wir auf sein Klingeln geöffnet hatten, herausstellte, war er blind. Ich versuchte also, ihn an der Hand zu nehmen, um ihn in mein Zimmer zu führen. Er aber, sobald ich seine Hand berührt hatte, packte überraschend, fast erschreckend fest zu. Sofort mußte ich an den blinden Piraten in Stevensons *Schatzinsel* denken, der auf ganz ähnliche Weise zupackt.

Auch als wir längst vor dem Piano standen, ließ er nicht los. Er trug dunkle Brillen, ich sah seine blinden Augen nicht. Ich hatte jedoch den Eindruck, daß er über meine Hand, die er auf mir peinliche Weise betastete, nachdachte. Junger Mann, was bist du für einer, fragte er, irgend etwas an dir kommt mir anders vor.

Noch lang, nachdem er das Klavier gestimmt hatte, beschäftigte mich diese Frage. Was war ich für einer? Was hatte der Blinde gemeint? Ging es um meine Hautfarbe? Spürte man die? Oder ging es darüber hinaus noch um etwas anderes, dem ich auf die Spur kommen mußte?

Am Klavier sitzend, über schwarze und weiße Tasten stolpernd, versuchte ich, ein paar von den zahllosen möglichen Wegen durch die Welt der Töne und, vielleicht auf diesem Weg, eine Idee von mir selbst zu finden. War das damals so? Wenn ich heute daran zurückdenke, kommt es mir so vor. Aber war das nicht immer so? Und ist das nicht noch immer so? – Vielleicht ist es mir damals zum ersten Mal bewußt geworden.

Allerdings konnte ich mich diesen frühen Reflexionen am Piano nicht ungehemmt hingeben. Zum Unterschied von früher hatten wir jetzt links, rechts, oben und unten Nachbarn. Die hatten wenig Verständnis für meinen Groove. Kam ich ein bißchen in Fahrt, so reagierten sie mit völlig unrhythmisch eingesetzten Klopfzeichen.

Stimmt schon, ich konnte auch etwas anderes machen. Mit den neuen Möbeln hatte ich auch einen Schreibtisch bekommen. Der wackelte zwar, seiner Dünnbeinigkeit zufolge. Aber ich saß oder kniete trotzdem ganz gern auf dem Sessel davor, ein bißchen zeichnend oder schreibend.

Zeichnend und schreibend, träumte ich mich weit weg. An der rechten hinteren Ecke des Schreibtischs stand ein kleiner Globus. Den hatte ich zwar ursprünglich nicht leiden können, weil ihn mir der Herr Grandegg geschenkt hatte. Aber nach und nach begann mich die schräg und drehbar in einer Sichel aus Aluminium gelagerte Kunststoffweltkugel zu faszinieren.

Wie viel Wasser es auf der Erde gab! Und wie interessant die Kontinente geformt waren! Manchmal versetzte ich den Globus in Rotation, schloß die Augen und versuchte, mit dem Zeigefinger an einem möglichst spannenden Ort zu landen. Dabei konnte ich mich nicht entscheiden, ob ich die Augen lieber in Afrika wieder öffnen würde oder in Amerika.

Wie ich am Morgen nach meiner Ankunft unter dem Ventilator im Hotel erwachte. Dem während der Nacht offenbar zentral abgeschalteten Ventilator. Wie ich mich aufraffte und ans Fenster trat. Ich hatte sogar einen kleinen Balkon, auf den ich treten konnte.

Das Gitter war allerdings nicht vertrauenerweckend. Auf die Straße hinunterschauend, stützte ich mich lieber nicht auf. Eine Zeile einstöckiger, aus ehemals weißen Brettern gefügter Häuser. Häuser mit auf etwas verwackelt wirkenden Holzsäulen ruhenden Vorbauten.

Der Kerl, der vis-à-vis auf dem Gehsteig saß. Er war der erste Mensch, den ich in New Orleans wirklich wahrnahm. Der Taxifahrer, die Frau an der Rezeption des Hotels – die Erinnerung an sie ist abstrakt. Den an jenem Morgen auf dem Gehsteig vis-à-vis sitzenden Mann jedoch habe ich sehr konkret vor Augen.

Schwer zu sagen, ob er schwarz oder weiß war. Dunkle,

aber vielleicht nur durch permanenten Aufenthalt im Freien gegerbte Haut. Ein Schädel wie eine ehemals zu früh aus der Schale gefallene, aber nun in all ihrer vertrockneten Schrumpligkeit immer noch fleckige Kastanie. Filzig graues, wie von Motten angefressenes Kopf- und Barthaar.

Er saß an die schmutzigrote Ziegelmauer hinter sich gelehnt. Einen, so wie es aussah, längst leergetrunkenen Pappbecher neben sich. Wild gestikulierend, laute Selbstgespräche führend. Anscheinend über Gott und die Welt räsonierend.

Ich verstand vor allem *fuck* und *fuck off*. Mit weit ausholender, anklagender Geste zeigte der Typ zuerst in die *eine* Richtung. Dann kam jemand vorbei und machte ihm Vorhaltungen, ungefähr in dem Sinn, daß es eine Schande sei, wie er sich gehenlasse. Darauf setzte der Mensch seinen Monolog fort, ebenso weit ausholend, anklagend, in die *andere* Richtung weisend.

Hoffentlich war dieser Mann kein schlechtes Omen. Einen Augenblick sah ich mich an seiner Stelle dort sitzen. Wer weiß, womöglich würde ich auch so enden. Ganz auszuschließen ist das ja bis heute nicht.

Ab und zu wies der Typ auch anklagend zum Himmel. Dieser Himmel hatte etwas merkwürdig Verhangenes. Er war verhangen auf eine Art, wie ich es bis dahin noch nirgends erlebt hatte. Die ganze Szene (alles kam mir ein bißchen vor wie auf einer Bühne oder in einem Filmstudio) lag unter einem milchigen Nebel.

Einen Moment lang bildete ich mir ein, daß es sehr früh sein mußte. Doch dafür war es zweifelsohne zu heiß. Ich sah auf meine Armbanduhr, die ich am Vorabend auf den Nachttisch gelegt hatte. Es war dreiviertel elf. Nicht nur in meinem Kopf war alles wie Watte. Auch draußen, ja: Die Geräusche seltsam gedämpft. Vogelstimmen sehr kleinlaut, Verkehrslärm sehr fern. Wieder auf den Balkon getreten, schnupperte ich in die Luft, die Witterung der *neighborhood* aufnehmend, in die ich geraten war. Es roch feucht, es roch heiß. Es roch ein bißchen nach Friedhof.

3

Dort, wo ich war, gefiel es mir jedenfalls nicht. Die Gegend um den Matzleinsdorferplatz in Wien 5 war wegen ihrer Nähe zur Südbahntrasse in den letzten Kriegsjahren in Grund und Boden bombardiert worden. Jetzt standen hier lauter Neubauten wie der unsere. Die waren zwar, wie meine Mutter behauptete, nett und sauber (abgewohnt und schmutzig sollten sie erst in etwa drei, vier Jahren aussehen), aber sie hatten, so ähnlich wie die neuen Möbel in unserer Wohnung, keine Gesichter.

Daß die Gasse, in der wir jetzt wohnten, *Grünwald*gasse hieß, empfand ich als den blanken Hohn. Von Grün und Wald war nicht die geringste Spur. Diese Gasse war einfach grau, öd, steril, nichtssagend, langweilig. Kam ich an dieser oder jener Seite an ihr Ende, so geriet ich in eine Gasse, die ihr zum Verwechseln ähnlich sah.

Nicht, daß ich mich in diesen dummen Gassen verirrte. Aber wo sollte ich hingehen und warum? Hier wuchs nichts, hier floß nichts, hier gab es weder Brücken noch gar eine Überfuhr. Hier gab es keine Jenseite und daher auch keine wirkliche Diesseite.

Mag sein, ich tue dem Stadtviertel, in das ich damals geraten bin, unrecht. Vielleicht gibt es ja Menschen, die sich dort auf ähnliche Art daheim fühlen, wie ich mich in meiner mystischen Donaukanalheimat daheim gefühlt habe. Obwohl ich mir das, Hand aufs Herz, kaum vorstellen kann. Ich mochte die Gegend ganz einfach nicht, und sie, so jedenfalls mein Eindruck, sie mochte *mich* nicht.

Auf der Straße gehend, hatte ich das Gefühl, daß man mir ständig nachschaute oder hinter mir her redete. In Erdberg hatten mich die meisten Leute zumindest vom Sehen gekannt. Und ich sie. Ganz unabhängig von Sympathien oder Antipathien waren wir einander im Lauf der Jahre selbstverständlich geworden. Hier, in dieser Gegend, die nicht einmal einen

Namen hatte (Margareten hieß der Bezirk, aber das Viertel war, seiner Wesenlosigkeit entsprechend, offenbar namenlos), fühlte ich mich auf eine bisher nicht erfahrene Weise fremd.

4

Im September sollte ich in die Mittelschule kommen, aber jetzt, in den Monaten Juli und August, waren noch Ferien. Geh in den Park, sagte meine Mutter, such Anschluß, bestimmt findest du Freunde. Wußte sie, was sie sagte? War sie so naiv oder neuerdings zynisch? Merkte sie überhaupt nicht, wie es mir ging?

Wo war ihr früher ganz selbstverständliches Gefühl für meine Bedürfnisse geblieben? Ihr liebendes Wissen um das, was mir wohl- oder weh tat? Ein Verständnis und Einverständnis, auf das ich mich als Kind ganz einfach hatte verlassen können. Das war nun verschwunden. Oder zumindest stark reduziert.

Meine Mutter schickte mich in den Park. In diesem Zustand! Vielleicht meinte sie es trotzdem gut. Der Park, etwas außerhalb unserer Neubaugegend, war das, was man in Wien sehr treffend als *Beserlpark* bezeichnet. Bäume und Sträucher wie Besen, was darin grün sein sollte, grau von Staub, auf den Bänken von Tauben umgurrte Pensionistinnen und Pensionisten.

Ich lief, nein *ging* Spießruten zwischen ihren Blicken. In einem rostigen Drahtmaschenkäfig raufte eine Rotte Buben meines Alters um einen Fußball. Auf dem Kies, den die zuständige Magistratsabteilung absurderweise für den besten Spielplatzbelag hielt, verursachten ihre dribbelnden Füße einen ganz unangemessenen Lärm. Darüber lag das Gebrüll, mit dem sie ihre Angriffs- und Abwehraktionen begleiteten.

Ihr rüdes, ruppiges Spiel behagte mir nicht. Trotzdem sah ich ihm zu, die Hände am Gitter. Zwar wollte ich eigentlich gar nicht wirklich mitspielen. Aber es konnte ja sein, daß sie mich zum Mitspielen aufforderten.

Diese Möglichkeit wollte ich offenlassen. Klar, es gab auch die Möglichkeit, daß sie mich einfach ignorierten. Okay, das wäre mir gar nicht so unlieb gewesen. Was geschah, war leider weder das eine noch das andere.

Es geschah folgendes: Als sie mich bemerkten, hörten die da drin zu spielen auf. Ihr Spiel verlangsamte sich, ihre Zurufe wurden leiser und verstummten. In der von mir entferntesten Ecke des Käfigs rückten sie zusammen. Waren sie zuvor zwei Haufen gewesen, so waren sie jetzt ein Rudel.

So standen sie, raunten und flüsterten miteinander. Und dann kam einer von ihnen direkt auf mich zu. Die Schultern und Hüften bewegend, als agierte er in einem Wildwestfilm. Überaus eindrucksvoll kaute er seinen Kaugummi.

Kam auf mich zu und blieb Aug in Aug mit mir stehen. Keinen Meter von mir entfernt, zwischen uns nur das Gitter. Dann nahm er den Kaugummi aus dem Mund und klebte ihn vor meiner Nase an die Drahtmaschen. Und sagte nicht mehr als drei Worte: Schleich dich, Murl!

Die wienerische Wendung *schleich dich* signalisiert, daß sich jemand zurückhalten oder besser gleich auf möglichst unauffällige Weise trollen soll. Das Wort *Murl* kommt von Mohr und bedeutet ganz einfach, daß jemand schwarz ist. Allerdings wird dieser Jemand, das schwingt in diesem kurzen Wort mit, zumindest nicht recht ernst genommen. Wenn nicht schlicht und einfach als fremd und daher ekelhaft abgelehnt.

Schwarz ist häßlich / weiß ist schön – dieses Vorurteil sitzt den blassen Bewohnern nicht nur der alten Stadt Wien tief in den Stammhirnwindungen. Selbst ein Genie wie Mozart hat sich enttäuschenderweise nicht geniert, solche Texte auch noch zu vertonen. Im Jahrhundert Mozarts lebte in Wien übrigens ein sogenannter Hofmohr namens Angelo Soliman. Da er sich bei Lebzeiten trotz seiner schwarzen Haut einer gewissen Beliebtheit erfreute, wurde er nach seinem Ableben ausgestopft und in ein Museum gestellt.

Daß ein Schwarzer frei auf der Straße umherlief, dürfte vor der Besatzungszeit, der Zeit also, in der ich gezeugt und geboren bin, recht selten vorgekommen sein. *Es ging spazieren vor dem Tor / ein kohlpechrabenschwarzer Mohr*, heißt es im *Struwwelpeter.* Dieses schöne Bilderbuch ist zwar schon rund ein Jahrhundert früher und, daran glaube ich mich zu erinnern, in Frankfurt entstanden, war aber in meiner Kindheit in Wien noch immer recht populär. Daß das Ganz-einfach-Spazierengehen des sogenannten Mohren vor dem Tor derart hervorgehoben wird, deutet darauf hin, daß es sich eigentlich nicht gehört.

Immerhin geht der bloß mit einer Art von Bermudashorts bekleidete Mohr in diesem Buch nur vor dem Tor, also draußen vor der Stadt, spazieren, da könnte man schon ein Auge zudrücken. Die drei Knaben, die am Fuß der Seite auftauchen (ziemlich dumme Exemplare ihrer Gattung, aber das ist ja das Exemplarische), tun das allerdings nicht, sondern gießen ihren Spott über den Schwarzen aus, den der Autor, wahrscheinlich, weil er ihm leid tut, nun als *Mohrchen* bezeichnet. Doch, doch, der Mann – wenn ich mich recht erinnere, war er Arzt und hat dieses Buch für seine Kinder verfaßt –, Doktor Heinrich Hoffmann hat durchaus didaktische Absichten. *Was kann denn dieser Mohr dafür / daß er so weiß nicht ist wie ihr?*, fragt eine Seite weiter der große Nikolas, eine in Relation zu den Knaben überdimensional erwachsene Verkörperung des aufgeklärten Über-Ich – zweifellos wäre es besser, wäre der Mohr weiß, aber wenn er denn, unvorteilhafterweise, schon schwarz ist, sollte man ihm das nicht zum Vorwurf machen.

Der nach wie vor hin und her spazierende Mohr hat, fast hätte ich das vergessen, einen Sonnenschirm aufgespannt, anscheinend will er nicht noch schwärzer werden. Den weißen Knaben jedoch – Ludwig, Kaspar und Wilhelm, von denen der erste eine Fahne, der zweite eine Brezel und der dritte, nicht steif, wie es heißt, einen runden Reif mitgebracht hat –, den weißen Knaben ist das nicht genug, sie spotten und hänseln weiter. *Der Niklas wurde bös und wild*, heißt es im nächsten Vers, *Du siehst es hier auf diesem Bild.* Und auf diesem Bild im Struwwelpeter-Buch sieht man, wie er die drei kleinen Idioten, groß wie er ist, am Kragen packt und in das riesige Tintenfaß taucht, das er offenbar immer bei sich hat, keine Ahnung, wie er es transportiert, jedenfalls ist es groß genug, daß man Typen wie Wilhelm, Kaspar und Ludwig ganz tief hineintauchen kann, worauf sie viel schwärzer sind als der Schwarze; Doktor Hoffmann war, würde ich sagen, selbst nicht ganz unbefangen von dem Vorurteil, gegen das er mit Hilfe des großen Nikolas, der neben dem Tintenfaß auch eine riesige Schreibfeder bei sich hat, zu Felde zog, aber er hat es gut gemeint.

Den in mancher Hinsicht lehrreichen *Struwwelpeter* hatte mir, genau wie die *Zehn kleinen Negerlein*, ehemals die Großmutter vorgelesen. Meine Mutter neigte zwar dazu, auch ihn für ein blödes Buch zu halten, aber daß ihn mir irgendeine Tante schenkte, war offenbar nicht zu vermeiden gewesen. Zum Unterschied von den *Zehn kleinen Negerlein* hatte sie ihn immerhin nicht weggeworfen. Erst anläßlich unseres Umzugs war er, mit einer Menge anderer alter Bücher und Spielsachen, in einen großen Karton verpackt und an einen Altwarenhändler verkauft worden.

Vielleicht war das der Anlaß, durch den mir die *Geschichte von den schwarzen Buben* wieder in den Sinn gekommen war. So einer wie der große Nikolas mit seinem praktikablen Tintenfaß wäre mir nun, im Beserlpark, an der Außenseite des Fußballkäfigs, jedenfalls recht gewesen. Leider zeigte sich weit und breit kein Erwachsener von vergleichbarer Qualität. Die Pensionistinnen und Pensionisten auf den Bänken kamen für diese Rolle nicht in Frage.

An einem der folgenden Tage traf ich meinen Feind. Wie ehedem kam er mir auf einer Strecke entgegen, auf der ich nicht ausweichen konnte. Ich weiß nicht, wie er das immer wieder schaffte. Ich hatte die letzte Ecke, um die ich hätte entwischen können, bereits hinter mir, als er an der nächsten Ecke auftauchte.

Ich konnte nicht einfach kehrtmachen und davonlaufen. Auch auf die andere Gehsteigseite hinüberzuwechseln, wäre ein Eingeständnis meiner Angst gewesen. Er merkte, was in mir vorging, und grinste schon von weitem. Es blieb mir nichts übrig, als ihm entgegenzugehen und seinem Entgegenkommen standzuhalten.

Natürlich fragte ich mich, was mein Feind hier tat. War er auch aus dem dritten in den fünften Bezirk umgezogen, oder ging er hier nur zufällig? Als ich an ihm vorbei war, ließ ich eine Weile verstreichen. Dann schaute ich mich vorsichtig um, aber da war er schon verschwunden.

Mich irritierte, daß man die Sonne nicht sah. Ich hatte mir die Sonne in New Orleans glühend vorgestellt. Glühend und alles in ein goldenes Licht tauchend. Statt dessen hing sie irgendwo über der Dunstglocke.

Man spürte, daß sie dort oben irgendwo sein mußte. Und wie man das spürte! Die Sonne drückte die Stadt nieder. Aber man spürte sie nicht unmittelbar. Auf der Haut mischte sich die in heißen Tropfen kondensierte Luftfeuchtigkeit mit Schweiß.

Das Hotel, in das mich der Taxifahrer gebracht hatte, lag in der Marais Street. Früher, daher der Name, war da ein Sumpf gewesen, aber das war eigentlich nichts Besonderes. Wo war *kein* Sumpf gewesen? In gewisser Hinsicht war ganz New Orleans ein Sumpf. Erst Anfang dieses Jahrhunderts hat man ein System gefunden, das Wasser abzupumpen.

Es folgte mein erster Versuch, mich zurechtzufinden. Natürlich wollte ich an den Mississippi. Ich genierte mich aber, nach ihm zu fragen. Erstens schien mir eine solche Frage in einer Stadt, durch die er sich, dem Vernehmen nach, in unübersehbaren Mäandern schlängelte, blöd, und zweitens hatte ich beim Frühstück, völlig unvorbereitet mit einer reichen Auswahl von Speisen zwischen scharf und süß konfrontiert, gleich wieder bemerkt, daß die Sprache hier sehr anders war als die in acht oder (um ehrlich zu sein) neun Jahren an einer Wiener Realschule als Englisch erlernte.

Ich ging also, ohne zu fragen, auf eigene Faust. Ich fühlte mich fremd, anderseits kam mir alles eigenartig bekannt vor. Menschen meiner oder noch dunklerer Hautfarbe saßen auf hölzernen Treppenstufen vor ihren Haustüren. Manche ignorierten mich, manche bedachten mich mit mir kaum verständlichen, nur aus Mimik und Gestik erschließbaren Grußworten.

Ich erinnere mich an eine junge Frau in einem roten Kleid. Sie saß breitbeinig da, eine Strickarbeit in der Hand, ein Kassettengerät im Schoß. Neben ihr stand ein alter Mann, weißhaarig, auf einen Bambusstock gestützt, von seinen Jahren gebeugt. Vielleicht stand er allerdings auch nur so gebeugt, um etwas besser zu hören.

Aus dem Kassettengerät klangen das Piano und die Stimme James Bookers. Ich kannte sie noch nicht, ich kannte Booker damals noch nicht, ich glaube, ich hatte noch nicht einmal seinen Namen gehört. Ich bekam nur mit, daß sich da einer beim Boogie fröhlich, fast ausgelassen gab. Und hatte den Eindruck, daß diese Fröhlichkeit eine große Traurigkeit kaschierte.

Vielleicht lag das allerdings an meiner Stimmung. Wenn mir Kinder über den Weg liefen, durfte ich nicht allzulang hinschauen. Kleine Mädchen mit bunten Bändern und Plastikkugeln im vielzöpfigen Haar. Kleine Buben in den roten und blauen Baseball- und Footballeibchen.

So trieb ich die Governor Nicholls Street hinunter. Eine Straße, die in der *Tremé* (in Wien würde man so eine Gegend *die entern Gründe* nennen) anfängt, aber im French Quarter, gar nicht weit von hier, endet. *Hinunter*zutreiben war übrigens nur ein Gefühl. New Orleans ist flach, wie Sie sicherlich schon bemerkt haben. Flach, sogar nach der Mitte etwas vertieft. Wie eine große Salatschüßel, sollte Joe, der mir die Stadt erst richtig erschloß, später sagen. Aber damals empfand ich es noch nicht so. Irgendwo *dort unten*, dachte ich, muß der Fluß sein.

Der Fluß, der früher ein flaches, weit auslaufendes Ufer gehabt hat. In meinem Kopf waren Bilder aus Büchern und Filmen. Gegen Ende der Governor Nicholls Street spürte ich ihn schon buchstäblich. Doch dann stand ich unversehens vor dem irgendwann zu Anfang des zwanzigsten Jahrhunderts erbauten Damm, und vom Mississippi, dem so oft und eindrucksvoll beschriebenen und besungenen, sah ich vorerst gar nichts.

Ein bißchen enttäuscht war ich da schon, aber na schön, dachte ich, was soll's. Wer hinderte mich, auf den Damm hinaufzusteigen? Es gab eine Treppe, die eigens dafür gedacht war. Und dann stand ich oben und sah auf ein riesiges Rinnsal.

Das war der erste Eindruck: Desillusion. *Ol' Man River.* Was hatte man ihm bloß angetan? Da lag er, da floß er, der domestizierte Gigant. Der Donaukanal meiner Kindheit war imposanter gewesen.

Trotzdem stieg ich die Böschung zum Wasser hinunter. Die Steine, die da lagen, erinnerten mich an die Steine am Praterspitz. Auch die Möwen, die da flogen und schrien, der Wind, der da wehte. Immerhin Steine, immerhin Möwen, immerhin Wind, der allmählich lebhafter wurde.

Da saß ich und schaute zum anderen Ufer hinüber. Dort, schien es, gab es noch unverbaute Streifen. Sah aus wie Sand, sah aus wie Bäume, sah aus wie Gestrüpp. Sah aus wie verwitterte Piers und ein Rest von Gegend.

Während ich so schaute, war der Wind recht rasch böig geworden. Fuhr scharf übers Wasser, dessen Oberfläche kräuselnd. Und auch der Himmel war in Bewegung geraten. Wirkte jetzt höher, wenn auch schwärzer, die zu niedrige Zimmerdecke weggerissen, darüber geballtes Gewölk.

Und dann fiel der Regen. Das heißt, er fiel nicht: er stürzte. Kein besonderes Unwetter, sondern der um diese Jahreszeit, wie ich bald lernen sollte, völlig normale Mittagswolkenbruch. Ein Schwall Wasser, die einzelnen Tropfen oder Strähnen kaum zu unterscheiden. Das etwas vorspringende Wellblechdach eines Lagerhauses bot einen gewissen Schutz, aber sobald ich es, nach Luft schnappend, erreicht hatte, war ich natürlich schon naß bis auf die Haut.

Wie dann der Regen aufhörte, so plötzlich, wie er begonnen hatte. Und wie ich, am Ufer entlang, flußaufwärts ging. Ich weiß nicht, ob Sie den Weg schon gegangen sind. Moonwalk und Woldenberg Park, eine unglaublich banale Promenade.

Entschuldigen Sie. Vielleicht gefällt sie Ihnen. Mich erinnert sie auf fatale Weise an den Wiener Donaupark. Ein ziemlich verwandtes Werk der Landschaftsgestaltung. Neat and clean. Asphalt und habtachtstehende Tulpen.

Damals, als ich hierhergekommen bin, war das alles noch nicht so ausgebaut. Reichte noch kaum über die Breite des Jackson Square hinaus. Die Brewery war noch kein gelacktes Einkaufs- und Snackbarzentrum, sondern ein ehrliches Brauereigebäude. Der Weg auf der Dammkrone war über weite Strecken noch ein Trampelpfad.

Den ging ich nun, nach dem Regen. Ich atmete freier. Der Himmel war sichtbar. Die Sonne stand hoch und heiß. Da sahen der Fluß und sein Ufer gleich anders aus. Nicht so großartig, wie ich sie vor meinem inneren Auge gesehen hatte, aber auch nicht so öd wie auf den ersten Blick.

Immerhin hatte jetzt alles Farbe bekommen. Der Himmel wölbte sich blau, die Steine an der Uferböschung strahlten weiß. Die Schlepper und Petroleumtanker tuckerten rostbraun. Und der Mississippi floß in einem überraschend hellen und weichen Grün.

Und dann – ungefähr auf der Höhe, auf der sich heute das *Aquarium of the Americas* befindet – sah ich die Fähre. Sah, wie sie sich vom Ufer, an dem ich ging, entfernte und wie sie drüben anlangte. Und wie sie drüben abfuhr und wiederkam. Wellen vor sich herschiebend, Schaumstreifen hinter sich herziehend.

5

Anfang September nach unserer Übersiedlung mußte ich in die neue Schule. Realschule hieß sie. Sie sah auch so aus, wie sie hieß. Noch vor der Aufnahmsprüfung, die ich hier ablegen mußte, hatte mir meine Mamma ein Lexikon geschenkt. *Die Welt von A bis Z.* Man konnte darin alles für heranwachsende, junge Menschen Wissenswerte nachschlagen.

Real hieß wirklich. So sah also die Wirklichkeit aus, in der ich von nun an die Hälfte meiner Tage verbringen sollte. Ein grauer, strenger Block von einem Gebäude. Mit einem hohen, von vornherein einschüchternden Tor und einem Vestibül, auf dessen glattem, spiegelndem Boden man jeden Schritt hörte.

Es roch dort auch streng – der Schulwart und seine Frau putzteufelten zwei Mal pro Woche mit Sidol. Aber unter diesem scharfen, nicht nur in der Nase, sondern auch in den Augen beißenden Geruch lag ein anderer. Ein Jahrzehnte alter Geruch nach Schweiß. Nach dem Schweiß, den Generationen von Schülern aus Unbehagen, Anstrengung und sicher auch aus purer Angst geschwitzt hatten.

Wie ich mich in meiner Erinnerung dort sitzen sehe, das ist mir jetzt noch unangenehm. Peter J., zehneinhalb, mit auf einmal zu langen Armen und Beinen. Leider kein Kind mehr, dieser glückliche Zustand ist unwiderruflich vorbei. Das Gesicht schmal geworden, um die Lippen herum angespannt, mit trotz des dunklen Pigments sichtbaren Hautunreinheiten.

Mit siebenunddreißig weiteren in ein für so eine große Zahl viel zu enges Klassenzimmer gepferchten Schülern sehe ich mich dort sitzen. Unter surrenden Neonröhren über irgendeine Schularbeit gebeugt. Und natürlich bin ich der einzige mit dieser Afrokrause auf dem Kopf. Weiß Gott, wieso ausgerechnet hierhergeraten.

Realschule und Realgymnasium Wien 5, Reinprechtsdorferstraße 24. Gewiß, meine Mutter glaubte, sie tue mir etwas Gutes, indem sie mich dort hinschickte. Daß ich dort hinging, war keineswegs selbstverständlich. Als Sohn einer alleinstehenden Straßenbahnschaffnerin wäre ich traditionellerweise in die Hauptschule gekommen.

Das war die Schule für die gewöhnlichen Leute. Deren Kinder gingen nach der Grund- oder Volksschule noch vier Jahre in die Hauptschule. Aber das reichte. Danach kamen sie in irgendeine Lehre. Die meisten Mädchen wurden Friseurinnen, die meisten Buben Automechaniker.

Schickte man seinen Sohn oder seine Tochter hingegen in eine Realschule oder ein Realgymnasium, so hielt man sich für etwas Besseres. Oder man wollte zumindest, daß aus dem Kind etwas Besseres wurde. Nun mag ich gar nicht bezweifeln, daß meine Mutter für mich das Beste wollte, und gewiß trifft auch zu, daß sie mich für aufgeweckt und talentiert hielt. Aber ihr Hauptmotiv, mich in so eine Schule zu schikken, für die man, nebenbei bemerkt, damals auch Schulgeld berappen mußte (keinen unerschwinglichen Betrag, aber eine Summe, die man im Fall eines kleinen oder mittleren Einkommens nicht einfach so aus dem Ärmel schüttelte), ihr zentrales Motiv für diesen Entschluß war vermutlich ein anderes.

Zwar weigerte sie sich nach wie vor, meine zu jener Zeit in Österreich noch recht ungewöhnliche Hautfarbe als Problem gelten zu lassen. Und so viel ist ja wahr: In der Volksschule war sie kein ernsthaftes Problem für mich gewesen. Aber die Volksschulkinder sind – oder waren zumindest damals – noch relativ gutartig. Von den größeren, den zu einer zweifelhaften Männlichkeit heranwachsenden Buben hingegen (Koedukation gab es in unserem bieder konservativen Land damals noch kaum) war unter Umständen weniger Gutes zu erwarten.

Wahrscheinlich gab sich meine liebe Mamma der Illusion hin, daß das in einer Schule »gehobenen« Typs etwas weniger arg sein würde als in der Hauptschule. Vielleicht waren die Söhne der besseren Leute doch etwas weniger aggressiv. Wie dem auch sei, ich machte diese Erfahrung nicht. Unter den siebenunddreißig Mitschülern, mit denen ich es in der Reinprechtsdorferstraße zu tun bekam, war nur ein einziger, der diesem Muster entsprach, und der sollte uns schon bald verlassen.

In der Mehrzahl waren meine Mitschüler Söhne von Aufsteigern oder Leuten, die wollten, daß wenigstens ihre Kinder aufstiegen. Wohin, war nicht ganz klar, aber wenn sie dereinst, nach hoffentlich nur acht Jahren mit letzten Endes bestandener Reifeprüfung, einen zwar langweiligen, aber gut bezahlten Job in einem Amt oder in einer Bank bekämen, würden ihre Eltern stolz auf sie sein. Das war zweifellos ein Fortschritt, daß das nun nicht mehr die Ausnahme war, wie früher, sondern beinah schon die Regel. Manche würden nach der Matura vielleicht noch auf die Technische Hochschule gehen oder gar auf die Universität, aber man mußte es auch nicht gleich übertreiben.

Die Aufnahmsprüfung hatte ich jedenfalls bestanden. Aber schon der verfrüht herbstliche Vormittag, an dem sie stattgefunden hatte, in einem kahlen Klassenzimmer, in dem mir trotz des dummen, »feinen« Sakkos, das ich zu diesem Anlaß tragen mußte, kalt war, hatte bei mir recht gemischte Gefühle ausgelöst. Einen Aufsatz zu schreiben, meine Kenntnisse in den Grundrechnungsarten unter Beweis zu stellen und ein paar Fragen zu beantworten, durch die man herauskriegen wollte, ob ich ungefähr wußte, wo und wann ich war, fiel mir nicht schwer. Aber die Art, wie die Lehrer, die mit *Herr Professor* angesprochen werden wollten, dreinsahen, hin und her gingen, sprachen (Stirn in steile Falten gelegt, Hände mit nervös bewegten Fingern auf dem Rücken, sich nach jedem zweiten Satz geräusch- und bedeutungsvoll räuspernd), diese

Art war kaum dazu angetan, in mir so etwas wie Freude auf den neuen Lebensabschnitt aufkommen zu lassen.

Am Tag vor Schulbeginn gab es noch einen Vortrag, den die neuen Schüler samt Eltern über sich ergehen lassen mußten. Dieser Vortrag fand im Festsaal der Schule statt, die Stimme des Direktors wurde durch zwei viereckige, leise surrende Lautsprecher verstärkt. Die Volksschule, sagte er, sei halt noch eine Art von Spiel gewesen, die Schule, in die wir von nun an gehen würden, sei so etwas wie die erste Stufe zum Ernst des Lebens. Obwohl meine Mutter, die neben mir saß, meine Hand hielt, fühlte ich mich bei diesem Vortrag alles andere als behaglich.

Zwei Reihen vor uns saß, neben einem stiernackigen Vater, mein Bekannter aus dem Park. Sein aschblondes Haar Strähne für Strähne an den Kopf geklebt. Einmal drehte er sich kurz um und sah mich an. *Schleich dich, Murl* – diese Botschaft verstand ich auch ohne Worte.

Wir trafen uns in derselben Klasse wieder. Akkurat. Doch es gab nur drei Möglichkeiten. Das waren die Klassen 1 A, 1 B und 1 C. Das Klassenzimmer der 1 C lag im zweiten Stock, ganz hinten. Achtunddreißig Schüler wie gesagt, wie Mäuse oder Ratten in einem viel zu kleinen Terrarium. Ein Teil der Aggression, die von Anfang an in der dicken Luft hing, lag mit Sicherheit daran. Ein anderer Teil lag am Umgang der Lehrer mit uns. Ich kann mich bis heute des Verdachts nicht erwehren, daß diese in der Mehrzahl komischen Figuren im Grund genommen Angst vor uns hatten, weswegen sie sich sozusagen präventiv verhielten.

Doch wurde die Aggression auch mitgebracht. Ich hatte sie ja schon draußen, im Park, erlebt. Wahrscheinlich wohnte sie auch bei den meisten daheim. Und dorthin schleppten sie vermutlich die Väter und oft auch die Mütter ein, die von ihr infiziert aus Betrieben und Büros kamen, in denen ihr Leben verging, aber das nur nebenbei.

Sehr bald galt die Klasse 1 C jedenfalls als Problemfall. In der Pause und über die Pause hinaus wurde dermaßen getobt, daß den Lehrern gar nichts anderes übrigblieb, als zu schreien, wenn sie den Raum betraten. Dann teilten sie Strafen aus, drohten mit schlechten Noten. Bis wir uns auch nur einigermaßen beruhigt hatten, war schon die Hälfte der Stunde, die ihnen zu Verfügung stand, vergangen.

Dann wurde der vorgesehene Stoff auf Gedeih und Verderb durchgepeitscht. Da konnte man schwerlich mit Lust dem Unterricht folgen. Auch nicht in Fächern wie Geographie und Geschichte, die mich im Prinzip interessiert hätten. Da war nichts zu machen – sie wurden vor allem unter dem Aspekt erlebt, daß man auch in ihnen *durchfallen* konnte.

Durchfallen, mit *Nichtgenügend* abschließen, eine Klasse wiederholen müssen. Kaum hatte das erste Trimester angefangen, schwebte diese gefährliche Drohung über unseren Köpfen. Wir waren ja ohnehin, darauf wurden wir bei jeder sich bietenden Gelegenheit hingewiesen, viel zu viele. Nur die Stärksten würden übrigbleiben. *Survival of the fittest.*

Schrillte die Pausenklingel, so sprangen, da hatten die Lehrer keine Chance mehr, alle von ihren Sesseln auf, was – durch das Radieren der Stuhlbeine auf dem Holzboden der Klasse – ein schlimmes Geräusch verursachte, und fingen wieder an zu toben. In meiner Erinnerung sind diese Pausen ein höllisch lärmendes Auf- und Abwogen, ein Aufeinandereindreschen mit Kraftausdrücken, aber auch mit Händen und Füßen. Mit voller Wucht schleudert man einander möglichst dreckige, von Frühstücksbrotaufstrich noch klebrige Papierbälle ins Gesicht, mit als Schwertern benutzten, schartigen Linealen schlägt man einander auf die Finger. Es war Krieg. Kein Wunder, daß sich ein *warlord* über uns andere erhob.

Mein Freund aus dem Park. Reiter hieß er und wollte gern auf dem hohen Roß sitzen. *Sigurd*-Hefte las er, deren Held auf den Spuren sowohl Supermans als auch Siegfrieds durch eine mythische Comicwelt zog. Ein nordischer Strahlebold, der mit schwarzen Rittern ebenso wenig Federlesens machte wie mit anderen dunklen Gestalten. Er schlug gern auf Augen, die dann rundherum blau, und Nasen, die dann blutig rot davon zeugten, daß mit ihm, dem großen Reiter Robert, nicht zu spaßen war.

Allerdings ging das selbst bei ihm nicht so ohne weiteres – er brauchte schon Anlässe dazu. Darum provozierte er seine potentiellen Opfer durch eine herausfordernde Haltung. Ganz Kinn, ganz Schulter, ganz Bizeps, ganz Ellenbogen. Auch ein von Sigurd inspiriertes Repertoire herausfordernder Phrasen stand ihm zur Verfügung.

Außerdem mußte er nicht allein provozieren. Sehr bald hatte Reiter zwei Provokationsbegleiter. Der eine hieß Zierhahn und der andere Stollhofer. Zierhahn, klein, dünn und zappelig, war der Einfädler und Spötter, Stollhofer, groß, dick und von hinterhältiger Gemütlichkeit, war der Auslacher.

Abgesehen von diesen beiden schwirrte noch eine wechselnde, aber in den ersten Wochen des Trimesters ständig wachsende Zahl von Satelliten um den Boß herum. Die waren mit beflissenem Eifer darauf bedacht, allem zuzustimmen, was er sagte und tat. Ihre Zustimmung manifestierte sich durch Kopfnicken, beifälliges Gemurmel, empörte Gesten und Rufe, anfeuerndes Geschrei. Dabeizusein war wichtig, nicht dabeizusein konnte, sobald es auffiel, sehr unangenehme Folgen haben.

Eigenartigerweise richtete sich die Aggression, die da kanalisiert wurde, vorerst nicht gegen mich. Jedenfalls nicht zentral, eher peripher. Man sah mich scheel an, man rempelte mich ein bißchen. Aber es gab einen Schüler, der sich fürs erste besser zum Aggressionsobjekt eignete.

Der Ärmste hieß Teichmann, das war eben der Sohn aus sogenanntem guten Haus. Seine Eltern hatten ein Herrenmodengeschäft, weswegen er immer gut gekleidet daherkam. Richtige Anzüge trug er, sogar mit Weste. Wenn ihn jemand ansprach, lächelte er freundlich oder zumindest höflich, wenn er etwas sagte, sprach er mit sanfter, die in unserer

Klasse tonangebenden Brüllaffen verärgernder Stimme ein gepflegtes Hochdeutsch.

Besonders letzteres machte ihn in der 1 C des Jahrgangs 1957/58 zum Fremden. Was mich betraf, war ich zwar schwarz, aber der Wiener Dialekt war von Anfang an meine Sprache gewesen. Zwar kam das schon damals manchem komisch vor, und solang ich in Wien lebte, hat es immer wieder welche gegeben, die das nicht nur komisch, sondern geradezu anstößig fanden. In unserer Klasse jedoch war dieser Dialekt in seiner ganzen, oft häßlichen Breite ein Schutzschild, der dem armen Teichmann total abging.

Damit war er prädestiniert zum Aschenputtel. Er wurde beschimpft, bespuckt, mit Apfelbutzen bombardiert. Über ihn wurde, zum Gaudium des Reiter'schen Fußvolks, der Papierkorb ausgeleert. Er wehrte sich nicht. Er wurde trotzdem verprügelt.

Allerdings ließen ihn seine Eltern nicht hängen und nahmen ihn schon nach wenigen Wochen aus der Schule. Er wurde dann, glaube ich, in ein Internat geschickt. Hoffentlich ging es dort zivilisierter zu. Bei uns jedenfalls tobte die Barbarei heiter weiter.

Nicht etwa, daß jetzt schon ich ihr Opfer gewesen wäre. Nein, nach Teichmann war vorerst noch Grub an der Reihe. Der kam von auswärts. Seine Eltern waren aus irgendeinem westlichen Bundesland zugereist. Ein Provinzler oder, wie man in Wien sagt, ein *Gescherter.*

Er hatte ein rotes, meist erhitzt wirkendes Bauerngesicht. Die Haare seines semmelblonden Schädels waren über den Ohren und im Nacken extrem kurzgeschnitten. So spotteten sie über ihn: Seine Eltern setzten ihm zum häuslichen Haarschnitt einen Nachttopf auf. Und seine Jacke mit den grünen Aufschlägen am Kragen habe er am letzten Kirtag gewonnen.

Auch er hätte besser nicht den Mund aufgetan. In seinem Fall war es nicht das Hochdeutsch, das nervte, sondern der Dialekt. Das war eben ein anderer. Das war eben in Wien nicht der richtige. Selbst im Vergleich zum gewiß nicht sehr flotten Wienerisch noch enervierend langsam und schwerzüngig.

Mag schon sein, daß der arme Grub seinem ganzen Wesen nach etwas langsam und schwer von Begriff war. Wenn ich mir sein Verhalten heute vergegenwärtige, so denke ich, er war vielleicht ein bißchen taub. Wahrscheinlich hätte er ein Hörgerät brauchen können. Wie dem auch sei, meine Klassenkameraden kannten mit so einem kein Mitleid.

Regelrechte Ohrfeigenorgien führten sie mit ihm auf. Watschentänze, bei denen sie reihum auf ihn einschlugen. Ich sah das nicht gern mit an, hatte schon die Mißhandlungen, die sie Teichmann angetan hatten, nicht gern mit angesehen. Aber obwohl sich bei solchen Anlässen jedes Mal etwas in mir gegen diese Einsicht aufbäumte, war mir klar, daß ich Reiter und seinen Kumpanen besser nicht auffiel.

Was auf die Dauer natürlich doch nichts nützte. Als uns, nach etwa zwei Monaten, auch Grub verließ, konzentrierten sie sich auf mich. Zwar wirkte ich stärker und wehrhafter als meine Vorgänger. Aber für den Chef, der sich mit jenen inferioren Gegnern nur gewissermaßen im Vorbeigehen und stets etwas lustlos abgegeben hatte, war das ohnehin reizvoller.

Schleich dich, Murl! – jetzt fiel es ihm wieder ein. In den engen Gängen zwischen den Bänken in der Klasse, auf dem Korridor draußen war ich seiner Breitschultrigkeit immer deutlicher im Weg. Seine Rempler wurden von Tag zu Tag härter. Auszuweichen war schwer, weil er so gut wie immer von Zierhahn und Stollhofer flankiert war.

Trotzdem versuchte ich es, so gut es ging. Aber es ging leider überhaupt nicht gut. Die Bodychecks wurden immer gemeiner und gröber. Kam ich irgendwie an ihm vorbei, so rempelte mich einer seiner beiden ständigen Begleiter.

Und dann hatte er mich eines Tages soweit, in mir brannte eine Sicherung durch. Oder es war gar kein Kurzschluß, sondern der Versuch, unsere unausweichliche Auseinandersetzung auf eine etwas zivilisiertere Ebene zu heben. Dieser Versuch, falls es einer war, mißlang. Daß ich Reiter beim Völkerball abschoß, gab ihm Gelegenheit zur Eröffnung der Kampfhandlungen.

Gleich nach der Turnstunde gelang es ihm, mich in die Enge zu treiben. Ich stand in einer Ecke, den Sack mit den Turnsachen in der linken Hand. Mit meiner Rechten wehrte ich seine Schläge ab. Die waren noch nicht ganz ernstgemeint, vorläufig nur ein seine Rede begleitendes Geplänkel:

Was glaubst du denn, wer du bist, du stinkender Nigger!?

So ungefähr sprach er. Wenn auch nicht ganz so schriftdeutsch. Das Wort Nigger hatte er wahrscheinlich irgendwo gelesen. Oder im Kino aufgeschnappt. Das Fernsehen spielte damals noch keine entscheidende Rolle.

Stinkender Nigger. Okay. Diese Beleidigung konnte ich nicht auf mir sitzenlassen.

Du stinkst ja selber!, sagte ich wahrheitsgemäß.

Er schwitzte stark. Außerdem stanken die Lederhosen, in denen die meisten Buben unseres Alters damals noch daherkamen.

Trotzdem. Ich weiß nicht, woher ich so viel Courage nahm.

Realistisch betrachtet blieb mir allerdings ohnehin kein Ausweg. Es sei denn, die Flucht nach vorn. Und die trat ich nun an.

Du stinkst penetrant nach Angst! – Wie recht ich doch hatte!

Jahre später, als ich ihn unglücklicher- und fatalerweise wieder traf, ist meine Witterung bestätigt worden.

Wieviel Angst auf dem Grund seiner Aggression lag! Das habe ich damals schon instinktiv begriffen. Aber das nützte mir weder damals noch später. Daß ich die Angst mitbekam, bedeutete nicht, daß ich weniger von der Aggression abbekam.

Eher mehr. Du stinkst penetrant nach Angst! Damit traf der Neger ins Schwarze. Reiters Fußvolk quittierte das mit Geheul. Nun erst so richtig in Rage gebracht, schlug er zu.

Daß ich abwehrte und zurückschlug, potenzierte die Provokation.

Vor seinem zweiten Schlag trennte uns ein Professor. An den Haaren riß uns der auseinander. Ihn interessierte nicht, wer begonnen hatte. Aber wir sollten, so drückte er sich aus, beide eine saftige Strafarbeit schreiben, bis uns die Schwarten krachten. Ich protestierte. Wo blieb die Gerechtigkeit? Das war naiv. Mein Strafausmaß wurde verdoppelt. Ich solle, so der Professor, gefälligst mein Maul halten. Ich sei ihm ohnehin schon die ganze Zeit unangenehm aufgefallen.

Mir stiegen Tränen hilfloser Wut in die Augen. Der Professor unterrichtete Englisch, ein Fach, in dem ich mich, naiv beflügelt von der Idee, daß es sich dabei schließlich um die Sprache meines Vaters handelte, besonders bemühte. Reiter feixte und drohte mir mit der Faust. Aber wart nur, zischte er, nach der Schule!

Was dann nach der Schule geschah, ist bis heute Gegenstand meiner Alpträume. Schon in den folgenden Pausen wurden Stollhofer und Zierhahn aktiv. Sammelten Grüppchen um sich, flüsterten heftig auf sie ein. Es war klar, daß es um *mich* ging, ich spürte die Blicke, die mich trafen, auf der Haut wie die mit kleinen Gummischleudern abgeschossenen, möglichst hart gefalteten Papierprojektile, die manchmal kreuz und quer durch die Klasse flogen.

Ich tat so, als ob mich das gar nicht interessierte. Aber als um ein Uhr die Schlußglocke läutete, war ich bereits an der Tür. Einer stellte mir ein Bein, ich stolperte, fiel aber nicht hin. Schon war ich auf der Treppe, wieselte zwischen den Schülern der Oberstufe hindurch abwärts, vergrößerte meinen Vorsprung.

Sie waren hinter mir her, das hatte ich erwartet. Allerdings hatte ich nicht erwartet, daß es so viele sein würden. Im Gewimmel vor dem Schultor konnte man das noch nicht so recht unterscheiden. Aber als ich, um die Ecke zur nächsten Gasse geflitzt, etwa fünfzig Meter gelaufen war und wieder einen Blick zurück riskierte, war mir gut die halbe Klasse auf den Fersen.

Reiter natürlich voran, dicht hinter ihm Zierhahn und Stollhofer. Alle drei die Schultaschen unter den linken Arm geklemmt, mit verzerrten Gesichtern. Und dann, mit Respektabstand, das brüllende Hauptfeld. Um die Ecke biegend, hatten sie alle die gleiche, merkwürdig schräge Haltung.

So war das also! Ich rannte, so schnell ich konnte. Allerdings war das nicht so einfach, es muß Dezember gewesen sein, wir hatten Glatteis. Ich schaute mich wieder um. Im Hauptfeld gab es schon mehrere Ausfälle. Hinten nach trotteten noch einige nicht ganz so risikofreudige Mitläufer.

Reiter kam allerdings näher. Ein geballtes Bündel Wut und Kraft. Instinktiv begann ich Haken zu schlagen wie ein gejagter Hase. Ich sprang über einen am Gehsteigrand aufgeschaufelten Schneehaufen, Reiter auch. Ein Auto hupte und konnte gerade noch bremsen, keiner von uns zwei wurde überfahren.

Dann drehte ich um. Das hätte ich wohl nicht tun sollen. Auf der anderen Straßenseite lief ich in die Gegenrichtung. Ich kannte dort drüben ein Durchhaus. Durch das wollte ich entkommen. Aber dazu kam es nicht – quer über die Straße liefen mir Zierhahn und Stollhofer entgegen.

Und dann – ich weiß nur mehr bruchstückhaft, was dann folgt. Plötzlich ist eine Schultasche, wie ein Eisstock daherschlitternd, vor meinen Füßen. Ich falle, Gesicht voraus, ich versuche, wieder auf die Beine zu kommen. Aber Stollhofer und Zierhahn halten mich unter den Achseln wie zwei Polizisten.

Sie halten mich fest, damit Reiter mich schlagen kann. Er schlägt gar nicht gleich. Zuerst stopft mir einer Schnee in den Mund. Dann tritt mich ein anderer in den Unterleib. Und erst dann tritt der Boß auf, unter den Anfeuerungsrufen der um uns einen Ring bildenden Hetzhorde.

Hoppauf, rufen sie, gibs ihm – ich höre sie noch. Dann schlägt er zu, und mir wird weiß vor den Augen. Nachher kommt mir mein Blut fast schwarz vor im Schnee. An diesem Tag komme ich mit zwei Schneidezähnen weniger nach Hause.

6

Und wenn ich mirs vom Mund absparen muß, sagte meine Mutter in bezug auf meine durch Robert Reiter verursachten Zahnlücken, und wenn ich mirs vom Mund absparen muß, das wird in Ordnung gebracht! – Ach, meine liebe Mamma! Sie sparte sichs *nicht* vom Mund ab. Sie hatte ja (*wir* hatten ja) den Herrn Grandegg. Der zahlte tatsächlich auch meine Zahnarztrechnung.

Seis drum: Die neuen Zähne glänzten fast noch weißer als die alten. Da konnte der schwarze Bub wieder schön breit lächeln. – Na komm, sag wenigstens danke zum Onkel Edi! – Danke. Meine Begeisterung für Herrn Grandegg hielt sich in Grenzen.

Den trieb gewiß nicht die pure Selbstlosigkeit. Er vögelte drei Mal pro Woche meine Mutter. Damit aber hatte es keineswegs sein Bewenden. Als Mann mit Beziehungen war er gewohnt, auch *solche* Beziehungen sozusagen weiterführend zu nutzen.

Erinnern Sie sich an den Raum, dessen Funktion bei unserem Einzug in die neue Wohnung noch unklar war? In den ersten Wochen benutzte ihn meine Mutter als Abstellraum. Aber dafür war er eigentlich wirklich zu schade. Herr Grandegg war ein praktisch denkender Mensch, also machte er einen praktischen Vorschlag.

Schau, Anni, sagte er, dieser Raum steht leer. Ich könnte mir hier provisorisch ein bißchen was einrichten. Er meine, er sei ja ohnehin öfter bei uns. So ließe sich das Angenehme mit dem Nützlichen verbinden.

Aber …, sagte meine Mutter.

Ich weiß, sagte er, was du sagen willst. Das ist natürlich ganz allein deine Wohnung. Auch wenn ich dir für ihre Einrichtung einige Tausender vorgestreckt habe. Sobald du mir die zurückgezahlt hast, ist der Fall erledigt.

Wir könnten es, sagte er, folgendermaßen halten: Ich zahl dir für diesen Raum eine kleine Miete. Das heißt, ich zahl sie dir nicht bar auf die Hand. Aber wir rechnen sie monatlich von deiner Schuld ab.

Und *was*, fragte meine Mutter, willst du dir hier einrichten?
Ein kleines Büro, sagte er. Und ein kleines Labor …

Der Raum sei schön groß, man könne ihn unterteilen. Im Büro werde er seine Korrespondenz erledigen und im Labor seine Fotos ausarbeiten.

Letzteres war, zumindest für mich, überraschend. Bis dahin hatte ich nicht gewußt, daß Herr Grandegg auch Fotograf war. Soviel stand fest: Er war ein vielseitiger Mann. Und meine Mutter konnte zu ihm kaum nein sagen.

Vielleicht konnte sie das auch sonst zuwenig. Aber Herrn Grandegg gegenüber konnte sie es noch weniger. Wer sich mit Hunden zu Bett legt, heißt es, steht mit Flöhen auf. Längst roch meine Mutter nach Onkel Edis Duftwasser.

Doch das nur nebenbei. Herr Grandegg richtete sich also ein Büro und ein Labor ein. Daß er Leute kannte, mit deren Hilfe er das besonders günstig bewerkstelligen konnte, versteht sich. Das betrifft nicht nur die Handwerker, die vierzehn Tage bei uns ein und aus gingen und eine Menge Schmutz durchs Vorzimmer trugen. Herr Grandegg kannte auch einen Erzeuger von Büromöbeln, der ihm, wegen einer alten, noch mit dem Schleichhandel nach dem Krieg zusammenhängenden Geschichte, Dank schuldete, sowie die Witwe eines bei einem Autounfall ums Leben gekommenen Pressefotografen, die dessen sie traurig stimmende Hinterlassenschaft loswerden wollte.

Endlich war alles fertig und wieder Ruhe. Aber jetzt war Herr Grandegg noch unvermeidlicher als vorher. Kam ich von der Schule nach Haus, so saß er meist schon in seinem Büro. Im Zweifingersystem tippte er auf Papierblätter, auf denen der Briefkopf *Grandegg Connections* protzte.

So viel bekam ich mit. Darüber hinaus aber interessierte mich sein Büro herzlich wenig. Mit dem Fotolabor war das allerdings anders. Zwar war es bisher meine Gewohnheit gewesen, alles, was mit dem Herrn Grandegg zusammenhing, möglichst wenig zu beachten. Aber in bezug auf das Fotolabor war dieser Boykott einfach nicht aufrechtzuerhalten.

Vielleicht wäre es mir eher gelungen, hätte Herr Grandegg zur Bezeichnung der Höhle, in die er nun ab und zu verschwand, nur das Wort *Labor* verwendet. Aber manchmal sagte er *Dunkelkammer.* Dunkelkammer! Wie faszinierend das klang! Es klang, als steckte ein Geheimnis dahinter.

Herr Grandegg erklärte sich allzubereit, mir *alles* zu erklären. Wenn du magst, sagte er, zeig ich dir, was in der Hexenküche vor sich geht. Ganze zwei Tage widerstand ich diesem Angebot. Schließlich, am dritten Tag jedoch, siegte die Neugier.

Na bestens, sagte Herr Grandegg, fangen wir an! Schwungvoll schlüpfte er in einen schwarzen Arbeitsmantel. Dann drehte er das zentrale, helle Licht ab. Jetzt leuchteten nur mehr Lämpchen hinter grünen und roten Scheiben.

Am Anfang, sagte Herr Grandegg, ist alles finster. Mit diesen Worten knipste er auch noch die grünen und roten Lichter aus. Da war es wirklich sehr finster, wenn auch nicht ganz. Zwei Scheiben blieben, die ohne Lämpchen dahinter, nur vermöge ihrer Phosphorbeschichtung, leuchteten.

Fürchtest du dich?

Aber nein! Warum soll ich mich fürchten?

Das sagte ich, weil ich schließlich ein großer Bub war.

Tatsächlich war mir aber ein bißchen mulmig.

Obwohl der Raum nicht groß war, wirkten die Phosphorscheiben mit ihren Glühwürmchenlichtern weit entfernt.

Klick! Der Herr Grandegg klappte den Deckel der Kamera

auf. Hier drinnen, sagte er, ist der belichtete Film. Wir werden ihn jetzt also miteinander herausnehmen. Als er mich im Dunkeln am Handgelenk nahm, zuckte ich leicht zusammen.

Nun ging es zuerst einmal darum, den Film auf die Entwicklungsrolle zu spulen. Herr Grandegg erläuterte, daß die an ihren Außenrändern zwei Schlitze habe. In diese Schlitze solle der Film hinein. Herr Grandegg führte im Finstern meine Hand, der Geruch nach dem falschen Kölnischwasser hüllte mich ein.

Das dauerte Gott sei Dank nur ein paar Sekunden. Dann mußte die Spule samt Film ins Entwicklerbad. Sobald dieses mit einem Deckel verschlossen war, durfte man das große Licht wieder einschalten. Ich atmete auf. Eine halbe Stunde später konnte man schon die Negative betrachten.

Negative! Dieses Wort amüsierte mich natürlich. Auf den *Neger*tiven, wie ich scherzhaft sagte, waren alle Leute schwarz. Das gefiel mir. Das war tatsächlich zum Lachen. Erst recht war zum Lachen, daß just ich darauf weiß war.

Ja, auch ich war auf den Fotos zu sehen. Gar nicht so selten übrigens. An den Wochenenden spielte der Onkel Edi mit uns Familie. Auf den bei solchen Gelegenheiten entstandenen Fotos schaute ich zum Beispiel durch ein Fernrohr auf der Jubiläumswarte. Oder ich spielte mit einem schwarzen (auf dem Negativ ebenfalls weißen) Hund vor dem Gasthaus *Sophienalpe*.

Na schön. Selbstverständlich wurden die Farbwerte durch die Positiventwicklung richtiggestellt. Herr Grandegg demonstrierte, wie man das Fotopapier in die Maske einlegte, neuerlich belichtete, entwickelte, fixierte, wässerte und trocknete. Nur wurden die Fotos, die er mir zeigte, dadurch nicht bedeutender. Das konnte doch nicht alles sein! Diese Bilder hätte er zur Ausarbeitung in die nächste Drogerie bringen können.

Dafür hätte er sich kein eigenes Fotolabor einrichten müssen. Um bloß jene schlichten Bildchen zu entwickeln, dazu verbrachte der gute Onkel Edi in seiner Hexenküche auch viel zu viel Zeit. Über der Tür hatte er eine rote Glühbirne eingeschraubt, wenn die leuchtete, hieß das, daß man auf keinen Fall eintreten durfte. An manchen Nachmittagen und Abenden leuchtete diese Glühbirne stundenlang.

Außerdem entgingen mir gewisse Aktivitäten nicht, die mit der Fotoausarbeitung zusammenzuhängen schienen, aber kaum zureichend erklärt wurden. Manchmal sah ich Herrn Grandegg mit einem Packen gewichtig wirkender gelber Kuverts aus seiner Höhle hervorkommen. Zwei oder drei Mal fragte ich, was denn da drin sei. Geschäftliche Korrespondenz, sagte er dann nur, hatte es plötzlich sehr eilig und war schon zur Tür draußen.

So umgab dieses Labor noch ein zusätzliches Geheimnis. Das war etwas, das mir keine Ruhe ließ. Im Lexikon, das ich manchmal aufschlug wie ein Orakelbuch, war ich auf den Begriff *Camera obscura* gestoßen. Dieser Begriff, der ja tatsächlich etwas mit Fotografie zu tun hatte, wurde für mich zum Synonym für die Dunkelkammer.

Den Raum, in dem sich noch irgend etwas verbarg. Irgend etwas, das für mich wichtig war. Ja, so viel ahnte ich dunkel – das war gleichzeitig aufregend und beunruhigend. Vielleicht, ja wahrscheinlich, handelte es sich dabei um das *zentrale* Mysterium.

Dem mußte ich auf die Spur kommen. Unbedingt. In meinem Kopf irrlichterten Fragmente aus billigen Abenteuerromanen, die ich vor einiger Zeit für mich entdeckt hatte. Heftchen, die man am Zeitungskiosk bekam. Die las ich sehr schnell – wie ein Kettenraucher die jeweils nächste Zigarette an der gerade verglühenden anzündet, so griff ich, war ich auf der letzten Seite eines dieser durchs heftige Lesen bereits zerfetzten Hefte angelangt, bereits zum nächsten.

Die Hirngespinste, die durch eine derartige Lektüre angeregt wurden, waren grell und simpel. Vielleicht war der Herr Grandegg, der nach wie vor gern mit den Beziehungen prahlte, die er zu den ehemaligen Besatzungsmächten hatte, vielleicht war der schlaue Onkel Edi ja nebenbei ein Spion. Jemand, der etwas fotografierte, was man nicht fotografieren durfte, etwa geheime Wehranlagen des seit kurzem aus ehemaligen Gendarmerieeinheiten neu aufgebauten Österreichischen Bundesheeres. Fuhr er nicht manchmal ins Burgenland, also an die Ostgrenze unseres kleinen, doch nunmehr, nach Staatsvertragsabschluß, wieder für die Verteidigung seiner Grenzen verantwortlichen Landes, wo er zwar, wie er behauptete, nur billigen Wein einkaufte? – Womöglich war dieses Weingeschäft nur ein Vorwand!

Das waren natürlich Ablenkungsmanöver meiner Phantasie. Im Untergrund meiner Seele wußte ich, daß es sich um etwas anderes handelte. Etwas, das mich ganz persönlich betraf. Ja, eben. Und deswegen mußte ich es unbedingt herauskriegen.

Nun sperrte der Dunkelmann Grandegg seine Dunkelkammer immer ab, bevor er wegging. Man hörte das. Der Schlüssel hing mit schätzungsweise sechs, sieben anderen an einem großen, scheppernden Bund. Wer weiß, welche Türen er noch damit auf- und zusperrte. War ich allein in der Wohnung, so versuchte ich zwar immer, ob er die Tür zum Labor nicht doch zu versperren vergessen hätte – ausnahmsweise, nur dieses eine Mal –, aber er vergaß es nie.

Natürlich bestärkte mich das in meinem Verdacht. Und in meinem Bestreben, just dort hineinzukommen. Und dann, eines Abends, als der Herr Grandegg und meine Mutter ausgegangen waren (soviel ich mitbekommen hatte, in irgendein Varietétheater, in dem es, wie Onkel Edi schmunzelnd bemerkte, *pikante Sachen* zu sehen geben würde), kam ich auf eine Idee. Warum versuchte ich nicht, durchs Lüftungsfenster ins Labor einzusteigen?

Klar würde das nicht einfach sein, aber ich konnte es versuchen. Das Lüftungsfenster war in die Holzwand eingelassen, mit der Onkel Edi das Zimmer geteilt hatte, aus dem dadurch zwei Räume geworden waren, das Labor und das sogenannte

Büro. Der ursprüngliche Raum hatte ein Fenster zur Straße, aber einer der neu entstandenen Räume hatte eben keines. Deswegen das Lüftungsfenster, ohne das man im Labor mit seinen mannigfaltigen Dünsten wahrscheinlich erstickt wäre.

Im Grunde war das allerdings nicht mehr als eine schmale Luke. Die man von innen, also von der Laborseite her, verschließen konnte. Logisch. Während der Fotoausarbeitung mußte es in der Dunkelkammer finster sein. Praktisch. Der Verschluß war eine auf zwei Metallschienen laufende Sperrholzplatte mit einem Metallgriff.

Den konnte man zwar schwer erreichen, denn die Luke befand sich über den Arbeitsflächen, auf denen allerlei Chemikalien lagerten. Doch der Herr Grandegg schaffte das mittels eines Besenstiels, an dessen Ende er einen Widerhaken montiert hatte. Wiederholt hatte ich beobachtet, wie treffsicher er diesen Widerhaken in den spangenförmigen Griff einfädelte. Er war erfindungsreich und geschickt, das mußte man ihm lassen.

An der Außenseite, also im sogenannten Büro, hatte das Lüftungsfenster *keinen* Griff. Aber vielleicht, das schoß mir nun ein, konnte ich es trotzdem öffnen. Das Büro versperrte der Herr Grandegg nicht. Wieso war ich bloß nicht früher auf die Idee gekommen, es von hier aus zu versuchen?

Egal. Ich würde es eben jetzt probieren. Gesagt, getan – ich rückte den Schreibtisch unter das Fenster. Ich streckte mich. Tatsächlich rührte sich etwas, wenn ich mit den Fingerspitzen gegen das Sperrholz drückte. Ich mußte es nur fertigbringen, die Platte gleichzeitig ein wenig nach links zu schieben.

Dann hatte ich die Luke tatsächlich offen. Ich zog mich mit beiden Armen hoch und starrte ins Dunkel. Ich ließ mich wieder hinunter und stellte einen Sessel auf den Schreibtisch. Da hinauf kletterte ich, und dort kniete ich dann, in einer – zugegeben – etwas riskanten Position.

Auf Hände und Knie gestützt drehte ich mich nun um. Dabei war es nicht leicht, da oben das Gleichgewicht zu halten. Wahrscheinlich machte ich eine recht komische Figur. Einen Moment erschrak ich, weil mir bewußt wurde, daß man vom Haus auf der anderen Straßenseite wahrscheinlich durchs Bürofenster zu uns hereinsah, doch als ich mich vorsichtig umschaute, war es hinter den Fenstern dort drüben überall finster.

Rasch zwängte ich mich nun rückwärts in die Luke. Daß ich letzthin etwas zugenommen hatte, erwies sich dabei als einigermaßen hinderlich. Trotzdem gelang mir das gewagte Manöver. Ich mußte mich so wenden, daß ich mich mit den Händen oben, am Rand der Luke, festhalten und mit den Füßen nach unten tasten konnte.

Dort war ja, wie mir bewußt war, die Arbeitsfläche. Ich mußte ganz vorsichtig einen Landeplatz suchen. Dabei mußte ich aufpassen, daß ich keins der Chemikaliengläser umwarf. Hätte ich oben zu früh losgelassen, so hätte ich unten ein Desaster angerichtet.

Endlich landete ich, mit Glück und Geschick, auf dem Terrazzoboden des Labors. Da ich für meine Kletterpartie die Hausschuhe ausgezogen hatte, war es von unten kalt. Trotz des schwachen Lichtscheins von oben leuchteten die Phosphorplatten. Ein Wasserhahn tropfte, eine Stoppuhr, die der Herr Grandegg abzustellen vergessen hatte, tickte.

Da stand ich also und war dem Mysterium nah. Falls es überhaupt ein Mysterium gab. Aber es *mußte* eins geben, ich war fast sicher. Einige Sekunden spürte ich nur mein Herzklopfen, dann schaltete ich das Licht an.

Auf den ersten Blick wirkte alles ganz harmlos. Ein Fotolabor im augenblicklich nicht benutzten Zustand. Der Vergrößerungsapparat trug eine Haube aus schwarzem Ölzeug, die Entwickler- und Fixierbäder waren mit Holzdeckeln bedeckt. Die Trockenpresse stand offen, so daß ihr Leinenbezug Luft bekam, das glänzende Trockenblech spiegelte.

Nichts Verdächtiges also, nichts, was ich suchte. *Was* ich eigentlich suchte, wußte ich nicht. Und doch, ich spürte, da *mußte* irgendwas sein. Da *war* etwas, ganz bestimmt, aus den Augenwinkeln hatte ich es schon gesehen.

Noch einmal schickte ich meinen Blick im Halbkreis. Und dann sah ich sie bewußt, die Filme, die über dem Wasserbecken hingen. Sie hingen wie Wäsche zum Trocknen auf Plastikschnüren. Durch Metallkluppen an ihrem oberen Ende befestigt und an ihrem unteren Ende beschwert.

Es waren vier Kleinbildfilme mit je sechsunddreißig Aufnahmen. Mein Herzklopfen wurde stärker. Auf den Kadern erkannte ich eine nackte Frau. Das heißt, ich erkannte die Frau fürs erste noch nicht. Bekam nur ihre Nacktheit mit und bis zu einem gewissen Grad ihre obszönen Positionen.

Negative. Die Frau auf den Filmen war schwarz. Sie räkelte sich auf einer Couch, sie spreizte sich auf einem Fauteuil. Schwarz war sie wie ich, nein, viel schwärzer, eine Negativ-Negerin. Aber ihre Haare waren weiß, ihre Augenbrauen, ihre Brustwarzen, ihre Lippen waren weiß, und verstörend weiß waren die Haare zwischen ihren Beinen.

Ich erkannte sie nicht sofort und doch ... Ich hatte es ja im Grund schon vorweg gewußt. Ich nahm die Filme von der Leine, ich ging zum Vergrößerungsapparat, ich nahm ihm die Haube ab. Ich legte die Filme in den Rahmen, ich projizierte die schwarzen Bilder auf die Maske, ich schraubte den Vergrößerungsapparat höher und höher.

Sah größer und größer, sah hundertvierundvierzig Kader. Es ist nicht jedem beschieden, seine Mutter so zu sehen. Wie soll ich beschreiben, was ich dabei empfand? Das waren die Brüste, an denen ich gesaugt hatte, das war der Schoß, aus dem ich geschlüpft war.

Da lag meine Mamma ziemlich offen vor mir. Meine sehr schöne, begehrenswerte Mamma. Zwar lag sie leider nicht wirklich vor mir, Gott sei Dank. Aber etwas von ihr war es, etwas, das sowohl mit ihrem Körper als auch mit ihrer Seele zu tun hatte.

Ihr Schatten? Ja, am ehesten war es ihr Schatten. Dieser

Schatten hatte etwas sehr Aufregendes, aber auch etwas überaus Beunruhigendes. Ein Schatten mit weißen Lippen und schwarzen Zähnen. Auf die Dauer waren diese Schattenbilder nicht auszuhalten.

Fortan sah ich meine Mamma in irritierenden Tag- und Nachtträumen. Sah sie sozusagen als Black Magic Woman. Es ist nicht leicht, mit so etwas fertigzuwerden. Nicht, daß es mich abstieß, eher im Gegenteil – doch daß es mich anzog, war erst recht ein Problem.

Woodoo-blackened Mama. Dreißig Jahre später habe ich einen Blues unter diesem Titel geschrieben. Einen Blues, der auf einer ziemlich schrägen Tonfolge aufgebaut ist. Erst *f*, dann das *d* der nächsthöheren Oktav, und dann, wieder ein Stockwerk tiefer, *ais*, *f* und ein *gis*. Ich habe das manchmal, wenn mir danach war, gespielt, aber den Text habe ich nie laut gesungen.

In der Schule ging ohnehin alles schief. Besuchte ich zu diesem Zeitpunkt noch die erste Klasse oder schon die zweite? Bereits in der ersten ließen meine Lernerfolge zu wünschen übrig. Aber am Ende drückten die Professoren, die gerade mich nicht so ohne weiteres durchfallen lassen wollten, in mehreren Fächern je ein Auge zu.

Als die Krise, die mit unserer Übersiedlung ihren Anfang genommen hatte, ihren Höhepunkt erreichte, muß ich schon in der zweiten gewesen sein. Denn jetzt sah alles danach aus, daß ich den Aufstieg in die nächste Klasse kaum schaffen würde. Das zeichnete sich schon gegen Ende des zweiten Trimesters ab. Ich ahnte das längst, aber meine Mutter erfuhr es am Elternsprechtag.

An solchen Tagen hatten die Schüler frei, die Eltern hingegen gingen in die Schule, um mit den Lehrern zu reden. Als meine Mutter zurückkam, saß ich in meinem Zimmer und las eines von meinen Schundheften. Ich tat so, als wäre ich ganz vertieft in diese Lektüre. Jetzt gib das weg! sagte sie. Ich muß mit dir reden.

Sie setzte sich auf die Couch, ich saß an meinem dreibeinigen Schreibtisch. Sie hatte eine kleine Falte zwischen den Brauen, die mir bis dahin nie aufgefallen war. Ein paar Mal setzte sie an, etwas zu sagen, aber es fiel ihr offenbar nicht leicht. Ich weiß nicht, sagte sie schließlich, was mit dir los ist!

Der Klassenvorstand sei mir durchaus gewogen. Er halte mich für gescheit, ja in manchen Fächern sogar für talentiert. Auf jeden Fall in den Sprachen, in Deutsch und in Englisch. Und doch könne er nur feststellen, daß ich fast überall gefährdet sei.

Er verstehe schon, daß ich gerade in dieser Klasse Integrationsprobleme habe. Aber ich sei doch ein großer, starker Kerl! Ich könne mich, daran zweifle er nicht, meiner Haut wehren. Stattdessen habe er den Eindruck, daß ich mich darauf verlegt habe, den Kasperl zu spielen.

Den Kasperl – damit hatte der Klassenvorstand den Nagel auf den Kopf getroffen. Tatsächlich spielte ich zunehmend diese Rolle. Den Kasperl, den Hanswurst, die komische Figur, den dummen August. Aus dem fröhlichen König Kaspar, den ich in der Volksschule, die mir im Rückblick wie ein Traum erschien, so überzeugend gemimt hatte, war nun, in der tristen Wirklichkeit der Realschule, der traurige Narr Kasperl geworden.

Das ist die eine Seite, sagte der Klassenvorstand. Daß Ihr Sohn offenbar Probleme mit der Klassengemeinschaft hat. Und daß die seinem Selbstbewußtsein nicht guttun. Aber ich habe den Eindruck, daß ihn auch noch etwas anderes belastet.

Er war, wie sich zeigt, gar kein schlechter Psychologe. Komm her, sagte meine Mutter, setz dich zu mir. Der Klassenvorstand hat recht. Diesen Eindruck habe ich auch. Also setz dich zu mir und quetsch dich aus.

Was liegt dir so schwer am Herzen?, sagte sie. Was ist denn? Mit deiner Mamma kannst du doch über alles reden! Frei von der Leber weg. Ich sag's auch bestimmt nicht weiter. Wir zwei, wir haben uns doch immer gut verstanden!

Das muß ein früher Nachmittag Ende März gewesen sein. Wir waren zu zweit, der Herr Grandegg war noch nicht da. In meinem Zimmer. Merkwürdigerweise war der Ölofen noch eingeschaltet. Aber der Frühling braucht in Österreich lang, bis er die Räume durchflutet.

Meine Mutter saß auf der Couch und wollte, daß ich neben ihr Platz nehme. Da saß sie, recht fein gekleidet, sie kam ja vom Elternsprechtag. Allerdings heizte der Ölofen gut, also legte sie die schwarze Samtjacke, die sie über der weißen, dekolletierten Bluse trug, ab. Sie saß, und ich stand noch immer. Ich schaute auf den Spalt zwischen ihren Brüsten.

Na, sagte sie, komm schon. Ihre Hand tätschelte einladend die Couch. Da saß sie, sie selbst, nicht ihr Schatten, und wartete auf mich. Endlich setzte ich mich. Sie griff in meine Haarwolle. Das hatte sie tausend Mal getan, aber diesmal zuckte ich zurück vor ihrer Berührung.

Einen Moment lang schaute sie ziemlich befremdet. He, sagte sie, was ist denn? Magst du mich nicht mehr?

Darauf gab ich keine Antwort. Ich spürte nur, wie mir das Blut zu Kopf stieg.

Sie lächelte. Beruhig dich, sagte sie, ist ja alles halb so tragisch! Der Klassenvorstand habe gemeint, daß ich es mit Nachhilfestunden vielleicht doch noch schaffen könne. Auch einen Nachhilfelehrer habe er ihr empfohlen. Einen gewissen Herrn Barfusz – ein komischer Name.

Sie lächelte wieder. Ihre Lippen waren sehr rot. Für den Elternsprechtag hatte sie sich nicht nur fein gekleidet, sondern auch schön geschminkt. Sehr rot waren diese Lippen. Auf den Negativen waren sie weiß gewesen. Kopf hoch!, sagte sie. Es wird schon alles wieder gut werden.

Am Abend besprach sie die Sache mit Herrn Grandegg. Na schön, sagte der, dann lassen wir den Buben halt Nachhilfestunden nehmen. Er sagte *wir*. Natürlich bezahlte *er*. Wahrscheinlich bezahlte er von dem Geld, das ihm der Versand der gelben Kuverts einbrachte.

Herr Barfusz wohnte in der Nähe des Südbahnhofs, in einer winzigen, finsteren, muffigen Wohnung. Obwohl dort kaum Platz war, unterrichtete er in der Regel drei Schüler gleichzeitig. Er benahm sich dabei wie ein Simultanschachspieler, ständig von einem zum anderen wechselnd. Einer arbeitete am Fensterbord, einer am Küchentisch, einer auf der Kommode neben dem Klappbett – weite Wege mußte der korpulente Herr zwischen uns nicht zurücklegen.

Für ihn spielte es offenbar überhaupt keine Rolle, ob seine Schüler Mathematik, Englisch, Deutsch oder gar Latein lernten. Das erledigte er alles in einem Schwung. Sozusagen im Vorübergehen. Gewiß kam er mit dieser praktischen Methode etwas eher auf seine Kosten.

Großartig bezahlt wurden ja Nachhilfestunden damals nicht. Dreißig Schilling pro Stunde. Die steckte meine Mutter jedes Mal, wenn sie mich zu Herrn Barfusz schickte, in ein Kuvert. Diese Kuverts nahm er mit großer Selbstverständlichkeit entgegen. Daß er in einer Stunde drei bekam, schien ihm kein Kopfzerbrechen zu machen.

Daß es die Schüler irritieren könnte, wenn er, kaum zwei Meter von ihnen entfernt, dem jeweils nächsten ganz andere Aufgaben erläuterte, auf diese Idee kam er anscheinend überhaupt nicht. Er war ein großer, starker Mann mit einem breiten Brust- und Resonanzkasten. Seine Stimme klang so voll, daß die Gläser und Nippesfiguren im Bücherschrank vibrierten.Vielleicht vibrierten oder wackelten sie allerdings auch durch sein ständiges Hin- und Hergehen.

Mir ging der Mann auf jeden Fall bald auf die Nerven. Er war nicht unfreundlich, weder im allgemeinen noch im besonderen zu mir. Aber seine raumfüllende Präsenz stand in keinem Verhältnis zur Effizienz seiner Nachhilfe. Auf die Dauer sah ich nicht ein, warum ich jeden Dienstag eine Stunde in seiner stickigen Wohnung dunsten sollte.

Ich fing also an, die Nachhilfestunden zu schwänzen, die dreißig Schilling für mich zu behalten und das Kuvert wegzuwerfen. Nach wie vor ging ich jeden Dienstag um drei Uhr, das war die Zeit, zu der ich bis dahin zu Herrn Barfusz aufgebrochen war, aus dem Haus. Auch nahm ich etwa den Weg, den ich zu Herrn Barfusz genommen hätte. Nur daß ich letzten Endes nicht links in die Gasse abbog, in der er wohnte, sondern rechts den Gürtel überquerte, die breite und verkehrsreiche Straße, welche die Innenbezirke von den Außenbezirken Wiens trennt, und dann, hinter dem Südbahnhof, in eine Gegend gelangte, in der es noch unasphaltierte Straßen gab, Baracken und Lagerplätze und Plankenzäune, auf denen Plakate klebten.

Daß dort so viele Plakate affichiert wurden, war eigentlich absurd. Wenn man bedachte, wie wenige Leute dort vorbeikamen. Mir aber war das sehr recht. Ich ging extra deswegen hin. Manchmal klebten da ganze Serien von Strumpf-, Unterwäsche- und (mit näher kommendem Sommer) Bademodenplakaten.

Manchmal ritzte ich den darauf abgebildeten Damen einen Schlitz zwischen die Beine. Manchmal schrieb ich das in Wien gebräuchliche Vulgärwort für das weibliche Genital dazu. Ich schrieb es drei Mal, sieben Mal, zehn Mal, zwölf Mal. Es war, als wollte ich etwas beschwören und gleichzeitig bannen.

Was das Geld betraf, so gab ich es in der Konditorei aus. Ich hatte Süßigkeiten vorher eigentlich nie besonders gemocht, aber jetzt erfaßte mich ein richtiger Heißhunger nach ihnen. Ich verschlang Gitterkuchen, Linzertorten und Ribiselschnitten. Leistete ich mir einen von den besonders verführerischen *Mohrenköpfen*, so reizte das die Verkäufer oder Verkäuferinnen manchmal zum Lachen, aber ich fraß auch die Aufwallung von Ärger oder sogar Wut, die diese Reaktion bei mir anfangs noch auslöste, in mich hinein.

Merkte meine Mutter daran, daß ich dick wurde, daß etwas mit dem Besuch der Nachhilfestunden nicht stimmte? Sie hätte es auch daran merken können, daß der erhoffte Erfolg des zusätzlichen Unterrichtes ausblieb. Vielleicht, ja wahrscheinlich, hat sie der Herr Barfusz einfach angerufen. Jedenfalls sagte sie mir eines Tages, daß ich nicht mehr so zu tun brauchte, als ob ich in die Nachhilfestunden ginge.

Weißt du, daß du mir ernsthafte Sorgen machst?

Ich konnte nur nicken. Ich brachte kein Wort heraus.

Was hast du denn? Sag doch! Kann ich dir gar nicht helfen?

Ich schüttelte den Kopf.

Diesmal versuchte sie gar nicht, mich zu berühren.

Na schön, sagte sie. Das ist schade, aber da kann man nichts machen. In der Schule brauchst du dich, glaub ich, jetzt nicht mehr besonders anzustrengen. In diesem Schuljahr ist schon alles egal. Aber das nächste Jahr werden wir gleich von Anfang an anders anpacken.

So, dachte ich, *werden* wir? Daß sie in der Mehrzahl sprach, empfand ich damals nicht mehr als tröstlich, sondern als Zynismus. – Wer: *wir*? Sie und ich? Die Zeiten, in denen ich an so etwas geglaubt hatte, waren leider vorbei. – Sie und ich und der Herr Grandegg? Nein, danke! Von dieser Gemeinsamkeit wollte ich nichts wissen. Aus dieser Gemeinsamkeit zog ich mich kommentarlos zurück.

Zog mich zurück in mein Zimmer. Floh ans Klavier. Aber mit dem Klavierspielen in der neuen Wohnung gab es, wie schon erwähnt, Probleme. Ich verfluchte die unmusikalischen Klopfgeister. Als ich den Globus wieder einmal in Rotation versetzte, die Augen schloß und mit dem Finger an einer möglichst interessanten Stelle zu landen versuchte, fiel die Weltkugel vom Schreibtisch und zerbrach in zwei Hemisphären.

7

In den Ferien nach jenem zweiten, katastrophalen Mittelschuljahr fuhren wir nach Italien. Das war übrigens das erste Mal, daß ich ins Ausland fuhr. Nicht nur das. Es war das erste

Mal, daß ich mehr als dreißig Kilometer von Wien weg kam. Bis dahin waren meine Mutter und ich im Sommer bei Tante Herta in Klosterneuburg oder bei Tante Berta in Klausenleopoldsdorf gewesen.

Jetzt, mit Herrn Grandegg, wurde das aber anders. Mit Herrn Grandegg lebten wir auf größerem Fuß. Zwar konnte ich ihn nach wie vor im wahrsten Sinne des Wortes nicht riechen, und den Tag über, den wir, so ganz in seinen Geruch eingeschlossen, mit ihm im Auto sitzen mußten, um an unser Urlaubsziel zu kommen, wurde mir einige Male schlecht. Doch dann, spät am Abend, waren wir dort, in Lignano Sabbiadoro, was soviel heißt wie Goldsand, wovon allerdings in der Nacht bis auf ein farbenprächtiges Plakat im Hotel noch nichts zu sehen war, aber am Morgen ging die Sonne auf.

Und immerhin, das war schon was, diese Sonne. Zwar nahm sie ihre Bahn meist hinter jenem feinen Vorhang von Dunst, der für gewöhnlich über dem venezianischen Golf liegt, aber sie strahlte doch eine recht andere Kraft aus als in Wien. Sie gab der Landschaft, den Gegenständen, den Menschen etwas mehr Farbe. Meine Mutter hatte gleich nach dem ersten Badetag einen Sonnenbrand, obwohl sie der Herr Grandegg (besonders um im Prinzip durch den Badeanzug bedeckte Stellen bemüht) überflüssig lang eingeölt hatte.

Die Rötung ihrer Haut gab ihm Gelegenheit, sie im Hotelzimmer abermals zu behandeln, und zwar mit After Sun Cream. Ich hatte ein eigenes Zimmer, aber das lag nebenan, und durch die Wand hörte ich, wie meine Mutter quietschte und kicherte. Nach einer Weile wurde mir das zuviel, und ich ging zum Abendessen voraus. Als meine Mutter und der Herr Grandegg dazustießen, hatte ich Schinken und Melone bereits hinter mir und kämpfte heftig mit den Spaghetti, die es als zweiten Gang gab.

Herr Grandegg grinste und begann, mir meinen Teller glatt wegnehmend, mit einer Demonstration des Spaghettiwikkelns. Auch sonst gab er sich mit den Sitten des Landes vertraut, tat so, als könnte er italienisch, und begrapschte, kaum schaute meine Mutter in eine andere Richtung, die Kellnerin. Natürlich mußte er uns auch zeigen, wie man Krebse knackte, wobei er, bei aller Kennerschaft, das Tischtuch ziemlich bekleckerte. Nach *un po' di frutta*, was er prustend mit *Fruchtpopo* übersetzte, ließ er der Kellnerin, zwinkernd, ein übertriebenes Trinkgeld und schlug, romantisch angewandelt, einen Abendspaziergang vor, der Mond hing tief und schief, und sein Schein wirkte auch um einiges intensiver als daheim in Wien.

Da der Herr Grandegg unter dem schwarzblauen Nachthimmel auch noch sang, den Refrain der Schnulze, mit der wir zuletzt beim Essen angesäuselt worden waren, etwas vereinfachend, ihn aber dafür um so öfter wiederholend, ging ich, an einem Riesenbecher Eis schleckend, mit dem er mich zu bestechen versuchte, meist voraus oder ließ mich hinter ihn und meine Mutter zurückfallen. In der Luft schwirrten Stimmen, hingen einander überlagernde Musikschwaden, aber je weiter wir von den Hotels weg kamen, die damals erst einen kleinen Teil des Strandes verschandelten, desto hörbarer wurde die Brandung. Sie ist dort gering, verglichen mit anderen, weniger flachen Küsten fast lächerlich. Aber es war das erste Mal, daß ich am Meer war, und der bei aller relativen Entfernung immer noch ärgerlichen Nähe des Herrn Grandegg zum Trotz war ich beeindruckt.

Wir blieben zwei Wochen, in deren Verlauf ich mich immer häufiger von Herrn Grandegg und meiner Mutter absetzte. Ich hatte den Eindruck, daß sie nicht böse darüber waren. Ich ließ mich am Strand entlang treiben, sammelte schöne Kiesel und interessante Muschelschalen. Ich fand Plätze, an denen ich gern saß und aufs Meer hinausschaute, manchmal schaute ich auch in die Sonne und schloß dann die Augen, um zu sehen, wie lang ihr Nachbild unter meinen Lidern vorhielt.

Verschiedenes schwamm vorbei: Menschen, Rettungszillen, Segelschiffe. Es gab auch ein Ausflugsboot, das in der einen

Richtung nach Venedig und in der anderen nach Triest fuhr. Einmal kam etwas geschwommen, das ich lange beobachtete, bis ich begriff, daß es ein toter Hund war. Er war groß, aufgedunsen, schwarzviolett, kam langsam, fast feierlich, von Osten und verschwand, für meinen Blick nach und nach kleiner werdend, nach Westen, unter einem roten Himmel.

Erst blieb ich allein, dann lernte ich ein paar Burschen kennen. Ich war nicht sehr kommunikativ, aber ihrer Kommunikationsfreude war kaum auszuweichen. Einer von ihnen hieß Mario, ein anderer Marcello. Sie hatten spöttische, aber freundliche Augen und konnten gut lachen. Zwar boxten und balgten auch sie, ihrem Alter entsprechend. Aber sie waren nicht so verbissen dabei wie meine Wiener Schulkollegen. Alles schien eher Spiel als Ernst zu sein. Manchmal gerieten sie mit rasch überkochender Heftigkeit aneinander, aber nachher waren sie einander gleich wieder gut.

Wir schwammen mitsammen hinaus bis zur letzten Boje. Sie zeigten mir, wie man nach Seeigeln tauchte und sie mit einem als Harpune verwendeten Stück Draht aufspießte. Die armen Seeigel taten mir zwar etwas leid. Aber es war schön, an einem kleinen Lagerfeuer am Strand zu sitzen und sie zu braten.

Ich lernte auch einige Worte italienisch. Zum Beispiel *mangiare, bere, cacare, pisciare. Ragazzo, ragazza, cazzo, pazzo, ficcare. L'amore, la morte, merda, morire, il mare.*

Ja, dieses Italienisch war eine schöne Sprache, in der sich fast alles reimte. Auch wenn man es kaum beherrschte, löste es ganz anders die Zunge als das Deutsche. Oder das Österreichische. Jene Sprache halt, mit der ich zufällig aufgewachsen war. Aber was heißt zufällig? War diese Sprache nicht auch so etwas wie ein Schicksal?

Jedenfalls mußte ich in diese Sprache zurück. Und ins graue Herbstwetter jenes ungeliebten Bezirks von Wien. Und in die Schule, vor der mir besonders graute. Auch wenn ich in eine neue Klasse kam – was würde mich dort wieder erwarten?

Zwei Tage vor Ende unseres Aufenthalts gab es noch einen Streit zwischen meiner Mutter und dem Herrn Grandegg. Als ich an diesem Abend vom Strand kam, redeten die beiden nichts mehr miteinander. Für diese Nacht zog meine Mutter in ein Einzelzimmer. Pack deine Sachen zusammen, sagte sie zu mir, wir fahren einen Tag früher.

Bis zur Grenze in Tarvis redete meine Mutter mit dem Herrn Grandegg kein Wort. Danach begann sie ihm vorzuhalten, was er für ein Schwein sei. Soviel ich mitbekam, hatte er auch die Kellnerin dazu überredet, sich von ihm fotografieren zu lassen. Während meine Mutter, deren Haare von Sonne und Salz strapaziert ausgesehen hatten, zum Friseur gegangen war, hatte die Kellnerin für ihn im Hotelzimmer posiert.

Den Friseurbesuch hatte er meiner Mutter noch extra nahegelegt. Und ihr alles Erdenkliche eingeredet, damit es nur ja recht lang dauern sollte. Vielleicht läßt du dir, hatte er listig gesagt, die Haare diesmal etwas kürzer schneiden. Auch eine andere Farbe würde dir vielleicht ganz gut zu Gesicht stehen.

Meine Mutter war sich dessen nicht sicher. Eigentlich mochte sie ihre Haare so, wie sie waren. Hatte ihr Edi nicht immer betont, daß sie ihm lang und kastanienbraun gefielen? Warum wollte er sie jetzt auf einmal kurz und blond haben?

Trotzdem ging sie zum Friseur, bei dem sie schon einen Termin hatte. Während der Herr Grandegg, wie er betonte, ein Schläfchen zu machen gedachte. Auch das schien ihr verdächtig – er war sonst um diese Tageszeit nie müde gewesen. Sie ging also zum Friseur, aber ihr ging alles mögliche durch den Kopf, mit dem sie unter diesen Umständen nicht allzulang unter der Haube sitzen wollte.

Zur Enttäuschung des Figaro, der ihr wortreich seine ganze Kunst anpries, ließ sie sich schließlich nur die Haarspitzen schneiden. Und kehrte, voll finsterer Ahnungen, aber entschlossen, deren Ursache auf den Grund zu gehen, ins Hotel zurück. An der Türschnalle des Zimmers hing das Schild, auf dem in vier Sprachen darum geben wurde, nicht zu stören. Vielleicht schlief der Herr Grandegg ja wirklich. Dementsprechend leise sperrte sie auf.

Dann aber war sie offenbar laut geworden. Und war es auch jetzt. Auf der Fahrt durch das Bundesland Kärnten. In der Steiermark war sie merklich erschöpft und machte eine Verschnaufpause. Als wir jedoch nach Niederösterreich kamen, begann sie wieder mit ihren Vorhaltungen. Bis zur Stadteinfahrt bei Inzersdorf steigerte sich ihre Lautstärke noch weiter. Ich bitt dich, sagte Herr Grandegg, beherrsch dich ein bißchen. Damit erreichte er nur das Gegenteil. Obwohl er die Hände eigentlich am Lenkrad halten sollte, hielt er sich die Ohren zu.

Ein Lastwagen kam uns entgegen. Herr Grandegg konnte das Auto gerade noch an die Böschung manövrieren. Da standen wir dann. Außen hatte es gekracht, aber innen hatte sich die Spannung noch nicht entladen. Was willst du denn eigentlich, sagte der Herr Grandegg, ich muß doch ans Geschäft denken! Ich muß mich beizeiten um jüngere Modelle kümmern.

Danach war es einen Moment lang ganz still im Auto. Ganz still bis auf das Ticken der Warnblinkanlage. Dann atmete meine Mutter tief durch, ich glaubte, sie würde gleich wieder zu schreien beginnen. Aber statt dessen öffnete sie die Wagentür, stieg aus, öffnete von außen die hintere Wagentür, steckte kurz den Kopf zu mir herein und sagte: Komm, wir gehen!

Wie wir dann davongingen und den Herrn Grandegg, der noch immer in seinem blinkenden Auto saß, hinter uns ließen, das gehört zu meinen schönsten Erinnerungen. Wir gingen einfach die Böschung hinauf, auf der zu dieser Zeit noch ein Weg neben der Triesterstraße lief, und dann stadteinwärts. Es war schon Nacht, die Stadt hatte sich damals noch nicht so geschmacklos und brutal ins Wiener Becken vorgearbeitet wie später. Wir hatten also noch ein Stück zu gehen, bis sie, oben auf der Anhöhe des Wienerbergs, so richtig begann, neben uns im Feld zirpten die Grillen, weiter unten glänzten die dunklen Flächen der Ziegelteiche.

Beim kurzen Aufstieg auf die Böschung hatten wir einander an der Hand genommen. Als wir oben waren, hatten wir einander nicht losgelassen. So gingen wir nebeneinander her, wir zwei. Irgendwann drückte ich die Hand meiner Mutter, und sie erwiderte den Druck.

8

Natürlich dauerte es noch eine Weile, bis wir den Herrn Grandegg wirklich los waren. Die letzten Augustwochen vergingen mit endlosen Telefonaten und Auseinandersetzungen. Oft hob meine Mutter das Telefon nicht ab, dann klingelte es die halbe Nacht. Mehrere Male stand der Herr Grandegg, der ja einen Wohnungsschlüssel hatte, plötzlich ganz einfach im Raum und hielt Reden.

Daß er sie immer noch verehre und begehre, erzählte er dann zum Beispiel. Daß er nicht ohne sie sein könne und wolle, daß es bei ihm mit keiner anderen Frau so gut klappe wie mit ihr. Daß er ein Mann sei, der seine Gefühle für gewöhnlich nicht an die große Glocke hänge, aber daß er sie, das sei ja sein Problem, bestimmt sein Lebtag nicht vergessen werde. Wenn sie allerdings glaube, sie könne ihn ganz einfach vor die Tür setzen, dann müsse er sie daran erinnern, daß er nicht nur zum Erwerb dieser Wohnung, sondern auch zu ihrer Einrichtung einiges beigetragen habe.

Sie gefalle ihm, klar, sie gefalle ihm noch immer. Aber daß sie ihn austrickse, werde er sich nicht gefallen lassen. Im Privatleben sei er nicht ohne Sentimentalität, aber Geschäft sei nun einmal Geschäft. Sie habe sich doch wohl nicht im Ernst eingebildet, daß er die ganze Zeit über nur *sie* fotografiert hätte!

Ein paar Mal fürchtete ich, meine Mutter könnte ihm gegenüber wieder schwach werden, aber Sätze wie dieser letzte gaben den Ausschlag. Die Ohrfeige, zu der sie ausholte, wehrte er zwar ab, aber da sie auch nach ihm trat, mußte er in die Küche retirieren. Er solle sich in sein *Scheiß*labor zurückziehen und sie ja nicht mehr anreden. Er solle sofort damit anfangen, seine Utensilien abzutransportieren.

Schließlich fing er wirklich damit an, wenn auch unter dunklen Drohungen. Daß sie kein Recht habe, daß aber er ein Recht habe, daß sie schon sehen werde, wozu das führe. Er habe einen Freund, der Anwalt sei, prozessieren werde er gegen sie, auf Knien werde sie ihn noch um Verzeihung bitten. Aber meine Mutter ließ sich nicht einschüchtern, warf ihm noch den Arbeitsmantel, den er im Labor immer getragen hatte, ins Stiegenhaus nach und ließ ein neues Schloß montieren.

Das war, ich erinnere mich genau daran, am 1. September 1959. Am zweiten gingen wir zur Feier unserer Befreiung ins *Atlantis*-Kino. Dort lief ein Film, der zwar erst ab vierzehn freigegeben war, aber meine Mutter sagte, ich sehe erwachsen genug aus. Der Billeteur ließ mich anstandslos passieren. Wir saßen in der fußfreien Reihe. Ich war sehr stolz auf meine Mutter und mich.

Welchen Film wir damals gesehen haben, weiß ich nicht mehr. Vielleicht liegt es daran, daß ich eher auf meine Mutter als auf die Leinwand schaute. Ihr Profil im Halbdunkel, die Reflexe von Licht und Farbe auf ihrem Gesicht. Das ist mir sehr gegenwärtig. Der Film aber ist spurlos aus meinem Bewußtsein verschwunden.

Hingegen hat sich ein anderer Film, den ich im selben Kino gesehen habe, tief in meine Erinnerung eingeprägt. Der Titel, den ihm der deutsche Verleih gegeben hatte, war *Flucht in Ketten*. Der Film spielte hier, in den Staaten, ich glaube in Alabama oder in Mississippi. Und es ging darin um zwei Gefängnisausbrecher, einen schwarzen und einen weißen.

Die beiden rannten, verfolgt von Bewaffneten und Bluthunden. Sie konnten nur miteinander rennen, denn sie waren aneinander gekettet. Sie waren aneinandergekettet, aber sie konnten einander nicht leiden. Außerdem fühlten sie sich einer durch den anderen behindert.

Die zwei rannten, ihre gemeinsame Atemlosigkeit war spürbar. Ihre gemeinsame Atemlosigkeit, ihre gemeinsame Erschöpfung und ihr gegeneinander gerichteter Haß. Als ich diesen Film sah, saß ich nicht in der fußfreien Reihe, sondern in der wesentlich billigeren zweiten. Und neben mir saß nicht meine schöne Mutter, sondern mein Freund Reiter.

Ja, mein Freund Reiter. So unwahrscheinlich das klingt. Der Knabe, der mir zwei Zähne ausgeschlagen hatte. – Das Leben nimmt manchmal recht unwahrscheinliche Wendungen. Erfreuliche und traurige. Davon hatte ich mit meinen dreizehn Jahren schon einiges mitgekriegt.

Mein Freund Reiter. Als wir einander zum ersten Mal begegnet waren, dort, am Fußballkäfiggitter in jenem staubigen, häßlichen Park, hätte ich nie gedacht, daß dieser Typ in meinem weiteren Leben noch eine Rolle spielen würde. Alles, nur das nicht! Mir reichte die erste Begegnung! Wäre es nach mir gegangen, so hätte es dabei bleiben können. Und doch sollte er noch eine Rolle spielen, eine für mich sehr ambivalente und letzten Endes katastrophale Rolle, aber daran will ich jetzt noch gar nicht konkret denken.

Bis dahin, bis an die Schwelle dieser wirklich finsteren Phase meines Lebens, sollten ja noch Jahrzehnte vergehen. Und auch in meiner Erzählung hat es damit noch Zeit. In dieser Erzählung also bin ich noch dreizehn. Und es geht mir gut, nach zwei Jahren, die mir, zugegeben, bös genug zugesetzt haben, hat es gerade angefangen, mir wieder gutzugehen, die sonnige Stimmung, die mich noch in der Erinnerung daran erfaßt, will ich mir nicht verderben lassen.

Ich hatte ja geglaubt, Reiter ein für allemal los zu sein.

Wenn ich schon die zweite Klasse wiederholen mußte, erschien mir zumindest das als Vorteil. In dieser Hoffnung hatte mich auch meine Mutter bestärkt. Du bekommst andere Schulkollegen, die sind ein Jahr jünger und wahrscheinlich netter als die bisherigen, da wird alles anders.

Es kam aber so: Nicht nur ich, sondern auch Reiter mußte die zweite Klasse wiederholen. Zwar hatte er, zum Unterschied von mir, im Abschlußzeugnis, das wir Ende Juni bekommen hatten, nur ein *Nichtgenügend* gehabt, aber die Nachprüfung, die man in so einem Fall Anfang September machen mußte, nicht bestanden. Daß er den ganzen Sommer büffelte, das habe man von ihm, so begründete er dieses Versagen später, nicht verlangen können. So trafen wir einander also wieder in ein und demselben Klassenzimmer.

Ein bißchen erschrak ich schon, als ich ihn wiedersah. Aber ich mußte mir das ja nicht anmerken lassen. Seit der Herr Grandegg über Bord gegangen war, war meine Grundverfassung, fast unabhängig von der äußeren Wetterlage, die sich pünktlich mit Schulbeginn verschlechtert hatte, heiter. Ich glaube, es glückte mir sogar, dem vormaligen Gegner ein strahlendes Lächeln zu zeigen (zumindest bleckte ich meine falschen Schneidezähne).

Auch *seine* Grundverfassung war eine andere als im vergangenen Schuljahr. Seine Vasallen waren nicht mit ihm durchgefallen. Kein Zierhahn zur Linken, der spottete, kein Stollhofer zur Rechten, der auslachte. Nur er allein, Robert Reiter, ein Bub von etwas untersetzter Statur, ein Junge, der sich Mühe gab, seine früh entwickelte Brustmuskulatur in ständig angespanntem Zustand zu halten.

Die *anderen* kannten wir noch nicht, *einander* kannten wir immerhin ein wenig. So ergab es sich, daß wir in den Pausen beieinanderstanden. Auch hatten wir einen Teil des Schulwegs gemeinsam. Da man nicht nur beieinander stehen und nebeneinander gehen kann, kamen wir miteinander ins Reden.

Worüber wir redeten? Nun, gemeinsame Erinnerungen verbinden. Selbst solche wie die unseren. Auch wenn man sich aus zwei recht verschiedenen Positionen erinnert. Jetzt schien es, als sei das, was uns zwei Jahre lang getrennt hatte, gar nicht so ernst gewesen. Im Nachhinein kann man manches ganz lustig finden.

Gewisse Erinnerungen fand ich trotzdem nur mit Vorbehalt lustig. Es ist schon ein Unterschied, ob einem zwei Zähne ausgeschlagen werden oder ob man sie einem anderen ausschlägt. Reiter sagte jetzt allerdings, es tue ihm leid. Hätte er damals gewußt, daß ich gar nicht so übel sei, wie ich aussehe, so hätte er sich damit begnügt, mir die Nase in den Schnee zu tauchen.

Solche Reden brachten mich natürlich wieder gegen ihn auf. Anderseits – ja, das stimmt – imponierten sie mir. Wenn er so etwas sagte, hatte er ein ganz eigenes Lächeln um die Mundwinkel. Ein Lächeln, das sich nicht nur auf seine Mundwinkel beschränkte, sondern auch in seinen Augen blitzte. Es blitzte indessen keineswegs nur sympathisch. Geringschätzig blitzte es, spöttisch blitzte es, höhnisch. Ein Lächeln, immer knapp an der Grenze zum Grinsen. Ein Lächeln, für dessen Unverfrorenheit ich ihn manchmal links und rechts ins Gesicht hätte schlagen mögen.

Das Gemeinste an diesem Lächeln war, daß es trotzdem einen gewissen Charme hatte. Einen gewissen provokanten Charme. Ich hielt dieses Lächeln so lang für Roberts ureigenes, bis ich zum ersten Mal mit ihm im Kino war. Da sah ich, daß auch oder zuallererst Burt Lancaster so lächelte.

Der noch junge, flegelhafte, oft zum Aus-der-Haut-Fahren stänkernde Burt Lancaster der Piraten- und Wildwestfilme. Wenn ich nicht irre, war unser erster gemeinsamer Film *Vera Cruz*. Eine schon ziemlich abgespielte Kopie, die in den damals noch sehr zahlreichen Wiener Flohkinos seit Jahren lief. Reiter hatte diesen Film, wie er mir gestand, schon mindestens fünf Mal gesehen.

Unsere gemeinsamen Kinobesuche ergaben sich allerdings erst nach und nach. Vorerst lernten wir einander einfach besser kennen. Es ist immer schön, wenn man merkt, daß einem jemand sympathisch ist und daß das auf Gegenseitigkeit beruht. Vielleicht ist es noch schöner und in gewisser Hinsicht aufregender, wenn einem das mit jemandem widerfährt, von dem einen bisher eine scheinbar unüberbrückbare Antipathie getrennt hat.

In meiner Erinnerung ist eine Szene, in der Reiter am Morgen, also auf dem Weg zur Schule, auf mich wartet. Ich komme durch die Grünwaldgasse und sehe ihn an der Ecke zur Reinprechtsdorferstraße, von einem Fuß auf den anderen tretend. Das heißt, er wartet. Er wartet tatsächlich *auf mich*. Tut nicht mehr so, als würde er meine Begleitung bloß hinnehmen, weil sie sich durch den gemeinsamen Schulweg ab und zu ergibt, sondern gesteht ein, daß er darauf Wert legt.

Das war, muß ich sagen, ein ziemlich gutes Gefühl. Ich spüre heute noch, wie es warm aus meinem Bauch in meine Brust aufsteigt. Er wartet, und ich gehe auf ihn zu, ich komme ihm näher.

Und dann boxt er mich zur Begrüßung gegen den Oberarm, und ich boxe zurück.

In der Schule saßen wir bald nebeneinander. Bei den Englischschularbeiten ließ ich Reiter, der sich in dieser Sprache weniger leicht tat als ich, ohne weiteres von mir abschreiben. Nicht einmal in Mathematik hatte ich in diesem Jahr besondere Probleme. Was auch ihm zugute kam. Daß er keine schlechten Schularbeiten schrieb, war für ihn um einiges wichtiger als für mich.

Sein Vater nämlich! Im Zuge unserer Annäherung hatte er mir eines Tages etwas anvertraut. Daß dieser Vater ihn schlug. Sogar mit dem Riemen! Schon derart geschlagen habe ihn der, daß er auf dem Boden liegengeblieben sei. Sei froh, sagte er zu mir, daß dein Vater nicht da ist!

Das war, ich weiß es noch gut, damals eine Erkenntnis für mich. Daß er, *der Reiter*, zu Hause geschlagen wurde. Er, der so gern den Großen und Starken spielte. Er, der so kühn aus dem Panzer seiner Lederweste hervorschaute.

Von da an empfand ich auch etwas wie Mitleid für ihn. Daß er jemand war, den man auch bemitleiden konnte, machte ihn mir noch sympathischer. Ich bekam mit, daß er Mitte Oktober Geburtstag hatte. Einen nicht unerheblichen Teil meines Taschengeldes opfernd, kaufte ich ihm in der Papierhandlung einen Kugelschreiber.

Der Kugelschreiber lag in einer Kassette. Er hatte sogar einen eingravierten Namen. *Ballograf* hieß das noble Schreibgerät. Robert lächelte. Die Grenze zum Grinsen war in diesem Augenblick sehr fern.

Natürlich konnte es auf die Dauer nicht ausbleiben, daß wir auch miteinander Fußball spielten. Obwohl es dabei für mich eine Hemmschwelle zu überwinden galt. Zu gut erinnerte ich mich an die Szene am Maschengitter. *Schleich dich, Murl!* Ich war seit damals nicht in den Park gegangen.

Die wenigen Male, die uns der Turnlehrer am Ende des Nachmittagsturnens einen Ball zugeworfen hatte, hatte ich mich kaum an der dadurch ausgelösten Balgerei beteiligt. Meine Fähigkeit, mit dem Ball umzugehen, hatte ich gehütet wie ein Geheimnis. Etwas, das man nicht ohne weiteres preisgibt. Etwas, das mir Ferdinand hinterlassen hatte: sein Vermächtnis.

Sozusagen mein verborgener Schatz.

Die Frage war, ob sich dieser Schatz noch ausgraben ließ. Prosaischer ausgedrückt: ob die seit drei Jahren brachliegende Fähigkeit noch abrufbar war.

Nur sehr vorsichtig ließ ich mich vorerst wieder aufs Fußballspielen ein.

Mit einem speckigen Tennisball spielten wir ab und zu einen sogenannten Servierer. Ein minimalistisches Fußballspiel sozusagen. Zwei durch Schultaschen, Kappen oder Steine angedeutete Tore, zwei Spieler. Einer servierte, und von da an durfte man den Ball nur zwei Mal berühren, einmal bei der Annahme, das andere Mal beim Schuß.

Dazu mußte man nicht in den Park gehen, dazu waren nicht mehr als drei oder vier Meter Gehsteig nötig. So eine Partie konnte man fast nebenbei absolvieren. Unaufwendig, unauffällig, gelassen. Aber gerade dabei zeigte sich, was für ein guter Trainer Ferdinand gewesen war.

Der Ball tat im großen und ganzen, was ich wollte. Was meine Füße wollten, deren spezifische Intelligenz sich in den schönen Tagen auf der Jesuitenwiese entwickelt hatte.

Meinen Füßen war der Umgang mit dem Ball auf erfreuliche Weise selbstverständlich.

Ob der Ball nun groß war oder (wie eben jetzt, beim Servieren) klein, war meinen Fúßeen nicht so wichtig.

Mit einem Wort, ich hatte es noch nicht verlernt. Meine Ballannahme machte auch harte Schüsse weich, mein Innenrist hatte ganz einfach die Sensibilität, die man dazu braucht. Und meine Schüsse hatten ein gewisses Etwas. Manchmal gelang es mir, dem Bällchen einen Spin zu versetzen, der Reiter den Kopf schütteln ließ.

Einmal begann ich – nur so zum Spaß – zu jonglieren. Mit dem Tennisball war das schwerer als mit einem richtigen Fußball. Trotzdem gelang es ganz gut – Oberschenkel, Rist, Ferse, Rist, Oberschenkel. Ein Weilchen konnte ich den Ball auf diese Weise schon in der Luft halten.

Da blieb meinem neuen Freund ein bißchen der Mund offen. Na so was!, sagte er. Das hätt' ich dir nicht zugetraut! Ich müsse unbedingt mit ihm in den Park gehen. Er wolle sehen, wie ich in einem richtigen Match spiele.

Ja, ja, sagte ich. Das können wir schon einmal machen. Aber ich zögerte diese Bewährungsprobe hinaus. Lag das nur an dem Unbehagen, das ich empfand, wenn ich an den Beserlpark dachte? Oder steckte noch etwas mehr dahinter?

War ich unsicher, ob ich es schaffen würde, vor anderen,

mit anderen, gegen andere meine fußballerischen Fähigkeiten unter Beweis zu stellen? Vielleicht war ich das auch. Aber das war ich, wenn überhaupt, nur nebenbei. Wenn ich heute daran zurückdenke, kommt es mir so vor, als wäre ich in dieser Phase der Zweisamkeit mit Reiter fast glücklich gewesen. Wahrscheinlich wollte ich einfach mit ihm allein bleiben.

Für diese Zweisamkeit war ich bereit, auch Dinge zu akzeptieren, die mir sonst eher gegen den Strich gingen. Gefühlsmäßig. Denn bei aller instinkthaften Abwehr verfügte ich in diesem Alter noch nicht über allzuviel Reflexion darüber. Zu den *Sigurd*-Heften, von denen mein Freund immer noch eine erstaunliche Kollektion in der Schultasche herumtrug, schlugen sich *Jörn Farrows U-Boot-Abenteuer.* Unter den Filmen, in die er mich verschleppte, waren mehr und mehr Kriegsfilme.

Filme, die man, den österreichischen Jugendschutzgesetzen gemäß, erst ab vierzehn, wenn nicht gar erst ab sechzehn besuchen durfte. Was natürlich ein besonderer Anreiz war, sie früher zu besuchen. Es gab Kinos, die fast davon lebten, daß die Billeteure Jugendliche unter der in den Schaukästen groß angeschriebenen Altersgrenze für den jeweiligen Film an sich vorbeiließen. Saß man dann, den Kopf in den aufgestellten Kragen der Lederjacke versenkt, in der im Prinzip verbotenen Vorstellung, so war das ein aufregend im Genick prickelndes Gefühl.

Der Film *Flucht in Ketten* war, ebenso wie der Film, den ich mit meiner Mutter besucht hatte, freigegeben ab vierzehn. Wir waren dreizehn, die Wahrscheinlichkeit, von einem der Kontrollore, die angeblich ab und zu Stichproben machten, als zu jung durchschaut und in strenger Konsequenz aus dem Kino gewiesen zu werden, war also relativ gering. Trotzdem hatte ich, während wir diesen Film sahen, wesentlich größere Angst davor als sonst. Es wäre zu schade gewesen, gerade ihn nicht zu Ende anschauen zu dürfen.

Verglichen mit den Streifen, die wir letzthin gesehen hatten (*08/15*, *Die grünen Teufel von Monte Cassino* etc.) handelte es sich um einen recht atypischen Film. Oder doch auch wieder nicht, wenn man bedenkt, daß *Kameradschaft* darin eine nicht unerhebliche Rolle spielte. Dieser Film war nur besser und vor allem humaner als jene. Aber immerhin: Da lagen zwei miteinander im Dreck. Dafür hatte Robert was übrig.

Zwei, die einander erst haßten und dann schätzen lernten. Zuerst zwei Feinde, aber schließlich fast Freunde. Dazwischen gab es zwar Rückfälle in für fast überwunden gehaltene Vorurteile und Verrat. Aber man sah einander am Ende des Films mit anderen Augen.

Auch wir taten das. Ich glaube, dieser Film vertiefte unsere Beziehung. Daß wir uns mit den beiden Hauptfiguren identifizierten, lag nahe. Zwar wurde der Weiße nicht von Burt Lancaster gespielt, sondern von Tony Curtis. Aber auch der imponierte Reiter, und Sidney Poitier, der Schwarze, war von da an mein Lieblingsschauspieler.

In *seinem Bild*, kommt mir vor, nahm mich Reiter endlich ganz ernst. Er fing an, in mir seinen Sidney Poitier zu sehen. Einen Typ, der den anderen, was dessen Vorurteile betraf, durch seinen Mut, seine Unbeugsamkeit, seinen der Verachtung entgegengesetzten Stolz und seine letztendliche Treue eines Besseren belehrte. Nachdem wir diesen Film miteinander gesehen hatten, sah mich Robert manchmal so an, als sei für ihn alle Niggerhaftigkeit von mir abgefallen.

Und dann kam der Tag, an dem wir wirklich in den Park gingen. Der Käfig aus Maschengitter stand unverändert. Es muß Spätherbst gewesen sein, die großen, gelben Blätter der um das Geviert wachsenden Platanen lagen feucht und schmutzig auf dem Boden. Aber Fußball gespielt wurde – davon waren die Wiener Buben jener Jahre nicht so leicht abzuhalten.

Daß unter denen, die da gerade kickten, Zierhahn und Stollhofer waren, irritierte mich zwar etwas. Anderseits reizte es mich, es just ihnen zu zeigen. Natürlich grinsten sie blöde, als sie mich sahen. Doch ich betrat im Schatten des Chefs die Arena.

Von dem, was dann folgte, träume ich heute noch manchmal. Das erfreuliche Gegenstück zu jenem Alptraum, an dessen Ende mir die Zähne ausgeschlagen werden. Wie unser Zuspiel geradezu traumhaft klappt. Wie wir abwechselnd traumhafte Tore schießen.

In meinem Traum höre ich noch immer das Scheppern des Gitters. Und zwar, wohlgemerkt, als angenehmes Geräusch. Das Scheppern des Gitters, das wir mit großem Geschick anspielten. Damals gab es noch keinen Hallenfußball, aber aus der Not des In-den-Käfig-Eingesperrtseins eine Tugend zaubernd, benutzten wir das Maschengitter wie später die Hallenfußballer die Bande.

Mit raffinierten Billardstößen düpierten wir die Gegner. Auf engstem Raum zogen wir ein Doppelpaßspiel auf, das sie schwindlig machte. Ein Doppelpaßspiel, ein Doppelspaßspiel, wahrhaftig! Ich habe danach noch so manches Match absolviert, und die Jahre, in denen ich, den gut beherrschten Ball am Fuß, ein ganz hübsches Stück über den Beserlpark hinauskam, waren gar nicht mehr so fern, aber dieses Spiel, dieses objektiv betrachtet doch ziemlich armselige und chaotische, war für mich vielleicht das schönste.

Wie wir einander danach in den Armen lagen. Es war schön, einander so nahe zu spüren. Ich genoß es. Anscheinend genoß ich es ein bißchen zu sehr. Auf einmal löste sich mein Freund sehr abrupt von mir und schaute mich an, als hätte ich etwas falsch gemacht: befremdet.

Das war aber nur ein winziger Augenblick. Nur ein Moment der Distanz, gleich wieder vorbei. Robert sah weg, plötzlich an zwei mäßig attraktiven Mädchen interessiert, die vorbeigingen. Ich kniete nieder, um mir ein Schuhband zu schnüren, das sich, wie mir jetzt auf einmal auffiel, während des Spiels gelockert hatte.

Auf dem Heimweg schien alles wieder okay. Du bist mir

vielleicht einer, sagte Reiter und boxte mich auf die zwischen uns übliche Art gegen den Oberarm. Der leichte Schmerz, den das auslöste, tat mir gut. Und du – du warst aber auch nicht schlecht, antwortete ich, zurückboxend.

In den Weihnachtsferien wollte mir meine Mutter eine Freude machen. Weißt du was?, sagte sie. Wir fahren zum Schilaufen auf den Semmering! Meine Freude darüber hielt sich in Grenzen. Aber das zeigte ich nicht, ich wollte meine Mutter nicht kränken.

Mir hat das Schifahren nie besonders gefallen. Ich hatte, scheint mir, auch wenig Talent dazu. Vielleicht liegt es einfach daran, daß mir Ferdinand eben das Fußballspielen beizubringen versucht hat. Aber vermutlich wäre ihm das mit dem Schifahren nicht so gut gelungen.

Vielleicht lag es auch daran, daß mir die originellen Bemerkungen meiner österreichischen Landsleute, den Kontrast meiner Hautfarbe zur mehr oder minder weißen Farbe des Schnees betreffend, auf die Nerven gingen. Solche Bemerkungen hatte ich jedenfalls aus dem Vorjahr in Erinnerung. Auch von Herrn Grandegg, der ja manchmal besonders originell gewesen war. Aber schön, den Herrn Grandegg waren wir los, und meiner Mutter kam es darauf an, zu beweisen, daß wir es auch ohne ihn schafften.

Ohne sein Auto und sein dreckiges Geld. Also schleppten wir unsere Bretter in aller Herrgottsfrüh zum Südbahnhof. Also standen wir Schlange am Fahrkartenschalter. Also drängten wir uns mit anderen, die ebenso unförmig beladen daherkamen, in den Zug, ertrugen zwei Stunden die schlimmen Gesänge rotgesichtiger Sportler und bezogen, nach ungefähr zwei Stunden an der Bergstation Semmering angekommen, ein karges, aber erschwingliches Hotelzimmer ohne Bad, jedoch immerhin mit Heizung.

Es war seltsam: Noch wenige Monate davor hätte ich eine solche Zweisamkeit mit meiner Mutter trotz allem genossen.

Zwar schliefen wir nicht im selben Bett, aber sie war mir so nahe wie schon lang nicht. Diese ihre Nähe wäre mir rundherum recht gewesen. Jetzt aber bemerkte ich zum Beispiel, daß mir ihr Geruch nicht mehr so angenehm war wie früher.

Vielleicht war es einfach das Deodorant, das sie hier verwendete. Oder die Salbe, mit der sie ihre strapazierten Füße pflegte. Vielleicht lag es am Sport, den wir betrieben, vielleicht an der Heizung, die man nicht abdrehen konnte. Jedenfalls wehte mich aus ihrer Richtung etwas an, das mir, bei aller Liebe, nicht recht behagte.

Früher hatte es mich erregt, ihr zuzusehen, wenn sie Toilette machte. Jetzt war es mir peinlich, daß das im selben Raum geschah, in dem ich, während sie es tat, meistens noch im Bett lag. Nicht, daß sie sich leichtfertig vor mir entblößte, sie hatte sich mit den Gutscheinen, die ihr Tante Gerti zu Weihnachten geschenkt hatte, extra einen neuen Schlafrock gekauft. Trotzdem ergaben sich gewisse, ungewollt indiskrete Einsichten.

Vielleicht war die Wahrheit, die ich im grausamen, weißen Licht jenes Hotelzimmers erkannte, einfach die, daß meine Mutter nicht mehr ganz jung war. Vor dem Spiegel neben dem Fenster stehend, sah auch sie ihre weißen Haarsträhnen. Ich war vom Bett aufgestanden und hielt einen Atemzug lang in der Bewegung Richtung Tür inne. Da begegneten sich unsere reflektierten Blicke, und wir merkten beide, daß wir darüber erschraken.

Beim anschließenden Frühstück gab sich meine Mutter betont heiter. Na, Peter, sagte sie, ist es nicht schön, daß wir noch drei Tage Zeit haben? Schau, wie die Sonne scheint, wie der Schnee draußen glitzert! Ja, sagte ich. Aber in Wirklichkeit sehnte ich mich nach Wien und nach meinem Freund Reiter.

Und dann der folgende Frühling. Der ließ sich gut an. Im April traten wir beide einem Fußballverein bei. Stimmt, es war nur ein kleiner Fußballverein. Aber dem Vernehmen nach hatten auch große Stars bei kleinen Vereinen angefangen.

Es war schon ein feines Gefühl, auf einem richtigen Fußballplatz herumzurennen. Auch wenn der Platz eine Art von Wüste war. Er lag im zehnten Bezirk, in der Laaerbergstraße. Gar nicht weit vom Gasthaus *Zur Steffitant*, in dem mir der selige Ferdinand ehemals ein Kracherl spendiert hatte.

Südost hieß der Platz und *F. C. Südost* der Verein. In kleinen, erstaunlichen Spiralen wirbelte der südöstliche Wind vertrocknetes Gras und Staub auf. Man kam sich ein bißchen vor wie im Orient. Oder – um den Eindruck auf amerikanische Verhältnisse zu übertragen – wie in New Mexico oder Texas.

Und trotzdem kamen wir uns dort ziemlich gut vor. In einem richtigen Dreß, wenn auch vorläufig noch ohne Fußballschuhe. Die würde es, hieß es, geben, wenn wir ein Match spielten. Im Training mußte jeder seine eigenen Basketball- oder Turnschuhe tragen.

Der Trainer, dessen Namen ich vergessen habe, war, wie es hieß, ein Mann mit langjähriger Erfahrung. Er war oben sehr kahl, die wenigen Haare, die er noch hatte, standen, wenn der Wind von hinten blies, auf geradezu tragikomische Weise in die Höhe. Angeblich hatte er früher, vor dem Krieg, bei einem bedeutenden Verein als rechter Außenverteidiger gespielt. Was für ein Verein das gewesen sein sollte und ob seine große Zeit vor dem *Zweiten* oder (wie manche witzelten) vor dem *Ersten* Weltkrieg gelegen war, wurde nie ganz klar.

Ein anderes Gerücht unterstellte, unser Trainer habe der Waffen-SS angehört. Zwar nur als Koch, so daß er wahrscheinlich kaum Gelegenheit gehabt hatte, jemanden eigenhändig umzubringen, aber immerhin. Wahrscheinlich war dieses Gerücht allerdings nur dadurch entstanden, daß sich in dem Wirtshaus, in dem die Funktionäre des Vereins ihre wöchentliche Sitzung abhielten, auch die Veteranen vom *Kameradschaftsbund* trafen. Für unsere Karriere als Fußballer kurioserweise eine glückliche Fügung.

Auf den Zettel, der, im Fenster jenes Wirtshauses klebend, darüber informierte, daß die Funktionärsrunde des F. C. Südost jeden Dienstagabend von achtzehn bis zwanzig Uhr hier tage und gegebenenfalls Spieler für die Schüler- und Jugendmannschaft aufnehme, auf diesen in blasser Handschrift geschriebenen Zettel wäre Robert nämlich kaum aufmerksam geworden. Vielmehr war es das im selben Fenster hängende Plakat des Kameradschaftsbundes gewesen (Stahlhelme, Eichenlaub, Schwerter, eiserne Kreuze), das sein durch solche Appelle im wahrsten Sinne des Wortes erregbares Interesse angezogen hatte. Daneben hatte er dann diesen Zettel erblickt. Du, hatte er mir am nächsten Tag in der Schule erzählt, gestern war ich bei meinen Großeltern drüben im zehnten Bezirk, dort gibt es einen Fußballverein, der sucht junge Spieler.

Das Gasthaus lag in der Gudrunstraße, Ecke Pernersdorfergasse und hatte einen schmutziggrün getäfelten Eingang. Kam man in seine Nähe, so schlug einem der typische Wirtshausgeruch nach verschüttetem Bier, saurem Wein und abgestandenem Gulasch entgegen. Wir gingen ein paar Mal vorbei, um die Lage zu erkunden. Zwei Dienstage ließen wir unter allerlei Ausreden, die wir einander lieferten, verstreichen, erst am dritten faßten wir uns ein Herz und traten über die Schwelle.

Drinnen im Schankraum hing Rauch wie ein grauer Vorhang. An der Schank lehnten einige schwere Männer, die, als sie meiner ansichtig wurden, dumme Kommentare von sich gaben. Ah *da* schau! Wo kommt denn *der* her! Aus *Afrika*? Nein, kläffte Robert, sich über die Schulter nach ihnen umschauend, der kommt aus Brasilien.

Das war bereits an der Tür zum Extrazimmer.

An einem Tisch in der am weitesten von der Tür entfernten Ecke saßen vier ältere, nicht besonders sportlich aussehende Herren. Die waren im Prinzip vertieft in eine Partie *Bauernschnapsen*. Aber als sie das Wort *Brasilien* hörten, reagierten sie wie elektrisiert.

Was war das, *wie* war das? Brasilien? *Wer* ist aus Brasilien?

Robert wurde rot. Die Replik war nicht für ihre Ohren bestimmt gewesen. Jetzt konnte er aber nicht mehr so leicht zurück. Na ja, der da, stotterte er, mein Freund. Und dabei zeigte er auf mich.

Die vier in ihrem Kartenspiel unterbrochenen Herren strahlten auf wie Glühlampen. Immerhin war Brasilien der seit 1958 regierende Fußballweltmeister. Besonders ein *schwarzer* Fußballer (der damals erst siebzehnjährige Pelé) war seither ein Begriff. *Die schwarze Perle.* Womöglich schenkte der Himmel den im Gasthaus *Kratochwyl* zu Wien Favoriten bauernschnapsenden Vereinsvätern des F. C. Südost unversehens auch so ein Juwel.

Hätte es geheißen, ich käme aus Afrika, so hätten mich die Herren für einen *Bloßfüßigen* gehalten. Bloßfüßige: so nannte man im damaligen Österreich die Fußballer aus den sogenannten Entwicklungsländern. Jene also, die sich – so ungefähr stellte man sich das vor – nicht einmal Fußballschuhe leisten konnten. Oder – aufgrund ihres im Vergleich zum europäischen Niveau natürlich sehr niedrigen Zivilisationspegels – nicht leisten *wollten.* Bloßfüßige: Nationen, deren fußballspielende Repräsentanten das österreichische Nationalteam mit einer zweistelligen Niederlage nach Haus geschickt hätte. Bei der Weltmeisterschaft 1954 war Österreich, damals noch eine stolze Fußballnation, immerhin Dritter gewesen. So klein man auch war, wenigstens im Bereich des Fußballs glaubte man, auf sogenannte Exoten herabschauen zu können. Ausnahmen faßte man, einer Spruchweisheit gemäß, deren sogenannte Logik mir nie einleuchtend erschienen ist, als bloße Bestätigung dieser fragwürdigen Regel auf.

Die *Brasilianer* nun waren die größte Ausnahme. Dementsprechend sprach man von *Ausnahmekickern.* Die hatten das Fußballspiel zur Kunst erhoben. Man neigte dazu, in ihren Zellen so etwas wie ein Fußballgen zu vermuten.

Von den Brasilianern sahen zwar einige so aus wie Bloßfüßige, aber sie waren keine. Oder doch, wenn man bedachte, daß sie ihre sagenhafte Technik angeblich an der Copacabana erlernten oder in den Favelas. Vielleicht war es doch nicht die in den Genen sitzende Anlage, sondern die Umwelt, die diese Bloßfüßigen zu Fußballgenies machte. Aber *diese* Bloßfüßigen und *jene* Bloßfüßigen waren eben nicht die gleichen.

Und nun sollte *ich* ein Brasilianer sein.

Die Herren vom F. C. Südost standen auf und komplimentierten uns an ihren Stammtisch.

Setzts euch, Burschen! Doch, doch, mein Freund gefiel ihnen anscheinend auch recht gut.

Aber auf mich konzentrierte sich ihr spezielles Begehren.

Hätte ich portugiesisch gesprochen, die Herren hätten mich zwar kaum verstanden, aber den Wirt womöglich durch die Bestellung einer Flasche Sekt in Verlegenheit gebracht.

Daß ich wienerisch sprach, war ein bißchen enttäuschend.

Doch kein Brasilianer?

Na ja, sagte ich, ich hab eine Tante in Rio …

Es schien mir zu kompliziert, die Entstehung des Mißverständnisses zu erklären.

Tante in Rio. Ah so. Die Euphorie ließ etwas nach.

Deswegen bestellten die Herren denn doch keinen Sekt.

Sie bestellten je ein Glas Cola für uns und einen Doppelliter Grünen Veltliner für sich.

Dann notierten sie unsere Namen, wie mir schien etwas ungehalten darüber, daß ich Jarosch hieß.

Ganz einfach Jarosch?

Ja, sagte ich. Jarosch. Peter.

Kein brasilianischer Fußballkünstlername?

Wirklich schade. Ihr Interesse schwand.

Schon wieder eher dem Bauernschnapsen zugewandt, teilten sie uns beiläufig mit, wann und wo wir uns zum Training einfinden sollten.

So war das gelaufen. Jetzt liefen wir jeden Donnerstag zwischen siebzehn und neunzehn Uhr auf dem Südostplatz umher. Das Training lief immer nach dem nämlichen Schema.

Zum Aufwärmen gab es natürlich die sogenannten Freiübungen. Ein recht merkwürdiges Wort, wenn man bedenkt, welche Zwanghaftigkeit es eigentlich bezeichnet.

Armwippen, Rumpfkreisen, Kniebeugen, Liegestütz. Mit einem Wort: das ganze phantasielose Programm, mit dem Turnlehrer und Militärausbildner seit Generationen die ihnen ausgesetzten jungen Menschen malträtieren. *Und* eins / *und* zwei / *und* eins / *und* zwei / *und* eins / *und* zwei. Der Trainer zählte wie einst die Klavierpädagogin zu den Etüden.

Von den Partnerübungen ist mir vor allem das *Brunnenschöpfen* in Erinnerung geblieben. Rücken an Rücken stehend, hängt man sich in die Arme des Partners ein. Dabei waren Reiter und ich fast immer ein Paar. Indem sich einmal der, einmal jener bückt, läßt man einander abwechselnd den Boden unter den Füßen verlieren.

Waren wir ordentlich in Hitze geraten, so verordnete uns der Trainer Lockerungsübungen. Auf der Aschenbahn um den Platz trabend, mußten wir tüchtig ein- und vor allem gut ausatmen. An der von der Straße entfernteren Front des die Sportanlage umgebenden Plankenzauns grenzte das Areal an die Rückseite einer Fabrik. Aus ihren schwungvoll gewundenen, in einer sonst allenthalben abblätternden, schimmelnden, rostenden Umgebung geradezu provokant glänzenden Metallrohren stiegen gelb zum grauen Himmel schwebende, säuerlich duftende Dampfwölkchen.

Wenn wir die Hoffnung darauf schon beinahe aufgegeben hatten, wurde dann endlich auch mit dem Ball trainiert. Zwischen Medizinbällen oder Stangen, auf deren raffinierte Anordnung sich der Trainer einiges einbildete, sollten wir Slalom laufen. Hier durfte ich endlich zeigen, was ich konnte. Meine Ballbeherrschung fand Anklang, auch wenn mir zum Brasilianer noch einiges fehlte.

Im abschließenden Match spielten dann meistens fünf gegen fünf. Oder wie viele (wie wenige) eben da waren. Dabei mochte ich es nicht, wenn Reiter und ich getrennt wurden. Der Trainer aber meinte, wir müssten auch lernen, auf andere einzugehen.

Duschen gab es für je vier, auf die zwei, die meist gleichzeitig mit uns duschten, hätte ich verzichten können. Der eine hatte sehr enge Schultern, eine fast nach innen gewölbte Brust und eine grottenolmartig blasse Haut mit rötlichen Pickeln. Der andere war erstaunlich behaart für sein Alter. Unter den kalten Strahlen der Dusche schienen seine für mich unappetitlich langen Körperhaare buchstäblich Richtung Abfluß zu fließen.

Robert hingegen sah ich gern neben mir. Seine leicht gebräunte Haut mit den frischen Wassertröpfchen darauf und der jungen Muskulatur darunter. Durch das zerbrochene und verstaubte Oberlichtenfenster fiel ein nichtsdestoweniger schönes Licht auf ihn. Zwar muß es dasselbe Licht gewesen sein, das auch auf die beiden anderen fiel, aber der Effekt war nicht der gleiche.

Die beiden anderen hießen Jindrich und Ulram. Zu allem Überfluß konnten sie kaum duschen, ohne dabei ein prustendes, im blechernen Ambiente der Waschanlage extrem widerhallendes Getöse zu verursachen. Nacktheit erschien ihnen ihrem Wesen nach komisch. Ihre eigene, häßliche Nacktheit, Reiters schöne Nacktheit, meine schwarze Nacktheit natürlich erst recht.

Nach dem Training gingen wir meist noch an einen der in der Nähe liegenden Ziegelteiche. Je wärmer und länger die Tage wurden, desto schöner war diese Aussicht. So blöd die Freiübungen, so öd die Dauerläufe auf der Aschenbahn manchmal auch waren, sie konnten mir die Vorfreude auf das Nachfolgende nicht verderben. Trotz der Bestätigung, die ich beim abschließenden Spiel oft fand, wurde das Training für mich zur Nebensache.

Die beglückende Hauptsache kam danach. Mit Robert

immer neue Schleichwege durchs Gestrüpp zu finden und dann an einer einsamen Uferstelle herauszukommen, die für die nächste halbe Stunde nur uns gehörte! Die Kleider aufs Neue abzustreifen und ins glitzernde Naß zu springen, das über unseren Köpfen zusammenschlug! Und dann, unter Wasser, zwar trüb, aber doch, zu sehen, wie sich der Körper des Freundes kräftig voranbewegte, drehte und wendete und wie die Luftblasen zum glänzenden Spiegel der Wasseroberfläche über uns aufstiegen. Und lachend aufzutauchen, zu balgen, und einander wieder unterzutauchen! Und Wasser zu schlukken und in einem fontänenartigen Strahl wieder auszuspukken! Und dann am Ufer zu liegen, noch außer Atem, aber nach und nach ruhiger. Und einander anzuschauen und sich darüber zu freuen, daß man einander so nah lag.

Dabei blieb es auch eine geraume Weile. Etwa von Mitte Mai bis Ende Juni. In meiner Erinnerung ist das Wetter während dieser sechs Wochen immer schön. Und die Gelsen sind so relativ früh im Jahr noch nicht sehr aktiv.

Übrigens gibt es aus diesem Zeitraum nicht nur die Erinnerungen ans Training und die Abende am Ziegelteich. Da sind auch Erinnerungen an unsere ersten Meisterschaftsspiele. Der F. C. Südost spielte zwar in einer inferioren Spielklasse. Aber auch dort wurde um eine Meisterschaft gekämpft, nicht nur von den Erwachsenen, sondern auch von der Jugend.

Auf welchem Platz das allererste Spiel stattfand, an dem Reiter und ich teilnehmen durften, weiß ich nicht mehr. Ich weiß nur, daß dort auch nicht viel mehr Gras wuchs als auf unserem. Und daß wir am Vormittag spielten, offenbar Sonntag. Und daß im Umkleideraum die Fußballschuhe in zwei großen Pappschachteln vor uns standen.

Da sollte sich jeder von uns ein passendes Paar finden. Die Schuhe waren alt, runzlig, zerschrammt und rochen nach fremden Füßen. Ich erinnere mich an das aufgeregte und rücksichtslose Wühlen in diesen Schachteln. Und daran, daß ich in dieser Streßsituation kein Paar fand, das mir einigermaßen zusagte.

So lief ich mit viel zu großen Schuhen aufs Feld. Und mit Stutzen, die idiotisch rutschten. Anfangs verstolperte ich einige Bälle. Aber am Ende gelang es mir, Robert den Ball zum Siegestor aufzulegen.

Am folgenden Samstag war es umgekehrt. Da war ich es, der das entscheidende Tor schoß. Das Spiel war ein Heimspiel. Wir brillierten vor Stammpublikum. Vierzig bis fünfzig Personen erwiesen uns stehende Ovationen.

Da schien es schon angemessen, gebührend zu feiern. In einem der Gartenlokale im *Böhmischen Prater*. Das war ein von tschechischen Zuwanderern der achtziger Jahre des neunzehnten Jahrhunderts errichteter Vergnügungspark. Von unserem Südostplatz brauchte man dorthin nicht mehr als eine Viertelstunde.

Dort saßen wir zwischen Ringelspielen und Schießbuden. Zwei kauzige Musiker spielten echt böhmische Polka. Dazu sangen sie allerdings einen echt österreichischen Text. *Drunt in Afrika / wachst der Paprika / drei Meter hoch* und so fort.

Natürlich gab das Anlaß zu gewissen Neckereien an unserem Tisch. Vielleicht sangen die Musiker diesen Text auch um meinetwillen. Das war aber eher nicht bös gemeint, sondern launig. Selbst wenn es anders gewesen wäre, hätte ich es an diesem frühen Abend so aufgefaßt.

Ich fühlte mich wohl in meiner Haut, jawohl. Ich ließ mich sogar dazu hinreißen, ein Glas Bier zu trinken. Ausnahmsweise. Sonst trank ich damals nur Cola. Aber es schmeckte. Selbst wenn es ein bißchen zu Kopf stieg.

Ich fühlte mich wohl, vor allem in Roberts Nähe. Auch er trank sein Bier und geriet in beschwingte Stimmung. Noch ein *Krügel*. Wir stießen an und rülpsten. Auf dem Pissoir im hintersten Winkel des Gartens, von dem ab und zu ein scharfer Geruch über die Tischreihen wehte, erleichterten wir, einträchtig nebeneinander stehend, unsere Blasen.

Mir ist heiß, sagte Robert.

Ja, sagte ich, mir auch.

Er schüttelte sein Glied ab und grinste.

Na, sagte er, was schaust du so?

Ich schaute weg, gegen die Wand, an die ungelenke Hände männliche und weibliche Geschlechtsteile gezeichnet hatten.

Weißt du was, sagte Robert. Wir könnten noch an den Ziegelteich gehen, um uns abzukühlen.

Mit diesem Vorschlag war ich sehr einverstanden. Die an unserem Tisch sitzende Runde war ohnehin im Begriff, sich aufzulösen. Bald ging es nur mehr darum, Jindrich und Ulram loszuwerden. Die allerdings auf dem Weg durch die Budenstraße an uns hingen wie die Kletten.

Dann aber waren wir endlich dort, am Teich. Zu zweit, Gott sei Dank. Jindrich und Ulram hatten wir bei der Automatenhalle ausgetrickst. Wir waren auf der einen Seite hineingegangen und auf der anderen wieder heraus. Sich nach den beiden umsehend, hatte Robert kurz gezögert, aber dann hatte er seinen Schritt beschleunigt.

Die Tage waren schon ziemlich lang Mitte Juni. Die Glocke der Notkirche auf dem nahegelegenen Laaerberg schlug acht, aber es war noch hell. Die Luft war lau. Die Vögel zwitscherten noch. Im Gras jedoch zirpten schon abendlich traute Grillen.

Wie wir dann rasch aus unseren Kleidern fuhren.

Und wie wir einander nackt gegenüberstanden.

Ein Moment der Atemlosigkeit, genauer: des angehaltenen Atems.

Dann sprangen wir – erhitzt nach wie vor – ins Wasser.

Wie wir dann ans andere Ufer schwammen. Um die Wette. Robert gewann selbstverständlich. Er war ganz einfach ein besserer Schwimmer als ich. Das Bier schien er auch etwas besser als ich zu vertragen.

Ich fühlte mich, ehrlich gestanden, etwas benebelt. Nicht unangenehm. Drüben ans Ufer steigend, war ich ein bißchen schwindlig. Schwindlig, aber vergnügt, fast ausgelassen. Wie würzig das Gras duftete und wie schrill die Vögel im Schilf riefen!

Ich ließ mich fallen, im wahrsten Sinn dieses Wortes. Ich lag neben Robert. Robert lag neben mir. Er lag auf dem Rücken, gegen die nun schon sehr tiefstehende Sonne sah ich die Silhouette seines Körpers. Ich lag auf der linken Seite, ihm zugewandt.

Wie er dann plötzlich aufsprang, Robert, mein Freund.

Empört, als hätte ich ihm etwas angetan.

Wie er mich buchstäblich mit dem Fuß von sich weg trat.

Spinnst du, du Sau? – Sein Gesicht war ganz rot, sei es vor Scham, sei es vor Zorn.

Du warme Sau! (Das Wort schwul war damals noch nicht gebräuchlich. Auf alle Fälle nicht in Wien und Umgebung.)

Du *warme*, sagte er, *dreckige*, *schwarze* Sau!

Er stand über mir und schaute auf mich herunter.

Ich hatte geglaubt, wir seien zu zweit am Teich. Jetzt wurde mir mit plötzlich aufsteigender Bitterkeit klar, daß ich mich geirrt hatte. Daß mein falscher Freund Robert nicht nur *zu mir* sprach. Oben auf der Böschung lagen in Späherhaltung Jindrich und Ulram.

Unten lag ich. Mich vor Roberts Fußtritten schützend. Hände vor dem Gesicht und vor dem Geschlechtsteil. Die *warme*, *dreckige*, *schwarze*, *eklige* Sau. Das war ich von diesem Augenblick nicht nur für ihn, sondern auch für sie.

Erschreckend, wie rasch das ging, wie rasch sie zu dritt waren. Reiter und diese beiden: sie oben, ich unten. Sie: grinsend zu dritt, und ich: verzweifelt allein. Sie fühlten sich als *die einen*. Ich war *der andere*.

Von da an waren sie hinter mir her nach dem Training. Das kam mir bekannt vor. Das hatten wir schon gehabt. Vorne lief ich, hinter mir liefen meine Verfolger. Die Verhältnisse waren wieder ins Lot zurückgefallen.

Wenn mich meine Verfolger erwischten, so drehten sie mir den Arm auf den Rücken.

Ich mußte mich vor Reiter verbeugen und ihm die Füße küssen.

Ich mußte sagen, daß ich sein Sklave sei.

Und daß er, der Herr, mit mir tun könne, was ihm passe.

Er tat es übrigens nicht. Das Spiel endete mit ritueller Regelmäßigkeit auf der Symbolebene. Hatte ich zugegeben, daß ich sein Sklave sei (was allerdings immer eine Weile auf sich warten ließ), so wurde ich losgelassen. Jetzt schleich dich, Murl, sagte er dann allenfalls. Ich konnte dann gehen und so tun, als ob ich frei wäre.

Bald darauf brachen gottlob die Ferien an. Da brauchte ich Reiter nicht mehr zu treffen, weder in der Schule noch beim Training. Mir wäre danach gewesen, weit weg zu fahren. Aber leider war die von Herrn Grandegg prophezeite finanzielle Krise meiner Mutter nun eingetreten, die Kosten für die Wohnung und die Rückzahlung diverser Kredite fraßen zwei Drittel ihres Einkommens, und wir mußten den Sommer über in Wien bleiben.

9

Soll ich erzählen, daß ich beim Streunen durch die grauen Gassen, in denen im Juli eine weiße Hitze stand und über denen im August schwarze Gewitter hingen, wieder einmal meinem Feind begegnete? Nein, ich begegnete ihm nicht, es war gar nicht notwendig. Wer einen Freund wie Reiter hatte, brauchte gar keinen solchen Feind mehr. Ich begegnete ihm *nicht*, mir reichten die zwei oder drei Mal, die ich Robert über den Weg lief.

Er grüßte mich grinsend, und ich grüßte zurück. Aber es

war, wie wenn eine Katze an einem Hund vorbeigeht. Die Ohren leicht angelegt, vorsichtig eine Pfote vor die andere setzend. Den potentiellen Gegner nicht ansehend und doch mit seinem Bild in den Augenwinkeln.

Es ging darum, an Robert vorbeizukommen. Ja, das war es. Akkurat darum ging es. Wie schaffte ich das? Habe ich es überhaupt je geschafft? Wenn ich an diese Phase zurückdenke, kommt es mir so vor, als hätte ich in diesem Sommer die Literatur entdeckt.

Ich meine: gelesen hatte ich immer schon gern. Aber was ich bis dahin gelesen hatte, war doch im großen und ganzen Kinder- und Jugendliteratur gewesen. Mit schönen Grenzfällen zur großen Literatur. Die schon erwähnte *Schatzinsel* von Robert Louis Stevenson zum Beispiel.

Was ich nun las, war, so empfand ich es jedenfalls damals, *erwachsene* Literatur. Meine Mutter war keine belesene Frau, aber zwischen den Hauptvorschlagsbänden der Buchgemeinschaft, die sie vor allem im Bücherregal stehen hatte, fanden sich auch ein paar wahrscheinlich von meiner Großmutter geerbte Bände. Nach denen griff ich nun, mit gutem Instinkt. Sensibel aufgerauht, wie meine schwarze Seele damals war, ahnte sie, daß ein guter Teil der Literatur aus Anderssein oder zumindest aus dem Gefühl des Andersseins entsteht – da fühlte sie sich in ihrem eigenen Anderssein gleich weniger einsam.

Ich fühlte mich weniger einsam, obwohl ich allein blieb. Ich suchte Orte auf, an den es sich gut lesen ließ. Den Garten des Schlosses Belvedere zum Beispiel. Da konnte man auf Bänken sitzen oder durch Alleen wandeln. Immer ein Buch in der Hand, ein möglichst dickes. Vorbeipromenierende meist nur schemenhaft wahrnehmend. In diesem Sommer war ich vierzehneinhalb. Aber beim Lesen fühlte ich mich viel älter.

Viel älter und reifer. Ob das nur Illusion war? Oder ob es auch seine Wahrheit hatte? Das würde sich weisen. Bis Ende Juli fühlte ich mich in meinem literarischen Dasein immer wohler. Ab Anfang August allerdings spürte ich den Herbst immer näher kommen. Und mit ihm die fatale Realität.

Wie konnte, wie sollte ich mich in ihr nun verhalten?

Eines war klar: So wie es vor den Ferien gewesen war, durfte es nicht weitergehen.

Ich durfte mich Robert auf keinen Fall wieder so aussetzen.

Ganz zu schweigen von Typen wie Jindrich und Ulram.

Die Vorstellung, mich jedesmal nach dem Training von ihnen quälen zu lassen, war unerträglich.

Also Schluß damit. Ein für allemal Schluß.

Ich war drauf und dran, mir das Fußballspielen überhaupt aus dem Kopf zu schlagen.

Brauchte ich das? Ich hatte doch meine Bücher!

Seit Juni hatte ich dreitausend Seiten gelesen.

Auch eine Form von Training, obwohl nicht ganz klar war, wozu es führen sollte.

Aber vielleicht war man als Bücherwurm so eine Art von Raupe, die sich irgendwann verpuppte und eines schönen Tages mit Flügeln aufwachte.

Ganz soweit war es mit mir allerdings noch nicht.

Ganz konnte ich mich der Welt gegenüber nicht abschotten.

Mit Dostojewskij auf einer Pritsche im städtischen Sommerbad *Gänsehäufel* liegend, hörte ich hinter mir ein irritierendes Geräusch. Es war das Geräusch, das entsteht, wenn ein gut aufgepumpter Lederball von des europäischen Fußballspiels halbwegs kundigen Füßen traktiert wird.

Tatsächlich, da brauchte ich gar nicht hinzusehen.

Schon infolge der akustischen Signale stellte sich die visuelle Vorstellung ein.

Und verursachte Mikrobewegungsreflexe.

Es würde geraume Zeit dauern, bis mein Körper aufhörte, so zu reagieren.

Und dann sprach mich eines Tages einer an. Ganz selbstverständlich. Ob ich nicht mitmachen wolle. Einem der beiden Wiesenteams fehlte ein Spieler. Da tauchte ich wieder auf aus *Schuld und Sühne*.

Und spielte ganz einfach. Und spielte ganz einfach gut. Spielte ganz einfach gut, und zwar ohne Reiter. Natürlich, das war nur ein *Wiesenkick*, nur ein *Badkick*. Und trotzdem: Da wurde mir klar, daß ich weitertun wollte.

Ein paar Tage später fuhr ich mit der Straßenbahn Linie 132 nach Jedlesee. Das ist ein Teil des einundzwanzigsten Wiener Bezirks, Floridsdorf. Dieser erst Ende des neunzehnten Jahrhunderts eingemeindete Bezirk liegt nördlich der Donau. Ein großer Arbeiterbezirk, was die soziale Struktur und die eher rauhe Atmosphäre anlangt, dem zehnten, Favoriten, in dem ich mit Robert trainiert hatte, nicht unähnlich, aber am entgegengesetzten Ende der Stadt.

Dort lag der Platz des Fußballvereins *Admira*. Ich weiß nicht, ob seine Lage für meine Wahl dieses Vereins den Ausschlag gegeben hat. *Ganz* bewußt vielleicht nicht, aber *halb* bewußt. Ich mußte mich von meinem Feindfreund emanzipieren.

Was die Lage des Platzes betraf, so hätte die Admira auch F. C. Nordwest heißen können. Du *da*, ich *dort* – das war die Botschaft an Robert. Darüberhinaus aber war die Admira nicht *irgendein* Klub. In den dreißiger Jahren hatte sie sogar den österreichischen Meistertitel errungen.

Das hatte der arme Ferdinand manchmal erwähnt. Er war ja mein erster Gewährsmann in Sachen Fußball. Zwei Admira-Stürmer namens Schall und Vogel hatten ihm besonders imponiert. Vor dem Krieg, der sein Leben ruiniert hatte, war er sogar Admira-Anhänger gewesen.

In den späten fünfziger und frühen sechziger Jahren, in die meine Erinnerung mich jetzt so häufig zurückführt, war Admira zwar kein Titelanwärter. Aber noch immer ein Klub der obersten Spielklasse. Sehr zum Unterschied vom F. C. Südost. Südost und Admira, das war überhaupt kein Vergleich.

Stimmt, auf dem Weg von der Straßenbahnstation in der Pragerstraße zum Admira-Platz, der zwischen grauen Häusern und grünen Schrebergärten lag, wurde ich fast wieder kleinmütig. Natürlich, dachte ich, auf dich werden sie dort gerade warten! Doch ich betete zu Ferdinand. Seliger Ferdinand, du hast zwar keine Ohren mehr, um mich zu hören, aber vielleicht, wer weiß, eine noch irgendwo irrlichternde Seele, um mich zu spüren – wenn das der Fall ist, steh mir bei.

Der Erfolg dieser Anrufung beweist zwar nichts in bezug auf die Unsterblichkeit. Aber vielleicht in bezug auf die Kraft des Gebets, mit der ich ja seit der Austreibung des Herrn Horak eine gewisse Erfahrung hatte. Trau dich doch, sagte Ferdinands Stimme in mir, kehr nicht um, sondern geh hin, tritt getrost unter die Augen des die Admira-Jugend betreuenden Trainers und zeig, was du kannst! Als ich eine Viertelstunde später den Ball, den mir dieser Trainer zuwarf, ganz locker aus der Luft herunterstoppte, so als ginge von meinem staubigen Basketballschuh eine schöne Anziehungskraft aus, und als ich das darauffolgende Aufblitzen in den unter buschigen, grauen Brauen sitzenden Augen jenes alten Fußball-Falken sah (ein Aufblitzen, das ich, glücklich unter seinen, Herrn Falcks, so hieß er tatsächlich, Fittichen gelandet, in den nächsten Wochen und Monaten noch öfter sehen sollte), verging mir der Kleinmut und die Nervosität.

Das war Ende August. Anfang September kam ich mit einem ganz neuen Selbstbewußtsein in die Schule. Ich fühlte mich fünf bis zehn Zentimeter größer. Es stimmt schon: Mit vierzehneinhalb ist man noch im Wachsen. Aber so viel Wachstum in etwas mehr als zwei Monaten ist doch recht unwahrscheinlich.

Zwar sprach ich kaum mehr zwei Worte mit Robert Reiter. Aber von meinem Vereinswechsel mußte ich ihm doch erzählen. Nur daß du es weißt: vom F. C. Südost hab ich mich abgemeldet. Ich spiel jetzt bei der Admira. Laß alle schön grüßen.

Natürlich saßen wir nun nicht mehr nebeneinander. Er saß jetzt rechts hinten bei der Tür, ich saß links vorne beim Fenster. Manchmal spürte ich seinen Blick im Genick. Aber ich schaffte es, mich nicht umzudrehen.

Unser Verhältnis war im wahrsten Sinne des Wortes abgekühlt. Wie die Temperatur, die erstaunlich rasch abnahm. Schon Ende Oktober spielten wir bei Admira in Trainingsanzügen. Während die bei Südost vermutlich noch im Dezember in kurzen Hosen froren.

Das Training bei meinem neuen Verein war nicht nur wegen der etwas besseren Ausstattung etwas ganz anderes. Unter der Obhut des neuen Trainers hatte ich das Gefühl, etwas zu lernen. Ein Gefühl, das ich unter der Fuchtel des alten Feldwebels bei Südost nie gehabt hatte. Davon hätte ich Robert ganz gern erzählt, aber zwischen uns war immer mehr Schweigen und Verschweigen.

So redeten wir auch nicht darüber, daß es ihm in der Schule immer schlechter ging. Seine Schuld! Wäre er noch neben mir gesessen, so hätte er von mir abschreiben können. Mir ging es in diesem Jahr auch als Schüler sehr gut. Hingegen schrieb er die Englisch-, vor allem aber die Mathematikschularbeiten mit vom Winter zum Frühling beunruhigend zunehmender Sicherheit auf Nichtgenügend.

Ich konnte mir denken, wie sein Vater das fand. Eines Morgens tauchte Robert mit einem stark verschwollenen, fast violett angelaufenen Auge auf. Befragt, woher er das habe, behauptete er natürlich, er habe gerauft. Im Turnunterricht trug er, ganz gegen seine Gewohnheit, möglichst viele Muskeln zu zeigen, ein Leibchen, aber selbst durch den Stoff sah ich auf seinem Rücken rote Striemen. Und dann, es war bereits wieder Juni, fehlte er plötzlich. Sein Sitz rechts hinten neben der Tür blieb leer. War er krank? Man hörte nicht, was ihm fehlte. Was war mit ihm los? Gerüchte machten die Runde.

Sein Vater kam in die Schule. Ich sah ihn auf dem Gang mit dem Klassenvorstand reden. Er hatte ein fahles, unrasiertes

Gesicht und sah aus, als hätte er lang nicht geschlafen. Er sah auch aus, als hätte er trotz der frühen Morgenstunde etwas getrunken. Und er sah aus, als hätte er Angst – merkwürdigerweise sah er gerade dadurch seinem Sohn erschreckend ähnlich.

Danach trat der Klassenvorstand sehr ernst vor die Klasse. Er fragte, ob wir etwas über den Verbleib unseres Mitschülers Reiter wüßten. Mit einem besonders scharfen Blick sah er *mich* an. Aber ich wußte über den Verbleib meines ehemaligen Freundes ebensowenig wie die anderen.

Robert, so hieß es, sei ganz einfach verschwunden. Seit nunmehr zehn Tagen. Er habe keine Nachricht hinterlassen. Er habe seinen Paß und einen gewissen Geldbetrag aus der Brieftasche seines Vaters mitgenommen. In der Radiosendung *Autofahrer unterwegs* habe man den Appell an ihn gerichtet, zurückzukommen.

Das klang dramatisch. Ich bemühte mich, cool zu bleiben. Einerseits war er ein Schwein, er hatte mich auf die gemeinste Weise gequält. Anderseits war er mein Freund gewesen, und ich machte mir Sorgen um ihn. Ich machte mir mehr Sorgen um ihn, als ich mir selbst eingestehen wollte.

Und dann, eines Nachmittags klingelte bei mir daheim das Telefon.

Servus Negerl, sagte Roberts Stimme.

Zwischen ihr und meinem Ohr knisterte eine meinem Gefühl nach nicht unerhebliche Entfernung.

Robert!, rief ich. Verdammt noch einmal, wo bist du?

Darauf antwortete er vorerst nicht. Ich fürchtete schon, er habe aufgelegt.

Robert, ich bitt dich! Wo bist du? Bist du noch da?

Ruhig Blut, sagte er, jedenfalls bin ich noch auf dieser Welt.

Ich sah ihn förmlich vor mir mit seinem Burt-Lancaster-Grinsen.

Auf dieser Welt, sagte ich. Schön. Aber wo ungefähr?

Du darfst es aber, sagte er, niemandem sagen.

Okay, sagte ich.

Großes Ehrenwort?

Großes Ehrenwort.

Er sei in Mühlhausen im Elsaß gewesen, wo es ein Rekrutierungslager der Fremdenlegion gebe.

Bist du verrückt?

Vielleicht, sagte er. Aber das sei seine Sache.

Außerdem brauche ich nicht in die Hose zu scheißen. Er sei noch nicht auf dem Weg nach Afrika. Fürs erste sei er von seiner Idee, sich zur Legion zu melden, abgekommen.

Ich atmete auf.

Er erzählte ungefähr folgende Geschichte:

Daß er den Veteranen in der Anmeldekanzlei des Legionärslagers zu jung erschienen sei. Daß er zwar behauptet habe, er werde demnächst siebzehn. Daß sie ihm die seinem wirklichen Lebensalter hinzugefügten Jahre aber ganz simpel nicht geglaubt hätten.

Das Geburtsdatum im Paß sei nicht geschickt genug korrigiert gewesen. Die Unterschrift des Vaters auf dem Revers nicht perfekt genug gefälscht. Ein aus Hamburg oder Bremen stammender Legionär habe ihn beiseite genommen. Junge!, habe er zu ihm gesagt, in einem Tonfall wie der Schlagersänger Freddy Quinn, Junge, wach auf, komm heraus aus diesem dummen Traum, bevor er zum Alp wird.

Schau mich an, habe der Legionär gesagt, für wie alt hältst du mich?

Ich weiß nicht, habe Reiter zögernd geantwortet, vielleicht fünfundvierzig, fünfzig.

Ich bin dreißig, habe der Legionär gesagt. Mit neunzehn hab ich mich der Legion verschrieben. Nach den ersten fünf Jahren habe ich mich weiterverpflichtet, aber das war der größte Blödsinn meines Lebens.

Der Mann habe ein von Pockennarben wie Mondkratern übersätes Gesicht gehabt. Außerdem jede Menge anderer Narben. Einige davon habe er Robert gezeigt, sein Hemd über Brust und Bauch öffnend. Sei froh, du Idiot, habe der Legionär gesagt, wenn sie dich hier noch nicht haben wollen!

Er habe Robert noch ein Glas Bier spendiert. Unter Männern, habe er gesagt, und nun geb ich dir einen guten Rat. Du gehst jetzt hinunter zum Bahnhof und löst eine Rückfahrkarte. Und dann vergißt du möglichst gründlich und schnell, daß du je auf die hirnrissige Idee gekommen bist, hierher zu fahren.

Und?, sagte ich.

Na ja, sagte Robert, ich bin hinunter zum Bahnhof gegangen.

Na fein, sagte ich, dann sehen wir uns ja demnächst.

Da sei nur noch eins, sagte er, sein Geld habe nur für eine Fahrkarte bis Basel gereicht. Um mich anrufen zu können, habe er sich vom Leiter der dortigen Jugendherberge zehn Franken borgen müssen.

Richtung Mühlhausen sei er per Autostopp gefahren, aber jetzt, auf dem Rückweg, fühle er sich dazu kaum mehr imstande. Ehrlich gesagt, sei er etwas hungrig und müde. Mich habe er halt angerufen, weil ihm niemand anderer eingefallen sei. Zwei, drei Tage könne er den Herbergsvater, dem er auch das Geld für bislang zwei Nächtigungen schulde, noch hinhalten, aber dann ...

Was, aber dann?

Er schwieg.

Ich notierte mir rasch die Herbergsadresse.

Kaum hatte ich die notiert, war er auch schon weg.

Seine Stimme mitten im Satz gekappt.

Offenbar waren die zehn Franken zu Ende gewesen.

So. Und was nun? Da stand ich mit zwei einander widersprechenden Aufträgen.

Einerseits sollte ich nicht verraten, wo Robert war, anderseits sollte ich ihm (vor allem finanziell) helfen.

Was ich aus eigener Kraft ganz einfach nicht konnte.

Was hast du?, fragte mich meine Mutter, als sie am Abend nach Hause kam. Du wirkst so nachdenklich.

Eine Weile redete ich um den heißen Brei herum.

Aber wem sollte ich mich in dieser schwierigen Situation anvertrauen, wenn nicht ihr?

Aus der Kredenz nahm sie eine Flasche *Mariazeller Kräuterlikör.* Sie schenkte uns beiden je ein Gläschen ein. Na komm, sagte sie. Sag schon …

Ich trank. Das grüne Zeug schmeckte klebrig und bitter.

Aber die darin enthaltenen Spurenelemente Alkohol erwärmten die Seele.

Hör zu, Mamma, sagte ich. Eigentlich habe ich mein Ehrenwort gegeben, etwas nicht weiterzusagen. Aber wenn du mir jetzt *dein* Ehrenwort gibst, daß du es *deinerseits* nicht weitersagst, dann sage ich es dir.

So brach ich mein eigenes Ehrenwort, fand ich, nur halb. Meine Mutter seufzte. Aber sie sah ein, daß wir etwas tun mußten. Vielleicht würde Reiters Vater seinen Sohn erschlagen, wenn er zurückkam. Aber vielleicht – das war immerhin eine Hoffnung – würde er sich doch eher freuen, ihn wieder zurückzuhaben.

Wir riefen bei der Zugsauskunft an und erkundigten uns nach dem Fahrpreis einer Eisenbahnfahrkarte Basel–Wien. Dann seufzte meine Mutter noch einmal, tief, denn die Bahnfahrt war teuer. Noch in der Nacht fuhren wir auf die Hauptpost und steckten das Geld für die Fahrt sowie zwei zur Bezahlung der Jugendherbergsschulden hoffentlich ausreichende Fünfziger in ein Kuvert. Das schickten wir expreß. Bis zum folgenden Monatsende ernährten wir uns bescheiden.

DRITTER TEIL

I

MEIN GOTT, meine Mamma! Hab ich je eine andere Frau so geliebt wie sie? – Was sagen Sie? Wie? – Ach, Sie meinen, ich habe vielleicht überhaupt keine andere Frau geliebt? – Auf diese Idee kommen Sie aufgrund gewisser in meiner bisherigen Erzählung anklingender Motive? – Nein, also hören Sie, ganz so simpel ist das nicht bei mir. Es freut mich übrigens, daß Sie wieder da sind. Ehrlich gestanden, habe ich nicht mehr damit gerechnet. Nach Ihrem plötzlichen Verschwinden gestern abend. Daß Sie sich auf französisch empfohlen haben, habe ich als etwas kränkend empfunden.

Sich einfach so abzusetzen! Eine Zeitlang habe ich noch das Gefühl gehabt, daß Sie neben mir hergehen. Und dann, auf einmal … Aber ich will Ihnen keinen Vorwurf machen. Möglicherweise habe ich Sie ein bißchen überfordert. Schon gut, ich verspreche Ihnen, es wird nicht mehr vorkommen.

Auch hier nicht. Bleiben Sie nur ruhig dort hinten in Ihrem Dunkel sitzen. Ich werde Sie nicht mehr ersuchen, näherzurücken. Kommen Sie übrigens wegen meiner Musik oder wegen meiner Geschichte? Egal, wenn Sie das eine hören wollen, müssen Sie das andere in Kauf nehmen.

Was ich sagen wollte: Auch unter sogenannten normalen Umständen wäre die Kontaktaufnahme mit dem anderen Geschlecht nicht so einfach gewesen. Wann und wo kam man denn schon zusammen mit ihm? Koedukation gab es in den Wiener Oberschulklassen damals noch kaum. Für die Schüler einer Schule wie der unseren waren Mädchen Geschöpfe von einem anderen Stern.

Zwar begegneten wir beim Nachmittagsturnen, das auf

einem Sportplatz in der Nähe des Schlosses Schönbrunn stattfand, manchmal Mädchenklassen, deren Stunde gerade zu Ende ging, bevor unsere anfing. Wenn wir Glück hatten, konnten wir da noch ein bißchen zusehen, wie sie mit unter den weißen Leibchen hübsch hüpfenden Brüsten Leichtathletik trieben. Doch unser Verhältnis zu ihnen war peinlich verklemmt. Die Witze, die aus der Distanz über sie gerissen wurden, waren von ebenso hilfloser wie geschmackloser Plumpheit, und wenn wir durch Zufall in ihre Nähe kamen, etwa in den engen Gängen zwischen den Umkleidekabinen, so war auf ihrer Seite zwar ab und zu gänschenhaftes Gegacker, aber auf unserer nichts als blöde, mit kaum verhohlener Brutalität geladene Spannung.

Mir wäre zwar durchaus danach gewesen, mich anders zu verhalten. Doch in der Gruppe war das kaum möglich – jedenfalls nicht, wenn man, wie ich, nach und nach dazu übergegangen war, sich aus Selbstschutzgründen möglichst wenig zu exponieren. Und ohne Gruppe ergab sich nur selten eine Gelegenheit. Wenn sich doch eine ergab, so *sah* ich sie zwar, aber – sosehr ich mich nachher über mich selbst ärgerte – *ich nahm sie nicht wahr.*

Einmal zum Beispiel kam ich zum Turnen zu spät und traf, noch im Schloßpark, zwei jener Mädchen, von denen mir eins wegen seiner munteren braunen Augen, die mich anscheinend mit einer gewissen Sympathie streiften, schon öfter aufgefallen war. Also sprich sie an, Peter, sag was Nettes, vielleicht sogar Witziges, laß deinen Charme spielen! So etwa meine innere Stimme, die unternehmungslustige, couragierte. Aber je näher wir einander auf dem knirschenden Kiesweg kamen, dort die zwei Mädchen, hell vom Frühlingswind mir entgegengeweht, hier ich, dunkel gegen denselben Wind, der mir Staub ins Gesicht blies, ankämpfend, desto unsicherer wurde ich meiner Sache.

Was wohl auch damit zusammenhing, daß die zwei mit jedem weiteren Schritt in meine Richtung mehr und mehr miteinander tuschelten und kicherten. Vielleicht, ja wahrscheinlich, das schoß mir plötzlich ein, machten sie sich über mich lustig. Und über mich, das hieß wahrscheinlich über meine Hautfarbe. Womöglich konnte die mit den lieben Augen, selbst wenn ich ihre Blicke richtig gedeutet hatte, vor ihrer Freundin nicht zugeben, daß ihr einer wie ich gefiel.

Ja, ganz bestimmt, so war es, so mußte es sein. Also würde ich mich nur blamieren, wenn ich den Mund aufmachte. Außerdem wußte ich gar nicht, was ich sagen sollte. Und überhaupt hatte ich es eilig – also ging ich ohne ein Wort an ihnen (und ging diese Gelegenheit an mir) vorbei.

Das war nicht die einzige, die vorbeiging (an der ich vorbeiging). Nicht die einzige Gelegenheit und nicht das einzige Mädchen. Es war wie verhext. Bei allen Rationalisierungen, die ich für mein Verhalten fand, irrational. *Ich* war wie verhext. In den wenigen entscheidenden Augenblicken mit Dummheit und Stummheit geschlagen.

Mit Stummheit geschlagen war ich übrigens auch bei anderen, eindeutig zweideutigeren Gelegenheiten. Ich weiß nicht mehr genau, wann ich mir angewöhnt hatte, nach Einbruch der Dunkelheit in den Seitengassen des *Naschmarkts* umherzustreunen. Dieser Naschmarkt, über dem noch zu Kaiser Franz Josephs Zeiten tief unter das Straßenniveau verbannten Wienfluß gelegen, hat mich, soviel ich mich erinnern kann, zuallererst aufgrund seiner vielfältigen Gerüche fasziniert. In gewissen Gängen und Gewölben zwischen den Buden kreuzten sich die Gerüche von Rosmarin, Thymian, Majoran, Fenchel, Kümmel, Ingwer und weiß Gott noch was für spannender Gewürze.

Ausgerechnet im Zentrum dieser Düfte stand, in einer am Abend traut beleuchteten Vitrine, eine Statue der Heiligen Jungfrau. Und just auf dieser Höhe begannen, wenn man vom Naschmarkt nach links oder rechts abbog, die Gassen, in denen die Prostituierten promenierten. Immer wieder ging ich diesen Weg – durch den Gewürzduft bis zur Marienstatue und von da zu den Huren. Um die herum wehte übrigens auch eine Art von Gewürzmischung, die sich mit der noch frischen Erinnerung an die Naschmarktdüfte vermengte.

Nun waren die Damen dort nicht mehr die Allerjüngsten. Dort fingen sie mit ihrem Gewerbe nicht an, dort endeten sie eher. Auch waren sie keineswegs mehr die Allerschlanksten. In der engen Gasse war es kaum möglich, an ihnen vorbeizukommen, ohne ihre wallenden Wölbungen zu streifen.

Daß ich das trotzdem immer wieder versuchte (und immer wieder an ihnen anstreifte), war wohl eine Art von Zwangshandlung. Die meisten waren trotzdem recht freundlich zu mir. Die kannten mich schon. Schließlich konnte gerade ich nicht so tun, als sei ich jedesmal ein anderer. Na Murl, riefen sie, was ist, willst du nicht doch einmal einen ordentlichen Einführungsunterricht nehmen? Aber ich schwieg nur, ging meinen Weg und starrte auf meine Schuhspitzen.

So lag jedenfalls eine Art von Bann auf mir. Ein Bann, den ich wahrscheinlich nicht aus eigener Kraft hätte lösen können. Da brauchte ich jemand, der tatkräftig mit- und nachhalf. Endlich ist dann das Fräulein Gabor erschienen.

Das Fräulein Gabor hatte versucht, in der Straßenbahn schwarzzufahren. Ein Kontrollor in Zivil hatte das Fräulein Gabor erwischt. Das Fräulein Gabor hatte begonnen, in seiner Handtasche nach einem Fahrschein zu kramen. Meine Mutter, kraft ihres Amtes als Schaffnerin, hatte bezeugt, daß das Fräulein Gabor einen Fahrschein gelöst hatte. Das Fräulein Gabor war ihr halt so sympathisch. Deswegen brachte sie es auch noch am selben Abend nach Hause mit. Das Fräulein Gabor, sagte sie zu mir, wird eine Weile bei uns wohnen. Zwar machte das Fräulein Gabor einen gepflegten Eindruck, aber es war vorübergehend obdachlos.

Das Fräulein Gabor – wissen Sie, Deutsch ist eine komische Sprache. Grammatikalisch ist das Geschlecht einer weiblichen Person von ungefähr dreißig Jahren, sofern sie nicht verheiratet ist, sächlich. Das weibliche Geschlecht einer Frau tritt (oder trat jedenfalls zu der Zeit, von der ich erzähle) offiziell erst mit ihrer Verheiratung in Kraft. Und dabei war gerade das Fräulein Gabor eine Person von sehr deutlicher weiblicher Ausstrahlung.

Ich werde sie also von jetzt an *die* Gabor nennen. Ohne das *die* so unmittelbar vor dem Namen irgendwie abwertend zu meinen. Die Gabor war eine überaus frauliche Erscheinung. Der Diminutiv Fräulein paßte nur insofern zu ihr, als ihre Körpergröße kaum über die Marke von 1,55 hinausreichte.

Gerade diese geringe Körpergröße aber machte bei ihr einen nicht unerheblichen Reiz aus. Da in der Vertikalen nicht viel Platz war, traten gewisse Partien ihres Körpers in der Horizontalen um so stärker hervor. Dabei wirkte alles an ihr auf sehr erfreuliche Weise kompakt. Ihre etwas kurz geratenen Extremitäten wußte sie mit wohldosiertem Temperament zu bewegen.

Dazu kam die Art, wie sie sprach: Die Gabor hatte einen sehr aparten Akzent. Ich weiß nicht, woran es liegt, aber in Österreich wird der ungarische Akzent, ganz zum Unterschied von manchen anderen Akzenten, als nett empfunden. Die Gabor war Ungarin, im Herbst 1956, anläßlich der Erhebung gegen die permanente sowjetische Besatzung ihres Landes über die kurze Zeit offene Grenze nach Österreich geflohen. Dann war sie in Australien gewesen, aber der Freund, mit dem sie dorthin gegangen war und, wie sie erzählte, ein gutgehendes Textilgeschäft eröffnet hatte – *vor allem mit meinem Geld bittäschön!* –, hatte auf der Flucht vor den dortigen Finanzbehörden auch sie sitzenlassen, so daß ihr nichts übriggeblieben sei, als mit dem spärlichen Rest ihrer Barschaft nach Österreich zurückzufliegen, wo, wie sie sich erinnerte, ihre Tante lebte – *eine sehr liebe, alte Frau, bittäschön* –, aber die war, wie sich jetzt herausstellte, inzwischen gestorben, was auch erklärte, warum sie auf die Post aus Brisbane oder Perth nicht reagiert hatte.

Die Gabor redete schnell, viel und ein bißchen widersprüchlich (einmal war das Textilgeschäft in Australien eine Baufirma, ein andermal die Tante in Wien eine Großmutter), aber es war eine Freude, ihr zuzuhören. Daß ihr in Australien durchgegangener Freund ein Schuft gewesen war, verursachte bei meiner Mutter einen Solidaritätseffekt. Wir Frauen, sagte sie, müssen zusammenhalten. Also stellte sie ihr das alte Klappbett ins ehemalige Büro des Herrn Grandegg und bot ihr an, bis auf weiteres kostenlos bei uns zu wohnen, sobald sie einen Job gefunden habe, könne man ja über eine Untermiete reden.

Wenn meine Mutter gehofft hatte, damit mittelfristig unser mageres Budget etwas aufzufetten, so wurde diese Hoffnung enttäuscht. Fürs erste jedenfalls war der Effekt des Zuzugs akkurat der konträre: Durch die Anwesenheit einer dritten Person in unserem Haushalt stiegen die Kosten. Und was einen Job für das Fräulein betraf, war das nicht so einfach. Sei es, weil die Gabor so wählerisch war, sei es, weil sie tatsächlich, wie sie behauptete, Probleme mit der Arbeitsbewilligung hatte – jedenfalls behielt sie die Jobs, die sie fand, immer nur für ein paar Tage.

Dafür machte sie sich im Haushalt anstellig. An der Nähmaschine fertigte sie farbenprächtige Gewänder, am Herd kochte sie feurige Speisen. Ihr zuliebe lief meine Mutter eine Saison lang mit Röcken herum, die aussahen, als ginge sie zum Csárdástanzen. Nach Genuß ihrer mit spitzen, roten Paprikaschoten zubereiteten Gulaschsuppe hatte man einen Atem wie ein Lindwurm.

Vor allem aber gab mir die Gabor Klavierstunden. Als sie – das war noch am ersten Abend gewesen – mein Piano gesehen hatte, hatte sie einen kleinen Schrei ausgestoßen. Darf ich? Wir nickten. Sie setzte ihren strammen Hintern auf den Klavierhocker und strich ihren Rock glatt. Und dann spielte sie.

Angeblich hatte sie ehemals in Budapest von Klavierstunden gelebt.

Sie spielte nicht etwa die *Ungarische Rhapsodie Nr. 2* von Franz Liszt, sondern die *Rhapsody in Blue* von George Gershwin. Ich spitzte die Ohren. Das klang mir ziemlich affin. Das gefiel mir. Das trug wesentlich bei zur Überwindung meiner Skepsis. Einer Skepsis gegen jeglichen Klavierunterricht, die aus meiner Erfahrung mit der ersten Klavierlehrerin resultierte.

Daß meine Mutter der Gabor spontan vorschlug, mir Klavierstunden zu geben, war natürlich auch als Entgegenkommen gemeint. Schön. Das verstand ich. Der Dame sollte geholfen werden. Magst du, daß dir das Fräulein Gabor Klavierstunden gibt? Ja, sagte ich, meinem aufgeschossenen Alter gemäß betont cool, warum nicht?

Auf die Fingerhaltung beim Klavierspielen legte die Gabor zu meiner Erleichterung keinen Wert. Konnte sie auch nicht – ihre Nägel, die sie sehr rot zu lackieren pflegte, waren zu lang dazu. Außerdem hatte sie, ganz ihrem sonstigen Körperbau entsprechend, sehr kleine Hände. Sie mußte die Finger extrem spreizen, um eine Oktave zu greifen.

Daneben wirkten meine Hände sehr groß. Meine kleinen Finger, die beim Vierhändigspielen manchmal mit den ihren zusammenstießen, waren beinahe doppelt so lang und stark wie die ihren. Gleich in der ersten Stunde griff sie sich meine linke Hand und drehte sie um. Daß meine Handflächen hell waren, hatte sie offenbar erwartet, aber es schien sie trotzdem zu amüsieren.

Piano spielte sie übrigens wirklich nicht schlecht. Und konnte recht gut vermitteln, wie sie es anstellte. Ich hatte das Klavier zwar lang nicht angerührt, aber ich kam bald wieder in Fahrt. Mit meinen Fingern ging es so ähnlich wie mit meinen Füßen beim Fußballspielen.

Sie hatten ganz einfach ein gutes Gespür für die Tasten. Vorzugsweise für die schwarzen, stimmt, aber die Gabor verstand es, sie nach und nach auf die weißen zu locken. Das ging bald sehr gut. Was das betraf, war ich rasch von Begriff. Was andere Dinge betraf, die sie mich lehren konnte, war ich eher begriffsstutzig.

Begriffsstutzig ist vielleicht nicht das richtige Wort. Ich wollte eher nicht wahrhaben, was sie wollte. Daß ihr im Eifer des Klavierspielens die Bluse über die Schulter hinunter-, der Rock übers Knie hinaufrutschte, mußte ja noch nichts zu bedeuten haben. Daß dieses Knie, wenn es das Pedal betätigte, immer öfter das meine berührte, mußte ich nicht unbedingt beachten.

Nicht, daß mich die Nähe der Gabor nicht erregte. Es war nur so, daß da trotzdem eine Barriere war. Sie war ziemlich fesch, wie man in Wien sagt, beinah so fesch wie meine Mutter. Sie hätte beinah meine Mutter sein können. Ja, eben!

Mit der Zeit wurde die Gabor schon recht ungeduldig, um nicht zu sagen zappelig. Trotzdem versuchte sie, gewisse Formen zu wahren. Beim neuerlichen Betrachten einer meiner hellen Handflächen kitzelte sie dieselbe. Nachdem sie mich, der ich, geradezu tölpelhaft, auch das nicht von selbst tat, endlich dazu gebracht hatte, ihr eine Zigarette anzuzünden, blies sie mit runden Backen und spitzen Lippen die Flamme aus.

Nichts nützte. Da mußte sie wirklich noch weiter gehen. Was tun Sie, Fräulein Gabor? Ich verwendete die Anrede mit dem, wie gesagt, absurderweise neutralen Geschlecht. Bezeichnend? Wie dem auch sei, das ließ sie nicht gelten. Blöder Bub, sagte sie. Sag Etelka zu mir.

Es traf sich, daß meine Mutter nicht zu Haus war. Da legte die Gabor alle Hemmungen und Kleidungsstücke ab. So stand sie im Raum. Dann ließ sie sich auf die Couch sinken. Ach Gott, diese Couch! Ach Gott, diese Frau! Mir kam das alles auf fatale Weise bekannt vor.

Déjà-vu sozusagen. Wie sich die Bilder glichen. Aber anderseits war es doch etwas anders. Kein Negativ, sondern ein

Positiv. Kein Bild, sondern Wirklichkeit. Vielleicht war es ganz angebracht, sich auf diese Wirklichkeit einzulassen.

Na komm, sagte die Gabor. Ich setzte mich an den Couchrand. Sie lächelte. Ich berührte sie mit den Spitzen meiner Finger. Dann führte sie meine Hand. Und dann umarmte sie mich auf einmal. Es war wie ein Ringkampf. Ich wunderte mich, daß sie so stark war.

So stark und so vehement. Ein bißchen wie eine Naturgewalt. Aber natürlich haben Naturgewalten etwas Überwältigendes. Ich sah das jetzt ein. Ich war drauf und dran, mich überwältigen zu lassen. Aber da ging die Tür auf, und herein kam meine liebe Mamma.

Merkwürdigerweise läuten in meiner Erinnerung in diesem Augenblick Kirchenglocken. Das müssen die Glocken der sogenannten Rauchfangkehrerkirche gewesen sein. Die galt, ziemlich schwarz von ihrem ehrwürdigen Alter und den Abgasen, als Verkehrshindernis, weil sie mitten auf der Straße stand (sie wurde bald darauf abgerissen). Meine Mutter sah uns nur an, nickte langsam, als hätte sich hiermit ein schon länger gehegter Verdacht bestätigt, und ging aus dem Zimmer.

Scheiße, sagte Etelka. Mit ihrem ungarischen Akzent klang sogar dieses Wort charmant. Wir zogen uns an. Wir traten hinaus in die Küche. Meine Mutter stand mit dem Rücken zu uns und wusch das Geschirr ab. Die Frau, mit der ich beinahe geschlafen hätte, hatte noch ziemlich rote Wangen.

Sie saß auf die Küchenbank und rauchte eine Zigarette nach der anderen. Es war kein Aschenbecher da, sie zerdrückte die Stummel in einer Untertasse. Irgendwann nahm ihr meine Mutter diese Untertasse einfach weg. Mit einer wirklich wegwerfenden Bewegung leerte sie die Stummel zum Müll.

Etelka seufzte und drehte die Augen Richtung Plafond. Dann zog sie sich in ihr Zimmerchen zurück. Meine Mutter wollte weder an diesem Abend noch am nächsten Morgen auch nur ein Wort reden. Aber als ich am folgenden Mittag von der Schule kam, teilte sie mir kurz und bündig mit, daß das Fräulein Gabor inzwischen ausgezogen sei.

Ich wollte wissen, wohin, aber meine Mutter sagte, sie habe keine Ahnung. Ich glaubte ihr nicht. Du kannst sie doch nicht einfach auf die Straße setzen!, rief ich. – Schrei nicht mit mir, sagte meine Mutter, sonst fängst du eine Ohrfeige. Ich hab sie nicht auf die Straße gesetzt. Sie hat ganz freiwillig ihre Sachen gepackt und ist gegangen.

Gut, sagte ich, dann gehe ich auch, ich werde sie suchen. Sei nicht so blöd, sagte meine Mutter. Du bist fünfzehn. Und sie ist dreißig.

Na und?, sagte ich.

Na und!, sagte meine Mutter. Was willst du mit ihr?

Ich gab keine Antwort. Ich ging und schlug demonstrativ die Tür hinter mir zu.

Unten auf der Straße wußte ich allerdings nicht, wohin ich mich wenden sollte. Ich hörte, wie ein Fenster geöffnet wurde – ob meine Mutter mir nachschaute? Kein Blick mehr über die Schulter nach oben, ich ging. Ich ging allerdings nur rund um den Häuserblock, dann bekam ich plötzlich Herzklopfen und lief zurück, um zu sehen, ob sich meine Mamma nichts antat.

Nein, so melodramatisch war sie nicht. Dennoch dürfte sie ein bißchen geweint haben. Sie wischte sich mit dem Ärmel über die Augen. Na, setz dich hin, sagte sie, es wär schad ums Mittagessen.

Du wirst dir eine andere, Jüngere finden, sagte meine Mutter. Wahrscheinlich meinte sie es gut, aber vielleicht meinte sie es nicht wirklich. *Wollte* sie es nicht wirklich. Oder bilde ich mir das nur ein? – Jedenfalls wandte ich mich jetzt wieder verstärkt dem Fußball zu.

Der Trainer lobte meinen neuen Eifer. Ich sei ein Talent, das habe er gleich gewußt. Aber Talent sei nicht alles beim

Fußballspielen. Weder beim Fußballspielen noch sonst im Leben.

Zum Talent müsse noch etwas anderes kommen. Man müsse bereit sein, hart an sich zu arbeiten! Man müsse bereit sein, sich nötigenfalls zu quälen! Zum Unterschied von früher bemerke er diese Bereitschaft nun an mir – diese Bereitschaft und eine gewisse, für einen jungen Fußballer seiner Erfahrung nach durchaus gesunde Aggressivität.

Da war etwas Wahres dran. Beim Lauftraining rannte ich mir fast die Seele aus dem Leib. Beim Schußtraining bombte ich drauflos, als ob mir die armen Tormänner etwas getan hätten. Bei sogenannten Zweikampfübungen schonte ich weder mich noch meine Partner. Und im Spiel selbst entwickelte ich eine Durchschlagskraft, deren plötzlich ausbrechende Vehemenz mich manchmal selbst überraschte.

Ja, sagte der Trainer. Genau so will ich dich haben! – Manchmal, wenn die anderen schon in die Kabine trabten, hielt er mich und einen der Torhüter noch zurück zum Spezialtraining. Ich mußte mich im Raum zwischen der sogenannten Fünferlinie und dem Elfmeterpunkt aufhalten. Er stand an der Seite, mit zwölf Bällen, die er mir in sehr rascher Folge zuspielte.

Da kam also alle zwei Sekunden ein Ball. Ich sollte nichts anderes tun, als die Bälle *verwerten*. Nicht nur *volley*, also direkt aus der Luft, mit dem linken oder rechten Fuß. Sondern auch mit Kopf, Brust, Oberschenkel, Unterschenkel, Knie – Hauptsache, du triffst ins Tor, sagte der Trainer, und wenn es sein muß, mit dem Hintern.

Früher hatte ich meist im Mittelfeld gespielt und die Stürmer (wie ehemals Reiter) mit schönen Pässen bedient. Nun aber ahnte der Trainer in mir den *Vollstrecker*. Es kommt darauf an, im richtigen Augenblick an der richtigen Stelle die richtige Bewegung zu machen. Jetzt! Ja genau! Einen Schritt nach vor! Schuß und Tor! Siehst du, du kannst es!

Natürlich gefiel es mir, wenn Herr Falck so redete. Ich

bemühte mich, seinen Vorstellungen zu entsprechen, schon um jenes Aufblitzen in seinen Augen wieder zu sehen. Ja, stimmt, mir *war* damals danach zu stürmen, mich körperlich einzusetzen und mit voller Kraft drafloszuballern. Aber ich tat das gewiß auch *ihm zuliebe*.

Bald war ich sechzehn und spielte statt bei der *Jugend* bei den *Junioren*. Aber der Trainer, *mein* Trainer, betreute auch die. Setzte das Spezialtraining mit mir fort und ließ seine Augen weiter blitzen. Manchmal vergaß er die ihm eigene Zurückhaltung und fuhr mir mit der Hand durchs Haar.

Und mir gelang immer mehr, ich schoß die Tore, die er sich wünschte. Gegen die Junioren von *Vienna* gelang mir ein klassischer Hattrick. Drei Tore hintereinander, eines schöner als das andere. Einmal traf ich in die kurze Ecke, einmal in die lange, und beim dritten Mal überhob ich den Tormann.

Ich weiß nicht, ob Sie sich das vorstellen können. Womöglich haben Sie keine Idee vom europäischen Fußball. Man rennt hinter einem merkwürdigerweise nicht eiförmigen, sondern runden Ball her. Den man, so unpraktisch das ist, nicht einfach nehmen, an sich pressen und über die gegnerische Grundlinie tragen darf. Auch dürfen sich die verteidigenden Spieler nicht haufenweise auf den angreifenden Gegner werfen. Die *New Orleans Saints*, kaum wären sie einmarschiert, würden von einem europäischen Schiedsrichter allesamt ausgeschlossen. Letzten Endes soll man möglichst nicht *über*, sondern *unter* die Torlatte treffen. Very strange – aber glauben Sie mir: Von drüben betrachtet wirkt American Football mindestens ebenso komisch.

Jedenfalls fiel ich als Stürmer allmählich auf. Nach und nach hatte ich eine richtige kleine Fangemeinde. Sie nannten mich *Negerl*. Und diesen Spitznamen ließ ich mir gefallen. Obwohl oder gerade weil auch Robert mich so genannt hatte.

Politisch korrekt war er nicht – aber *political correctness* war damals noch kein Begriff. Jedenfalls nicht auf Wiener

Fußballplätzen. Gemma, Negerl! Hoppauf, Negerl! Hau drauf, Negerl! Ich war eher groß für mein Alter, aber in der in Österreich gesprochenen Sprache besteht ein Hang zum Diminutiv.

Vielleicht liegt das daran, daß das Land im Auslauf seiner Geschichte so klein geworden ist. So hat man auch die darin wohnenden Leute gern klein. Small is beautiful? Nein, diese Parole gab es damals, glaube ich, auch noch nicht. Aber das dem Wort Neger am Ende hinzugefügte l signalisierte, daß ich irgendwie dazugehörte. Irgendwie. Und dennoch nicht voll und ganz. Das Wort Neger vor dem l signalisierte, daß ich doch etwas anders war. Fünf Buchstaben gegen einen. Was überwog? – Um ehrlich zu sein, damals machte ich mir kaum solche Gedanken.

Man kann nicht behaupten, daß Fußballspielen eine zu übertriebener Reflexion anregende Beschäftigung ist. Ich rannte und schoß Tore. Ich wurde von meinen Mannschaftskameraden umarmt und geküsst. Manchmal lagen sie im Jubel über ein von mir erzieltes Tor zu fünft oder zu sechst auf mir. Sie waren anscheinend wirklich froh, mich unter sich zu haben.

Ja, mir gings gut damals. Bis auf gewisse Mängel. Nein, in der Schule hatte ich kaum ein Problem. Trotz des Fußballtrainings. Vielleicht sogar deswegen. War doch mein Image als Fußballer auch dort einer der Gründe für meine Anerkennung.

Manche Mitschüler kamen zu meinen Spielen. Andere hatten zumindest davon gehört. Na, Negerl, hast du schon wieder ein Tor geschossen? Meine beinah professionelle Präsenz hob das Selbstvertrauen des Klassenteams.

Richtige Freunde hatte ich allerdings keine. Vielleicht wollte ich auch bis auf weiteres keine mehr, nach den Erfahrungen mit Reiter. Den hatte sein Vater übrigens nicht erschlagen, sondern aus der Schule genommen. Die Flausen würden ihm, so ungefähr der hinter dieser Maßnahme stehende Erziehungsgedanke, schon vergehen, wenn er statt in die Realschule, die sich seine Eltern ohnehin nur schwer hatten leisten können, in irgendeine Lehre ging.

Ich weiß nicht, welche Art von Lehre das war. Aus der Entfernung der Jahre kommt es mir so vor, als hätte ich Robert damals von einem Tag auf den anderen aus den Augen verloren. Er war auf einmal jenseits des Horizonts. Für mich wäre es besser gewesen, er wäre für immer dort geblieben.

Damals lebte ich jedenfalls so, als hätte ich ihn vergessen. Und offenbar tat mir das ausgesprochen gut. Nicht nur als Fußballer, sondern auch als Schüler war ich in dieser Phase erfolgreich. Das laufende Schuljahr würde ich aller Voraussicht nach mit einem sogenannten Vorzug, also einem im Zeugnis eigens hervorgehobenen, ausgezeichneten Notendurchschnitt, abschließen.

Obwohl ich am Nachmittag kaum zum Lernen kam. Zusätzlich zum Training, zu dem ich zwei Mal pro Woche mußte, stellte ich mir selbst noch ein tägliches Trainingsprogramm zusammen. Das erfüllte ich gewissenhaft, im Zimmer Hanteln schwingend und in den Gassen der Wohnblockumgebung dauerlaufend. Was das Lernen betraf, so verlegte ich mich darauf, am Morgen etwas zeitiger aufzustehen und (nach der Gymnastik selbstverständlich) den Stoff, der in der Schule gerade verlangt wurde, je nach Urgenz ein bis zwei Stunden lang zu memorieren.

Das Klavierspielen mochte ich auch nicht ganz aufgeben. Eine halbe Stunde am Tag zumindest saß ich nach wie vor am Piano. Obwohl mich das manchmal doch sehr an Etelka erinnerte. Die ich zum Unterschied von Robert *nicht* vergessen wollte. Bestimmte Passagen aus der *Rhapsody in Blue* beschworen gewisse Bilder herauf. Gewisse Bilder, Gefühle und Reaktionen. Manchmal fühlte ich mich von Etelka berührt, obwohl sie nicht da war. Da war es meist besser, wenn ich den Klavierdeckel zuklappte und kalt duschte.

Du wirst dir eine andere, Jüngere finden … Schon möglich.

Es war nur so, daß ich kaum etwas dazu beitrug. Die anderen, Jüngeren, hätten *mich* finden müssen. Aber es sah nicht so aus, als ob sie mich mit besonderem Eifer suchten.

Sie wußten nicht, was ihnen entging, die Fußballplätze waren damals noch total in männlicher Hand. Die Existenz einer sogenannten schwarzen Perle blieb ihnen also verborgen. Aber vielleicht war das ohnehin besser so. Wahrscheinlich stimmte es ja, daß der Umgang mit dem weiblichen Geschlecht nicht gut für die Kondition war.

Ich trainierte, ich spielte, ich schoß, ich traf. Ich war eine Nachwuchshoffnung des österreichischen Fußballs. Eines Tages teilte mir der Trainer mit, daß ich für die österreichische Juniorenauswahl gegen Ungarn nominiert sei. Das war das erste und einzige Mal, daß er mich umarmte.

Von da an trieb alles sehr rasch auf den großen Tag zu. Zwei- oder dreimal trainierte ich mit den gesamtösterreichischen Junioren. Wir sollten in Budapest spielen, aber wir trainierten im Wiener Stadion. Zwar waren die Ränge leer, aber es war trotzdem ein großartiges Gefühl.

Das heißt, um genau zu sein: Ganz leer waren die Ränge nicht. Unter den Freaks, die uns zusahen, war auch mein Trainer. Nur nicht nervös sein, Negerl, spiel einfach dein Spiel! Wie letzthin beim Verein sollte ich auch in der Auswahl die Pelé-Nummer 10 tragen.

Und ich spielte mein Spiel. Und ich spielte es gut. Zwar war das nur die Generalprobe, aber sie gab Anlaß zu den schönsten Hoffnungen. Ich sah den Herrn Falck mit dem Trainer, der die Juniorenauswahl betreute, am Spielfeldrand stehen. Ich sah, wie sie anerkennend nickten, und wußte, daß sie mit ihrer Anerkennung mich meinten.

Und dann, Freitag vormittag, fuhren wir wirklich nach Ungarn. Dort sollte am Samstag das Juniorenmatch stattfinden. Das Team der Großen spielte dann Sonntag in Wien. Vielleicht würde es gar nicht mehr lang dauern, und ein paar von uns würden zu jenen gehören.

Wir waren fünfzehn. Vier von uns würden vorerst auf der Ersatzbank sitzen. Die endgültige Aufstellung würde der Coach erst nach dem Training in Budapest bekanntgeben. Aber ich fühlte mich gut, ich war in Form. Alles deutete darauf hin, daß ich von Anfang an spielen würde.

Ich war also bester Dinge. Ich fühlte mich akzeptiert. Meine Mitspieler waren nett zu mir. Wir alle verstanden uns gut. Wir waren eine lustige Truppe. Wir saßen im Bus und ließen, wie man in Wien sagt, den Schmäh rennen.

Wie soll ich das übersetzen? Kaum zu machen! Selbst den Deutschen und Schweizern, die glauben, im Prinzip die gleiche Sprache zu sprechen wie die Österreicher, kann man diese Wendung schwer erklären. Sie mißverstehen sie dementsprechend häufig. Das Substantiv Schmäh hat jedenfalls nichts mit dem Verbum schmähen zu tun.

Auch ist der Schmäh, wenn man ihn rennen, also, wie man ebenfalls sagt, in der Runde laufen läßt, alles andere als eine Lüge. Obwohl dem Wort in anderen Zusammenhängen tatsächlich die Bedeutung einer gewissen Unwahrheit anhaftet. Etwa, wenn man einen Menschen als Schmähtandler bezeichnet. Da bezichtigt man ihn des Hausierens mit einer kleinen Unwahrheit, die man allerdings, weil sie zu klein ist, um eine ausgewachsene Lüge zu sein, nicht erst nimmt.

Der Schmäh, der rennt, also in der Runde läuft, ist aber etwas anderes. Er läuft übrigens nur in einer Runde von Menschen, die einander gut verstehen. Und die gerade deshalb gut aufgelegt sind. Im Jazz, der ja auch eine Sprache ist, in die man sich einfach einhören muß, kann man ein ähnliches Phänomen bei Jam Sessions beobachten.

So rannte der Schmäh damals also auch unter uns. Nachdem eine gewisse Hemmung, die uns vielleicht anfangs noch ein wenig zu schaffen gemacht hatte, überwunden war. Die österreichische Jugendauswahl, ja, das war eine Gruppe von jungen Burschen, die einander gut verstanden. Und ich war mittendrin. Ich war einer von ihnen.

Es tat mir gut, das zu spüren. Und es tat mir gut, daß es mir bestätigt wurde. Negerl, hieß es, du hast einen guten Schmäh! Nun kann man unter Fußballern auch den Trickreichtum eines Spielers als Schmäh bezeichnen, sein Repertoire an Körpertäuschungen und seine Fähigkeit, den Gegner auf immer wieder überraschende Weise zu düpieren. Das alles hatte ich, das alles konnte ich, aber auf dieser Fahrt im Bus war mit dem guten Schmäh, den man mir anerkennend zugestand, etwas anderes gemeint.

Ich weiß nicht mehr, wer von meinen damaligen Kameraden das gesagt hat. Aber es war für mich eine große Genugtuung. Ich mochte etwas anders aussehen als die anderen, in einer österreichischen Fußballauswahl der *early sixties* ein Exot. Aber ich wurde als wesensverwandt akzeptiert, ich hatte etwas, das mich unter jenen, die sich als richtige Österreicher fühlten, nicht nur sozusagen ebenbürtig machte, sondern – ja: ein bißchen adelte.

Eine Weile fuhren wir am Donaukanal entlang, das betrachtete ich als gutes Omen. Das Wasser glitzerte. Wildenten schwammen und flogen. Schon kamen wir an der Rotundenbrücke vorbei. Drüben, am anderen Ufer, ahnte ich die Bäume der Jesuitenwiese.

Natürlich dachte ich da an Ferdinand. Wenn er mich jetzt – und erst morgen – sehen könnte! Dann waren wir schon auf der Höhe der Überfuhr. Sie war in Fahrt, aber der Fährmann, der am Steuer stehen mußte, war unter dem Dach des Steuerradhäuschens, auf das wir von oben hinabschauten, verborgen.

Dann die Stadionbrücke, danach die Gastürme. Bei Albern floß der Donaukanal in die Donau zurück, die auf ihrem Weg ins Schwarze Meer auch in Budapest vorbeikam. Wir würden sie dort wieder treffen, aber jetzt bog die Straße Richtung Schwechat ab. Ungefähr eine Stunde danach waren wir schon an der Grenze.

Machts es gut, Burschen, grüßte der österreichische Grenzer, die Ungarn wirkten weniger locker. Unter den Kappen mit den roten Sternen blickten sie streng und wichtig. Sie nahmen alles Verdächtige in Augenschein, auch mich. Daß ich ganz einfach Österreicher sei, wollte ihnen nicht gleich einleuchten.

Sie trugen die Spielerpässe ins Zollhaus, diskutierten. Inzwischen hatten wir Gelegenheit, den etwa hundert Meter hinter der Grenze aufgebauten Wachturm zu betrachten. Er sah aus wie ein Jägerstand im Wald, nur größer und massiver. Oben saß ein sehr junger, blasser Soldat, der, als er unsere Neugier bemerkte, in eine andere Richtung spähte.

Endlich gings weiter. Ungarn war ebenso flach wie das östliche Niederösterreich und der Teil des Burgenlands, durch den wir gefahren waren. Manche von uns wurden müde und schliefen ein bißchen. Auch ich, wie mir scheint. Ich weiß nicht mehr, was ich träumte. Aber als ich aufwachte, fuhren wir schon über eine Budapester Brücke.

Am Nachmittag trainierten wir leicht, das Essen im Hotel bekamen wir schon am frühen Abend. Danach hatten wir frei, sollten uns aber um spätestens neun wieder zurückmelden. Ein bißchen kam ich mir vor wie auf einer Landschulwoche oder auf einem Schikurs. Aber das war schon in Ordnung – schließlich wollten wir am nächsten Tag topfit sein.

Zwei Abendstunden in Budapest also – was sollte man damit anfangen? Unser Hotel war nur eine Straßenbreite von der Donau entfernt, die hier (zum Unterschied von Wien) tatsächlich durch die Stadt floß. Die meisten wollten ein bißchen auf der *Margareteninsel* flanieren. Mir aber war, bei aller Freude an der Kommunikation, die ich auf der Fahrt gehabt hatte, nun eher nach Kontemplation, also setzte ich mich von der Horde ab und stieg eine der Steintreppen zur Donau hinunter.

Es dämmerte. Der Himmel über dem Fluß war von einem staubigen Violett. Die Stadt war viel sparsamer beleuchtet als

Wien, aber ihre wenigen Lichter wurden vom Wasser gespiegelt. Etwas vom Wasser des Donaukanals mußte darin noch mitfließen. Ich dachte an mein Holzschiffchen. Vielleicht war es damals wirklich hier vorbeigeschwommen.

Sie merken schon, kaum ging ich am Fluß entlang, kam, wie bei mir nicht anders zu erwarten, die Philosophie über mich. Die Donau in Budapest wirkte diesbezüglich so ähnlich wie früher der Donaukanal in Wien und später der Mississippi. Der Oberflächlichkeit der Fußballerexistenz vorübergehend entzogen, ging ich tief in mich versunken. Bis mich aus dieser Tiefe ein spitzer Schrei riß.

Gleich darauf wurde ich stürmisch umarmt.

Großer Gott! Was diese Frau in ihrem kleinen Körper für eine elementare Kraft hatte!

Peter! Peterle! Goldkind! Was machst du hier?!

Und *du*? Was machst *du* hier?

Nun, sagte Etelka, ich bin schließlich hier zu Hause.

Zwar habe sie, zurückkehrend, mit den Behörden ihres Heimatlandes gewisse Probleme gehabt. Aber sie habe geltend gemacht, daß sie als schwaches Frauenzimmer sozusagen verführt worden sei. Zur Republikflucht. Also zum widerrechtlichen Verlassen der Volksrepublik Ungarn. So habe die realsozialistische Welt die verlorene Tochter wieder aufgenommen.

Sie lächelte schelmisch. Sie konnte sehr hübsch mit den Augen lächeln. Diese Augen waren dunkel, aber jetzt fiel mir besonders das Weiße in ihnen auf. Und wie sie sich munter bewegten, Etelkas Augen! So merkwürdig munter unter den eher schläfrig wirkenden Lidern! Diese Augen, wie soll ich sagen: diese Augen kitzelten. Zuerst in den eigenen Augen. Aber von dort sickerte das Kitzeln in die Lippen. Ich mußte Etelka auf die Wange küssen. Es blieb nicht dabei. Sie hatte *zwei* Wangen. Und dazwischen wartete ihr Mund.

Das Kitzeln sickerte auch in die Fingerspitzen. Und weiter nach unten. Etelka zog mich ein Stück die Böschung hinunter.

Da gab es ein schütter bewachsenes Wiesenstück. Eine Stelle, an der dicht verfilztes Gebüsch wucherte.

Ja, das stimmt, es war fast wie am Donaukanal. Halb zog sie mich, Etelka, und halb sank ich hin. Ihr Atem ging kurz und heiß, sie nestelte aufgeregt an meinen Knöpfen. Da ihr das zu lang dauerte, riß sie, plötzlich wild entschlossen, mein Hemd einfach auf, so daß sämtliche Knöpfe absprangen.

Dann lag sie auf mir, dann lag ich auf ihr und so weiter in schöner Abwechslung. *Let the good times roll* – eigentlich ein Wunder, daß wir nicht ins Wasser rollten. Sie umarmte und umbeinte mich, die Haut meines Rückens spürte die Schärfe ihrer Fingernägel. Später, über meine Schulter in den Hotelzimmerspiegel schauend, sah ich, daß ich dort hinten kreuz und quer zerkratzt war.

Das war allerdings erst später, gewaltig viel später. Zurück ins Hotel kam ich erst nach Mitternacht. Der Coach war noch wach, er hatte blaue Ringe unter den Augen. Am nächsten Tag spielten Österreichs Junioren ohne ihre schwarze Perle gegen Ungarn.

Sie spielten und verloren. Auf die Ersatzbank verbannt, mußte ich das mitansehen. Die drei anderen Ersatzspieler setzte der Coach im Lauf der zweiten Spielhälfte ein, mich ließ er nicht einmal aufwärmen. Sie verloren nicht einfach, sondern sie wurden deklassiert. Daß die Ungarn nicht mehr als vier Tore schossen, lag daran, daß sie sich nicht überanstrengten.

Wozu auch? Die Österreicher waren keine Gegner. Sie schossen kein einziges Tor. Der Vollstrecker fehlte. So war das. Traurig. Um nicht zu sagen beschämend. Da es keinen Grund zum Feiern gab, fuhren wir nicht, wie ursprünglich geplant, erst am Sonntag morgen nach Wien zurück, sondern schon am Samstag abend.

Im Grund meines Herzens war ich trotzdem nicht unzufrieden. Irgendwie fühlte ich mich trotz der Niederlage als Sieger. Sogar als großer Sieger, um ehrlich zu sein. Als der Bus wieder über die Donaubrücke fuhr und ich noch einen Blick auf das Ufer erhaschte, an dem ich mit Etelka gelegen war, hätte ich beinah noch einen kleinen Jubelschrei ausgestoßen.

Ich unterdrückte ihn. Er wäre nicht gut angekommen. Trotzdem sah man mir anscheinend etwas an. Ich saß nun allein. Gewissermaßen in *splendid isolation*. Aber der Trainer, der auf der anderen Seite des Mittelganges saß, blickte manchmal grimmig zu mir herüber.

Was findest du eigentlich so amüsant?, fragte er jetzt. Daß du mit deiner Disziplinlosigkeit unser ganzes Konzept über den Haufen geworfen hast? Er setzte sich neben mich und senkte die Stimme. Ob mir eigentlich bewußt sei, daß ich durch mein Verhalten nicht nur meine Kameraden und ihn, sondern auch und vor allem Österreich in Stich gelassen habe?

Dieses Österreich habe mir nämlich vertraut. Just einem wie mir. Was ja keineswegs selbstverständlich sei. (Er tat so, als ob ich von irgendwoher eingewandert wäre.) Dieses Österreich habe mir vertraut, und ich habe dieses Vertrauen enttäuscht.

Ja, sagte er, was schaust du mich so an? Es ist dir doch hoffentlich klar geworden, warum ich dich nicht aufs Feld geschickt habe. Mangel an Einstellung kann ich nicht durchgehen lassen. Ganz abgesehen davon, daß du nach der langen Nacht wahrscheinlich konditionelle Probleme gehabt hättest.

Und so weiter. Bis zur Grenze hatte er mir endgültig die Stimmung verdorben. Obgleich mir immer noch wohl sein wollte, Etelkas wegen. *Etelkas* wegen oder *meinetwegen*? Jedenfalls hatte ich das Gefühl, ich hätte am Vorabend, dort unten am Budapester Donauufer, sozusagen einen qualitativen Sprung getan.

Nach der Grenzkontrolle, die jetzt rascher ablief als bei der Hinfahrt, ließ mich der Coach endlich wieder allein. Das Burgenland draußen war finster, das östliche Niederösterreich desgleichen. Ich nickte ein. Ich versuchte, aus dem Erinnerungsmaterial der letzten Nacht einen schönen Traum zu machen. Es gelang nicht so ganz. Mein zerkratzter Rücken brannte.

In der Nähe der Erdölraffinerie Schwechat, die, damit Unfälle mit auf dem benachbarten Flughafen startenden und landenden Maschinen vermieden würden, nachts mit einer Kette von Signallichtern beleuchtet war, wachte ich wieder auf. Nun wars nicht mehr weit nach Wien, aber die kalten Lichtsterne auf den glatt glänzenden Röhren und Türmen hatten in ihrer fast utopisch wirkenden, nächtlichen Fremdheit nicht den geringsten anheimelnden Effekt. Was würde, dachte ich, meine Mutter sagen? Und wie würde Herr Falck reagieren, der so große Hoffnungen in mich gesetzt hatte?

Wir fuhren bis zum *Haus des Österreichischen Fußballs* in der Mariahilferstraße. Dort trennten wir uns. Von mir nahm kaum einer Abschied. In der späten Straßenbahn mit den einsam schwankenden Haltegriffen fühlte ich mich sehr einsam. Als ich nach Hause kam und die Tür aufsperren wollte, merkte ich, daß innen ein Schlüssel steckte.

Ich mußte also klingeln. Es dauerte eine Weile, bis meine Mutter erschien. Im Schlafrock. Sie sah aber nicht aus, als hätte sie schon geschlafen. Was, du bist schon da, sagte sie, ich hab gedacht, du kommst erst morgen! Sie konnte nicht ganz glaubhaft machen, daß sie sich über meine verfrühte Rückkehr freute.

Jemand war offenbar bei ihr im Zimmer. Na gut, schön für sie, dachte ich im ersten Augenblick – als soeben zum Mann gewordener Sohn hat man Verständnis für eine Mutter, die immer noch eine temperamentvolle Frau ist. Als sie sich jedoch wieder in die Intimität zurückzog, aus der ich sie ungewollt gerissen hatte, hörte ich die sonore Stimme dieses Jemand. Die kam mir bekannt vor. Es war die Stimme des Herrn Grandegg.

Ich warf meine Wäsche ab, ich wusch mich, ich betrachtete mich im Spiegel. Ich pflegte die Kratzer auf meinem Rücken, soweit ich sie erreichen konnte, mit Wundsalbe. Im Kühlschrank war Bier, ich nahm eine Flasche und trank sie leer, obwohl mir Bier noch immer nicht schmeckte. Dann legte ich mich ins Bett und onanierte wütend.

2

Ein paar Tage später mußte ich meinem Trainer wieder unter die Augen treten. Kein Aufblitzen in diesen Augen, als er mich sah. Nur trüber Vorwurf: Wie hatte ich ihm das bloß antun können? Mein Versuch, einem Mann wie ihm etwas von dem zu erklären, was mir glücklicherweise widerfahren war, ging schief.

Es tat mir leid, daß ich ihn enttäuscht hatte, ja. Aber da war eine Art höherer Gewalt im Spiel gewesen. *Höhere* Gewalt? Für ihn gab es keine höhere Gewalt als Fußball. Im Detail wollte ich ihm Etelkas Leidenschaftlichkeit lieber nicht beschreiben.

Nein, das ging nicht. Ich breitete die Arme aus und grinste. Daß ich das auch noch lustig fand, fand er traurig. Er habe die Absicht gehabt, mich für *die Erste* (die erwachsene Kampfmannschaft) zu empfehlen. Jetzt würde er mich am liebsten aus dem Juniorenteam in die Jugendmannschaft zurückversetzen.

Das tat er denn doch nicht. Aber irgend etwas glaubte er, unternehmen zu müssen. Damit ich merkte, daß das alles kein Spaß war. Fußball war für ihn nicht die Heiterkeit der Kunst, sondern der Ernst des Lebens. Also setzte er mich eine Zeitlang nicht mehr als Stürmer ein, sondern als Abwehrspieler.

Die Position des linken Außendeckers war damals wahrscheinlich die unattraktivste von allen elf in einer Fußballmannschaft möglichen. Die an der Outlinie entlang bis in die Nähe des gegnerischen Tors vorpreschenden Verteidiger waren noch nicht erfunden. Als linker Back hatte man den

Auftrag, in der eigenen Hälfte, meist sogar an der eigenen Strafraumgrenze zu bleiben. Kam ein gegnerischer Stürmer, meist der Rechtsaußen, angerannt, so ging es vor allem darum, ihm den Ball durch möglichst kompromißlosen körperlichen Einsatz abzujagen und aus der Gefahrenzone zu dreschen.

Keine wunderbarerweise in Wien gefundene schwarze Perle war ich mehr, sondern ein ganz gewöhnlicher, im Schweiße seines Angesichts rackernder Kicker. Zufällig schwarz. Was nun kaum noch von Vorteil schien. Ein kurioserweise wienerisch redender (und fluchender) Neger. Ein als Fußballer rakkerndes Besatzungskind.

Es tat mir nicht gut, auf diesen Status zurückgeworfen zu werden. Aber die Mentalität und die Sprache der Fußballplätze ist nicht die feinste. Um auf ihnen bestehen zu können, darf man nicht zartbesaitet sein. Da mußt du dich jetzt halt durchbeißen, sagte der Trainer.

Ich fragte mich manchmal, ob ich das wirklich müsse. Hatte ich nicht auch ganz andere Möglichkeiten? Was war denn so toll daran, diesem blöden Ball nachzurennen? Ich konzentrierte mich wieder mehr aufs Klavierspielen.

Manchmal ließ ich deshalb sogar das Training ausfallen. Ich meldete mich krank. Trainierte lieber Klavier. Trainierte und probierte. Es war erstaunlich, was sich mit den zwölf Tönen (denn mehr, das wurde mir nun bewußt, waren es nicht, auch wenn sie sich in den sieben Oktaven, die mir zur Verfügung standen, in verschiedenen Tonhöhen wiederholten), ja, es war erstaunlich, was sich damit alles anfangen ließ. Es ging mir jetzt fast so wie damals, als ich, ein Kind von vier oder fünf Jahren, meine Finger auf erste Entdeckungsreisen über die Tasten geschickt hatte.

Fast so und doch, wie mir schien, eine Stufe höher. Keine Tonstufe: eine Entwicklungsstufe. Das Staunen, heißt es, ist der Anfang der Philosophie. Auch das Klavierspielen hat etwas Philosophisches, und das Bluesspielen ganz besonders.

Damit wurde es nun allmählich ernst. Stimmt, vorerst wußte ich immer noch nicht recht, was Blues eigentlich sein sollte. Zwar erwischte ich im Zuge meiner pianistischen Erkundungen die eine oder die andere Bluesphrase blindlings. Aber es war die konkrete Formvorstellung, die mir noch fehlte.

Die empfing ich dann aus dem Radio. Obwohl so etwas in den normalen österreichischen Programmen damals kaum gespielt wurde. Es gab eine Ausnahme. Eine Sendung namens *Jazz vor Mitternacht*. Diese Sendung begann ich damals zu hören.

Sie lief jeden Sonntag ab dreiundzwanzig Uhr fünf. Als Schüler und immer noch auf seine Fitneß bedachter Fußballer hätte ich um diese Zeit natürlich längt schlafen sollen. Und im Bett lag ich ja, wenn ich diese Sendung hörte, wirklich schon längst. Aber ich hatte mein Kofferradio am Ohr. Das kleine Kofferradio, das mir meine Mutter zu Weihnachten geschenkt hatte. Das bewährte sich nun in mehrerlei Hinsicht. Der Besuch des Herrn Grandegg am Abend meiner verfrühten Rückkehr aus Budapest war nicht der einzige geblieben. Wenn sich meine Mutter (manchmal recht geräuschvoll) mit ihm vergnügte, war die Musik für mich immerhin eine Ablenkung.

Aber davon wollte ich eigentlich gar nicht erzählen. Sondern davon, was ich beim Hören der Sendung *Jazz vor Mitternacht* gelernt habe. Einmal gab es eine Folge, die speziell dem Blues gewidmet war. Dem Blues als Keimzelle des Jazz. Und dem A-A-B-Schema als Keimzelle des Blues.

If you know what I mean. Wenn nicht, dann kann ich es vielleicht kurz demonstrieren. Anhand eines Blues, den Sie wahrscheinlich schon gehört haben oder zumindest schon gehört zu haben glauben. *I'm so worried*. Ja, es ist wahr, *being worried* gehört eindeutig zur Grundstimmung. Das poetische Ich, das Ich der Blues Lyrics, ist meist *so worried*, also beunruhigt, verärgert, bedrückt, irritiert.

Wie eben der Mann, der am Morgen aufwacht und bemerkt, daß sein Baby, also seine Freundin, nicht mehr neben ihm liegt. *I'm so worried, I'm so worried*, singt er, *cause my love is gone away.* Das konstatiert er fürs erste. Und dann wiederholt er es, damit man es auch wirklich mitkriegt. Und dann, gewissermaßen unterm Strich, deutet er an, wozu das womöglich noch führt.

A-A-B. Das ist so einfach wie überzeugend. Für mich war das damals eine kleine Offenbarung. Die Grundbefindlichkeit des Blues paßte ja wie angegossen zu meiner Stimmung. Ich war *worried* wegen des Verlaufs meiner Fußballkarriere, ich war *worried*, weil ich nicht wußte, wie es alles weitergehen sollte, und vor allem war ich *worried*, weil sich meine Mutter wieder von Herrn Grandegg vögeln ließ.

Darüber hinaus war *my love*, oder zumindest die Frau, die mich die sogenannte Liebe gelehrt hatte, nicht da. Sondern woanders, nämlich in *fucking* Budapest. Mit ihr hatte alles hervorragend geklappt, ich war ein Mann, Baby, ich war ein richtiger Mann. Aber wohin sollte ich nun mit meiner Männlichkeit?

In der letzten Augustwoche eines Sommers, von dem wir in Wien nicht viel bemerkten, konnte meine Mutter einer Einladung des Herrn Grandegg nicht widerstehen. Drei Tage sollte sie mit ihm in Venedig verbringen. Die Frage, ob ich nicht mitkommen wolle, klang eher rhetorisch. Natürlich wollte ich nicht. Meine Mutter lobte meine Besonnenheit und stellte mir vorgekochte Mahlzeiten in den Kühlschrank.

Außerdem schenkte sie mir einen Plattenspieler. Das war ein Sonderangebot der Buchgemeinschaft, von der sie sonst vierteljährlich Bücher bezog. Ein billiges, unelegantes Modell, im geschlossenen Zustand sah er aus wie eine Hutschachtel. Dennoch (und obwohl ich die kompensatorische Funktion des Geschenks natürlich durchschaute) war ich begeistert.

In Wien regnete es. In Venedig, sagte meine Mutter am

Telefon, regne es auch. Aber ich glaube, das machte ihr und dem Herrn Grandegg nicht viel aus. Ich tröstete mich mit der ersten LP, die ich mir von meinem Taschengeld gekauft hatte. *Louis Armstrong and the All Stars*, mit Jack Teagarden (trombone & voc.), Barney Bigard (clarinet, tenor sax.), Earl Hines (piano) und Sid Catlett (drums).

Was Armstrong betrifft, so fördert er nämlich die Lebensfreude. Mit ihm ist es so ähnlich wie mit Mozart in der Klassik. Klar gibt es da und dort auch melancholische Sequenzen. Aber im großen und ganzen gerät man mit Seelenführern wie diesen *to the sunny side of the street*.

Das sind nicht meine Worte, sondern die des neuen Musiklehrers, der meiner Klasse im nächsten Herbst zugeteilt wurde. Der unterschied sich auf sehr erfreuliche Weise von dem, den wir bisher gehabt hatten. Eine Zeitlang hatten wir gedacht, jener arme Mann habe irgendeine sein Gleichgewicht störende Krankheit, weil er sich beim Treppensteigen hinauf ins Musikzimmer immer am Geländer festhalten mußte. Bis uns aufging, daß der Typ einfach süffelte.

Wahrscheinlich hatte er auch Gründe dazu. Die privaten Gründe kannten wir nicht, aber die beruflichen bekamen wir mit. Professor Bierbaumer, so hieß er, war ganz einfach eine unglückliche Figur. Es gelang ihm schlicht und einfach nicht, die ihm anvertrauten Schüler für Musik zu interessieren.

Vielleicht war das früher, vor unserer Zeit, ja anders gewesen. Manchmal erzählte er von einem über die Grenzen des Landes hinaus berühmten Geiger, der dereinst unsere Schule besucht hatte. Uns war der berühmte Geiger zwar kein Begriff. Aber wenn es stimmte, daß dieser junge Virtuose sein Talent nicht trotz, sondern (wie Bierbaumer behauptete) gerade wegen des schulischen Musikunterrichts entdeckt und entfaltet hatte, dann mußte dieser (Bierbaumers) Unterricht damals noch anders ausgesehen haben.

Bei uns sah er so aus: Sobald er den Weg ins Musikzimmer,

bedenklich schwitzend, hinter sich gebracht hatte, trat Bierbaumer, trotz allem lächelnd, vor uns hin, die wir ihn, jung und gesund wie wir waren, auf der Treppe überholt hatten. Trat vor uns hin und fragte, ob wir die *Kleine Nachtmusik* schon gehört hätten. Und: Nein!, antworteten wir, in unverschämtem Einverständnis mit seiner Schwäche die Köpfe schüttelnd. So daß er zum zehnten, zwanzigsten, dreißigsten Mal den armen, zerkratzten Mozart auf den Plattenteller legen und sich in die ans Musikzimmer grenzende Instrumentenkammer zurückziehen konnte.

Zu seiner Flasche. Trotz seines Namens trank er, glaube ich, kein Bier, sondern eher Schnaps. Erstaunlich, daß man ihm das so relativ wenig anmerkte. Außer auf der Treppe, auf der er auch nach der Musikstunde schwankte. Aber ein Stockwerk tiefer, auf der Ebene des Konferenzzimmers angekommen, ging er wieder kerzengerade.

So war also jener gewesen, der uns nun verlassen hatte. Nach kurzem Leiden, so hieß es. Unerwartet. Der Neue war anders. Das sah ich ihm gleich an, als ich ihm zu Beginn des neuen Schuljahrs auf dem Gang begegnete. Wir hatten in dieser ersten Woche noch gar keine Musikstunden. Wie üblich dauerte es eine Weile, bis der Stundenplan fixiert wurde.

Er sah sich um nach mir, aber nicht auf die Art, wie die anderen Professoren an unserer Schule sich nach einem Schüler umzusehen pflegten. So professoral eben, obwohl sie gar keine richtigen Professoren waren. Diese Art lag dem Neuen ganz deutlich fern. Sich nach mir umsehend, lächelte er; er trug sein Haar im Nacken länger und weicher als seine oft geradezu unappetitlich geschorenen Kollegen; ich lächelte zurück.

Das war – ich darf das wohl sagen – gegenseitige Sympathie auf den ersten Blick. Ich wäre in diesem Jahr sonst gar nicht in den Musikunterricht gegangen. Man stellte uns nämlich – das war am Anfang der siebenten Klasse – vor die völlig idiotische Alternative Musik oder, wie sie es damals nannten, Kunstpflege. Ohne die zufällige erste Begegnung mit Kronstein, so hieß der neue Musiklehrer, hätte ich mich wahrscheinlich für Kunstpflege entschieden.

Auf die Idee, daß der Musikunterricht irgend etwas mit meinem Klavierspiel oder gar mit meinem jungen Interesse am Jazz zu tun haben könnte, wäre ich gar nicht gekommen. Von Kronstein wurde ich aber rasch eines Besseren belehrt. Für ihn, sagte er, gebe es in der Musik keine Grenzen, schon gar nicht die zwischen sogenannter E-Musik und sogenannter U-Musik. Für ihn sei vielmehr die Musik das Grenzenlose schlechthin.

Sie können sich vorstellen, daß mir diese Theorie gefiel. Noch viel mehr aber gefiel mir Kronsteins Praxis. Er agierte und reagierte lebendig, spontan, originell. Da wir ihm natürlich von der *Kleinen Nachtmusik* erzählten, setzte er sich ans Klavier und zeigte uns, wie man sie zum Swingen bringen konnte.

Da er merkte, daß es mich in den Fingern juckte, ließ er mich auch manchmal an die Tasten. Er selbst begleitete mich dann auf der aufrecht gestellten E-Gitarre wie auf einem Baß. Das kam gut an. Nicht nur bei mir, sondern auch bei meinen Mitschülern. Nach und nach gingen die meisten davon ab, in der Musikstunde Hausübungen für andere, angeblich wichtigere Stunden zu schreiben.

Manchmal borgte mir Kronstein sogar Platten. Nimm sie nur mit, sagte er, und hör sie dir zu Hause an. Und das tat ich. Ich lauschte und versuchte, die eine oder die andere Nummer nachzuspielen. Vorerst gelang mir das natürlich nur unzureichend, aber manchmal war das Ergebnis gar nicht so schlecht.

Dem Mann, der unter uns wohnte, einem Bundesbahnpensionisten, der leider kaum aus dem Haus ging, gefiel, was er da mit anhören mußte, allerdings viel weniger. Schon früher war er manchmal die Treppe heraufgestiegen und dann mit rotem Gesicht auf unserem Schuhabstreifer gestanden. Als ich dann mehr Fußball als Klavier gespielt hatte, waren diese Besuche seltener geworden. Jetzt, da ich mich dem Klavierspiel mit mehr Elan widmete, wurden sie wieder häufiger.

Auch die Platten, die mich inspirierten, wußte der alte Eisenbahner offensichtlich nicht zu schätzen. Er wollte weder Erol Garner hören noch Oscar Peterson. Auch für Fats Waller und Art Tatum hatte er nichts übrig. Diese Namen sagten ihm anscheinend gar nichts.

Am allerwenigsten aber wollte er mich hören. Live klang ein Piano allemal noch schlimmer als von den LPs. Er behauptete, daß sein ganzer Plafond vibriere. Aber irgendwie gelang es meiner Mutter und mir immer wieder, ihn zu beschwichtigen.

Er wird bestimmt leiser spielen, versprach meine Mutter.

Okay. Ich tat, was ich konnte. Mein linker Fuß stand fast ständig auf dem dämpfenden Pedal.

Aber ich spielte, das war ganz einfach die Hauptsache. Dachte ich das Wort Spielen, so dachte ich in diesem schönen Herbst weit eher an Musik als an Fußball.

Doch leider – so leicht kam ich nicht vom Fußballspielen los. Im November nämlich stellte mich der Trainer wieder als Stürmer auf. Und würdigte mich aufs neue seines Spezialtrainings. Noch öfter, noch länger als früher, zum Leidwesen der Tormänner.

Die Tage waren schon kurz, und wir trainierten manchmal bis in die Dunkelheit. So sah ich nicht immer, wie seine Augen blitzten. Aber sie blitzten wieder, ich konnte es spüren. Manchmal spürte ich auch einen gewissen Schmerz im rechten Knie, aber ich sagte nichts, biß die Zähne zusammen, hatte das Gefühl, daß sich vielleicht gerade jetzt meine große Chance anbahnte.

Oder machte ich mir nur Illusionen?

Du trainierst heute nicht – mit diesen Worten empfing mich Herr Falck eines Dienstags Ende des Monats.

Aber warum nicht? Was hatte ich schon wieder falsch gemacht?

Das Trainerauge blitzte. Du trainierst ab morgen gefälligst mit der *Ersten*!

Danach ging alles sehr schnell – in meiner Erinnerung sehe ich es im Zeitraffer. Die abendliche Diskussion mit meiner Mutter, die sich als Erziehungsberechtigte mit meinem vorzeitigen Antreten unter den Erwachsenen einverstanden erklären mußte. Sie war nicht begeistert, nein, sie hatte Bedenken. Aber ich redete so lang auf sie ein, bis sie, wenn auch mit einem Seufzer, endlich das Formular, das mir der Trainer mitgegeben hatte, unterzeichnete. Dann, gleich am nächsten Tag, das Training mit den Großen. Der Handschlag mit deren Trainer und mit jedem einzelnen von ihnen. Und mein Respekt vor meinen neuen Kollegen. Wenn ich auf dem Feld frei stand und sie darauf aufmerksam machen wollte, wußte ich nicht, ob ich meine Zurufe per du oder per Sie formulieren sollte.

Schließlich das Spiel, eins der letzten in jener Herbstrunde. Sonntag vormittag, unattraktiver Termin. Ausgerechnet gegen *Simmering*, einen der unangenehmsten, wegen seiner extremen Härte gefürchteten Gegner. Auf einem Platz in der Nähe des im gleichnamigen Bezirk gelegenen Zentralfriedhofs.

Elende, muffige und zugleich zugige Umkleideräume. Als wir auf den Platz laufen, sehe ich den Hauch vor dem Mund und den Reif auf den Bäumen. Der Rasen ist graubraun, die Erde darunter gefroren. Bei meiner ersten (ungeschickten) Ballannahme springt mir der steinharte Ball gegen die Hoden.

Aber ich werde mich trotzdem voll und ganz einsetzen. Spiel dein Spiel, Negerl, hat der Trainer gesagt, aber spiel nicht die Primadonna! Okay, ich bin gut trainiert, und ich weiß: Ich kann es. Zwar komme ich mir im Vergleich mit den Mitspielern und erst recht mit den grimmig wirkenden Gegnern plötzlich recht schmächtig vor, aber bei meinen technischen Fähigkeiten soll es darauf allein nicht ankommen.

Dennoch habe ich das Gefühl, daß das Spiel an mir vorbeiläuft, der schmerzhafte Ballkontakt von vorhin ist bisher der einzige geblieben. Aber wir sind ja erst in der zwölften Minute. Ich werde mich voll und ganz einsetzen, ja, diesmal werde ich dem Herrn Falck, der natürlich zusieht, keine Schande machen. Da kommt ein Paß aus dem Mittelfeld, etwas zu steil, aber im Prinzip ideal, wär doch gelacht, wenn ich den Ball nicht doch noch erwische!

Na also, das geht ja, man muß nur wollen, ich stürme mit dem Ball in den gegnerischen Strafraum. Gleich werde ich schießen: Ich muß nur versuchen, in die optimale Schußposition zu kommen. Jetzt, zwischen Elfmeterpunkt und Fünferstrafraum: genau meine Distanz. Leider sind zwei Verteidiger im Weg, einer links, einer rechts, aber was solls, da muß ich durch!

Dann spüre ich einen Schmerz im Knie, es fühlt sich an wie elektrisiert. Zwar hole ich links zum Schuß aus, aber mein rechtes Bein will mich nicht mehr tragen. Der Ball rollt harmlos in die Hände des Tormanns. Ich liege auf dem Boden und kann nicht mehr aufstehen – die Matchuhr zeigt die dreizehnte Minute.

Ich lag im Spital. Ich starrte gegen die Zimmerdecke. Weiß, sehr weiß. Mein Knie mußte operiert werden. Eine Schwester schäumte mein rechtes Bein ein. Dann kratzte sie die Haare mit einer Spachtel ab, das fühlte sich kühl an und komisch.

Meniskus, außen und innen. Plus Kreuzbandriß. Die Anästhesistin verpaßte mir eine Spritze. Na, fragte sie, wie ist es, schlafen wir schon? – Wieso *wir*?, dachte ich. Sie kam nicht mit in meinen Traum.

Da waren schon andere. Etelka. Und meine Mutter. Ich hatte den Eindruck, in einen Brunnen zu fallen. Rückwärts fiel ich in diesen dunklen Brunnen. Doch oben, an meiner

Schädeldecke, die ich jetzt merkwürdigerweise von innen sah, war alles weißer denn je.

Dann wachte ich auf. Ich lag auf dem Rücken und konnte mich nicht auf die Seite wälzen. Mein rechtes Bein stak in einer Schaumstoffschiene. Weiß, verdammt weiß. Dort, wo das Knie sein mußte, hing ein dünner, durchsichtiger Schlauch. Eine graurote Flüssigkeit floß aus mir heraus in einen ekelhaften Plastikbeutel.

Meine Mutter saß an meinem Bett, sie legte ihre Hand auf die meine. Ich hab dir dein Kofferradio mitgebracht, sagte sie. Fein, wollte ich sagen, das ist lieb, wollte ich sagen, du bist lieb. Aber ich war sehr müde und driftete gleich wieder weg.

Am nächsten Vormittag, anlässlich der Visite, kam der Primarius vorbei. Von einem Schwarm von Ärzten und Schwestern umgeben. Also du, sagte er, bist der Fußballstar. Deine Gegner haben dich ganz schön zugerichtet.

Er hielt das Röntgenbild gegen das Licht des Fensters. Mein innerer Meniskus, erläuterte er, sei durch die Torsion zwischen den gegnerischen Verteidigerbeinen buchstäblich zerrieben worden. Aber jetzt, sagte er, ist er wenigstens draußen. Es klang, als ob er von einem gezogenen Zahn spräche. Den äußeren Meniskus habe man vorläufig nur teilweise entfernt. Und was das Kreuzband betreffe, so sei es wohl am besten, es in dem Zustand zu lassen, in dem es sich nun einmal befinde. Zwar werde sich vielleicht manchmal der Oberschenkelknochen gegen den Unterschenkelknochen verschieben. Aber das sei ein geringfügiger Schönheitsfehler, eine Behinderung im eigentlichen Sinne des Wortes sei es nicht.

Werde ich wieder Fußball spielen können?, fragte ich. Aber ja, sagte er, wenn du die Zähne zusammenbeißt.

Ein Indianer, sagte er, kennt keinen Schmerz. Diese im Wienerischen voll harter Herzlichkeit zum Durchhalten aufmunternde Redewendung kam ihm im Zusammenhang mit mir anscheinend besonders witzig vor.

Am dritten Tag kam er wieder und schälte mein Bein aus dem Schaumstoff. Es sah dumm aus, wie es dalag, sozusagen stoppelbärtig (die Haare waren noch kaum nachgewachsen). Es *fühlte* sich auch dumm an, taub, wie rundherum eingeschlafen. Den Befehlen aus dem Gehirn wollte es offenbar noch nicht folgen. Abbiegen lassen wollte es sich auch nicht. Es blieb mir nichts übrig, als es in einem weiten Kreisbogen aus dem Bett zu heben. Steif, wie es war, schien es gar nicht recht zu mir zu gehören. Wie das Bein eines anderen, dachte ich unwillkürlich. Oder eine Prothese.

Da saß ich einen Moment, mit meiner Ferse den Boden berührend. Dem Bein war kalt. Es bekam eine Gänsehaut. Als ich damit den ersten Schritt tat, knickte es ein – die Schwester, die neben mir stand, mußte mich am Ellbogen stützen. Hervorragend, sagte der Primarius, seine knochenweißen Zähne bleckend wie ein Nußknacker, du gehst heute nach Hause!

Die folgenden Weihnachtsferien waren eine zwielichtige Zeit. Zum Fest bekam ich eine Menge Bücher und Platten, aber dafür fuhr meine Mutter anschließend mit dem Herrn Grandegg nach Saalbach. Schilaufen. Oder was die beiden so nannten. Der Zustand meines Beins ersparte ihr die Frage, ob ich ihr und ihrem Beischläfer diesmal nicht doch Gesellschaft leisten wolle.

So blieb ich also wieder allein zurück. Ich las und hörte die Platten, die ich bekommen hatte. *Kontraste* hieß eine von ihnen, *Jazz on the Piano*. Darauf festgehalten waren Nummern von Thelonious Monk, Red Garland, Ray Bryant und Mose Allison.

Eine Nummer von letzterem hatte es mir besonders angetan. Der *Young Man Blues* aus der *Back Country Suite*. Erst nur Allisons einsame, etwas gepreßte Stimme. Und dann, ihren Ruf aus der Einöde, in die Einöde, ebenso erdig wie fast minimalistisch ergänzend, das Piano, voll und lapidar zugleich, bloße drei Takte, bevor wieder Stille eintritt, die der Wiederholung des Rufs Raum läßt.

Ich setzte mich ans Klavier und versuchte das auch. Draußen vor meinem Fenster schneite es schräg. *Junger Mann Blues* hieß mein Song, er hatte eine gewisse Ähnlichkeit mit Mose Allisons Titel, aber er unterschied sich auch von ihm. Denn der einsame junge Mann, dessen etwas gepreßte Stimme aus der Einöde, in die Einöde, rief, bevor, vielleicht etwas weniger erdig, dafür aber womöglich noch minimalistischer als im Original, das Klavier einsetzte, dieser einsame junge Mann war nun ich.

Meine Mutter rief ein paar Mal an und fragte voll schlechten Gewissens, ob alles in Ordnung sei. Aber ja, sagte ich, klar, um mich brauchst du dir keine Sorgen zu machen. Wie es in Saalbach sei, fragte ich höflicherweise. Recht schön, sagte meine Mutter, nur der Edi ist ein bißchen verkühlt und muß im Bett liegen.

Am 27. oder 28. Dezember kam eine Karte von Etelka, auf der sie auch meiner Mutter schöne Feiertage wünschte. Am 29. beschloß ich spontan, nach Budapest zu fahren. Das war allerdings nicht so einfach, man brauchte ein Visum. Als Fußballer war ich mit einem Sammelvisum für die ganze Mannschaft über die Grenze gekommen, aber jetzt wollte ich allein reisen.

Ich ging also auf die ungarische Botschaft. Nachdem ich mich zwei Stunden lang angestellt hatte, erfuhr ich, daß ich als Minderjähriger auch für ein Dreitagevisum die Unterschrift des oder der Erziehungsberechtigten brauchte. Das brachte mich einigermaßen aus dem Konzept. Jetzt nach Saalbach zu fahren erschien mir zu aufwendig, ganz abgesehen davon, daß ich meine Mutter nicht bei der Pflege des bettlägrigen Herrn Grandegg stören wollte.

Die ungarische Botschaft war in der Bankgasse hinter dem Burgtheater. Hin war ich mit der Straßenbahn gefahren, zurück ging ich, obwohl ich mit dem operierten Bein noch immer ein wenig hinkte, zu Fuß. Ich ging die Ringstraße entlang und schwenkte stadtauswärts in die Operngasse ein. Unversehens fand ich mich in der nach wie vor erregend duftenden Gegend des Naschmarkts.

Es dämmerte. Gelb scheinende Lichter beleuchteten blankpolierte Nachweihnachtsäpfel. Bis zur Marienstatue kam ich, dann bog ich, bang entschlossen, nach rechts ab. Überquerte die Straße, ging, mit pochenden Schläfen, ein Stück zurück. Aber seit ich das letzte Mal dagewesen war, hatte man das vormals vom Krieg beschädigte Theater an der Wien neu eröffnet, und die dicken Damen, die um die Ecke in der Papagenogasse gestanden waren, hatte man, wer weiß wohin, vertrieben.

Auf der Wiedner Hauptstraße traf ich dann Kronstein. Na, fragte er, wie gehts? Danke, sagte ich, meinem Bein geht es schon besser. Es hatte wieder zu schneien begonnen, große, weiße Flocken segelten auf uns herunter. Kronstein stellte den Kragen seines Mantels auf und lächelte. Er nahm seine Brille ab und begann sie zu putzen.

Wir standen auf dem kleinen, dreieckigen Platz vor dem schönen, alten Café *Wortner*. Dort gibt es einen Brunnen mit der Statue der sogenannten Gänseliesel. Ein junges Mädchen, das der Sage nach zwei Räuber in Ketten gelegt hat. Sie stand über ihnen, triumphierend, oben ohne, aber mit einer weißen Schneekappe auf den steinernen Locken; die beiden wanden sich, die gefesselten Hände auf dem Rücken, mit verbitterten Gesichtern.

Darf ich dich, fragte Kronstein, auf einen Kaffee einladen? Ja, sagte ich. Ganz gern. Coca Cola wär mir allerdings lieber. Ach so, sagte er, ja natürlich, bestell dir, was du willst. Als wir eingetreten waren, hatte er seine Brille wieder aufgesetzt, aber durch die Wärme, die drinnen herrschte, war sie total angelaufen.

Erneut nahm er sie ab. In seiner entschleierten Kurzsichtigkeit wirkte sein Blick ungewohnt schüchtern. Was machst du?, fragte er. Ich erzählte ihm, daß ich für ein paar Tage allein sei. Wenn du willst, sagte er, komm einmal bei mir daheim vorbei, wir könnten ein bißchen miteinander musizieren. Er schrieb mir seine Adresse auf einen Zettel.

Schönborngasse. Das sei hier ganz in der Nähe. Ja, sagte ich. Es war auch nicht allzuweit von mir zu Hause. Aber geradezu benachbart war es nicht. Reiner Zufall, daß ich schon am nächsten Tag dort vorbeikam.

Ich ging halt so vor mich hin, in Gedanken versunken. Da las ich den Straßennamen: Schönborngasse. Und weil ich schon einmal da war, suchte ich auch die richtige Hausnummer. Und weil ich schon einmal dort war, trat ich ein.

Im Hausflur hing eine schwarze Tafel mit den Namen der Mieter. Tatsächlich, da stand der Name. *Bernhard Kronstein, Tür 14*. Ich blieb eine Weile unschlüssig. Konnte ich wirklich schon heute auf seine Einladung zurückkommen? Aber warum nicht? Schließlich war von den nächsten paar Tagen die Rede gewesen. Und heute war der erste der nächsten paar Tage. Na also! Tür 14, das war im dritten Stock. Zusätzlich gab es in diesem Haus ein sogenanntes Mezzanin. Wegen meines lädierten Beins wäre ich gern in den Lift gestiegen, aber das schmiedeiserne Gatter vor dem Schacht erwies sich als versperrrt.

Dann stand ich endlich oben, vor Kronsteins Tür. Ich sah die Klingel (ein altes Modell aus Messing) und fragte mich, ob ich sie betätigen sollte. Drin, in der Wohnung, spielte jemand Klavier. Aber das mußte in einem weit von der Tür entfernten Raum sein.

Ich weiß nicht mehr, ob ich dann wirklich geklingelt habe. Jedenfalls endete das Klavierspiel abrupt, und ich hörte Schritte. Schritte, die sich, wie es schien durch ein längeres Vorzimmer, der Tür näherten. Da erfaßte mich ein jäher Schreck, und ich hastete die Treppe hinunter.

Zu heftig war diese Bewegung für mein Bein. Es schmerzte fatal, und ich kam stark hinkend nach Hause. Ich versuchte, die Bücher zu lesen, die ich zu Weihnachten bekommen hatte, aber ich fand keinen rechten Zugang zu ihnen. Ich drehte das Radio auf, aber das Programm gefiel mir nicht.

Was sollte ich tun? Was sollte ich mit mir anfangen? Ich ging ins Kino und sah einen sogenannten Film für Erwachsene. Auf der Leinwand erschienen zwei brav wirkende, in geordneten Verhältnissen lebende Menschen Mitte Zwanzig. Bei einem häuslichen Abendessen mit Kerzenlicht redeten sie im Tonfall und Stil einer Schulfunksendung über Sex.

Sie stießen mit Weingläsern an und sahen einander in die Augen. Dann gingen sie einzeln ins Badezimmer und trafen hygienische Vorbereitungen. Im Schlafzimmer hatten sie flauschige Polstermöbel. Sie entkleideten sich und einander. Sie waren beide sehr rosig. Ich verließ das Kino mäßig erregt, zu Haus setzte ich mich in die Badewanne. Ich versuchte, mir Etelka zu vergegenwärtigen, die im Gegensatz zu jenen Marzipanschweinchen eine leicht olivfarben getönte Haut hatte. Etelka, die sich wahrscheinlich gefreut hätte, wäre ich noch einmal nach Budapest gekommen. Aber man ließ mich nicht. Ich verfluchte die politischen und bürokratischen Verhältnisse.

Ich fühlte mich – ja, das war es – eingesperrt. Das blieb das Lebensgefühl der folgenden Tage. Nicht nur in der mir nach wie vor unsympathischen Wohnung, nicht nur in der im drekkigen Schnee häßlichen Stadt Wien, nicht nur in jenem zu kleinen, nach Osten hin von Stacheldraht begrenzten Land Österreich. Auch in mir selbst fühlte ich mich eingesperrt und konnte durchs Klavierspielen und Singen nicht voll aus mir heraus.

Dann kam meine Mutter aus Saalbach zurück, sie machte einen gut durchbluteten Eindruck. Mir brachte sie ein Stück Bergkristall mit, das leider auf einem butterbrotförmigen, mit einer volkstümlichen Inschrift versehenen Stück Holz haftete.

Ich wandte einige Kraft auf, um es von dieser dummen Unterlage zu lösen. Aber die Stelle, an der das Mineral mit irgendeinem Kontaktkleber am Holz befestigt gewesen war, blieb leider matt und auf peinliche Weise unansehnlich.

Endlich waren die Ferien dann vorbei. Seltsam, nie zuvor hatte ich auf das Ende irgendwelcher Ferien gewartet. Dieses Mal schon. Ich hatte das Gefühl gehabt, festzusitzen. Dieses Gefühl hörte aber nicht auf, als ich wieder zur Schule ging.

Wo ich ja auch die allermeiste Zeit saß. Ich empfand das mit Unbehagen und Ungeduld. Dieses Unbehagen und diese Ungeduld gingen wohl von meinem verletzten Bein aus. Doch nach und nach erfüllten sie meinen ganzen Körper und meine ganze Seele.

Manchmal verspürte ich ein geradezu wütendes Bedürfnis nach Bewegung. Nach *zentrifugaler* Bewegung – verstehen Sie, was ich meine? Ich hatte den Eindruck, demnächst zu explodieren. Ich mußte was tun. Ich fing wieder an zu trainieren.

Zuerst auf eigene Faust. Ich sehe mich in meinem Zimmer Kniebeugen pumpen. Ich sehe mich die Stiegen in unserem Haus zahllose Male auf und ab steigen. Paß auf, du wirst dich noch schädigen, sagt meine Mutter. Aber ich will nicht, daß meine Muskeln verkümmern.

Zwar höre ich noch die Platten, die ich zu Weihnachten bekommen habe. Aber ich schwinge eine Hantel dabei. Zwar habe ich noch einige von den neuen Büchern zu lesen. Aber nach jeweils zwei Seiten springe ich auf und mache zwanzig Liegestütze.

Mit den ersten Sonnenstrahlen sehe ich mich schon im Trainingsanzug durch den Park laufen. Ein Indianer, wahrhaftig, kennt keinen Schmerz! Oder er kennt ihn sehr wohl, aber er verbeißt ihn. Ich habe beinah in der österreichischen Juniorenauswahl gegen Ungarn und tatsächlich dreizehn Minuten in der Kampfmannschaft von Admira Wien gegen Simmering gespielt – wenn die Frühjahrsmeisterschaft beginnt, will ich keinen Trainingsrückstand haben.

Ja, und dann sehe ich mich noch auf einigen Fußballplätzen herumrennen, allerdings wieder mit den Junioren. Bis zu meiner neuerlichen Aufstellung in der *Ersten* wollen die Trainer doch noch ein bißchen zuwarten. Es ist März, es ist April, es wird Mai, sie warten noch immer. Das heißt, *ich* warte noch immer – aber der Dienstag, an dem man mir zum zweiten Mal sagt, daß ich nicht heute, sondern morgen trainieren soll, nicht mit den Junioren, sondern mit den Großen, dieser Dienstag kommt nicht.

Doch, doch, ich spüre den Blick des Trainers auf mir. Aber ich spüre auch, wie er sich immer häufiger enttäuscht vor mir zurückzieht. Manchmal lächelt er freundlich – es wird schon, sagt er. Aber das Aufblitzen in seinen Augen kann ich, bei allem verzweifelten Einsatz, nicht mehr auslösen.

Ich verbeiße den Schmerz, nicht nur den körperlichen, sondern auch den seelischen. Ich sehe mich sogar noch ein paar Tore schießen, allerdings sind das andere Tore als früher. Tore, mit denen ich nicht nur den Tormann, sondern auch meinen eigenen Körper überliste. Keine Spur mehr von richtigem Durchziehen und Drauflosballern.

Im Juni habe ich dann meine zweite Meniskusoperation. Das andere Knie hat der nunmehrigen Überbelastung nicht standgehalten. Außerdem sind, wie sich der Primarius volkstümlich ausdrückt, beide Knöchel *bedient*. Für einen Neger – Entschuldigung – hast du erstaunlich fragile Gelenke.

So ist das. Mir wird klar, daß ich mir das Fußballspielen aus dem Kopf schlagen muß. Ich liege im Spital und lese Camus' *Mythos von Sisyphos*. Der Patient neben mir ist – nach einem Motorradunfall – von oben bis unten eingegipst. Nur durch ein kleines Fenster schaut er mich an: Deine Sorgen möcht ich haben!

Ja, denke ich, da hat er natürlich recht. Trotzdem habe ich

das Gefühl, ich bin noch immer nicht ganz aus der Narkose aufgewacht. Oder es ist der Schock, der mich wieder betäubt hat. Wirklich kein Fußball mehr? Erst jetzt merke ich, wie sehr mein Leben schon darauf ausgerichtet war. Fußball zu spielen und ins Team zu kommen. Verrückt, aber wahr, das war ein paar Jahre lang meine Perspektive. Die fällt jetzt weg. Ich weiß nicht, was sie ersetzen wird. Ich weiß nur eins: Wenn ich aus dem Spital draußen bin, werde ich mir eine Gitarre kaufen.

3

Eine Gitarre kaufen und irgendwohin trampen. Die letzten Tage der siebenten Gymnasialklasse bin ich schon nicht mehr recht da. Auch außerhalb der Geographiestunden blättere ich im Atlas. Soll ich nach Osten oder Westen fahren oder gleich nach Süden?

Ich entschließe mich für den Westen, weil in diese Himmelsrichtung die Autobahn am weitesten ausgebaut ist. Möglichst weit weg will ich. Nach Westen geht das am besten. Paß auf dich auf, sagt meine Mutter und will mich zum Abschied küssen. Jaja, sag ich, halb und halb ausweichend, schönen Urlaub mit deinem Edi.

Und schon sehe ich mich an der Stadtausfahrt bei der Wienflußbrücke in Hütteldorf stehen. Ich bin nicht der einzige. Autostoppfahren wird damals gerade populär. Auf einer Strecke von hundert Metern stehen dort fünfzehn Hitchhiker. Macht nichts. Mir wird beim Warten nicht langweilig. Ich packe meine Gitarre aus und beginne, mich auf ihr zu orientieren.

Bis St. Pölten beherrsche ich zwei, drei Griffe. Bis Salzburg sind es dann schon fünf oder sechs. Am Abend in der Jugendherberge findet mein Spiel bereits einen gewissen Anklang. Für zwei Mädchen aus Schweden, mit denen ich nachts noch auf den *Nonnberg* steige, bringe ich schon einige ganz erstaunliche Läufe auf der hohen E-Saite zustande.

Die eine ist weißblond und heißt Inger, die andere rotblond und heißt Lill. Beide haben sie einen Sonnenbrand auf der Nase. Sie haben nicht gewußt, sagen sie, daß es auch *black Austrians* gibt. Aber gerade meine Hautfarbe scheint ihnen besonders zu imponieren.

So schön schwarz bin ich. In der Nacht natürlich besonders. Das festzustellen haben sie lang genug Gelegenheit. Als wir zur Jugendherberge zurückkommen, sind alle Türen und Fenster verschlossen. Wir klingeln und rufen eine gute Viertelstunde, aber nach zehn Uhr kommen anständige Jugendliche in Österreich einfach nicht nach Hause.

Gut, daß wir wissen, daß wir nicht anständig sind. Da tut man sich in gewisser Hinsicht gleich leichter. Zwar sind sie zu zweit, aber sie haben das Vorurteil, daß ein *black man* ein *strong man* sein muß. Da sie aber beide miteinander nicht halb so aktiv sind wie Etelka allein, kann meine Stärke nicht unter Beweis gestellt werden und erweist sich eher als Schwäche.

Nein, tut mir leid, es wird nichts aus uns, nicht so. Sie sind nett und führen es auf die Kühle der Nacht zurück, die den *Mönchsberg*, auf dem wir nun gelandet sind, heraufkriecht. Aus Schweden sind sie noch ganz andere Temperaturen gewöhnt, aber an mir ist offenbar doch etwas recht Südliches. Wir mögen uns trotzdem. Auf einem Karren der städtischen Gärtnerei schlafen wir zusammengekuschelt wie Katzen.

Am nächsten Tag wollen Inger und Lill nach Wien – dorthin (gleich wieder zurück) werde ich sie bei aller Sympathie nicht begleiten. Ich fahre weiter, er-fahre nicht nur Hunderte Kilometer Deutschland und Frankreich, sondern (die Wartezeiten am Straßenrand weiterhin nutzend) auch weitere Möglichkeiten des Gitarrenspiels. Neun Griffe bis Stuttgart, mindestens zwölf bis Paris. Im *Quartier latin* bleibe ich eine

Woche, lerne ein paar schwarze Studenten kennen, fühle mich nicht mehr so singulär unter dem Himmel.

Nur ist ein *autrichien noir* ein komischer Vogel. Also beginne ich, mich als *américain* auszugeben. Die Frankophonen täuscht mein Mittelschulenglisch. Nur wenn wirklich Amerikaner auftauchen, halte ich lieber den Mund.

Ein Student von der Elfenbeinküste heißt Amadou. Wir gehen miteinander durch die Gärten von Paris. Er erzählt mir von seiner Heimat, ich stelle mir seine Heimat vor. Die vom Atlantik umspülten Felsen, die Lagunen, die Palmen, die Mangrove, das Hochland und den Regenwald dahinter.

Côte d'Ivoire, was für ein schöner Name. Allerdings erinnert er an den Raub zahlloser Tonnen von Elefantenzähnen. Es folgt die *Goldküste*, dann die *Sklavenküste*. Mit diesen Namen, meint Amadou, kann man die ganze frühe Ausbeutung Westafrikas beschreiben.

Tausende und Abertausende werden in Schiffsbäuchen zusammengepfercht nach Amerika deportiert. Zwischen 1450 und 1870, übersetzt er mir aus einem Buch, das er gerade liest, macht das zehn bis elf Millionen Menschen. Ihrer Freiheit beraubt und verschleppt werden allerdings zwanzig bis zweiundzwanzig Millionen. Die Hälfte davon stirbt, bevor sie am Ort ihrer Destination ankommt.

Tiertransporte. Mit einer gewissen Ausfallquote muß man rechnen. Schwarze Tiere. Im *Jardin des Plantes* suchen und finden wir den Urenkel von Rilkes Panther. Amadou beschäftigt sich nicht nur mit Politik, sondern auch mit Poesie. Rilke (immerhin einen Landsmann) kenne ich auch, Senghor lerne ich erst durch ihn kennen.

Ein Gedicht (von Senghor oder von ihm?) singt über eine Entführung auf einen fremden Stern. Ein bißchen bereue ich, daß ich auch ihm erzählt habe, ich sei Amerikaner. Aber es ist ja eigentlich nicht ganz unwahr. Nur daß ich über den fremden Stern Amerika nichts erzählen *kann* und über den mir etwas bekannteren fremden Stern Österreich unter diesen Umständen nichts erzählen *darf*.

Weswegen ich meistens schweige und *ihn* reden lasse. Ihn, Amadou, der ohnehin mehr weiß als ich. Viel mehr. Wenn ich ihn so reden höre, komme ich mir manchmal wie ein Kind vor. Obwohl ich mich letzthin schon für sehr erwachsen gehalten habe.

Er studiert hier Geschichte und Literatur. Seine Gedichte klingen für meine Ohren vor allem schön. *Peau noire / cœur noir / guerre noire / bateau noir* ... Aber so viel bekomme ich mit, daß ihm dabei auch und vor allem das Politische wichtig ist.

Etwas, wovon ich viel zu wenig verstehe. Und zwar nicht nur, weil das bißchen Französisch, das ich seit der fünften Mittelschulklasse gelernt habe, nicht reicht. Jeder Mensch, sagt Amadou, trägt seinen kleinen Teil an der großen Verantwortung. Wenn er nach Haus, an die Elfenbeinküste, zurückkehrt, will er diese Verantwortung wahrnehmen.

Schöne Hände hat er, mein Freund Amadou. Die sehen so aus, wie ich mir, von den Erzählungen meiner Mutter inspiriert, die Hände meines Vaters vorstelle. Schlanke, dunkelbraune Finger und helle, fast rosafarbene Nagelmonde. In seinem Zimmer, unter dem schrägen Dach, auf das ein sommerlicher Regen trommelt, liege ich an seiner Brust und lasse mich von diesen Händen streicheln.

Abschied muß sein. Ich will weiter nach Südfrankreich. Im Zentralplateau geht es per Autostopp eher schleppend voran, da bleibt mir viel Zeit, die Gitarre weiter zu erforschen. Ich erforsche auch die Gegend. Ein paar Stunden gehe ich zu Fuß. Die Zikaden schreien. Eine weiße Hitze zittert.

Hoher Mittag. Das war, hat mir Amadou erzählt, die Geisterstunde der Antike. Jetzt könnte ein Faun, eine Nymphe, ein Gott erscheinen. Durch hohes trockenes Gras gehend, weiß ich nicht mehr, wo ich bin. Des Ausblicks wegen steige ich auf eine Böschung, die sich erst als Bahndamm erweist, als ein Zug einen knappen Meter an mir vorbeirast.

Schon am nächsten Nachmittag bin ich am Meer. Ich liege auf dem Rücken, mache nur die notwendigsten Tempi, lasse mich von den Wellen schaukeln. Es ist ein gutes Gefühl, am Leben zu sein. Wenn ich die Augen schließe, ist ein Nachbild der Sonne unter meinen Lidern.

Ich fahre weiter nach Süden, die Küste entlang. Ich sitze im Schatten und spiele Gitarre, mein Strohhut liegt neben mir. Er liegt mit der Öffnung nach oben, unversehens wirft jemand Geld hinein. Von da an lasse ich meinen Hut öfter auf diese Art neben mir liegen.

Ich spiele und singe. Die Bluestexte fallen ganz simpel auf mich herab. Oder sie steigen ganz einfach aus mir hervor. Immer wieder scharen sich ein paar bunte junge Leute um mich. Vor Perpignan, unter einem Vollmond, der dann sehr groß wird, ziehe ich zum ersten Mal an einem Joint.

Wir sitzen im Kreis, die Nacht ist blau, ein Feuer glost rot. *I'm just a poor boy, so lonely and far from home.* Ungefähr so singe ich: weil es ja wahr ist: in dieser Stimmung nehme ich mir das selbst ab. Mir gegenüber sitzt ein Mädchen, das sieht meiner Mutter ähnlich.

Als der Joint wieder zu mir kommt, inhaliere ich richtig. Ich muß husten. Aber danach sieht das Mädchen meiner Mutter noch viel ähnlicher. So eine Ähnlichkeit! So eine Mädchenmutter! Wie damals. Wie ehedem. Später bin ich bei ihr und weine in ihren Schoß.

In Spanien schließlich geht es mir weniger gut. Es fängt damit an, daß mich Francos Zöllner filzen. Dann, endlich die Grenze im Rücken, komme ich kaum weiter. In den Pyrenäen gerate ich in einen sommerlichen Schneesturm.

In Barcelona setze ich mich auf die Plaza del Pi und packe die Gitarre aus. Eine kleine Gruppe von Zuhörern sammelt sich um mich, zerstreut sich aber bald wieder. Etwas später kommt ein Bursch, vielleicht fünfzehn, eine recht abgenutzt aussehende Gitarre geschultert wie ein Werkzeug. Er setzt sich ein paar Meter entfernt von mir auf die Kirchenstufen, nickt mir zu und beginnt Flamenco zu spielen.

Zuerst ärgere ich mich, daß er mein Spiel einfach ignoriert, dann sehe ich ein, daß er recht hat. Nach ein paar Minuten verhülle ich mein immer noch neu glänzendes Instrument schamhaft. Tarragona, Tortosa, Valencia, Alicante ... Überall auf meinem Weg nach Süden werde ich solchen jungen Burschen begegnen.

Schließlich trampe ich an der damals noch unwahrscheinlich unverbauten Costa del Sol entlang. Und es ist großartig dort, aber das Blau des Himmels und des Meeres machen mich eigenartigerweise traurig. Ich habe den *blues,* und wahrscheinlich würde es mir guttun, ihn über die Saiten der Gitarre abzuleiten. Aber an den sonst noch gar nicht so übervölkerten Stränden wimmelt es jedenfalls von mir perfekt erscheinenden Flamencogitarristen – da will ich mein Instrument und vor allem mich selbst lieber nicht entblößen.

Und dann stehe ich in Gibraltar oder genauer in einem Ort mit dem schönen Namen La Línea de la Concepción. Und das ist der häßlichste Ort, den ich bisher auf meiner Reise gesehen habe. Unter einer Sonne, die alles sehr grausam beleuchtet. Etwas zwischen Schutthalde, Mülldeponie und Barackenlager. Im Süden der Stacheldraht der britischen Militärzone. Der Union Jack flattert steif und verblichen im Wind. Aber dahinter fallen senkrecht die Klippen ab. Und drüben, im weißblauen Dunst, beginnt Afrika.

Von Algeciras aus gibt es eine Fähre. Nach Afrika nicht einmal vierzig Kilometer. Hätte ich Lust, hinüberzufahren? Ich weiß nicht. Vielleicht wäre mir dabei auch ein bißchen bang.

Jedenfalls ist es ohnehin nicht möglich. Irgendwo ist mir mein Paß abhanden gekommen. Was, sagt der Konsulatsbeamte in Malaga, *Sie* wollen ein Österreicher sein? Ist das wahr, oder halten Sie mich zum Narren?!

4

Wollte ich ein Österreicher sein? Bisher hatte mich das nie jemand gefragt. Die Frage war falsch gestellt: Ich *war* einfach einer. Man telefonierte und telegrafierte nach Wien. Ich bekam ein Papier, das meine österreichische Identität bestätigte.

Dessenungeachtet kam ich mir, unter meine Landsleute zurückgekehrt, ziemlich komisch vor. Oder meine Landsleute kamen mir komisch vor, ich spürte ein Befremden, das ich vorher, so gut wie ständig unter ihnen, nicht gekannt hatte. Das fing schon im Zug an, mit dem ich in Österreich einreiste. Wie die Leute im Abteil auf einmal nicht mehr miteinander redeten, wie sie berührungsängstlich voneinander abrückten, wie sie einander möglichst nicht ansahen!

Keineswegs hatte ich das Gefühl, endlich wieder unter meinesgleichen zu sein. Und sie hatten kaum das Gefühl, daß ich ihresgleichen war. Sicher, wie sollten sie auch – das konnte man ihnen nicht vorwerfen. Aber weder ergab sich eine günstige Gelegenheit, noch hatte ich besondere Lust, mich ihnen zu offenbaren.

Man redete, wie gesagt, nichts oder nur das Notwendigste.

Als der Schaffner kam und die Fahrscheine kontrollierte: bitte, danke.

Zwei Damen, einander vis-à-vis sitzend, mit fest aneinandergepreßten Knien, die Handtäschchen auf den Schößen.

Kurioserweise mit fast gleichen Hüten, auf denen Federchen zitterten.

Diese Damen und zwei ebenso schweigsame Herren.

Der eine versteckte sich hinter seiner Zeitung, der andere schlief. Einmal berührte einer der Schuhe des Zeitungslesers versehentlich den Schuh der ihm gegenübersitzenden Dame.

Er: Entschuldigung.

Sie: Aber bitte. Keine Ursache.

So ging das von Innsbruck bis Salzburg – dort faltete der Zeitungsleser sein Blatt zusammen, zeigte zum ersten Mal sein Käslaibgesicht und stieg aus. Auf Wiedersehen, sagte er, auf Wiedersehen, antworteten die beiden Damen im Chor. Der Schläfer wachte auf und wischte den Speichel, der ihm als glitzernder Faden aus dem Mund hing, mit dem Handrükken ab. Dann lehnte er den Kopf mit den wenigen zu Berge stehenden Haaren wieder zur Seite und schlief weiter.

Weil es so spannend war, schlief ich zwischendurch auch ein. Ich träumte von Inger und Lill, aber leider nicht sehr deutlich. In Attnang-Puchheim stieg die erste Dame mit dem Federhut aus, in Linz die zweite. Der Schläfer erwachte und verließ mich in Amstetten, in St. Pölten drängten, obwohl genug Platz war, drei voluminöse Wiener ins Abteil.

Man erkannte sie sofort an ihrer furchtbaren Sprache. Jetzt werden Sie sagen, man konnte es mir nicht recht machen. Waren mir die zuvor zu schweigsam gewesen, so waren mir die jetzt zu redselig. Noch dazu in einer Sprache, die doch bitte schön auch meine war.

Stimmt hundertprozentig. Aber das war ja das Schlimme! Daß ich diese Sprache jetzt auf einmal in aller Deutlichkeit als häßlich empfand! Zum ersten, doch leider nicht zum letzten Mal. Auf eine komische Weise (zum Lachen), aber auch auf eine peinliche Weise (zum Heulen) häßlich.

Diese Sprache, die ich jetzt sieben Wochen lang nicht gehört hatte. Die ich nun mit Ohren hörte, denen die Selbstverständlichkeit, sie zu hören, abhanden gekommen war. Sicher, es *war* auch meine Sprache, ja eben! Auch wenn ich sie hoffentlich nicht mit dieser unbeholfenen Aggressivität sprach, in dieser sich in ihrem eigenen Dreck suhlenden Plumpheit.

Aber es *war* meine Sprache, verdammt noch einmal! Wenn ich etwas mit diesen unangenehm raumfüllenden Typen, die sich, alle Diphthonge zu gräßlichen Monophthongen verflachend, alle Monophthonge zerquetscht zerdehnend, rücksichtlos gut unterhielten, einander mit jeder zweiten Wendung beschimpfend, was aber nicht bös gemeint war, sondern eher herzlich: vom Herzen kam: dem angeblich goldenen: wes das Herz voll ist (oh Gott!), des quillt das Maul über – wenn ich mit denen etwas gemein hatte, war es die Sprache. Die Sprache, in der ich daheim war, die *Mutter*sprache. Wenn auch augenblicklich im geheimen, denn als sie mich ansprachen, zum Unterschied von den vorigen alles andere als kommunikationsgestört, antwortete ich englisch.

Nein, meine Mutter sprach Gott sei Dank nicht so furchtbar. Ihr Wienerisch hatte jenes gewisse Etwas, das man – wahrscheinlich nicht nur als Wiener – angenehm findet. Eine gewisse Weichheit und Musikalität im Vergleich zum sogenannten Hochdeutsch. Letzteres eine Sprache, die, nebenbei bemerkt, den meisten Österreichern so gut paßt wie ein falsches Gebiß. Eine Sprache, die – aus Frankfurter, Kasseler, Düsseldorfer Mündern gesprochen – vielleicht effizient klingt. Effizient und für österreichische Ohren immer etwas präpotent. Geschwätzig, wenns schlecht-, und intellektuell, wenns gutgeht. Eine Sprache jedenfalls, die weit vorn im Mund entsteht, aus dem sie manchmal herausschießt wie ein Trommelfeuer, während das Österreichische viel weiter hinten in der Mundhöhle seinen Ausgang nimmt, daher länger braucht, um – sei es schwerfälliger, sei es bedächtiger, sei es primitiver, sei es poetischer – zutage zu treten.

Servus, sagte in der netteren, mir lieberen Ausformung des Wienerischen jedenfalls meine Mamma, schön, daß du wieder da bist. Unten in Jugoslawien hat mir von dir geträumt. Es sei heiß gewesen, im Hotel, das sie mit Edi bewohnt habe, habe sie sich zu einem Mittagsschläfchen hingelegt. Und da sei sie mir im Traum auf einmal ganz nahe gewesen. Du bist auf einen Hügel gestiegen, sagte sie, oder war es ein Damm? Als du oben warst, da ist etwas an dir vorbeigerast. Ich weiß nicht, was es war, aber es war so laut, daß ich davon aufgeschreckt bin. Dann aber, als ich wieder eingeschlafen bin, hab ich dich auf der Gitarre spielen und singen gehört.

Sie umarmte mich, ich umarmte sie, ich spürte ihre mütterliche, ihre weibliche Wärme. Übrigens gebe es eine Neuigkeit, die mich vielleicht interessieren werde. Was?, fragte ich, immer noch ihre Brust, ihren Schoß spürend. Du wirst lachen, sagte sie, aber du bekommst eine kleine Schwester oder einen kleinen Bruder.

Ich lachte nicht, ich ging auf Distanz: – Vom Herrn Grandegg? – Nein, ganz so schlimm war es nicht. Meine Mutter lächelte monalisisch. – Den Herrn Grandegg seien wir endgültig los. Ein gewisser Leo sei an seine Stelle getreten.

Leo – beim Fangenspielen zwischen österreichischen Kindern bezeichnet der Ruf *Leo* einen Ort der Zuflucht. Das kann ein Baum oder Stein sein, ein Hydrant oder ein Laternenpfahl. Hat man diesen Ort erreicht und berührt man ihn, so ist man für seine Verfolger unantastbar. Vielleicht ist dieses Leo eine Erinnerung an das mittelalterliche Kirchenasyl.

Leo also: der Vater des kommenden Kindes. Dessen von meiner Mutter schon vorher vermutetes Wachsen in ihrem Leib der Frauenarzt vorige Woche definitiv bestätigt habe. Eines Kindes, das, wie meine Mutter munter erzählte, ihrem untrüglichen Gefühl nach auf der Insel Krk gezeugt worden sei. An einem FKK-Strand, hinter dem sicher ledrig gegerbten Rücken des durch diesen Akt endlich exorzierten Herrn Grandegg.

Letzteres immerhin war eine erheiternde Vorstellung. Ich lachte also doch, ich konnte nicht umhin, mir das vor meinem geistigen Auge recht detailliert auszumalen. Den Strand mit den nackten Figuren und alles, was an ihnen schwabbelte, wogte und baumelte. Und den Herrn Grandegg, den alten Satyr, der wahrscheinlich, zumindest mit Blicken und Gedanken, ohnehin ständig hinter anderen Frauen her war.

Wie ihm meine Mutter endlich die zu ihm passenden Hörner aufsetzte. An einer vom offiziellen Strand mutmaßlich ein paar hundert Meter entfernten Stelle. Einer Stelle, die vor den Blicken Unentwegter, die, aus welchen Motiven immer, vielleicht ebensoweit vordrangen, geschützt war. Geschützt durch Felsen, Schilf oder einfach Gebüsch wie am Donaukanal – für Zeugungsakte bevorzugte meine Mutter womöglich einander ähnliche Örtlichkeiten.

Ich lachte, obwohl mir auch ein bißchen zum Heulen war. Na, sagte meine Mutter, was ist, gratulierst du mir nicht? Ich zuckte die Achseln. Doch, sagte ich, gratuliere. Dann ging ich ins Badezimmer, um zu duschen.

Wenige Tage später begann mein Maturajahr. Dieses Schuljahr, also die Zeit von September '65 bis zum Mai '66, wenn ich mich nicht verrechne, sehe ich nicht erst jetzt, aus der zeitlichen Entfernung von mehr als drei Jahrzehnten, mit großem Abstand. Ich habe den Eindruck, es ging mir schon damals so. Meine Autostoppreise und natürlich auch der letzte, entscheidende Spitalsaufenthalt vorher hatten die Perspektive, aus der ich mein vergangenes, gegenwärtiges und zukünftiges Leben sah, verändert.

Die Tatsache zum Beispiel, daß ich noch ein knappes Jahr zuvor allen Ernstes eine Karriere als Fußballer im Kopf, wenn auch kaum mehr in den lädierten Beinen gehabt hatte, schien mir jetzt geradezu absurd. Fußball bedeutete mir auf einmal nichts mehr. Die heimische Meisterschaft war mir egal, wann und wo ein Länderspiel angesetzt war, bekam ich nur vage mit. Selbst einen Artikel über Pelé, der den Zenit seiner Karriere inzwischen übrigens auch schon überschritten hatte, einen mehrseitigen Bildbericht, auf den ich beim Blättern in einer Illustrierten im Wartesaal des Zahnarztes stieß, überflog ich fast emotionslos.

Von meinen Schulkollegen ließ ich mich allerdings überreden, noch bei einem Klassenmatch mitzumachen. Das war im Oktober, auf einer Wiese in der Nähe des Favoritner Wasserturms, also – wie der selige Ferdinand gesagt hätte – *auf einem echten Krautacker.* Für einen, der auf richtigen, großen Fußballfeldern gespielt hatte, eine lächerliche Angelegenheit.

Dementsprechend versuchte ich, es von der heiteren Seite zu nehmen, doch meine Knöchel und Knie fanden nicht einmal das witzig.

Schön, also Schluß damit, ein für allemal Schluß! Für die Revanchepartie gegen die Parallelklasse, gegen die ich im ersten Match nicht einmal ein Tor zustande gebracht hatte, stand ich nicht mehr zur Verfügung. – Seids mir nicht bös, sagte ich, ich mag nicht mehr. – Aber geh, Negerl ...! Nein, es hatte sich ausgenegerlt.

Ich entzog mich nicht nur den Fußballspielen. Einige von meinen Klassenkameraden erfaßte schon im Spätherbst dieses, unseres voraussichtlich letzten gemeinsamen Schuljahrs eine gewisse Sentimentalität. Wie lang oder genauer wie kurz würden wir einander noch haben? Auf einmal schoß ihnen die Liebe zueinander ein, und es wurde ihnen nach gemeinsamen Umtrünken zumute.

Einer kannte ein sogenanntes nettes Lokal. Das war ein Stadtheuriger in der Siebenbrunnengasse, nicht weit von unserer Schule. Komm doch mit, sagten sie zu mir, sei nicht fad! Na gut, ich wollte nicht unhöflich wirken, nicht unfreundlich.

Der Heurige hieß *Zum Fassl* oder so ähnlich. Um seiner Gemütlichkeit teilhaftig zu werden, mußte man einige Stufen hinuntersteigen. Unten saß man in einem tonnenförmigen Raum mit modrigem Gemäuer. Dem Klavier, das es dort gab, tat die Feuchtigkeit hörbar nicht gut.

Stimmt, ich schlug ein paar Töne an, aber nur aus Neugier. Ich hatte wirklich nicht die Absicht, dort zu spielen. Aber da hatte ich meine Kameraden schon auf die Idee gebracht. Und dann konnte ich leider nicht konsequent genug nein sagen.

Ich bereute das bald. Ein paar meiner Mitschüler bewunderten zwar meine Geläufigkeit. Doch für mein Feeling hatten sie wenig übrig. Und es paßte auch nicht in dieses Lokal. Kaum hatten sie ein paar Viertel getrunken, fingen sie an, Heurigenlieder zu grölen.

Es ist merkwürdig, was das Ambiente und ein gewisses Ritual bewirken. Vielleicht ist es auch die Wirkung der ortsüblichen Droge. Sonst hörten meine Freunde, deren Namen ich bezeichnenderweise samt und sonders vergessen habe, eher Rock & Roll oder was sie dafür hielten. Aber hier und jetzt verfielen sie trotz ihrer Jugend in die gute, alte, weinselig-schweinsäugige Verlogenheit.

Nicht, daß das Wienerlied prinzipiell verlogen ist. Aber das, was man daraus gemacht hat und macht, ist es mit Sicherheit. Dieses süßliche Gewinsel über Wien, das aus unerfindlichen Gründen für eine Stadt gehalten wird, in welche die Engel (die natürlich nur im Diminutiv anflattern dürfen, *die Engerln* also, von denen man sich nicht vorstellen kann, warum sie in den heiligen Schriften, zu denen, die sie heimsuchen, zuerst einmal *Fürchte dich nicht* sagen) auf Urlaub kommen. Und über den Wein, der in den Wiener Gaststätten zwar meist zuviel Säure hat, doch die echten Wiener halten das für unverfälscht, und über Geschmack läßt sich bekanntlich nicht diskutieren.

Viel Gesinge ist natürlich auch von der Liebe, die allerdings darin zu bestehen scheint, daß man ein *Mäderl* oder *Maderl* (nicht etwa eine Frau) küsst – manchmal, im Frühling, sogar mehrere Male –, und damit hat sichs. Und davon, daß man älter und kälter wird, aber das macht nichts, solang einen nur ein *Weinderl* wärmt. Und selbstverständlich vom Tod, den man zwar nicht gut *Toderl* nennen kann, aber das würde der Mentalität am ehesten entsprechen. Daß man das Schwindelerregende beim Blick in die Tiefe jenes seit der Austreibung aus dem Paradies vor dem Menschen aufgerissenen Problems nicht wahrnimmt, sondern sich (wie über alle anderen tieferen Probleme auch) in Wort und Ton einfach darüber hinwegzuschwindeln versucht, das war mir am Wienerlied immer besonders peinlich.

Mit einem Wort: Nicht nur für den Walzer, sondern auch fürs Wienerlied habe ich wenig übrig. Auch wenn mich das eine anfangs zitierte, das mit der schrägen Wiese am Donaukanal, Sie wissen schon, immer wieder angesprochen hat, just wegen der Anfangszeilen seines Textes. Meine Schulkollegen sahen das nach einer Weile ein und setzten einen anderen ans Klavier. Mir tranken sie trotzdem zu, nötigten mich zum Schunkeln und versicherten, daß ich einer von ihnen sei, meiner abartigen Hautfarbe zum Trotz.

Nicht nur mir und einander versicherten sie das, sondern auch dem Kellner und dem Wirt. Und den anderen Gästen, ob die es nun wissen wollten oder nicht. Schließlich fühlte sich einer dadurch belästigt. Wenn schon nicht durch meine Anwesenheit, so durch die Aufdringlichkeit, mit der sie ihn darauf aufmerksam machten.

Um ein Haar wäre es zu einer Rauferei gekommen. In gewisser Hinsicht rührte es mich ja, daß sich meine Kollegen für mich schlagen wollten. Doch wollte ich sie und mich nicht wieder in diese Lage bringen. Beim nächsten Lokaltermin hatte ich eine familiäre Verpflichtung.

Das war auch fast wahr, am nächsten Tag jedenfalls heiratete meine Mutter. Anfang Dezember – sie war im fünften oder sechsten Monat. Kalt wars, der Wind blies, als wir vor dem Standesamt aus dem Taxi stiegen, schneite es in kleinen, stechenden Flocken. Sogar Glatteis gabs – aber meine Mutter hielt sich vertrauensvoll fest am Arm ihres Leo.

Wie er in braungebrannt männlicher Nacktheit am FKK-Strand in Krk ausgesehen hat, weiß ich nicht, jetzt, im sandfarbenen Wintermantel, sah er aus wie ein großer Teddybär. So war er, fand ich, auch sonst: nett, zum Festhalten, brummstimmig, freundlich, aber langweilig. Er war Versicherungsangestellter in fast leitender Position, meine Mutter brauchte, wenn sie seine Frau war, nicht mehr auf der Straßenbahn zu fahren. Seit man die alten Waggons gegen neue ohne Klingelriemen und mit automatischen Türen vertauscht hatte, so daß die Schaffner und Schaffnerinnen nicht mehr wie früher *agieren*, sondern nur noch öd erhöht sitzen und kassieren konnten, machte ihr die Schaffnerei ohnehin keinen rechten Spaß mehr.

Fürs Standesamt trug sie ein graues Kostüm, in dem sie auf mich erschreckende Weise seriös und unjung aussah. Obwohl es nicht auf Taille geschnitten war, konnte es den Bauch, in dem sich mein Geschwister angeblich schon bewegte, nicht verbergen. Anscheinend waren ihre Finger angeschwollen, jedenfalls paßte ihr der Ring, den ihr Leo überzustreifen versuchte, eher schlecht als recht. Ein Typ, der dreinsah wie ein Leichenbestatter, spielte auf einem Harmonium das *Ave Maria* von Bach/Gounod, die meisten Hochzeitsgäste waren, der Jahreszeit entsprechend, verkühlt, es war ein ständiges Gehuste und Geniese.

In der Kirche geheiratet wurde nicht. Zwar wäre meiner Mutter, von Ferdinand durch den Tod geschieden, diesbezüglich nichts im Wege gestanden, aber ihr Leo hatte sich von seiner ersten Frau zu deren Lebzeiten scheiden lassen. Es ging also direkt vom Standesamt ins Wirtshaus. Ich aß nur ein bißchen Suppe und verzichtete, da mir ohnehin schon den ganzen Vormittag etwas flau im Magen war, auf Haupt- und Nachspeise.

Ja, mit sehr großem Abstand sah ich das alles. Eigentlich ging es mir nur darum, das alles hinter mich zu bringen. Auch und besonders die Schule, der ich mich einfach entwachsen fühlte. Meinem Alter gemäß hätte ich ja schon zwei Jahre früher maturieren können.

Wie merkwürdig, daß ich dort immer noch fast die Hälfte meiner wachen Zeit zubrachte! In einem Klassenzimmer, aus dessen Fenster ich in einen grauen, engen, gegen die Straße mit einem dummen Maschengitter abgesperrten Hof schaute. Vorn an der Tafel zog der Mathematiklehrer seine Show ab, eine komische Figur, die sich – dem Selbstverständnis einer Gesellschaft gemäß, die das Berechenbare für das einzig Wirkliche und Wahre hält – sehr ernst nahm. Was mich betraf, kamen mir seine Zahlenspiele absurd vor – ich zählte die Tage, die ich hier noch abzusitzen hatte.

Mit den Lehrern jener Endzeit geht es mir so ähnlich wie mit den Schulkollegen. Mit Ausnahme Kronsteins kann ich mich an keinen von ihnen wirklich erinnern. Kronstein machte dieses Jahr übrigens weniger Jazz und mehr Klassik. Fast kam es mir vor, als wollte er mir dadurch ausweichen.

Was er auch de facto tat. Ich meine, im unmittelbaren Sinn dieses Wortes. Just wieder in den Weihnachtsferien ging ich die Wiedner Hauptstraße stadteinwärts. Und just wieder in der Nähe des Café *Wortner*, in dem wir vor ziemlich genau einem Jahr miteinander geplaudert hatten, kam er mir entgegen.

Stimmt, er war kurzsichtig, aber ich bin sicher, daß er mich gesehen hat. Er schien zu erschrecken, zog den Hals ein, so daß sein Kopf fast im aufgestellten Kragen des Mantels verschwand, und wechselte auf die andere Straßenseite. Er hatte nichts gegen mich, in der Schule war er nach wie vor freundlich zu mir. Aber dort, auf der Straße, ist es ihm vielleicht so ähnlich ergangen wie mir bei ihm vor der Tür.

Er fragte mich nie, warum ich die Einladung, ihn zu besuchen, damals nicht angenommen habe. Oder warum ich sie doch angenommen habe, aber im letzten Moment ausgerissen sei. Manchmal nämlich, wenn seine Augen im Musikunterricht etwas zu lang auf mir ruhten, um sich dann plötzlich, wie die Fühler einer Schnecke, die sich berührt fühlt, zurückzuziehen, hatte ich *schon* den Eindruck, daß er meine Flucht bemerkt hätte. Vielleicht hatte er die Tür damals doch noch geöffnet und mich durchs Stiegenhaus davonlaufen gehört.

Aber ich wollte von meinem Abstand zum Schulbetrieb berichten und davon, wie ich die Tage zählte, die ich noch ertragen mußte. Als die Schule am 7. Jänner wieder begann, waren es noch hunderteinundreißig. Unsere Maturaprüfungen (schriftlich und mündlich) waren für den Mai angesetzt. Ich lernte und wiederholte, was dafür nötig war, doch daß ich das ernst nahm, konnte man nicht von mir verlangen.

Auch das häusliche Leben nahm ich nicht ernst. Versuchte auf jeden Fall, es nicht ernst zu nehmen. Das Häkeln und Stricken meiner Mutter in Hinblick auf die Geburt des ihren Bauch weiter und weiter dehnenden Kindes. Die ständige Anwesenheit ihres Teddybären, der sich in ebenso rührender wie enervierender Weise um sie kümmerte.

Ich zog mich zurück: in die Bücher, in die Musik. Las Sartres *Ekel*, hörte dazu *Monk's Dream*. Auch Politisches las ich, an Amadou denkend. Mit besonderer Aufmerksamkeit las ich *Why we can't wait* von Martin Luther King.

Bei solcher Lektüre objektivierte sich mein Gefühl, am falschen Ort zu sein. Anderseits konnte ich eigentlich froh sein darüber. Manchmal dachte ich in diesem Zusammenhang natürlich an meinen Vater. Irgendwann fiel mir ein, daß ich dort unten, wo die schwarzen Amerikaner um die Anerkennung ihrer Bürgerrechte kämpften, vielleicht einen Halbbruder oder eine Halbschwester hatte.

Ich spielte und sang mir meinen Blues von der Seele. Wenn das Baby da ist, sagte meine Mutter, solltest du aber nicht mehr gar so schreien. Mein Gott, sie konnte mir auch auf die Nerven gehen! Aber es *ist* ja noch nicht da, schrie ich, sprang vom Klavier auf, fuhr durch Küche und Vorzimmer in meine Lederjacke, schlug die Tür hinter mir zu.

Wenn ich das erzähle, merke ich, daß von dem großen Abstand, den ich zuvor in bezug auf die Geschehnisse meines Maturajahrs behauptet habe, zumindest in dieser Szene keine Rede ist. In ihr bin ich unverhältnismäßig aufgebracht gegen meine Mutter, womöglich noch aufgebrachter als in der Szene nach unserem Streit wegen Etelka. Das muß Ende Februar oder Anfang März 1966 gewesen sein. Meine *österreichische*

Halbschwester ist dann ausgerechnet am ersten April zur Welt gekommmen.

Das war im Allgemeinen Krankenhaus. Am Tag nach ihrer Geburt mußte ich mit dem Teddybären dorthin. Sie lag hinter Glas und hatte ein rotes Gesicht. Später durfte sie aus dem Terrarium, in dem man sie mit anderen, ähnlich häßlichen Babys verwahrt hielt, heraus und wurde gestillt. Unter der über dem Bett surrenden Neonröhre kam mir die Brust meiner Mutter sehr groß und weiß vor.

Vor der Matura beurlaubte man uns eine Woche zum Lernen. Zu Hause schrie Vera, so war die Rothaut getauft worden. Gott sei Dank waren schöne Frühlingstage. Da packte ich Hefte und Bücher und floh ins Freie. Meistens ging ich den Gürtel entlang bis zum Schloß Belvedere. Dort wandelte ich, peripatetisch memorierend, zwischen den gestutzten Hecken. Manchmal ging ich auch in den auf der anderen Seite des Gürtels gelegenen *Schweizergarten*. Dort gab es eine Meierei mit grün gestrichenen Klappsesseln und Holztischen.

Unter einem der Sonnenschirme, die dort aufgespannt waren, packte ich Bücher und Hefte aus. Saß dann bei einem braven Glas Milch und versuchte, mich auf Mathematik und darstellende Geometrie zu konzentrieren. Unsere Schule war, wie gesagt, eine Realschule. Dort hielt man das Berechenbare und räumlich Vorstellbare für das Wichtigste.

Mir kam das immer ein bißchen langweilig vor. Auch im relativ Freien fühlte ich mich davon eingeengt. Da hatte ich dann ganz einfach kein Sitzfleisch mehr. Da nützte es auch nichts, wenn ich mein Hin- und Hergehen auf irgendwelchen Kieswegen wieder aufnahm, da war mir ganz einfach nach etwas großräumigerer Bewegung.

Dann bezahlte ich rasch die Milch, packte Bücher und Hefte wieder in den Stadtrucksack, der sich sehr praktisch umschnallen ließ, und begann, ein bißchen zu laufen. Das sollte ich eigentlich nicht, mit meinen lädierten Knien und

Knöcheln, aber der Laufschritt war mir ganz einfach ein Bedürfnis. Ich lief, wie ich war, ich lief, weil mir danach war, ich lief mit dem Rucksack am Rücken. Darin verursachten die Bleistifte in ihrem hölzernen Penal bei jedem meiner Schritte ein rasselndes Geräusch.

Aber ich lief. Vielleicht war mir im Grund nach Davonlaufen. Wovor, das hätte ich damals allerdings nur vage sagen können. Gewiß, mir wäre schon einiges eingefallen, von der Mathematik- und Geometrie-Matura angefangen. Aber es war nicht leicht, das alles zusammenzufassen und zu benennen.

Ich lief auch, ohne zu überlegen, wohin. Und ohne darauf zu achten, durch welche Straßen oder Gassen ich lief. Gewiß lag nahe, daß ich die verkehrsärmeren den verkehrsreicheren vorzog. Aber das war alles, worauf ich mein Augenmerk lenkte, zum Laufen brauchte ich keine weitere Orientierung.

So fand ich mich an einem dieser Tage in einem Bereich, der mir seltsam bekannt vorkam. Bis ich begriff, daß ich auf einem Weg, dessen Verlauf mir im Nachhinein nicht recht klar war, in die Gegend meiner Kindheit geraten war. Zumindest an ihren Rand. Da waren die Gleise der sogenannten Verbindungsbahn. Und als ich die überquert hatte, meinen Schritt unwillkürlich verhaltend, immer noch zweifelnd, ob das auch wahr sein konnte, wurde es mir bestätigt durch die Namen der Straßen und Gassen, die ich jetzt las, ganz im Gegensatz zu vorher, fast buchstabierte, beinah wie ein Kind, das gerade vor kurzem erst lesen gelernt hat, Paulusgasse, Baumgasse, Petrusgasse, und ein paar Minuten später stand ich vor meiner alten Schule, mit dem segnenden Jesus über dem Eingang, und dann schon vor der Apostelkirche mit den um diese Jahreszeit blühenden Robinien auf dem Vorplatz.

Dann bog ich, mit einem Herzklopfen, das nun keine Nachwirkung des Laufens mehr sein konnte, in die Wassergasse. Es war ein schöner, noch früher, sonniger Maitag, im Wind, der sanft zerzauste Wolken vor sich her trieb, witterte ich schon den Donaukanal. Manche Leute sagen, er stinkt, aber für mich können die Abwässer, die man in ihn hineinleitet, sein im Grunde gutes Aroma nicht völlig verderben. Das Aroma eines grundehrlichen Flusses, der durch mein verlorenes Nachkriegsparadies fließt.

Unser altes Haus an der Ecke zur Erdberger Lände war inzwischen wirklich renoviert worden. Mit dem neuen Verputz sah es sich gar nicht mehr sehr ähnlich. Ich stand eine Weile und schaute zu unseren Fenstern hinauf. Wahrscheinlich waren es nur die neuen Vorhänge, deren Aussehen ich aus der Entfernung natürlich nur ahnen konnte, aber irgend etwas schien mir auch an den Fenstern sehr verändert.

Da sahen nun ganz einfach andere Menschen heraus. Und wahrscheinlich sahen sie auch etwas anderes. Mit anderen Augen. Mit anderen Gedanken und Phantasien. Mit anderen Erinnerungen und anderen Assoziationen.

Richtung Rotundenbrücke am Donaukanal entlanggehend, kam ich an der Stelle vorbei, an der damals der Ball von meiner Fußspitze abgeprallt und die Böschung hinuntergerollt war. *Nicht mit dem Spitz!* – Ferdinands Stimme klang mir noch jetzt in den Ohren. Die Möwen schrien. In der Mitte der Brücke stehend, schaute ich lang ins nach wie vor erbsengrüne Wasser. Es floß ziemlich rasch und hatte die Büsche am Ufer zum Teil überflutet.

Drüben ging ich in der Sonne, die schon angenehm wärmte, flußabwärts. Man hatte den Uferweg betoniert und in Abständen von jeweils etwa hundert Schritten Bänke aufgestellt. Auf eine davon setzte ich mich. Sie war nicht aus Holz, wie es sich für eine gemütliche Bank gehörte, sondern aus Metall. Hart und kalt unter dem Hintern – auch in Wien begann man damals damit, so etwas für der fortgeschrittenen Zeit angemessen zu halten.

Flußabwärts weitergehend, kam ich an die Biegung, hinter der die Überfuhr sein mußte.

Ob der Fährmann noch da war? Ob er mich nach all den Jahren noch erkennen würde?

Doch. In solchen Zusammenhängen war meine Hautfarbe eine Hilfe.

Na, so was, der schwarze Peter!, würde er sagen. Er *würde* mich erkennen.

Eine große Sehnsucht erfaßte mich, mit dem Fährmann zu reden. Gewiß, seit er mich das letzte Mal gesehen hatte, waren Jahre vergangen. Leider war ich inzwischen längst kein Kind mehr. Und trotzdem: Der Fährmann würde mich nach wie vor verstehen.

Und dann, nach der Flußbiegung, war keine Überfuhr da! Zwar schwamm noch die Hütte des Fährmanns auf ihrem Ponton, und hüben wie drüben führten die alten Holzstufen zum Landungssteg. Doch um so erschreckender war die Leere dazwischen. Das Fährboot war einfach verschwunden, sogar das Drahtseil mit der Laufkatze fehlte!

Mir war zum Heulen. Ohnehin blies mir der Wind in die Augen. Ich stieg die Treppe zum Fährmannshäuschen hinunter. Auf der kleinen Brücke, die zu seiner Tür führte, saßen drei Ratten. Sie bewegten sich bei meiner Annäherung nur sehr behäbig und unwillig von der Stelle.

Die Tür war verschlossen. Die Schnalle wirkte verrostet.

Ich saß eine Weile auf den Treppenstufen.

Schon wollte ich umkehren, da entdeckte ich den Zettel.

Er war mit Reißnägeln rechts neben der Tür angebracht und mit verblaßter Maschinenschrift beschrieben.

Da stand, daß die Fähre zur Generalüberholung im Winterhafen liege.

Von ihrem neuen Besitzer werde sie voraussichtlich im Sommer wieder in Betrieb genommen.

Von ihrem *neuen Besitzer* also. Im Sommer.

Aber im Sommer, dachte ich, fest entschlossen, gleich nach der Matura wieder an einer der Ausfahrtsstraßen zu stehen und mit erhobenem Daumen zu signalisieren, daß ich, wie viele andere damals, schlicht auf und davon wollte, im kommenden Sommer würde ich schon weit weg sein.

DER TRANSFER auf der Fähre, die von morgens bis abends zwischen der Canal Street und dem Westufer des Mississippi tuckert, ist gratis. Aber das ist nicht der Grund, warum er so oft hin- und herfährt. Peter. Der Pianist aus *Jean Lafitte's Blacksmith Shop*. Wenn Sie ihn untertags suchen, brauchen Sie nur an der Anlegestation Canal Street Wharf zu warten, irgendwann wird er auftauchen.

Die Fähre hier sieht natürlich etwas anders aus als die Fähre seiner Kindheit. Nicht die kleine, geteerte, an einem Drahtseil hängende Holzzille, sondern ein großes, sogar zweistöckiges, frei schwimmendes Metallschiff. Aber Sie werden sie ja bald selbst sehen, es kann nicht mehr lang dauern. Sie hat wahrscheinlich schon drüben an der Anlegestation Algiers abgelegt und muß demnächst in Sicht kommen.

Stimmt, die Wartehalle hier ist nicht gerade gemütlich. Eine Unwirtlichkeit aus Blech, Plastik, Glas, auf dem Boden leere Fastfoodpackungen aus Styropor und im Zugwind hin und her rollende Cola-Becher. Aber versuchen Sie davon abzusehen, schauen Sie, so gut es geht, hinaus auf den Mississippi. Stimmt, durch die dreckigen Glasscheiben sieht er noch um eine Stufe grauer aus, als er in Wirklichkeit ist, aber trotz allem ist er imposant.

Hier ist er ja mehr als einen Kilometer breit. Kein Wunder also, daß man die Fähre noch nicht sieht. Außerdem müssen Sie Ihren Blick weiter flußabwärts richten. Die Stömung ist stark. Und der Kurs, den das Schiff nimmt, verläuft dementsprechend schräg.

Peter kennt das alles seit zwanzig Jahren. Damals, als er das erste Mal hier angelangt ist, da hat ihm echt das Herz geklopft. Die Fähre! Natürlich! Er hat ja geahnt, daß es hier so etwas geben muß. Monströs im Vergleich zu *seiner Überfuhr*, aber doch irgendwie verwandt.

Und dann ist er wahrscheinlich ebenso hier im Wartehangar gesessen wie jetzt Sie. Und womöglich war auch schon damals dieser dünne, abgerissene Mann da, der vor den

Wartenden seinen dünnen, abgerissenen Blues singt. Vielleicht war es nicht derselbe, aber ein gleicher. Diesem Mann haftet etwas von Ewigkeit an, obwohl seine Lebenserwartung wahrscheinlich nur kurz ist.

Singt seinen Blues. Nur ab und zu mit den Händen eine vage Erinnerung an den Rhythmus klatschend. Nein, eigentlich ist es kein Blues, sondern eher eine Art Work Song, eine Art Field Holler. Dieser Mann hat sehr abgearbeitete Hände und Arme mit Sehnen wie Lederschuhbänder. Und – ja – er hat sehr abgearbeitete Augen.

Was er singt oder eher *shoutet*, das klingt vorerst wie eine Folge aus der Tiefe der Zeit und der Seele ausgestoßener Rufe. Dazu klatscht er ab und zu in die Hände, rhythmisch zu spät, aber doch so, als wollte er die Rufe, auf die niemand antwortet, nicht gar so sinnlos verklingen lassen. *It's a long way*, singt er, also vielleicht handelt es sich doch um keinen Work Song, sondern um einen Vagabunden-Song, einen Pilger-Song, einen Tramp Song. Doch auch das, diese Existenz, wäre Arbeit, Leben ist Arbeit, seine Geschichte, die wir nicht kennen, ist Arbeit, Geschichte ist Arbeit.

Seine Geschichte, die Geschichte der Seinen, die Geschichte seiner Vorfahren. Die Geschichte, die wir zu kennen glauben, aus Erzählungen, Büchern, Filmen, und doch nicht kennen. Arbeit, und was für eine, Zwangsarbeit, Sklaverei. Wir haben davon gehört und gelesen, wir können uns das vorstellen und doch nicht vorstellen.

Afrika, die Senegalmündung. Amerika, die Mississippimündung, wie viele Kilometer sind es von da nach dort. Und wie viele sind unterwegs zugrunde gegangen. Und wie viele anschließend hier, auf diesem fremden Planeten. *An den Wassern von Babylon / saßen auch Gottes schwarze Völker und weinten*, aber ihr Jerusalem war woanders.

Und was ist dagegen das etwas verwickelte Schicksal eines Besatzungskindes aus Wien. Das endlich, mit zweiunddreißig, hier angekommen ist, wo jene anderen schon viel früher waren. Der schwarze Peter. Ach ja, das war er vielleicht drüben, in *Old Austria*. Hier ist seine Hautfarbe nichts Besonderes, sie ist sogar relativ hell, aber auch das ist nichts Besonderes, hier ist er nur einer unter vielen anderen.

Und doch ist es sein Leben, das er leben muß, und doch ist es seine Geschichte, die er zu erzählen hat. Seine individuelle Geschichte, seine persönliche Geschichte, die er am Hals hat. Seine Geschichte, die ihm durch den Kopf geht, seine Geschichte, die ihm, wie man früher gesagt hätte, durchs Gemüt geht. Eine Geschichte, die ihm am Herzen liegt und (manchmal schwer) auf der Seele.

It's a long way, auch für ihn. Bei aller Einsicht in die Relativität der Probleme. Und gewiß hat er sich durch den Gesang dieses dünnen, abgerissenen Mannes, dieses Repräsentanten seiner Herkunft, angesprochen gefühlt. Er, Peter, endlich hier gelandet, vielleicht gestrandet. Irgendwie, wenn auch sehr weitschichtig, fühlt er sich doch mit diesem Mann verwandt.

Der da vor ihm steht in dieser grindigen Wartehalle mit ihrer zugegeben interessanten Akustik, vor dem Gitter der Fähre, das sich gleich öffnen wird. Und seinen Song singt, der recht anders klingt als das, was sie drüben spielen und singen, auf dem Jackson Square, in der Decatur Street, auf dem Moonwalk, wo auf jedem Pier ein Saxophonist hampelt. *What a wonderful World, Amazing Graze. No man, it's a long way*, und das sagt alles, das reicht, dem hat er nichts hinzuzufügen.

Und dafür will er sein Geld, dafür will er abkassieren mit einem abgeschmierten Pappbecher. Aber kaum jemand will ihn sehen, man hat ihn ja auch nicht wirklich hören wollen. Und jetzt öffnet sich das Gitter, mit einem Krach wird der metallene Steg zwischen Fähre und Wartehalle heruntergeklappt. Und im dichten Gedränge kommt der Mann abhanden.

VIERTER TEIL

1

... Aber im Sommer würde ich schon weit weg sein ... Was man so denkt. Und wie es dann anders kommt. Wenn es nach mir gegangen wäre. Wenn ich einen anderen Weg gegangen wäre. Nämlich den üblichen. Aber ich hatte gute Gründe, ihn nicht zu nehmen.

Es war mein letzter Weg von der Schule nach Hause. Und zwar an meinem endgültig letzten Schultag. Ein Freitag Ende Mai 1966, eine halbe Stunde zuvor hatten wir unser Maturazeugnis bekommen. Um der Schar meiner Klassenkameraden zu entgehen, hatte ich mich in die Seitengassen geschlagen.

Weg von ihrer allzulauten Gesellschaft. Mir reichte die Aussicht, am Abend mit ihnen zu feiern. Ich würde sie und den Klassenvorstand um acht im *Zwölf Apostel Keller* treffen. Das war doch genug. Jetzt war mir eher nach Stille.

Schon ein merkwürdiges Gefühl, die Schule mit diesem Wisch in der Tasche zu verlassen. Diesem Zeugnis, um das man all die Jahre so viel Aufhebens gemacht hatte. Wie soll ich es beschreiben? Eine Leichtigkeit stieg mir zu Kopf, die mich ein wenig an die Narkose im Spital erinnerte. Eine Leichtigkeit, die sich ein bißchen anfühlte wie plötzliche Leere.

Atmete ich auf? Ich weiß nicht. Auf jeden Fall atmete ich durch. Die Luft in den Straßen war trotz der Abgase voller Düfte. Die paar armen Kastanienbäume um den Beserlpark standen weiß und rosa in Blüte. Zwischen den Dächern der grauen Häuser sausten die erst kurz zuvor aus dem Süden eingetroffenen Schwalben.

Vielleicht hatte ich das leichte Schwindelgefühl, das ich spürte, einfach vom Hinaufschauen. Streckenweise ging ich vor mich hin wie Hans-guck-in-die-Luft. Der Himmel war blaßblau. Mit weißen, wattigen Wolken. Aber vielleicht waren diese weißen, wattigen Wolken auch in meinem Hirngewölbe.

Es war, wie gesagt, Freitag, das Wochenende würde ich noch in Wien verbringen. Heute abend die Feier mit meinen Schulkollegen, morgen mittag die mit meiner Mutter und ihrem Teddybären. Ich wollte ihnen bestimmt nicht die Freude verderben. Aber Sonntag würde ich das bißchen Wäsche und die paar Bücher, die ich auf meine zweite, unbefristet lange Autostoppreise mitzunehmen gedachte, in den neuen Seesack stopfen, die Gitarre mit frischen Saiten bespannen, und Montag, daran würde mich niemand hindern, Montag in aller Früh würde ich abfahren.

Diesmal, so hatte ich inzwischen entschieden, der Sonne entgegen. Jugoslawien, Griechenland, Türkei, im Atlas und im Kopf war ich in den letzten paar Wochen schon zahllose Male bis Istanbul gereist. Dorthin wollte ich auf jeden Fall, dann würde ich weitersehen. Von meinem Taschengeld hatte ich zweitausend Schilling erspart, meine Mutter hatte versprochen, mir einen dritten Tausender draufzugeben, damit konnte man damals, wenn man, durch die Wechselkurse mit jenen ärmeren Ländern noch dazu begünstigt, mit den geringen Ansprüchen eines Tramps lebte, eine schöne Weile auskommen.

Ich sah mich also schon über das Pflaster des Sultan-Ahmet-Platzes gehen und mit nach muselmanischer Art übereinandergeschlagenen Beinen auf den Teppichen der Blauen Moschee sitzen. Und mit dem Schlafsack auf der garantiert wanzenfreien Terrasse eines kleinen Hotels unter dem Sichelmond liegen. Und vielleicht würde ich in den labyrinthischen Gängen des Großen Bazars, wo eine gute Akustik herrschen mußte, Gitarre spielen, einen durch orientalische Impressionen, die ihm gar nicht so fremd sein würden, modifizierten Blues. Und wahrscheinlich würde ich mir dadurch noch ein bißchen Geld dazuverdienen und eines Tages über die Galatabrücke auf die andere Seite hinübergehen oder -fahren oder – noch besser – mit einer der Fähren, die es dort gab, den Bosporus überqueren, und drüben würde alles offen und unermeßlich weit sein.

So träumte ich, auch jetzt, auf dem Heimweg von der Schule, meinem letzten. In den blaßblauen Himmel schauend, das Maturazeugnis in der Tasche, weiße Wolken im Kopf. Und dann stieg mein Fuß vom Gehsteig auf die quer vor mir liegende Wiedner Hauptstraße. Und da spürte ich einen harten Aufprall, und da fiel ich in einem kleinen Bogen, und da lag ich dann benommen.

Sie brachte ihr Rad, das durch den Aufprall auch etwas aus der Bahn geraten war, mit Glück und Geschick zum Stehen, lehnte es an den Randstein. Sie kniete neben mir, sie beugte sich über mich, ihre Haare fielen durchsonnt. Ihr Gesicht war sehr blaß, sie war mindestens so erschrocken wie ich – habe ich Ihnen weh getan? Halb so schlimm, sagte ich und versuchte aufzustehen, aber mein linkes Bein stach höllisch.

Ich setzte mich auf den Randstein neben ihr Rad, sie lief zur nächsten Telefonzelle. Sie rief die Rettung, sie kam zurück, sie setzte sich neben mich. Sie sah mich an und zuckte die Achseln, auf einmal redete sie englisch. Where do you come from? Sie können ruhig deutsch mit mir reden, sagte ich, ich bin Wiener.

Sie lachte ungläubig. Sie schüttelte den Kopf. Sie fand das komisch. Wär ja noch schöner, sagte ich, wenn ich von irgendwo weit her gekommen wäre, um mich von Ihnen anfahren zu lassen. Daß ich Sie angefahren habe, tut mir leid, sagte sie, aber es war nicht meine Schuld. Sie sind ja dahergetaumelt wie ein Traumwandler.

Dieser Dialog wurde durch die Ankunft von Rettung und Funkstreife unterbrochen. Ist Ihnen schlecht, fragte der Arzt, sind Sie vielleicht auf den Hinterkopf gefallen, besteht die Möglichkeit einer Gehirnerschütterung? – Nein, sagte ich. Nur das Bein tut ein bißchen weh. Er tastete mich ab. Als er meinen Knöchel berührte, konnte ich einen kleinen Aufschrei nicht unterdrücken.

Zwei Polizisten interessierten sich für meine Personalien. Wirklich geboren in Wien? Tatsächlich Österreicher? Ja, was sollte ich machen! Können Sie sich ausweisen? Ausweis hatte ich keinen bei mir, aber mein Maturazeugnis.

Sie studierten es sorgfältig, nickten beifällig. Zu Recht: Ich hatte ja lauter gute Noten. Zwar war kein Foto drauf, aber es war kaum anzunehmen, daß ich mit einem fremden Maturazeugnis umherlief. Auch die Personalien des Mädchens, das mich angefahren hatte, mußten die Polizisten aufnehmen, aber da in diesem Moment gerade ein Lastauto vorbeidonnerte, verstand ich weder ihren Vor- noch ihren Familiennamen.

Dann saß ich im Rettungsauto, sie fuhr mit dem Fahrrad hinter uns her, ich reckte meinen Hals über die weiße Beschichtung im unteren Teil der Fensterscheiben hinaus. Sie strampelte tapfer, nickte mir zu und lächelte. Der Fahrer fuhr einfach zu schnell, nach dem Matzleinsdorferplatz, den wir, angesichts der Art meiner Verletzung, völlig überflüssigerweise bei Rot überquerten, hatten wir sie abgehängt. Aber als ich mit einem schweren, weißen, streng riechenden Unterschenkel aus der Ambulanz des Meidlinger Unfallspitals kam, wartete sie vor der Tür.

Das Angebot, mit der Rettung nach Haus gebracht zu werden, hatte ich dankend abgelehnt. Ich wollte meine Mutter nicht zu sehr erschrecken, aber jetzt war ich darüber auch des Mädchens wegen froh. Man hatte mir eine Krücke geborgt, die ich bei der Kontrolle in einer Woche zurückbringen sollte. Die brauchte ich jetzt kaum – ich stützte mich auf meine Begleiterin und faßte sie dabei ganz selbstverständlich um die Schulter.

Sie war die erste, die auf meinem Gips unterschrieb. Das war auf einer Bank vor dem Spital, etwa auf halbem Weg zum Taxistandplatz. Sie hieß Natascha, was damals in Österreich ein seltener Name war. Während sie sorgfältig Buchstaben für Buchstaben malte, las ich laut mit wie ein gerade Lesen lernender Volksschüler.

Ich heiße Peter, sagte ich. Ja, sagte sie. Das habe ich mitgekriegt. Sie lächelte. Peter, sagte sie, *schwarzer Peter.* Dann setzte sie mich ins Taxi und stieg auf ihr Rad. Kurz sah ich sie noch, wie sie sich, in ihrem blauen Jeansanzug mit hoch erhobenem Kopf, zwischen den Autos durchschlängelte, die in der Kurve zwischen dem Meidlinger Unfallkrankenhaus und dem Kaiser-Franz-Joseph-Spital nicht recht vorankamen, aber noch vor der Kreuzung mit der Triesterstraße verlor ich sie aus den Augen.

Natürlich erschrak meine Mutter auch, als sie mich mit Gips und Krücke aus dem Taxi steigen sah. Sie wartete schon seit einer Stunde am Fenster. Sie kam mir entgegen, um mir die Stiegen hinaufzuhelfen. Aber ich sagte: Laß nur, Mamma, es geht schon.

Na, so was!, sagte sie. Gott sei Dank, daß du da bist!

Recht knapp erzählte ich oben, was passiert war.

Meine Mutter betrachtete den Gips und entzifferte die Unterschrift.

Und diese Natascha hat deinen Unfall verursacht?

Ja, sagte ich. Ich treffe sie morgen wieder.

Na ja, sagte meine Mutter, wie das Leben so spielt.

Das klang, muß ich sagen, nicht gerade begeistert.

Dem Umstand, daß ich jetzt nicht, wie geplant, Richtung Istanbul fahren konnte, zumindest nicht so, wie sie sich ausdrückte, Hals über Kopf, schien sie allerdings etwas abzugewinnen.

Ich traf Natascha am Unfallort – etwas Originelleres und Romantischeres war uns beim raschen Abschied auf dem Taxistandplatz nicht eingefallen. Es war Samstag, früher Abend, Mitte Mai, die Amseln flöteten. Etwas unterhalb der Stelle, an der sie mich angefahren hatte, gab es einen geteerten Plankenzaun. Dahinter wuchs und duftete weißer Flieder.

Ich war zu früh dran, oder sie kam etwas zu spät. Jedenfalls ging ich zwischen diesem Plankenzaun und der Ecke, an der es passiert war, auf und ab, gestützt auf meine Krücke, die ich schon ganz gut zu handhaben gelernt hatte. Nicht nur der Duft des Flieders lag in der Luft, sondern auch der des Holzes und des Teers. Wie ich so auf und ab ging, versuchte ich, mir Natascha vorzustellen.

Wie sah sie eigentlich aus? War ihr Haar blond oder brünett? Als sie sich über mich gebeugt hatte, während ich, noch etwas benommen, auf dem Straßenpflaster gelegen war, war mir ein sommerliches Weizenfeld in den Sinn gekommen, aber da hatte sie die Sonne im Rücken gehabt. Und ihre Augen: waren die grün oder braun? Ich wußte nur, wie sie mich angeschaut hatten, nämlich erschrocken, überrascht, amüsiert, das alles so rasch, eben in einem Augenblick, aufeinanderfolgend, daß es fast gleichzeitig da war, und daß ihre Pupillen dabei größer geworden waren.

Was, wenn sie jetzt kam und ich sie einfach nicht wiedererkannte? *Sie* würde *mich* wiedererkennen, zweifellos. Aber was, wenn sie *nicht* kam, einfach ausblieb? Würde sie mir dann abgehen, würde dann ein Loch in meinem Leben sein, eine unausgefüllte Stelle?

Sie kam – obwohl ich mir ihrer Identität bis zum letzten Moment nicht sicher war. Sie sah sich zwar ähnlich, aber in gewisser Hinsicht auch unähnlich. Ein junges Mädchen von sechzehn oder siebzehn, etwa einssiebzig groß, dunkelblond, in Rock und Bluse, nicht im Jeansanzug wie bei unserer ersten Begegnung. Vor allem – und damit fehlte ihr ein Requisit, das die Identifikation entscheidend erleichtert hätte –, vor allem ohne Fahrrad.

Mein Gott, wenn ich daran denke, wie unverwechselbar sie mir schon bald darauf schien! Wie ich jedes Detail ihres Gesichts, ihres Körpers kannte und, weil es zu ihr gehörte, gern hatte oder – um auch bei der Beschreibung jenes euphorischen Zustands, der mich in den nächsten Tagen, Wochen und Monaten erfaßte, realistisch zu bleiben – *fast* jedes. Jenes

Fältchen rechts neben dem Mundwinkel etwa, jenes Lachfältchen, das sich eigenartiger-, aber auch sympathischerweise schon damals auf ihrem Gesicht abzeichnete. Da konnte man von kleinen Schönheitsfehlern wie den etwas zu großen kleinen Zehen absehen, die sie – so formulierte sie das – ihrem stark gebauten Vater verdankte.

Mit ihrem Vater sollte ich noch früh genug das Vergnügen haben. Und mit ihrer Mutter, der sie da und dort zweifellos auch ähnelte. In jenen schönen, frühen Tagen jedoch dachte ich noch nicht an dritte und vierte Personen. Da waren nur sie und ich, zum Beispiel im Vorgarten des original italienischen Eissalons *Panciera*, aus zwei großen, silbrigkühlen Bechern Eis löffelnd.

Nataschas Pupillen habe ich schon erwähnt, wie sie, als sie mich das erste Mal anschauten, größer wurden, gewissermaßen aufgingen. Ja, das wars: daß sie aufgingen, daß sie sich öffneten, als wollten sie mich umfassen. Dieser Blick hing, wie ich später erkannte, auch mit ihrer Kurzsichtigkeit zusammen, die sie mir, da sie ihre Brillen in meiner Anwesenheit vorerst nicht aufsetzte, eine Weile erfolgreich verbarg. Aber gewiß war er auch voll zunehmender Zärtlichkeit und Innigkeit, und es fiel schwer, nicht in diese übrigens weder grünen noch braunen, sondern einfach blauen Augen, die mich so begeistert ansahen, hineinzufallen.

Begeistert, ja. Sie war ganz begeistert von mir. Von der Tatsache nämlich, daß ich schwarz war. Wahrscheinlich hätte mich das stutzig machen sollen, hätte ich mir die Frage stellen sollen, ob sie sich, wäre ich so weiß wie sie gewesen, auch so schnell in mich verliebt hätte. Aber dem schönen Gefühl, das in einem aufsteigt, wenn man merkt, daß man jemandem gefällt, noch dazu einem so lieben Geschöpf, der Wirkung dieses Gefühls kann man sich schwer entziehen, davon berauscht, ist man zu skeptischen Überlegungen wenig disponiert, dieses Gefühl löst mit einem Wort einen Reflex aus.

Bei mir jedenfalls setzte dieser Reflex sehr bald ein. Unser zweites Rendezvous hatten wir in der Inneren Stadt. Deren Schönheiten mir eigentlich erst durch Natascha bewußt wurden. Natürlich war ich auch früher öfter dort hingekommen, aber im Grund genommen war der von der Ringstraße anstelle der ehemaligen Stadtmauer umschlossene erste Bezirk ein Bereich gewesen, mit dem ich mich nicht vertraut gefühlt hatte.

Ich war ein Kind des anderen Wien gewesen. Des lateralen und peripheren Wien. Das Wien, das man auf den Ansichtskarten sah, war mir immer ein bißchen unwahr erschienen. Jetzt fing ich an, es ein bißchen wahrzunehmen.

Im Burggarten saßen wir auf den besonnten Stufen vor dem Palmenhaus, im Volksgarten auf einer von Rosen umdufteten Bank. Dann wanderten wir, so gut es mit meinem Gipsbein ging, stadteinwärts. Manchmal war mir danach, eine Pause einzulegen, dann blieben wir in irgendeinem schattigen Winkel stehen. Im Haarhof, einem schmalen Durchschlupf zwischen Wallnerstraße und Naglergasse, kamen wir einander schon infolge der geringen Gassenbreite sehr nahe.

Am ersten Samstag, den wir miteinander verbrachten, waren wir Boot fahren an der Alten Donau. Diese ist sozusagen die hübsche Schwester des Donaukanals. Ebenfalls ein Kind der Großen Donau, aber, wohl im Zuge der Regulierung, von ihr abgeschnitten. Und nun liegt sie, als gar nicht so kleiner See, zwischen den Bezirken Floridsdorf und Donaustadt, die sonst nicht viel Schönes zu bieten haben, aber die Alte Donau mit ihrem sich im Wind kräuselnden Wasser, ihren Segel- und Ruderbooten, den Pappeln und Weiden und mit den Gastgärten an ihren Ufern kann ein Traum sein.

Ich ruderte das Boot ins Schilf, das damals an der Westseite der sogenannten Gänsehäufelinsel noch sehr dicht wuchs. Ich war sehr schwarz, bis aufs Gipsbein, Natascha war sehr weiß. Mit Sommersprossen an den erstaunlichsten Stellen. Es war übrigens bei dieser Gelegenheit, daß sie ihren Vater das erste Mal erwähnte, eben der Zehen halber.

Er sei recht tolerant, sagte sie, manchmal sei er sogar ausgesprochen fortschrittlich. Das hänge mit seiner politischen Überzeugung zusammen. Mit dieser politischen Überzeugung hänge es auch zusammen, daß sie Natascha heiße. Nach der Befreiung durch die Rote Armee habe ihr Vater nämlich eine große Sympathie für alles Russische empfunden.

Natascha verwendete wirklich solche Vokabeln. Ich meine: *Befreiung*, *Rote Armee* usw. Das waren Vokabeln, die man seit dem Abzug der sowjetischen Besatzungsmacht nur mehr selten hörte. Zuvor hatte man sie öfter gehört, aber meist, daran erinnere ich mich noch ganz gut, mit einem ironischen, ja zynischen Unterton, der signalisierte, daß man sich von der Roten Armee, deren Hauptkontingent über die von da an nach ihr benannte Donaubrücke von Norden nach Wien einmarschiert war, alles andere als befreit fühlte.

Inzwischen hieß die *Brücke der Roten Armee*, die damals von manchen, denen daran gelegen war, die Umklammerung durch die im großen und ganzen eher als Okkupations- denn als Befreiungsmacht empfundenen Russen mit einem gewissen Galgenhumor zu karikieren, als *Brücke der roten Arme* bezeichnet worden war, wieder *Reichsbrücke*, wie früher. Obwohl das Wort *Reich* nach wie vor etwas anrüchig klang. Man konnte nicht umhin, es mit dem Reich zu assoziieren, an das sich im Jahr '38 dem Vernehmen nach die meisten ziemlich begeistert hatten anschließen lassen. Aber angeblich hatte der Name der Brücke gar nichts mit jenem Reich zu tun, sondern hatte schon vorher, mit welcher Bedeutung immer, existiert, und man sah, nachdem man die Rote Armee endlich los war, keinen Grund, sie nicht wieder so zu nennen.

Wie dem auch sei, von der Roten Armee und der durch sie vollzogenen Befreiung Österreichs sprach im Jahr 1967 fast niemand mehr. Natascha schon und Nataschas Vater erst recht. Sie hatte es von ihm, er hatte es von der Kommunistischen Partei, der er als Mitglied angehörte. Einer Partei, der im Österreich jener immer fetter werdenden Jahre nur mehr sehr wenige angehörten, aber ihr Vater, sagte Natascha, zähle zum roten Fähnlein dieser Aufrechten.

Er war halt kein Opportunist, sondern überzeugt. Und sei es, erzählte Natascha, schon lang gewesen. Wenn es nach ihm gegangen wäre, wäre er mit siebzehn schnurstracks in den Spanischen Bürgerkrieg gezogen. Aber daran habe ihn sein Vater (ihr Großvater) gehindert.

So habe man ihn 1938 mit anderen Söhnen des Vaterlands zur Deutschen Wehrmacht eingezogen. Daß er in seinem roten Herzen dagegen gewesen sei, habe nichts geholfen. '39 und '40 habe er als deutscher Soldat in Polen und Frankreich einmarschieren müssen. Und '41 sei er gezwungen gewesen, am Überfall auf die Sowjetunion teilzunehmen.

Wenn er schießen mußte, habe er in die Luft geschossen, von den anderen, die ja nicht wissen konnten, daß er im Grunde auf ihrer Seite stand, sei er nicht unerheblich verwundet worden. 1943 oder '44 sei er dann in Gefangenschaft geraten. Er sei froh darüber gewesen, obwohl er das vor seinen mitgefangenen Kameraden im Gefangenenlager erst nach und nach habe zeigen dürfen. Jedenfalls sei die *Umschulung*, die man ihnen dort habe angedeihen lassen, für ihn nicht notwendig gewesen.

So war er, der Doktor Scholz – nach seiner Rückkehr aus dem Krieg hatte er noch studiert und war nun Zahnarzt. In seinen Bücherregalen überwogen neben zahnärztlicher Fachliteratur die Werke von Marx und Engels. Auch Lenin war stark vertreten, Stalin hatte er nach dem XX. Parteitag der KPdSU im Keller gelagert. Das alles sollte ich noch früh genug sehen und erfahren.

Für meinen Geschmack ein bißchen allzufrüh. Wenn es nach mir gegangen wäre, hätte ich es noch eine Weile ohne seine persönliche Bekanntschaft ausgehalten. Obwohl ich, wenn ich heute an ihn zurückdenke, durchaus gewisse Sympathien für ihn hege. Natascha aber schien einen eigenartigen Wert darauf zu legen, mich ihrem Papa, auf den sie immer wieder zu sprechen kam, sozusagen vorzuführen.

Ich wollte nicht recht. Doch sie wußte es einzurichten, daß wir uns über den Weg liefen. Jedenfalls kann ich mir bis heute nicht vorstellen, daß unsere Begegnung in der Schönbrunnerstraße, in der ihr Vater seine Praxis hatte, Zufall war. Ihre Vorliebe für ausgerechnet jenes Kino, das, wie sich dann herausstellte, keine hundert Meter von der Praxis entfernt sein dämmriges Dasein fristete, bis es, ein paar Jahre später, endgültig einging, hätte mir, wäre mein Geist ganz wach und nicht doch durch ihre frühsommerliche Nähe etwas betäubt gewesen, zu denken geben können. Allerdings gab es dort damals gerade eine Cocteau-Retrospektive, unter anderem spielte man *La belle et la bête,* und die Loge, die wir uns leisteten, war zwar so eng, daß man nicht wußte, wohin mit den Knien, aber dafür, zumindest während der Nachmittagsvorstellung, so exklusiv, daß man einander mit schöner Selbstverständlichkeit zu nahe kam.

Nataschas Vorliebe für dieses Kino hätte also ebensogut mit cineastischen Interessen und den unsere Zweisamkeit begünstigenden Gegebenheiten zu tun haben können. Und – daran will ich nicht zweifeln – sie hatte es auch. Aber den Hintergedanken, daß wir vor oder nach dem jeweiligen Film ihren Vater treffen könnten, der nur zwei Häuserblocks weiter plombierte, Wurzeln behandelte, extrahierte und künstliche Gebisse einsetzte, hegte sie dabei mit Sicherheit. Servus Papa, sagte sie. Sie wirkte keineswegs überrascht.

Von ihr, seiner Tochter, überrascht wirkte ihr Vater übrigens auch nicht. Dafür um so mehr von mir: So wie ich war, hatte er sich mich offenbar *nicht* vorgestellt. Oh doch, sie hatte ihm gegenüber schon von mir gesprochen, allerdings, wie es schien, eher in Andeutungen. Etwa in dem Sinn, daß ich ganz anders sei als die meisten in Wien und Umgebung umherlaufenden anderen.

Um die Situation in den Griff und wieder etwas mehr Farbe ins Gesicht zu bekommen, lud er uns in ein Kaffeehaus ein. Das zwinkerte auf der anderen Straßenseite mit einem schadhaften Neonschriftzug. Dort tranken *wir* Coca-Cola, und *er* trank Kaffee mit Cognac. Das heißt, daß er den Cognac wie eine Medizin kippte und den Kaffee stehenließ.

So, sagte er endlich. Sie sind also der Peter. Der *schwarze* Peter, sagte seine Tochter und lächelte. Mir blieb also auch nichts übrig, als zu grinsen. Schöne Zähne haben Sie, sagte Nataschas Vater, nur die zwei falschen da vorne sind nicht besonders.

Nataschas Mutter, die kennenzulernen ich ein paar Tage später das Vergnügen hatte, war schon besser auf meinen Anblick vorbereitet. Sie wirkte angenehm angetan: So schwarz, wie sie sich das nach den Schilderungen ihres Gatten vorgestellt hatte, war ich ja gar nicht. Das sagte sie nicht, doch ich hörte sie buchstäblich denken. Die von ihrem Mann mit Liebe angefertigten falschen Zähne, die sie mir strahlend zeigte, wirkten tatsächlich echter als meine.

Sie schaffte es wirklich, eine ganze Autofahrt hindurch zu lächeln. Es war Sonntag, auf Vorschlag des Doktor Scholz fuhren wir zum Mittagessen auf den Kahlenberg. Ich sah ihr Gesicht im an der Sonnenblende über dem Beifahrersitz montierten Kosmetikspiegel. Das Fältchen neben dem Mundwinkel, das an Natascha so apart wirkte, hatte sie auch, aber es wirkte so starr wie an einer Gipsmaske.

Gipsmaske, ja, die Assoziation hatte etwas für sich. Vielleicht lag es am weißen, grausamen Licht dieses etwas bewölkten, nicht wirklich sonnigen Sonntagvormittags, daß mir ihre zu dick aufgetragene Schminke so deutlich auffiel. Es war seltsam – sie mußte etwas jünger sein als meine Mutter. Aber ich hatte den Eindruck, wenn – Gott behüte – der larvenhafte Verputz von ihr abblätterte, würde sich das nackte Gesicht einer recht alten Frau zeigen.

In Relation dazu wirkte die gute Figur, die sie immer noch hatte, fast obszön. Abgesehen davon, daß ich mir ihre an Natascha vererbten langen Beine etwas zu dünn dachte. Auch ihr Popo war vermutlich fleischlos und dürr. Als sie vom Sitz vor mir aus dem Auto ausstieg, zeichnete sich unter ihrem engen, schwarzen Rock jedenfalls nichts Weiches, Rundes ab, sondern etwas hölzern Gestellhaftes.

Wir waren früh dran. Als wir vor dem zu jener Zeit für fein geltenden, schachtelförmigen Restaurant standen, war es erst dreiviertel zwölf. Wir traten also nicht gleich ein, sondern schauten von der nebenan gelegenen Terrasse hinunter auf die uns gemeinsame Stadt, die sich von den schönen, grünen Villenvororten in der Nähe bis zu den häßlichen, grauen Arbeiterbezirken in der Ferne ausdehnte. Sie sind also wirklich, sagte Nataschas Mutter, nach wie vor lächelnd, in Wien aufgewachsen? Ja, sagte ich, die Donau unter uns glänzte bleiern, der Donaukanal hatte auch aus dieser Entfernung die mir vertraute Erbsensuppenfarbe.

Dann saßen wir beim Essen, ich trug meinen Reifeprüfungsanzug und kam mir in dieser Verkleidung steif und blöd vor. Wir saßen nicht im Freien unter einem Sonnenschirm, sondern im etwas spitalhaft wirkenden Speisesaal. Kann sein, daß sich Mediziner und Medizinerinnen in so etwas wohl fühlen. Auch Frau Scholz hatte, wie sie erzählte, Medizin studiert, aber als Natascha unterwegs gewesen war, hatte sie es bleibenlassen.

Damit berührten wir ein heikles Thema. Nicht nur für sie heikel, sondern, wie sich gleich herausstellen sollte, auch für mich. Apropos Studium, sagte ihr Mann, Natascha hat uns erzählt, daß Sie gerade maturiert haben. Gratuliere. Was wollen Sie denn jetzt anfangen?

Das weiß ich noch nicht, sagte ich der Wahrheit gemäß. Natascha trat mich unter dem Tisch gegen das Schienbein. Ich meine, korrigierte ich mich, ich bin am Überlegen. Tatsächlich fiel mir in diesem Augenblick auf, daß ich mir das noch nie überlegt hatte.

Meine Mutter hatte mich nicht gedrängt. Die Matura, für Leute ihrer Herkunft in ihrer Generation noch etwas Besonderes, galt ihr als gute Voraussetzung für ein besseres Leben. Was immer das sein mochte. Sie hatte mir die Tür geöffnet. Wohin ich durch diese Tür ging, das war meine Sache.

Das ist die eine Möglichkeit, ihre diesbezügliche Zurückhaltung zu interpretieren. Die andere ist ganz simpel die, daß sie, je näher meine Matura kam, um so mehr mit ihren eigenen Angelegenheiten zu tun hatte. Meine Mutter hatte insgesamt etwas sehr Gegenwärtiges. Ein Gespräch über meine Zukunft war auf diese Weise einfach nie zustande gekommen.

Ich bin am Überlegen, sagte ich also – eine Antwort, die kaum der Wahrheit entsprach. Nur als Fußballer hatte ich bisher eine Zukunftsidee gehabt, und zwar die, ins Nationalteam zu kommen. Und dann die Idee, einfach auf und davon zu fahren. Daß ich jetzt eine andere haben sollte, eine Idee, die man Leuten wie Nataschas Eltern zur wohlwollenden Kenntnisnahme präsentieren konnte, verstärkte mein durch die einengende, einschnürende Wirkung von Anzug und Krawatte ohnehin schon recht schweißtreibendes Unbehagen.

Der Peter macht Musik, sagte Natascha. Vielleicht wird er Musik studieren.

Ich erinnerte mich nicht, ihr gegenüber etwas Derartiges erwähnt zu haben.

Er ist ein sehr talentierter Blues- und Jazzmusiker.

Sie hatte mich noch nie Klavier spielen gehört. Nur zur Gitarre hatte ich ihr etwas vorgesungen.

Wie dem auch sei, Nataschas Eltern waren ohnehin nicht sehr überzeugt. Sie sahen drein, als ob ihnen das Essen nicht schmeckte. Dabei war das Essen gut. Wir aßen, wenn ich mich recht erinnere, nach der Suppe, die dort Consommé hieß, Geflügel. Das Essen war an diesem Treffen, das ich nicht gewollt hatte, jedenfalls noch das weitaus Beste.

Jazz und Blues?, sagte Nataschas Vater. Kann man das bei uns überhaupt studieren?

Doch, doch, sagte seine Tochter. Im Konservatorium gibt es seit neuestem eine Jazzklasse.

Schon wieder wußte Natascha mehr als ich.

Vielleicht in Amerika, sagte ihr Vater. Aber bei uns, ich bitt dich!

Wo in den Vereinigten Staaten, fragte Nataschas Mutter, lebt denn Ihr Herr Papa?

Es freute mich, nicht zu lügen. Ich sagte: Ich weiß nicht.

Ach so ist das, sagte sie. Ich sah deutlich, wie sie schluckte.

Sie hatte Nataschas weißen, schlanken Hals, aber wie er bei ihr zwischen Kopf und Körper saß, erinnerte er ein bißchen an das Geflügel, das wir gerade gegessen hatten.

Eine gewisse, laute Stille trat ein.

Ein ältliches Fräulein offerierte Desserts.

Es gab *Mohr im Hemd*. Vielleicht hätte ich originell sein und einen bestellen sollen.

Die Sprache kam aber auch ohne solche Scherze auf meine Hautfarbe.

Um Mißverständnisse zu vermeiden, sagte Doktor Scholz, meine Frau und ich sind frei von Vorurteilen ... Es ist ja vielleicht ein komischer Zufall, daß unsere Tochter von allen in Frage kommenden Verkehrsteilnehmern ausgerechnet Sie angefahren hat, aber was solls ... Ich hoffe, Ihr Bein wird bald wieder in Ordnung sein ...

Es wird, sagte ich. Nächste Woche nehmen sie mir den Gips ab.

Schön, jedenfalls verdanken wir es diesem komischen Zufall, daß ihr euch zusammengetan habt. Und daß ihr jetzt miteinander *geht*, wie man in Wien sagt. Wie weit und wohin und wie lang, das wird sich weisen. Jedenfalls seid ihr sehr jung, besonders unsere Tochter ist sehr jung, wenn Sie verstehen, was ich meine.

Er sage das, sagte der Doktor Scholz, nicht etwa, weil ich schwarz sei. Ihm gefalle das ja. Womöglich sei er nicht ganz unschuldig an Nataschas Sympathie für mich. Vor ein paar Jahren haben in Wien, wie ich vielleicht wisse, die *Internationalen Weltjugendfestspiele* stattgefunden. Damals habe er sich mit den Delegierten aus Afrika besonders gut verstanden.

Allerdings lebe man in einer Welt, in der leider nicht alle so empfänden und dächten. Internationale Solidarität und Völkerverständigung seien für viele unserer Mitmenschen Fremdwörter. Das möge in sozialistischen Ländern aufgrund der Ideale, die man dort in die Realität umzusetzen versuche, etwas besser sein. Aber problemlos sei es, wie er anläßlich mehrerer Besuche in der Deutschen Demokratischen Republik habe erfahren müssen, dort auch nicht.

Nein, nein, sagte er, als er sah, daß Natascha die Augen zum Plafond drehte, ich will hier keinen Vortrag halten. Was ich sagen will, ist nur, daß wir für unsere Tochter natürlich das Beste wollen. Keine Mißverständnisse! Wir wollen ganz einfach, daß sie glücklich wird. Aber jetzt soll sie zuerst – nächstes Jahr – die Matura machen, davon darf sie nichts ablenken bitte, und dann wird man weitersehen.

Nach dem Kaffee, als wir, da uns nichts Besseres einfiel, noch einmal auf die Terrasse hinaustraten, zückte Doktor Scholz die Kamera. Ich mußte mich zwischen Natascha und ihre Mutter stellen und mit Wien im Hintergrund fotografieren lassen. Na, lächeln Sie schon, sagte Doktor Scholz, Sie haben wirklich ein schönes Gebiß. Aber vielleicht sollten Sie trotzdem einmal zur Kontrolle bei mir in der Praxis vorbeikommen.

Das solltest du wirklich machen, sagte Natascha. Aber warum, sagte ich, ich hab gar kein Zahnweh. Er hat doch gesagt, sagte sie etwas unwillig über meine Verstocktheit, zur Kontrolle! Außerdem kannst du dann mit ihm reden, und durchs Reden kommen die Leute zusammen.

Von wegen reden. Reden Sie einmal mit einem Zahnarzt! Ich meine, reden Sie mit ihm, während er Ihre Zähne behandelt. Und Doktor Scholz *behandelte* meine Zähne. So gut, wie er – damit vielleicht auch einem Vorurteil aufsitzend – geglaubt habe, seien sie ja doch nicht.

Für alle Fälle hatte er mich gleich bei meinem ersten Besuch, zu dem ich mich schließlich doch hatte breitschlagen lassen, auf den Röntgenstuhl gesetzt. Die keilförmige, kalte Spitze des Röntgenapparats drückte unangenehm auf meine Backe. Mit dem Zeigefinger mußte ich den Film von innen gegen die jeweils zu röntgenisierende Zahnpartie pressen. Eine Aktion, die bei mir Speichelfluß und einen leichten Brechreiz auslöste.

Eine Viertelstunde später *durchschaute* mich Doktor Scholz. Zwar durchschaute er vorläufig nur mein Gebiß und meine Kiefer, aber immerhin. Pars pro toto. Es gab einige Fragwürdigkeiten. Im übrigen war klar, daß er gern mehr von mir durchschaut hätte.

Vom Röntgenstuhl mußte ich, ob ich wollte oder nicht, auf den Behandlungsstuhl. Dort wurde ich dann ein wenig rückwärts geklappt. Von vorn kam der Doktor Scholz mit seinem runden Spiegel auf der Stirn. Und mit diversen, gefährlich wirkenden Werkzeugen.

Im Fokus des Spiegels leuchtete ein Lämpchen, die Werkzeuge blitzten. Machen Sie den Mund weiter auf, sagte der Zahnarzt, der Nataschas Vater war. Er überwölbte mich mit seinem nicht unerheblichen Brustkasten. Die Narbe am Hals verdankte er einem Rotarmisten, der mit aufgepflanztem Bajonett die Sowjetunion gegen den Angriff des Faschismus verteidigt hatte.

Mit seinen großen, dicken Fingern steckte Doktor Scholz medizinisch schmeckende Bäusche in meinen Mund. Mit seinen blitzenden Folterinstrumenten kratzte und grub er zwischen ungeahnt tief in meinem Rachen sitzenden Zähnen. Der Speichelsauger hing wie ein Angelhaken unter meiner Zunge. Von wegen reden! Er redete, und ich konnte nur antworten, wenn *er* es zuließ.

Er schaffte es locker, mich monatelang zu behandeln. Kommen Sie Dienstag oder Freitag wieder! Er plombierte kleine Lücken, schliff Ecken und Kanten ab, entfernte den Zahnstein.

Endlich redete er mir noch ein, meine zwei seiner Ansicht nach indiskutablen falschen Schneidezähne durch neue zu ersetzen.

Er hielt Monologe über Gott und die Welt. Das heißt, über Gott natürlich nur mittels Negation. Manchmal sagte er trotzdem *mein Gott* oder *Gott sei Dank*. Aber in der sozialistischen Zukunft würde die Welt Gott nicht mehr brauchen.

Er stand fest auf dem Boden des historischen und dialektischen Materialismus. Dabei war er allerdings schrecklich idealistisch. Er hatte viel über für die Theorie, aber manchmal wurde er unversehens praktisch. Wenn Sie schon mit meiner Tochter intim werden müssen, sagte er einmal mitten aus der schönsten Analyse der kapitalistischen Produktionsverhältnisse heraus, sind Sie doch hoffentlich vernünftig genug, ein Präservativ zu verwenden.

Leider war ich nicht ganz so vernünftig, wie mich der Doktor Scholz gern gehabt hätte. Denn die Verhältnisse, die sind halt nicht so. Warum hätte ausgerechnet das meine zu seiner Tochter so sein sollen? Der intime Umgang der Menschen miteinander hat bekanntlich etwas recht Irrationales.

So irrational war der unsere miteinander, daß wir Folgen auch dann fürchteten, wenn sie nach menschlichem Ermessen kaum möglich waren. Unsere Umarmungen im Boot, im Kino, im Park geschahen ja anfangs nur ansatzweise. Trotzdem packte uns nach der auf diese Art eher neben- als beieinander genossenen Lust oft der Schreck. Vielleicht war, wenn wir uns da und dort berührt hatten – also wie war das gewesen: erst da und dann dort?, oder auch umgekehrt: erst dort und dann da? –, vielleicht war ja bei dieser Gelegenheit doch etwas passiert; Natascha hatte in der Schule einen Aufklärungsfilm gesehen, in dem sich die Samenfädchen außerordentlich zielstrebig verhalten hatten; schon bevor wir, wie wir es nannten, *richtig* miteinander geschlafen hatten, warteten wir Monat für Monat voll Bangigkeit auf ihre Regel.

So ging das den Sommer und den Herbst lang dahin. Es ist

schon komisch, wie kompliziert das Geschlechtsleben zwischen Mann und Frau ist. Das heißt: von Mann und Frau war ja kaum noch die Rede. Natascha jedenfalls war, wenn es nach der medizinischen Definition ging, nach wie vor ein Mädchen und hatte den Vorsatz, möglichst lang eins zu bleiben.

Wir seien sehr jung, besonders sie sei sehr jung. Nicht selten zitierte sie indirekt ihren Vater. Ob ihr das auffiel? Ich weiß nicht. Mir fiel es auf. Sie müsse zuerst die Matura machen, davon solle sie nichts abhalten.

Natürlich hielt sie (hielten wir) nicht so lange durch. Sie schenkte sich mir, poetisch gesprochen, zu Weihnachten. Eine Schulkollegin, die mit ihren Eltern in wärmere Zonen fuhr, borgte ihr den Wohnungsschlüssel. Es geschah also in einem fremden Jungmädchenzimmer, auf der Couch jener mir persönlich unbekannten Brigitte, unter einem James-Dean-Poster.

Wie war es? – Die Schulkollegin hatte sich, wie ich später mitbekam, einen detaillierten Bericht als Gegenleistung ausbedungen. Ich kann nur mutmaßen, was ihr Natascha erzählte. Aller Wahrscheinlichkeit nach hat sie hübsch gelogen. Um es beim ersten Mal wirklich schön miteinander zu haben, dazu hatten wir viel zuviel Angst und schlechtes Gewissen.

Gar nicht leicht, so richtig zusammenzukommen. Mag sein, es lag an mir: von mir wurde schließlich etwas erwartet: Ich sollte den richtigen Mann spielen. Mit Etelka war das, nach Überwindung der Schwerkraft sozusagen, kein Problem gewesen. Aber mit Etelka, sagte Natascha, der ich, um keinen Zweifel an meiner Männlichkeit aufkommen zu lassen, von Etelka erzählte, mit dieser Etelka war das halt bloße Begierde – mit ihr, das sei die Liebe.

Vielleicht war sie es ja wirklich, vielleicht wurde sie es gerade, weil alles so kompliziert war. Vielleicht gehört es ja dazu, daß man miteinander Angst hat und ein schlechtes Gewissen. Jedenfalls klammert man sich aneinander fest, wenn man soviel miteinander durchsteht. Das Präservativ, das wir damals, zu Weihnachten, vernünftigerweise verwendeten, hätte, wie uns nach seiner Verwendung und Entsorgung gleich einschoß, natürlich schadhaft sein können, womöglich war es auch nicht richtig gesessen.

Die ganzen Weihnachtsferien waren wir jedenfalls in Panik. Vor lauter Aufregung verzögerte sich Nataschas Regel. Was würde geschehen, wenn sie wirklich ein Kind von mir bekam? Ihren Vater würde mitsamt seiner sogenannten Fortschrittlichkeit der Schlag treffen.

Schließlich vertraute sich Natascha ihrer Mutter an. Ich weiß nicht, was ihr da einfiel, vielleicht erhoffte sie sich nicht nur mütterlichen, sondern auch medizinischen Rat. Mir sagte sie jedenfalls vorher nichts davon. Aber ich merkte es gleich nachher an der Art, wie ihre Mutter mich ansah.

Ich verbrachte ja damals schon fast jeden zweiten Nachmittag im Hause Scholz. Im Laufe des Herbstes hatte sich das so ergeben. Im sogenannten Salon stand dort nämlich ein Flügel. An dem durfte ich – nachdem ich zu meiner eigenen Überraschung die Aufnahmsprüfung ins Konservatorium geschafft hatte – manchmal üben.

Bei mir daheim, an meinem eigenen Piano, war das – meine Mutter hatte es ja angekündigt – nicht mehr so einfach. Entweder schlief meine Halbschwester, oder sie brüllte. Außerdem hatte mich Natascha gern in ihrer Nähe. Also übte ich immer öfter dort – vorausgesetzt, daß Doktor Scholz nicht da war.

Der hatte zwar, wie er sagte, im Prinzip nichts gegen Jazz und Blues. Nur könne er diese Art von Musik halt nicht anhören. Seiner Frau mißfiel, was ich spielte, anscheinend weit weniger. Zuweilen setzte sie sich sogar in einen der beiden Fauteuils, die rechts vom Klavier beim Kamin standen, legte die Hände in den Schoß und den Kopf schief, sah mich, wie mir schien, mit einer gewissen Nachdenklichkeit an und lauschte.

Das hatte mich anfangs etwas nervös gemacht. Besonders wenn Natascha nicht dabei war, sondern in ihrem Zimmer saß und Hausaufgaben schrieb. Ich hatte mich von der Frau

Scholz beobachtet gefühlt. Aber mit der Zeit hatte ich nicht mehr den Eindruck, daß sie mich beobachtete, sondern daß ihr Blick einfach – sogar mit einer sanft spürbaren Wärme – auf mir ruhte.

An jenem Nachmittag nun – es muß nach dem 6. Jänner gewesen sein, denn die Schule, in die Natascha noch ging, hatte schon wieder begonnen, und das arme, womöglich von mir geschwängerte Kind saß in seinem Zimmer über einer Mathematik- oder Lateinaufgabe –, an jenem Nachmittag hatte der auf mir ruhende Blick der Frau Scholz eine neue Qualität. Ich empfand das deutlich – seine Temperatur hatte seit vorgestern, dem Tag, an dem ich das letzte Mal hier in die Tasten gegriffen hatte, einen qualitativen Sprung getan. Und zwar hatte sie nicht etwa sprunghaft ab-, sondern, im Gegenteil, zugenommen. Die Wärme im Blick der Frau Scholz war auf einmal mütterlicher (genauer: potentiell schwieger- und großmütterlicher) Natur.

Das stand der Frau Scholz, nebenbei bemerkt, gar nicht schlecht zu Gesicht. Im Lauf der acht Monate, die wir uns nun schon kannten, hatte sich dessen larvenhafte Erstarrung etwas gelockert. Ganz abgesehen davon, daß es selbstverständlich einen Unterschied gab zwischen ihrer Ausgehmaske und ihrem Hausgesicht. Doch jetzt wirkte ihr Antlitz (das einer recht hübschen, wenn auch schon deutlich älteren Dame) geradezu lebendig.

Nachher, als sie ihre Aufgaben fertiggeschrieben hatte, kam Natascha herein und umarmte ihre Mutter. Oder – wer mit der Umarmerei angefangen hat, weiß ich, ehrlich gesagt, nicht mehr genau – die umarmte Natascha. Dann setzte sich Natascha in den zweiten, neben dem Kamin stehenden Fauteuil. Und dann hörten sie mir beide zu, wie ich spielte, und schauten innig.

An diesem Abend luden sie mich ein, zum Essen zu bleiben. Auch das war in den letzten Monaten und besonders in den letzten Wochen immer öfter vorgekommen. Im aktuellen

Zusammenhang hatte es aber etwas Besonderes. Wie mir schwante, auch etwas besonders Bedenkliches.

Von der Vorspeise bis zum Dessert lag ihnen etwas auf der Zunge. Ab und zu räusperte sich Frau Scholz und lächelte. Ein paar Mal holte Natascha ganz tief Luft. Aber gottlob war Herr Scholz wieder einmal dabei, die Weltlage zu erklären.

Der dreckige Krieg der Amis in Vietnam. Der Zusammenhang von Kapitalismus und Imperialismus. Der Sozialismus als einzige Hoffnung der Völker. Die mehr denn je nötige Solidarität der Ausgebeuteten gegen die Ausbeuter.

Ich war ganz seiner Meinung. Er hatte ja so recht. Ihm war bisher gar nicht aufgefallen, wie sehr seiner Meinung ich war. Das freute ihn sichtlich. Er schenkte mir Wein ein und prostete mir zu. Vor allem aber: er redete pausenlos weiter.

Am nächsten Tag war Nataschas Regel gekommen. Natürlich fiel mir ein riesiger Stein vom Herzen. Natascha jedoch wirkte fast ein bißchen enttäuscht. Unser Kind, sagte sie, mit großen Augen in eine vage Ferne blickend, hätte eine Haut gehabt wie Milchkaffee.

Meine Mutter machte sich Sorgen um mich. Du hast abgenommen, sagte sie, was ist los mit dir? – Die Frage war rein rhetorisch. Sie beantwortete sie gleich selbst. Du läßt dich von dieser Natascha viel zu sehr aussaugen.

Aber Mamma!, sagte ich.

Doch, sagte sie. Du weißt schon, was ich meine. Versteh mich nicht falsch. Sie ist ein recht liebes Mädchen. Aber sie hat so was, das dich total beansprucht. Auch und gerade wenn man sich liebt, sollte einem noch Kraft für was anderes bleiben.

Da war etwas dran. Ich ahnte, daß meine Mutter recht hatte. Obwohl ich es ihr gegenüber nicht zugeben wollte. In dieser Szene ist es früh am Vormittag, eine feine Februar- oder Märzsonne fällt durch die noch von der Großmutter gehäkelten und auch in der neuen Wohnung in Ehren gehaltenen Küchenvorhänge. Der Teddybär ist im Büro, der Schreihals ist, nachdem er sein Fläschchen bis auf den letzten Tropfen ausgesoffen hat, wieder eingeschlafen, meine Mutter streicht mir ein Butterbrot.

Sie wirkt etwas stämmig. Nach der Geburt meiner Schwester hat sie ihre alte junge Figur nicht ganz wiedergefunden. Aber es steht ihr ganz gut – sie hat jetzt, habe ich den Eindruck, mehr Bodenhaftung als früher. Am Vormittag trägt sie daheim ein Hemd mit aufgestrickten Ärmeln, ihre Arme haben bei aller Weiblichkeit etwas recht Kräftiges. Ihre Beine stecken in rustikal gestrickten Kniestrümpfen und filzenen Hausschuhen.

Iß!, sagt sie und hält mir das dick bestrichene, mit Schnittlauch bestreute Butterbrot hin, daß was wird aus dir! – Daß was wird aus mir. Ja. Was soll aus mir werden? – Wie gehts am Konservatorium?, fragt sie. Danke, sage ich, es geht. Wie sind denn die Leute dort?, fragt sie. Na ja, sage ich, seltsam.

Ich hatte mit den Kollegen dort kaum Kontakt. Die meisten kamen mir schrecklich brav und fad vor. Geschneuzte, gekämmte Typen, die ihre Schüchternheit durch eine ihrem Alter kaum gemäße, leisetreterische Höflichkeit kaschierten. Daß sie, im Unterschied zu den anderen Studenten im Haus, deren Konzertsaalaussehen ja noch eher einzusehen war, so etwas wie Jazz und Blues machten, war ihnen äußerlich kaum anzusehen.

Allerdings kann es sein, daß ich meine Kollegen dort einfach zu wenig wahrnahm. Und die Kolleginnen nahm ich erst recht nicht wahr. Die wirkten, aufgrund der im Vergleich zur damaligen Herrenmode doch viel weniger unvorteilhaften Damenmode, auch der sogenannten seriösen, zwar nicht ganz so unerotisch. Aber ich hatte keine Augen für sie, denn ich liebte Natascha. Das wollte sie jeden Abend bestätigt haben. Wenn sie mich zum Abschied vor ihrem Haustor umarmte, war es, als wollte sie mich gar nicht mehr loslassen. Sie liebte mich sehr sehr sehr und war stolz auf mich. Vielleicht war sie auch stolz auf *sich*, weil sie so einen Freund hatte.

Gewiß, irgendeinen Freund hatten die meisten ihrer Mitschülerinnen. Manche hatten, erzählte sie, sogar mehrere. Aber welche von ihnen hatte so einen treuen, fixen? Und vor allem: Welche von ihnen hatte einen *schwarzen*?

Wahrscheinlich gab es auch manche, denen bei so einem Gedanken gruselte. Aber denen gegenüber konnte mich Natascha in Schutz nehmen. So schwarz, wie die glaubten, war ich nämlich denn doch nicht. Im Umgang mit ihr und ihren Eltern war ich ein ziemlich weißer Neger.

Was ich damals noch tat, außer in Nataschas Nähe zu sein? Nun, allzuviel tat ich, ehrlich gestanden, nicht. Ich gab Nachhilfestunden, um ein bißchen Geld zu verdienen. Zwar bekam ich für mein Studium am Konservatorium ein kleines Stipendium, und meine Mutter, die kein Haushaltsgeld von mir verlangte, steckte mir ab und zu einen Fünfzig- oder einen Hundertschillingschein zu, aber ich wollte zumindest den Eindruck machen, auch etwas zum eigenen Lebenserhalt beizutragen.

Ich gab diese Nachhilfestunden vor allem in Englisch. Sie wollen wissen, warum ich nicht auch in anderen Fächern nachhalf? Sie haben recht, das hätte ich auch gekonnt. Aber wer dort drüben in *old, cold, white Vienna* läßt seinen Sohn oder seine Tochter mit einem Schwarzen beispielsweise Latein pauken?

Eben. Mit Englisch war das ein bißchen anders. Ich präsentierte mich nämlich als *native speaker*. Ich mogelte halt ein wenig. Ich drehte die Verhältnisse um. Ich sei nicht in Österreich zur Welt gekommen, sondern hier, in den Staaten.

Mein Vater hatte meine Mutter bei seiner Rückkehr aus Europa nicht dort drüben sitzengelassen, sondern hierher mitgenommen. Und ich war nicht im Wiener Rudolfsspital geboren, sondern in einem kleinen Haus am Mississippi. Im Traum war ich manchmal wirklich in diesem Haus. Es hatte ein steiles Dach mit Gaupen, ein Wetterdach, das von eisernen Säulen getragen wurde, und eine Balkonbrüstung, von der man auf den Fluß sah.

Ich jobbte auch als Austräger von Werbematerialien. In dieser Funktion bekam ich eine große, schachtelförmige Tasche mit dem auf schwarzweiß gestreiftem Grund schwer leserlichen Logo der Agentur *Zebra* umgehängt. In der Tasche waren sage und schreibe tausend Kuverts mit sogenannten Gewinnscheinen. Meine verantwortungsvolle Aufgabe bestand darin, diese Kuverts in tausend Briefschlitze zu stecken.

Das war ein Job, für den ich früh aufstehen mußte. Schon morgens um sechs Uhr bekamen die Werbezettelausträger nicht nur die Tasche mit den Kuverts, sondern auch einen für jeden einzelnen eigens erstellten Plan. Darauf eingezeichnet war das Gebiet, das er an diesem Tag versorgen mußte. Ein Netz von Straßen und Gassen, in deren Häusern er dann ein paar Stunden treppauf, treppab lief.

Ich ließ die Tasche unten im Hausflur stehen und hetzte, zwei bis drei Stufen auf einmal nehmend, vorerst einmal bis in den letzten Stock hinauf. Dann klapperte ich, von oben nach unten, Tür für Tür ab. Wenn ich sage, ich klapperte, so meine ich das wortwörtlich. Die Bodenfliesen auf den Gängen der alten Wiener Häuser – im Lauf der Jahrzehnte nicht nur verblaßt, sondern auch gelockert – lagen oft schon recht wacklig.

Mit der rechten Hand steckte ich eins von den zwanzig bis fünfzig Kuverts, die ich, je nach Größe des Hauses und nach der rasch abgeschätzten Zahl der Wohnungen in der linken Hand mitgenommen hatte, in die jeweilige Tür. Im Vorbeihuschen sah ich manchmal die Leute, die da wohnten, vorwiegend alte, ja greise Personen, solche eben, die untertags zu Haus waren. Wie sie das Kuvert an sich nahmen, es mißtrauisch musterten, mit ihren modrig wirkenden Mündern irgendwas murmelten oder keppelten und das überflüssige Papier postwendend zum Abfall warfen. Das war die häufigste Reaktion. Soviel zur Wirksamkeit von Postwurfwerbung.

Aber es war auch darüber hinaus eine Erfahrung. Ich habe durch diesen Job Wien sozusagen *von innen* kennengelernt. Man schickte mich mit Vorliebe in außerhalb des Gürtels gelegene Bezirke. In Simmering, Favoriten, Ottakring und wie diese Bezirke alle heißen, kenne ich fast jedes Haus.

Das heißt, ich weiß natürlich nicht, wie viele von diesen Häusern noch stehen. Aber damals, Mitte der *sixties,* standen dort noch die Arbeiterwohnhäuser aus der Zeit um neunzehnhundert. Denkmäler der Ausbeutung, hätte Doktor Scholz gesagt. Mietkasernen mit dreißig, vierzig Wohnungen pro Stockwerk, die man oft nur auf abenteuerlichen Umwegen, über wacklige Pawlatschen und behelfsmäßige Stege, erreichte.

Voll von Geruchsgemischen aus Malzkaffee, Kohl, Erdapfelgulasch, auf den Gangklos daneben gegangenem Urin, nicht hinuntergelassener Scheiße. Voll von Geräuschmixturen aus Babygebrüll, Altweibergekeif, Radiogedudel, Gekläff kleiner, rauhhaariger Hunde, Geschrei grindiger, rolliger Katzen. Voll von Geschichten über das Jahr 1934, das Jahr 1938, das Jahr 1945, über Bürgerkriegstage, Nazijahre, Bombennächte. Geschichten, die hier in der Luft lagen, ich spürte sie förmlich, einige von den einsamen, alten Menschen hätten mir möglicherweise davon erzählt.

Wenn ich allerdings merkte, daß mich jemand anreden wollte, so ließ ich mich nicht wirklich darauf ein. Das war mit den Anforderungen des Jobs nicht vereinbar. So dumm und sinnlos dieser Job auch war. Wenn ich die Erwartungen (auch meine eigenen) erfüllen wollte, durfte ich mich nirgends lang aufhalten.

Und manchmal war das wahrscheinlich auch besser so. Denn manche der Mieter sahen mich an wie ein Gespenst. Ich erinnere mich an einen weißhaarigen Mann, der sich bei meinem Anblick ans Herz griff, als würde er im nächsten Augenblick einen Infarkt erleiden. Jesus, Maria und Josef! In aller Herrgottsfrüh a Neger!

Wenn alles flott ging, gelang es mir, meine Last bis etwa zehn Uhr vormittags loszuwerden. Treppauf, treppab, ein Straßenzug nach dem anderen. Ich hatte nach wie vor eine ganz passable Kondition. Auch wenn diese Art Leistungssport natürlich weder meinen durchs Fußballspielen geschädigten Knöcheln und Knien noch meinem durch Natascha lädierten Schienbein guttat.

Um die Belastung nicht zu übertreiben, ging ich nach einer Weile dazu über, einen Teil der sogenannten Gewinnscheine, die ich unter die Menschen bringen sollte, dezent zu entsorgen. Früher oder später, sagte ich mir, würden sie ja ohnehin im Müll landen. Was war schon dabei, wenn ich fünfzig, hundert, zweihundert Stück davon gleich am Ort dieser Bestimmung deponierte? Das hatte auch den Vorteil, daß ich mit meinem Pensum schneller fertig war.

Anscheinend war ich nicht der einzige, der sich auf diese Art eines Teils seiner Last entledigte. Jedenfalls ließ uns die Werbeagentur eines Tages wissen, daß sie von nun an Kontrollore einsetzen werde. Die würden unsere Wege durch die Treppenhäuser nachgehen. Und stichprobenartig in die Mülltonnen gucken.

Das war natürlich ein Schlag. Dadurch wurde der Job wieder zeitaufwendiger. Schwerer mit den Ansprüchen vereinbar, die das Studium, vor allem aber mit denen, die Natascha an mich stellte. Zwar ging sie vormittags immer noch zur Schule, aber mittags zum Beispiel wollte sie von mir abgeholt werden. Ich konnte doch nicht verschwitzt und verdreckt direkt von meinem Werbematerialien-Marathon daherkommen!

Ich liebte sie doch und sollte das täglich aufs neue unter Beweis stellen. Das tat ich denn auch. Ich bestätigte damit sie und mich. Ich hetzte nach Haus, duschte, zog das weiße Sakko an, das sie mir geschenkt hatte, weil ihr der Kontrast zu meinen Händen und zu meinem Gesicht so gut gefiel. Und dann stand ich vor der Schule, und dann kam sie aus dem Schultor, und dann lief sie mir entgegen und umarmte mich so fest, daß mir die vom Endspurt von der Straßenbahn zum Schulgebäude ohnehin noch etwas kurze Luft vollends wegblieb.

2

So war ein Jahr bald herum – schon stand Natascha vor der Matura. Auch ich hätte Prüfungen abzulegen gehabt, aber ich ging nicht hin. Um ehrlich zu sein: ich ging schon seit ein paar Monaten nicht mehr ans Konservatorium. Erst hatte ich dort kaum Kontakt gefunden (weder zu den Mitstudenten und -studentinnen noch zu den Lehrern), dann hing diese Kontaktlosigkeit natürlich auch mit meinem seltenen Erscheinen zusammen, und schließlich hatte ich das Gefühl, vor allem in den Unterrichtsstunden, in denen die mir ohnehin nie ganz geheure Theorie überwog, nicht mehr mitzukommen.

Und was die Praxis betraf – mein Gott, meine Praxis! Die bestand zum einen nach wie vor darin, daß ich im Hause Scholz am Klavier saß. Da klimperte ich der Mamma Scholz die Ohren mit meinem Blues voll. Das war ein Blues, der aus sich herauswollte, aber nicht konnte, ein Blues, der sich gern entfaltet hätte, aber sich nicht entfalten durfte, ein Blues, der eben deshalb immer wieder auf die Grundstufe seines Unbehagens an und in sich selbst zurückfiel.

Frau Scholz, die mir immer noch mit im Schoß liegenden Händen und schiefem Kopf zuhörte, muß mir etwas von diesem Unbehagen angemerkt haben. Der Ausdruck, mit dem sie mich jetzt zuweilen ansah, kam mir nicht mehr bloß nachdenklich vor, wie am Anfang, sondern richtig besorgt. Manchmal fragte sie mich, ob ich nicht eine Tasse Tee trinken und etwas dazu knabbern wollte. Wenn ich dankend ablehnte, seufzte sie, fragte nach fünf Minuten noch einmal, verschwand nach zehn Minuten, ohne ein drittes Mal zu fragen, in der Küche und stellte mir nach zwölf bis fünfzehn Minuten eine Tasse Tee und einen Teller mit Salzgebäck hin.

Zum anderen bestand meine musikalische Praxis damals darin, daß ich mich mit der Gitarre in Wiener Parkanlagen setzte. Um den Schein zu wahren, daß ich nach wie vor ans Konservatorium gehe, mußte ich ja viele Stunden auswärts verbringen. Da verließ ich dann das Haus Scholz oder die Wohnung meiner Mutter mit der Notenmappe unter dem Arm. Daß ich auch die Gitarre mitnahm, obwohl ich ja eigentlich nur für die Pianoklasse inskribiert hatte, begründete ich mit einer in der Wirklichkeit überhaupt nicht gegebenen »interdisziplinären Offenheit« des Unterrichts.

So war das. Ich lernte halt einfach anderswo. Vor dem Palmenhaus im Burggarten oder vor dem Theseustempel im Volksgarten. Das heißt, wenn das Wetter gut und warm genug war. Aber es war ein relativ schöner Frühling.

Ich sage, ich lernte. Und das meine ich ernst. Mit dem Klavierspielen kam ich unter den gegebenen Umständen nicht weiter. Die Techniken, die ich mir als Autodidakt erworben hatte, beherrschte ich. Aber nun hatte ich das Gefühl, in eine Sackgasse geraten zu sein.

Beim Gitarrespielen hingegen machte ich täglich neue Entdeckungen. Entdeckungen, mit denen ich an meine nun schon zwei Jahre zurückliegende Autostoppreise anknüpfte. Dieses Gefühl, aufzubrechen und nicht zu wissen, wo man ankommt ... Ein bißchen gelang es mir, das an Ort und Stelle zu evozieren.

Wenn ich, auf irgendeiner Bank oder auf irgendwelchen Stufen sitzend, die Augen schloß und zwischen den einfachen Tönen, die ich zustande brachte, Pausen ließ ... Pausen, in denen ich die Gespräche und das Lachen vorübergehender oder in der Nähe lagernder junger Leute fast auch wie Musik hörte ... in jenem leicht trancehaften Zustand, in den ich durch die simplen Schwingungen der Saiten geriet ... da konnte ich mir manchmal vorgaukeln, nicht in der zur schönen Jahreszeit fraglos sehr schönen Stadt Wien, sondern ganz woanders zu sein.

Und noch eins: Das Singen ging zur Gitarre einfach besser. Oder vielleicht ging es im Freien besser, aber das kam auf das gleiche heraus. Mit der Gitarre im Freien konnte ich freier artikulieren, was mir auf der Seele und am Herzen lag. Während ich mich am Klavier im Salon der Familie Scholz einfach nicht frei fühlte.

Das war einfach die Wahrheit. Bei aller Liebe zu Natascha. Unter freiem Himmel konnte ich Texte singen, die ich unter dem Dach der Familie Scholz nie gesungen hätte. Und das nicht nur, wenn Nataschas Mutter im Raum war. Auch wenn sie sich dezent zurückzog, um Natascha und mich für ein, zwei Stunden allein zu lassen, sang ich nur Texte, die meine freiwillige Selbstzensur zuließ.

Ja, das war seltsam, daß ich vor Natascha, meiner geliebten Natascha, nicht alles singen konnte, was mir auf der Zunge lag. Obwohl es doch ganz entscheidend zur Liebe gehörte, voreinander keine Geheimnisse zu haben. Zumindest nach ihrer Ansicht, der zu widersprechen ich mich hütete. Denn wenn ich ihr widersprach, liebte ich sie nicht, und wenn ich sie nicht liebte, war sie so unglücklich, daß sie zu allerlei imstande war.

Zum Beispiel auf offener Straße davonzurennen. Ungeachtet des dichten Straßenverkehrs. Da galoppierte sie wie ein scheues Pferd. Zwischen den hupenden Autos hinter ihr herlaufend, hatte ich große Mühe, ihren Roßschweif nicht aus den Augen zu verlieren.

Wenn ich sie dann endlich erwischt hatte und festzuhalten versuchte, damit sie nicht vor meinen Augen überfahren wurde, wehrte sie sich vehement. Ich solle sie in Ruhe lassen, rief sie, sie halte es nicht aus, von mir festgehalten zu werden. Sie konnte sehr schrill schreien, das übertönte den ärgsten Verkehrslärm. Manchmal blieben Passanten stehen und machten Miene, die weiße Jungfrau aus den Armen des schwarzen Gewalttäters zu befreien.

In solchen Fällen sank sie allerdings immer noch rechtzeitig an meine Brust. So daß die Passanten kopfschüttelnd weitergingen. Liebst du mich?, schluchzte sie. Aber was denn sonst, sagte ich, und wie! Wenn wir dann das nächste Mal miteinander schliefen, was möglichst bald geschehen mußte, so daß manchmal nichts anderes übrigblieb, als ein Taxi zu stoppen und in den Wienerwald zu fahren, hielt sie mich derart innig fest, daß es – natürlich hatten wir in solchen Fällen nie ein Präservativ dabei – ziemlich schwer war, noch im letzten vertretbaren Moment von ihr loszukommen.

Natascha hatte eine empfindsame Seele. Eine Seele, mit der sie sich gern beschäftigte. Bei ihrer Empfindsamkeit war diese Seele natürlich des öfteren verletzt worden. Diese Verletzungen waren interessant, weswegen sie sich sehr für Psychologie interessierte.

Durch ihren Vater, der sie einerseits zu viel, anderseits zu wenig geliebt habe, fühlte sie sich frühkindlich geschädigt. Seine Zuwendung sei immer wieder von Abwendung abgelöst worden. Manchmal habe er sie hochgehoben und in die Luft geworfen, daß sie gejauchzt und gejubelt habe. Dann aber habe er sie wieder auf ihre eigenen Beine gestellt und verlangt, daß sie ihn in Ruhe lasse.

Ihr Vater hatte ihr damals sehr imponiert. Ein attraktiver Mann, sagte sie, stark gebaut wohl, aber ohne den Bauch, den er jetzt vor sich hertrage. Wenn er sie vom Kindergarten abgeholt habe, sei sie stolz auf ihn gewesen. So ein verschmitzt männliches Lächeln habe er gelächelt.

Kein Wunder, daß viele Frauen auf ihn flogen. Nicht nur die kleine Natascha und ihre Mamma. Da war zum Beispiel eine Genossin aus der Parteizentrale. Die rief öfter an und bestellte den Doktor Scholz zu einer dringlichen Nachtsitzung.

Eine *schöne* Genossin! Deine *Bett*genossin! – So Frau Scholz, die es satt hatte, immer nur noble Zurückhaltung zu üben. – Diese schamlose Person mit ihrem Hängebusen und ihrem dicken Arsch! Soweit sich Natascha erinnerte, entsprach die Dame, die ihr der Vater eines Nachmittags als Tante Käthe vorgestellt hatte, dieser Beschreibung kaum.

Sie erinnerte sich noch an andere Tanten. Die meisten hatten ihr eigentlich gut gefallen. Vielleicht auch deshalb, weil ihr Vater ungewöhnlich spendabel war, wenn solche Tanten dabeiwaren. In der Konditorei *Aida* habe sie einmal drei Cremeschnitten hintereinander essen dürfen, während ihr Vater einer Tante Traude das Knie streichelte.

Vielleicht fühlte sie sich damals ein bißchen als Komplizin ihres Vaters. Anderseits litt sie ein wenig mit ihrer Mutter. Sie weinte sogar mit ihr, denn Weinen war ansteckend. Schließlich weinte die Mutter nicht mehr, aber bekam ganz schmale Lippen.

Ein paar Mal stand die Ehe knapp vor der Scheidung. Aber im letzten Moment versöhnte man sich immer wieder. Wahrscheinlich ist es richtiger zu sagen, man arrangierte sich. Die jeweils gegenwärtige Freundin des Vaters wurde abgebaut, die zukünftige war noch nicht da. Manchmal warf Frau Scholz ihrem Mann vor, daß sein Verhalten bürgerlich sei. Das traf ihn. Für ein paar Wochen nahm er sich dann zusammen. Wenn der Sozialismus anbreche, sagte er, wäre das vielleicht wirklich anders. Dann wäre ja keine durch die kapitalistischen Verhältnisse aufgestaute Frustration mehr auszugleichen.

Frau Scholz indes machte sich keine Illusionen. Sie hatte so eine Ahnung, daß sie den Anbruch des Sozialismus nicht mehr erleben würde. Auf jeden Fall glaubte sie ihrem Mann kein Wort mehr. Als Chruschtschow gestürzt und vorerst durch eine Troika ersetzt wurde, weswegen der Doktor Scholz tatsächlich zu nächtlicher Stunde in die Parteizentrale mußte, hielt sie das bis zum nächsten Tag, als es in allen Zeitungen stand, für eine besonders freche Erfindung.

Zu diesem Zeitpunkt hatte sich Nataschas Vater allerdings schon auf Verhältnisse umgestellt, die weniger Aufwand und Phantasie erforderten. Wozu war er Zahnarzt? Er schlief mit seinen Ordinationshilfen. Zwar hatte sich Frau Scholz stichprobenhafte Besuche in der Ordination angewöhnt. Aber da sie damals noch halbtags als Telefonistin arbeitete, konnte sie nur zu bestimmten Stunden persönlich erscheinen und zu den anderen schlimmstenfalls einen gewissen Telefonterror ausüben.

Du hast schon wieder nicht abgehoben, sagte sie dann oft am Abend. Wie kann ich abheben, antwortete ihr Mann, wenn ich gerade eine Wurzel behandle? Und deine Ordinationshilfe?, fragte Nataschas Mutter maliziös. Es gibt Behandlungsphasen, sagte Nataschas Vater, in denen kann die Ordinationshilfe nicht einfach davonrennen.

Allerdings wurden die Assistentinnen, erzählte Natascha, nach und nach immer häßlicher. Sei es, weil ihre Auswahl immer stärker unter dem Einfluß der Frau Scholz erfolgte, sei es, weil sich der Doktor Scholz mit seinem wachsenden Bauch keine schöneren mehr fand. Einmal, erzählte Natascha, habe sie ihn selbst in der Ordination überrascht (rein zufällig, sagte sie – mir war nicht ganz klar, wie sie rein zufällig zum Ordinationsschlüssel gekommen war). Die Ordinationshilfe, die es noch mit knapper Not geschafft habe, ihren weißen Mantel zuzuknöpfen und ihren schwarzen Slip vom Instrumententisch zu raffen, sei so häßlich gewesen, daß sich Natascha in diesem Augenblick für ihren Vater geniert habe.

Natascha war damals, sagte sie, ungefähr dreizehn. Ihr Vater habe, so unerwartet mit seiner heranwachsenden Tochter konfrontiert, einen sehr roten Kopf bekommen. Seine Kleidung wieder in Ordnung zu bringen habe ihm in dieser Situation noch größere Schwierigkeiten gemacht als der Ordinationshilfe. Vor der alten, weißen Haut, die sie an gewissen, sonst bedeckten und nun nicht schnell genug wieder verpackten Partien ihres Vaters gesehen habe, vor dieser alten, weißen, verschrumpelten Haut habe sie einen starken Ekel empfunden.

Irgendeine ähnliche Szene, sagte sie, müsse es in ihrer frühen Kindheit gegeben haben. Sie könne sich aber nur vage daran erinnern. Ihr Vater in intimer Beschäftigung mit einer anderen (immer mit einer anderen) Frau. Vielleicht sei diese andere Frau allerdings auch ihre Mutter gewesen.

Ach du meine Güte, Nataschas Vater! Manchmal hatte ich

den Eindruck, daß ich die Suppe auslöffeln sollte, die er ihr eingebrockt hatte. Du bist anders, nicht wahr, ganz anders als er! Wenn du mich liebst, mache ich übermorgen Matura, studiere Psychologie und werde Therapeutin, liebst du mich aber nicht, stürze ich im letzten Augenblick in eine Depression, falle in bitterer Konsequenz durch, und dann kann ich für nichts garantieren.

Just am Nachmittag vor Nataschas Matura erwartete mich vor dem Theseustempel, zu dem ich zur gewohnten Konservatoriumsstunde mit der Gitarre pilgerte, eine Überraschung. Ich brauchte mein Instrument heute nicht auszupacken, hier machten schon andere Musik. Sieben Mann in der Besetzung Trompete, Posaune, Klarinette, Piano, Banjo, Baß und Drums. Manchmal griff der Banjospieler, ein ebenso rotgesichtiger wie rothaariger Kerl, der die komische Figur mimte, auch zum Washboard oder zum Kazoo.

Wie aus einem im Stil der zwanziger Jahre rot auf ein gelbes Transparent gesetzten Schriftzug hervorging, nannte sich die Gruppe *Original Old Vienna Dixie Band.* Sie spielte Nummern wie *Basin Street Blues, Tiger Rag* und *When the Saints go marchin' in.* Sie spielten auch *Wenn der Herrgott net will, nutzt das garnix.* Ein Wienerlied, über dessen Fatalismus sich tatsächlich eine Brücke zum Blues oder genauer zu seiner Parodie schlagen läßt.

Originell. Auf den Kopf des bis auf ein Blatt vor dem Schwanz nackten Jünglings, der, marmorn und edel Richtung Heldenplatz blickend, vor dem pseudoklassischen Tempel steht, hatten sie eine gelbe Kappe gesetzt. Das war ein Signal, das einige Leute anlockte. Aber in erster Linie lockte gewiß die Musik, die man bis auf die andere Seite der Ringstraße und wahrscheinlich bis hinüber zur Universität hörte. Studenten und Studentinnen waren auch sonst häufig hier, einige, die mit ihren Skripten auf den Stufen des Tempels zu sitzen pflegten, kannte ich schon vom Sehen, der eine oder die andere kam möglicherweise sogar, um mich auf der Gitarre zupfen zu hören.

Heute aber waren schon andere da. Und der Zulauf um einiges größer.

Na schön, dachte ich. Vielleicht war ich ein bißchen verstimmt. Aber anderseits machte die Band gute Stimmung.

Das waren ganz einfach sieben lustige Typen. Obwohl man die Lustigkeit auch übertreiben konnte. Der Banjo- und Washboardspieler zog die meiste Aufmerksamkeit auf sich. Die anderen versuchten, auch ein wenig Action in ihre Performance zu bringen, aber (ihren Temperamenten und den Möglichkeiten, die ihre Instrumente boten, entsprechend) abgestuft.

Am wenigsten Faxen machte der Mann am Baß. Er stand im Hintergrund, ließ die Finger auf den Saiten auf und ab gleiten, bewegte den Kopf leise nickend. Als ob er dem heiteren Oldtime Groove freundlich zustimmte. Doch obwohl es ja eigentlich der von ihm durchgehaltene Rhythmus war, der den sonst etwas oberflächlich dahinklappernden Nummern inneren Halt gab, setzte er sich nicht in Szene, machte er sich nicht wichtig, wirkte er auf mir sympathische Art etwas schüchtern.

Wie er durch seine Brille mehr in sich hinein als aus sich herausschaute, erinnerte er mich an jemanden. Und dann ging mir plötzlich auf, daß es Kronstein war. Er trug die Haare länger als vor einem Jahr, außerdem war sein Outfit hier anders als in der Schule. Aber er war es, mein Musiklehrer Kronstein, daran bestand kein Zweifel.

Offenbar spürte er schließlich, daß ich ihn ansah. Denn er erwiderte, wenn auch mit einiger Verzögerung, meinen Blick. Nickte nun etwas deutlicher und lächelte mir zu. In meiner Erinnerung ist dieses Lächeln mit einem kleinen Achselzucken verbunden.

Nach der letzten Nummer, als der Applaus abebbte, die Zuhörer sich zerstreuten, wartete ich auf ihn. Na, so was, sagte er, Jarosch! Wie gehts dir? Studierst du? Ja, sagte ich, das heißt, nein. Er betrachtete mich mit seinen durch die

Brille vergrößerten Augen. Ich bin jetzt noch zehn Minuten beschäftigt, sagte er, aber vielleicht können wir nachher ein bißchen plaudern.

Er kehrte aufs Podium, auf dem die Band gespielt hatte, zurück, packte seinen Baß ein, half beim Abbau des Pianos und der Verstärkeranlage. Da ich nicht einfach danebenstehen wollte, machte ich mich beim Aufladen des Equipments auf den Bandbus nützlich. Das ist der Peter, stellte mich Kronstein seinen musikalischen Kollegen vor. Ein früherer Schüler von mir. Ein junger Mann mit hierzulande seltenem Blues-Feeling.

Die anderen winkten mir zu, der rothaarige Clown, den sie Richie nannten, zog seinen Mund von einem Ohr zum andern. Ich konnte gar nicht so schnell schauen, schon saß ich mit ihnen und ihren Instrumenten im Bus. Es ging in den Proberaum der Band, einen ehemaligen Gemüsekeller in der Nähe des Brunnenmarkts. Dort wurden die Instrumente und die Anlage wieder abgeladen. Meine Hilfe war willkommen.

Ich sah auf die Uhr. Die Zeit, die ich am Konservatorium hätte verbringen sollen, war vorbei. Aber ich hatte noch kaum mit Kronstein geredet. Er hatte doch etwas von nachher plaudern gesagt. Außerdem fanden seine Kollegen, daß es nicht recht sei, nur zu arbeiten und sich kein Vergnügen zu gönnen – unten im Proberaum gebe es einen Kühlschrank mit einem hübschen Vorrat Bier drinnen. Schließlich kriegten sie mich, herum, mich noch ein bißchen ans Klavier zu setzen. Das war zwar verstimmt, aber klang trotzdem nicht schlecht unter meinen Fingern. Eine Weile setzte sich der Pianist neben mich, und wir klimperten vierhändig. Dann überließ er sein Instrument mir und holte sich meine bis dahin nicht zur Sprache gekommene Gitarre aus der Hülle.

Nicht lang, und wir alle jammten richtig und tüchtig. Es machte Spaß, sich so gut verstanden zu fühlen. Die Kommunikation zwischen Musikern klappt ja in glücklichen Fällen ohne Worte. Das war auch und besonders mit Kronstein so –

die Plauderei, die er angeregt hatte, fiel nicht aus, sondern fand sogar sehr angeregt statt, allerdings mit musikalischen Mitteln.

Er gab einen Rhythmus vor, und ich nahm ihn auf. Ich ließ ein Thema anklingen, er entwickelte es weiter. Es war kein intimes Zwiegespräch, das wir führten – wir waren ja die ganze Zeit über im Kreis der anderen. Aber ich hatte das Gefühl, daß wir einander verstanden.

Unter so erfreulichen Umständen läuft die Zeit schnell. Als ich mich besann und wieder auf die Uhr sah, waren zwei Stunden vergangen. Unmöglich, dachte ich, das darf doch nicht wahr sein! Natascha erwartete mich seit gut einer Stunde!

Natascha, die mich brauchte, Natascha, die ich liebte, Natascha, die sich meine Verspätung bestimmt nicht erklären konnte!

Natascha, die nicht irritiert werden durfte, Natascha, die konzentriert bleiben sollte, Natascha, die morgen ihre schriftliche Matura hatte!

Und ich saß hier, trank Bier und klimperte vor mich hin!

Wie hatte ich mich und vor allem sie so vergessen können?

Ich hörte zu spielen auf und klappte den Klavierdeckel zu.

He, was ist los, was was hast du?, rief Richie.

Kronstein legte die Brille ab, putzte sie, schaute desorientiert und ratlos in den Raum.

Tut mir leid, ich muß gehen, sagte ich. Ich bin schon viel zu spät dran.

Als ich an der Tür der Familie Scholz klingelte, machte mir vorerst niemand auf. Von drinnen war Räuspern (Doktor Scholz) und Flüstern (seine Damen) zu hören. Endlich Nataschas Schritt – sie öffnete mir, schaute mich dabei aber nicht an. An Stirn und Wangen hatte sie rote Flecken. Ihre Wimperntusche war zerronnen.

Ihre Mutter nickte mir zwar zu, doch ihre Lippen blieben dabei streng verschlossen. Ihr Geflügelhals wirkte in dieser

Situation wieder sehr lang und vertrocknet. Nataschas Vater am Fenster – breiter, grauer Rücken, schüttere, matte Hinterhauptsbehaarung, starkes, glänzendes Genick. Guten Abend, sagte ich. Ich bekam keine Antwort.

Der Fernseher lief. Durch eine neue Städteschnellverbindung der österreichischen Bundesbahnen konnte man von nun an in neun Stunden von Wien nach Bregenz fahren. Vielleicht sollte ich das tun, dachte ich unwillkürlich – um ein Billett ohne Retourfahrt zu kaufen, hätten meine Ersparnisse gerade gereicht. Von Bregenz konnte ich, wenn ich Glück hatte, per Autostopp in zwei oder längstens drei Tagen in Paris sein. Der schnelle Zug würde für mich eine ähnliche Wirkung haben wie die Trägerrakete für den neuen Satelliten, von dem gleich im nächsten Beitrag berichtet wurde – eine entscheidende Hilfe, um aus der Gravitation des Heimatplaneten hinauszukommen.

Doktor Scholz räusperte sich erneut, er begann seine Rede, ohne sich nach mir umzudrehen. Sie haben unsere Tochter und uns, sagte er, seit Monaten belogen. Wir haben am Konservatorium angerufen, und zwar aus Beunruhigung, verstehen Sie, aus Beunruhigung und naiver Sorge um Sie. Sie können sich denken, was man uns dort für eine Auskunft gegeben hat.

Sie werden begreifen, fuhr er fort, daß unser Vertrauen in Sie dadurch erschüttert ist. Ein Vertrauen, das wir, wie soll ich sagen, trotz gewisser nicht unproblematischer Voraussetzungen in Sie gehabt haben. Ich muß zugeben, daß mich am Anfang ein gesunder Instinkt, ich meine, eine innere Stimme davor gewarnt hat, es mit meiner Tochter und Ihnen zu weit kommen zu lassen. Aber dann will man seinem Kind halt nicht wehtun, und es soll natürlich seinen eigenen Willen haben, und man mag in der eigenen Familie nicht den Reaktionär spielen.

Jetzt drehte sich Doktor Scholz endlich nach mir um, sein Gesicht sah zerknittert aus. Das hat gar nichts damit zu tun, behauptete er, daß Sie, entschuldigen Sie schon, schwarz sind. Ihr seid einfach zu jung, ihr seid einfach zu unreif, ihr zwei.

Und außerdem seid ihr zu blöd, ich hoffe Sie verstehen, was ich meine.

Ich verstand nicht ganz, ich verstand nicht gleich, aber ich ahnte etwas. Und jetzt ist es soweit, sagte Nataschas Vater, jetzt haben wir den Salat. Jetzt stellt sich heraus, daß Sie dem ohnehin fragwürdigen Studium, das zu betreiben Sie uns seit vergangenem Oktober vorgemacht haben, längst nicht mehr nachgehen. Und als ich meinem ersten Impuls folgen und Sie am besten gar nicht mehr zur Tür hereinlassen will, gesteht mir meine Tochter, daß sie im mutmaßlich dritten Monat von Ihnen schwanger ist, na Prost Mahlzeit!

Ich bin nicht ganz sicher, ob ich damals an diese Schwangerschaft geglaubt habe. Ob Natascha selbst daran geglaubt hat, dessen bin ich noch weniger sicher. Mitten im Abendessen, das in einem großen Schweigen verlief, sprang sie jedenfalls plötzlich auf und lief ins Badezimmer. Man konnte hören, daß ihr auf die in diesem Zusammenhang signifikante Art schlecht war.

Trotzdem war einiges an dieser Schwangerschaft seltsam. Zum Beispiel, daß es mit ihren Übelkeiten damals erst anfing. Und daß sie mir vorher nicht das Geringste gesagt hatte. Aber das sei, behauptete sie nachher, als wir trotz allem einen Abendspaziergang unternahmen, am Maturastreß gelegen.

Das Seltsamste an dieser Schwangerschaft aber war zweifellos, daß sie zwölf Monate dauerte. Nachdem wir uns versöhnt hatten (ich mußte vorher schwören, daß ich in all den Stunden, in denen ich mich *herumgetrieben* hatte, bei keiner anderen Frau gewesen war), waren wir natürlich wieder sehr lieb zueinander. Außerdem galt es, Nataschas Matura zu feiern, die sie am nächsten Tag trotz allem bestand. Und jedenfalls gab es jetzt keinen Grund mehr aufzupassen.

So haben wir unseren Sohn wahrscheinlich erst in diesen Tagen gezeugt. Womöglich im Schloßpark von Schönbrunn, zwischen dessen Hecken wir uns versteckten. Es war sehr romantisch, die Parkwächter fanden uns nicht, bevor sie die

Eingangstore versperrten, und der Mond hatte ein sehr weißes Gesicht. Das Gesicht unseres Sohns, der im Februar 1968 zur Welt kam, ist nur halb so dunkel wie meins.

Doch bis dahin war noch einiges durchzustehen. Vorerst eine Reihe von unerquicklichen Auseinandersetzungen. Zuallererst die mit Nataschas Eltern natürlich. Die unter diesen Umständen anderes im Kopf hatten, als Nataschas Reife zu feiern.

Zwar bekam Frau Scholz, wenn sie mich anschaute, manchmal wieder jenen schwieger- und potentiell großmütterlichen Blick, dessen vereinnahmende Milde mich schon um den vergangenen Dreikönigstag herum alarmiert hatte. Doch da der Blick ihres Gatten fürs erste keine vergleichbar schwieger- oder gar großväterliche Neigung zeigte, sah sie, kam er ihr in die Quere, ebenso streng und über meine im Grund empörende Präsenz erbost drein. Dem Ernst der prekären Situation entsprechend. In der man sich nolens volens auch mit meiner dunklen Existenz auseinandersetzen mußte.

Der Herr Scholz hätte mich ja, wie er mehrere Male betonte, am liebsten gar nicht mehr gesehen. Aus den Augen, aus dem Sinn, auch aus dem seiner Tochter, das wäre ihm zweifellos das liebste gewesen. Allerdings drohte ihm seine Tochter zu Weihnachten (ein Termin, an den er vorerst ohne Rückfrage bei ihrem Frauenarzt, die ihm wahrscheinlich doch zu indiskret erschienen wäre, glaubte) ein Enkelkind zu bescheren, das voraussichtlich eine gewisse Ähnlichkeit mit mir haben würde. Es galt also, einen Modus vivendi zu finden.

Endlose Diskussionen in den verschiedensten Konstellationen. Zwischen Herrn und Frau Scholz, zwischen Herrn Scholz und mir, zwischen Frau Scholz und Natascha. Zwischen allen miteinander – auch meine Mutter wurde zugezogen. Was mir gar nicht sehr recht war und ihr noch weniger, sie fühlte sich sichtlich nicht wohl in dieser Familie.

Natürlich fühlte sie sich auch nicht wohl in dieser *Situation*. Einer Situation, in die ich, wie sie überraschenderweise hervorhob, *sie* gebracht hatte. Nicht etwa Natascha hatte ich in diese Situation gebracht oder mich. Sie. Die offenbar überhaupt keine Lust hatte, Großmutter zu werden.

Sie fühlte sich eben wieder als junge Mamma. Nicht mehr als meine, leider, das war endgültig vorbei. Meine Halbschwester war damals zwar mindestens schon anderthalb. Aber in meiner Erinnerung ist sie noch immer ein rotgesichtiger Brüllaffe.

Nicht zuletzt gab es auch Auseinandersetzungen zwischen Natascha und mir. In den Monaten Juni und Juli setzten die Symptome einer wirklichen Schwangerschaft ein. Darunter Stimmungen, die ihr zu schaffen machten. Ihr und mir. Denn sie waren mit Anwandlungen von Eifersucht verbunden.

Ob ich nicht doch eine andere gehabt hatte. In den Stunden, in denen ich behauptet hatte, am Konservatorium gewesen zu sein. Und ganz besonders an jenem kritischen Tag vor der Matura. Als alles aufgeflogen sei. Als ich so spät gekommen sei. Als ich ihr die Geschichte von dieser Band erzählt habe.

Was sei denn das für eine komische Band gewesen? Sie habe den Namen der Band noch nie gehört! Schließlich habe ich die ganze Zeit über, in der ich nicht ans Konservatorium gegangen sei, auch sie belogen. Warum sollte sie mir also jetzt ausgerechnet die Geschichte mit dieser Band glauben?

Sie erinnere sich genau: Ich sei so verdächtig erhitzt gewesen an diesem Abend. Und nach Alkohol habe ich gerochen, sie habe den Geruch noch in der Nase. Ach Gott, sagte sie, wenn ich daran denke, dann wird mir gleich wieder schlecht! Liebst du mich wirklich, oder soll ich mit deinem Kind im Bauch in den Donaukanal springen?

Du lieber Himmel! Wie kam sie denn just auf *das*? Glücklicherweise war der Donaukanal relativ weit von der Wohnung der Familie Scholz entfernt. Was in der Nähe vorbeifloß, war der Wienfluß. Der aber war, außer zu Hochwasserzeiten, kaum mehr als ein Rinnsal.

Nun, vielleicht hat sich Natascha in der Aufregung nur

verredet. Und vielleicht war ihr diesbezügliches Gerede gar nicht ernst zu nehmen. Trotzdem beunruhigte es mich – wenn sie etwa von der Pilgrambrücke sprang, die den Wienfluß, kaum mehr als zehn Minuten von der Scholz'schen Wohnung entfernt, querte, würde sie sich den Hals brechen. Und wenn sie doch den Donaukanal gemeint hatte, so brauchte sie dort bloß in die Stadtbahn zu steigen, um ihn, etwa bei der Schwedenbrücke, zu erreichen.

Da unternahm ich schon lieber etwas, um sie versöhnlich zu stimmen. Da war ich halt ganz besonders lieb zu ihr. Zwar war mir der Gedanke an ihre Schwangerschaft noch immer ein bißchen unheimlich, und wenn ich meine Hand zwischen ihre Beine legte, geschah es nicht mehr so unbefangen wie in den Monaten davor. Aber natürlich überkam mich bei dem Gedanken, daß sie ein Kind von mir erwartete, auch eine gewisse Rührung.

Über alldem vergaß ich etwas Entscheidendes.

Ich vergaß, daß das österreichische Heer nach mir verlangte.

Österreich, so klein es ist, versteht sich als Bundesstaat, also heißt das österreichische Heer *Bundes*heer.

Dieses Bundesheer verlangte nach Herrn Jarosch Peter, geboren am 7. 12. 1946, im Sinne der mit dem österreichischen Staatsvertrag wieder eingeführten Allgemeinen Wehrpflicht.

Gemustert, wie das so hübsch heißt, hatte man mich schon, als ich noch (infolge meines verspäteten Schuleintritts und des durch die Wiederholung einer Klasse verlorenen Jahrs etwas länger als andere) die Realschule besuchte. Zwar hatte ich gehofft, infolge meiner Fußballverletzungen untauglich geschrieben zu werden, aber damit hatte ich mich verspekuliert. Daß meine Knie knackten, wenn ich Kniebeugen machte, beeindruckte die sogenannte Stellungskommission nicht zureichend. Sie betrachteten mich vielmehr mit einem gewissen Wohlwollen, fanden Gefallen an meiner sportiven Figur und versicherten mir, daß sie sich freuten, auch einen schwarzen österreichischen Staatsbürger zur Verteidigung seines Landes ausbilden zu dürfen.

Wohl würden mir bei der Grundausbildung gewisse schwere Übungen erspart bleiben. Aber im großen und ganzen brauchte ich nicht zu befürchten, anders behandelt zu werden als alle andern. Der Vorsitzende dieser Kommission, ein Mann mit grauem Schnauzbart, unter dem er sozusagen getarnt lächelte, hatte, wie mir schien, einen subtilen und etwas sadistischen Humor. Aber vielleicht glaubte er wirklich, mir mit der Bestätigung meiner wenn auch durch den Buchstaben B (wie bedingt) relativierten Tauglichkeit eine Freude zu bereiten.

Man hatte mir vorerst einen Aufschub gewährt. Damals sollte ich ja erst die Matura machen. Und dann hatte ich um Verlängerung dieses Aufschubs angesucht. Und zwar, das war ein Grund, den man anerkannte, aus Studiengründen.

Aber jetzt, da ich nicht mehr am Konservatorium inskribiert war ... jetzt, da ich vor lauter unbewältigter Gegenwart nicht wußte, wie es in Zukunft mit mir weitergehen sollte ... (außer daß ich recht zweifelhaften Vaterfreuden entgegensah) ... jetzt hatte ich überhaupt nicht mehr ans Bundesheer gedacht – und prompt dachte man beim Bundesheer an mich.

Da war er, der blaue Brief, der Stellungsbefehl.

Am 1. Oktober, stand da geschrieben, hatte ich mich nach der Pionierkaserne Bruck-Neudorf in Marsch zu setzen.

Das war auf den ersten Blick ein ziemlicher Schock.

Aber nach und nach fand ich es, ehrlich gesagt, nur mehr halb so tragisch.

War das nicht, wenn schon keine Lösung, so immerhin eine Vertagung all meiner gegenwärtigen Probleme?

Würde es mir nicht guttun, Distanz zu gewinnen?

Abstand von allem, was mir einfach passiert war?

Denn genau das war mein Eindruck – es war mir passiert, selbst hatte ich gar nicht viel dazu beigetragen.

Dieses sogenannte Erwachsenenleben …

Was bisher geschah: Junger Mann, schwarz, am falschen Ort, lernt junges Mädchen kennen, das sich für die Richtige hält, und schon nimmt das Schicksal seinen Lauf.

Zwar war Bruck-Neudorf nur ungefähr fünfzig Kilometer von Wien entfernt.

Aber vielleicht war das für die nächsten Monate gerade die richtige Entfernung.

AUF DER FÄHRE stehe ich meistens am Bug. Nach wie vor fahre ich gern nach Algiers hinüber. Ans andere Ufer hinüber und wieder zurück. Anfangs, nachdem ich hier angekommen war, habe ich das fast täglich getan.

Nach spätestens einer Woche kannte mich die Besatzung. Die Matrosen, die die Landeklappen öffneten und schlossen, beim Ablegen und Anlegen die Taue lösten und festmachten. Manche mußten schon lachen, wenn sie mich sahen. Natürlich gibt es genug Pendler, die jeden Tag zwischen dem auf der anderen Seite liegenden Stadtteil Algiers und dem Business District hin- und herfahren, aber offenbar war mein Verhalten, verglichen mit dem ihren, deutlich anders.

Die meisten von denen strebten sofort in den verglasten Innenraum der Fähre und versaßen die Viertelstunde, die die Überfahrt dauert, wie in einem Bus. Ich hingegen blieb fast um jeden Preis auf dem offenen Deck wie ein Kind. Stimmt, wenn die Autos auf die Fähre rollen, haben es die Matrosen nicht so gern, daß man ihnen im Weg steht. Aber wenn man weiß, was man will, und sich, ohne lang vor ihrer Nase herumzutanzen, am Bug plaziert, können sie nichts dagegen sagen.

Dort lehnte ich dann an der Reling und schaute hinunter. Und ab und zu lehne ich dort noch heutigen Tags. Beobachte, wie das Wasser, nachdem die Maschinen zu arbeiten begonnen haben, von steuerbord gegen den Rumpf drückt. Und wie sich der Winkel zwischen dem vibrierenden Boden, auf dem ich stehe, und der Mole, von der es loszukommen gilt, vergrößert.

Stimmt schon, der Mississippi ist nicht mehr das, was er einmal war. Und doch hat die Überfahrt etwas Elementares. Zumindest etwas Restelementares, das Sie spüren sollten. Und wenn Sie nur spüren, daß unten der große Fluß fließt und oben der starke Wind weht. Schlepper und Tanker fahren stromauf und stromab. Irgendwo unten verläuft sich der Strom in sein Delta. Joe erzählte mir die tragische Geschichte von Robert Cavelier de La Salle, dem Entdecker der Mississippimündung. Zwei Jahre nach jener Entdeckung in das Land, das er ganz einfach zum Besitz des französischen Königs erklärt hatte, zurückgekehrt, konnte der diese Mündung nicht mehr finden.

Das mußt du dir einmal vorstellen, sagte Joe. Dieser Chevalier erklärt den Indianern, daß sie von nun an Untertanen seiner Majestät, des Königs Ludwig Nr. XIV, sind und daß das Land, in dem sie schon gejagt und gefischt haben, als dieser jenseitige Häuptling noch in die Windeln geschissen hat, von nun an nach ihm, diesem Louis, Louisiana heißt. Die Indianer lachen nur unter der Haut, aber der König nimmt das ernst und schickt La Salle zurück, damit er ihm an der Mündung des Flusses eine Stadt gründet. Doch die Gegend ist seltsam, sieht irgendwie anders aus, als sie Sieur de La Salle in Erinnerung hat, eigentlich, denkt er, müssten wir längst an der Mündung angekommen sein, aber wie soll man den Überblick behalten über so viel Wasser und so wenig festes Land.

Wasser bedeckt von Wasserlinsen, Schilf, Gras, Himmel. Und es wäre ja schön, einen Grundstein zu legen, aber *mon Dieu*, er würde hier überall versinken. Und auf einmal wird der Fluß so breit, wie er unmöglich sein kann, auch wenn es sich um einen der breitesten Flüsse der Welt handelt. Und da wird dem armen Mann bewußt, daß er mit seiner kleinen Flottille nicht mehr auf dem Mississippi fährt, sondern im Golf von Mexiko.

Nach der Landung verlaufen sich die Menschen, die auf der Fähre waren, man weiß nicht recht, wohin. Da ist ein Pub mit dem schönen Namen *Dry Dock*, blauweiß gestreifte Markisen, rote Reklameschrift, doch sonst wirkt diese Ecke von Algiers sehr leer. Algiers, das seinen Namen den Sklaven verdankt, die hier in Holzverschlägen gehalten wurden, bevor man sie auf den Markt im French Quarter brachte. Ihre Vorfahren waren von den Arabern nach Nordafrika verschleppt worden, sie, die Nachfahren, fanden sich unversehens in Nordamerika.

Da war eine lange, leere Straße mit, je weiter ich sie ging, immer ramponierter wirkenden weißen Holzhäusern. Zwischendurch zwar ab und zu welche, deren Veranden originell dekoriert waren, Puppenhäuser, Hexenhäuser. Andere jedoch unbewohnt, stillgelegt, mit Aufklebern, deren Bedeutung mir nicht klar wurde, vielleicht stammten sie vom Gerichtsvollzieher. Und über allem eine heiße, weiße Stille, es kann nicht viel mehr als eine Stunde nach Mittag gewesen sein, kein Mensch in dieser Stadt blieb um diese Zeit freiwillig im Freien.

Ich schon. Ich war ein Fremder. Obwohl ich wie ein Einheimischer aussah. Damit verhielt es sich hier just umgekehrt als in der Stadt, in der ich früher zu Hause gewesen war. Daß ich, zum Trockendock zurückgekehrt, mein Coke ohne Eis wollte, verursachte Kopfschütteln. Erst recht, daß ich es draußen, an einem der beiden in der Hitze stehenden Tische, und nicht drin, in der von den Einheimischen geschätzten Kälte der Klimaanlage trinken wollte.

Einer sprach mich an: Hey man, where the hell do you come from? Africa? Der hatte mich durchschaut. Im Grunde genommen kommen wir ja alle von dort. Sie auch, bilden Sie sich nur ja nicht ein, Sie sind eine Ausnahme. Ihre verehrten Vorfahren wurden dort ebenso geortet wie meine.

Tansania, Kenia oder Malawi, was wäre Ihnen am sympathischsten? Wenn Sie zurückgehen, radikal, um Ihre geschätzte Herkunft nachzuweisen. Außerdem – einmal ganz abgesehen von den Zeugnissen der Anthropologie ... haben Sie keine Großmutter gehabt, die Ihnen vom großen Teich in Afrika erzählt hat?

Entschuldigen Sie, daß ich Sie schon wieder so persönlich anrede. Aber gewisse Fragen lassen sich kaum anders stellen als persönlich. Wie? Ja, ich weiß. Sie legen Wert auf die Wahrung Ihres Inkognito. Aber eine Großmutter werden doch wohl auch Sie gehabt haben!

Vom Trockendock ging ich wieder zurück ans Ufer. Und dort, etwas unterhalb der Landestelle der großen Fähre, fand ich fürs erste meinen Platz. Würden Sie mir zuhören, so würde ich dieses Phänomen zu erklären versuchen. So kann ich mir das ersparen. Es gibt Orte, zu denen man eine gewisse Affinität empfindet.

Orte, die man schon lang zu kennen glaubt. Obwohl man sie gerade zum ersten Mal im Leben erblickt. Jener ungefähr fünfzig Meter ins Wasser hineinreichende Steg war für mich so ein Ort. Eine ins Nichts führende Brücke, an der, je weiter man sich nach außen wagt, desto mehr Bretter fehlen.

Eine Art Pier, vielleicht die stillgelegte Landestelle für ein kleineres Fährboot. Schritt für Schritt trat ich hinaus, so weit ich konnte. Unten der Durchblick ins Wasser, draußen der Fluß.

Auf dem letzten halbwegs vertrauenerweckenden Brett ließ ich mich vorsichtig nieder und schaute.

Ja, schaute ganz einfach. Diese Art von Schauen ist der Anfang der Philosophie. Schaute ganz einfach. Diese Art von Schauen ist der Anfang des Blues. Das ist kein Widerspruch, ganz im Gegenteil. Der Platz, an dem ich jetzt saß, hätte den alten Heraklit ebenso inspiriert wie Robert Jones, Muddy Waters oder John Lee Hooker.

3

Am 1. Oktober 1967 rückte ich zum Österreichischen Bundesheer ein. Mit im wahrsten Sinne des Wortes gemischten Gefühlen. Einerseits, wie gesagt, kam mir das gar nicht so ungelegen. Anderseits wußte ich natürlich nicht, was mich erwartete.

Das heißt, eine vage Ahnung hatte ich schon. Und diese vage Ahnung war keine gute. Im Vergleich mit der US-Army, in der man damals gerade die besten Chancen hatte, ins vietnamesische Gras zu beißen, im Vergleich mit dieser Armee, der ich durch den Zufall meiner Geburt im Mutter- statt im Vaterland entging, war dieses Bundesheer fraglos ein Witz. Aber so *bloß zum Lachen* war es wohl auch nicht.

Schon im Zug, der mich, mit anderen sogenannten Jungmännern, die auf dem Bahnhof eine Freifahrkarte bekamen, meiner künftigen Garnison entgegenführte, ein recht banges Gefühl. Der Eindruck, daß ich von dem Moment an, in dem dieser Zug losfuhr, bis auf weiteres nicht mehr frei über mich verfügen könne. Es sei denn, ich stiege noch rasch vor dem Zielbahnhof aus. Aber es stellte sich heraus, daß der Zug, als hätten die Ersteller seines Fahrplans solche Einfälle in Erwägung gezogen, zwischen den Bahnhöfen Wien Ost und Bruck an der Leitha überhaupt nicht hielt.

Der Zug fuhr nicht schnell, es war so, als ob man sich das alles noch einmal gut ansehen sollte. Das vorerst endlos erscheinende Gelände des Ostbahnhofs mit seinen rostigen Gleisen, abgestellten Waggons, hügelhohen Kohlenhaufen. Die grauen Zinshäuser von Simmering, die der Bahntrasse ihre fensterlosen Feuermauern zukehrten. Und dann die Kleingärten am Rand der Strecke mit ihrem roten Weinlaub.

Der Himmel darüber blaßblau und merkwürdig durchsichtig. Krähen schwarz über braunen und brachen Feldern. Gelbe Kastanienbäume und schon leicht entlaubte Pappeln. Ein Herbstmorgen, der so schön war, daß er weh tat.

Jedenfalls mir tat er weh, auf dieser Strecke. Meine Schicksalsgenossen ließen sich nichts Vergleichbares anmerken. Die meisten von ihnen gaben sich laut und rüde. Einige von ihnen stimmten sich schon auf Soldatenlieder ein.

Mich nahmen sie scheelen bis spöttischen Blicks zur Kenntnis. He du, sagte schließlich einer, was bist denn du für einer? Er sprach im rohesten Wiener Dialekt. Ich war dieser Sprache durch den Umgang mit Natascha und ihren Eltern etwas entwöhnt, gab mir aber Mühe, im gleichen Ton zu antworten.

Das kam ganz gut an. Zwei, drei andere interessierten sich jetzt auch für mich. Mit mir konnte man reden. Vielleicht war ich gar nicht so anders, wie ich aussah. Eine Flasche mit Schnaps, die im Kreis ging, wurde auch mir angeboten. Der allerdings, an den ich sie weitergab, wischte, bevor er trank, mit der Hand über die Flaschenöffnung.

Dann Bruck-Neudorf, der Ort, an dem wir für die drei Monate Grundausbildung bleiben sollten. Freundlicherweise wurden wir abgeholt. Das Empfangskomitee, das uns vom Zug in die bereits ungeduldig brummenden Lastautos verfrachtete, hatte allerdings einen recht rauhen Ton. Sollte nur keiner glauben, er könne jetzt noch herumstehen und sinnieren.

Sie scheuchten uns Frischgefangene wie die Schafe. Daß ein *schwarzes* darunter war, fiel ihnen natürlich gleich auf. Ein paar dumme Bemerkungen überhörte ich, ein paar blöde Lacher nahm ich nicht ernst. Aber es war klar, daß ich für die nächsten Tage und Wochen eine dicke Haut brauchte.

Auf gings, in atemberaubendem Tempo wurden wir aus dem Zivilleben entführt. Die Gegend wischte flach und graubraun vorbei. Tiefer Boden, von Panzerketten mißhandelt. Kaum mitzubekommen, wo die Welt, in der wir bisher gelebt hatten, aufhörte, wo der Truppenübungsplatz anfing.

Und schon sind wir in der Kaserne, hinter uns senkt sich ein rot-weiß-rot markierter Schlagbaum. Absitzen vom Lastwagen und gleich antreten in einer langen Riege, gradstehen, abzählen! Lauter gefälligst! – Der mit den drei Plastiksternen am Kragenspiegel legt demonstrativ seine Hand ans Ohr. Er will, daß man ihn anbrüllt, er selbst brüllt noch ärger und sprüht dabei in der Sonne glänzende Speichelpartikel in die Luft.

Natürlich brülle auch ich ihm nicht laut genug. *Haben Sie das nicht gelernt, daheim im Urwald?* Ich muß zugeben, daß mich die Situation einschüchtert, es fällt mir schwer, nicht zu kuschen. Aber anderseits spüre ich, wie sich in mir Stacheln aufstellen.

Nein, sage ich, bei mir daheim habe ich das nicht gelernt. Außerdem bin ich nicht im Urwald, sondern in Wien zu Haus. Obwohl ich das nicht gebrüllt habe, hat er verstanden. Ah, so ist das, sagt er leise. Um gleich darauf wieder zu brüllen: Das heißt *Nein, Herr Zugsführer*! Zugsführer Kohut, ein kleiner, knolliger Mensch. Bei all seiner militärischen Haltung hat er etwas Gedrungenes, Geducktes. Seine ganze unbefreite Energie scheint im verspannten Nacken zu sitzen. Mit ihm, das ist abzusehen, werde ich es noch ausführlicher zu tun kriegen.

Allerdings hatte ich vorläufig Glück im Unglück. Fragwürdiges Glück allerdings. Glück auf Kosten eines anderen. Der fiel dem Zugsführer Kohut noch am selben Nachmittag auf. Gleich bei unserem ersten Ausmarsch ins Gelände.

Im Schritt Marsch, hieß es. Aber der Typ, der eine oder zwei Reihen vor mir marschierte, konnte nicht Schritt halten. Das heißt, um genau zu sein, er kam gar nicht erst in den Schritt. Er versuchte es, aber schaffte es nicht. Durch ständige Wechselschritte brachte er den ganzen Zweiten Zug aus dem Rhythmus.

Natürlich ärgerte das den Zugsführer maßlos. Seine Stimme, in ihrer normalen Lage ein heller Bariton, kippte in ein hysterisches Falsett. Sein Kopf wurde rot. Seine Augen quollen hervor. *Tiefflieger*, schrie er, obwohl am klaren Himmel nur ein paar Vögel zu sehen waren.

Da lagen wir also alle gemeinsam im Dreck. Aber *wer* war

daran schuld? Dieser Idiot mit seinem Wechselschritt! Habt acht, schrie der Zugsführer, als wir wieder aufgestanden waren. Der Typ sah schief aus, auch wenn er sich bemühte habtachtzustehen.

Irgend etwas an ihm war total verbaut. Man konnte aber schwer sagen, was es war. Ich meine, es war nichts einzeln Wahrnehmbares. Es war seine ganze, rundum unmögliche Erscheinung.

Rundum unmöglich, genau – und erst recht beim Militär. Selbst bei einem so kleinen und lächerlichen wie dem Österreichischen Bundesheer. Stehen Sie grad, brüllte Kohut, Sie Witzfigur! Doch der arme Pintarits konnte nicht gerader stehen als eben so.

Ja, Pintarits hieß er und kam aus dem Südburgenland. Aus einem der letzten österreichischen Winkel. Aus einer zweisprachigen Gemeinde, deutsch und kroatisch. Wenn er überhaupt den Mund aufbrachte, sprach er mit kroatischem Akzent. Der klang nicht unschöner als die Sprache der anderen. Nur eben – das war es –, nur eben ein bißchen anders. Das hätte wahrscheinlich schon genügt, um ihn zum Außenseiter zu machen. In Kombination mit seiner Ungeschicklichkeit und seinem linkischen Auftreten, das, sobald er die Aufmerksamkeit der Gruppe auf sich gelenkt hatte, immer unglücklicher, immer lächerlicher, immer ärgerlicher wirkte, sollte sich die Tatsache, daß er ein sogenannter *Krawat* war, aber noch schlimmer auswirken.

Daß er nicht nur die Aggressionen des Zugsführers auf sich zog, können Sie sich denken. Noch dazu, wo es nicht bei dem einen von ihm verschuldeten Tieffliegerangriff blieb. Nummer zwei gab es noch am nämlichen Abend. Und zwar auf dem Weg zum Abendessen, als ihn keiner mehr erwartete.

Wir glaubten, jetzt hätten wir so was wie Feierabend. Irrtum: Zugsführer Kohut ließ uns in Formation antreten. Rechtsum und im Schritt Marsch, mit dem zu Mittag ausgefaßten Besteck in der Jackentasche. Und mit dem Lied auf den Lippen, das wir am Nachmittag gelernt hatten.

Auf dieses Lied legte Kohut den größten Wert. Es war *das Lied der österreichischen Pioniere*. Wir waren jetzt nämlich *der Zweite Pionierzug*. Der *von ihm* betreute. Traditionellerweise *der beste*. Also das Lied. *Pioniere voran*, hieß es kühn im Refrain. Wenn wir am Kommandogebäude vorbeimarschierten, sollten wir besonders laut singen. Wir taten, was wir konnten. Nach dem schönen, noch warmen Tag war der Abend erstaunlich kühl. Neblig. Und wenn schon. Wir schrien uns die Kehlen heiser.

Und da – natürlich handelte es sich um ein Lied im Viervierteltakt – fängt der unglückliche Pintarits wieder an mit seinem Wechselschritt. Als wäre das Pionierlied ein Wiener Walzer. Und dieser Wechselschritt (obwohl Pintarits sicher auch nicht Walzer tanzen kann) ist derart suggestiv ... Binnen kürzestem hüpft der ganze Zweite Zug.

Es gab also wieder Tiefflieger, oder nein, wenn ich mich recht erinnere, gab es sogar einen *Atomblitz*. Das heißt, daß man sich an Ort und Stelle fallen lassen muß, ohne noch irgendeine Deckung zu suchen. Nur die Arme über dem Kopf, zum Schutz vor der apokalyptischen Explosion. Und tatsächlich war das ja etwas dergleichen.

Da lagen wir jedenfalls – manchen (auch mir) war das Besteck weggeflogen. Sobald der *Atomblitz* vorbei war, standen wir auf und sammelten es wieder ein. Das heißt, wir versuchten, es wieder einzusammeln. Was mich betraf, konnte ich mein Messer nicht mehr finden. Jedenfalls nicht, bis der Befehl zum Weitermarschieren kam. Und der kam schnell. Hier mußte ja alles schnell gehen. Im Speisesaal hatte ich dann nur Löffel und Gabel. Das fasrig graue Stück Rindfleisch, das man uns auf die Teller klatschte, konnte ich also beim besten Willen nicht schneiden. Gewiß, unter normalen Umständen hätte ich das Messer meines Nachbarn geliehen. Aber das waren keine normalen Umstände. *I was in the army now*. Ach ja, das war eine lächerlich kleine, sehr unbedeutende Armee. Aber der Terror, der beim Militär geübt wird, kommt auch dort zur Wirkung. Vom ersten Tag an. Damit man weiß, wo es langgeht. Borg mir das Messer, hätte ich zu meinem Nachbarn sagen können. Aber ich tat es nicht. Ich wagte es nicht. Hier ging es in erster Linie darum, nicht aufzufallen.

Ich hatte ja leider die besten Voraussetzungen dazu. Ich *fiel* für gewöhnlich auf. Das war eine Erfahrungstatsache. Das Beste wäre gewesen, sich unsichtbar zu machen. Das Zweitbeste war, jemanden in der Nähe zu haben, der die aggressive Aufmerksamkeit von einem ablenkte.

Die meisten Rekruten des Zweiten Zugs hatten vom ersten Abend an eine heillose Wut auf Pintarits. Ich nicht. Das heißt, ich hatte sie anfangs auch. Aber nur kurz. Kaum war die Wut auf den Typ, der uns den Zorn des Zugsführers eingebrockt hatte, in mir aufgeflammt, war sie auch schon wieder am Verlöschen. Und das lag nicht nur an einer gewissen, mir, aufgrund meiner eigenen Position in der Welt, fast zum Reflex gewordenen Solidarität, einem bereitwilligen Verständnis für alles Anderssein.

Ich begriff auch recht rasch, daß ich dem armen Pintarits eigentlich Dank schuldete. Ganz einfach Dank dafür nämlich, daß er da war. Denn daß nicht nur das Arschloch von Zugsführer jemanden brauchte, über den er etwas von der Spannung, die in seiner ganzen häßlichen, kleinen, knolligen Körperlichkeit zum Ausdruck kam, entladen konnte, sondern auch die Gruppe, die ihm für die Zeit der Grundausbildung ausgesetzt sein würde, also dieser ganze blöde Zweite Pionierzug, aber besonders seine Zimmergenossen, zwei Dutzend schwitzende, stinkende, furzende sogenannte Jungmänner, so viel war klar. Daß sie ein Aschenputtel brauchten, einen Sündenbock, jemanden, den sie erniedrigen, beleidigen, verspotten und quälen konnten – und der wäre sonst wahrscheinlich ich gewesen.

Jetzt hatten sie Pintarits, der im Stockbett über mir lag. *Ich hatt' einen Kameraden, einen besser'n find'st du nicht.* Auch das mußten wir singen. Das war altes soldatisches Liedgut. Aber so viel ist wahr, daß ich mir keinen besseren wünschen konnte.

Vorläufig jedenfalls. Wie gut, daß es ihn gab. Ja, ich war dankbar: Ich half ihm beim Bettenbau. Beim Bettenbau half ich ihm und beim Spindeinräumen. Es überraschte mich nicht, daß er dabei genauso ungeschickt war wie beim Marschieren.

Ich war ja, wenn ich mir Mühe gab, ganz geschickt. Was aber leider auch nicht allzuviel nützte. Jedenfalls nicht am ersten Kasernenabend. Bei seinem Zimmerdurchgang, ich sollte wohl treffender sagen: Zimmerdurch*sturm*, riß Kohut sämtliche Betten wieder auf, warf Hemden und Unterwäsche empört aus den Spinden.

Das sei keine *Ordnung*, schrie er, sondern ein *Sauhaufen*. Die Leintücher hätten *bretteleben* gespannt zu werden, die Hemden und Unterhosen hätten so aufeinanderzuliegen, daß man ihre Ausrichtung *mit dem Lot* nachmessen könnte. Sein rabiater Tadel galt ausnahmslos allen. Pintarits' mit meiner Hilfe gemachtes Bett und seinen mit meiner Hilfe eingeräumten Spind allerdings hob er als besondere Negativbeispiele hervor.

So etwas habe er in seiner ganzen Ausbildnerlaufbahn noch nie gesehen! Ob der Krawat ihn etwa verarschen wolle? Er solle sich ja nicht einbilden, daß er das könne! Über *mein* Bett und *meinen* Spind verlor er, während er sie verwüstete, immerhin kein Wort.

Das war – ich hoffte, das so auffassen zu dürfen – kein schlechtes Zeichen. Daß er mich immerhin kaum mehr persönlich wahrnahm. Ein wenig war ich aus seinem Schußfeld genommen. Gut so, dachte ich. Besser so. Weiter so.

Ich paßte mich halt an die Verhältnisse an. Ja, es ist wahr, ich assimilierte mich. Wie leicht das passiert! Bei allem inneren Widerstand. Und wie leicht man sich mit den Verhältnissen abfindet.

Stimmt schon, verglichen mit anderen Armeen ist das Österreichische Bundesheer ein Witz. Und die neun Monate Wehrdienst, die den jungen österreichischen Staatsbürgern zugemutet werden, sind eine relativ kurze Zeit. Trotzdem. In gewisser Hinsicht ist es exemplarisch, was dort geschieht. Und was man mit sich geschehen läßt. Wie man sich trotz allem darauf einstellt.

Klar war dieses Leben voll von Dummheiten und Unannehmlichkeiten. Angefangen von der Art, wie man am Morgen geweckt wurde (ein armer Trottel rannte von Zimmer zu Zimmer und schrie *Tagwache*). Aber ich gewöhnte mir an, auch dem Unfug seine positiven Seiten abzugewinnen.

Zum Beispiel war es ja eigentlich schön, zeitig aufzustehen. Gewiß, der Herbst schritt fort, und um sechs Uhr früh war es kalt und finster. Aber hatte es nicht auch etwas für sich, nicht lang zu überlegen, ob man wirklich schon aufwachen sollte, sondern gleich da zu sein, präsent als sogenannter Präsenzdiener? Und noch mit dem Nachgefühl eiskalten Wassers in Gesicht und Genick und mit dem Nachgeschmack hygienisch erfrischender Zahnpasta im Mund vor dem Quartier Gymnastik zu treiben?

Natürlich war es etwas störend, daß man dabei Zugsführer Kohut vor der Nase hatte. Und daß der auch um diese Tageszeit schon brüllte. Aber durch die Übungen, zu denen man angehalten wurde, spürte man seinen Körper auf eigentlich angenehme Weise schon vor dem Frühstück. Auch wenn bei den Kniebeugen meine Knie erbärmlich knackten.

Das Frühstück dann – bitte, es war natürlich nicht üppig. Kaffee oder Kakao (der Unterschied war infolge des hohen Wassergehalts nicht leicht zu schmecken) aus einer großen blechernen Kanne. Brot vom Vortag aus einer großen Schachtel, deren Pappendeckelgeruch ihm immer noch ein bißchen anhaftete. Aber immerhin Schmelzkäse (pikant!) oder Marmelade (Marillen und Erdbeeren) in kleinen Aluminiumverpackungen.

Doch doch, man lernte, die kleinen Freuden zu schätzen! Zu Hause wäre mir nie aufgefallen, wie gut so ein schlichtes Stück Schmelzkäse eigentlich schmeckte. Manchmal waren Pfefferkörner drin, manchmal winzige Paprikastücke, die ich mit Zähnen und Zungenspitze liebkoste. Und in der Marmelade gab es Frucht- oder Beerenpartikel, die ich noch eine geraume Weile übers Frühstück hinaus im Mund aufheben und auf dem Weg zum Morgenappell genießen konnte wie eine hübsche Erinnerung.

Sicher hatte es etwas Entwürdigendes, Erniedrigendes, daß man beim Appell habtachtstehen und sich begutachten lassen mußte wie ein Stück Vieh. Daß man Hals und Ohren kontrollieren lassen mußte, ob sie auch sauber gewaschen waren. Anderseits gar nicht schlecht, daß einen die Ausbilder darauf aufmerksam machten, wo trotz noch so bemühter Rasur ein Barthaar stehengeblieben war. Bei der schlechten Beleuchtung im Waschraum und vor den halbblinden Spiegeln war das kaum zu erkennen.

Marschierten wir dann aus der Kaserne in die Gegend hinaus, so war ich oft richtig guter Dinge. Sie war zwar nicht eigentlich schön, diese Gegend, aber es ging mir mit ihr so ähnlich wie mit dem Frühstück. Ich sah vieles, was ich sonst übersehen hätte. Das gelbe, früh am Vormittag noch von glitzernden Tautropfen feuchte Laub an den Sträuchern, die Variationsbreite der Rotschattierungen dazwischen (von den fast künstlich rosa wirkenden Pfarrerkappen über die ins Orange spielenden Judenkirschen bis zu den zwischen Fäule und Vertrocknen schon fast schwarzen Hagebutten), die auf silbrigen Fäden treibenden winzigen Spinnen.

Und die Erde, die manchmal in großen, glänzenden Schollen offenlag. Und die Bäume, die von Tag zu Tag blattloser, scherenschnittartiger vor dem Himmel standen. Manchmal verharrte ein Falke flatternd halbe oder ganze Minuten lang an derselben Stelle in der Luft. Ab und zu fühlten sich Feldhasen von uns belästigt und flohen hakenschlagend.

Und natürlich *sah* ich nicht nur, sondern ich *hörte, witterte, spürte*. Das rauhe Schreien der Krähen, das leicht bittere Aroma der auf dem Boden liegenden Blätter, den herben Herbstwind. Ich hätte mich wirklich wie auf einem der um diese Jahreszeit in Österreich besonders empfehlenswerten Ausflüge fühlen können. Wäre da nicht schon wieder oder noch immer die Anwesenheit des Zugsführers Kohut gewesen.

Es gab Gott sei Dank auch andere Anwesenheiten. Die des Korporals Friedel zum Beispiel fand ich erfreulich. Der war jünger als Kohut und marschierte ganz anders. Nicht grimmig entschlossen auf irgendein Ziel zustapfend, sondern, trotz der klobigen Schnürschuhe, gewissermaßen absichtslos leichtfüßig.

Vor allem aber hatte er, zum Unterschied von Kohut, eine angenehme Stimme. Wenn er dabei war, sangen wir auch angenehmere Lieder. Nicht *Auf Kreta bei Sturm und bei Regen* etwa (das Lied, das dem Zugsführer, einmal abgesehen vom Pioniermarsch, am besten gefiel, obwohl wir es, wegen einer gewissen Empfindlichkeit des Kompaniekommandanten gegen Lieder aus dem Nazikrieg, nur im Gelände und nicht in der Kaserne singen durften), sondern zum Beispiel *Jetzt kommen die lustigen Tage*. Und in diesem Lied war davon die Rede, daß einer, eben weil jene lustigen Tage kämen, von seinem Schätzle vorübergehend Abschied nehmen müsse, aber daß das eigentlich gar nicht besonders weh tue.

Leider hatte dieser Friedel einen Plastikstern weniger als Kohut, so daß er ihn zwar durch sein freundliches Wesen beeinflussen, ihm aber nicht wirklich dreinreden konnte. Das war besonders dann bedauerlich, wenn der Zugsführer wieder einmal einen seiner cholerischen Anfälle hatte. Dann lagen wir halt im Dreck, da war nichts zu machen. Manchmal hatte ich jedoch den Eindruck, daß uns Friedel bei solchen Gelegenheiten aufmunternd zuzwinkerte.

Ganz sicher war ich dessen allerdings nicht. Manchmal zwinkerte der Korporal nämlich auch ohne erkennbaren Grund. Konnte es sein, daß es sich dabei um ein nervöses Leiden handelte? Jedenfalls suggerierte dieses leichte Zukneifen der unter den dichten, blonden Brauen besonders nett strahlenden blauen Augen Verständnis und Empathie.

Da Pintarits Ungeschick sich jeden Tag aufs neue manifestierte, entlud sich Kohuts Zorn, wie erwartet, vor allem auf ihn. Mich traf er nur ab und zu, eher nebenbei. Dann konnte es schon vorkommen, daß er mich, womöglich doch etwas mehr als andere, *robben und gleiten* ließ. Oder mit dem in einem peitschenden Rhythmus wiederholten Kommando *Sprung auf vorwärts decken* einen besonders unwegsamen Hügel hinauf- und hinunterhetzte. Ich ließ mich aber von ihm nicht unterkriegen. Klar überlegte ich manchmal, ob jetzt nicht der Anlaß gekommen sei, meine B-Tauglichkeit zu erwähnen. Anderseits war meine Kondition nach wie vor gut, nicht ganz umsonst hatte ich vier bis fünf Fußballerjahre lang trainiert. Und was die extreme Belastung sei, der man einen wie mich nicht aussetzen sollte, war vermutlich ohnehin eine Ermessensfrage.

Außerdem lag meine Widerstandskraft gegen Kohuts Versuch, mich doch noch, einer bei meinem ersten Anblick allem Anschein nach verspürten Aufwallung entsprechend, zum Objekt seiner ausbildnerischen Aggressionsabfuhr zu machen, und sei es, weil ihn Pintarits als Opfer auf die Dauer langweilte, in einer gewissen, sozusagen habituellen Unbeugsamkeit. Der Neger, hörte ich ihn einmal zu Korporal Friedel sagen, ist ein *zacher* (also ein zäher) *Hund*. Eben. Das war ich. Das wollte ich auch gern sein. Ich mag nicht verhehlen, daß mich diese Kohut abgerungene Anerkennung mit einem gewissen Stolz erfüllte.

Auch bei meinen Kameraden brachte mir diese Zähigkeit eine gewisse Akzeptanz. Obwohl mir bewußt war, wie schnell sich das ändern konnte. Vielleicht würde es ihnen eines Tages langweilig werden, immer nur Pintarits zu quälen. Zum Beispiel indem sie ihm, der am Abend als erster einschlief, weil ihn die unglückliche Rolle, die er den ganzen Tag zu spielen hatte, völlig auspumpte, Zündhölzer zwischen die unter der Decke hervorschauenden Zehen steckten und diese Zündhölzer dann entflammten.

Ich muß gestehen, ich befürchtete etwas. Ich hatte den Eindruck, daß sich etwas gegen mich zusammenbraute. Es gab da in unserem Zimmer einen gewissen Zillner. Einen Typ, der mich von Tag zu Tag mehr an meinen alten Feind erinnerte.

Sie erinnern sich: der mit dem rostigen Haarschopf. Der mit dem langen, gemeinen, unjungen Gesicht. Der mich erschreckt hatte, wenn er mir auf der Straße entgegengekommen war. Der mit dem Mund, der mich so deutlich verachtete.

Den hatte ich über zehn Jahre nicht mehr gesehen. Und er war mir wirklich nicht abgegangen. Zillner, der, nebenbei bemerkt, brünette und nicht rote Haare hatte, sah ihm wahrscheinlich gar nicht ähnlich. Aber in seinem Wesen, das für mich immer deutlicher zum Vorschein kam, schien mir eine beunruhigende Verwandtschaft mit diesem Feind zu lauern.

Natürlich gehörte er zu denen, die sich vorläufig an Pintarits hielten. Obwohl er sich dabei gar nicht besonders hervortat. Er war weder der, welcher die Streichhölzer zwischen Pintarits' Zehen steckte, noch der, welcher sie anzündete. Er war einer, der nur dabeistand und dreckig grinste.

Nicht ganz bei der Sache. Vielleicht war es gerade das, was mich beunruhigte. Daß er so wenig auf Pintarits konzentriert war. Daß sein Blick und seine Gedanken, wie mir schien, manchmal von dem abschweiften. Und dann, so im Schweifen, hatte ich den Eindruck, immer mehr an mir anstreiften.

Klar hatte das auch damit zu tun, daß ich manchmal versuchte, die Meute von Pintarits abzulenken. Aber dadurch auf mich lenken wollte ich sie natürlich nicht. Geh laßts ihn doch in Ruh, sagte ich dann etwa, den armen Deppen. Aber ich sagte das nicht allzulaut, und sie dachten ohnehin nicht daran, mich zu hören.

Die Situation war jedenfalls an der Kippe, eine gewisse Spannung hing in der Luft, die sich, so empfand ichs zumindest, früher oder später gegen mich entladen würde. Da erschien eines Spätnachmittags, während wir die Gewehre putzten, ein Wachtmeister im Quartier. Der sogenannte KVT (Korporal vom Tag) schrie *Achtung* und schlug die Hacken zusammen. Er meldete das Zimmer 34 vollständig bei der Waffenpflege.

Schon gut, sagte der Wachtmeister, ein großer, kräftiger Mensch mit dem Gesicht eines Riesenschnauzers, stehen Sie bequem. Gibt es hier bei euch einen Schützen Jarosch? Dort hinten, sagte der KVT und zeigte auf mich. Ich nahm Haltung an. Hatte nicht den Schimmer einer Ahnung, was der Kerl von mir wollte.

Der sah mich mit eigenartigem Wohlgefallen. Stellte sich sogar vor als Wachtmeister Wald. Zu Befehl, sagte ich. Ja, ja, sagte er, lassen Sie die Formalitäten. Sind Sie nicht der, der vor ein paar Jahren in der Jugendmannschaft von Admira gespielt hat?

Sie können sich denken, daß und wie ich da aufblühte. Ich blühte aus zwei verschiedenen Gründen auf. Erstens war es natürlich schön, daß sich da noch jemand an mich als Fußballer erinnerte. Und zweitens kam Wachtmeister Wald wie ein rettender Engel.

Die Wirkung, die so einer hat, war sofort zu bemerken. Ein paar von meinen Zimmerkollegen scharten sich um uns. Ist das wahr? Du hast bei Admira gespielt? Ja, hat er, antwortete Wachtmeister Wald an meiner Stelle, und zwar ausgezeichnet.

Der Mann wurde mir immer sympathischer. Meine Position in der Gruppe war schlagartig verbessert. Sogar mein mutmaßlicher Feind sah mich mit weniger giftigem Blick. Es kam mir zumindest so vor. Vielleicht verstellte er sich. Aber mit der Mobilisierung einer Stimmung gegen mich würde er sich jetzt nicht mehr so leicht tun.

Wachtmeister Wald jedenfalls war dabei, eine Kompanieauswahl zusammenzustellen. Er würde sich freuen, wenn ich da mitmachen wolle. Wenn wir Glück hatten und das Wetter schön blieb, konnten wir bis in den Dezember hinein spielen. Und in einem Turnier gegen die Mannschaften aus den benachbarten Kasernen Kaisersteinbruch und Götzendorf siegen.

Na, sagte er und schlug mir auf die Schulter, was halten Sie davon? Was ist? Warum zögern Sie? Er hielt mir die Hand hin. Ich rede natürlich mit dem Zugsführer Kohut. Als Kompanieauswahlspieler werden Sie von nun an jeden Freitag zum Training abgestellt.

Ach, war das schön! Ich erinnere mich noch gut daran, wie mich Kohut zum ersten Mal entließ. Mit einem säuerlichen Zug um seinen, wenn er nicht schrie, erstaunlich kleinen, verkniffenen Mund. Aber auch, was blieb ihm über, mit dem mir auf einmal gebührenden Respekt. Der Schütze Jarosch, sagte er, trainiert mit der Kompanieauswahl und darf sich daher jetzt abmelden.

Also meldete ich mich ab. Also ging ich zum Training. Also paßte und schoß ich. Vorerst noch mit einer gewissen Zurückhalung. Nach und nach jedoch getraute ich mich immer mehr. Was war es doch für eine Lust, wieder hinter einem ledernen Ball herzurennen – die lädierten Knie mußten das einfach aushalten.

Übrigens sollte auch Korporal Friedel in der Kompanieauswahl spielen. Wie sich herausstellte, war sogar er es, der Wachtmeister Wald auf mich aufmerksam gemacht hatte. Wir zwei, wir verstanden uns als Fußballer prächtig. Vertraulich zwinkernd lieferte er mir die schönsten Vorlagen für Torschüsse.

Dieses Training trug zweifellos dazu bei, mir das Leben in der Kaserne erträglicher zu machen. Abgesehen von der Akzeptanz, die es mir brachte –, jener bis zu einem gewissen Grad schützenden Anerkennung – und der durch die Wiedererwekkung, Wiederentdeckung meines fußballerischen Könnens ganz naiv erlebten Bestätigung. Das war etwas, das den militärischen Alltag auf mir sehr entgegenkommende Weise unterbrach. Diese pedantisch eingeteilte Leere, die man nicht nur beim Österreichischen Bundesheer als *Dienst* bezeichnet.

Und dennoch lag es wahrscheinlich gar nicht bloß *da*ran. Es überraschte mich nach wie vor, wie gut ich gerade mit dem militärischen Alltag zurechtkam. Wie schon gesagt: Ich hätte erwartet, darunter zu leiden. Stattdessen hatte ich mich schon nach wenigen Wochen daran gewöhnt.

Nicht nur das: Ich konnte den wöchentlich wiederkehrenden Programmen der einzelnen Tage sogar etwas abgewinnen. Gleich am Montagmorgen zum Beispiel ging es hinaus auf den Schießplatz. Der lag in einem von Waldhügeln umgebenen Kessel, eigentlich recht eindrucksvoll. Einem Kessel, in dem sich die Gesänge der einzelnen dorthin marschierenden Züge fast kontrapunktisch überlagerten. Doch, das gefiel mir, wenn ich die meist dummen und fragwürdigen Texte der Soldatenlieder überhörte. Das hatte – jetzt lachen Sie nicht – seine Atmosphäre. Und oben knallte es dann und roch scharf nach Pulver. Das hatte etwas Aufregendes, das auch mich nicht ganz unberührt ließ.

Außerdem erfuhr ich auch dort eine gewisse Bestätigung. Wie sich herausstellte, war ich nicht nur beim Fußballspielen ein guter Schütze. Einmal traf ich sogar beinahe ins Schwarze. Ganz zum Unterschied von Pintarits übrigens, der, wenn überhaupt etwas Nachweisbares, nicht die von ihm anvisierte Scheibe traf, sondern die Scheibe links oder rechts daneben.

Mittwoch, wenn ich mich recht erinnere, hatten wir dann meist ein größeres Programm. Aufsitzen auf geländegängige Fahrzeuge und hinaus in die relativ nahe Ferne. Etwa ins Leithagebirge, das Österreichs natürliche Ostgrenze darstellt. Auch wenn danach noch das Burgenland kommt, das in der österreichisch-ungarischen Doppelmonarchie zu Ungarn gehört hat.

Dort, von den Hügeln hinunterschauend, übten wir die sogenannte Zielansprache. Ein Auge kühn zugekniffen, hielten wir den Daumen in den Wind. Ein Daumensprung links: abgestorbener Baum, ein Daumensprung rechts: ausgebranntes Bauernhaus. Eigentlich gar nicht uninteressant, die Gegend so zu beschreiben. Ja, ich muß zugeben, daß mir auch das nicht mißfiel. Vor allem das Formulieren machte mir Freude. Was den verbalen Ausdruck betrifft, so ist man beim Militär ohnehin unterfordert. Manchen allerdings, allen voran Pintarits, bereiteten gerade solche Aufgaben die größten Schwierigkeiten.

Danach wurde dann ins Unterholz ausgeschwärmt. Tarnen und Täuschen. Sich bemühen, wie ein Strauch auszusehen oder wie ein Baum. Eine Art von Indianerspiel, dem man durchaus einen gewissen Unterhaltungswert abgewinnen konnte. Vorausgesetzt, daß man sich nicht dabei verirrte, ein im der Jahreszeit gemäß schon recht durchsichtigen Laubwald recht unwahrscheinliches Mißgeschick, fast ein Kunststück, das meinem guten Kameraden Pintarits aber trotzdem gelang.

Mit ihm war es einfach ein Kreuz. Einmal mußten wir ihn fast eine Stunde lang suchen. Zugsführer Kohut fluchte und kündigte an, ihn zum Rapport zu bringen. Aber es war bestimmt keine Absicht dahinter. Er hatte sich wirklich verirrt, stand, mit den zur Tarnung auf den Helm gesteckten welken Blättern noch komischer und trauriger aussehend als sonst, auf einer kleinen Lichtung und drehte sich mit hilflos hängenden Armen im Kreis.

Nicht nur an die militärischen Außendienstprogramme gewöhnte ich mich im Zuge der sechs Wochen dauernden Grundausbildung rasch, sondern auch an die sogenannten Stubendienste. Jene regelmäßig wiedereintretenden Stunden zum Instandhalten der Dienstwaffe, Reinigen und Flicken der Uniformen, Aufkehren und Ausreiben des Quartiers. Manchmal hatte dieses Zusammensein im Zimmer, während draußen, vor den Fenstern, der Abend sank, etwas geradezu Gemütliches. Von Kohuts lästigen und nach wie vor unangenehm lauten Kontrollen, die ich aber mit einem gewissen Fatalismus ertrug, und von den Quälereien des armen Pintarits, die ich nach und nach fast ebenso auffaßte, abgesehen.

Wir hatten im übrigen auch ein paar Theoriestunden. Körperhygiene zum Beispiel und Staatsbürgerkunde. Besonders komisch war der Kurs zur Schulung des Wehrwillens. Vor einer verblaßten Schulwandkarte sitzend, sollten wir die strategische Lage Österreichs und die Konzeption seiner Landesverteidigung begreifen.

Wenn ich sage, daß dieser Kurs komisch war, müssen Sie aber nicht denken, daß ich ihn nicht zu schätzen wußte. Zwar stimmte ich selten mit dem Vortragenden, einem Oberleutnant, dessen Namen ich vergessen habe, überein. Die Vorstellung, die in jedem zweiten Satz als potentielle Angreifer beschworenen Armeen des Warschauer Pakts an unseren Grenzen so lange hinzuhalten, bis freundlicherweise die Nato eingreifen würde, erschien mir ebenso lächerlich wie gruselig. Doch verkörperte der Oberleutnant mit seinen eisgrauen Haaren und den Goldsternen auf Schulterstücken und Kragenspiegel etwas relativ Würdiges, und sein Vortrag dort draußen, in einer Gesellschaft, in der sonst kaum zwei zusammenhängende, grammatikalisch richtige Sätze gesprochen wurden, hatte etwas wohltuend Niveauvolles.

Dieser Vortrag fand immer Freitag statt. Am Samstag vormittag ging es dann noch zum Duschen. Zwar genoß ich durch meine Teilnahme am Fußballtraining schon am Vorabend, auf dem Sportplatz, die Annehmlichkeit eines Duschbads. Aber die samstägliche Reinigung war für die gewöhnlichen Jungmänner die wöchentlich einzig gründliche und daher obligat.

Auch zum Badehaus marschierten wir singend. Drin war es heiß, dunstig und glitschig, in den Duschabteilen, die man, aus ökonomischen Gründen, zu zweit benutzen sollte, mußte man achtgeben, daß man nicht ausrutschte. Meist benutzte ich eins gemeinsam mit Pintarits, denn für ihn fand sich kein anderer Partner. Ohne Uniform war er sehr weiß, um die Hüfte hatte seine Haut einen rosafarbenen Ring vom Unterhosengummi.

In den Duschabteilen mußte man auf das Wasser warten. Man konnte es nicht einfach aufdrehen, es gab keine Hähne. Das Wasser wurde von irgendwo außen zentral eingeschaltet. Diese Einrichtung hatte nicht nur etwas Entwürdigendes, sondern auch etwas Unheimliches.

Man mußte schicksalsergeben warten, was von oben kam. Kaltes Wasser, heißes Wasser oder weiß Gott was sonst. Man wurde (so nannten wir es untereinander) abgespritzt. Man kam sich vor wie ein Stück Vieh. Oder wie ein zum Stück Vieh entwürdigter Mensch.

Das waren jedenfalls meine Assoziationen. Ob es Pintarits ähnlich erging? Er stand auch unter der Dusche jämmerlich da. Die Schultern und Hoden hingen asymmetrisch.

Wenn das Wasser endlich kam und sein Haar und seine Haut traf, zuckte er meist übertrieben zusammen. Stimmt, es war anfangs meist zu kalt oder zu heiß, es dauerte eine Weile, bis es reguliert war. Na, na, sagte ich dann, ganz so schlimm, wie du tust, ist es ja nicht! Vielleicht machte sich auch jemand einen Spaß daraus, uns (wie es im Jargon der Kaserne hieß) kalt warm zu geben.

Nach etwa zwei Minuten blieb das Wasser weg, davor erklang eine Warnsirene. Das war das Signal, daß man die Seife oder – falls man sich so einen Luxus leistete – das Shampoo jetzt rasch abspülen mußte. Die Zeit, die man dazu hatte, war verdammt kurz, manchmal reichte sie kaum. Außerdem erklang in dieser Phase schon wieder Kohuts schneidende und im Badehaus besonders laut hallende Stimme.

Hopphopp, na was ist, na, bewegt eure Ärsche heraus, oder wollt ihr da drin verfaulen? Bildet euch ja nicht ein, ihr seid im Kurbad! Waren wir notdürftig abgetrocknet und wieder in Uniform, marschierten wir singend zu den Quartieren zurück. Brachte uns Pintarits auch bei dieser Gelegenheit aus dem Schritt, so lagen wir, da kannte unser Zugsführer gar nichts, gleich nach dem Bad wieder im Dreck.

Samstag mittag aber war Schluß mit dem Unfug. Da konnte man, ein Mindestmaß an Wohlverhalten während der Woche vorausgesetzt, die Kaserne verlassen. Zwar gab es in dieser frühen Phase des Präsenzdienstes noch keinen Urlaub. Aber immerhin Ausgang, also freies Flanieren im Garnisonsbereich, bis zum für die Rekruten mit neun Uhr angesetzten Zapfenstreich am Abend.

Das war nun merkwürdig. Das war der Augenblick, auf den man die ganze Woche gewartet hatte. Die Sirene der am Stadtrand von Bruck gelegenen Zuckerfabrik heulte, die Glocken der barocken Pfarrkirche auf dem Hauptplatz läuteten, Schwärme von Krähen flogen mit rauhem Geschrei ein paar Runden. Und man trat hinaus vor die Kaserne, und da stand man, dem Zivilleben schon etwas entwöhnt. Und was sollte man jetzt, die paar Stunden, mit sich anfangen?

Im Garnisonsbereich, also Bruck und Umgebung. Bruck an der Leitha, eine ostösterreichische Provinzstadt. Meine Zimmergenossen zog es am ehesten in die Spielhalle. Na schön, ging ich mit, aber mich reizten die Spielautomaten eigentlich wenig.

Die alten Fußballautomaten waren die einzige Ausnahme. Auf in ihren Lagern quietschenden Messingstangen waren da, einander gegenüberstehend, je neun Holzfußballer aufgefädelt. Ein Tormann, zwei Verteidiger, drei Mittelfeldspieler, drei Stürmer. Eine geräuschvoll auf dem hohlen Boden hin und her rollende Kugel konnte man mit Glück und Geschick ins gegnerische Tor schießen. Das beherrschte ich gut – drei oder vier Partien zu gewinnen war für mich als Stürmer der Kompanieauswahl sozusagen Prestigesache. Aber es gab nur zwei solche Automaten, und man mußte auch andere heranlassen. Flipper mit in psychedelischen Farben leuchtenden Flimmerbildern gab es mehr. Doch die Faszination, die für viele von diesen nervös klingelnden und piepsenden Instrumenten ausging, hat sich bei mir nie eingestellt.

Manche gingen auch gern ins Wirtshaus oder ins Kino. Doch einfach Bier in mich hineinzutrinken machte mir ebensowenig Spaß wie einen Film zu sehen, der mich nicht interessierte. So blieb ich meist über, allein durch die Straßen streunend. Was zwar in Bruck nicht sehr spannend war, mir aber trotzdem gar nicht so schlecht gefiel.

Eigentlich mochte ich das ja gern, das Alleinsein. Natürlich ging ich zur Leitha, dem durch die kleine Stadt fließenden Fluß, hinunter. Am Ufer entlang ging ich bis zum durch ein rot-weiß-rotes Schild gekennzeichneten Garnisonsbereichsende. Das war aber nicht sehr weit, und ich ging am Ufer entlang wieder nach Bruck zurück.

Manche Brucker sahen mich eigenartig an. Vielleicht hatten sie noch nie einen schwarzen Präsenzdiener gesehen. Auch tuschelten sicher einige hinter mir her. Ich tat aber so, als ob mich das gar nichts anginge.

Später am Nachmittag ging ich ganz gern in die Cafékonditorei. Die lag auf dem Hauptplatz und war rosa gestrichen. Schon außen. Innen war das Rosa allerdings noch ärger. An den Wänden hingen vorwiegend blaue Bilder. Blumenstücke. Gebirgslandschaften. Venedig. Obwohl schon Oktober war, spielte die Jukebox meist *Melancholie im September.* Liebe Natascha, schrieb ich, es geht mir ganz gut. Wenn ich mir zur Melange ein *Baiser mit Schlag* bestellte, lächelte die Kellnerin.

Natürlich telefonierte ich auch manchmal mit Natascha. In der Cafékonditorei gab es einen Telefonautomaten. Du fehlst mir, sagte sie. Unser Kind wächst in meinem Bauch. Ich liebe dich, sagte sie. Ja, sagte ich, ich liebe dich auch. Ich umarme dich, sagte sie – sie wollte mich selbst am Telefon ungern loslassen. Aber der Automat fraß die Münzen mit geradezu boshafter Geschwindigkeit. Natascha, sagte ich, gleich habe ich kein Kleingeld mehr. Geh wechseln, sagte sie, doch als Präsenzdiener hatte ich natürlich auch nicht viel Papiergeld.

Eines Sonntags kam sie mich übrigens besuchen. Das war seltsam. Ich ging zum Bahnhof, um sie abzuholen. Ich war aber spät dran. Der Trottel am Kasernentor hatte mich noch aufgehalten. Ob ich außer dem Wehrdienstbuch auch einen Kamm und ein sauberes Taschentuch dabeihabe. Das war Vorschrift. Auf Aufforderung der Wache mußte man diese Utensilien vorweisen. Nur wurde das für gewöhnlich nicht wirklich verlangt. Diesmal schon. Ich sagte, daß ein Kamm bei meiner Haarstruktur überflüssig sei. Nur war mein Taschentuch leider auch nicht das frischeste.

Ich lief also ins Quartier zurück, suchte und fand ein sauberes Taschentuch im Spind. Die Suche nach dem Kamm erforderte einige Zeit, aber die von mir ab und zu verwendete Bürste ließ der Idiot am Tor womöglich nicht gelten. Der Zug aus Wien kam um neun Uhr dreizehn an. Als ich aus dem Kasernentor trat, war es schon zehn nach neun.

Von der Kaserne zum Bahnhof brauchte man im Normalschritt eine Viertelstunde. Im Laufschritt schaffte ich es in sieben Minuten. Der Zug war also bereits angekommen, das sah ich schon von weitem. Ein Grüppchen von Leuten trat aus dem Bahnhofsgebäude. Darunter eine junge Frau, die mir irgendwie bekannt vorkam. Sie hatte eine gewisse Ähnlichkeit mit Natascha, aber sie war offenbar älter. Außerdem trug sie ein Kostüm, das nicht zu Natascha paßte. Noch dazu beige, eine Farbe, die Natascha überhaupt nicht zu Gesicht stand. Das Gesicht dieser jungen Frau war übrigens recht blaß. Sie sah aus, als ob es ihr nicht sehr gut gehe. Ein hübsches Gesicht, aber etwas aufgedunsen. Keine Frage, meine Natascha war hübscher.

Vor dem Bahnhofsgebäude war eine große Pfütze. Auf diese Pfütze gingen wir zu – ich von der einen, die junge Frau von der anderen Seite. Ich schlug die Augen nieder, weil mich die junge Frau so anlächelte. Ich wollte an ihr vorbei. Irgendwo hinter ihr mußte gleich Natascha kommen.

Und dann hörte ich sie meinen Namen sagen. Da wurde mir klar, daß es Natascha *war*. Das Lächeln war kurz verschwunden und einer in den Augen lesbaren Irritation gewichen. Jener Verkleinerung der Pupillen, die immer dann eintrat, wenn sie plötzlich an mir zweifelte.

Es gelang mir, den Zweifel abzufangen. Ich umarmte und quetschte sie, wie sie es gern hatte. Da lächelte sie gleich wieder, und ihre Pupillen wurden wieder groß. Au, sagte sie, nicht so fest, du mußt an unsere Tochter denken.

Sie ging davon aus, daß das in ihrem Leib heranwachsende Kind eine Tochter war. Ich weiß nicht, wieso und warum sie sich das so fix einbildete. Chromosomenuntersuchungen gab es im Jahr 1967 jedenfalls noch nicht. An unsere Tochter zu denken, dazu forderte sie mich an diesem Tag jedenfalls noch ein zweites Mal auf. Sei bitte vorsichtig, sagte sie, sei behutsam.

Das war, als wir mittags miteinander schliefen. Am Rand eines abgeernteten Kukuruzfeldes. Die Sonne war noch erstaunlich warm auf der Haut. Nur der Boden war kalt – aber Natascha hatte in ihrer Reisetasche nicht bloß ein Carepaket für den armen, verhungernden Soldaten, sondern auch eine große, grün und braun karierte Decke mitgebracht.

Das muß der Sonntag der dritten oder vierten Woche meines Präsenzdienstes gewesen sein. Natascha kam noch ein zweites Mal, da erkannte ich sie gleich wieder. Da trug sie die Jacke mit dem Kaninchenpelzkragen. Kein Zweifel, das war sie: meine Natascha. Und ich war ihr Peter.

Trotzdem entwickelte sich dieser Tag nicht ganz glücklich. Und das lag daran, daß mir Natascha etwas zu sagen hatte. Sie sagte es nicht gleich am Bahnhof, als wir einander umarmt hatten. Aber es kommt mir so vor, als hätte ich es schon in diesem Moment gespürt.

Da war etwas Wichtiges, das sie mir mitteilen wollte. Sie lächelte. Vielleicht war es ja etwas Erfreuliches. Aber sie war ihrer Sache nicht ganz sicher. Oder sie war nicht ganz sicher, wie ich reagieren würde.

Sie wartete also noch eine Weile, bis sie damit herausrückte. Auf einen möglichst günstigen Augenblick. Wir gingen den Uferweg an der Leitha entlang. Es war schon etwas außerhalb von Bruck, wir hielten einander an der Hand, wir waren einander nah, aber irgend etwas noch Unausgesprochenes war zwischen uns.

Du, sagte Natascha schließlich, ich hab eine freudige Nachricht.

Ja?, sagte ich.

Sie nickte. Du wirst es nicht glauben!

Hier legte sie eine kleine Pause ein und versuchte, schelmisch dreinzusehen.

Ich hab meine lieben Eltern herumgekriegt.

Herumgekriegt?, fragte ich.

Genau, sagte sie. Ich hab sie soweit!

Wie weit?, fragte ich. Daß sie so lang brauchte, um konkret zu werden, ließ mich nichts Gutes ahnen.

Soweit, wie ich sie haben wollte, sagte sie und korrigierte sich sofort – soweit, wie wir sie haben wollten. Sie haben jetzt nichts mehr dagegen, daß wir heiraten!

So, sagte ich. Es klang vielleicht nicht ganz enthusiastisch.

Na, sagte sie. Freust du dich nicht?

Natürlich sagte ich, daß ich mich freue. Im Prinzip. Wie denn nicht? Was denn sonst? Also selbstverständlich! Aber ich müsse zugeben, daß mir der plötzliche Sinneswandel meiner Schwiegereltern in spe etwas verdächtig sei und daß mir das mir alles ein bißchen zu schnell gehe.

Zu schnell?, rief Natascha. Aber Peter, ich bin im siebenten Monat!

Nach allen realistischen Berechnungen war sie zu diesem Zeitpunkt erst im fünften. Aber sie hatte von Anfang an etwas anders gerechnet. Und sie neigte nach wie vor dazu, gewisse Dinge zu forcieren.

Ihre Eltern, sagte sie, würden uns natürlich unter die Arme greifen. Ja, nicht nur das! Sie hätten bereits eine Wohnung für uns gefunden! Eine schöne, recht günstige Altbauwohnung. Wenn ich demnächst auf Urlaub nach Wien komme, könnten wir diese Wohnung gemeinsam in Augenschein nehmen.

Und so weiter. Ruck, zuck ging das alles bei ihr. So schnell konnte ich gar nicht schauen, schon stand ich vor vollendeten Tatsachen. Oder vor fast vollendeten. In die ich mich dann nur mehr zu fügen brauchte. Das hatte gewiß auch etwas Bequemes. Aber es paßte mir nicht.

Das sagte ich auch. Ich hatte das Gefühl, es rechtzeitig sagen zu müssen. Bei aller Liebe. Bevor es womöglich zu spät war. Ich mußte es einfach sagen. Es ging nicht anders. Wahrscheinlich sagte ich es trotzdem zu dezent, zu diplomatisch, zu sehr darauf bedacht, Natascha nicht zu verletzen.

Das heißt, ich kam gar nicht recht dazu, Punkt für Punkt zu sagen, was ich meinte. Natascha ließ mich nicht wirklich argumentieren. Sie schloß aus meiner Zurückhaltung nur wieder einmal, daß ich sie nicht genug liebe. Deshalb traten ihr Tränen in die Augen, und sie mußte entlang der Leitha davonlaufen.

Nun war zwar die Leitha nicht der Donaukanal. Trotzdem erinnerte ich mich daran, was sie im Sommer gesagt hatte. Und natürlich erinnerte ich mich an Ferdinand. Mit solchen Aktionen traf sie mich genau dort, wo meine tiefste Angst saß.

Nach einer Trotzminute lief ich ihr also nach. Sie hatte schon einen ganz erstaunlichen Vorsprung. Für eine Frau im siebenten Monat lief sie sehr schnell. Um sie einzuholen, mußte ich das durch das rot-weiß-rote Schild gekennzeichnete Ende des Garnisonsbereichs ignorieren.

Aber das war mir in dieser Lage egal. Wenn es ein Beweis für Liebe ist, daß man um einen Menschen Angst hat, dann liebte ich sie sehr. Das schien sie auch einzusehen, sobald ich sie erwischt hatte. Eng umschlungen kehrten wir in den Garnisonsbereich zurück. Wir gingen dann essen und später am Tag ins Kino. Dort waren leider nicht wenige Kameraden. Die schauten und grinsten blöd, wie es ihre Art war. Obwohl wir Logenplätze nahmen, blieb dieser Kinobesuch für uns ungewohnt sittsam.

Urlaub gab es dann ab der sechsten Woche. Prompt wurde ich am ersten Samstag, an dem ich wieder in Wien war, zur Wohnungsbesichtigung eingeteilt. Natürlich hätte ich immer noch nein sagen können. Aber damit hätte ich nun nicht nur Natascha zutiefst verstört, sondern auch ihre Eltern gekränkt.

Ebenfalls zutiefst. Denn sie waren nicht nur bereit, relativ hohe Beträge zu berappen, um ihre Tochter glücklich zu machen. Sie hatten letzten Endes auch hohe Ideale. Und waren nun über den Schatten gewisser, leider auch bei aufgeklärten und gutwilligen Menschen noch nachwirkender Vorurteile gesprungen. Das war eine Leistung, die ich würdigen mußte.

Daß ich so undankbar war, jetzt noch auszukneifen, war undenkbar. Hier meinte man es doch gut, und zwar auch mit mir. Hier wurde etwas für meine Zukunft getan. Meine Zukunft mit Natascha, meine Zukunft mit unserem Kind, eine Zukunft, für die uns Herr und Frau Scholz alles Glück wünschten.

Die Wohnung war nicht sehr weit von der ihren entfernt. Querte man den Wienfluß über die Pilgrambrücke, so brauchte man von der Schönbrunnerstraße in die Gumpendorferstraße keine zehn Minuten. Da kann ich euch, sagte Frau Scholz, ja öfter besuchen. Wenn der kleine *Pamperletsch* da ist, werdet ihr froh sein, wenn die Oma kommt.

Sie war schon von Kopf bis Fuß auf die Großmutterrolle eingestellt. Sie sprach auch davon, daß wir nach der Wohnungsbesichtigung Babywäsche kaufen sollten. Die Frage war nur die Farbe: Sollte man Rosa nehmen oder Blau? Am besten, wir nehmen Weiß, sagte sie. Weiß paßt immer.

Herr Scholz hingegen gab sich weniger romantisch als praktisch. Er hatte ein Maßband dabei und wollte partout alles ausmessen. Länge mal Breite. Die Wohnungsvermittlung hatte die Größe der Wohnung mit neunzig Quadratmeter angegeben. Nach seinen Messungen waren es aber nur achtundachtzig.

Er wolle sich, sagte er, doch nicht bescheißen lassen. Er zahle gut und gern, aber nicht zuviel. Ach ja, so war er, mein künftiger Schwiegerpapa. Man müsse ganz einfach aufpassen, denn die Immobilienmakler seien natürlich Ausbeuter.

Ob neunzig oder achtundachtzig Quadratmeter – mir erschien die Wohnung auf jeden Fall viel zu groß. Drei Zimmer, eines davon mit Erker, alles gutbürgerlich. So leer, wie sie waren, erschienen sie mir noch viel größer. Es war mir ein Rätsel, was wir da alles hineinstellen sollten.

Zwischendurch war auch vom Hochzeitstermin die Rede. Wie sich herausstellte, hatte man auch den schon ohne mich bestimmt. 1. Dezember. Ich brauchte nur ja zu sagen. Daß mir der Kompaniekommandant auch für diesen Tag Urlaub geben würde, daran bestand kein Zweifel.

Bis dahin sollte sich aber noch einiges ereignen. Einiges, das mir schwer zu denken gab. Zu denken und zu fühlen oder (das eine bedingt ja meist das andere, aber es ist schwer zu sagen, was zuerst kommt) zu fühlen und zu denken. Eine Reihe, fast eine Kettenreakion von Ereignissen jedenfalls, die mich in einen Strudel widersprüchlicher Gefühle und Gedanken stürzte.

Es begann mit dem Zwischenfall auf der Hindernisbahn. Ein – in der Militärsprache – besonderer Vorfall. Besondere Vorfälle sollten, wenn es nach dem Kompaniekommandanten Major März ging, besser überhaupt nicht vorkommen. Kamen sie aber doch vor, so mußten sie ihm unverzüglich gemeldet werden.

Der besondere Vorfall mit dem Schützen Pintarits wurde ihm mit Verzögerung gemeldet. Einigen wäre es sehr recht gewesen, hätten sie diesen Vorfall vertuschen können. So tun, als hätte es sich um gar keinen besonderen Vorfall gehandelt. Aber der Zustand, in dem sich der Schütze Pintarits nach diesem Zwischenfall oder Vorfall befand, ließ sich schlicht und einfach nicht verbergen, und irgend jemand muß dann doch eine Meldung gemacht haben.

Die Hindernisbahn war mir von Anfang an unsympathisch. Bei allem sportlichen Ehrgeiz, den ich noch hatte. Bei aller Bestätigung und allem relativen Respekt, den mir mein Durchhaltevermögen einbrachte. Abgesehen davon, daß das Durchlaufen des Parcours in voller Montur extrem strapaziös war, hatte es etwas ausgesprochen Erniedrigendes.

Man kam sich dort vor wie ein Hund auf einem Abrichteplatz. Und tatsächlich war das ja so etwas Ähnliches. Nur, daß die Hunde nicht so beladen sind. Erniedrigt werden auf solchen Bahnen jedenfalls beide: die Tiere und die Menschen.

Wir waren bis dahin erst zwei Mal dort gewesen. Beim ersten Mal hatten wir die Hindernisbahn nur probeweise durchlaufen. Abteilig. Um die einzelnen Hindernisse kennenzulernen. Und beim zweiten Mal waren wir nicht in voller Marschausrüstung angetreten.

Nun, beim dritten Mal aber, war das der Fall. Die Tornister waren prall gepackt, jeder hatte sein Einmannzelt, seinen Spaten und ein Paar hoher Schnürschuhe daran hängen. Beim Anmarsch mußten wir das Lied der Pioniere ganz besonders laut singen. Jetzt hört sich der Spaß auf, brüllte Kohut, jetzt wird es ernst, jeder muß rennen, bis ihm das *Beuschel* heraushängt!

Das Beuschel, so heißt auf gut österreichisch die Lunge. In Gasthäusern, in denen noch die alte, volkstümliche Küche gepflegt wird, gibt es *Beuschel mit Knödel*. Das kann ganz grauenhaft schmecken oder sehr gut. Für die Sauce verwendet man sogenanntes Wurzelwerk und Lorbeerblätter.

Wir rannten also, daß uns das Beuschel heraushing. Mit Kohuts Hundeabrichterstimme im Nacken. Na hoppauf, gemma, keine Müdigkeit vorschützen! Was – das ist zumindest ein Erklärungs*versuch* für das folgende – schon einen gewissen Aggressionsstau verursachte.

Einen Aggressionsstau, der durch die zwar überanstrengende, aber durch all den Ballast gehemmte Bewegung nicht abzureagieren war. Einen Aggressionsstau, der sich eigentlich gegen den brüllenden Quälgeist hätte entladen sollen. Gegen den er sich nicht entladen *durfte*. Weswegen man ein anderes Opfer suchte, die Schnauze in der Luft, witternd.

Es war nicht schwer, eins zu finden – Pintarits war ohnehin die Idealbesetzung für diese Rolle. Hier aber, auf der Hindernisbahn, wurde sie noch brutaler wahrgenommen als sonst. Er startete als letzter, das entsprach seiner Position in der Gruppe. Vielleicht ist es nicht ganz unwahr, daß er die Hetze, die dann einsetzte (das Wort *Hetz* ist, nebenbei erwähnt, in der österreichischen Umgangssprache ein Synonym für Vergnügen), bis zu einem gewissen Grad selbst verschuldete.

Durch sein die anderen provozierendes Ungeschick. Es durfte nicht wahr sein, daß jemand so ungeschickt war. Zwei linke Arme, zwei linke Beine, ein Plumpsack von Körper. Man fühlte sich wirklich beschämt durch ihn, man konnte das kaum mitansehen.

Da war ein Graben, den man im Tarzanstil überqueren sollte. Ein an einem überhängenden Ast befestigtes Seil sollte man im Schwung der Bewegung erfassen, die zwei oder drei Sekunden, die man von der einen Seite zur anderen brauchte, festhalten und drüben wieder loslassen. Pintarits *faßte* das Seil und *hielt* sich dran fest. Nur ließ er drüben nicht los, so daß er, unter dem Gejohle und Gelächter seiner sogenannten Kameraden am Ende des Seils hin und her schwang. Damit nicht genug, ließ er mit nachlassender Kraft die ursprünglich angezogenen Beine hängen. Wodurch sie jeweils in der Mitte der nicht vorgesehenen Pendelbewegung ins schlammige Wasser platschten. Lassens doch los, schrie der Zugsführer, Sie Kretin Sie! Da ließ er los, aber nicht auf der anderen Seite, sondern über der Drecklacke.

Er rappelte sich auf. Da stand er, von Schlamm triefend. Die Ärmel der Uniformjacke waren ihm auf einmal viel zu lang. Wie er so dastand, war er eine uns allen peinliche Figur. Er krabbelte die Böschung zu uns herauf, aber da war keiner, der ihm die Hand reichte.

Auch ich nicht. Warum nicht? Ich weiß nicht. Vielleicht stand ich zu weit hinten. Aber warum bitte bin ich nicht vorgetreten? Da war nicht nur keiner, der ihm die Hand reichte, nein! Kaum oben angelangt, wurde er gehetzt wie ein verletzter Hase.

Was da hervorbrach, war tatsächlich so etwas wie ein hündischer Instinkt. Jetzt konnte die Meute sich einfach nicht mehr zurückhalten. Irre ich, oder ist es wahr, daß der Startimpuls von meinem *Feind* ausging? Um eine Mikrobewegung, so kommt es mir jedenfalls in der Erinnerung vor, ist er den andern voraus gewesen.

Die Hetze endete jedenfalls damit, daß Pintarits mit zerfetzten Hosen, blutigen Knien und einem Gesicht, das vom Dreck ganz verkrustet war, zusammenbrach. Und zwar, nachdem ihn drei johlende Kameraden über den *Irischen Tisch* geschubst hatten. Ein hölzernes Hindernis, das er in seinem Zustand trotz geradezu verzweifelter Anstrengungen nicht mehr überwinden konnte. Das ließ sich auch beim besten diesbezüglichen Willen des Zugsführers Kohut, unter dessen Augen das geschehen war, schwer verharmlosen. Folge war, daß der am nächsten Vormittag zu einem Sonderrapport zum Kompaniekommandanten befohlen wurde. Samt den drei Typen, die Pintarits mit besonderer Begeisterung mißhandelt hatten. Zillner, der von mir vermutete Initiator, war nicht darunter. Am folgenden Freitag verlas der Spieß unter den Namen derer, die einen Urlaubsschein bekamen, auch den Pintarits'.

Natürlich – das war eine schwache Kompensation. Und trotzdem schien es, als wäre es wenigstens ein Ansatz von ausgleichender Gerechtigkeit. Immer hatte er während der Woche irgend etwas falsch gemacht, immer wieder war er dem Zugsführer durch irgendeine alte oder neue haarsträubende Ungeschicklichkeit *aufgefallen.* Wir standen in der zehnten Ausbildungswoche, und Pintarits hatte als einziger im Zweiten Zug noch keinen Urlaub bekommen.

Jetzt war es mit Unglück und Ungeschick endlich soweit. Jetzt sollte er nach Haus fahren in sein südburgenländisches Dorf. Ich hätte ihm gern gesagt, wie sehr mich das für ihn freute. Aber ich fand keine Gelegenheit, unter vier Augen mit ihm zu sprechen.

War das nicht merkwürdig? Es *ergab* sich nicht. Weder beim Abendessen noch danach im Quartier. Obwohl er nach wie vor im Bett unter mir lag. *Vor den anderen* wollte ich über *solche Sachen* lieber nicht reden.

Aber dann kam der Samstag vormittag. Gegen zehn marschierten wir wie üblich zum Badehaus. Pintarits hielt noch weniger Schritt als sonst. Doch Kohuts Blick war an diesem Morgen von bemerkenswerter Milde.

Er registrierte zwar, wie nach und nach alle aus dem Schritt kamen. Er sah uns zwar hüpfen, doch sah nicht, wie üblich, rot. Zwar wollte ihm – in seiner Nähe konnte man das buchstäblich spüren – das Blut zu Kopf steigen, aber er ließ es nicht überkochen, drosselte gewissermaßen die Hitze. Wie anstrengend das war, bemerkte man daran, daß ihm trotz der Mitte November bereits frostigen Kälte die Schweißperlen auf der Stirn standen.

Aber er schaffte es. Seit dem Rapport, zu dem er zitiert worden war, war seine Selbstbeherrschung erstaunlich. Das hysterische Gebrüll, mit dem er sich sonst Luft machte, blieb aus. Mir kommt vor, er biß sich auf die Lippen, die noch schmaler wirkten als sonst. Zum Badehaus kamen wir jedenfalls ohne Tiefflieger, ohne Atomblitz.

Stillgestanden und abtreten unter die Duschen. So leise und heiser sagte er das, daß wir es aufs erste gar nicht ernst nahmen. Na, was ist?, sagte er, seine Stimme nun denn doch ein wenig erhebend. In die Kabinen mit euch – oder soll ich euch einzeln hineintragen?

Ich teilte, wie immer, mit Pintarits eine Koje. Wie jeden Samstag in den letzten zehn Wochen hatten wir uns hastig ausgezogen und waren unter die Dusche getreten. Das Wasser floß noch nicht; wie mir schien, ließ es heute länger auf sich warten als sonst. Da standen wir nun einander gegenüber, nackt, und der Augenblick schien sich endlos auszudehnen.

Und vielleicht war das ja der richtige Augenblick, dachte ich, vielleicht war das ja die richtige Gelegenheit. Und vielleicht war mir dieser Augenblick, der gewissermaßen wartete, daß ich ihn nutzte, geschenkt. Wir standen einander gegenüber, Pintarits und ich, nackt und auf eine Weise intim, die im Kasernenbereich sonst nicht vorkam. Wann, wenn nicht jetzt konnte ich ihm sagen, was ich ihm gestern abend nicht gesagt hatte?

Ich öffnete den Mund, aber dann kamen mir alle Worte, die mir im Moment einfielen, ganz dumm vor. Völlig unangebracht in dieser Situation, unter der Dusche, aus der noch immer kein Tropfen Wasser kam. Pintarits stand mir gegenüber, nackt, etwas verschämt, die übliche traurige Figur. Oder nein, nicht die übliche traurige Figur – von oben bis unten zerschunden, zerkratzt und zerschürft, wie er war, rührte er mich auf eine Weise, die mich total durcheinanderbrachte.

Was sollten in dieser Situation die Sätze, die mir seit gestern abend auf der Zunge lagen? Daß ich ihm seinen Urlaub von Herzen gönne. Daß ich hoffe, daß ihm die anderthalb Tage, in denen er der Kaserne den Rücken kehren durfte, guttun würden. – Ich sollte ihm, dachte ich, ganz etwas anderes sagen.

Aber wie sollte ich ihm erklären, warum ich ihm gestern nicht hatte helfen können? Oder daß ich zu feig gewesen sei, es wenigstens zu versuchen. Er stand da und schaute mich an, zwischen uns fiel das Wasser, das nun endlich eingeschaltet worden war, wie heißer Regen. Ich hatte angesetzt, etwas zu sagen, und jetzt, da ich bei ihm so etwas wie eine angestrengt lauschende Erwartungshaltung ausgelöst hatte, jetzt fühlte ich mich auf einmal ganz wort- und hilflos. Ich streckte also meine Hand aus und berührte ihn an der Wange. Sein Blick reagierte mit einem tierhaften Staunen. Da er auch beim Rasieren ungeschickt war, fühlte sich seine Wange zerschrammt an. Ich streichelte ihn. Er legte den Kopf schief und ließ sich kraulen. So standen wir eine Weile. Dann gingen wir in die Knie. Dann saßen wir in der Ecke der Duschkabine. Er gefiel mir nicht, nein, er gefiel mir, wie Sie sich nach meiner Beschreibung seiner tristen Erscheinung denken können, ganz und gar nicht. Aber ich wollte ihm etwas Liebes erweisen.

Etwas Liebes. Etwas Liebe. Kann man das so nennen? Ich schloß die Augen dabei. Ich versuchte mir vorzustellen, er sei der Korporal Friedel. Mit dem hatte ich am Vortag beim Fußballtraining wieder wunderbar harmoniert. Eine erfolgreich abgeschlossene Doppelpaßkombination nach der andern.

Dann marschierten wir ins Quartier zurück, dann wurde zu Mittag gegessen, dann verließen wir die Kaserne. Ich hatte zum vorigen Wochenende Urlaub gehabt, somit hatte ich diesmal nur Ausgang. Kein Verlassen des Garnisonsbereichs also. Trotzdem ging ich hinter Pintarits her, Richtung Bahnhof.

Schwer zu sagen, warum. Vielleicht wollte ich sehen, wie er in seinen Zug stieg. Vielleicht hatte ich aber auch kein gutes Gefühl dabei, ihn jetzt einfach allein zu lassen. Wie dem auch sei, ich ging in einem Abstand von ungefähr zwanzig Metern hinter ihm her. Ich weiß nicht, ob er es bemerkt hat, jedenfalls hat er sich nicht nach mir umgedreht.

Ich wollte ihn nicht einholen, nein, ich wollte nur sehen, was geschah. Ich wollte bloß wissen, so rationalisierte ich mein Verhalten vor mir selbst, ob alles klappte. Daß man ihn aus der Kaserne herausgelassen hatte, daß man nicht noch im letzten Moment irgendeinen Fehler an seiner Adjustierung, irgendeinen fehlenden Stempel auf dem Urlaubsschein entdeckt hatte, war ja schon ein Erfolg. Nun mußte er nur noch zum Bahnhof finden und abfahren.

Er ging vor mir her. Durch die nun schon öde, spätherbstliche Landschaft. Er trug einen Koffer, wahrscheinlich mit Wäsche, die er daheim waschen lassen wollte. Ich glaube, der Koffergriff quietschte. Aber kann ich das wirklich gehört haben? In meiner Erinnerung komme ich vielleicht näher an ihn heran, als das in Wirklichkeit der Fall war.

So ist es bestimmt auch mit meiner Erinnerung an den Ablauf der Dinge im Bahnhofsgebäude. Das durfte ich ohne Urlaubsschein gar nicht betreten. Aber ich sah durch die Glastür, wie Pintarits sich am Schalter anstellte. In meiner Reproduktion dieser Szene sehe ich sogar, wie er dem Beamten den vom Kommando ausgestellten Bahngutschein reicht und dafür seine Fahrkarte bekommt.

Eine Fahrkarte, auf der in kleinen, violetten Buchstaben der Name seines Heimatdorfs gedruckt steht. Ja, ich weiß noch, wie diese Fahrkarten aussahen. Manchmal war die Schrift darauf so blaß, daß man den Namen des Zielbahnhofs kaum lesen konnte. Sooft diese Szene auch vor meinem inneren Auge abbläuft – noch nie ist es mir gelungen, den Namen des Dorfs, in dem Pintarits daheim ist, zu entziffern.

Es dürfte einen kroatischen Namen haben. Vielleicht ist er eingedeutscht, aber die deutschsprachige Bevölkerung versteht trotzdem nicht, was er bedeutet. Ein Ortsname mit der Endsilbe -nitz oder -witz. Jedenfalls ist es ein Ort in einem mit öffentlichen Verkehrsmitteln schwer erreichbaren Winkel Österreichs. Südliches Burgenland. Von Bruck an der Leitha, unserem Garnisonsort, keine fünfzig Kilometer entfernt. Vorausgesetzt, man würde geradeaus nach Süden fahren. Aber so fährt (oder fuhr) die Bahn eben nicht. Um dort hinzukommen, muß man vorerst absurderweise nach Westen, nach Wien, um einen Zug zu nehmen, der dann vorerst ein Stück nach Süden und endlich halbwegs nach Osten fährt – letzten Endes beträgt der Weg, den man per Bahn und Bus zurücklegen muß, etwa zweihundert Kilometer.

Da hatte Pintarits noch einiges vor sich. Am Bahnsteig in Bruck sah ich ihn noch eine Weile auf seinem Koffer sitzen. Dann kam der Zug nach Wien, er schob sich zwischen den Kameraden, dem ich so dubios nahe gekommen war, und mich. Als er abfuhr, war auf dem Perron kein Mensch mehr zu sehen, Pintarits war also eingestiegen und abgefahren.

Ich aber streunte durch Bruck, meiner selbst auf lange nicht mehr empfundene Weise unsicher. Was war denn das? Was war mir denn da passiert? Hatte ich eine gute Tat getan, oder war mir eine verräterische Peinlichkeit unterlaufen? Was dachte nun dieser arme Kerl von mir, und was sollte ich von mir selbst denken?

So ging ich, kommt mir vor, ein paar Stunden im Kreis. Genauer: im Viereck. Immer ums Schloß und um die Zukkerfabrik herum. Kalt wars. Ich hatte keine Handschuhe. Ich vergrub die Hände in den Taschen. Der Himmel war vom Wind zerfetzt. Aus den kahlen Baumkronen flatterten Krähen.

Später saß ich in der Cafékonditorei. Aber statt der üblichen Melange bestellte ich mir einen Weinbrand. Die Kellnerin fragte mich, ob ich heute kein Baiser mit Schlag möge. Nein, sagte ich, danke. Das schien ihr zu denken zu geben.

Zum zweiten Weinbrand brachte sie mir einen Teller mit Salzbrezeln. Ja, sie war eine aufmerksame Person. Sie hattte weißblond gefärbte, auftoupierte Haare, ihre wahrscheinlich dichten Augenbrauen waren ausgezupft und etwas höher oben an der Stirn mit dem Augenbrauenstift nachgemalt. Ihre Wimpern sahen sehr künstlich aus, aber darunter hatte sie echt sehnsüchtig wirkende Augen.

Gefiel sie mir eigentlich, oder gefiel sie mir nicht? So richtig gefiel sie mir nicht, aber immerhin war sie eine junge Frau. Das heißt, sie sollte mich prinzipiell erregen. Vielleicht sah ich sie etwas zu lang an, jedenfalls bemerkte sie es und warf mir nun ihrerseits Blicke zu.

Vielleicht lag es am schlechten Wetter, jedenfalls waren an diesem Nachmittag nicht viele Gäste da. Am frühen Abend waren wir nur mehr zu zweit. Manchmal bewegte sie ihre rosa geschminkten Lippen, als ob sie etwas sagen wollte. Aber dann sagte sie lieber nichts und seufzte nur ein wenig.

Nach einem dritten Weinbrand ging ich zum Telefon und rief Natascha an. Ich sagte ihr ungefragt, daß ich sie sehr, sehr liebe. Das freute sie. Sie liebte mich mindestens ebenso. Aber was hast du?, fragte sie. Du klingst ein bißchen komisch.

Nichts, sagte ich, das bildest du dir nur ein. Es ist alles in Ordnung. Mach dir keine Sorgen. Jetzt habe ich aber gleich keine Münzen mehr. Morgen ist Sonntag. Da kann ich dir einen Brief schreiben.

Dann kehrte ich an meinen Tisch zurück. Die Kellnerin stellte mir ein Glas Wasser hin. Dann warf sie eine Münze in die Jukebox und spielte *Melancholie im September.* Es war Mitte November, aber die Nummer paßte besser denn je.

Wollen Sie noch was?, fragte die Kellnerin. Ein kleiner Mocca, sagte sie, würd' Ihnen guttun. Letzte Gelegenheit, überlegen Sie sich's. Um acht mach ich nämlich immer den Laden dicht.

Es war zehn Minuten vor acht. Und dann gehen Sie nach Haus?, fragte ich.

Nein, sagte sie. Dann geh ich vielleicht noch tanzen.

Aha, sagte ich und bezahlte. Drei Gläser Weinbrand waren für einen kleinen Präsenzdiener eine unverhältnismäßig große Ausgabe. Draußen stand ich noch eine Weile vor der Tür, aber dann kam ich mir blöd vor und ging.

Wohin? Was weiß ich! Ich ließ mich weiter treiben. Es hatte inzwischen geschneit, nein, eher geregnet. Auf den Gehsteigen spiegelte Glatteis, die Unsicherheit, die mir schon den halben Tag zu schaffen machte, wirkte sich nun auch körperlich aus. Ich mußte verteufelt aufpassen, daß ich nicht ausrutschte.

Da war es doch gut, daß ich Kameraden traf. Menschen, die mich in ihre Mitte nahmen. He, Negerl, johlten sie, wo willst du denn hin? Komm mit, wir gehen alle zur Panzermary!

Von der Panzermary war in der Kaserne oft die Rede. Die Panzermary war ein beliebtes Thema. Vorigen Samstag bei der Panzermary ... Da hat es sich wieder einmal abgespielt, da ist es wieder einmal zugegangen ...

Soviel hatte ich mitgekriegt, daß es sich bei der Panzermary einerseits um ein Lokal handelte. Gasthaus Maria Soundso (den Familiennamen habe ich vergessen). Doch anderseits handelte es sich anscheinend um die Besitzerin des Lokals. Eben jene Maria, vulgo Mary, mit der sich alle, die von ihr schwadronierten, plump vertraut gaben.

Mich hatte das bisher eher abgestoßen. Oder zumindest hatte es mich nicht angezogen. Ich konnte auf so was verzichten. Ich war nicht darauf neugierig. Aber an diesem Samstag war ich in einer etwas labilen Verfassung.

Außerdem war da natürlich der Gruppendruck. Was? Bei der Panzermary warst du noch nie? Das darf doch nicht wahr sein! Da ist dir etwas entgangen! Da hast du was nachzuholen! Und wann, wenn nicht heute?

Heute habe die Mary nämlich Geburtstag. Komm, sei nicht fad! Du wirst es bestimmt nicht bereuen. Jetzt komm schon! Du gehörst doch zu uns – oder nicht? Und die Mary wird sich über dich freuen.

So meine Kameraden. Sie meinen es ja gut. Oder doch nicht? Oder nicht so ganz? Oder nicht so ganz ohne Hintergedanken? Zu spät bemerke ich, daß im Hintergrund Zillner dabei ist.

Aber da sind wir schon fast in diesem Lokal. Schon leuchtet am Ende der Gasse eine Laterne. Da kann ich dann nicht mehr so mir nichts, dir nichts zurück. Also vorwärts, auch wenn ich auf den Stufen, die am Eingang ein paar Meter abwärts führen, beinahe stolpere.

Was solls, meine Kameraden halten mich ja. Die geben schon acht, daß ich nicht falle, die wollen mich doch wohlbehalten ans Ziel bringen. Oder wollen sie mich einfach unbeschädigt abgeben? Schau, Mary, grölen sie, was wir dir mitgebracht haben!

Sie grölen das noch vom Niveau der Treppe aus. Da stehe ich unversehens sehr exponiert. Schau, Mary, was wir dir mitgebracht haben! Nicht etwa wen. Dieser Worte erinnere ich mich sehr genau.

Auch wenn ich die Bilder etwas verwackelt sehe. Die Bilder, die zu dieser Szene gehören. Zu dieser Szene und den folgenden Szenen. Drei Gläser Weinbrand habe ich schon in der Cafékonditorei getrunken, hier wird noch einiges an Alkohol hinzukommen.

Schau, Mary, was wir dir Schönes mitgebracht haben! Das soll wohl ein Witz sein. Gelächter schlägt uns entgegen. Immerhin haben sie beim dritten Mal konstatiert, daß ich schön bin. Aber wahrscheinlich soll das erst recht ein Witz sein. Auf meine Kosten! Ich als Geburtstagsgeschenk! Nein, meine Lieben, irgendwo hört sich der Spaß auf! Für solche Scherze stehe ich nicht zur Verfügung! Ich muß sehen, daß ich so rasch wie möglich von hier wegkomme.

Aber das ist leichter gedacht als getan. Fürs erste ergibt sich keinerlei Möglichkeit zum Rückzug. Konträr. Ich werde ständig vorwärts gedrängt. Obwohl das bei der in diesem Lokal herrrschenden Überfüllung alles andere als leicht ist.

Womöglich noch ärger als diese Überfüllung ist der Lärmpegel. Gelächter, Gepolter, Gegröle – man versteht sein eigenes Wort nicht. Deswegen versucht man, alle anderen zu überschreien. Irgendwo muß eine Jukebox sein, aus der die Stimme Elvis Presleys zu hören ist wie die eines in diesem tosenden Chaos Ertrinkenden.

Ich habe den Eindruck, die halbe Kaserne ist da. Auch

Zugsführer Kohut, mit klein gesoffenen Augen. Als ich ihn sehe, versuche ich nach links oder rechts auszuscheren. Vergebens – ich werde gnadenlos an die Bar geschoben.

Dort ist die Bevölkerungsdichte womöglich noch größer. Zwei bis drei Ärsche drängen sich auf einem Hocker. Aber für mich wird bereitwillig Platz gemacht. Wer führt da Regie? In was für eine zynische Inszenierung bin ich geraten?

Ein Krügel Bier wird vor mich hingestellt. Hinter dem Krügel sehe ich eine ungeheure weibliche Brust. Die gehört – fast liegt sie buchstäblich auf dem Schankblech – der berühmten Mary. Von dieser Brust habe ich schon gehört. Von dieser Brust ist in der Kaserne oft die Rede.

Die Brust der Panzermary ist einfach ein Wahnsinn! So reden die blöden Jungmänner untereinander. Die Brust dieser Frau nimmt in ihren Erzählungen unglaubliche Dimensionen an. Es gibt keine vergleichbare Brust zwischen Bruck-Neudorf und Kaisersteinbruch.

Und je größer die Brust, desto geiler die Frau. Mir haben derlei Reden ja nie gefallen. Ich habe nie an diesen Konnex geglaubt. Natascha, die sehr leidenschaftlich sein kann, hat einen recht mädchenhaften Busen.

Nun aber bin ich mit Marys Brust konfrontiert. Mit Marys beiden Brüsten genaugenommen. Vor mir auf der Theke, wie gesagt, das Glas Bier, dahinter, links und rechts davon, wölben sie sich. Na, sagt die Besitzerin, was schaust du denn so? Laß deine Kulleraugen nicht in mein Dekolleté fallen!

Ein erschreckendes Aufbrüllen von Gelächter rund um uns. Aber vielleicht ist das gar nicht bös gemeint. Es ist nur die Art, wie die Männer in Österreich oft lachen. Speziell, wenn sie sich besonders männlich vorkommen. In manchen Teilen Deutschlands lachen sie übrigens auch so. Etwas Krampfhaftes hat dieses dröhnende Lachen. Etwas von Grund auf Gehemmtes, Verklemmtes, Unlustiges. Es ist ein Lachen, das sich besser zum Auslachen eignet als zum Anlachen.

In diesem Lachen ist viel unspezifische Aggressivität. Die

meint vorerst niemand persönlich, aber sie kann sich rasch auf jemanden konzentrieren. Immer, wenn ich diese Art Lachen aus einem Raum gehört habe, den ich, etwa in einem Gasthaus, vorerst unbefangen betreten wollte, ist mir die Unbefangenheit vergangen. Ich habe mich dann nicht angeregt gefühlt, vollends einzutreten und an der dort drin herrschenden Heiterkeit teilzuhaben, sondern bin instinktiv vor ihr zurückgewichen.

Hier kann ich nicht mehr zurückweichen. Hier bin ich ja schon mittendrin. Da muß ich mich auf diese Art von Heiterkeit einlassen. Irgendein Idiot fordert mich auf, das Krügel Bier ex, also auf einen Zug zu trinken. Und ich trinke. Zwar schaffe ich es nicht auf einen Zug, aber immerhin auf zwei.

Da steh ich und kann nicht anders. I am a man! Ich wische mir mit dem Handrücken über den Mund.

Ah da schau her, sagt die Mary. Du bist ja ganz tüchtig. Das nächste Krügel darfst du in Ruhe trinken!

Sie hat eine durchsetzungsfähige Stimme, diese Frau. Sie klingt etwas rauh, aber entwaffnend herzlich. Ich bin überrascht. Auch über Marys Gesicht, das mir jetzt recht nahe kommt. Es ist rund, nicht mehr ganz jung, aber es hat, in diesem Lokal, in das wahrscheinlich nie ein Sonnenstrahl fällt, eine sozusagen sonnige Ausstrahlung.

Prost, sagt sie, trink auf mein Wohl! Du bist eingeladen! Heute sind alle eingeladen, die mir gefallen. Heute ist mein Geburtstag, mein dreißigster, weißt du. Den feier' ich jedes Jahr. Ich bin die Mary. Und wer bist du?

Ich sage: Ich bin der Peter. Ah ja, sagte sie. Das paßt. Ich hab einmal einen schwarzen Kater gehabt, der hat auch so geheißen. Ein richtiger Schmeichelkater. Der ist gern bei mir im Bett gelegen. Aber dann hat ihn irgendein Arsch überfahren.

Na, nix für ungut, sagte sie, du mußt dich nicht fürchten. Daß dich deine Kameraden mitgebracht haben, freut mich auf jeden Fall. Das ist zwar sonst ein ziemlich vertrottelter Jahrgang. Aber manchmal haben sie doch ganz gute Einfälle.

Was soll ich davon halten? Worauf wird das hinauslaufen? Meinem ersten Impuls, mich möglichst rasch und ohne großes Aufsehen zu verdrücken, habe ich nicht folgen können. Und jetzt steh ich da. Von der Panzermary ziemlich persönlich wahrgenommen. Da wird es noch schwerer sein, von hier wegzukommen.

Vielleicht gelingt es mir, zu entschlüpfen, wenn ich aufs Klo gehe. Nach zwei Krügeln Bier hat man einfach das Bedürfnis, seine Blase zu erleichtern. Um aufs WC zu gelangen, muß ich jedenfalls durch den Hof. Vielleicht gibt es da ein Tor, durch das ich hinaus auf die Straße könnte.

In dieser Richtung etwa bewegen sich meine Überlegungen. Sofern ich zu so etwas in meiner schwankenden Verfassung noch fähig bin. Kurioserweise habe ich bei dem Gedanken, gar nicht mehr in die Gaststube zurückzukehren, auch einen Anflug von schlechtem Gewissen. Ganz richtig scheint es mir nicht, zu verschwinden, ohne mich von der im Grunde doch recht netten Mary zu verabschieden.

Doch wird sich gleich zeigen, daß ich diesen Ausweg gar nicht hätte. Als ich an der Pißrinne stehe, steht auf einmal jemand neben mir. Zu nah. Distanzlos. Geradezu provokant. Und prompt ist es Zillner. Mit einem langen, bleichen Glied in der Hand.

Na, Murl, sagt er. Die Mary ist ja richtig scharf auf dich!

Blödsinn!, sage ich.

Aber ja!, sagt er. Das ist wahr! – Ich kenn sie, glaub mir. Die kennt nichts. Ich mein, die probiert alles! Und so ein schwarzer Schwanz fehlt noch in ihrer Sammlung.

Halt's Maul!, sage ich.

Aber warum?, sagt er. Ich mein's dir doch gut! Ich gönn' dir doch was! Wenn du sie ficken willst, mußt du dich allerdings zusammenreißen. Er warf einen ungenierten Blick auf mein Glied. Ich könnt' mir vorstellen, daß sie sich mehr erwartet.

Und wenn schon!, sage ich. So was interessiert mich nicht.

Was interessiert dich nicht?, sagt er. Die Mary zu pudern? Da entgeht dir aber was! Die ist eine Wucht von einem Weib! Oder – er schaut mich pfiffig an, während er sein bandwurmartiges Organ abschüttelt – oder interessieren dich vielleicht die Weiber überhaupt nicht?

Ich hab' eine Freundin, sage ich.

Ha!, sagt er. Du hast eine Freundin! Wie heißt sie denn? Pintarits? So eine Freundin wünsch' ich mir auch. Ehrlich. Was läßt sie denn alles mit sich machen?

Jetzt leck mich doch!, sage ich.

Ja, ja, sagte er. Das hättest du halt gern!

Ich spüre, wie meine Faust sich ballt. Ich sollte den Kerl ins Gesicht schlagen. Rasch und gezielt. Ich hätte gute Lust, ihm das Nasenbein zu brechen. Leider bin ich dazu entschieden zu betrunken. Ohne besondere Mühe fängt er meinen Schlag ab und packt mich am Handgelenk.

Na, was soll denn das, Negerl? Was glaubst du denn, wer du bist? Sugar Ray Robinson? Zum Boxweltmeister fehlt dir noch ein bissel Muskelschmalz! Na, komm schon! Beruhig' dich! Siehst du, es wird ja schon. Und jetzt geh zurück zur Mary und mach uns keine Schande!

So war das. War es wirklich so, oder habe ich das nur gealpträumt? In der nächsten Sequenz meiner Erinnerung an diesen Abend, an diese Nacht, sehe ich mich jedenfalls wieder an der Bar stehen. Vor Marys bewegter, phänomenaler Brust. Sehr weiß, diese Brust. Und ein bißchen blau geädert.

Na, Murl, was trinken wir jetzt?, fragt die Frau, die mir wohlwill.

Mir und sich. Sie hat in der Mehrzahl gesprochen.

Was trinken wir jetzt?

Ich weiß nicht ..., antworte ich.

Will sagen: Ich weiß nicht, ob ich überhaupt noch etwas

trinken soll, aber sie wartet nicht ab, bis ich den Satz zu Ende gesprochen habe.

Schon stehen zwei Wassergläser auf der Theke. Und schon hat sie Sliwowitz hineingegossen. Drei Finger hoch Sliwowitz. Das ist die Portion für Erwachsene, sagt sie. Und stößt mit mir an, daß es klirrt. Auf uns zwei, sagte sie und lacht.

Später führt sie mich noch einmal durch den Hof. Na, Burschi, sagt sie, rutsch mir net aus und fall net! Ihren Platz an der Theke hat eine Kellnerin namens Helga eingenommen. Ohne überflüssige Worte. So etwas scheint hier öfter vorzukommen.

Dann sind wir in einem Raum, den sie Kammerl nennt. Hier riecht es nach alten Fetzen und Mäusescheiße. Vorerst ist es stockfinster, aber Mary zündet eine Petroleumlampe an. Auf dem Boden liegt eine breite Matratze.

Da sinke ich hin und möchte am liebsten einschlafen. Aber Mary hat noch was vor mit mir. Sie streift ihr Dirndlkleid über den Kopf, für einen Augenblick überwölbt sie mich wie ein gewaltiger Torso. Ihre Schenkel sind wie zwei weiße Säulen, dazwischen ist es dicht behaart und dunkel.

Ich versuche immer wieder davonzuschlafen, aber sie will mich nicht lassen. Na, komm schon, sagt sie, sich auf allerlei Weise zwischen meinen Beinen betätigend, es wird schon! Bist doch ein lieber Bub! Mußt dich doch nur ein bissel bemühen! Aber schließlich gibt sie auf: Wenn es nicht geht, sagt sie, dann gehts nicht.

Sie ist mir nicht böse, nein. Sie findet es nur schade. Wenn du willst, sagt sie, kannst du wiederkommen. Dann laß ich mir noch was einfallen, extra für dich. Aber jetzt mußt du, glaub' ich, heim in die Heia.

Tatsächlich. Auf meiner Armbanduhr, die mir Natascha zum ersten Jahrestag unserer Zweisamkeit geschenkt hat, ist es schon halb zwölf. Mit dem Anziehen bin ich viel schneller als zuvor mit dem Ausziehen. Durch den Hof hastend, merke ich, daß ich nach wie vor schwanke. Auf dem Weg zurück in die Kaserne stützt mich Zillner.

Ich glaube, er hat mich sogar ins Bett gebracht. Es ist doch schön, wenn man gute Freunde hat. Gegen Morgen wankte ich aufs Klo und übergab mich. Es war Sonntag. Es gab keine Tagwache. Bis nahezu Mittag schlief ich wie ein Stein.

Zum Mittagessen hatte ich keine Lust, auch den Nachmittag verbrachte ich auf dem Bett liegend. Auf den Ellbogen gestützt, versuchte ich, einen Brief zu schreiben. *Liebe Natascha,* schrieb ich zum Beispiel, *ich weiß nicht. Liebe Natascha, ich kann nicht. Liebe Natascha, ich muß ...*

Viel weiter kam ich nicht mit meinen Entwürfen. Und das, obwohl mich niemand beim Schreiben störte. Wer keinen Urlaub hatte, war trotzdem ausgeflogen. Draußen schien eine kühle, aber für meine Augen an diesem Tag zu grelle Sonne.

Sie schien allerdings nur bis vier Uhr nachmittag. Dann sikkerte ein lähmendes Grau durchs Fenster. Der Kugelschreiber entsank mir, schon im Halbschlaf schob ich den Block, auf den ich geschrieben hatte, beiseite. Ich träumte wirres, obszönes Zeug von meiner Mutter.

Als ich wieder aufwachte, war es schon spät am Abend. Da trudelten nach und nach die Heimkehrer ein. Um dreiviertel zwölf waren alle da bis auf zwei. Zehn vor zwölf kam mein Feind Zillner. Wo aber blieb mein Freund Pintarits?

In den letzten zehn Minuten, die er hatte, um noch rechtzeitig vor dem Zapfenstreich in die Kaserne zurückzukommen, zählte ich jede Sekunde. Was war denn nur los mit ihm? Daß er so knapp kam, hätte ich nicht erwartet. Auch den andern fiel seine Abwesenheit nun auf. Sie fingen an, allerlei Witze über seinen Verbleib zu reißen.

Fünf oder zehn nach zwölf schaute Kohut herein. Kein Zimmerdurchgang. Er wollte nur wissen, ob alle da waren. Nein, zum Kuckuck, es waren *nicht* alle da. Kohut sagte kein Wort, aber pfiff durch die Zähne.

Dann schliefen die meisten, soweit ich das mitbekam. Schnarchten und furzten wie üblich, nur ich lag wach. Erstens hatte ich ohnehin den halben Tag geschlafen. Und zweitens machte ich mir um Pintarits Sorgen.

Wo konnte er sein? Daß er einfach daheim geblieben war, hielt ich für unwahrscheinlich. Er mußte damit rechnen, daß das schlimme Folgen hatte. Außerdem sah ihm das überhaupt nicht ähnlich. Er war vielleicht dumm, aber nicht renitent, auch wenn es ihm beim Heer denkbar schlecht ging.

Was also konnte sein Fernbleiben sonst bedeuten? War er krank geworden? Hatte er, gottbehüte, einen Unfall gehabt? Ich malte mir ein paar Szenarien aus, eins beunruhigender als das andere. Keins davon kam der tristen Wirklichkeit nahe.

Viel später, nachdem ich endlich auch eingeschlafen war, weckten mich Stimmen, oder zumindest *eine* Stimme, draußen vor dem Fenster. Es war Kohuts Stimme, auch wenn sie sich in gedämpftem Zustand nicht entsprechend entfaltete. Dann hörte ich Schritte auf dem Gang, und dann ging leise die Tür auf. Jemand schlich ins Zimmer. Kurze Zeit später spürte ich eine Bewegung im Bett unter mir. Pintarits war zurückgekehrt.

Was war geschehen? – Nur so viel war im Laufe des nächsten Vormittags aus ihm herauszukriegen: daß er Samstag mittag mit dem Zug, in den ich ihn noch einsteigen gesehen hatte, nach Wien gefahren sei. Daß er im Zug eingeschlafen sei und daß ihn der Schaffner auf dem Ostbahnhof wachgerüttelt habe. Den Bahnsteig auf dem unmittelbar benachbarten Südbahnhof habe er dann nicht so rasch gefunden.

Den Bahnsteig, von dem der Zug ins südliche Burgenland abfuhr. Nicht ganz in den Winkel, in dem die Familie Pintarits wohnte. Für die letzte Etappe in sein Heimatdorf hätte ihr Sohn Franz, den sie daheim Franjo nannten, noch einen Bus nehmen müssen. Aber so weit war es nicht gekommen – schon der Zug war ohne ihn abgefahren.

Pintarits sah die Puffer des letzten Waggons gerade noch aus der Bahnhofshalle verschwinden. Da stand er. Ich kann ihn mir gut vorstellen mit seinem Koffer. Was tun? Es wird eine Weile gedauert haben, bis er zu einem Entschluß gekommen ist. Erstens war er ein Mensch *mit einer langen Leitung*, und zweitens muß das Davonfahren des Zugs, der, in jedem Kuhdorf haltend, ohnehin erst absurd spät in jenem gottverlassenen Ort ankam, in dem dann, bei nicht allzugroßer Verspätung, der Postautobus wartete, für ihn ein Schock gewesen sein.

Ich sehe ihn vor mir, wie er, in die Haupthalle des Bahnhofs zurückgekehrt, ziemlich lang vor den Fahrplänen steht. Es wird ihm nicht leichtgefallen sein, sie zu entziffern. Was dabei herauskam und auf die schwerzüngig geäußerte Nachfrage bei einem Schalterbeamten bestätigt wurde, war ebenso einfach wie hart. An diesem Tag oder Abend fuhr einfach kein Zug mehr in jene entlegene Gegend.

Was Pintarits *dann* tat, kann ich nur vermuten. Er sagte, er sei in Wien *spazierengegangen*. Ein tragikomisches Bild, wie er seinen Wäschekoffer durch die Stadt schleppt. Daß er weltgewandt genug war, das beschwerliche Stück in der Gepäcksaufbewahrung abzugeben, halte ich für unwahrscheinlich.

Pintarits durch die samstagabendliche Stadt irrend also.

Pintarits, der, wie er zugab, noch nie zuvor in Wien gewesen war.

Pintarits mit wahrscheinlich nicht mehr als fünfzig Schilling in der Tasche. Was kann er unternommen haben, was kann ihm widerfahren sein?

Auf die Frage, wo er die Nacht verbracht habe, antwortete er mit Achselzucken. Auf die Frage, was er den ganzen nächsten Tag gemacht habe, desgleichen. Wie es schien, hatte er nicht versucht, den Frühzug ins Südburgenland zu nehmen. Aber das hätte sich, bei der elenden Bahnverbindung, auch kaum mehr ausgezahlt.

Vielleicht hat er gar nicht zum Bahnhof zurückgefunden.

Er könnte sich regelrecht in der Stadt verirrt haben. Daß er schlicht niemanden nach dem Weg gefragt hat, ist ihm zuzutrauen. Jedenfalls versäumte er Sonntag abend auch den letzten Zug nach Bruck.

In die Kaserne heimgebracht hatte ihn schließlich die Militärstreife. Die hatte ihn endlich irgendwo aufgelesen. Von einer Bestrafung wegen grober Überschreitung des Zapfenstreichs wurde, nachdem ihn der Kompaniekommandant persönlich in Augenschein genommen hatte, abgesehen. Im Laufe der nächsten Tage rang man sich endlich zu der Auffassung durch, daß das Österreichische Bundesheer auf einen wie Pintarits verzichten könne.

So war das. Am Morgen danach räumte er seinen Spind aus, zog sein Bett ab. Um neun Uhr durfte er die Kaserne verlassen. Bevor wir andern hinaus ins Gelände mußten, wollte ich ihm noch die Hand reichen. Aber er zuckte zurück vor dieser Berührung.

Liebe Natascha! – Mit dem Brief, den ich damals, am Sonntag nachmittag meines Katzenjammers, begonnen hatte, war ich die ganze folgende Woche nicht weitergekommen. *Nachdem ich ... Bevor wir ... Obwohl Du ... Also, ich glaube, ich sollte Dir etwas sagen ...* Am folgenden Wochenende hatte ich wieder Urlaub und fuhr nach Wien. Aber was ich schriftlich nicht geschafft hatte, brachte ich auch mündlich nicht zustande.

Mehrere Male setzte ich dazu an, die vielleicht entscheidenden Worte zu sprechen. Sie lagen mir bitter auf der Zunge, und ich brachte sie nicht über die Lippen. Die Situation war nie günstig. Im Trubel der Hochzeitsvorbereitungen. Natascha, nunmehr schon deutlich gesegneten Leibes, gab sich bräutlich glücklich.

Am Sonntag war ich bei meiner Mutter zur Jause. So, sagte sie. In zehn Tagen heiratet ihr also wirklich. Wir tranken Kaffee. Sie goß sich einen Schluck Rum dazu. Meine Schwester saß auf ihrem Knie und malmte mit vollen Backen ein Stück Kuchen.

Nach einer Weile wurde ihr der Kuchen anscheinend zu pappig, denn sie spuckte ihn aufs Tischtuch. Meine Mutter, die mich, solang ich ein Kind gewesen war, kein einziges Mal geschlagen hatte, gab ihr ein Kopfstück. Was bist du denn so nervös?, fragte der Teddybär, der sich bis dahin auf wohltuend dezente Weise im Hintergrund gehalten hatte. Er nahm ihr das schreiende Balg ab, warf es zur Beruhigung in die Luft und ließ es beim Wieder-und-wieder-Auffangen leider nicht fallen.

Ein paar Tage nach Pintarits' Abgang geschah dann noch etwas, das die Irritation, die ich nicht und nicht loswurde, noch um einige Grade steigerte. Im Lehrsaal fand ein Vortrag statt, der schon einige Male angesetzt, aber immer wieder verschoben worden war. An sich hätten wir diesen, wie es hieß, sehr wichtigen Vortrag gleich zu Beginn unserer Grundausbildung hören sollen. Aber der Referent, ein pensionierter Stabsarzt, hatte mit einem hartnäckigen Grippevirus gekämpft und immer wieder abgesagt.

Jetzt war er – ein kleiner, weißhaariger Herr mit roten Wangen – wieder gesund und sprach über venerische Krankheiten. Draußen war es kalt, drinnen, im Lehrsaal, wurde um so wärmer geheizt. Weil zu wenig Sessel da waren, gab es für einen Teil der in den Raum gepferchten Jungmänner, zu dem auch ich gehörte, nur mehr Stehplätze. Die Luft im Raum war zum Schneiden dick und stickig.

Der Arzt war ein eindringlich sprechender Referent. Er verstand es, die in seinem Vortrag zur Sprache kommenden Phänomene sehr sinnlich darzustellen. Hätte er über die Beschaffenheit eines fernen, exotischen Landes gesprochen, man hätte sich glatt dorthin versetzt gefühlt. Unglücklicherweise sprach er nicht über Landschaftsmerkmale, sondern über Symptome.

Über Symptome venerischer Krankheiten sprach er. Tripper,

Schanker, Syphilis, dazu *Lymphogranuloma inguinale*, eine Krankheit, von der ich noch nie zuvor gehört hatte. Das schlug sich mir auf den Magen und stieg mir zu Kopf. Die meisten Symptome, auf die der Arzt zu sprechen kam, glaubte ich in den letzten Tagen an mir bemerkt zu haben. In den letzten Tagen – seit dem Samstag meiner Verirrungen.

Erst mit Pintarits, dann mit der Panzermary. Zwar konnte von Geschlechtsverkehr in beiden Fällen nicht wirklich die Rede sein. Aber zu gewissen Berührungen mit *Körpersäften*, vor denen man sich, wie der Referent hervorhob, *besonders hüten* sollte, wenn man die Person, die sie *absonderte*, nicht genau kannte, zu solchen Berührungen war es ja doch gekommen.

Indem ich mir das vor Augen hielt, sah ich auf einmal alles sehr weiß. Außerdem hörte ich eine anschwellende, orgelartig tosende Musik. Für einen Augenblick war mir sehr heiß, und im nächsten Moment war mir sehr kalt. Und dann fiel ich um. Dann fiel ich ganz einfach in Ohnmacht.

Man öffnete mir den Kragen, man trug mich ins Freie, man fragte, ob ich nun wieder halbwegs okay sei. Ja, ja, sagte ich. Aber das war natürlich eine Lüge. Am nächsten Vormittag schickte man mich vorsichtshalber zum Arzt. Haben Sie das öfter?, fragte der. Nein, sagte ich. Es wird die schlechte Luft gewesen sein. Er untersuchte mich trotzdem, horchte und klopfte mich ab, maß meinen Puls und meinen Blutdruck. Hieß mich mit dem Blick seinem silbern glänzenden Drehbleistift folgen, den er vor meiner Nase hin- und herbewegte. Ob es in meiner Verwandtschaft Fälle von Epilepsie gegeben habe? Es war mir zu kompliziert zu erklären, daß ich die väterliche Hälfte meiner Verwandtschaft nicht kannte.

Von den Symptomen, die vielleicht ganz andere Leiden signalisierten und die ich nach wie vor an mir entdeckt zu haben glaubte, sagte ich diesem Arzt nichts. Das Wissen darüber behielt ich bei mir – mein dunkles Geheimnis. *Liebe Natascha, ich fürchte* … Oh Gott, wie sollte ich ihr das beibringen? Zum Glück hatten wir am letzten Urlaubswochenende bei all dem Hochzeitsvorbereitungsstreß weder Zeit noch wirklich Lust gehabt, miteinander zu schlafen.

Zwischendurch besann ich mich, sagte mir, daß das alles Blödsinn sei und daß ich bestimmt keine Krankheit habe. Aber die Phasen, in denen ich mich auf diese Weise ein bißchen beruhigte, hielten nicht lange vor. Plötzlich erfaßte mich die Angst aufs neue, in Panik geraten, stürzte ich aufs Klo und trieb exzessive Selbstbeobachtung. Natürlich spürte ich ein Brennen beim Urinieren, zweifellos waren die Lymphknoten an meinen Leisten geschwollen, und wenn ich genau hinsah, entdeckte ich an meinem Schwanz höchst verdächtige Verformungen und Verfärbungen.

Das setzte mir zu. Nachts schlief ich schlecht, geplagt von Alpträumen, die mich um so mehr belasteten, als ich mich morgens an ihre Inhalte kaum mehr erinnerte. Da blieb nur etwas Vages, Erschreckendes, Ekelhaftes, eitrig zerfließend wie ein dicht vor einem inneren Auge platzendes Abszeß. Untertags aber lief ich umher wie ein Traumwandler, in meiner Eigenschaft als der Spezialausbildung ausgesetzter Soldat unterliefen mir gefährliche Ungeschicklichkeiten. Ein Balken zum Beispiel, dessen eines Ende mir beim Bau einer Übungsbrücke über die eisige Leitha entglitt, hätte beinah meinen am anderen Ende tragenden Partner ins Wasser gerissen.

Sogar beim Fußballspielen fühlte ich mich zunehmend unsicher. Ja, vielleicht war meine Unsicherheit in diesem Zusammenhang sogar die größte. Das hing mit der Nähe Korporal Friedels zusammen. War mir seine Nähe bis vor kurzem durchaus angenehm gewesen und hatte ich mich vor allem um dieser Nähe willen aufs Training und auf die Spiele gefreut, in denen sich unser gutes Einverständnis in schönen Kombinationen manifestierte, so konnte ich meiner Freude darüber nun nicht mehr froh werden.

Ich weiß nicht, wie sehr das unseren Mitspielern auffiel.

Ihm fiel es jedenfalls auf, er zwinkerte mich, so schien es mir zumindest, manchmal recht irritiert an. Und einmal wirkte er richtiggehend befremdet. Da hatte sein Zuspiel wieder einmal zu einem von mir erzielten Tor geführt, er kam auf mich zugelaufen, um mich zu umarmen, ich aber wich vor dieser Umarmung zurück.

Ich vermied es auch, ihn voll anzusehen. Das erschwerte unser Zusammenspiel. Man glaubt gar nicht, was der Blickkontakt während eines Spiels ausmacht. Beim Match gegen die Auswahl der Panzerkaserne Götzendorf verpaßte ich seine schönsten Flanken.

Wir siegten trotzdem. Allerdings mit dem denkbar knappsten Ergebnis. Die Entscheidung fiel durch ein Eigentor der Gegner. Eins zu null in der allerletzten Minute. Das war aber arschknapp!, sagte Wachtmeister Wald grimmig.

Und dann kam das letzte Spiel vor dem Wintereinbruch. Es ging um den Turniersieg. Gegen die *Schwere Kompanie* von Kaisersteinbruch. Burschen, noch *eine* Anstrengung!, forderte Wald. Im letzten Spiel. Für mich war es das *aller*letzte.

Stimmt, wahrscheinlich wäre mein K. o. ohnehin gekommen. Mit Knien wie den meinen überhaupt noch aufs Feld zu laufen war ja sträflicher Leichtsinn. Und doch kann ich mich des Gedankens nicht erwehren, daß es die Knie ausgehalten hätten. Was meine körperliche Widerstandskraft zum Zusammenbruch brachte, war die in den Wochen davor angesammelte seelische Belastung.

Ich hatte von vornherein kein gutes Gefühl. Schon als wir aufs Feld liefen, das mich fatal an den unseligen Acker in Simmering erinnerte. Die Hauchwolken vor den Mündern der Spieler, ganz wie damals. Der gefrorene Boden. Und der Ball eine Eiskugel.

Das Spiel lief wie auf einer schiefen Ebene gegen uns. Wir kamen kaum aus der eigenen Hälfte hinaus. Wie durch ein Wunder lagen wir bis knapp vor Ende der ersten Halbzeit nur mit eins zu zwei im Rückstand. Doch dann die Konterchance – der Paß, mit dem mich Friedel ideal in den leeren Raum schickte.

Hatte ich ihn vorher angesehen, hatte unser Blickkontakt wieder geklappt, hatte ich mich über meine Hemmung hinweggesetzt? Jedenfalls startete ich zeitgerecht, jedenfalls erreichte ich den Ball, jedenfalls hatte ich den Ausgleich vor den Füßen. Der Tormann lief mir entgegen – aus seiner Perspektive in dieser Situation das einzig richtige. Ich sehe ihn noch vor mir, vermummt, wie er wegen der Kälte ist, ähnelt er weniger einem Fußballer als einem Eishockeyspieler.

Kraft, daran erinnerte ich mich aus dem Physikunterricht in der Schule, ist Masse mal Beschleunigung. Der Tormann und ich prallten mit voller Kraft zusammen. Das wars dann. Da lag ich wieder und kam nicht mehr hoch. Da konnte Friedel noch so aufmunternd zwinkern.

Aus und vorbei. Seit damals habe ich wirklich nicht mehr Fußball gespielt. Nicht einmal in einem Juxspiel, auf der Wiese. Ich wurde auf eine Bahre gelegt und ins Heeresspital nach Wien-Stammersdorf überführt. Meine Hochzeit mit Natascha konnte nicht zum vorgesehenen Termin stattfinden.

Vielleicht war es ja das, was mein rechtes Knie gewollt hatte. Genaugenommen war es das Seitenband. Nach dem Kreuzband und nach den beiden Menisken. Aber der Unfall hatte nur aufschiebende Wirkung.

Zwar mußte ich ein paar Tage liegen, mit ruhiggestelltem Bein. Und bekam dann wieder einen schweren Gips verpaßt. Statt mit einer Krücke, wie beim letzten Mal, kam ich nun gleich mit zwei Krücken daher. Aber auch in diesem etwas behinderten Zustand gilt man als heiratsfähig.

Natascha sagte, sie nehme mich auch so. Hauptsache sei doch, daß wir einander liebten. Ja, sagte ich. Und daran habe sich doch nichts geändert, sagte sie. Nein, sagte ich. Also ging es nur darum, einen neuen Hochzeitstermin zu bekommen.

Vorher hatte ich allerdings noch einen anderen Termin. Ich suchte einen Arzt auf, dessen Spezialgebiet weder die Orthopädie noch die Physiotherapie war. Meine Ängste, eine Ansteckung durch Gonokokken, Spirochäten und weiß der Teufel was sonst für böse Bakterien betreffend, hatten zwar im Lauf des Krankenhausaufenthalts, bei dem man mir routinemäßig Blut abgezapft hatte, nachgelassen (dabei hätte man doch, sagte ich mir, eine Infektion mit einer venerischen Krankheit aller Wahrscheinlichkeit nach bemerkt). Aber völlig verschwunden waren sie nicht.

Dieser Arzt also, dessen Adresse ich im Telefonbuch gefunden hatte. Ich hatte einige Adressen notiert, war an mehreren Ordinationen einschlägig kundiger Doktoren vorbeigegangen. Die meisten waren mir unsympathisch gewesen. Die des Herrn Doktor Kaminski hatte mir, möglicherweise wegen der Patina, die seine neben dem Haustor in der Lustkandelgasse angebrachte Ordinationstafel angesetzt hatte, Vertrauen eingeflößt.

Das Erscheinungsbild des Doktors – er sah aus wie ein Enkel Albert Schweitzers – verstärkte dieses Vertrauen. Unter seinem weißen Schnauzbart lächelte er gütig und ironisch. *Was* wollen Sie haben? Primäraffekte? Hautausschläge? – Die von mir ab und zu doch noch in spurenelementarer Form erspürten oder erblickten Symptome waren weg, sobald ich mich vor ihm freimachte.

Als ich die Ordination Doktor Kaminskis verließ, fühlte ich mich ausgesprochen befreit. Auf die Straße getreten, war mir danach, beschwingten Schritts zu schreiten. Was mit dem Gips und den Krücken nicht wirklich ging. Aber die beschwingte Stimmung hielt tagelang an und trug dazu bei, daß ich auf den Hochzeitsfotos ein so fröhliches Gesicht machte.

Wir heirateten am 10. Dezember 1967. Drei Tage nach meinem einundzwanzigsten Geburtstag. Sieben Monate nach Nataschas Matura. Zwei Wochen vor dem für die Geburt unseres Kindes ursprünglich anberaumten Termin.

Zu diesem Zeitpunkt glaubte ohnehin keine der ihr nahestehenden Personen mehr ans Christkind. Ich meine: an die Geburt am 24. Dezember. Da hatte Natascha sich halt ein wenig verrechnet. Oder der Frauenarzt. Oder der für alle Termine in letzter Instanz zuständige liebe Gott.

An den Frau Scholz überraschenderweise glaubte. Auf ihren Wunsch jedenfalls wurden wir nicht nur standesamtlich, sondern auch kirchlich getraut. Der Segen von oben, sagte sie, wird euch beiden nicht schaden. Bei allen Vorbehalten gegen die, wie er es nannte, reaktionäre Zeremonie wollte Herr Scholz seiner Frau die Freude nicht verderben.

Den Anblick der strahlenden Tochter im Hochzeitskleid. Weiß. Mit einem beziehungsvollen Schuß Rosa. Ich hätte in Uniform heiraten können, aber das wollte ich denn doch nicht. Das rechte Hosenbein des neuen Anzugs, den mir meine Mutter immerhin spendiert hatte, mußte man wegen des dicken Gipses aufschneiden.

JOE LERNTE ICH auf der Rückfahrt aus Algiers kennen. Wieder auf der Fähre. Ungefähr in der Mitte des Flusses. Da sprach er mich an. Auch er auf dem Oberdeck, wie ich. *Where y'at*, sagte er. Austria, sagte ich, noch nicht vertraut mit der hiesigen Begrüßungsformel. Eigentlich hieße es ja, *where are you at*. Also etwa so viel wie *how are you doing*. Aber die Sprache hier ist eben eigen. Daß ich die Frage, wie es mir gehe, mit der Frage, woher ich komme, verwechselt hatte, war also nicht nur an mir gelegen.

Joe lächelte. Er hatte ein großes, weißes Gesicht. Wangen und Kinn voll freundlichem Savoir-vivre. Mit einem Mund, der beim Artikulieren einen ausgeprägten Geschmackssinn verriet. Einen Geschmackssinn, der sich auch oder zuallererst an den Wörtern erfreute. Wie er zum Beispiel den Namen Kalliope aussprach. Mit dem ortsüblichen Akzent, gewiß, aber er ließ ihn auf der Zunge zergehen. *Kalliope.* Dieser Name bedeute: die Schönstimmige. Bei den alten Griechen bekanntlich die Muse der auch als Gesang aufgefaßten epischen Dichtung.

Auf die kam er zu sprechen, weil am Ufer, dem wir uns näherten, gerade das Ausflugsschiff ablegte. Der Raddampfer, mit dem die Touristen hinunter zum Schlachtfeld der *Battle of New Orleans* und wieder zurückgefahren werden. Wie das Schaufelrad langsam in Schwung kam, scheinbar synchron mit der Dampfpfeifenorgel, die bei der Abfahrt spielte. Diese Orgel nun hieß, wie mir Joe erklärte, Kalliope, sie spielte in schrägen, anfangs schlicht und einfach falschen, aber über die Strecke Wasser, die noch zwischen dem Schiff und der Fähre lag, geradezu rührend herüberwehenden Tönen.

Er selbst habe weniger mit der Muse der epischen Dichtung als mit jener der Geschichtsschreibung zu tun. Klio. Die Rühmerin. Aber die beiden seien natürlich Schwestern. *History,* sagte er, ja, das sei sein Metier. Ganz speziell die Geschichte der Stadt New Orleans.

Darüber sollte ich nicht nur im Lauf des folgenden Abends einiges von ihm erfahren. Er lud mich zum Essen ein. First you should experience the taste of New Orleans. Wenn wir Krawatten und Sakkos trügen, lächelte er, könnten wir natürlich zu *Galatoire's* oder *Antoine's* gehen. Aber ich könne ihm glauben, daß ein kleines Neighborhood-Restaurant für unseren Zweck weitaus besser geeignet sei.

In ein solches führte er mich. Ich weiß nicht mehr, wo es war. Sein Auto stand in der Canal Street, und er fuhr auf verwirrend ortskundige Weise durch die mir noch fremde Stadt. Ich weiß nur, daß er die Wirtsleute kannte und mich ihnen auf die freundlichste Art vorstellte. Und daß er mir anhand eines alsbald vor uns auf dem Tisch dampfenden und duftenden Exempels das *Prinzip Jambalaya* erklärte.

Jambalaya sei ein Gericht, für das man im Grunde genommen fast alle Zutaten verwenden könne. Sicher, einiges gehöre einfach dazu, so Reis, Sellerie, Knoblauch, Thymian, Lorbeerblätter. Aber im Grund genommen sei es ein offenes Gericht. Ein multikulturelles Gericht sozusagen, ganz wie die Stadt New Orleans eine multikulturelle Stadt sei. *This fair and noble city* nannte sie Joe. Gewiß, sie habe als französische Kolonialstadt angefangen. Und die auf ihrem vagen Boden binnen ein, zwei Generationen Bodenständigen hätten sich Kreolen genannt. Aber nach und nach seien auch die später Dazugekommenen bodenständig geworden.

Hier führte Joe seinen Schlüsselbegriff ein: *Creolization*. Nach und nach würden nämlich alle Kreolen. Auch wenn es die alten Kreolen vorerst nicht wahrhaben wollten. Bekanntlich habe ja auch die Bezeichnung Kreole oder kreolisch eine Bedeutungsverschiebung von ursprünglich Weiß Richtung Schwarz erfahren.

Und Creolization sei ja auch Wechselwirkung. Zwischen Weiß und Schwarz, zwischen Alt und Neu, zwischen Oben und Unten. Das Prinzip Jambalaya: Alle fügen ihre spezifischen Zutaten hinzu. Wie im Jazz, der ja auch in New Orleans entstanden sei: Jeder spiele das seine, aber alle spielten zusammen.

Joe sprach mit Begeisterung. Er war ein ungewöhnlicher Geschichtsprofessor.

Tatsächlich, das war er, er unterrichtete an der *University of New Orleans*. Er sprach mit einer Begeisterung und einem Optimismus, der mir, sowenig ich damals von New Orleans wußte, da und dort fast naiv klang. Aber recht bald begriff ich, daß diese Stadt für Joe nicht einfach eine Stadt war, sondern eine Idee.

Ob es mit Wien, fragte er, nicht so ähnlich sei.

Ich weiß nicht, sagte ich, so war es vielleicht einmal.

So you come from Vienna, sagte er. And your father was an American soldier. Have you any idea in what part of the army he did his service?

FÜNFTER TEIL

1

Eigenartig, wie schnell das Neue Gegenwart war und das Alte Vergangenheit. Da man auf einen Soldaten mit steifem Knie, dessen volle Beweglichkeit nur durch monatelange heilgymnastische Therapie wieder herstellbar sein würde, keinen besonderen Wert legte, war ich mit Wirkung vom 1. Jänner 1968 von meiner Präsenzpflicht beim Österreichischen Bundesheer befreit. Zwar galt ich, das hatte mir ein ganz unmilitärisch leise auftretender Leutnant im Heeresspital mitgeteilt, bis zum ursprünglich vorgesehenen Abrüstungstermin, dem 30. Juni, *de jure* noch als Heeresangehöriger. Aber *de facto* brauchte ich mich um das Theater, das auch ohne mich, einen sozusagen im Rahmenprogramm zu Schaden Gekommenen, weiter gespielt würde, nicht mehr zu kümmern.

So war ich von heute auf morgen kein Soldat mehr. Zwar hätte ich, wie mir mein nunmehr definitiver Schwiegervater aufgebracht erklärte, Schadenersatzansprüche stellen können, und die Herrschaften hätten bezahlt, bis sie – so sein Ausdruck, für den er sich im selben Atemzug entschuldigte – schwarz geworden wären, aber ich hatte darauf verzichtet. Ich unterzeichnete sogar ein diesbezügliches Papier, das mir der leise Oberleutnant, die Vorteile einer, wie er es nannte, unbürokratischen Erledigung der Angelegenheit betonend, vorlegte. Schließlich wollte ich dem Wachtmeister Wald, dem ich die Tatsache meiner nur bedingten Tauglichkeit verschwiegen hatte, keine Schwierigkeiten bereiten.

Vor allem aber wollte ich das hinter mir haben. Alles, was mit Bruck, der Kaserne, meiner Grund- und Spezialausbildung, den Irrungen und Wirrungen in diesem Zusammenhang zu tun hatte. Ja, das war's wohl. Ich wollte das einfach vergessen. Ein für allemal Schluß mit diesem Kapitel.

Und dann begann tatsächlich ein neuer Abschnitt. Das Kind, das sich nach Weihnachten noch gute zwei Monate in der wohligen Dunkelheit von Nataschas Schoß gegönnt hatte, kam endlich ans Licht. Nicht im Wiener Allgemeinen Krankenhaus übrigens, wie sein Vater, sondern in der von Herrn Scholz ausgewählten und bezahlten Privatklinik *Lucina*. Für seine Geburt hatte es sich akkurat den Faschingsdienstag ausgesucht und entpuppte sich als Sohn.

Wie sollten wir ihn taufen? Wäre er, wie von Natascha annonciert, ein Mädchen geworden, so hätten wir jede Menge Namen parat gehabt. So wußten wir vorerst nicht, wie wir ihn nennen sollten. Schließlich beschlossen wir, ihn Noël zu nennen. Weil er zu Weihnachten *hätte zur Welt kommen sollen.*

Originell. Natürlich Nataschas Idee. Immerhin hatte sie unter anderem in Französisch maturiert. Noël. Ob wir unserem Sohn damit etwas Gutes getan haben, weiß ich nicht. In Österreich hat zu dieser Zeit kein Mensch so geheißen.

Noël, was ist denn das für ein komischer Name? Meine Mutter betonte ihn hartnäckig auf der ersten statt auf der zweiten Silbe. Zweifellos war Noël von Anfang an schöner als meine Halbschwester. Seine Hautfarbe wie Milch mit einem Schuß Kaffee, sein Haar blond, aber eine Spur gekräuselt.

Interessanterweise hatte er verschiedenfarbene Augen. Er schrie wenig – auch das unterschied ihn auf sehr angenehme Weise von Vera. Klar, als er Zähne bekam, schrie er ein paar Nächte hindurch. Aber für gewöhnlich erwachte er nur zu den Stillzeiten.

Dann trank er rührend und gierig – ein saugendes Rundmaul. Natascha produzierte erstaunlich viel Milch. Noël konnte nicht alles trinken, bei all seiner Gier. Wir mußten einen Apparat kaufen, um die überflüssige Milch abzupumpen.

Hatte Noël sein Quantum getrunken, so schlief er brav und tief. So brav und tief, daß ich manchmal Angst um ihn hatte. In der Nacht stand ich auf, trat, leise, leise, um Natascha, die einen besseren Schlaf hatte als ich, nicht zu wecken, an sein Kinderbett, horchte, ob er atmete. Er atmete gottlob immer – im Licht der Vorzimmerlampe, die wir, bei offener Schlafzimmertür, in den ersten Monaten unserer jungen Ehe brennen ließen, weil uns die von Nataschas Eltern vorbereitete und eingerichtete Wohnung immer noch ein bißchen unheimlich war, sah ich, wie sich sein kleiner Brustkorb unter dem Strampelanzug bewegte.

Nun war ich tatsächlich ein junger Gatte und Vater. Diese Rolle war mir nicht auf den Leib geschrieben, aber ich spielte sie, scheint es, gar nicht so schlecht. Natascha ruhte an meiner Schulter, kuschelte sich an meine Brust, klemmte mein gesundes Bein zwischen ihre Oberschenkel. Noël gab sich nicht nur quietschvergnügt, wenn ich ihn wickelte, sondern lächelte auch ständig, wenn ich ihn im Kinderwagen spazierenführte.

Sobald er es konnte natürlich. Er konnte es bald. Er lächelte schon mit fünf oder spätestens sechs Wochen. Ein schöner, milder, sonniger Frühlingstag in meiner Erinnerung. Im Esterházypark, keine fünf Minuten von unserem Wohnhaus, sprießen die Knospen.

Nun ist dieser Esterházypark, von einem angeblich nicht ohne Gefährdung der Umgebung sprengbaren Flakturm in seiner Mitte verunziert, zwar eine der häßlichsten sogenannten Grünanlagen von Wien. Aber die freundliche Jahreszeit und Noëls erst seit wenigen Tagen oder Wochen erworbenes Lächeln verzaubern alles. Auch die Gemüter der, ihrer Selbsteinschätzung zum Trotz, für gewöhnlich recht ungemütlichen Wiener. Jedenfalls erinnere ich mich im Zusammenhang meiner Spaziergänge mit Noël an nichts als Zuwendung.

Für ihn ohnehin. Das wäre weiter kein Wunder. Doch habe auch ich meinen Teil davon abbekommen. Erstens erkannte man an, daß ich ein nettes Kind gezeugt hatte. Zweitens jedoch, daß ich mich so lieb darum kümmerte.

Da mochte ich noch so schwarz sein – so schwarz, wie ich wollte! So mancher weiße Vater kümmerte sich weit weniger um sein Baby! Soviel ist wahr, daß um die Stunde, um die ich für gewöhnlich mit Noël im Kinderwagen meine Runden um den Flakturm drehte, mehr Mütter mit ihren Kindern unterwegs waren als Väter. Das lag aber daran, daß zu dieser Zeit die meisten Väter in der Arbeit waren.

Ich nicht. Ich war ja noch immer im Krankenstand. Gewissermaßen. Jedenfalls mußte ich zwei Mal pro Woche zur Physiotherapie. Versicherungsbürokratisch gehörte ich nach wie vor zum Kader des Österreichischen Bundesheers. Unter Anleitung einer netten jungen Dame bewegte ich zwei Mal pro Woche mein Knie.

Leider war klar, daß dieser Krankenstand kein auf die Dauer haltbarer Zustand war. Daran jedoch wollte ich vorläufig nicht zuviel denken. Darauf wollte ich auch die meinem Kind und mir wohlwollenden Menschen im Park nicht bringen. Meist Pensionistinnen und Pensionisten, von denen manche schon so alt waren, daß die sogenannte Arbeitswelt in ihrem Denken keine zentrale Rolle mehr spielte.

Manche hatten vielleicht schon vergessen, daß es sie gab. Das war vielleicht auch ein Grund für ihre ungewöhnliche Freundlichkeit. Einmal fragte mich trotzdem einer, was ich von Beruf sei. Musiker, sagte ich, aber ich war dieser Antwort recht unsicher.

Gewiß – meine Mutter hatte mir Omas Piano, das dem Teddybären und dem Schreihals nur im Weg stand, durch eine Speditionsfirma in die Gumpendorferstraße bringen lassen. Und tatsächlich spielte ich, nach drei Monaten ohne Instrument, mit zuvor nicht dagewesener Hingabe. Mit einem leidenschaftlichen Nachholbedürfnis. Erst jetzt ging mir sozusagen auf, was mir in der Einöde von Bruck-Neudorf abgegangen war. Auch die Gitarre, an der gleich drei Saiten gerissen waren, hatte ich neu bespannt. Und ertastete täglich neue Griffe. Eigentlich unverständlich, warum ich sie nicht zum Heer mitgenommen hatte. Aber wahrscheinlich hatte ich nicht über die Auffälligkeit meiner Hautfarbe hinaus auffallen wollen.

Jedenfalls hatte ich drei Monate keine Töne in die Welt gesetzt. Einige davon sandte ich jetzt sozusagen nach. Die Welt, der Raum, in dem die Schallwellen verebben – aber eigentlich, wenn Einstein recht hat, als Energie nicht einfach verschwinden können –, diese Welt, dieser Raum wird sie nicht besonders vermißt haben. Doch mir war es wichtig, die diesbezüglich leere Zeit in meinem Leben gewissermaßen aufzufüllen.

Ich habe *gewiß* gesagt. Gewiß machte ich Musik. Auch aus dem Gefühl, sie jemandem schuldig zu sein. Wem? Ich weiß nicht. Vielleicht ganz einfach mir selbst. Aber ob ich das als meinen *Beruf* bezeichnen durfte, war noch sehr die Frage.

Fatalerweise ist ja die Idee des Berufs für die meisten Menschen in unserer Zeit mit der des Geldverdienens verbunden. Von einem jungen Ehemann und Vater wurde nun einmal auch letzteres erwartet. Daß er zur Erhaltung seiner kleinen Familie zumindest *beitrug*. Mit diesem Teil der Gatten- und Vaterrolle hatte ich Probleme.

Theoretisch konnte man mit der Musik sicher Geld verdienen. Doch *praktisch* war davon vorläufig keine Rede. War ich also *kein* Musiker? War das Musikmachen *nicht* mein Beruf? Jedenfalls fühlte ich mich zu nichts anderem *berufen*.

All die Beschäftigungen, die als sogenannte ernsthafte Berufe angeboten wurden ... In meinem Herzen bestand dafür keine Nachfrage. Trotzdem konnte es sein, daß ich früher oder später einer davon nachgehen mußte. Wenn es nach mir gehen sollte, lieber später.

Unsere Ausgaben bestritten wir bis auf weiteres von den Zuwendungen, die Natascha von ihren Eltern bekam. Die Familie Scholz war ja eine gutbürgerliche Familie. Was die materiellen Möglichkeiten dieses Status betraf, so wurde dieser Widerspruch zur politischen Ausrichtung des Doktors kaum als unangenehm empfunden. Von ihm nicht, von seiner Frau nicht und von seiner Tochter in dieser Phase, in der sie mit grundsätzlicher Kritik an ihrem Herrn Papa sozusagen am eigenen Ast gesägt hätte, schon gar nicht.

Wir waren also abhängig von dem Geld, das mein Schwiegervater seinen Patienten gewissermaßen aus den Zähnen zog. Er war allerdings kein Ausbeuter, sondern behandelte dem Vernehmen nach Genossen zum halben Preis. Dennoch verdiente er als Zahnarzt im Kapitalismus so gut, daß ihm, nach Abzug aller Spesen und Taxen, immer noch einiges übrigblieb. Das vermehrte er, indem er den Überfluß, wie es schien nicht ungeschickt, in Wertpapieren anlegte.

Er war kein Armer, der Doktor Scholz, und er gab gern. Erstens seiner Tochter, zweitens, wenn es schon sein mußte, dadurch indirekt auch mir. Zwar ließ er mich manchmal merken, daß ich keineswegs der *erwünschte* Schwiegersohn war. Aber ich war derjenige, der *da war*, derjenige, den man sich nun einmal *zugezogen* hatte, und man konnte mich schließlich nicht verkommen lassen.

Trotzdem fühlte sich mein Herr Schwiegerpapa gedrängt, ab und zu ein ernstes Wort mit mir zu reden. Ihm gehe es gar nicht ums Geld, ihm gehe es ums Prinzip. Ein Prinzip, das, wohlverstanden, nicht seins sei. Aber das System, in dem wir nun einmal, wenn auch das Heraufkommen eines anderen erhoffend, lebten, ein idiotisch auf Produktion und Konsum fixiertes System, reproduziere nun einmal entsprechende Vorurteile.

Es durfte, mit einem Wort, nicht so aussehen, als ob ich auf der faulen Haut läge. Das habe, pardon, überhaupt nichts mit meiner Hautfarbe zu tun. Vielleicht falle so etwas infolge dieser Hautfarbe allerdings noch etwas mehr auf. Daß einer, einfach zu Haus sitzend, nichts als Klavier spiele.

Auch Gitarre, ja verdammt noch einmal! Auf Einwürfe meinerseits reagierte der Doktor in diesem Zusammenhang unwirsch. Für die vom System verdorbenen Leute mache das Instrument keinen Unterschied. Das Instrument, durch das mein Nichtstun sich akustisch manifestiere.

Zwar erzählte mir der Doktor Scholz manchmal, daß es in der gegebenen historischen Situation darauf ankomme, den Kapitalismus zu unterlaufen. Aber einfach, namentlich bei offenem Fenster, eine Art von Musik zu machen, die von den Nachbarn womöglich als Lärmbelästigung aufgefaßt werde, das scheine ihm dazu denn doch nicht die rechte Methode. Schließlich sei *er* es, der die Miete bezahle. Er wolle keinen Ärger, weder mit den Nachbarn noch gar, gottbehüte, mit der Hausverwaltung.

Daß er den Tönen, die ich hervorbrachte, nach wie vor nicht viel abgewinnen konnte, lag bei seiner Einschätzung der durch sie eventuell zu gewärtigenden Unannehmlichkeiten auf der Hand. Ganz abgesehen davon, daß er mit Blues oder Jazz überhaupt nicht viel anfing. Zwar hatte er über das Herkommen des Blues von unten, aus dem fruchtbaren Boden des ländlichen Proletariats, gehört und gelesen und war geneigt, den frühen Jazz als musikalisches Lebenszeichen eines unterdrückten Volkes zu interpretieren. Aber im Lauf ihrer Entwicklung in den amerikanischen Städten und ihrer raschen Vereinnahmung durch den Kommerz habe einfach zuviel von der westlichen Dekadenz auf diese Musik abgefärbt.

Was ihn betraf, so behauptete er, die klassische Musik zu lieben. Beethovens *Neunte* und da natürlich speziell den Schlußsatz mit der *Ode an die Freude*. So werde man singen, wenn der Sozialismus endlich da sei. Was ich mitbekam, hörte er allerdings meist Operetten (*Ob blond / ob braun / ich liebe alle Fraun*) und Schlager der dreißiger Jahre (*Wenn die Elisabeth / nicht so schöne Beine hätt*), von denen er (auf Schellacks) eine nicht unerhebliche Sammlung besaß.

Wenn ich mich ans Klavier setzte, schaute er jedenfalls, daß er weiterkam. Seine Frau, meine nunmehr wahrhaftige Schwiegermutter hingegen, schien zumindest die ruhigeren

Passagen meines Spiels zu mögen. Trotz der gewiß über ihre Hörgewohnheiten hinausreichenden Klänge, die meine Finger auf ihren pianistischen Forschungsreisen ab und zu erprobten. Spielte ich Schlaflieder für Noël, so stand ein gerührtes Glitzern in ihren Augen.

Frau Scholz in ihrer Erscheinungsform als Großmutter ... Daß ihr die ganz gut paßte, hatte sich ja schon früher abgezeichnet. Eine gewisse Rundung ihrer Figur und ihres Wesens. Der Holzpopo endlich gepolstert, auch das Gesicht rundbackiger – jene vertrocknende Weiblichkeit von ehedem nur mehr eine ab und zu um die Mundpartie ahnbare, zartbittere Erinnerung.

Daß sie ihr Enkelkind öfter sehen wollte, war klar. Aber mußte es jeden zweiten Tag sein? Natascha war sie zweifellos eine Hilfe. Allerdings läßt sich nicht leugnen, daß sie auch eine Last war.

Mir jedenfalls. Wenn ich ehrlich sein soll, ging sie mir alsbald ziemlich auf die Nerven. Die Kosenamen, mit denen sie Noël bedachte, die Diminutive, in denen sie ihm die Welt beschrieb ... das alles mit einer – ich konnte mir nicht helfen, aber ich empfand es so – ständig falsch singenden Stimme ... Wenn ich, am Klavier sitzend, einem musikalischen Einfall nachlauschte, kam mir der Klang dieses Organs manchmal recht in die Quere.

Nicht nur akustisch empfand ich ihre häufige Anwesenheit als störend. So groß die Wohnung war, den ständigen Begegnungen mit der Frau Scholz konnte man kaum ausweichen. Dieses dauernde Einander-Zunicken, Einander-Zulächeln! Im relativ engen Vorzimmer, auf dem Weg zum Klo oder von dort zurück, ständig an meine Schwiegermutter anzustreifen, war mir ausgesprochen peinlich.

Zum Unterschied von Frau Scholz ließ sich meine Mutter kaum in der Gumpendorferstraße blicken. Das lag nicht nur daran, daß sie etwas weiter entfernt wohnte. Noël fand sie lieb, auch wenn sie seinen Namen mit unerschütterlicher Konsequenz falsch aussprach. Aber sie fühlte sich einfach nicht für ihn zuständig. Für Natascha hatte sie nach wie vor nicht viel übrig. Und für Nataschas Eltern, die ihr eingebildet vorkamen, schon gar nicht. Sonst durchaus gesprächig und lebendig, war sie Herrn und Frau Scholz gegenüber wortkarg und steif. Am liebsten kam sie, wenn ich in der großen, auch im Mai noch kalten Wohnung allein war.

Wieso sie das wußte, habe ich nie herausgekriegt. Es war ja damals gar nicht so oft der Fall. Manchmal besuchte Natascha ihre Mutter allerdings in der Schönbrunnerstraße. Manchmal gingen sie miteinander auf die Mariahilferstraße Besorgungen machen.

Meine Mutter traf diese Stunden mit erstaunlicher Zielsicherheit. Zwar waren das auch die Stunden, in denen ich am besten spielen und komponieren konnte, aber wenn meine Mutter kam, war ich nicht böse über die Unterbrechung. Wie soll ich das erklären: Ich faßte jedesmal eine gewisse Hoffnung. Obwohl diese Hoffnung nie ganz eingelöst wurde und ich, sobald meine Mutter wieder ging, immer ein bißchen enttäuscht und traurig war.

Vielleicht, ja wahrscheinlich, ist es ihr ähnlich ergangen. Ich glaube, sie hoffte ungefähr dasselbe wie ich. Daß unsere ursprüngliche Nähe wieder spürbar würde. Aber diese Nähe war, auch wenn wir nah beieinander saßen, nicht wieder herstellbar.

Mag sein, wir redeten über die falschen Sachen. Wir wollten wohl beide lieber nicht sentimental sein. Wir sagten nicht: Weißt du noch, damals am Donaukanal, damals auf der Jesuitenwiese ... Wir sprachen von der Gegenwart, die uns nicht verband, sondern trennte. Zum Beispiel – eben – von der Wohnung, in der wir nun, bei all dem Geld, das Nataschas Eltern hineingesteckt hatten, nicht allzubehaglich saßen. Viel zu hohe Räume, so viele Kubikmeter Luft, unter denen man sich merkwürdigerweise nicht befreit, sondern bedrückt fühlte. Mir wär es lieber, sagte meine Mutter, du würdest – oder, wenn es schon sein muß, *ihr* würdet – in einer Studentenbude wohnen. Mir auch, dachte ich. Aber wir *waren* keine Studenten.

Zwar hatte Natascha nach wie vor die Idee, Psychologie zu studieren, und unterstrich manchmal ihre Absicht, im Herbst, sobald Noël ihrer unmittelbaren Nähe nicht mehr so sehr bedürfe, an der Uni zu inskribieren, aber wie sie sich das genauer vorstellte, war unklar. Ich konnte mich des Verdachts, daß es mit einer noch häufigeren Präsenz der Frau Scholz in eins gehen würde, nicht erwehren. Manchmal schien sie davon auszugehen, daß ich mit ihr studieren wollte, mit der Selbstverständlichkeit der ebenso romantisch wie okkupierend Liebenden, die voraussetzt, daß der Geliebte immer und unter allen Umständen in ihrer Nähe zu sein hat. Aber wenngleich mich die Psychologie schon um ihretwillen interessierte, war ich nicht sicher, ob ein solches Studium das richtige für mich sein würde.

Obwohl es ganz lustig sein mußte, Student zu sein. Vielleicht nicht so sehr in Wien, aber zum Beispiel in Paris. In den Fernsehnachrichten flimmerten manchmal französische Studentendemonstrationen vorbei. Auch deutsche Studentenproteste, aber die wirkten eher verbissen als lustig.

In Paris wäre ich damals jedenfalls lieber gewesen als in Berlin oder in Frankfurt. Vielleicht hing das allerdings auch mit meinen Pariser Erinnerungen zusammen. Ob Amadou noch an der Sorbonne studierte? Zweieinhalb Jahre waren vergangen – wahrscheinlich war er inzwischen längst an seine Elfenbeinküste zurückgekehrt.

Wenn ich an Amadou dachte, dachte ich manchmal, es wäre besser, nicht an ihn zu denken. Und zwar durchaus nicht nur, weil ich dort, in seinem Zimmer unter dem schrägen Dach, an seiner Brust gelegen war. Mit der Erinnerung an ihn und die nun schon so lang zurückliegende Autostoppreise war ein Gefühl des Aufbruchs verbunden. Eines Aufbruchs, den ich inzwischen wieder abgebrochen hatte, von dem mir aber eine ungestillte Sehnsucht blieb.

Einer der Bluestexte, die ich damals sang, begann damit, daß ich, im Zimmer sitzend, das Gefühl hatte, im Zimmer zu sitzen. Ob ich ihn nun auf deutsch – genaugenommen auf wienerisch – sang oder auf englisch, die Botschaft blieb die gleiche. *Sittin' in my room I've got the feeling / of sittin' in my room.* So begann dieser Bluestext und ging nicht weiter.

Draußen, den Eindruck hatte man damals, tat sich so manches. In Frankreich, in Deutschland – sogar in Wien war etwas in Bewegung geraten. Vielleicht, ja wahrscheinlich, war das zwar eine Scheinbewegung. Aber immerhin: Auf dem Rathausplatz hatte es am 1. Mai einen Krawall gegeben.

Daran erinnere ich mich, weil ich zufällig dabei war. Oder – wie soll ich sagen – hineingeriet. Eine ziemlich ambivalente Erfahrung. Doch nicht im Zimmer gesessen. Jedenfalls nicht an diesem Tag.

Herr Scholz hatte uns aufgefordert, mit ihm auf den Ring zu gehen. Auf die Ringstraße, wo der traditionelle Aufmarsch der Wiener Arbeiterschaft stattfand. Dafür hatte der Doktor eine sentimentale Schwäche. Daß er selbst aus einer Arbeiterfamilie stammte – daheim im proletarisch bewußten Bezirk Floridsdorf, Vater Eisenbahner, Mutter lange Zeit am Fließband in der Waggonfabrik –, daß man das wußte und respektierte, darauf legte er Wert.

Wir gingen also mit ihm, Natascha und ich. Auch Noël war dabei, im Kinderwagen. Nur die Schwiegermama war zu Hause geblieben. Mit einer alle Jahre wieder ausgerechnet im Mai ausbrechenden Allergie gegen Blütenpollen.

Tatsächlich flogen am Rand der Ringstraße, wo wir standen, um die vorbeidefilierenden Gruppen zu sehen, alle möglichen Samen. Die kamen vom Volksgarten und vom Rathauspark, aber auch von den die Nebenfahrbahnen flankierenden Bäumen. Es roch nach Flieder und allerlei anderen Blüten. Gegen das exzessive Blühen hier in New Orleans ist die Wiener Blüte zwar blaß, aber in seiner sanften, pastellfarbenen

Beschaulichkeit hat der Frühling gerade auf dem Ring, dem unter Kaiser Franz Joseph anstelle der alten Basteien rund um die City angelegten Boulevard, seinen eigenen Reiz.

Schön, dort standen wir also am Rand des Spektakels. Eines Spektakels, das im wesentlichen von den diversen Bezirks- und Berufsorganisationen der Sozialistischen Partei bestritten wurde. Der *rosarot* Sozialistischen Partei, wie sie mein Schwiegervater nannte. Einer Sozialistischen Partei, deren Sozialismus man seiner Ansicht nach nicht ernst nehmen konnte.

Mir war der Aufmarsch nicht fremd, ich hatte ihn ja, wie erwähnt, schon als Kind mitgemacht. Ein rotes Fähnchen mit drei weißen Pfeilen in einem ebenso weißen Kreis schwenkend. Das hatten manche zwar originell gefunden, weil ich das einzige schwarze Kind auf dem Maiaufmarsch war, damals hatte ich die Aufmerksamkeit, die mir entgegengebracht wurde, wohl auch genossen. Inzwischen jedoch war das eine eher peinliche Erinnerung.

Sie sehen, ich war bereit, einiges für meinen mich erhaltenden Schwiegervater auf mich zu nehmen. Ohne ihn wäre ich an diesem 1. Mai kaum auf der Ringstraße gestanden. Trotz ihrer eben erwähnten Schönheit im Frühling. Meine Mutter, die, seit sie den Teddybären geheiratet hatte, nicht mehr auf der Straßenbahn fuhr, wäre auch nicht freiwillig hingegangen.

Mit Doktor Scholz aber war das etwas anderes. Er ging ja nicht wegen der Sozialisten hin, sondern wegen der Kommunisten. Die kamen, den aktuellen Kräfteverhältnissen entsprechend, erst nach den Sozis. Und waren, da konnten sie ihre pfeillosen, kreislosen, etwas ausgebleicht roten Fahnen noch so aufrecht tragen, ein vergleichsweise kleines, für gewöhnlich entweder Spott oder Mitleid erregendes Grüppchen.

Damals jedoch profitierten sie gerade von der Entwicklung in der benachbarten Tschechoslowakei. Wo in jenem Frühling auch und erst recht etwas in Bewegung geraten war. Der neue Parteichef Dubček sprach von Sozialismus mit menschlichem Antlitz. Zwar war nicht ganz klar, ob der Genosse Breschnjew im Kreml, ein Mann mit einem exemplarisch versteinerten Gesicht, das zulassen würde, doch das Antlitz Dubčeks im Fernsehen wirkte tatsächlich sehr menschlich, gütig lächelnd, wenngleich ein bißchen leidend, vielleicht an der Galle oder im Magen, aber auch an einer tief in der Seele sitzenden Angst.

Die Kommunisten, auf die Doktor Scholz gewartet hatte, marschierten also, spät, aber doch, vorbei, mit mehr Sympathie und Applaus bedacht als sonst. Sie wußten sichtlich nicht ganz, was sie davon halten sollten. Sie wußten wahrscheinlich auch nicht, was sie davon halten *durften*. Die meisten von ihnen blickten angestrengt geradeaus oder vor sich auf die Straße, nur wenige getrauten sich, ins Spalier zu schauen, sie sahen drein, als käme es ihnen vor allem darauf an, den Aufmarsch ohne unvorhergesehene Zwischenfälle hinter sich zu bringen.

Danach gingen wir ins Gasthaus, den *Kleinen Rathauskeller*, um uns zu stärken. Herr Scholz und ich aßen Gulasch, Natascha nahm Würstel mit Senf, wir alle tranken Bier. Nur Noël trank Milupa aus seinem Fläschchen. In einem großen Monolog interpretierte Herr Scholz die Weltlage.

Daß die Auseinandersetzung zwischen dem Kapitalismus und dem Sozialismus in eine neue Phase getreten sei. Daß es natürlich schön sei, wenn der real existierende Sozialismus seine, zugegeben, da und dort sehr verschütteten Ideale freilege. Daß man dabei aber vorsichtig vorgehen müsse. Denn im Zuge des Freilegens dürfe doch nicht das ganze große und wehrhafte Gebäude zusammenbrechen.

Ein Gebäude, das aufgrund dieser Wehrhaftigkeit vielleicht vielen häßlich erscheine, plump, klobig. Ein Gebäude, das aber nicht von ungefähr so aussehe. Seine Wehrhaftigkeit – eine Wehrhaftigkeit nach außen und innen – habe Gründe. Es gebe Spekulanten, die nur darauf warteten, es aufzukaufen und dann abreißen zu lassen.

Ein Gebäude, das, er wisse es wohl, manche als Gefängnis mißverstünden. Es sei aber kein Gefängnis, sondern ein Bollwerk. Ein Bollwerk, ja, eine feste Burg, bei all seiner vorläufigen Häßlichkeit eine Hoffnung. Eine Hoffnung der vom Imperialismus Versklavten und Ausgebeuteten in aller Welt, im Endeffekt eine Hoffnung aller Völker.

Hier begann Noël, der infolge der Lautstärke, mit der sein Opa redete, nicht einschlafen konnte, zu schreien, und zwei ältere Herren am Nebentisch begannen sich einzumischen. Daß die Art, wie Doktor Scholz kommunistische Propaganda treibe, wohl das Letzte sei, sie wollten so was nicht hören, sie wollten in Ruhe ihre Viertel trinken. Wenn ihm der Ostblock so gut gefalle, dann solle er doch dort hinziehen. Und Ihren Negerstamm, sagte ein dritter, können Sie gleich mitnehmen.

Das war nun in vieler Hinsicht schwer übertrieben. So traurig es war – daß man Noël und mich als Negerstamm bezeichnete, fand ich fast lustig. Doktor Scholz war das Blut zu Kopf gestiegen, Natascha, die in diesen Dingen keinen Spaß verstand, schimpfte die Herren vom Nebentisch Faschisten. Sie dürfte sich aber geirrt haben, wenn ich mich nicht verschaut habe, trug zumindest einer von ihnen ein sozialdemokratisches Abzeichen am Revers.

Wie dem auch sei, mir war daran gelegen, rasch aufzubrechen und den Streit nicht ausufern zu lassen. Du hast recht, sagte mein Schwiegervater, wie mir schien, war er über meine vernünftige Haltung erleichtert. Das war auch der Kellner, der, als wir ihn zum Zahlen riefen, sofort die Brieftasche zog. Doktor Scholz zahlte und gab ein großbürgerliches Trinkgeld.

Draußen fühlte sich Doktor Scholz noch bemüßigt, den Rassismus zu interpretieren. Gott sei Dank sei der im glücklichen Österreich nur halb so schlimm wie in Amerika. Natürlich kam er in diesem Zusammenhang auf die nur kurze Zeit zurückliegende Ermordung Martin Luther Kings zu sprechen. Mir wäre es lieber gewesen, er hätte den Mund gehalten.

Natascha bezweifelte die geringere Neigung der Österreicher zum Rassismus. Na ja, sagte ihr Vater. Jedenfalls gibt es hier weniger Rassismus gegen Menschen schwarzer Hautfarbe. Ich wäre am liebsten auf und davon gelaufen. Ja, sagte Natascha, aber das liegt nur daran, daß wir hier wenige Menschen mit dieser schönen Hautfarbe *haben*.

Bei diesen Worten hängte sie sich bei mir ein und drückte meinen Arm ganz fest. Sie, das war spürbar, war froh, daß sie *mich* hier *hatte*. Hier, neben sich, ganz nahe an ihrer Seite. Und das Kind von mir, das, kaum hatten wir das Lokal verlassen, friedlich eingeschlafen war, im Kinderwagen.

Ich spürte das, und es machte mir das Herz gleichzeitig weit und eng. Mein Schwiegervater hörte noch immer nicht zu reden auf, gab sich Mühe, mir zu erklären, wieso der Rassenkampf eigentlich eine Form von Klassenkampf sei. Ich konnte und wollte ihm nicht folgen, verstand ihn auch akustisch immer schlechter. Vom Rathausplatz, dem wir uns näherten, brandete uns Blasmusik an die Ohren. Die Politikerreden, deren Echo wir bis ins Gasthaus gehört hatten, waren zu Ende, und der volkstümlichere Teil der Maifeiern nahm seinen Anfang. In anheimelnder Gartenzwergenhaftigkeit standen aus den Bundesländern angereiste Trachtenkapellen auf dem vorm Rathaus aufgebauten Podium. Dieses Podium hatte etwas ausgesprochen Tanzbodenartiges. Das fiel mir in gerade dem Moment auf, in dem eine Reihe junger Leute, die etwas bunter und langhaariger daherkamen als das bieder gekleidete und brav frisierte Maiaufmarschpublikum, das Podium stürmte und damit begann, in einer Art parodistischen Ringelreihen um die Musiker herumzutanzen.

Die wußten nicht recht, wie ihnen geschah, daß getanzt wurde, noch dazu in dieser etwas verwirrenden Weise um sie herum, war nicht vorgesehen. Spontanes Tanzen kommt in der Walzerstadt Wien so gut wie nicht vor. Zweifellos gehörte sich das nicht, handelte es sich um eine eklatante Respektlosigkeit. Schließlich sind auch Blasmusiker Uniformträger und insofern Respektspersonen.

Die Kapelle igelte sich ein und fing an, sich, von der Bewegung der Ringelreihentanzenden wider Willen angesteckt, um ihre eigene Achse zu drehen. Die Situation war zum Lachen, und tatsächlich lachte ein gar nicht so unerheblicher Teil des Publikums. Sogar ein paar Musiker lachten, machten zumindest gute Miene zum bösen Spiel. Falls es überhaupt ein *böses* Spiel war und nicht nur ein lustiges, etwas ausgelassenes, renitentes, übermütig anarchistisches.

Einige jüngere Leute aus dem Publikum schienen es jedenfalls so aufzufassen. Fühlten sich angeregt mitzumachen, wagten sich erst vereinzelt, dann in Grüppchen, dann in immer größeren Gruppen auf die Bühne. Darunter auch wir, Natascha und ich, der Impuls ging von *ihr* aus. Mit vergnügtem Schwung hatte sie ihrem Vater den Kinderwagen samt dem wer weiß was träumenden Noël hingeschoben, mich an der Hand genommen und hinter sich hergezogen.

So schien alles gutzugehen und sich in, wenn auch etwas unordentlichem, Wohlgefallen aufzulösen. Die Tänzer und die Musiker machten den Eindruck, als könnten sie irgendwie zusammenkommen. Zwar war man noch unerfahren mit dieser Form von Selbstorganisation, es gab Uneinigkeit darüber, was man eigentlich spielen beziehungsweise tanzen sollte. Aber in den nächsten paar Minuten hätte man sich vermutlich geeinigt, und den meisten wäre dieser 1. Mai als der bis dahin lustigste in der Geschichte der Wiener Arbeiterbewegung in Erinnerung geblieben.

Dem war leider nicht so. Dem durfte und konnte nicht so sein. Über der allgemeinen Verbrüderung und Verschwisterung, die jetzt in Gang kam, hatte man fast auf die Politiker vergessen. Außerdem gab es natürlich auch Fußvolk, das murrte. Wahrscheinlich war das sogar die Majorität, auch wenn es vom Podium aus, wo die Verhältnisse sich auf ausgelassene Weise verkehrt hatten, nicht so aussah.

Die Politiker also. Einer sprach schon geraume Zeit durch ein Mikrofon. Versuchte, die Autorität des Mikrofons für sich auszunutzen. Sprach, ohnehin verstärkt durch die Platzlautsprecher, immer lauter. Daß der Spaß nun ein Ende haben müsse, daß es schließlich Traditionen und eine gewisse Empfindlichkeit älterer Genossinnen und Genossen gebe, daß man den programmgemäßen Ablauf der Maifeier bitte / gefälligst / verdammt noch einmal, nicht weiter stören solle.

So ungefähr sprach der – wir hörten ihm lange nicht zu. Er war übrigens ein junger Mann, Sekretär irgendeiner sozialdemokratischen Jugendorganisation. Aber er sprach bereits, wie man sagt, wie ein Alter. Wenn er so weitertat, würde er bestimmt eine schöne Karriere machen.

Zwischendurch redete auch der Bürgermeister. Ein würdiger älterer Herr mit einem Hush-Puppy-Gesicht. Sehr faltig, sehr hängebackig und hängeäugig. Er hatte eine im Prinzip gemütliche, aber in dieser Lage zunehmend verärgerte Stimme.

Dann wieder der talentierte Jungfunktionär. Ich bin nicht sicher, ob der das Wort *Ultimatum* wirklich verwendet hat. Jedenfalls erntete er für eine in diese Richtung gehende Andeutung gellende Pfiffe. Uns auf dem Podium Tanzenden ging der Typ allmählich auf die Nerven.

Während er noch sprach, fuhren die Polizeiautos vor. Sogenannte grüne Minnas, mit je zwanzig bis dreißig Polizisten bemannt. Ich sah das nur aus den Augenwinkeln, aber ich sah es gottlob rechtzeitig. Ich war noch nie in so etwas hineingeraten, aber ich hatte einen diesbezüglich wachen Instinkt. Jetzt war *ich* es, der *Natascha* an der Hand faßte und hinter sich herzog. Weg, nichts wie weg, aus dem Zentrum der schlimmen Ereignisse. Dort fielen inzwischen die Polizisten ein. Und fingen an, die ungebetenen Tänzer zu prügeln. Das war das erste Mal, daß ich den Einsatz von Gummiknüppeln sah. Ich hatte den Eindruck, sie wurden nicht gerade leidenschaftslos angewandt. Natürlich wehrte man sich. Vielleicht hatten sich manche schon präventiv gewehrt. Sicher neigen manche Leute schon beim bloßen Auftauchen der Polizei zu Überreaktionen.

Aber von einem gewissen Punkt an hört sich der Spaß tatsächlich auf. Dieser Punkt war vor dem mit Fahnen und

Transparenten geschmückten Rathaus erschreckend schnell erreicht. Ich erinnere mich an das verzerrte Gesicht eines Polizisten, der ein Mädchen ins Gebüsch des vor dem Rathaus blühenden Parks verfolgte. Vielleicht war das Mädchen auch ein Bursch, damals kamen gerade die langen Haare in Mode. Der Polizist jedenfalls erwischte das Mädchen oder den jungen Burschen an den langen Haaren. Riß *sie* oder *ihn* zu Boden, prügelte, trat. Was war das für eine Aggression, die da lüstern ausbrach! Natascha schrie, als sie das sah, einen schrillen, an der Spitze, die er erreichte, überschnappenden Schrei, ich hielt ihr den Mund zu.

Sie biß mich in die Hand. Sie versuchte sich loszureißen.

Sie wäre imstande gewesen, sich auf den Ordnungshüter zu stürzen.

Ich hielt sie zurück, mit beiden Armen umfaßt.

Sie strampelte, aber ihre wütende Kraft ließ allmählich nach.

Ein Wunder und ein Segen, daß wir im allgemeinen Tumult, der nun tobte, Doktor Scholz fanden. Und unser Kind, das nach wie vor friedlich schlief. Den Schnuller beim Nukkeln im Schlaf ab und zu bewegend. Mit Hunderten anderen, die den Rathausplatz möglichst rasch verlassen wollten, strebten wir Richtung Ringstraße.

Im Radio war von Linksextremisten die Rede, die nun auch in Österreich ihr Wesen trieben. Etwa dreihundert Stück von ihnen hätten es darauf angelegt, die traditionelle Maifeier auf dem Rathausplatz zu stören. Zwölf Polizeibeamte seien dabei verletzt worden. Und mehrere, wie sie der Bürgermeister nannte, mehrere Störenfriede.

Ja, der Bürgermeister persönlich sprach. Mit dem Vibrato brunnentiefer Empörung. Die sozialistische Maifeier, sagte er im Abendjournal, hätte ein Fest für alle Wienerinnen und Wiener sein sollen. Diese Linksextremisten aber seien keine Wienerinnen und Wiener gewesen.

Jedenfalls keine richtigen, wenn es nach ihm ginge. Die richtigen Wienerinnen und Wiener, dessen sei er sicher, hätten ein ordentlich ablaufendes Platzkonzert anarchistischen Tänzen vorgezogen. *Keine richtigen Wienerinnen und Wiener!* Eigentlich hatte ich ja schon immer geahnt, daß etwas mit mir nicht stimmte, aber von diesem Abend an konnte ich nicht umhin, mich ebenjener Gruppe zugehörig zu fühlen.

Konnten *wir* nicht umhin, muß ich wohl der Genauigkeit halber sagen. Denn viel gezielter als ich versuchte sich Natascha von den *richtigen* Wienerinnen und Wienern zu unterscheiden. Ich unterschied mich ja, jedenfalls äußerlich, ohnehin deutlich von ihnen. Natascha hingegen mußte ein bißchen nachhelfen.

Sie veränderte ihr Outfit. Färbte sich das Haar rot, flocht Blumen und Bänder hinein. Trug sie von Tag zu Tag kürzer, bunter und frecher. Nachbarn, die bis dahin nur mich nicht gegrüßt hatten, grüßten nun auch sie nicht mehr. Sei mir nicht bös, sagte ihr Vater, du siehst nicht aus wie eine junge Mutter, sondern wie Pippi Langstrumpf. Sie lachte. Sie war geneigt, das als Kompliment aufzufassen. Ich lachte auch. Mir gefiel sie, wie sie sich jetzt gab. Sicher hatte sie mir schon vorher gefallen. Aber jetzt hatte sie mehr Pfiff, mehr Pep und einen mich auf sehr erfreulich neue Weise ansprechenden Sex-Appeal.

Es war wohl auch ein gewisser Nachholbedarf, der da eine Rolle spielte. Bei ihr und bei mir, der ich mich von ihrem an sich leichter erregbaren Temperament mitreißen ließ. Was uns erregte und was uns mitriß, waren die Ereignisse dieses Frühjahrs. Auch wenn sie im großen und ganzen anderswo abliefen.

Die Schwelle zum sogenannten Erwachsenenleben hatten wir ja eher unversehens überschritten. Gewissermaßen mit rückwärtsgewandtem Gesicht. Rückwärtsgewandt nach der zu rasch verlassenen und noch gar nicht so richtig ausgemessenen Jugend. Ein bißchen erschrocken darüber, wie rasch alles gegangen war.

Nun aber, da hatten wir Glück, lag Jugendlichkeit auf einmal sehr deutlich in der Luft. Eine teils lustige, teils provokante Jugendlichkeit, die das Erwachsensein, ja die ganze Erwachsenen*welt* in Frage stellte. Manche sehr typisch Erwachsene wie der General de Gaulle schienen sich tatsächlich in Frage gestellt zu *fühlen*. Er werde vor den Bettscheißern, den *chienlits*, nicht zurückweichen, sagte er und ließ Panzer in den Vororten von Paris auffahren.

Dagegen war der Wiener Bürgermeister mit seinen von Natascha seit den Ereignissen am Rathausplatz wiederholt geschmähten Polizisten natürlich harmlos. Das traurige Ende der Pariser Mairevolte sahen wir im Fernsehen. Natascha hielt meine Hand und grub mir die Nägel ins Fleisch. Vielleicht war die Geschichte keine Auseinandersetzung von Klassen, wie mein Schwiegervater glaubte, und schon gar keine von Rassen, was nicht wenige aus seiner Generation sich hatten einreden lassen, sondern eine Auseinandersetzung von Generationen.

DREI ODER VIER TAGE, nachdem wir einander kennengelernt hatten, klopfte Joe an meine Hotelzimmertür. Where y'at?, fragte er. Ich bin ganz okay, log ich. Nach zwei Tagen ebenso manischen wie ziellosen Herumstreunens in der Stadt war ich in eine depressive Stimmung geraten. Stundenlang auf dem Bett liegend, hatte ich von Natascha, den Kindern und meiner Mutter geträumt.

Come on, sagte Joe. It's not good for you to hang around like this. Er habe einen Freund mitgebracht, der unten im Auto warte. Mister Griffith. A noble and gentle man. Ob ich nicht Lust habe, mit ihnen eine Spazierfahrt zu unternehmen.

Ich raffte mich auf. Der Freund saß auf dem Rücksitz von Joes Auto. Er stieg kurz aus, um mir die Hand zu schütteln. Joe stellte ihn mir als *soldier of World War II* vor. Maybe, sagte er, he can help find your father.

Ehrlich gesagt, erschrak ich, als er das sagte. Ich schätzte die gute Absicht, aber ich fühlte mich nicht in der entsprechenden Verfassung. Stimmt schon, die Suche nach meinem Vater war ja eigentlich der Grund, warum ich nach New

Orleans gekommen war. Aber jetzt kam mir das zu plötzlich. Ich mußte mich erst akklimatisieren.

Mister Griffith war ein sensibler Mann. Er bemerkte meine Reserve und respektierte sie. Er könne versuchen, sagte er, Kontakte für mich herzustellen. Sobald es mir recht sei. Wir könnten gelegentlich darauf zurückkommen.

Er gefiel mir – so, wie er aussah, hätte ich mir meinen Vater gewünscht. Das wollige Grau seiner Haare, das samtig wirkende Braun seiner Haut. In einem Kiosk im City Park tranken wir Milchkaffee. Er hatte die schönen Hände, von denen meine Mutter erzählt hatte.

Wie sich erwies, war er nicht nur Weltkriegsveteran, sondern auch Exponent der Bürgerrechtsbewegung. Daher rührte auch die besondere Wertschätzung, beinahe Ehrerbietung, die Joe im Umgang mit ihm spüren ließ. Ich habe in der Folge noch viele von Joes Freunden und Bekannten kennengelernt. Alle nannte er mit größter Selbstverständlichkeit beim Vornamen, aber das Wort *Mister* vor Griffith setzte er wie einen Ehrentitel.

Mister Griffith habe, so Joe, sogar mit Martin Luther King Kontakt gehabt. *The Reverend*, sagte Griffith, wenn er von King sprach. Ja, sagte er, als der Reverend in New Orleans gewesen sei, habe er ihn zwei Mal getroffen. In einem Fabriksgebäude Ecke Governor Nicholls und Royal Street.

Hier in der Stadt, erzählte Mister Griffith, habe es das *movement* in gewisser Hinsicht leichter gehabt. Aufgrund der von Joe, das sagte er mit einem feinen Lächeln, so schön besungenen multikulturellen Tradition sei die Diskriminierung tatsächlich nicht ganz so rigid gewesen. Er meine, verglichen mit anderen Städten des Südens. Ganz zu schweigen vom flachen Land an den Ufern des Mississippi. Das *meeting* mit dem Reverend jedenfalls habe ohne große Behinderung stattfinden können. Kein Aufsehen wie in Birmingham oder Atlanta. Keine Versuche, die Versammlung gewaltsam aufzulösen. Doch gleiches Recht für Schwarz und Weiß habe es noch lang nicht gegeben.

Als er aus dem Krieg in Europa zurückgekehrt war, hatte Mister Griffith eine Universität besucht. Natürlich eine schwarze. In einer weißen hätte man ihn nicht aufgenommen. Er hatte ein Studium der Gesellschaftswissenschaften abgeschlossen und ein Diplom gekriegt. Aber der beste Job, den er damit bekommen konnte, war einer im Schalterdienst auf der Post.

Das war gar kein schlechter Job, sagte er, er wolle sich nicht beklagen. Aber so und nicht anders seien die Verhältnisse gewesen. Inzwischen gebe es einen schwarzen Bürgermeister – oh doch, sagte er, die Zeiten haben sich geändert. Aber nach wie vor seien zwei Drittel der Kinder in den öffentlichen Schulen schwarz, und wer von den Weißen sich nicht völlig deklassiert fühle, schicke sein Kind natürlich in eine Privatschule.

Und die weiße Upperclass und die weißen Aufsteiger hängen Sicherheitsschlösser und Ketten vor ihre immer weiter aus dem früher gemeinsamen Zentrum gerückten Villen. Und die schwarzen Kids knallen sich gegenseitig ab in den Sozialbaughettos der *projects*. Wo sich die Aggression staut aufgrund einer verzweifelten Aussichtslosigkeit. Und sich fast jede Nacht entlädt, worüber du dann am übernächsten Morgen im Lokalteil der Zeitungen lesen kannst, das ist alltäglich.

Ja, *black and white together*, das ist eine schöne Perspektive. Auch ich, sagte Mister Griffith, sehe die Entwicklung gern unter diesem Aspekt. Wenn du in den Supermarkt oder in ein Jazzlokal gehst, wirst du in dieser Stadt keinen Rassismus finden. Aber in *Promised Land* sind wir – Joes Creolization-Idee in allen Ehren – noch lang nicht.

But we'll make it, sagte Joe, I am sure. Er lächelte. Kommt, sagte er, fahren wir ein Stück weiter. Was sollen wir unserem Gast noch zeigen, fragte er Mister Griffith, was meinst du? Mister Griffith entschied für den *Congo Square*.

Das war ursprünglich ein umzäunter Rasenplatz, sagte er, auf dem die weißen Herren unsere Vorfahren Sonntag nachmittag musizieren und tanzen ließen.

Aber es war der einzige Platz in den Vereinigten Staaten, sagte Joe, auf dem Menschen dunkler Hautfarbe das überhaupt durften. Nur unter Polizeiaufsicht, sagte Mister Griffith. Immerhin, sagte Joe. Ohne diese relative Freiheit auf dem Congo Square wäre wahrscheinlich der Jazz nicht entstanden.

Als wir drei auf dem Congo Square ankamen, war es ebenfalls Sonntag nachmittag. Auf dem grau betonierten Platz gab es ein allerdings nur schütter besuchtes Gratiskonzert. An der Grenze zum Armstrong Park ein paar Bänke, eine Hot-Dog-Bude und eine aus rohem Holz aufgerichtete Bühne im Hintergrund. Ein dicker Mann in rotem T-Shirt grillte scharf duftende Würste, ein im Gegensatz zu ihm dürrer, älterer Herr fuhr auf einem blauen Fahrrad Kreise und Achter.

Wir setzten uns auf eine der leeren Bänke.

Auf der Bühne stand eine schmale, schwarze Frau und sang mit in der Leere des weiten Platzes sich verlierender Stimme.

No grave can hold my body down, sang sie. Mir traten Tränen in die Augen.

It's just the wind, sagte ich. Das englische Wort für Bindehautkatarrh wollte mir nicht einfallen.

Zum Auto zurückgehend, kamen wir an der Büste Sidney Bechets vorbei. Das Original stehe in Juan-les-Pins in Südfrankreich, wo der große Sohn der Stadt einen langen und gewiß schönen Lebensabend verbracht habe. Trotzdem habe die Büste dort einen etwas traurigen Ausdruck. Während der sozusagen stellvertretend nach New Orleans heimgekehrte Abguß – seht nur genau hin – lächle.

2

Über die Pfingstfeiertage 1968 fuhren Natascha und ich nach Prag. Vielleicht stand dieser Ausflug für uns auch in Zusammenhang der Auseinandersetzung von alt und jung. Zwar war ja in Prag fast alles ebenso alt und ehrwürdig wie in Wien.

Aber wir hatten damals den Eindruck, daß, bei aller Verwandtschaft zwischen den beiden Städten, das Prag des Frühlings 1968 eine verglichen mit Wien viel jüngere Stadt war.

Prag ist von Wien aus ziemlich rasch zu erreichen. Heute überhaupt – man fährt fünf Stunden mit dem Auto oder mit der Bahn. Damals war das noch etwas komplizierter. Man mußte ein Visum beantragen und hatte – das jedenfalls war die Erfahrung vieler Unentwegter, Doktor Scholz eingeschlossen – mit manchmal schikanösen Kontrollen an der Grenze zu rechnen.

Auf unserer Fahrt Anfang Juni dieses denkwürdigen Jahres war davon nichts zu bemerken. Die Zöllner unter ihren nach wie vor mit Kokarden in Form roter Sterne versehenen Kappen waren ausgesprochen freundlich. Wissen Sie eigentlich, sagte einer von ihnen, was Ihr Name im Tschechischen bedeutet? Nein, sagten wir. Jaro heißt Frühling, sagte er, und lachte.

Und Frühling war ja – zumindest in Prag – noch immer. Auf dem Laurenziberg, von wo aus man einen wunderschönen Blick auf die Moldau und den auf dem gegenüberliegenden Ufer gelegenen Teil der Altstadt hat, blühten die Obstbäume, und die Bienen summten. Wir gingen dort eng umschlungen, Natascha und ich. Unser Ausflug war ja auch eine Art von nachgeholter Hochzeitsreise.

Wie schön, wieder einmal so innig zu zweit zu sein! Einander umarmen zu können, wann immer uns danach war. Die Liebe im Freien hatte uns ja von Anfang an Spaß gemacht. Aus vierhundert Kilometer Entfernung war mir die Schwiegermutter, bei der wir Noël in guten Händen wußten, ganz ohne Vorbehalte sympathisch.

Unten die Stadt sah zwar aus wie Wien nach dem Krieg. Die vorherrschende Farbe: Dunkelgrau, der vorherrschende Zustand: baufällig. Da und dort immer noch Schutthalden, ausgebrannte Dachstühle. Allenthalben Häuser mit toten Augen.

Und doch war das Prag dieser Tage enorm lebendig. So

lebendig, wie ich Wien nie erlebt hatte. Der Wenzelsplatz voll von Menschen, die beieinanderstanden und diskutierten. Angeregt, aufgeregt – wir verstanden zwar nichts, aber es war mitreißend.

Auf dem Graben Pantomime, auf dem Altstädter Ring Straßentheater. Und Musik, an allen Ecken und Enden Musik. Auf den Stufen des Hus-Denkmals sangen sie *We Shall Overcome*. Meine Hautfarbe stiftete die Bürgerrechtsbewegungen jenseits und diesseits des Atlantiks verbindende Assoziationen.

So schnell konnte ich gar nicht schauen, wurde ich von fremden Menschen umarmt und geküßt. Das war – bei aller Sympathie mußte ich das aufklären – ein Mißverständnis. No, listen, friends, I am not from America. I happen to be a simple Austrian subject.

Wieso sagte ich eigentlich simple? Das Gegenteil war der Fall.

Österreichischer Staatsbürger. Mit tschechischem Familiennamen.

Schwarz. Oder jedenfalls dunkler als landesüblich.

Auch gut, sagten die jungen Tschechen unter dem Hus-Denkmal, sagten es in dieser einmaligen historischen Situation und klopften mir auf die Schultern.

Später lernten wir Jana und Jiři kennen. Sie spielten unter einem Torbogen in einer Seitengasse hinter der Teynkirche. Wir hörten sie übrigens, bevor wir sie sahen. Da war ein Sound, der uns ansprach und dem wir nachgingen.

Wir hörten das Saxophon natürlich zuerst. Aber je näher wir kamen, desto deutlicher wurde der Baß. Dann standen wir ihnen auf einmal vis-à-vis. Obwohl die Gassenschlucht völlig im Schatten lag, spielten sie *On the Sunny Side of the Street*.

Sie sahen einander irritierend ähnlich. Die gleichen halblangen, semmelfarbenen Haare. Die gleichen lustig-traurigen braunen Augen. Er mit dem Sax, dessen fast menschliche Stimme manchmal auf aufregende Weise aus dem Gleichgewicht kam, sie mit dem Baß, die ihn stützte und, wenn er umzukippen drohte, hielt.

Wir hielten die beiden vorerst für Bruder und Schwester. Aber sie waren, wie sich im Laufe des Abends herausstellte, Mann und Frau. Kaum älter als wir. Kaum länger als wir beisammen. An der Assimilation infolge langer Ehejahre konnte ihre Ähnlichkeit also nicht liegen.

Sie lachten. Sie hätten schon vorher so ausgesehen. Vor der Hochzeit. Und bevor sie einander getroffen hatten. Nein, Blutsverwandtschaft bestehe, soviel sie wüßten, nicht. Wenn sie lachten und die Augen über den hochangesetzten Backenknochen zu Schlitzen zusammenkniffen, war ihre Ähnlichkeit noch größer.

Die beiden luden uns ein, mit ihnen zu kommen. Ihre Wohnung war winzig klein, doch sympathisch. Eine Kochecke mit Gasherd, ein Kabinett mit Matratzen in einer Nische. Die Wände voll Posters, der Boden bedeckt mit Schallplatten und Noten.

Das Piano am Fenster nicht zu vergessen. Da konnte ich nicht umhin, ein bißchen zu klimpern. Durchs Fenster sah man in einen dunklen Lichthof. Die beiden hörten mir kurz zu und nickten, dann griffen sie nach ihren Instrumenten, und wir versuchten es gemeinsam.

Es ging gar nicht schlecht. Obwohl ich da und dort nicht mitkonnte. Vor allem nicht, wenn Jiři richtig in Fahrt kam. Manchmal zerlegte er meine Akkorde in Arpeggios und zog oder, besser gesagt, flog, von diesen Arpeggioflächen abhebend, sehr schräge Melodielinien. It's a different way, isn't it, compared with the old time program we were doing outside.

Jiři sprach lieber – und besser – englisch als deutsch. Jana sprach deutsch mit einem netten Akzent. Wir versuchten, ein paar Worte Tschechisch zu lernen. So oder so hatten wir den Eindruck, daß wir einander verstanden.

Sie erzählten, daß sie beide eigentlich Musik hätten studieren wollen. Aber daß die dafür zuständige Behörde dieses Studium nicht bewilligt habe. Nach Auffassung dieser Behörde brauchte die tschechoslowakische Volksrepublik eher Techniker als Musiker. Also hatten sie sich an einer höheren Schule für Elektro- und Radiotechnik kennengelernt.

Da hatten sie gleich erkannt, daß sie einander ähnlich waren. Nicht nur äußerlich (sie lachten synchron, als sie das sagten). Die Idee, trotz allem Musik zu machen, hatten sich beide nicht austreiben lassen. Daran, fanden sie, konnte sie niemand hindern, als einzelne nicht und nicht zu zweit, als Paar schon gar nicht.

Vielleicht war das der Grund, warum sie so jung geheiratet hatten. Abgesehen davon, daß junge Ehepaare auch und erst recht im real existierenden Sozialismus eher eine Wohnung bekamen als Unverheiratete. Jedenfalls wollten sie manifestieren, daß sie zu zweit stärker seien, stärker als alles Widrige. Wenn sie einander ansahen, lächelnd, waren ihre Gesichter um eine unsichtbare Mittelachse symmetrisch.

Von der Musik zu leben war sicher nicht einfach. Sie hatten gerade damit angefangen – seit Beginn des Frühlings spielten sie auf der Straße. Das wäre, sagten sie, früher nicht möglich gewesen. In der ČSSR, die sich als Staat der Werktätigen verstand, gab es ein Gesetz gegen sogenanntes Schmarotzertum und eine Polizei, die dieses Gesetz sehr eng interpretierte. Doch jetzt, sagten sie, sei auf einmal sehr vieles möglich. Vieles, was früher nicht möglich erschienen wäre. *Die Phantasie an die Macht*, hatten die Pariser Studenten dem Vernehmen nach an die Wände der Sorbonne geschrieben. Hier empfand man schon anderswo längst selbstverständliche Errungenschaften als phantastisch, etwa daß die Zensur, die jede unbefangene Äußerung von Meinungen und Emotionen unterdrückt hatte, nicht mehr existierte.

Man könne frei reden und schreiben, sagte Jiři. Und frei musizieren, fügte Jana hinzu. Zwar sei das Gesetz gegen Schmarotzertum ihres Wissens noch nicht abgeschafft. Aber heute würde sich ein Polizist, der es zu exekutieren versuche, recht unbeliebt machen. Man würde ihn, meinte Jiři, zur Rede stellen. Das sei das beglückend Neue: Daß sich die Menschen endlich getrauten, den Mund aufzumachen. Früher sei von Solidarität nur theoretisch die Rede gewesen. Jetzt werde sie praktisch geübt: Warum tust du das, Genosse?, würde man den Polizisten fragen.

Ein so freies, uniformierten Autoritäten gegenüber couragiertes Verhalten gehörte allerdings keineswegs zu den anderswo selbstverständlichen Errungenschaften. Jedenfalls nicht in dem freien Land, aus dem wir kamen. Österreichische Staatsbürger, die ihre Polizisten auf vergleichbare Weise zur Rede stellten, konnten wir uns nur schlecht vorstellen. Wenn sie so über die Entwicklung in ihrem Land redeten, wirkten Jana und Jiři froh und stolz – Natascha und ich fanden beide, daß sie das sehr zu Recht waren.

Um zu unterstreichen, wie frei man sich in der neuen Tschechoslowakei fühlen konnte, rückte Jiři schließlich mit etwas zum Rauchen heraus. The grass is green, lächelte er, let's smoke a little pipe of peace and friendship. Er stopfte ein selbstgeschnitztes Pfeifchen und ließ es im Kreis gehen. Wir rauchten, redeten, machten wieder ein bißchen Musik und fühlten uns wohl miteinander.

Dann aber klopfte es heftig an die Tür. Da wurden Jana und Jiři ganz bleich im Gesicht. Gewisse Freiheiten konnten offenbar doch sehr unangenehme Probleme mit sich bringen. Über Marihuana konnte man mit tschechischen Polizisten wahrscheinlich ebenso wenig oder noch weniger diskutieren wie mit österreichischen.

Was tun? Jiři stand auf und schlich auf Zehenspitzen aufs Klo. Dort spülte er nicht nur das Gras hinunter, sondern (das Geräusch des kleinen Aufpralls in der Muschel war leider nur allzudeutlich zu hören) auch das Pfeifchen. Als dann Jana die Tür öffnete, stellte sich heraus, daß draußen nicht die Polizei stand, sondern bloß die Nachbarin. Eine alte, erdapfelköpfige Frau im Schlafrock, die sich, das bekamen wir auch ohne

Kenntnis der tschechischen Sprache mit, darüber beschwerte, daß sie bei dem Krawall, den wir machten, nicht schlafen konnte.

Als sie weg war, fielen wir buchstäblich um vor Lachen. Und dann lagen wir, alle vier, auf den Matratzen. Ich neben Jana, Jiři neben Natascha. Unvermittelt entstand eine große Stille.

Plötzlich stand Natascha auf und sagte, daß wir gehen müßten. Sie hatte ja recht. Es war wirklich schon höchste Zeit. Wir wohnten draußen im Studentenheim Strahov. – Wann fährt die letzte Straßenbahn? – In ungefähr fünf Minuten.

Natürlich versäumten wir die. Also gingen wir zu Fuß. Das nächtliche Prag war sehr dunkel, verglichen mit Wien. Nur spärlich und ungewohnt fahl die Straßenbeleuchtung. Ein Glück, daß der Mond fast voll war, aber manchmal verschwand er hinter Wolken.

Wieder in Wien zurück, dachten wir oft an die beiden. Eigentlich dachten wir jedesmal an sie, wenn wir Nachrichten aus der Tschechoslowakei hörten. Und solche Nachrichten hörte man damals häufig. Man ahnte, was kommen würde, man wollte es nur nicht wahrhaben. In Westböhmen wurden Manöver der Warschauer-Pakt-Staaten abgehalten. Gerüchte über den Aufmarsch weiterer Truppen jenseits der Grenzen zu den sozialistischen Bruderländern hielten sich hartnäckig. Das sei aber alles nur Taktik, sagte Herr Scholz. Die Konterrevolution solle sich nicht ermutigt fühlen.

Er tat mir, ehrlich gestanden, ein bißchen leid. Wenn er, was vorkam, die Fernsehnachrichten bei uns anschaute, sah sein Gesicht grau aus. Vielleicht lag das nur am Schwarzweißfernsehen (Farbfernsehen war damals in Österreich noch kaum verbreitet). Aber leicht war es auf keinen Fall, den realen Sozialismus und seinen furchtbaren Realitätssinn zu erklären.

Und dann war es soweit. An einem frühen Morgen Ende August. Noël, der sonst brav bis sieben schlief, hatte uns ungewöhnlich früh geweckt. Ich stand am Herd und wärmte sein Fläschchen in einem Wasserbad. Aus dem Esterházypark hörte man das Pfeifen der Amseln. Ich drehte das Radio auf, da meldeten sie den Einmarsch. Truppen aus der Sowjetunion, Polen, Ungarn, Bulgarien und der DDR hatten um Mitternacht die Grenzen der Tschechoslowakei überschritten. Was werden, fragten wir, Jana und Jiři jetzt machen? Ungefähr eine Woche später standen sie vor unserer Tür.

3

Es war ein Freitag abend Ende August. Natascha hatte mich mit Noël im Kinderwagen von der Arbeit abgeholt. Ja, von der Arbeit – die Predigten des Schwiegervaters waren auf die Dauer doch nicht ohne Wirkung geblieben. Ich hatte inzwischen einen Halbtagsjob in einem Schallplattengeschäft gefunden.

Der Job war nicht schlecht, wenn auch nicht so gut, wie ich gehofft hatte. Es gab dort leider nur wenige Blues- und Jazzplatten. Ein bißchen Klassik gab es und etwas Pop. Vor allem aber gab es Kitsch, vor dem ich, wenn er, zum Animieren der Kundschaft, sogar auf der Straße hörbar lief, am liebsten die Ohren verschlossen hätte.

Schlimm – aber andere hatten sicher weit größere Probleme am Arbeitsplatz. Wenn ich von der meinem Geschmack nicht entsprechenden Musik absah oder genauer: ab-*hörte*, hatte ich es mit diesem Laden gut getroffen. Ich *schob* dort – so sagt man in Wien – *eine ruhige Kugel*. Das heißt, ich hatte nichts Anstrengendes oder Schwieriges zu tun, mußte nur vier Vormittags- oder Nachmittagsstunden, für deren Verschwendung man mich mäßig, aber regelmäßig bezahlte, da sein und hatte Herrn Scholz und der Welt gegenüber meine Ausrede.

Außerdem war das Geschäft nicht weit entfernt von unserer Wohnung. Von der etwas über dem Wienfluß-Niveau gelegenen Gumpendorferstraße konnte man zum Beispiel die Kaunitzgasse hinuntergehen, die sanft und, aufgrund ihres den Straßen der Umgebung gegenüber unangepaßt schrägen Verlaufs, sympathisch bergab führte. Dann überquerte man die Pilgrambrücke, auf der es eine Blumenhandlung und eine Fischhandlung gab, deren Gerüche, jedenfalls im Sommer, auf kuriose Weise miteinander konkurrierten. Und dann, in der Pilgramgasse, mußte man nur mehr ungefähr fünfzig Meter gehen und war schon da.

So lag die Idee, mich abzuholen, recht nahe. Hatte ich Nachmittagsdienst, dann konnten wir den Heimweg noch zu einem kleinen Abendspaziergang ausdehnen. So war es auch damals geschehen. Danach stiegen wir, den Kinderwagen mit Noël wie eine Sänfte tragend, die vier Stockwerke hinauf. Und da standen Jana und Jiři, neben sich einen Koffer und zwei Instrumente, und sahen einander nach wie vor zum Lachen ähnlich.

Ahoi, sagten sie – ein tschechischer Gruß, etwa dem hiesigen hello entsprechend, der mich schon in Prag irritiert und amüsiert hatte. Klang er doch wie ein Seemannsgruß mitten im Binnenland. Nun aber, da die zwei ihre tschechische Heimat, die nur bei Shakespeare am Meer liegt, bis auf weiteres verloren hatten, gewann dieser Gruß eine merkwürdige Dimension hinzu. Wie ungefähr fünfzehntausend von ihren Landsleuten waren auch sie fürs erste in Wien gelandet oder gestrandet.

Ich weiß nicht mehr, was wir sagten, jedenfalls atmeten wir (vom Kinderwagentragen noch etwas außer Atem) durch und umarmten sie. Dann sperrten wir die Tür auf und ließen den Gästen den Vortritt. In der Küche öffnete ich eine Flasche Wein, die wir glücklicherweise im Haus hatten. Natascha strich und belegte rasch ein paar Brote.

Sie erzählten nur kurz und, wie mir vorkam, fast unwillig von der über ihr Land hereingebrochenen Invasion. Wir hatten ja ohnehin alles im Fernsehen gesehen. Das gespenstische nächtliche Einrollen der Panzer in Prag. Dann, an jenem grauen Morgen, die Anstrengung der Bevölkerung, die Panik vor den riesigen Kettenfahrzeugen zu überwinden.

Der Versuch, mit den Soldaten, die irritiert aus den Türmen ihrer von Passanten blockierten Panzer geschaut hätten, zu reden. – Was macht ihr hier? Hier gibt es keine Konterrevolution. Fahrt wieder nach Hause! – Diese Soldaten, sehr junge Leute zumeist, aber fremd wie von einem anderen Stern, hätten einem fast leid tun können. Sie waren nicht vorbereitet auf den Umgang mit Zivilisten, die diese anrollende, alles überrollen wollende Macht im wahrsten Sinn des Wortes unterliefen, vor ihren Kanonenrohren hin und her liefen.

Sie waren ratlos. Sie waren hilflos. Vorerst hatten sie sich wieder in ihre Türme zurückgezogen und die Deckel über sich geschlossen. Dann aber hieß es, daß sie irgendwo in der Vorstadt einen jungen Mann überfahren hätten. Vielleicht war das ja erst recht ein Zeichen von Rat- und Hilflosigkeit. Aber von da an tanzte man schon etwas weniger beherzt vor ihren Nasen herum.

Ich wäre, sagte Natascha, vor Wut blind auf die Panzer losgerannt. Ja, das konnte ich mir leider recht lebhaft vorstellen. Jiři und Jana waren nicht auf die Panzer losgerannt, sondern hatten geschaut, daß sie davonkamen. Solange es noch ging. Und jetzt waren sie da. Reden wir, sagten sie, von etwas anderem.

Ich weiß nicht mehr, wovon wir dann redeten, ich weiß nur noch, daß ich dabei ein bißchen zu schnell trank. Das hing mit der Aufregung zusammen, die mich erfaßt hatte. Einer Aufregung oder, um es auf den Punkt zu bringen, einer gewissen Erregung, die mit der plötzlichen Anwesenheit der beiden zusammenhing. Diese Erregung ging von meinen Augen aus, die Jiři und Jana mit Sympathie und Wohlgefallen sahen, und floß sehr spürbar durch Brust und Bauch körperabwärts.

Jana nahm Noël auf den Schoß und sang ihm ein tschechisches Kinderlied. Er spitzte die Ohren, lachte und strahlte sie an. Jiři setzte ihn auf sein Knie und spielte mit ihm *Hoppe hoppe Reiter*. Noël jauchzte. Ihm gefielen die beiden ebensogut wie seinen Eltern.

Ich sage seinen Eltern, denn daß sie auch Natascha gefielen, stand außer Zweifel. Auch wenn dieses Wohlgefallen bei ihr mit einem größeren Vorbehalt gekoppelt war. Mit einem Bedürfnis nach gelegentlicher Ernüchterung. Wenn ihr euch dann waschen wollt, sagte sie damals, an jenem ersten Abend zum Beispiel, recht unvermittelt – im Badezimmer liegen frische Handtücher.

Ihr Nachtlager schlugen die beiden im Wohnzimmer auf. Da hatten wir eine Couch, die man ausziehen konnte. Diese Couch stand genau an der Wand, hinter der sich, im Schlafzimmer, unser Ehebett befand. Irgendwann nach Mitternacht erwachte ich und hörte, wie die zwei auf der anderen Seite der Wand seufzten und stöhnten.

Ich brauchte einige Sekunden, bis ich begriff, um was für ein Geräusch es sich handelte. Dann lag ich atemlos, das heißt, vielleicht hielt ich den Atem an. Ja, wenn ich mir diese Szene genauer vergegenwärtige, dann kommt es mir so vor. Ich halte den Atem an, weil ich nicht will, daß Natascha aufwacht.

Natascha wacht trotzdem auf, die beiden nebenan treiben es auf die Dauer zu lautstark. Und vielleicht liegt auch sie, Natascha, schon länger wach. Auf einmal jedoch richtet sie sich auf, ich sehe sie im Licht der draußen auf der Straße im Wind schwankenden Lampe. Und dann legt sie sich auf mich, der seine bereits vorhandene Erregung nicht verbergen kann, legt sich auf mich, stülpt ihre spürbar auch schon des längeren vibrierende Erregung über die meine und stöhnt um einiges lauter, als ich es sonst von ihr gewohnt bin.

Der nächste Tag war ein Samstag, da hatte ich frei. Da wollten wir Jana und Jiři unsere Stadt zeigen. *Unsere* Stadt. Eigentlich ist es ja merkwürdig, daß man im Zusammenhang mit der Stadt, in der man lebt, ein Possessivpronomen verwendet. Als wäre es nicht Zufall, daß man gerade dort, in der Stadt X, wohnt und nicht in der Stadt Y.

Also zum Beispiel in Wien und nicht irgendwo anders. Gerade in *meinem* Fall. Andere Wiener mögen sich als sozusagen selbstverständliche Wiener vorkommen. Auch wenn ihre Vorfahren – Tschechen, Slowaken, Ungarn, Kroaten, Slowenen, Ruthenen, um nur einige zu nennen – von allen Ecken und Enden der ehemaligen Monarchie in die ehemalige Reichs-Haupt- und Residenzstadt zusammengeströmt sind. Das war sozusagen der Normalfall. Binnen zwei, drei Generationen sind diese Ursprünge in Vergessenheit geraten.

Bei einem wie mir liegt der Fall etwas komplizierter. Die Selbstverständlichkeit scheint kleiner, die Zufälligkeit größer. Die Zufälligkeit und die Ungeheuerlichkeit. Damit ich in Wien geboren werden konnte, mußten die Vorfahren meines Vaters von Afrika nach Amerika verschleppt werden, von der Senegalmündung an die Mississippimündung, mußten die Nachfahren dieser Vorfahren zehn bis zwölf Generationen Sklaverei erdulden, sich dann von fragwürdigen Typen aus keineswegs nur edlen Motiven befreien und in eine Folge von Kriegen schicken lassen, von denen einer Ende der dreißiger Jahre des zwanzigsten Jahrhunderts in Europa ausbrach und Mitte der vierziger Jahre auch schwarze Soldaten in die von Bomben beschädigte Stadt am Donaukanal führte. Und dann hatte einer von diesen Soldaten meine Mutter kennenlernen und ihr Zigaretten und Corned Beef und Schokolade und Nylonstrümpfe schenken müssen, bevor er mit ihr, in welchem Ambiente auch immer, ein Kind zeugte, von dessen Existenz er, sobald es sich durch Box- und Strampelbewegungen im Mutterleib immer deutlicher ankündigte und endlich im Dezember '46 auf die Welt kam, das in jener Gegend vergleichsweise blasse Licht der Welt erblickte, nichts wußte, wissen wollte oder auch konnte, da er zu diesem Zeitpunkt schon wieder in den Staaten war, mutmaßlich hier, in New Orleans, *zu Hause*, nein, das ist ein bodenloser Begriff, wo ist das.

Und jetzt sitz ich hier am Klavier und erzähl Ihnen von Wien, finden Sie das nicht komisch. *Wien, Wien, nur du allein* – ich habe dieses noch dazu meist mit triefendem Schmalz servierte Lied nie leiden können. *Do you know what it means to miss New Orleans* – Sie haben recht, das ist Kost vom gleichen Schlag. Obwohl ich die Zubereitung besser vertrage – aber auf musikalische Analysen will ich mich jetzt nicht einlassen.

Nein, dieses Wien ist bestimmt nicht die Stadt meiner Träume. Obwohl der größere Teil meiner Träume dort spielt. Aus dieser Stadt stammen die am tiefsten in meine Seele eingeprägten Bilder. Aus dieser Stadt beziehe ich zwei Drittel meiner Erinnerungen.

Wien. Die Stadt der Wienerinnen und Wiener. Der alten und der jungen, der echten und der (nicht nur nach Ansicht des damaligen Bürgermeisters) falschen. Auch solcher, wie ich einer war und immer noch bin. Born in Vienna. Grown up in Vienna. Was soll ich tun, ich kanns nicht ändern.

Wie wir Jana und Jiři also die Stadt zeigten. An alle Details unserer Führung kann ich mich nicht mehr erinnern. Nur so viel weiß ich, daß wir über die Wienzeile stadteinwärts schlenderten. Und daß wir uns einen Vormittag lang in der Innenstadt herumtrieben.

Zwar versuchten wir, uns nicht nach den sogenannten Sehenswürdigkeiten zu richten. Aber an jeder zweiten Ecke stießen wir auf solche. Wohl gelang es uns, glaube ich, das Schlimmste zu vermeiden (die Spanische Reitschule, die Konditorei *Demel* und die Kapuzinergruft umgingen wir erfolgreich). Aber allzugroßflächig im Weg Liegendes wie der Heldenplatz oder wirklich Herausragendes wie der Stephansdom ließ sich nicht umgehen.

Hinzu kamen ungefähr hundert Blicke, Stimmungen, Atmosphären, Perspektiven, deren spezifisches, oft mit sehr persönlichen Assoziationen verknüpftes Flair wir unseren Prager Gästen vermitteln wollten. Nicht immer, so kommt es mir jedenfalls in der Erinnerung vor, mit vollem Erfolg. Jana und

Jiři waren jedoch freundliche, höfliche, unseren Ausführungen, auch wenn sie ihnen nicht immer folgen konnten, geduldig zuhörende Menschen. Sie nahmen den Willen fürs Werk, lächelten, und zeigten erst relativ spät, daß sie sich leicht strapaziert fühlten.

Wir suchten und fanden einen Würstelstand. Dort stärkten wir uns und sie mit (im Unterschied zu den eher langweiligen *Frankfurtern* deftig gewürzten) *Debrezinern.* Dann saßen wir, einer Art Siesta bedürftig, auf einer Bank am Rande des Teichs im Stadtpark. Zu meiner Rechten schaukelte Natascha den im Kinderwagen eingeschlafenen Noël, zu meiner Linken saßen Jana und Jiři mit parallelen Profilen.

Die Spätsommersonne lag sehr mild auf ihnen. Jana saß näher, aber auch Jiři war nicht wirklich weit entfernt. Einmal wandten uns beide in genau der gleichen Sekunde den Kopf zu. Ich drückte unwillkürlich Nataschas Hand, aber ich glaube, das war eine inadäquate Reaktion.

Dann – diese Erinnerung ist sehr deutlich – standen wir vor dem Johann-Strauß-Denkmal. Stimmt schon, dieses Denkmal ist das Kitschpostkartenmotiv par excellence. Tag für Tag bauen sich Hunderte Touristen davor auf, um es als Hintergrund für ihre dumm ins Objektiv lächelnde Vordergründigkeit zu mißbrauchen. Und dennoch muß ich gestehen, daß mir diese Kultstätte des sogenannten Walzerkönigs eigentlich immer imponiert hat.

Obwohl der Walzer, wie schon erwähnt, nicht mein Fall ist. Vielleicht war mir die zentrale Figur, der in Bronze gegossene Johann Strauß, zuallererst deshalb sympathisch, weil er schwarz war. Zwar war er, hieß es, früher vergoldet gewesen. Aber daran (das war lang vor dem Krieg, hatte meine Mutter gesagt, die mich manchmal, nachdem sie als Schaffnerin bei der Station Hauptzollamt abgelöst worden war, in den Stadtpark geführt hatte), daran konnte man sich nur mehr sehr dunkel erinnern.

Wie der Meister da stand, im fesch sitzenden Schwalbenschwanzfrack, in sehr enganliegenden Hosen. Das rechte Bein einen halben Schritt vors linke gestellt, Violine unters Kinn geklemmt, Kopf und linke Schulter leicht geneigt. Mir ging das Gold auf der Statue Straußens nicht ab. Gerade in ihrer ebenso schlichten wie edlen Schwärze fand ich die Figur, die mich (mit der sehr weißen Walzermusik hat das wirklich wenig zu tun) an die schwarzen Tasten meines Klaviers erinnerte, auf ganz unwienerische Weise elegant.

Aber das nur am Rande. Ich wollte auf etwas ganz anderes zu sprechen kommen. Johann Strauß, vergoldet oder nicht, ist zwar die zentrale Figur des nach ihm benannten Denkmals. Und wie gesagt hat diese Figur ihren Charme. Das für mich weitaus interessantere an diesem Denkmal aber ist der Rahmen:

Ein den natürlich auf einem Sockel geigenden Meister in Form eines Torbogens umspannendes Relief aus weißem Marmor. Aus etwas vage emporwallenden Draperien lösen sich links und rechts hochstrebende, hochschwebende, männliche und weibliche Skulpturen. Diese Skulpturen sind vor dem ersten Weltkrieg entstanden. Man kann also sagen, daß sie (obwohl sie – verglichen mit vielen anderen in der alten Stadt Wien herumstehenden Bildwerken – eigentlich jung sind) aus einer ziemlich vergangenen, durch vorläufig zwei Weltuntergänge von uns distanzierten Zeit stammen.

Und doch wirkt der Ausdruck, die Sprache ihrer Gesichter ganz gegenwärtig. Völlig zu schweigen von der Präsenz ihrer Körper. So gegenwärtig, daß man beinahe erschrickt. Diese Gegenwart nämlich ist hocherotisch.

Etwas, das man von öffentlich zur Schau gestelltem Stein nicht erwartet. Und schon gar nicht in diesem Zusammenhang. Wirklich erstaunlich, was sich da – im wahrsten Sinne des Wortes – hinter dem Rücken von Johann Strauß abspielt: das Schweben und Weben dieser fast nackten, nur von dünnen Schleiern umwehten Figuren, die einander auf fein elektrisierende Weise berühren.

Da ist zum Beispiel ein Paar an der – wenn man vor dem Denkmal steht – linken Reliefseite. Ein nackter junger Mann und eine junge Frau im transparenten Kleid. Er reicht ihr die Hand, sie greift zu, man spürt direkt den sanften Händedruck. Beide lächeln in einem schönen, der Bewegung, von der beide erfaßt zu sein scheinen, entsprechenden Einverständnis.

Dieses Lächeln! Hatte ich es schon vorher gewußt, oder fiel es mir erst in dem Moment auf, als wir damals vor dem Denkmal standen? Daß dieses Lächeln dem Janas und Jiřis ähnelte! Hatte ich die beiden etwa akkurat wegen dieses Lächelns zum Johann-Strauß-Denkmal geführt? Ganz bewußt sicher nicht. Ganz unbewußt wohl auch nicht.

Wie war das gewesen, als wir zuvor auf der Bank gesessen waren? Kurz nachdem Jana und Jiři im gleichen Moment ihre Köpfe gewandt hatten. Wenn wir schon da sind, hatte ich gesagt, könnten wir das Johann-Strauß-Denkmal auch aus der Nähe anschauen. Es ist ein bißchen kitschig, aber es hat ein gewisses Etwas.

Wir waren also auf meine Anregung von der Bank aufgestanden und zum Johann-Strauß-Denkmal hingegangen. Ich hatte Jana und Jiři speziell auf den Reliefbogen aufmerksam gemacht. Und auf das Lächeln der beiden Figuren links unten. Im selben Moment, in dem ich das tat, erschreckend.

Warum? Ich weiß nicht. Wie reagierten die zwei? Sie lächelten ihrerseits. Wie reagierte Natascha? Ich sah sie nicht an, ich sah sie lieber nicht an. Aber ich spürte deutlich, daß *sie* mich ansah.

Etwas abrupt brachen wir die Betrachtung der Relieffiguren ab. Vis-à-vis von *Hübners Kursalon*, einem ehemals eleganten Café in abblätterndem Kaisergelb, gab es eine trotz der fortgeschrittenen Jahreszeit verlockend grüne Wiese. Auf im Gras steckenden dreieckigen Schildern wurde darauf aufmerksam gemacht, daß das Betreten des Rasens verboten war. Das konnte man – Wien bildete sich viel darauf ein, internationale Kongreßstadt zu sein – in drei Sprachen lesen.

Und nun geschieht in meiner diese Szene wiederholenden Erinnerung etwas Seltsames. Plötzlich drückt mir Natascha die Griffstange des Kinderwagens in die Hand. Dann lacht sie mir – sich mit aufstrahlendem Gesicht über die Schulter blikkend – kurz und – ja, ich glaube nicht, daß ich ihren Ausdruck mißdeute – ein bißchen provokant zu. Und saust – schon halb und halb im Laufen noch ihre Schuhe zurücklassend – einfach ab ins Verbotene.

Das hat etwas zwischen Davonlaufen und Vorauslaufen. Jiři folgt ihr als erster, Jana, auch sie schon in Bewegung, besinnt sich nach ein paar Schritten und wartet auf mich. Ich muß ja zuerst Noël aus dem Wagen nehmen. In der Mitte der Wiese finden wir uns jedenfalls alle viereinhalb und umarmen einander.

Eigentlich hatten wir vorgehabt, vom Stadtpark ins nicht allzuweit entfernte Belvedere zu gehen. Aber auf halbem Weg ließ der Eifer, mit dem wir uns dorthin bewegten, merklich nach. Vielleicht lag es an den nun doch sehr warm in die schläfrig daliegenden Gassen fallenden Sonnenstrahlen (es hatte schon lang nicht geregnet, und der Staub tanzte vor den in Ehren gealterten Fassaden), vielleicht auch an meinem etwas zu angestrengten Versuch, unsere Gäste auf die kunst- und kulturhistorische Bedeutung der beiden Schlösser und des zwischen ihnen liegenden Gartens vorzubereiten. Meine Bemerkung, daß wir es nach dem Besuch im Schloß des Prinzen Eugen nicht mehr allzuweit in den Prater hätten, in dem wir den schönen Tag in den Abend hinein ausklingen lassen wollten, legte die schließlich von Natascha stellvertretend für alle ausgesprochene Frage nahe, warum wir nicht gleich dorthin gingen.

Eben: *warum* nicht? Das Belvedere konnten wir uns auch für einen der nächsten Tage aufheben. Der Prater aber schien jetzt akkurat das Richtige. Eine Wiese, auf die wir uns legen konnten. Mit einem Mal war klar, daß schon die Wiese im Stadtpark, jene dem stadtväterlichen Verbot zum Trotz geradezu mit Lust betretene, eine Tendenz in uns ausgelöst hatte, die mit einer gewissen (durch das Belvedere-Projekt nur kurz blockierten) Selbstverständlichkeit in den Prater führte.

An der Stadionbrücke kam ich kurz in Versuchung, einen Abstecher in die Gegend meiner Kindheit vorzuschlagen. Denn wo war *mein* Wien, wenn nicht dort, die paar hundert Meter donaukanalaufwärts? Aber ich unterließ es für diesen Tag. Vielleicht aus einer gewissen Scheu heraus, bestimmt aber auch aus dem nicht unbegründeten Gefühl, daß mein ehemaliges Reich in der gegenwärtigen Situation nicht entsprechend gewürdigt worden wäre.

Es zog uns nämlich, das war deutlich zu spüren. Es zog uns ganz einfach in die Horizontale. Zehn Minuten später lagen wir auf der Wasserwiese, die sich mit sanften Hügeln und Mulden zwischen Stadion- und Lusthausallee ausbreitet. Über uns Zweige, die zwar Schatten warfen, aber manchmal, vom allmählich aufkommenden Wind bewegt, etwas – infolge des Kontrasts besonders blendendes – Licht durchließen.

So lagen wir, dieses Detail ist mir in besonderer Erinnerung geblieben, ab und zu blinzelnd.

Es war heiß. Wir hatten die Hemden und Blusen ausgezogen. Jana und Jiři trugen Leibchen, durch deren Ärmelausschnitte bei gewissen Bewegungen die zarte Zone zwischen Oberarm und Brust sichtbar wurde.

Zuerst bemerkte ich das nur zufällig, aber nach und nach schaute ich gezielt, wenn auch möglichst unauffällig hin: Die beiden sahen einander auch in dieser Körpergegend ähnlich.

Dann, schon im Dämmerlicht, sehe ich uns zu Füßen des Riesenrads. Sehe uns auf dem Weg durch den Wurstelprater. Sehe das Sausen der Irrlichter aus Neon, höre das mit diesem Sausen synchrone Brausen und Tosen. Rieche das scharfe Aroma von Ćevapčići und Langos und das süße von Zuckerwatte und Türkischem Honig.

Alles drehte sich, alles bewegte sich. Eine als Regression

ins kindliche Gemüt nicht ganz erklärbare Ausgelassenheit erfaßte uns. Wir stürzten uns ins Vergnügen – das heißt, so gut das mit dem kleinen Noël im Kinderwagen ging. Aber wenn jeweils eins von uns, ich oder Natascha, bei ihm blieb, den anderen zusehend, die da auf dem oder jenem Karussell, der oder jener Hochschaubahn, im Kreis herum, in die Höhe und wieder herab, schreiend und quietschend flogen, eins von uns, das sich in dieser vorübergehenden Isolation damit tröstete, daß ja beim nächsten Ringelspiel die Rollenverteilung umgekehrt sein würde (wodurch auch eine gewisse Eifersucht, die sicher nicht nur bei mir, sondern auch bei Natascha ab und zu aufstieg, sozusagen auf kleiner Flamme gehalten werden konnte), dann ging es.

Allerdings saß oft *sie* oder saß *ich* recht eng mit entweder Jana oder Jiři oder auch allen beiden beisammen. In einer Gondel, in einem Autodromfahrzeug oder in einem um seine eigene Achse rotierenden UFO. Und manchmal sah man dann leider gar nicht, was vorging. Zum Beispiel beim Fahren auf der Grotten- oder Geisterbahn, wenn die anderen, zumindest für Sekunden, in Tunellen von äußerst fragwürdiger Beleuchtung, das heißt eigentlich Dunkelheit, verschwanden.

ZWEI TAGE nach unserer ersten Stadtrundfahrt bot mir Joe die Wohnung in der Chartres Street an. Er habe den Eindruck, daß ich noch etwas länger in New Orleans bleiben wolle. Die Wohnung stehe leer. Er habe sie als Junggeselle bewohnt. Für ein paar Wochen könne ich gern drin wohnen.

Ich wußte gar nicht, was ich sagen sollte.

You needn't say nothing, sagte Joe, just take it.

Tatsächlich sah es so aus, als müsste ich noch etwas länger in dieser Stadt bleiben. Völlig unverrichteter Dinge konnte ich doch nicht wieder abfahren.

Was die Suche nach meinem Vater betraf:

Sollte ich auf Mister Griffiths freundliches Angebot, mir dabei zu helfen, zurückkommen?

Vielleicht morgen, dachte ich, vielleicht übermorgen.

Vorerst wollte ich es auf eigene Faust versuchen.

In Joes Wohnung. In der mir ein Telefon zur Verfügung stand. Dessen Kosten ich natürlich begleichen würde, sobald ich einen Job hatte. Ein Telefon stand mir dort zur Verfügung und ein Telefonbuch. Es gab einige Dutzend Merediths in New Orleans, darunter fünf mit dem Vornamen Bill oder William.

Die brauchte ich nur der Reihe nach anzurufen. Nichts leichter als das, sollte man glauben – aber wie sich herausstellte, war es überhaupt nicht leicht. Zumindest für mich in meiner damaligen Verfassung. Was für eine Überwindung es schon kostete, den Telefonhörer abzuheben und eine der Nummern zu wählen, was für eine noch größere Überwindung, nicht gleich, sobald das erste Klingelzeichen ertönte, wieder aufzulegen!

Und wenn dann am anderen Ende der Leitung jemand abhob: Würde das irgendein fremder Mensch sein oder mein Vater? Mein Vater, der mir ja auch ein fremder Mensch war. Und dem ich ein fremder Mensch sein mußte, von dessen Existenz er vielleicht nicht einmal etwas ahnte.

Was sollte ich sagen? – Hello Sir, my name is Peter Jarosch? May I ask you, if you are around fifty years old? Did you happen to do military service in Vienna / Austria during some months of the years '45 and '46? And did you make kind of – let's say closer acquaintance of a young girl with my surname?

Shit. Das kam mir (ich kam mir) ganz simpel blöd vor. Das erste Mal, als ich nicht auflegte, bevor jemand abhob, meldete sich eine weibliche Stimme. Das verstörte mich erst recht: War das die Frau, die mein Vater anstelle meiner Mutter geheiratet hatte? Oder (die Stimme klang jung) eine späte Tochter?

Wieder kam mir der Gedanke, daß ich womöglich hierzuland Halbgeschwister hatte. Die wahrscheinlich ebensowenig neugierig auf mich waren wie meine mir bis dahin nicht in den Sinn gekommene Stiefmutter.

Falls sie es war.

Who is it?, fragte die Stimme.

Sorry, sagte ich, guess I've got the wrong number.

Nach einigen Anläufen dieser Art kam ich zu dem Ergebnis, daß es so einfach nicht ging. Ich schrieb mir also die Adressen der fünf in Frage kommenden Merediths auf einen Zettel und unternahm Exkursionen. Mit der St.-Charles-Straßenbahn fuhr ich zum Beispiel Richtung Carrollton. In einem der alten, grünen Waggons fahrend, konnte ich nicht umhin, wieder an meine Mutter zu denken.

Auf den alten Holzleistenbänken sitzend, mit ihren Messingbeschlägen und der Patina, die sie im Lauf der Jahrzehnte angenommen haben. Die ledernen Haltegriffe im Blick und die nackten Glühbirnen unter dem halbtonnenförmigen Plafond. Leider gab es hier keine Schaffnerin, die die Stationen ausrief. Aber der Fahrer tat es, sprach die Namen der jeweils nächsten Haltestellen ins Mikrofon.

Natürlich englisch. Oder was man hier eben für eine Sprache sprach. Die ich damals noch immer nicht leicht verstand. Gallier Hall, Lee Circle, Jackson Avenue, Washington Avenue. Wenn ich von der fremden Strecke absehend die Augen schloß, konnte ich mir einbilden, in einer der Straßenbahnen meiner Kindheit zu fahren.

Entweder Linie J oder Linie O. Apostelgasse, Rochusmarkt, Weyrgasse, Hauptzollamt. Jene fahrenden Bühnen meiner Mutter. Featuring Anni Jarosch, die schönste und sympathischste Schaffnerin, die es je gab.

Zwar hörte man hier, speziell vor dem Losfahren in den Stationen, das Tuckern des Motors. Ein Geräusch, das nicht recht zu den alten Wiener Straßenbahnen paßte. Aber das Kreischen der Räder in den Schienen war sehr sehr ähnlich. Nur etwas schriller – was entweder am Abnützungsgrad der Schienen gelegen sein dürfte oder am Temperament des *tram driver.*

Nach einer Weile öffnete ich die Augen wieder. Der Garden District: ebenso schön wie unwirklich. Zuckerbäckerweiße

Villen am Rand der Straße. Nach der Endstation (nicht in der Desire Street, sondern beim Carrollton Courthouse) häßliche Wirklichkeit.

Die Gegend, in der Mister Meredith Nr. 1 wohnte. Ich hatte die Idee gehabt, seinem Haustor vis-à-vis zu warten. Was genau ich mir vorstellte für den Fall, daß ein Mann passenden Alters herauskam oder hineinging? Vielleicht stellte ich mir vor, ich würde so etwas hören wie die berühmte Stimme des Blutes.

Selbst wenn es so gekommen wäre, was dann? Wollte ich etwa auf ihn zu treten, *froh und frank,* wie der österreichische Nationalklassiker Grillparzer seine Landsleute, zu denen ich mich damals noch zählen durfte, beschreibt? Froh und frank also zutreten auf ihn, meinen Vaterschaftskandidaten? Good evening, Sir, I'm coming from Austria, mei Muatterl war a Weanerin, I guess you are my father?

Ich kam nicht in diese Verlegenheit – wie sich herausstellte, lag die Adresse, die ich notiert hatte, inmitten eines der *projects*, von denen Mister Griffith gesprochen hatte. Eine Batterie hintereinandergeschalteter Reihenhausblocks, kaum aufgebaut, schon wieder heruntergekommen. Mit ziemlich schwer überblickbaren Ein- und Durchgängen. Rudel von Jugendlichen, an jeder zweiten Ecke dumpf herumlungernd, sahen mich aus mißtrauischen Augenwinkeln an.

Womöglich hielten sie mich für einen Cop. Vielleicht hielten sie mich auch für einen in ihrem Revier nicht autorisierten Gambler oder Dealer. Es war noch August, aber die Tage wurden bereits deutlich kürzer. Ich hielt es für besser, den Rückzug noch vor Einbruch der Dunkelheit anzutreten.

Die kam dann noch schneller, als ich erwartet hatte.

Von einer erschreckend rasch fallenden Finsternis eingeholt, stoppte ich ein Taxi.

Ich wollte nirgends mehr hin, ich wollte nur mehr zurück in Joes Wohnung. Joes Wohnung war voll von Büchern, in die ich mich verkriechen konnte.

Sonntag vormittag klingelte es, und draußen stand meine Schwiegermutter. Das war nichts Ungewöhnliches, sie kam, wie gesagt, öfter. Wie geht es denn, fragte sie, meinem kleinen Liebling? Ihr kleiner Liebling krabbelte und jubelte auf der ausgezogenen Couch im Wohnzimmer zwischen unseren noch nicht angezogenen Gästen.

Oh, sagte Frau Scholz. Ja, sagten wir, das sind Jana und Jiři. Die beiden bedeckten sich, so gut sie es in der Geschwindigkeit konnten. Für sie war Frau Scholz eine unerwartete und vermutlich unheimliche Erscheinung. Also das ist meine Mamma, sagte Natascha.

Auf der sogenannten Psyche, einem mit Spiegeln versehenen Toiletteschränkchen, lag ein Slip, der offenbar Jana gehörte. Den fegte Natascha etwas unwirsch beiseite. Vielleicht ging es ihr allerdings nur darum, das intime Wäschestück möglichst rasch aus dem Blickfeld ihrer Mutter zu räumen. Komm, Mamma, sagte sie, setzen wir uns in die Küche.

Leider herrschte auch dort ein gewisses Chaos. Zwar hatten wir im Prater, im Gasthaus *Zur blauen Gans*, Grillhühner verdrückt, aber, von dort in angeregtester Stimmung heimgekehrt, noch keine Lust gehabt, schlafen zu gehen. Sogar Noël war bis elf Uhr wach gewesen. Wir aber, die sogenannten Erwachsenen, hatten, um Mitternacht von einem ungewöhnlichen Appetit befallen, aus vorhandenen Beständen und Resten (zwei Dosen Gulasch und ein Glas Sugo als farbintensive Basis) ein abenteuerliches Mahl komponiert.

Die Spuren waren noch jetzt sehr deutlich zu sehen. In der Abwasch türmten sich die schmutzigen Teller, und auf dem Tisch stand eine Batterie leerer Bierflaschen. Das Tischtuch hatte einige bunte Flecken. Auf unsere wiederholte Aufforderung, sich zu setzen, nahm Frau Scholz zwar Platz, aber auf der Spitze ihres sich in dieser Situation unter dem Rock aufs neue abzeichnenden Holzpopos.

Wir erzählten kurz, wie wir Jana und Jiři kennengelernt hatten. Wir müssen ihnen doch helfen, sagte Natascha.

Natürlich, sagte Frau Scholz – sie nickte fortgesetzt, konnte sich aber sichtlich schwer konzentrieren. An der Tür zum Vorzimmer, auf dem Weg ins Bad, ging Jiři vorbei – sein Oberkörper war weiß, nackt, schmal und fast unbehaart.

Dann war der Kaffee fertig, und wir alle frühstückten miteinander. Daß Noël lieber auf dem Schoß der fremden Tante saß, schien die Oma zu kränken. Sie bemühte sich aber, Haltung zu wahren. In einer Anwandlung plötzlicher Herzlichkeit nahm sie ihr altsilbernes Armband ab und legte es um Janas Handgelenk.

Ihr Gatte erschien dann am späteren Nachmittag. Da es regnete und nicht den Anschein hatte, als ob es in den nächsten paar Stunden aufhören wollte, waren wir zu Haus geblieben. Herr Scholz hängte einen triefenden Regenmantel auf die Kleiderablage. Die Mamma hat mir erzählt, sagte er, daß wir Besuch haben.

Bezeichnend, daß er in diesem Zusammenhang die erste Person Mehrzahl verwendete. *Wir* hatten Besuch. Das war ja interessant. Offenbar meinte er damit sich und uns. Klar, wenn man die im leider noch nicht überwundenen Kapitalismus geltenden Eigentumsverhältnisse in Betracht zog, waren die Räumlichkeiten, in denen wir uns aufhielten, seine.

Er trat also in sein Eigentum, aus dem Vorzimmer trat er ins Wohnzimmer. Trat ein und begrüßte unsere (seine) Gäste. Gab sich jovial, redete von selbstverständlicher Gastfreundschaft und Solidarität. Schüttelte Jana und Jiři endlos die Hände.

Es sah ein bißchen aus, als wollte er ihnen kondolieren. In gewundenen Wendungen drückte er ihnen sein Bedauern über die Entwicklung in der Tschechoslowakei aus. Unglückliche Verkettungen, sagte er, schlimme Mißverständnisse. Es war offensichtlich, daß er den beiden gegenüber ein schlechtes Gewissen hatte.

Ebenso offensichtlich war, daß er gern mit den beiden diskutiert hätte, um sein schlechtes Gewissen zu entlasten. Bei aller Sympathie für den Reformkurs des Genossen Dubček … War es nicht *doch* so, daß der Imperialismus und die Reaktion …? So hub er an, doch darauf wollten Jana und Jiři nicht eingehen.

Jana versteckte sich hinter beharrlichem Schweigen. Jiři verschanzte sich hinter Sprachschwierigkeiten. I am sorry, I don't know what you mean. Trotzdem fühlte sich Doktor Scholz bemüßigt, die beiden zum Essen einzuladen.

Die beiden und uns natürlich. Dagegen konnte man nun schwer etwas einwenden. Im nur wenige Minuten entfernten *Barnabitenkeller* ließ sich mein Schwiegervater nicht lumpen. Er bestellte, was gut und teuer war. Vor allem der Wein (im Lauf des Abends bestellte er einige edle Flaschen und trieb beim Kosten einen den Kenner hervorkehrenden, lächerlich schnüffelnden, schmatzenden, den guten Tropfen zwischen den schönen Brücken und Kronen beißenden Aufwand), vor allem der Wein war gut und teuer.

Trotzdem tranken unsere Gäste nur mäßig. Sehr zum Unterschied vom spendablen Gastgeber. Der trank, zum Ausgleich, nach und nach viel zuviel. Die Stimmung, in die er dadurch geriet, wurde peinlich.

Erstens erfaßte ihn ein Weltschmerz, in dessen Zentrum die Diskrepanz zwischen seinem sozialistischen Idealismus und der gepanzerten Realität des real existierenden Sozialismus stand. Als Mensch im daraus resultierenden Widerspruch schien er sich selbst am allermeisten leid zu tun. Zweitens wurde sein Anlehnungsbedürfnis an die neben ihm sitzende Jana größer und größer. Immer häufiger sank sein Kopf an ihre Schulter und wollte am liebsten an ihrem Busen landen, aber abgesehen davon, daß sie sich, so gut es ging, entzog, war ihre Brust offenbar nicht das, was er, andere Formen von Weiblichkeit gewohnt, suchte.

Jiři und Jana wollten die Jazzszene in Wien kennenlernen. Wir mußten eingestehen, daß wir die kaum kannten. Ein paar Namen von Musikern, Bands und Lokalen spukten uns wohl im Kopf herum. Aber die meisten davon kannten wir nur vom Hörensagen.

Gewiß, ich kannte die Band, die vor dem Theseustempel gespielt hatte. Wie hatte sie bloß geheißen? Ob Kronstein immer noch dabei war? Sein Name stand im Telefonbuch, ich hätte ihn ganz einfach anrufen können. Zwei oder drei Mal griff ich in dieser Absicht zum Telefonhörer, und einmal wählte ich seine Nummer sogar zu Ende, aber als in akkurat dem Moment, da ich das Klingelzeichen hörte, Natascha zur Tür hereinkam, legte ich rasch auf.

Wir klapperten die paar Lokale ab, in denen damals in Wien Jazz gespielt wurde. Im *Riverboat* spielte man Dixie, im *Josephinum* Modern Jazz, im *Tabarin* und im *Storyville* beides. In der *Streichholzschachtel* war man manchmal sogar zu Experimenten aufgelegt. Am häufigsten und liebsten gingen wir aber ins *Jazz-Freddy*. Das lag zum einen daran, daß wir es bis dorthin nicht weit hatten. Zum anderen aber gefiel uns das *Freddy* ganz einfach. Ein kleines Lokal, etwas zwischen Zimmer-Küche-Kabinett-Wohnung und Espresso. Untertags karg bis häßlich. Aber am Abend hatte es Atmosphäre.

Links von der Tür eine Jukebox mit Jazzplatten, rechts ein etwas ramponiert aussehendes, aber passabel klingendes Piano. Neben der Jukebox auf der einen Seite ein Stehpult, auf der anderen Seite die Theke. Ein paar Hocker, wenn ich mich recht entsinne, mit weinrotem Kunstleder überzogen. Drei oder vier Tische mit Sesseln: eine ebenfalls weinrot überzogene Bank; ein mit einem abenteuerlich schräg sitzenden Abzugsrohr versehener Gasofen.

Zwischen dem Ofen auf der einen und der U-förmigen Theke auf der anderen Seite ein schmaler – wenn ein paar Leute da waren, zu enger – Durchgang in den zweiten Raum.

Der war noch kleiner und hatte noch weniger Tische. Parallel dazu die Küche, in die man, durch eine Art von Durchreiche, hineinsah. Ganz hinten in der Ecke eine kleine Telefonzelle mit einer flachen Abdeckung, auf der für gewöhnlich der Baß des Hausherren lag.

Der nämlich (er hieß tatsächlich Freddy) war nicht nur Wirt, sondern auch Bassist. Allerdings holte er den Baß nur zu besonderen, kaum vorher bestimmbaren Anlässen von der Telefonzelle herunter. Live wurde dort überhaupt ziemlich selten gespielt. Meist legte Freddy Platten auf – doch die allein schon lohnten den Besuch.

Damals spielte er mit Vorliebe Coltrane. Es war etwas mehr als ein Jahr nach dessen Ableben. Das kleine Lokal über und über erfüllt von jenem auf unvergleichliche Art über große Flächen flatternden Sound. Schon in der windfangartigen, von der Schottenfeldgasse ins Innere des Lokals führenden Tür bekam Jiři, hörte er über dem Volksgemurmel Trane's Sax, verklärte Augen.

Auch Jana war angetan von dieser Musik. Mit Freddy fachsimpelte sie über die Baßfiguren von Jimmy Garrison im Vergleich zu denen von Paul Chambers. Ich kam mir daneben recht ungebildet vor. Aber ob nun Red Garland, McCoy Tyner, Wynton Kelly oder weiß der Teufel wer den Pianopart spielte – es juckte mich in den Fingerspitzen.

Noch etwas, jedenfalls für mich, besonders Anziehendes gab es im *Jazz-Freddy*. Der Hausherr, zwar aus Graz stammend, aber mit seinem brillantineglänzend rückwärts frisierten Haar und dem abgeklärt hängenden Blick so recht der Typus des *lässigen* (anderswo würde man sagen *coolen*) Wiener Feschaks, hatte eine dunkelhäutige Gefährtin. Eine freundliche Person, die sowohl hinter der Theke als auch in der Küche stand und darüber hinaus servierte. Wenn sie ein Glas Cola oder Bier vor mich hinstellte, so daß, einen Augenblick lang, ihre und meine Hand nebeneinanderlagen, fiel trotz der in den kleinen Räumen herrschenden Dunkelheit die Ähnlichkeit unserer Pigmentierung auf; dann lachten wir beide.

Das kann man sich hier, in einer Stadt mit mehr als sechzig Prozent *African Americans*, wahrscheinlich nur schwer vorstellen. *Black Solidarity*, ja, natürlich, aber das dort war etwas anderes. Die spontan empfundene Nähe zweier in eine damals noch fast ausnahmslos weiße Umgebung verschlagener schwarzer Menschen. Freddys Freundin war nicht in Wien geboren wie ich, sondern kam, glaube ich, irgendwoher aus der Karibik – merkwürdigerweise weiß ich nicht mehr genauer, woher.

Von den Gästen ist mir vor allem der Astrolog in Erinnerung geblieben. Das heißt, falls man den Astrologen überhaupt als Gast bezeichnen kann. Ich kann mich an keinen Abend erinnern, an dem er *nicht* dagewesen wäre. Wir hatten den Eindruck, daß er im *Jazz-Freddy* wohnte.

Er saß oder stand mit seinem Achtel Wein herum, einem Glas das – er war ein Meister des bedächtigen Trinkens – nie ganz leer war. Saß oder stand fast eingeschlafen, trotz der hohen Bevölkerungsdichte, trotz der Lautstärke der Musik im Lokal. Ich glaube, manchmal schlief er auch wirklich im Sitzen oder im Stehen. Der Kopf neigte immer wieder dazu, ihm an die Brust zu sinken.

Übrigens ein Charakterkopf: Weißes, schulterlanges Haar rahmte ein abenteuerlich zerklüftetes Gesicht. Er sah aus wie einer jener alten Indianerhäuptlinge, deren in Reservaten oder in der Gefangenschaft nach allen Regeln der Fotokunst hergestellte Porträts heute als braun getönte, romantische Postkarten im Umlauf sind. Sein bürgerlicher Name (eines vertraulichen Abends nannte er ihn: *Zapletal*) paßte nicht recht zu diesem Aussehen. Im *Jazz-Freddy* hieß er einfach *der Astrolog*, das war in Ordnung.

Er erstellte nämlich, und davon lebte er, Horoskope. Er erstellte sie nicht sehr oft, die Astrologie war damals noch nicht so *in* wie zehn bis zwanzig Jahre später. Außerdem konnten oder wollten die Leute, die sich in Gottes Namen doch ein Horoskop von ihm erstellen ließen, nicht viel zahlen. So lebte er. Mehr schlecht als recht offenbar. Aber er hatte das Flair eines Weisen.

Weil er das hatte, konnte er es sich leisten, den Leuten im *Jazz-Freddy* weise Ratschläge zu geben. Sonst konnte er sich offensichtlich nicht viel leisten. Deshalb luden ihn die Beratschlagten meist auf sein nächstes Achtel ein. Dann gab er ihnen weitere Ratschläge oder erstellte astrologisch-philosophisch-psychologische Expertisen.

Zu uns gesellte der Astrolog sich recht gern. Zwischen euch vier, sagte er, herrscht eine mit hoher Potentialität aufgeladene Konstellation. Das ist etwas Schönes, sagte er, *alles* ist *möglich*. Aber Vorsicht, Herrschaften, Spannung, Hochspannung!

Da hatte er sicherlich recht – der Mann hatte einen guten Blick. Trotz der schlechten Sicht im Lokal: Er *sah*. Wie es die richtigen Seher halt so an sich haben. Aber vermutlich hätte, was er gesehen hat, auch ein Blinder ertastet. Die Fäden, die zwischen uns vieren kreuz und quer liefen. Nehmen wir nur die zwischen Natascha und Jiři beziehungsweise zwischen Jana und mir. Saßen wir, ein Paar an jeder Seite, an einem der kleinen Tische, so schienen sich diese Spannungsfäden zu überschneiden. Es war anregend, es war aufregend, es war erregend – aber es war auch tief aus dem Bauch heraus beunruhigend.

Auf dem Heimweg kam es dann manchmal vor, daß wir einander um die Hüfte nahmen. Und zwar in sehr verschiedenen Kombinationen. Auf diese Art dahinziehend, brauchten wir die ganze Breite des Gehsteigs. Kam uns jemand entgegen, so mußte der entweder ausweichen, oder zwei von uns mußten sich für kurze Zeit trennen.

Zu Hause trat dann meistens eine gewisse Ernüchterung ein. Die hing mit der Anwesenheit der Frau Scholz zusammen. Die wachte freundlicherweise beim schlafenden Noël. Aber bei aller Freundlichkeit hatte sie etwas Vorwurfsvolles.

Das hatte sie auch, wenn wir pünktlich vor Mitternacht kamen. Länger durfte man eine anständige Frau wie sie nicht warten lassen. Sie hatte nicht nur etwas Vorwurfsvolles, sondern etwas geradezu Bitteres im Gesichtsausdruck. Das lag nicht nur am schwarzen Kaffee, den sie meistens noch trank, bevor wir ihr ein Taxi riefen.

Wir aber gingen dann, brav zwei und zwei, zu Bett. Einerseits mit Erleichterung, anderseits mit einem gewissen Bedauern. Die Nächte waren schwül. Obwohl die Tage gar nicht mehr richtig warm waren. Natascha und ich lagen manchmal schweißgebadet.

Einmal wachte ich auf und merkte, daß sie nicht neben mir lag. Mein Herz klopfte wild. Ich lauschte erstarrt ins Dunkel. Dann hörte ich Stimmen von draußen. In der Küche war Licht. Da saßen sie und Jiři, beide im Türkensitz auf dem Fußboden, und diskutierten.

Zwar waren sie beide nur nächtlich spärlich bekleidet. Doch schienen sie wirklich bloß geredet zu haben. Geredet und geraucht. Zwischen ihnen stand eine Untertasse voll Zigarettenstummeln. Setz dich zu uns, sagte Natascha, wir reden über alternative Lebensformen.

Ein anderes Mal erwachte ich, weil ich Durst hatte. Natascha schlief fest. Leise stand ich auf und ging Richtung Badezimmer. Die Tür war nur angelehnt. Vielleicht, dachte ich, hat jemand das Geräusch beim Schließen vermeiden wollen. Aber ich dachte das nicht sehr konkret, ich war schlaftrunken und wollte zum Wasserhahn.

Dann merkte ich, daß noch jemand anders im Raum war. War es Jana oder Jiři? Im ersten Moment wußte ich das nicht. Es war nicht mehr richtig Nacht, sondern fast schon Morgen. Durchs Lüftungsfenster fiel ein graues Licht, im Hof pfiff ein früher Vogel.

Die Person, die an der Badewanne gestanden war und den Arm nach dem hoch oben hängenden Duschschlauch gestreckt hatte, drehte sich rasch um. Sie hatte sehr kleine Brüste, aber große, wie Beeren prangende Brustwarzen. Ahoi, sagte Jana und lächelte, ahoi, antwortete ich. Als ich mich über den Wasserhahn beugte und, die Augen schließend, trank, sah ich als Nachbild den schütteren Flaum ihrer Schamhaare.

An einem der nächsten Abende im *Jazz-Freddy* trafen Jana und Jiři zwei Bekannte. Oder (sie umarmten einander, klopften einander auf den Rücken) eher zwei Freunde. Jedenfalls zwei Kollegen, wie sich herausstellte. Miroslav spielte Schlagzeug, Ladislav Trompete.

Very good, wie Jiři mit Nachdruck betonte. – If they joined us, we could start a fine combo. Exactly the line-up of the Miles Davis Quintett. – Sein verschmitztes Lächeln war entwaffnend, wenn er so lächelte, konnte man nicht nein sagen.

Die beiden waren bis dahin mit einigen Hundert oder Tausend ebenfalls vor dem real gepanzerten Sozialismus Geflohenen in der Stadthalle untergebracht gewesen. In weitläufigen, aber an sich für Kultur- und Sportveranstaltungen vorgesehenen Räumen. Das war ein Dach überm Kopf für die ersten Tage. Doch selbstverständlich war es kein Dauerquartier.

Über die Medien waren Aufrufe an die Bevölkerung ergangen. Aufrufe, den Flüchtlingen nicht nur durch Decken, Kleidungsstücke und Geldspenden zu helfen. Es gab im Prinzip viel Widerhall – die Österreicher jener vergangenen Tage waren im großen und ganzen nett zu den Flüchtlingen. Sie waren schon zu den Ungarn im Jahr '56 nett gewesen; zu den im Jahr '68 aus der Tschechoslowakei über die Grenze Strömenden waren sie erst recht nett.

Vielleicht lag das auch daran, daß sie sich durch diese Flüchtlinge bestätigt fühlten. Flüchtlinge, die nicht einfach aus *irgendeinem* Ausland, sondern aus einem als gegnerisch interpretierten Gesellschaftssystem geflohen waren. Herr Scholz, der das anders sah, gehörte ja, was seine politische Meinung betraf, zu einer im Österreich dieser Jahre verschwindenden Minderheit. Die meisten der sieben Millionen Österreicher zählten sich, trotz ihrer den ehemaligen Besatzungsmächten gegenüber deklarierten Neutralität, die man zwar als militärische, nicht aber als weltanschauliche Blockfreiheit interpretierte, zum sogenannten Westen.

Aber das nur nebenbei – was ich sagen wollte, ist, daß den Flüchtlingen viel geholfen wurde. Jeden Tag wurden welche aus der Stadthalle abgeholt. Man brachte sie unter, half ihnen irgendwie weiter. Miro und Lazo indes, zwei junge Männer, deren Aussehen möglicherweise etwas von dem abwich, das die braven und hilfsbereiten Österreicher jener Tage für solid hielten, waren bisher übriggeblieben.

Miro hatte blaßblaue, durch dicke Brillen vergrößerte Augen und, seiner Jugend zum Trotz, schon etwas schütter über die Schultern fallende Haare. *Federn*, wie man in Wien ziemlich treffend sagt. Gelbe Federn. Ein bißchen angemauserte Federn. Damit sie ihm am Scheitel nicht zu weit auseinanderfielen, hielt er sie mit einem bunt geflochtenen Band zusammen. Lazo hingegen schaute mit Kohlenaugen aus einem Kopf, der es, wenn es um die Haardichte ging, mit meinem durchaus aufnehmen konnte. Auch was die Dunkelheit betraf. Bei etwas anderer Haarstruktur. Er trug ein weißes, indisch wirkendes Hemd. Das war aber, wie er erklärte, nicht indisch, sondern slowakisch, die einem Mäandermuster folgende Stickerei um den Halsausschnitt war eine Arbeit seiner leibhaftigen Großmutter.

Diese Stickerei erweckte bei Natascha ein lebhaftes Interesse. Da man im *Jazz-Freddy*, wie schon erwähnt, nicht allzuviel sah, bemühte sie sich im Lauf des Abends, die feinen Details dieser Stickerei zu ertasten. Es war vielleicht Lazos einziges Hemd, aber er schien sich darin wohl zu fühlen wie in einer schönen Haut. Ihr zwei Hübschen, sagte der Astrolog, habt sicher denselben Aszendenten.

Das verschob die Konstellation ein bißchen. Schon am nächsten Tag holten wir Miro und Lazo aus der Stadthalle ab. Miro trug seine Trompete in einem schwarzen, etwas abgeschabten Futteral. Lazo besaß von dem Instrument, auf dem er, laut Jiři, hinreißende Soli klopfen konnte, nichts mehr als die Trommelschlegel.

Der Rest des Schlagzeugs war jenseits der Grenze geblieben. Ein original *Slingerland*, sagte er, wißt ihr, was das bedeutet? Ehrlich gestanden: Natascha und ich wußten das bis dahin nicht. Aber wir bekamen mit, daß es sich um ein Schlagzeug gehandelt hatte, an dem sein Herz gehangen war.

Vorläufig übte Lazo, indem er auf die Matratzen schlug, die wir in Noëls Kabinett für die beiden neuen Gäste auf den Boden legten. Noël und sein Kinderbett wanderten zu uns ins Schlafzimmer. Wenn wir probten, entführte unser Drummer geeignete Töpfe und Pfannen aus der Küche. Aber das war auf die Dauer kein haltbarer Zustand.

Das fand auch Doktor Scholz, dem der Zuzug zweier weiterer Personen in die von ihm bezahlte Wohnung natürlich nicht entging. Doktor Scholz, der, seit Jiři und Jana bei uns wohnten, ungewöhnlich oft erschien. Zufällig hatte er neuerdings immer wieder in der Gegend zu tun. Angeblich gab es auf der Mariahilferstraße ein neues Labor für Zahnersatzwaren.

Zu diskutieren versuchte er nach wie vor. Daß der Sozialismus, den er und seine Genossen sich vorgestellt hatten, natürlich etwas anderes gewesen sei als Breschnjews Panzerkommunismus. Daß man aber jetzt nicht den Irrtum begehen dürfe, die ganze, große Bewegung in Bausch und Bogen … Er meine, daß es ein verhängnisvoller Fehler wäre, das Kind mit dem Bade …

In diesem Sinne. Er kam immer wieder darauf zu sprechen. Doch hatte ich den Eindruck, daß er sich dabei manchmal selbst nicht recht zuhörte. Wohl war ihm die Entlastung seines politischen Gewissens ein Anliegen. Aber im von Besuch zu Besuch zunehmenden Maße wurde sie ihm zum Vorwand.

Im Grunde genommen ging es ihm darum, bei uns das »tschechische Paar« anzutreffen. So sprach er, wenn er Jana und Jiři meinte. Und insbesondere dessen weibliche Hälfte.

Nun sah er sich mit der Tatsache konfrontiert, daß sich die Zahl der bei uns logierenden Gäste von einem Tag auf den anderen verdoppelt hatte. Das störte natürlich die Konzentration auf die zwei. Oder (bei ihm war die Priorität entschiedener als bei mir) auf die eine. Doch es gelang ihm, die Contenance zu wahren. Die Gäste meiner Kinder sind auch meine Gäste, sagte er. Willkommen!

Wären manche Motive seiner Haltung nicht so durchschaubar gewesen, hätte man sogar finden können, daß er sich ausgesprochen nobel verhielt. Er mietete erstens ein Schlagzeug für den auch in seiner Anwesenheit auf Töpfe und Pfannen schlagenden Lazo und zweitens (da der bei Gebrauch des Schlagzeugs zu erwartende noch größere Lärm sich besser nicht im Hause entfalten sollte) einen Proberaum. Dorthin ließ er auch mein Piano transportieren. Das war, wollten wir nicht zusätzlich zum Schlagzeug noch ein weiteres Instrument mieten, naheliegend, ja unvermeidbar – trotzdem konnte ich mich des Eindrucks nicht erwehren, daß er mich damit in gewisser Hinsicht ausgetrickst hatte.

Der Proberaum war ein aufgelassenes Papierwarendepot in der keine zehn Minuten von der Gumpendorferstraße entfernten Windmühlgasse. Man mußte nur durch den Esterházypark am Flakturm vorbeigehen, und schon war man dort. Manchmal kamen Natascha und Noël, um uns beim Proben zuzuhören. Noël neigte dazu, mitzukrähen und, sobald er stehen konnte, in leichter, vermutlich durch die Windelhose bedingter Hocke zu wippen.

Doktor Scholz kam auch ab und zu vorbei. Ab und zu ist eigentlich stark untertrieben. Für einen Mann, der, wie er mir gesagt hatte, nichts mit Jazz anfangen konnte, kam er sehr häufig. Aber das Zahnlabor, in das er angeblich immer wieder mußte, war vom Proberaum noch etwas weniger weit entfernt als von der Wohnung.

Vielleicht, das will ich nicht ausschließen, hat sich sein akustischer Sinn nach und nach den Schönheiten der Jazzmusik geöffnet. Sozusagen als Nebeneffekt eines primär visuell orientierten Interesses. Soviel war allerdings klar, daß er nicht kam, um zu *hören*. Er kam, um zu *sehen*: mit seinen sowohl wässrigen als auch durstigen alten Augen starrte er ins Halbdunkel.

Jana war aber auch wirklich hübsch anzusehen, wenn sie den Baß spielte. Wie ihre Finger die Saiten auf und ab liefen, wie sie, auf den von den Partnern und aus ihr selbst kommenden Rhythmus lauschend, die Augen schloß, wie ihre Lippen, eine rhythmische Folge mehr sichtbarer als hörbarer Laute formend, den Beat unterstützten. Einerseits war ich im stillen empört, wenn ich meinen Schwiegervater, den alten Geilspecht (ein treffendes Wort nebenbei erwähnt, wobei man wissen muß, daß das Verbum *spechteln* im Wienerischen soviel wie *spannen* bedeutet), wenn ich also den Doktor Scholz beobachtete, wie er so dasaß, für volle Minuten alles andere vergessend, ganz und gar in Janas Anblick versunken. Anderseits aber war meine bevorzugte Blickrichtung dieselbe, und ich konnte ihn gut verstehen.

Wir probten also. Mit Eifer und Enthusiasmus. Mitte November sollte unser erster Auftritt stattfinden. Natürlich im *Jazz-Freddy*, das war naheliegend. Eines Nachmittags hatten wir kurz vorgespielt, der Herr des Hauses hatte schon nach ein paar Takten genickt, seine dunkelhäutige Gefährtin hatte mit den Fingern geschnippt.

Okay, das ist groovy, das swingt, hatte Freddy gesagt. Er hatte ganz recht, was die andern vier betraf. Ich fühlte mich vorerst noch einigermaßen unsicher. Ich hatte ja meistens für mich allein geklimpert.

Aber es ging und wurde mit jedem Tag besser. Ich kam aus dem Winkel heraus, aus dem ich die Welt bisher musikalisch gesehen oder, um den richtigen Sinn anzusprechen, gehört hatte. Wagte mich, angespornt und gehalten durch die anderen, an die Ränder meiner pianistischen Möglichkeiten. Glitt ich ab und zu etwas über diese Ränder hinaus, so klangen meine Motivvariationen vielleicht manchmal ein bißchen falsch, aber in glücklichen Augenblicken nach Monk.

In dieser geheimen Hoffnung bestärkte mich Jiři. Er hatte Ironie, aber auch das für die Band nötige Selbstbewußtsein. Du bist gut, sagte er, du mußt nur daran glauben und aus deinen Nöten Tugenden machen. Wir sind gut, sagte er, die Welt wird schon noch merken, daß wir gut sind.

Im Gegensatz zu ihrem Gatten beehrte uns Frau Scholz im Proberaum nie. Auch in der Wohnung besuchte sie uns jetzt eher selten. Eine mir nicht unliebe Nebenerscheinung des neuerlichen Zuzugs. Sie fühle sich, sagte sie, *geniert* durch *die Wirtschaft*, also die Unordnung, die sie dort erwarte.

Es war allerdings so, daß sie sich nicht nur durch umherliegende Kleidungsstücke und unabgewaschenes Geschirr *geniert* fühlte. Geniert – dieses damals in Wien noch gebräuchliche und von sogenannten besseren Leuten in nasalem Tonfall gesprochene Wort hatte etwas zu tun mit einem gewissen Schamgefühl. Einem Schamgefühl, das Frau Scholz empfand, wenn sie *die Wirtschaft* bei uns sah. Aber auch einem Schamgefühl, das uns auf sie schockierende Weise abhanden gekommen war.

Sie könne nicht mitansehen, sagte sie, wie wir voreinander herumliefen. Und daß wir in der ganzen Wohnung ständig alle Türen offenließen. Es gebe schließlich gewisse Anstandsgrenzen. Wir lebten ja wie in einem – ja, wie in einem Zigeunerlager.

Das war die Formulierung, die es mit sich brachte, daß wir Frau Scholz für geraume Zeit überhaupt nicht mehr zu Gesicht bekamen. Und zwar, weil Natascha sie erbittert ernst nahm. Ihre Pupillen wurden ganz klein, ihre Seele dahinter trat sozusagen zwei Schritte zurück. Tu mir den Gefallen, sagte sie mit sehr leiser, aber bestimmter Stimme, und verlaß sofort meine Wohnung!

Das war stark. Das war in vieler und ambivalenter Hinsicht stark. Erstens war stark, wie sie die Besitzverhältnisse interpretierte. Lief diese Interpretation doch auf eine jedenfalls symbolische Enteignung ihres bis dahin als Wohnungsbesitzer auftretenden Vaters hinaus. Zweitens war stark, wie sie auf einmal mit ihrer Mutter redete.

Natascha, die Tochter. Die inzwischen tatsächlich Psychologie studierte. An der Universität Wien, an der Freud dreißig Jahre nach seiner erzwungenen Emigration immer noch nicht recht zu Hause war. Zur Einführung in die Psychoanalyse gab es nur wenige, auf den hektographierten Anschlägen des psychologischen Instituts sehr blaß angekündigte Vorlesungen. Aber die interessierten Natascha weit mehr als Gehirnphysiologie und Statistik.

Natascha, die Psychologie studierende Tochter also. Enteignete ihren Vater und wies ihrer Mutter die Tür. Die arme Frau Scholz wußte übrigens nicht ganz, was sie gesagt hatte. Zigeunerlager. Das sagte man halt so. Das hatte doch nichts Besonderes zu bedeuten.

Sie wußte nicht ganz, was sie gesagt hatte und warum ihre Tochter so darauf reagierte. Zum ersten, das stimmt schon, war Natascha zu diesem Zeitpunkt eine glühende Antirassistin. Das hing ursächlich mit uns beiden zusammen, mit ihrer Liebe zu mir und der damit verbundenen, fast militanten Verteidigungsbereitschaft. Nun aber kam noch etwas anderes, genauer gesagt: *ein anderer*, hinzu.

Lazo nämlich. Der ein bißchen anders war als seine Landsleute. Erstens, so faßten Natascha und ich das ursprünglich auf, weil er Slowake war. Die Tschechoslowakei war ja ein Land, in dem drei zwar verwandte, aber in ihrem Selbstverständnis doch verschiedene Völker (Tschechen, Mährer und eben Slowaken) wohnten. Jana und Jiři kamen aus Prag, Miro kam aus der Gegend von Brünn, aber Lazo kam aus irgendeiner Stadt mit schwer aussprechlichem Namen weit im Osten.

Seiner geographischen Herkunft nach also ein Slowake. Und die Slowaken mochten ja eine etwas andere Mentalität haben als die Tschechen und Mährer. Aber das war es, wie sich herausstellte, nicht allein. Wenn seine Freunde, was vorkam, mit Lazo, dessen musikalische Auffassungen oft von den ihren abwichen, stritten (nie wirklich bösartig und dennoch, auch wenn es nur um abweichende Phrasierungsvorstellungen ging, leidenschaftlich), nannten sie ihn manchmal einen Zigeuner.

You can't deny it, sagte Jiři dann etwa, he's a gipsy. Na und?, sagte Natascha, die diesbezüglich keinen Spaß verstand. Da konnte sie selbst auf Jiři recht wütend werden. Sie dulde in ihrem Haus keine rassistischen Vorurteile.

Frau Scholz begriff nichts von diesen Hintergründen. Weder von den politischen noch von den privaten. Sie begriff nur, daß sie von ihrer Tochter schwer beleidigt worden war. Ihr eigen Fleisch und Blut hatte sie schlicht und einfach vor die Tür gesetzt!

In den nächsten paar Wochen erschien sie tatsächlich nicht mehr. Was unser Leben natürlich nicht nur erleichterte. Bezüglich Noëls war sie doch eine Hilfe gewesen. Sehr praktisch, daß sie ihn untertags oft zum Spazierengehen abgeholt hatte.

Und daß sie am Abend gegebenenfalls bei ihm geblieben war. Zwar hatte sie letzteres letzthin nur ungern getan. Doch hatten wir unseren Sohn auch zu ihr bringen können. Schließlich war er ihr Goldkind, ihr kleiner Engel, ihr süßes Putzi, ein Kind immer verrückter werdender Eltern wohl, aber da konnte er nichts dafür, immer aufs neue erwachte der großmütterliche Pflegetrieb, da konnte sie nicht nein sagen.

Damals. Ehemals. Vor der schockierenden Beleidigung durch ihre Tochter. Jetzt hätte sie es womöglich doch fertiggebracht. Die Mamma, sagte Herr Scholz, der, wie sich erwies, trotzdem nicht auf den Kontakt mit Natascha, Noël und vor allem Jana verzichten wollte, ist zutiefst gekränkt. Du solltest den Weg zu ihr finden und dich entschuldigen.

Natascha fand diesen Weg aber vorläufig nicht. Viel zu beeindruckt von ihrer eigenen Courage. Ich wäre ja weniger rigid gewesen. Aber es handelte sich um *ihre* Mutter, da wollte ich ihr nicht dreinreden.

Was *meine* Mutter betraf, so war mit ihr als Großmutter kaum zu rechnen. Sie wollte, daran änderte sich nichts, diese Rolle einfach nicht annehmen. Hinzu kam, daß sie inzwischen die Wohnung gewechselt hatte. Mit dem Teddybären und meiner Halbschwester war sie in einen Ort namens Siebenhirten gezogen (*outer suburbs of Vienna*: dort, wo sich, wie es heißt, die Füchse oder Wölfe gute Nacht sagen), Noël dorthin zu bringen und wieder abzuholen war viel zu aufwendig.

Untertags fanden sich andere Lösungen, man konnte ihn ja fast überallhin mitnehmen. Zu Nataschas Vorlesungen allerdings nicht, dafür hatten die Professoren und Dozenten kein Verständnis. Was mich betraf, so fiel ich für die Stunden, die ich im Schallplattenladen jobbte, aus. Desgleichen Jana, die einen Teilzeitjob in einem Supermarkt gefunden hatte.

Wenn sie nicht, um ihrerseits ein bißchen Geld zu verdienen, in der Innenstadt Oldtime-Jazz spielten, kamen auch Jiři, Lazo und Miro als Babysitter in Frage. Letzterer erwies sich dabei als der geschickteste. Nicht nur geschickt, sondern auch sehr lieb, fand Natascha. Tatsächlich war es fast rührend, wie er sich an den langen, dünnen Haaren ziehen ließ und unseren Sohn durch seine dicken Brillengläser mit unerschütterlicher Freundlichkeit ansah.

Etwas schwierig wurde es nur am Abend. Das *Jazz-Freddy*, auch wenn der Astrolog dort döste, war wirklich kein vertretbarer Schlafplatz für ein Menschlein von neun bis zehn Monaten. So mußte jemand mit ihm zu Hause bleiben. Meist warfen wir das Los, aber manchmal meldete sich Miro freiwillig.

Vielleicht tat er das auch, weil er sich unter uns ein bißchen als Außenseiter fühlte. Wenn wir um den Tisch saßen, spürte man nach wie vor jene erotischen Spannungsfäden. Sie liefen zwischen fast allen kreuz und quer. Nur Miro, so schien es, blieb bei aller Freundschaft mit Lazo, bei aller Sympathie, die ihm zweifellos von allen entgegengebracht wurde, außerhalb jenes knisternden Magnetfeldes.

Und dann kam der Abend unseres großen Auftritts. Er fand in kleinem Rahmen statt, aber für uns war er groß. Im *Jazz-Freddy* waren dreißig bis vierzig Leute. Davon werden uns fünfzehn bis zwanzig aufmerksam zugehört haben. Es ging alles gut. Nach anfänglichen Unsicherheiten. Von der dritten Nummer an (*Straight No Chaser*) kamen wir in Schwung. Ich traf die ersten Akkorde fast exakt. Nach dem achten Takt setzten Jiři und Miro ein, nach dem sechzehnten Jana und Lazo. Das fuhr wie ein Zug durch die akustische Landschaft. Nein, es stellte die Landschaft erst her, indem es sie durchfuhr. Und doch saß man drin und sah gewissermaßen aus dem Fenster. Wo Leitungsmasten und Bäume vorbeiwischten und darunter und darüber Himmel und Erde.

Die Verbindung zur Erde hielt Jana, die zum Himmel schafften manchmal Jiři und Miro. Ich hatte, glaube ich, hoffe ich, Anteil an beidem. Und Lazo? Lazo war meist an Janas Seite. Aber wenn er solierte, riß er die ganze Landschaft auf und nieder.

Zerschlug sie mit wilden Wirbeln der großen und kleinen Trommel. Zertrümmerte sie mit scheppernden Beckenschlägen. Ließ nichts über von ihr als eine plötzliche, fast erschreckende Stille. Und begann sie dann, gewissermaßen aus dem Tunell, in das der Zug geraten war, wieder auftauchend, neu zusammenzusetzen. Zwei, drei Schläge, und wir anderen konnten wieder einsteigen. Nein, saßen schon drin im Zug, dem ja nur scheinbar verschwundenen. Der jetzt aufs neue entstand mit allen Waggons. Und mit der durch seine neuerliche Fahrt erschaffenen Landschaft.

Von da an lief unser Programm wirklich wie auf Schienen. Wir hatten vorsichtshalber nur ein Set angesetzt, spielten also bloß vierzig, maximal fünfundvierzig Minuten. Mit der letzten Nummer, einer stark an Trane's *Spiritual* erinnernden Eigenkomposition von Jiři, erreichten wir noch einen wirbelnden Höhepunkt. Die Draufgabe mit *Just Squeeze Me* kam zärtlich, in Dankbarkeit aller gegenüber allen, und wurde von Natascha, die dann alle umarmte und quetschte, als Aufforderung verstanden.

Wir waren glücklich. Wir hatten das Gefühl, *da* zu sein. Soeben als Gruppe, als Band, in die Welt getreten. Wir hatten noch nicht einmal einen richtigen Namen. Aber wir brauchten uns vor denen, die *vor uns* gewesen waren und die jetzt *nach uns* kamen (von Freddy, der wieder Platten auflegte, als große Ahnengeister gewissermaßen beschworen), nicht zu verstecken.

Ein paar von den aufmerksameren Zuhörern sprachen uns an, wollten wissen, wann und wo wir wieder auftreten würden. Die Lebensgefährtin des Hausherrn – jetzt fällt mir ein, daß sie Mari hieß – Mari in ihrer freundlichen, unkomplizierten Art meinte, wir sollten das auf jeden Fall hier, im Lokal unseres vielversprechenden Starts, tun. Freddy selbst, kein Mann großer Worte, blätterte sachlich im Kalender. Der Astrolog gab den Rat, den Termin in eine Phase zunehmenden Mondes zu legen.

Wir waren glücklich und fühlten uns akzeptiert. So etwas will man natürlich gebührend feiern. Noël hatten wir bei einer Studienkollegin Nataschas untergebracht, einer gewissen Elfi, die auch einen kleinen Buben hatte. Das konnte also eine unbegrenzt lustige Nacht werden.

Fürs erste allerdings, darin stimmten wir alle überein, mußten wir irgendwohin essen gehen. Trotz seiner Kürze hatte der Auftritt eine Menge Energien gekostet. Kaum am Piano sitzend, hatte ich bemerkt, wie schwere Schweißtropfen von meiner Stirn auf die Tasten gefallen waren. Auch Natascha, die nur zugehört, zugesehen, uns zugenickt und ermutigend zugelächelt hatte (ermutigend, aber, wie sie jetzt eingestand, aus der Tiefe ihres Leibes und ihrer Seele heraus zitternd), auch Natascha, die also auf diese Weise Energien verbraucht hatte, äußerte einen rechtschaffenen Hunger.

Einen Hunger, der sich im *Jazz-Freddy* nicht stillen ließ. Jedenfalls nicht, wenn man in diesem Zusammenhang auch

Feierliches im Sinn hatte. Bei aller Wertschätzung für Maris Schmalz- und Speckbrote. Uns war jetzt ganz einfach nach etwas anderem zumute.

Nicht weit entfernt war das Gasthaus *Zum Seidengrund*. Das sah einladend aus. Durchaus gepflegt, aber gemütlich. Rotweiß karierte Tischtücher mit aus Bast geflochtenen Brotkörben darauf. Ebensolche Lampenschirme darüber, die ein schönes, mildes Licht gaben.

Es war noch nicht allzuspät, vielleicht dreiviertel elf. *Küche bis 23 Uhr 30*, stand an der Tür. Wir würden ein gutes Abendessen genießen. Bester Laune traten wir ein, schickten uns an, Platz zu nehmen.

Und schon kam der Kellner daher, mit großen Schritten. Ein Wiener Kellner wie aus dem Bilderbuch. Weißes Hemd, schwarzes Gilet, trotz seiner etwas bulligen Fleischlichkeit im Prinzip freundliches Gesicht. Um den Mund vielleicht ein Zug von Sarkasmus, aber der (ich formulierte das schon im Geist, um es im Anschluß an unsere Bestellung launig zu erläutern) hat nichts Bösartiges zu bedeuten, sondern resultiert aus einem gewissen, stereotyp gewordenen Selbstschutzverhalten gegen möglicherweise sekkante Gäste.

Der Kellner war sozusagen ganz normal. Was mich an ihm irritierte, war nur die Größe seiner Schritte. Hatte er es wirklich so eilig, unsere Bestellung aufzunehmen? – Wie sich herausstellte, hatte er sich nur so beeilt, um uns zu sagen, daß der Tisch, an dem wir Platz nehmen wollten, nicht frei sei.

Na schön, sagten wir. So ist dieser Tisch reserviert. Auch gut. Dann setzen wir uns an den dort drüben …

Wir waren noch immer sehr gut aufgelegt.

Auch dieser Tisch sei nicht frei, informierte uns der Kellner.

Noch einen dritten Tisch visierten wir an.

Jetzt stellte der Kellner sich regelrecht in den Weg.

Ich gab ihm und uns noch eine Chance: Erwarten Sie eine Gesellschaft?

Nein, sagte der Kellner. Aber für solche wie euch gibt es hier keine Tische.

Was soll denn das heißen, für solche wie uns?!

Natascha schrie. Ihre Stimme war knapp am Kippen.

Soll ichs dir sagen, Mäderl?, fragte eine im Gegensatz dazu sehr ruhige und gelassene Stimme hinter der Theke: Solche wie euch hätten wir vor fünfundzwanzig Jahren noch nach Mauthausen geschickt.

Und dann Natascha: durch die Nacht rennend wie ein panisches Pferd. Die Schottenfeldgasse nicht heimwärts, sondern in der Gegenrichtung. Wir alle hinter ihr her, die ganze Combo. Die Musikinstrumente hatten wir, in der Absicht, sie am nächsten Vormittag zu holen, im *Jazz-Freddy* gelassen.

Durch die Schottenfeldgasse rannte Natascha und durch die Burggasse. Ein paar Mal erwischten wir sie, aber sie riß sich immer wieder los. Warum hatten wir nichts gesagt, warum hatten wir nichts getan, warum waren wir mit hängenden Köpfen aus dem Gasthaus *Zum Seidengrund* weggegangen? Warum hatten wir nicht das ganze Scheißlokal kurz und klein geschlagen?

Aber Natascha, versuchte ich sie zu beruhigen, du weißt genau, warum! Wir würden inzwischen alle im Kotter sitzen. Was ist das für eine Scheißstadt, schrie Natascha, was ist das für ein Scheißland, was ist das für eine Scheißwelt!? – Passanten drehten sich nach uns um. – Was seid ihr für Scheißtypen!

Das war auf der Höhe des Volkstheaters. Auf der anderen Straßenseite stand ein Polizist.

Ich bitt dich, Natascha, halt den Mund, sagte ich, sonst bekommen wir noch jetzt Schwierigkeiten.

Tatsächlich dämpfte sie ihre Stimme ein wenig. Du bist ein Feigling, sagte sie mit dieser gedämpften Stimme – warum, verdammt noch einmal, bist du so ein Feigling?

Das tat mir weh, aber in dieser Situation über die Berechtigung ihres Vorwurfs zu diskutieren schien mir aussichtslos.

Mir wäre es am liebsten gewesen, sie möglichst rasch nach Hause und ins Bett zu bringen. Ecke Museumstraße-Bellariastraße standen Taxis. Meinem Versuch, sie in eins dieser Taxis zu setzen, wurde ein geradezu empörter Widerstand geleistet.

Bist du verrückt?, rief sie. Wir wollten doch feiern! Vom Ring her, vom Volksgartenpavillon, klang Musik. Im Näherkommen erkannten wir den Beat von Deep Purple und Led Zeppelin.

Genau, rief Natascha, blind über die um diese Stunde Gott sei Dank nicht allzubefahrene Kreuzung laufend, jetzt gehen wir tanzen!

Was dann geschah, weiß ich nur mehr sehr fragmentarisch. Wir hatten nichts gegessen, wir tranken noch einiges, wir tanzten exzessiv. Besonders exzessiv natürlich Natascha. Aber nach und nach ließen sich alle anderen von ihrer verzweifelten Tanzwut anstecken.

Ich allerdings als letzter, als allerletzter.

Was bist du für ein Neger?, raunte mir Natascha zwischendurch zu, wo in deinem Blut ist Afrika?

Mich juckte die Hand. Ich hätte sie gern ins Gesicht geschlagen.

Aber da ich sie liebte, ließ ich es lieber bleiben und reagierte mich im Tanz ab.

Später saß sie mit Lazo in einer schummrigen Ecke, an seine Schulter gesunken, seine Hand haltend. Während Jana, Jiři und ich auf der Tanzfläche blieben. In meiner Erinnerung sind da nur mehr wir drei. Wo Miro ist, weiß ich nicht, aber im Vorbeitanzen habe ich manchmal den Eindruck, ich sehe ihn an der Bar stehen.

Ja, da ist er – die dünn über die Schultern fließenden Haare, die dicke Brille. Im Vorbeitanzen denke ich, daß er arm ist. Der arme Miro, denke ich, niemand liebt ihn! Aber bei der nächsten Runde sehe ich, daß Natascha neben ihm steht, und bei der übernächsten sind die beiden verschwunden.

Dann ist Lazo bei uns. Er wirkt irritiert. Zu viert an der Bar Mocca trinkend, versuchen wir uns zu ernüchtern. Natascha und Miro tauchen nicht mehr auf. Schließlich wird das Lokal zugesperrt, draußen rufen wir noch eine Weile nach den beiden, aber weder aus dem verschlossenen Volksgarten noch vom im grauen Morgenlicht erschreckend offen und leer liegenden Heldenplatz kommt Antwort.

Zu Hause angekommen, fanden wir die zwei eng aneinandergeschmiegt im Bett vor. Wir weckten sie nicht. Was hätte das für einen Sinn gehabt. Jana und Jiři zogen sich hinter ihre Wand zurück. Ich verbrachte den Rest der Nacht auf Miros Matratze, neben dem schnarchenden Lazo.

Allzulang litt es mich nicht auf diesem Lager. Gegen neun stand ich auf, zog mich an, schloß, so leise wie möglich, die Tür hinter mir. Trank mehrere Tassen Kaffee im nächsten Espresso. Und setzte mich dann in den Proberaum ans Klavier.

Griff Blues-Akkorde, was ich schon lang nicht getan hatte. Ich meine: ganz simple – nach dem archaischen Muster. Ich pflegte ja letzthin avanciertere Formen. Aber jetzt war mir genau nach jenen zwölf Urtakten zumut, mit ihren drei viertaktigen Phrasen.

Was Worte betrifft, so waren die nicht schwer zu finden. Das heißt: Ich brauchte sie nicht erst lange zu suchen. Die Situation, in der ich mich befand, war ja die klassische Blues-Situation. Armer Mann erwacht am Morgen und bemerkt beziehungsweise erinnert sich, daß seine Frau nicht neben ihm liegt, sondern – na ja, hier gab es in meinem Fall gewisse Abweichungen.

Wie dem auch sei, es war das erste Mal in meinem Leben, daß ich den Blues nicht nur aus einem allgemeinen Feeling heraus empfand, sondern aus einer besonderen Erfahrung. *I'm so worried I'm so worried*, sang ich – das war keine Pose, sondern die reine Wahrheit. Und dennoch schien Natascha das anzuzweifeln. Spiel dich nicht so auf, sagte sie. Sie stand plötzlich hinter mir.

Nein, eigentlich glaube ich nicht, daß sie es wirklich anzweifelte. Sie versuchte nur, der Szene, in der wir einander unversehens gegenüberstanden (ich hatte mich vom Klavierhocker erhoben und stand nun mit dem Rücken zur Tastatur), etwas an Pathos zu nehmen. *I'm so worried, I'm so worried, 'cause my baby's gone away?* Letzteres war keineswegs der Fall – sie war ja da, meine junge Frau und einzig legitime Geliebte.

Zwar hatte sie mit einem anderen geschlafen, aber das war eigentlich gar nicht der gewesen, mit dem sie gern geschlafen *hätte*. Sie hatte doch, strenggenommen, ein Opfer gebracht! Nicht daß es Miro, der liebe, nicht verdient hätte, daß man sich ihm mit einer gewissen Innigkeit zuwandte. Aber so, wie es nun einmal gelaufen sei, habe sie die Abfuhr aus welchen Gründen immer gestauter Triebe auf relativ harmlose Weise und als gutes Werk vollzogen.

Während sie so argumentierte, war ihr Gesichtsausdruck schmollend, trotzig und merkwürdigerweise vorwurfsvoll, als hätte im Grund genommen *ich ihr* etwas getan. Vielleicht war er das allerdings auch deshalb, weil ich von ihrer Argumentation nicht ganz überzeugt wirkte. – Oder wäre es dir lieber gewesen, sagte sie, ich hätte mit *Lazo* geschlafen? Oder mit *Jiři*? Wäre dir das wirklich lieber gewesen?

Was sollte ich darauf sagen? – Ich sagte nichts.

Daß ich meinerseits mit Jana schlafen würde, sei ihr übrigens klar.

Nach dieser Feststellung trat sie entschlossen auf mich zu, um mich zu küssen.

Etwas zurückweichend berührte ich die Klaviertasten, was einen sehr falschen Akkord verursachte.

Am Abend, als ich vom Plattengeschäft heimwärts ging, traf ich zufällig Jana. Das heißt: *Ganz* zufällig traf ich sie eigentlich nicht. Im Supermarkt hatte sie um sechs Ladenschluß, etwa eine halbe Stunde länger mußte sie bleiben, um wegzuräumen. Wenn ich etwas langsamer ging als sonst und überdies einen etwas anderen Weg nahm als den, den ich für gewöhnlich einschlug (unter Verzicht auf die sympathisch schräge Kaunitzgasse und andere mögliche Abschneider), so konnten wir einander an einer Ecke, die ich mir ausrechnete, begegnen.

Und wirklich, so war es. Ich kam in der von der Pilgrambrücke leicht ansteigenden Hofmühlgasse von unten, sie in der Gumpendorferstraße von links. Damit meine Absicht, sie zu treffen, nicht von vornherein auffiel, ging ich auf der rechten, also unserer Wohnung, die von dort etwa achthundert Meter entfernt lag, schon etwas näheren Straßenseite. So geschah es, daß, kaum hatten wir einander erblickt, ein Autobus der Linie 13 (Wiens einziger Stockbus, der mühsam durch den in seiner beleuchteten Dunkelheit bereits recht adventlich wirkenden Abend ächzte) unseren Blickkontakt unterbrach. Als er vorbei war und wir einander wieder sahen (wieder sahen nach dieser Trennung, die, trotz ihrer objektiven Kürze durch das vibrierende, brummende, stinkende Ungetüm, das sich so brutal zwischen uns geschoben hatte, subjektiv lang und bang schien), konnten wir nicht umhin, uns in der Mitte der Straße, in die ich Jana, der lieben, lächelnden Jana, entgegengekommen war, alle taktischen Vorbehalte und die gebotene Vorsicht im Straßenverkehr vergessend, zu umarmen.

Wir wichen vom Heimweg ab in die Amerlingstraße. Dort fanden wir Zuflucht in einer Imbißstube. Zuflucht vor dem Verkehrslärm, in dem man sein eigenes Wort nicht verstand, Zuflucht vor dem Regen, der unmittelbar nach unserer Umarmung zu fallen begonnen hatte. Zuflucht vor – das hätten wir uns und einander nicht eingestanden, aber so war es –, vor den andern, denen wir in so unmittelbarer Nähe unserer Wohnung natürlich leicht hätten begegnen können.

Die Imbißstube war häßlich – weiße Plastiksessel, staubigklebrige Kunstblumen, surrende Neonbeleuchtung. Und doch war es schön, daß wir dort miteinander saßen. Ein bißchen außer Atem, weil wir die letzten fünfzig Meter, auf denen der

Regen heftig geworden war, gelaufen waren. So habe ich es in Erinnerung, aber vielleicht hatte unsere Atemlosigkeit, in der wir einander jetzt gegenübersaßen, noch andere Gründe.

Ich wollte dich treffen, gestand ich schließlich.

Ja, sagte sie, ich weiß.

Ich muß mit dir reden, kündigte ich an.

Sie nickte.

Ich möchte mit dir schlafen, sagte ich.

Das schien sie nicht zu überraschen.

Ich möchte es sehr, bekräftigte ich.

Ja, sagte sie, das spürt man.

Aber ..., schränkte ich ein.

Sie legte den Kopf schief: Aber ...?

Ich fürchte, wir können das Natascha nicht antun.

Jana neigte den Kopf nach der anderen Seite.

Und wahrscheinlich, sagte ich, können wir das auch Jiři nicht antun.

So, sagte sie. Dieses *so* blieb seltsam in Schwebe. Weder mit Fragezeichen noch mit Punkt dahinter. Vielleicht mit Gedankenstrich. Vielleicht sogar mit zwei Gedankenstrichen. Einen für mich und einen für sie. Oder einen für Jiři und einen für Natascha.

Später, im Hausflur, ehe wir die Treppe zu unseren Lieben hinaufstiegen, umklammerten wir einander auf einmal. Jetzt war die Atemlosigkeit von zuvor wieder da. Wir spürten einander durch den Stoff, Herzklopfen, Blutpochen, wir waren drauf und dran, uns hinderlicher Textilien zu entledigen. Aber dann hörten wir plötzlich Schritte aus einem der oberen Stockwerke und prallten auseinander.

An diesem Abend kam die Gemeinsamkeit der letzten Wochen nicht auf. Natascha hatte ihre mütterlichen Gefühle wiederentdeckt und widmete sich vor allem Noël. Jiři und Jana steckten die Köpfe zusammen wie zwei Eichhörnchen. Lazo schlug wütend klingende Soli auf die Matratzen.

Der einzige, der zu reden versuchte, war Miro. Er bildete sich ein, er müsse sich mir gegenüber rechtfertigen. Er rang nach Worten. Er hatte zwar deutlich das Gefühl, daß er etwas sagen sollte. Nur was er eigentlich sagen sollte, wußte er offenbar nicht.

Vielleicht lag das auch an gewissen Sprachschwierigkeiten. Aber nicht wesentlich. Sein Deutsch war nicht schlecht. Es war nur schwer zu erklären oder auch einzugestehen, daß er selbst nicht genau wußte, was passiert war. Oder daß er es im Grunde seines Herzens sehr wohl wußte: Er verdankte der fragwürdigen Gunst der Stunde ein sexuelles Erlebnis mit einer sehr netten jungen Frau, aber er war von ihr benutzt worden.

Hör zu, sagte er, vielleicht solltest du mich schlagen. Er meinte das ernst. Er nahm die Brille ab. Er war sehr kurzsichtig. Ohne Brille hatte er einen hilflosen Gesichtsausdruck. Ich bitte dich!, sagte ich. Setz deine Brille wieder auf die Nase!

Ich hielt ihn nicht aus. Gesellte mich zu Natascha. Schau doch, sagte sie, wie lieb er ist! Noël war eingeschlafen und nuckelte friedlich. Wie schön wär es doch, sagte sie, wenn da nur wir drei wären, er, du und ich.

Aber da waren nun einmal nicht nur *wir drei*. Lazo trommelte noch immer, ein Wunder, daß das Noël nicht störte. Mich störte es heute schon. Der Rhythmus, den er trommelte, war sehr nervös. Oder war *er selbst* so nervös? Oder war *ich* so nervös?

Kannst du nicht aufhören mit diesem Scheißkrawall? Ich hätte nicht so schreien sollen, das war in jeder Hinsicht kontraproduktiv. Zwar ließ Lazo abrupt von den malträtierten Matratzen ab, aber Noël wachte auf und weinte. Zwei Minuten später fiel die Wohnungstür mit einem Krach ins Schloß.

Das wieder konnte Natascha nicht ertragen. Man durfte doch Lazo nicht einfach so weglaufen lassen! Sich eine Weste umwerfend, lief sie ihm nach. Das hatte ich nun davon. Da saß ich mit unserem inzwischen brüllenden Sprößling.

Nach einer Weile kamen Jana und Jiři, um mir beizustehen. Jana nahm Noël aus dem Kinderbett und schaukelte ihn in ihren Armen. Jiři tätschelte brüderlich meine Hand. Mich jedoch erfüllte eine angesichts des Ausbleibens von Natascha und Lazo rasch wachsende Unruhe.

Erst eine gute Stunde später kehrten die zwei wieder. Sie hatten gerötete Wangen, aber wahrscheinlich kam das vom Wetter draußen. Kühle Feuchtigkeit hing in ihren Haaren. Sie seien einige Runden um den Flakturm im Esterházypark gegangen.

Es war mir zu dumm auszurechnen, wie viele Runden das gewesen sein mußten. Wir haben, sagte Natascha, über gruppendynamische Probleme gesprochen. Das war schon im Bett. Da war sie sehr zärtlich zu mir. Mir aber fiel es schwer, diese Zärtlichkeit zu erwidern.

Sie kam mir – wie soll ich sagen – zu absichtsvoll vor. Ich hab dich doch lieb, sagte sie, weißt du nicht, wie lieb ich dich hab? Wo bist du, fragte sie, warum bist du so weit weg von mir? Hinter der Wand hörte ich nichts, aber in meiner Phantasie hörte ich Jana sehr nah.

Vor einer der nächsten Proben ergab es sich, daß Jiři und ich als erste im Proberaum waren. Eine Weile spielten wir einander musikalische Bälle zu. Die Situation erinnerte mich an mein fußballerisches Zusammenspiel mit Robert Reiter. Wie wir manchmal, zum Aufwärmen, nur zwischen uns beiden hin- und hergepaßt hatten, und wie schön es gewesen war, mit jeder Bewegung, Aktion und Reaktion zu spüren, wie gut wir einander verstanden.

Dann setzte Jiři das Saxophon ab und begann zu reden. Ich spielte perkussiv weiter, als wäre sein Statement ein mit anderen Mitteln vorgetragenes Solo. Er sprach englisch, die Sprache, die er nach wie vor besser beherrschte als deutsch. You must not think, sagte er, that all those complications and troubles do not touch me.

Daß ich ihm und Jana recht leid getan habe an jenem fragwürdigen Abend nach unserem Auftritt. Daß Natascha offenbar eine zugleich sehr sensible und impulsive junge Frau sei. Daß sie damals, am darauffolgenden Morgen, noch lang über uns geredet hätten, Jana und er. Und daß sie einander versichert hätten, wie sympathisch wir ihnen seien, allen beiden, alle beide.

Hier legte er eine Pause ein, in der ich die Akkorde von zuerst in Arpeggios auflöste.

Daß und wie sich Jana und ich zueinander hingezogen fühlten, sei ihm nicht entgangen. – Nun hätten Jana und er sowohl im allgemeinen als auch in diesem besonderen Fall sehr ähnliche Emotionen. Er könne sie also gut verstehen, und er könne auch mich verstehen, da er ja selbst am besten wisse, wie liebens- und begehrenswert sie sei.

Er führte das Saxophon wieder an die Lippen und spielte einen sehr hohen, schrillen, dann einen sehr tiefen, dröhnenden Ton. Diese Tonfolge erinnerte an die Scherze mit Musikinstrumenten herumalbernder Clowns im Zirkus. Es klingt vielleicht komisch, sagte er, aber Jana hat mich gebeten, mit dir darüber zu sprechen. Wenn es sich also nicht vermeiden läßt, ich meine, wenn ihr glaubt, daß es sein muß …

Was soll ich sagen? Einerseits empfand ich in diesem Augenblick Hochachtung für Jiři. Oder für ihn und Jana. Für ihre Beziehung. Anderseits fühlte ich mich durch ihn gerührt. Vielleicht lag es daran, daß jetzt, nachdem er mir das gesagt hatte, auch sein Gesichtsausdruck dem eines Clowns ähnelte, allerdings eines Clowns von der melancholischen Sorte.

So hatte ich ihn noch nie gesehen, aber jetzt sah ich ihn so. Das Blondhaar ein bißchen konfus vom Kopf abstehend, unter den Augen tropfenförmige Schatten. Vielleicht lag das an der schlechten Beleuchtung im Proberaum, vielleicht bildete ich es mir nur ein. Aber ich *sah* für eine Sekunde diesen Aspekt seines Wesens.

Jedenfalls stand ich vom Piano auf und wollte zu ihm hingehen. Ihm die Hand drücken oder ihn auf die Stirn küssen, vielleicht beides. Aber gerade in diesem Moment ging die Tür auf. Herein kamen Miro und Lazo. Gleich nach ihnen kam Jana.

Es fiele ihm leichter, bemerkte Jana, wenn auch Natascha ... Sie meine: Am Anfang habe es ja so ausgeschaut ... Da habe Natascha Jiři so angeschaut ... Aber seit Lazo aufgetaucht sei, habe er manchmal den Eindruck, daß sie an ihm vorbeischaue.

Da hatte sie recht. Den Eindruck hatte ich auch.

Dabei war Jiři so nett. Darüber waren sich Jana und ich einig. Und sicherlich war auch Natascha ganz dieser Meinung. Nur war da jetzt eben Lazo. Es war wie ein Ausweichen.

So redeten und räsonierten Jana und ich.

Ich holte sie einige Male vom Supermarkt ab. An manchen Ecken waren wir zärtlich zueinander, der von Tag zu Tag kälteren Außentemperatur zum Trotz. Schließlich begann es zu schneien. In meiner Erinnerung sehe ich Schneeflocken auf Janas Schultern.

Auf Janas Schultern, die von einem Kaninchenpelzkragen bedeckt waren. Die Jacke, auf die dieser Kragen genäht war, gehörte Natascha. Da Jana nur einen dünnen Übergangsmantel besaß, hatte ihr Natascha diese Jacke geborgt. Wenn ich den Kaninchenpelz streichelte, streichelte ich in gewisser Hinsicht beide.

Lieb von Natascha, mir ihre Jacke zu borgen!

Ja, sagte ich, streichelnd, ein bißchen gedankenverloren.

Wir waren zärtlich zueinander, manchmal packte uns ein Ansatz von Leidenschaft. Aber so weit wie damals im Hausflur ließen wir es nicht mehr kommen.

Ging Natascha mit Lazo weiter? Ich weiß nicht. Jedenfalls hat er sie auch einige Male abgeholt. Von der Uni. Oder vom Psychologischen Institut. Aber vielleicht haben sie nur ihr Gespräch über gruppendynamische Probleme fortgesetzt. Ich fragte sie nicht nach Details. Ich wollte ja auch nicht nach Details gefragt werden. Und vice versa. Es war eine komische Situation. Wir wollten nicht zurück (schließlich waren wir, wie sich im Lauf unseres nun zu Ende gehenden ersten Ehejahrs herausgestellt hatte, ein ziemlich progressives junges Paar). Aber so richtig vorwärts getrauten wir uns auch nicht.

Es ergab sich aber ein Abend, an dem Miro und Lazo nicht da waren. Soviel ich mich erinnern kann, spielten sie bei irgendeiner Adventveranstaltung. Ein Auftritt, bei dem man zwar einen Trompeter und einen Schlagzeuger brauchte. Aber keinen Saxophonisten. Und keinen Pianisten. Und keine Bassistin.

So fanden wir uns unversehens in der ursprünglichen Konstellation. Beinah wie in Prag. Zwei junge Paare, zwischen denen es knisterte. Sicher, Sie haben schon recht, da war auch Noël. Aber der hatte sein Fläschchen gekriegt und war eingeschlummert.

Der Anfang des Abends war eher krampfhaft verlaufen. Eine deutliche Hemmung lag auf unseren Bewegungen, auf unseren Stimmen. Jana und ich vermieden jede Berührung. Dafür schmiegte sich Natascha demonstrativ an meine Schulter.

Doch dann kam Jiři mit seinem *Stoff* daher. Eigentlich, sagte er, habe er schon früher damit herausrücken wollen. Nach unserem so erfreulich erfolgreichen Auftritt. Aber den darauffolgenden Umständen entsprechend habe er es lieber bleibenlassen.

Jetzt jedoch scheine ihm der Moment gekommen. Der richtige Moment. Die gute Stunde unter guten Freunden. Unsere Viererbeziehung sei in den letzten Wochen vielleicht ein bißchen *out of joint* geraten. Aber ein Joint, wie schon der Name sage, sei etwas die Menschen Verbindendes und würde uns guttun.

Roter Libanese oder Schwarzer Afghane, ich weiß nicht mehr, was es war. Jiři behauptete jedenfalls, es handle sich um was ganz Feines. Wickelte die weder rote noch schwarze, sondern unter der gedämpften Beleuchtung unserer Wohnzimmerstehlampe eher bräunlich wirkende Substanz aus dem Stanniolpapier. Sie erinnerte mich ein wenig an den gepreßten Malzkaffee, den meine Mutter in der alten Küche an der Erdberger Lände gekocht hatte.

Mit Hilfe eines alten Feuerzeugs sengte Jiři das Material kurz an und begann, es zwischen Daumen und Zeigefinger zu zerkleinern. Er saß dabei im Türkensitz, das Zigarettenpapier mit etwas Tabak lag auf einem seiner Knie, das er erstaunlich ruhig hielt. Sobald alle Haschischbröselchen in den Tabak gestreut waren, umhüllte er ihn mit dem Zigarettenpapier, die Stelle, an der die Papierenden zusammengefügt werden sollten, kurz anleckend. Dann drehte er das Ende des Joints, eines beachtlichen Geräts, noch einige Windungen weit zusammen, und dann, schon mit dem Giftstengel zwischen den Lippen, entflammte er ein Zündholz.

In meiner Erinnerung kommt mir das vom Reiben des Zündholzes auf der Reibfläche verursachte Geräusch sehr laut vor. Auf der Zündholzschachtel steht *Sirius*, die Etikette zeigt so etwas wie das Strahlen einer aufgehenden Sonne. Damit in Verbindung erinnere ich mich an das Aufstrahlen der Flamme und das Aufstrahlen von Jiřis Gesicht. And now relax, sagt er, just lean back and enjoy it.

Ach Jiři, lieber Jiři, du hast es vielleicht gut gemeint. In deinem naiven Vertrauen in die Droge. Ihre entkrampfende Wirkung, weiß der Teufel. Du warst nicht der einzige, der damals so dachte.

Ich dachte damals *nicht* so. Ich war mir nicht sicher. Natürlich habe ich später noch alles Mögliche gekifft und eingeworfen, bei meinem Job als Piano Player war das fast unvermeidlich. Aber damals war mir ein ein bißchen bang. Und zwar weniger um meinetwillen als um Nataschas willen.

Ich wollte kein Spielverderber sein, ich wollte sie und mich nicht blamieren. Doch Tatsache war, daß wir bis dahin nur ein wenig Gras geraucht hatten. (Zum Beispiel damals, an jenem schönen Prager Abend mit Jana und Jiři.) Wer konnte sagen, wie sich das in der gegenwärtigen Form dem Vernehmen nach stärkere Rauschgift auf Nataschas sensible (und auch in nüchternem Zustand manchmal unberechenbare) Seele auswirkte?

Ich wollte jedenfalls klaren Kopf behalten. Der Joint ging seinen Weg. Zuerst bot ihn Jiři Natascha an. Von Natascha ging er zu Jana und von Jana zu mir. Ich schloß den Kreis und gab ihn an Jiři zurück.

Man merkte und wies darauf hin, daß ich den Rauch nur im Mund hielt, nicht inhalierte. Im Gegensatz zu mir sog meine Frau mit übertriebener Hingabe. *Mir* schien diese Hingabe jedenfalls übertrieben. Fast ärgerlich, wie sie die Zigarette mit der hohlen Hand abdeckte, damit ihr nur ja nichts vom süßen Gift entging, wie sie, tief einatmend, die Augen schloß, physisch ganz dem Klischeebild einer weiß Gott welche psychische und psychedelische Sensation erwartenden Person entsprechend.

Eine Zeitlang verharrte ich in diesem Zustand der Bangigkeit und des Ärgers. Es war auch ein Zustand geschärfter Aufmerksamkeit. Ich sah die Pickel auf der Stirn Nataschas, die sie, wenn sie nervös war, manchmal aufkratzte. Ich sah die geröteten Spuren der ungeschickt vollzogenen oder schlecht vertragenen Naßrasur am Hals Jiřis und den etwas schiefen, wenn auch ganz aparten rechten oberen Schneidezahn Janas. Doch dann widerfuhr mir etwas, womit ich nicht gerechnet hatte. Obwohl ich, wie gesagt, nur sehr zaghaft rauchte. Diese gespannte, überspannte Aufmerksamkeit ließ nach, kam mir unversehens abhanden. Und ich versank in vages Wohlbehagen.

Der Geruch des Hanfs oder des Tabaks wurde mir auf einmal angenehm. Es begann mir Spaß zu machen, blaue Ringe zu rauchen. Ja, der Rauch war erstaunlich blau über mir. In Korrespondenz mit dem leuchtenden Blau, das, im Rhythmus der Musik zuckend, von der Justierungsskala unseres Stereogeräts ausging.

Die Musik war sehr präsent, obwohl ich nicht mehr weiß, was es war. Ich weiß nur mehr, daß sie etwas sehr breit Angelegtes, Raumfüllendes hatte. Iron Butterfly etwa oder Pink Floyd. Diese Musik hatte nicht nur etwas Raum-, sondern auch etwas Kopffüllendes.

Mein Kopf lag in einem Schoß, zuerst dachte ich, daß er in Nataschas Schoß lag. Doch irgend etwas konnte damit nicht ganz stimmen. Denn das Gesicht, das sich dabei über mich neigte, gehörte Jana. Daß Nataschas Kopf, wie sich herausstellte, in Jiřis Schoß lag, ließ die Bangigkeit von zuerst zwar, wie eine zurückflutende Welle, wiederkommen, schien aber in diesem Zusammenhang nicht unrichtig.

Ich hab euch alle so lieb, sagte Natascha. – Ja eben!

Sie hatte mir das Wort aus dem Mund genommen. Mir ging es auch so.

Ich tastete nach ihrer Hand. So lagen wir eine Weile.

Dann verging einige Zeit. Ich könnte nicht sagen, wieviel oder wie wenig.

Daß ich nachher das Gefühl hatte, es sei Mitternacht, hängt mit dem Donauwalzer zusammen. Vielleicht war es früher, vielleicht war es später, vielleicht war es wirklich Schlag zwölf. Jedenfalls hatte jemand den Donauwalzer aufgelegt, ich hatte gar nicht gewußt, daß wir eine solche Platte besaßen. Sie wird wohl bei jenem Paket LPs gewesen sein, das ich zum Einstand im Plattengeschäft geschenkt bekommen und – da sie meinen Geschmack kaum trafen – bisher nicht beachtet hatte. *Willy Boskovsky dirigiert die Wiener Philharmoniker.* Sehr originell. Jemand sagt, wir könnten jetzt Silvester feiern. Vielleicht bin ich es selbst, in diesem Zustand kann ich nicht für mich garantieren. Aber meinetwegen, ja, feiern wir jetzt, auf der Stelle, Silvester, es ist zwar, wenn ich mich recht erinnere, erst November, der wievielte, diese Frage könnte ich beim besten Willen nicht beantworten, aber am 31. Dezember Silvester feiern kann schließlich jeder.

Sekt haben wir keinen, aber wir schütteln Bierflaschen, daß sie beim Öffnen knallen und der Schaum in den Raum spritzt. Und dann tanzen wir, und dann werden wir schwindlig, und dann landen wir im Bett. Wir vier, kreuz und quer oder eigentlich doch nicht so kreuz und so quer, sondern eher parallel, zwei und zwei. Aber daß es nebenbei zu gewissen Berührungen zwischen Natascha und Jiři, zwischen Jana und mir kommt, sozusagen probeweise, und daß Jana und Natascha einander auf sehr zärtliche Weise streicheln, vielleicht zum Zeichen gegenseitigen Einverständnisses, eröffnet die schönsten Perspektiven.

All you need is love, singen jetzt die Beatles, die wir nach der Platte mit dem Donauwalzer aufgelegt haben. Und das ist ja wahr, sie haben ja so recht, sie singen mir aus dem Herz und aus der Seele. Und dann taste ich zu Jiři hinüber, weil wir uns ja alle lieben und wann, wenn nicht jetzt, dazu bekennen wollen. Aber obwohl das so naheliegt, geht es offenbar zu weit. Das hätte ich nicht tun sollen.

It's easy, singen die Beatles, aber so einfach ist es denn doch nicht. Natascha nämlich springt im nächsten Moment auf. Weg von Jiři, weg von mir, weg von Jana, weg von uns. Schließt sich im Badezimmer ein und will nicht mehr herauskommen.

Natascha, was ist, rufe ich, was hast du, was machst du!? Sie antwortet nicht, weiß Gott, was sie da drinnen anstellt. Laß mich in Ruh – als sie endlich antwortet, klingt ihre Stimme erschreckend fremd und dumpf. Ich kotze, sagt sie, du ekelst mich an, du bist zum Kotzen!

Am nächsten Tag versöhnte sich Natascha mit ihrer Mutter. Am nächsten Abend saßen wir vor dem Fernseher und sahen Bilder von einer Konferenz in Kiew, zu der die großen sowjetischen Brüder die sehr klein gewordenen tschechoslowakischen Reformpolitiker beordert hatten. In der nächsten Nacht wollte es Natascha durchaus wissen: Bist du jetzt schwul oder nicht? Wahrscheinlich haben wir in dieser Nacht unser zweites Kind gemacht.

Das nun wirklich eine Tochter wurde: Lisa mit den bunten Augen. Die Pigmente, die bei Noël auf rechts und links verteilt sind, haben sich bei ihr vermischt. Wenn man genau schaut, wenn der Lichteinfall günstig ist, kann man es sehen. Von der Pupille aus gehen sowohl braune als auch blaue Strahlen.

Aber davon (und von Lisa) erst etwas später. In jenen Tagen (den Tagen des zu Ende gehenden Jahres '68) war sie ja noch nicht da. Oder nur als Keim. Hervorgerufen durch die Vereinigung meiner auf den rechten Weg gebrachten Samenfädchen mit Nataschas empfängnisbereiten Eizellen. Schwul oder nicht? Davon war nach dieser Nacht bis auf weiteres nicht mehr die Rede.

An einem der nächsten Abende sagte uns Jiři, daß Jana und er auf der amerikanischen Botschaft gewesen seien. Sie hatten die Formalitäten für die Einwanderung eingeleitet. Tags darauf feierten Natascha und ich (zu zweit) unseren ersten Hochzeitstag. Im um diese Jahreszeit stockfinsteren Weinort Dürnstein stießen wir in einem der wenigen offenen Lokale mit schönen, langstieligen Gläsern an (*auf uns*) – dann lagen wir in einem kastenförmigen, knarrenden, vor allem aber eiskalten Bett und versuchten, uns aneinander zu wärmen.

4

Auf uns! – Das wars, worauf die Entwicklung der nächsten Wochen und Monate hinauslief. Da waren Natascha und ich – und dort waren die andern. Natürlich, da waren auch Noël und die in Natascha heranwachsende Lisa. Aber im Grund genommen, das ließ mich meine junge Frau mit Nachdruck spüren (fest an der Hand gefaßt hatte sie mich ja schon immer gern, in dieser Phase jedoch schien mir die Intensität und die manchmal geradezu vorsätzliche Innigkeit, mit der sie das tat, noch zuzunehmen), im Grund genommen war unser Dasein als Paar, der Austausch der zwischen uns strömenden Liebesenergie die Basis und die Kraftquelle, von der aus wir das Leben, unser zweisames Leben, mit selbstverständlichem Sinn erfüllen und bewältigen sollten.

Besonders intensiv und innig war Natascha, als wir (es war inzwischen Frühling geworden) Jana und Jiři am Flughafen Schwechat verabschiedeten. Da flogen sie nun – steil stieg die Boeing in den blaßblauen, mit Wattewölkchen betupften Himmel und würde hoffentlich nicht abstürzen. Nein, daran wollten wir nicht einmal denken – aus New York würden sie eine Karte schreiben. Aber wenn sie dort wären und wir – endlich wieder ohne sie – vor allem füreinander da wären, dann, ja dann (so sah es, wenn ich ihre Körper- und Seelensprache richtig deutete, zumindest Natascha), dann würde alles wieder gut sein.

Ob ich es auch so sah? – Nun, ich liebte Natascha. Zumindest wußte ich, daß ich es aus Liebe zu ihr auch so sehen sollte. Von Schwechat zurück fuhren wir nicht mit dem Flughafenbus, sondern mit dem Taxi. Zu Haus in der Gumpendorferstraße umklammerten wir einander stürmisch, ihrem sich neuerlich rundenden Leib zum Trotz.

Noël war bei den Großeltern, Miro und Lazo hatten sich schon kurz nach Weihnachten ein anderes Quartier gefunden. So war die Wohnung an diesem Nachmittag größer denn je. Befremdlich laut hörte man manche Geräusche. Das Frösteln des Kühlschranks aus der Küche, das Tröpfeln des von Anfang an etwas undichten Wasserhahns aus dem Badezimmer.

Dann fing der Sommer an, und Natascha mußte ihr Psychologiestudium bis auf weiteres unterbrechen. Bis zur Ankunft Lisas blieben noch ungefähr drei Monate. Das Wetter war schlecht wie leider so oft in Österreich, es wäre schön gewesen, irgendwohin zu fahren, wo es besser war. Eine kurze Zeit lang spielten wir mit dem Gedanken, für vierzehn Tage nach

Spanien zu fliegen, aber Herr Scholz fand, das sei aus politischen Gründen unverantwortlich (schließlich hatten die fortschrittlichen Väter nicht in einem einmaligen Akt internationaler Solidarität gegen Franco gekämpft, damit ihre Kinder nun Devisen ins leider immer noch faschistische Spanien brachten), und Frau Scholz, unterstützt von Nataschas Frauenarzt, mit dem sie natürlich Kontakt hatte, erklärte eine derartige Reise (man müsse die Druckverhältnisse im Flugzeug bedenken, die Temperatur sowie die zu erwartenden medizinischen Verhältnisse an der Costa del Sol, die wir im Sinn hatten), eine derartige, sonst vielleicht harmlose Reise, im hochschwangeren Zustand für hellen Wahnsinn, so daß vorläufig nichts aus meinem zweiten Blick auf Afrika wurde.

Wir blieben im Land und ließen uns den grauen Himmel auf den Kopf fallen. Um uns redlich zu nähren, sollte ich überdies einen neuen Job suchen. Nicht, daß der Herr Schwiegerpapa angekündigt hätte, die Unterstützung seiner Tochter ausgerechnet mit der Geburt seines zweiten Enkelkindes einzustellen. Doch kam er wiederholt darauf zu sprechen, daß ich als demnächst doppelter Vater auch doppelte Verantwortung zu tragen haben werde, eine Verantwortung, der ich bisher mit einem Halbtagsjob ohnehin nur partiell und eher symbolisch nachgekommen sei, und daß die Arbeit im Plattenladen, falls man mein Herumstehen und -sitzen dort überhaupt so bezeichnen könne, wohl kaum dazu geeignet sei, den nicht ohne mein Zutun gewachsenen Ansprüchen gerecht zu werden.

Zuerst hatte ich die Idee, einen der Vertreterjobs anzunehmen, die in den Wochenendbeilagen der Tageszeitungen angeboten wurden. Ich hegte die Hoffnung, daß ich mir dabei die Arbeitsstunden selbst einteilen konnte. Die Vorstellung, von acht oder neun Uhr früh bis fünf oder sechs Uhr abends in irgendeinem Büro zu sitzen, war einfach lähmend. Als wenigstens relativer Herr über meine Zeit hoffte ich, bei allem sogenannten Ernst des Lebens, der mir jetzt drohte, genug

Beweglichkeit zu bewahren, um weiterhin zum Musizieren und Komponieren zu kommen.

Wie sich allerdings anläßlich einiger Vorstellungsgespräche herausstellte, waren diese Jobs nicht das richtige für mich. Meist war das angebotene Fixum sehr gering, und die Zahl der durch Prämien belohnten Verkäufe mußte sehr hoch sein, damit das Herumgefahre und -gerenne auch nur einigermaßen lohnte. Das hätte dagegen gesprochen, daß ich sie *annahm*. Offenbar sprach aber auch einiges dagegen, daß ich sie *bekam*.

Den Herren in den Personalabteilungen, denen ich mich als mehr oder minder arbeitswilliger junger Mann präsentierte, schien manchmal nicht nur meine Halbherzigkeit dagegen zu sprechen, meine schon beim Eintritt in ihre Büros nicht ganz zu verbergende Bereitschaft zum letzten Endes erleichterten Rückzug, sondern auch mein Äußeres. Dabei trug ich, ganz gegen meine Neigung zu legerer und, dem jungen Zeitgeist entsprechend, eher lustiger Kluft, bei diesem Anlaß ein Sakko und eine Hose mit Bügelfalten. Ein Outfit, das mir trotz der sofort geäußerten Begeisterung meiner Schwiegermutter über diese Verkleidung trist und in seiner auf die Dauer zu befürchtenden Rückwirkung auf Körper- und Seelenhaltung bedenklich erschien. Tatsächlich war ich nach der Matura und dem ersten Treffen mit Nataschas Eltern nur mehr zur Hochzeit so aufgetreten.

Das Unbehagen in dieser Kulturuniform des seit seiner Mitte in Sachen Herrenbekleidung sehr langweiligen Jahrhunderts mag man mir also auch angemerkt haben. Doch spielte für das nur mäßige Zutrauen, das jene kaltschnäuzig freundlichen Herren, von denen in meiner Erinnerung keiner ein Gesicht hat, in meine Eignung zum Vertreter setzten, zweifellos etwas anderes eine Hauptrolle. Die meisten redeten glatt um den Brei herum. Nur einer von ihnen (der letzte, den ich besuchte) sagte ganz ohne Umschweife, daß unabhängig von seiner persönlichen Meinung, die er als frei von

Vorurteilen Menschen dunklerer Hautfarbe gegenüber bezeichnete, solche Vorurteile bei einem nicht unerheblichen Teil der Kunden, denen seine Firma die von ihr betreuten Produkte verkaufen wollte, nicht auszuschließen seien, weswegen er meine Einstellung als Vertreter nicht für geschäftsfördernd, sondern für geschäftsschädigend halte.

Es folgte ein Intermezzo als Bademeister im städtischen Sommerbad Penzing. Dieses Intermezzo dauerte nur wenige Tage, obwohl es im Prinzip bis Mitte September hätte dauern können. Abgesehen davon, daß ein Saisonjob dieser Art natürlich nicht das war, was mein Schwiegervater sich vorstellte, löste er bei seiner Tochter Verhaltensweisen aus, die ihn für mich weit anstrengender machten, als er sonst gewesen wäre. Nicht nur fand sie es angebracht, so gut wie jeden Tag zu erscheinen, an dem ich, angetan mit weißer Badehose und weißer Schirmmütze, am Rand des sogenannten Sportbeckens, das ich zu beaufsichtigen hatte, eher promenierte als patrouillierte, nein, sie beobachtete mich auch ständig und sah mich, traurig aber wahr, nicht nur mit Wohlgefallen und Stolz, sondern auch mit Mißgunst und Mißtrauen.

Glaubst du, ich seh nicht, sagte sie, wie du deinen Brustkorb aufblähst, um den blöden Schülerinnen zu gefallen? Diesen geilen Gören, die mit sehnsüchtigen Stielaugen hinter dir herschauen? Glaubst du, ich merke nicht, daß du manchmal, wenn so eine mit ihrem Jungentenhintern vor dir herwackelt, eine Erektion hast? Ich werde im Spital liegen und unter Schmerzen dein zweites Kind gebären, und du, was wirst du tun? – Du wirst in irgendeiner leeren Umkleidekabine einem von diesen kleinen Trampeln den Traum vom schwarzen Mann erfüllen.

So ungefähr redete sie. Ich fand das befremdlich. Nicht, daß mir die eine oder die andere jener Schülerinnen, die einen Großteil ihrer Ferien im Bad verbrachten, nicht daß mir auch die oder jene etwas erwachsenere Frau nicht gefallen hätte.

Die Bikinis waren damals klein, die zumindest äußerlich freier gewordenen Verhältnisse manifestierten sich darüber hinaus in der Oben-ohne-Mode. Aber statt mir meine Freude an diesen im großen und ganzen nicht unhübschen Begleiterscheinungen des Jobs zu lassen, entnervte mich Natascha, indem sie zum Beispiel, wenn ich aus ihrer Sichtweite geriet, zusammenbrach und auf einer Bahre zum Sanitätsraum getragen werden mußte. Dann wurde ich durch den Lautsprecher aufgerufen. Und sollte sie, meine durch die Schwangerschaft geschwächte und kreislaufkollapsgefährdete Frau, nach Hause bringen. Natürlich war das nicht mit meiner Anwesenheitspflicht als Bademeister vereinbar. Nach etwas mehr als einer Woche warf ich das Handtuch.

Ich sollte ja ohnehin etwas Ernsthafteres finden. Herr Scholz legte mir nahe, in die Postdirektion auf dem Luegerplatz zu gehen. Er kannte den stellvertretenden Postdirektor. Der sei, so sagte er, ein alter Genosse, allerdings von der dunkelrot kommunistischen zur rosarot sozialistischen Partei übergelaufen, sonst wäre er im Österreich der sechziger Jahre nicht stellvertretender Postdirektor geworden.

Jedenfalls hatte mein Schwiegervater mit diesem Genossen oder Exgenossen telefoniert. Auf meine Hautfarbe schien er ihn allerdings nicht vorbereitet zu haben. Oder der hatte die in seinem Vorzimmer wachende Sekretärin nicht darauf vorbereitet. Die nämlich, als ich geklopft und, durch den Türspalt zu ihr hineinschauend, meinen Namen genannt hatte, zuckte vorerst leicht zusammen und bedeutete mir dann, als ich ihr sagte, daß ich einen Termin mit dem hohen Herrn habe, daß ich trotzdem draußen auf dem Korridor warten müsse.

Dort wartete ich eine gute halbe Stunde. Endlich wurde ich aufgerufen und durfte den Vorraum zum Zimmer des Stellvertretenden durchqueren. Der, ein graumelierter Herr mit Hängebacken, betrachtete mich durch seine goldgeränderte, im Licht der Augustsonne, die durch ein hohes Fenster fiel, etwas spiegelnde Brille. Ach so, sagte er, *Sie* sind das – und dann, nachdem er sich geräuspert hatte, um, das war mein Eindruck, sozusagen von neuem und verbindlicher zum Gespräch anzusetzen: *Sie* sind also der *Schwiegersohn*.

Sie, sagte er, sich neuerlich räuspernd, haben also die Absicht, eine Laufbahn bei der Österreichischen Post zu beginnen.

Ich wußte nicht, was ihm mein Schwiegervater gesagt hatte, jedenfalls erschrak ich bei dieser Formulierung.

Ich äußerte mich einschränkend. Auf das Wort *Laufbahn* wollte ich mich nicht festlegen. Oder nicht festlegen *lassen*. Das schien den stellvertretenden Postdirektor zu erleichtern.

Auch ich war erleichtert, als ich bemerkte, daß es nicht unbedingt in seinem Interesse lag, den Überrumplungsversuch des Herrn Scholz zu unterstützen. Auf dieser Basis konnten wir ganz gut miteinander reden. Ich erzählte ihm, daß ich *eigentlich* (was immer dieses *eigentlich* bedeuten mochte) Musik machte. Ich glaube, das war das erste Mal, daß ich das zu jemandem so couragiert sagte.

Sie suchen also einen Job, der sich mit der Musik, die Sie machen oder machen wollen, vereinbaren läßt. Ich war erfreut über seine Sensibilität, und auch er (ein, wie er nebenbei erwähnte, selbst recht musikalischer Mensch, der mit seiner Frau seit Jahren ein Staatsopernabonnement hatte) lächelte. Nur sind die Zeiten der Postillons leider vorbei. Als Maturant könne ich zwar, fuhr er fort, im Prinzip sofort im Schalterdienst beginnen, und er persönlich sei durchaus bereit, auf der Stelle zum Telefonhörer zu greifen und mit dieser oder jener Amtsleitung zu telefonieren, doch sei er nicht sicher, ob ich das wirklich wolle.

Ich war beeindruckt, wie gut mich der stellvertretende Postdirektor verstand.

Natürlich können wir Sie, sagte er, als ich ihm von meinem Job bei der *Zebra*-Werbung erzählte, auch als Briefträger einstellen. Als Briefzusteller mit gleitender Arbeitszeit. Aber Sie sind doch, wie mir scheint, ein starker junger Mann – also wenn es Sie nicht stört, kräftig zuzupacken und die Arbeit sozusagen als Ausgleichssport zu betreiben, würde ich Ihnen empfehlen, es bei der Bahn-Paketpost am Westbahnhof zu versuchen.

Es klingt vielleicht absurd, aber ich verließ die Postdirektion auf dem Luegerplatz geradezu beschwingt. Zwar war der Job, den mir der stellvertretende Postdirektor soeben empfohlen hatte, überhaupt nicht das, was meinem Schwiegervater gefallen würde, und ganz sicher war ich nicht, ob bei der Idee, einem dunkelhäutigen jungen Mann gerade eine solche Arbeit zu empfehlen, nicht auch und erst recht gewisse Vorurteile im Spiel waren, aber diese meine Beschwingtheit etwas beschwerenden Überlegungen wogen doch wenig im Vergleich zu dem Gefühl, gewissermaßen noch einmal davongekommen, dem Ergriffenwerden durch eine wirklich bürgerliche Beschäftigung bis auf weiteres entgangen zu sein. Im Eissalon auf der anderen Straßenseite leistete ich mir eine große Tüte (in Wien sagte man damals noch ein großes *Stanitzel*) Eis. Daran schleckend, stand ich vor der Auslage eines Antiquariats, das nicht nur alte Bücher, sondern auch Noten führte.

Daß ich *eigentlich* Musik machte … Genaugenommen hätte ich sagen müssen, daß ich eigentlich Musik machen *wollte*. Denn mit der Praxis dieser stolzen Idee sah es nun wieder bescheiden aus. Den zweiten Auftritt beim *Jazz-Freddy* hatten wir damals im Februar noch absolviert. Aber er war traurig gewesen, weil die ganze Energie des Anfangs, die wir beim ersten Auftritt gehabt hatten, nun durch das Bewußtsein gekappt wurde, daß es, jedenfalls in dieser Formation, leider nicht weiterging.

Mit Miro und Lazo hatte ich nachher noch einige Male geprobt. Aber wir waren nicht mehr so richtig in Schwung gekommen. Nicht nur, weil zwei Instrumente fehlten, die sich im Prinzip ersetzen ließen. Eines Tages brachten die beiden einen polnischen Saxophonisten und einen österreichischen

Bassisten mit, aber da wurde erst recht deutlich, daß Jiři und Jana das Herz und die Seele unserer leider nur so kurzlebigen Combo gewesen waren.

Ich will nicht verhehlen, daß der endgültige Zerfall der Band wahrscheinlich auch an mir lag. Vielleicht können Sie sich vorstellen, daß mir der unbefangene Umgang mit den beiden nicht leichtfiel. Mit Miro, der, wenn auch ohne zu wissen, wie ihm geschah, mit Natascha geschlafen hatte. Und mit Lazo, der zwar angeblich *nicht* mit Natascha geschlafen hatte, aber mit dem sie, soviel war sicher, gern geschlafen *hätte* und er mit ihr.

Ab Juni hatten wir uns jedenfalls nicht mehr getroffen. Natürlich hatte das auch damit zu tun, daß es bis dahin keine Perspektive für einen weiteren Auftritt gab. Die beiden waren zweifellos gute Musiker und fanden ab und zu ihre Studiojobs. Ich aber, der ich nach wie vor meine Probleme mit dem Notenlesen hatte, kam für solche Jobs nicht in Frage.

Jetzt stand ich vor dem Antiquariat auf dem Luegerplatz, schleckte mein Eis und betrachtete eine im Schaufenster vergilbende Edition der *Moments Musicaux* von Schubert. Warum hatte ich eigentlich seit damals, als ich mit Etelka meinen zweiten (und im Vergleich zum ersten mit der Klavierlehrerin in der Hörnesgasse jedenfalls viel angenehmeren) Anlauf zu einem regelrechten Klavierunterricht genommen hatte, nicht mehr versucht, nach Noten zu spielen? Das war doch zum Lachen! Das konnte doch nicht so schwer sein! In einer Anwandlung bei meinem Temperament eher seltener spontaner Entschlossenheit betrat ich das Antiquariat und ließ mir die *Moments Musicaux* aus dem Schaufenster holen.

Dann saß ich im in den letzten Monaten nur mehr von mir benutzten Proberaum und spielte die ersten Stücke gewissermaßen in Zeitlupe. Das war anstrengend, aber ich konnte, diese Erfahrung aus meinen sportlichen Tagen hatte ich nicht vergessen, auch ausdauernd sein. Wenn man eine gewisse Zeit lang durchhält, macht sogar die Ausdauer als solche Freude.

Außerdem gefiel mir Schubert, je weiter ich mit seinen musikalischen Momenten vorankam, immer besser: Der Typ hatte ganz ohne Blue Notes sein eigenes Blues-Feeling.

JOE HATTE MICH für ein paar Wochen mir selbst überlassen. Dann aber tauchte er eines Abends mit Mary auf. Sie war eine sehr zarte Frau, die ein anscheinend von ihrem Mann geborgtes Hemd mit kurzen Ärmeln trug. Im Gegensatz zu ihrer Figur und ihren Gesichtszügen wirkten die Unterarme, die aus den Hemdsärmeln hervorsahen, recht kräftig.

Das waren die Unterarme einer Person, die im Bedarfsfall gut und gern zupackte. Yes, sagte Joe, she's really a woman for all seasons. Es sei sein Glück, sie an seiner Seite zu haben. Ohne Mary könnte er keinen Reifen wechseln.

Die beiden waren fröhlich entschlossen, mich aus meinem Schneckenhaus herauszuholen. Ich stellte fest, daß es genaugenommen Joes ehemaliges Schneckenhaus sei und daß ich mich darin sehr wohl fühle. Mit all den Büchern in den Regalen und den Bildern an den Wänden und den Schallplatten im Schrank … Ach was, Schallplatten, sagte Joe. Heute hören wir New Orleans *at its best*, und zwar live!

As you are interested in piano playing, you mustn't miss hearing Gonzo play. I guess you have heard of him – the great James Booker! Ich mußte gestehen, daß dem nicht so war. So it is high time for you, urteilte Joe, to hear him.

An diesem Abend sollte Booker im *Maple Leaf* spielen. Merkwürdigerweise fragte mich Mary, ob ich Wäsche zu waschen habe. Wenn das der Fall ist, sagte sie, kannst du sie mitnehmen. Erst am Ort unserer Bestimmung angekommen, begriff ich, daß das *Maple Leaf* eine Kombination aus Bar und Wäscherei war.

Das Piano lag noch brach. Dafür waren die Waschmaschinen im Nebenraum in Betrieb. Mary und Joe hatten tatsächlich zwei große Plastiksäcke mit Wäsche aus dem Kofferraum des Autos genommen. Den Inhalt füllten sie jetzt in die Wäschetrommeln. Ich strich inzwischen um das Klavier herum, das mit offenliegenden Innereien zwischen rot und blau blinkenden Bierreklamen wartete.

Joe bestellte uns eine Flasche Rosé. Mary erzählte mir, daß sie Lehrerin sei. In einer katholischen, integrierten Schule. *Black and white together*, ja, sie sei überzeugt, daß das Zukunft habe.

Und du?, sagte sie. Was machst du in deinem Leben?

Ich weiß nicht, sagte ich. In Wien habe ich Musik gemacht … Aber ich glaube, ich bin einen Irrweg gegangen.

Wer weiß, sagte sie. Vielleicht mußt du nur ein Feld auf dem Spielplan zurückgehen und dort neu anfangen.

Als wir den Rosé ausgetrunken hatten, hatte sich der Raum schon gefüllt.

So what about Gonzo?, fragte Joe einen der Barkeeper.

Geduld, sagte der Typ, ein junger Mann mit alten Augen.

Im Prinzip solle er kommen. Aber es sei ja bekannt, daß er sich manchmal verspäte.

Dann war die Wäsche fertiggewaschen, und Booker war noch immer nicht da. Möglicherweise, sagte der Barkeeper, habe seine Vorliebe für Cold Turkey wieder durchgeschlagen. Bei Gonzo, sagte er, könne man das nie wissen. Vielleicht sei er ja auch schon wieder einmal *in Angola*.

Das war es jedenfalls, was ich vorerst verstand. In Angola. Interessant, sagte ich – ist er manchmal in Afrika?

Der Barkeeper grinste.

Joe schüttelte traurig den Kopf. Angola, nicht weit von Baton Rouge, sei eins der gemeinsten Gefängnisse in den Staaten.

Ja, Booker habe leider ein Drogenproblem. Und zwar ein schweres. Deswegen sei er schon wiederholt dort gelandet. What imbecility, sagte er, what barbarity! Jail is the last place where you can cure somebody of this weakness!

Doch Booker sei ein Genie auf dem Piano. Wenn er einen guten Tag, das heiße eine gute Nacht habe, klinge die Musik von Professor Longhair, Ray Charles, ja sogar die von Beethoven und Chopin ganz neu unter seinen Fingern. Sie hätten ihn fast ruiniert in diesem Gefängnis. Er bete zu Gott, sagte Joe, daß Gonzo nicht wieder dort sei.

Jedenfalls sei es ein Jammer, daß ich ihn heute abend nicht hören könne.

Das fand ich inzwischen auch. Das Piano stand noch immer verwaist.

Aus dem Lautsprecher klangen Tonkonserven, ein Teil der Gäste hatte sich aufs Tanzen verlegt.

Aber nicht wenige, die wegen Booker gekommen waren, hatten sich inzwischen verabschiedet.

Dann, nach Mitternacht irgendwann, fiel der Strom aus.

Vielleicht kommt ein *hurricane*, sagte der Barkeeper launig. Zwar sei keiner angesagt, aber es gebe auch Überraschungen.

Ach was, sagte Joe. Womöglich sei bloß ein Hochspannungsmast im Sumpf versunken.

Kerzen wurden auf die Tische gestellt.

Das löste das visuelle Problem auf geradezu stimmungsvolle Weise.

Akustisch indessen fehlte etwas an Stimmung.

Hey, sagte Joe. What about you? Won't you play some little pieces?

Mary, der das warme Kerzenlicht gut zu Gesicht stand, nickte mir aufmunternd zu.

Aber das geht doch nicht, sagte ich. Wenn hier jeder auf dem Klavier klimpert …

Why, sagte Joe, you are not everybody! – Didn't you tell me you were a piano player?

Es juckte mich, ehrlich gestanden, in den Fingern. Ich schlug ein paar Töne an, gewärtig, daß jederzeit irgendein Hinausschmeißer kommen und mich zumindest vom Klavierhocker entfernen werde.

Das war ein unbehagliches Gefühl im Rücken.

Wahrscheinlich, dachte ich, hätte ich mein beziehungsweise Joes Schneckenhaus doch nicht verlassen sollen.

Aber da standen Mary und Joe hinter mir.

Das machte mich eine Kleinigkeit minder verletzbar.

Oder auch, schoß mir ein, eine Kleinigkeit mehr.

Doch jetzt war es zu spät. Das hätte ich mir früher überlegen müssen.

Erstaunlich! Nach und nach schien man mir zuzuhören.

Joe erklärte jemandem, daß ich aus Wien sei.

My friend, sagt er, is a very particular blues player. Very well known over there in his own country.

Mein Gott, was erzählte er, und wie sollte ich diesem Ruf gerecht werden? Nun, ich spielte meinen Blues, ich spielte ihn so partikulär wie möglich. Als ich meine Linke etwas perkussiver einsetzte, kam sogar ein wenig Applaus auf. Ich war nicht Booker, okay, aber anscheinend waren die bis zu dieser späten und dunklen Stunde gebliebenen Freaks froh, letzten Endes wenigstens mich zu haben.

Der Job bei der Bahnpost, im fünfzehnten Bezirk, in der Gasgasse ... Sicherlich eine der häßlichsten Gegenden Wiens. Hinter dem Westbahnhof trübe eingewinkelt. Kalt, stinkig, finster schon bei Tageslicht, aber in der Dunkelheit, in der ich entweder kam oder ging, erst recht.

Die Arbeit bestand darin, Pakete und gegebenenfalls Sperrgut von Karren, die direkt von den Bahnsteigen in die hallenden, vibrierenden, bunkerartigen Tiefparterreräume des Postgebäudes hineingeschoben wurden, möglichst rasch und effizient auf Fließbänder zu werfen oder (im Falle ihrer durch entsprechende Aufschriften gekennzeichneten Zerbrechlichkeit) zu legen. Die Fließbänder (schwarz, aus Hartgummi, scharf riechend) waren etwa so angeordnet wie jene, die das Gepäck auf den Flughäfen transportieren. Ruckernd und ratternd entführten sie die Pakete, die, nachdem sie ungefähr zehn Meter durch den nur künstlich (grell, ewig surrend) erleuchteten Raum gefahren waren, durch eine Öffnung in der Wand verschwanden. Man mußte die Gegenstände, die, abgesehen von den normalen Paketen, manchmal recht schwer zu handhabende Formen hatten (diverse Möbelstücke konnte man unter dem Packpapier vermuten oder erkennen, Elektrogeräte, Stehlampen, einmal sogar ein Hutschpferd), bei aller gebotenen Geschwindigkeit so aufs Fließband kriegen, daß vor den Öffnungen, durch die sie verschwinden sollten, kein Stau entstand.

Das war keine leichte Arbeit, das muß ich schon sagen. Nach den ersten acht Stunden, die ich damit hinter mich brachte, waren meine Muskeln (Bizeps, Trizeps, Latissimus und wie sie alle heißen) ganz schön verkatert. Auch mein Kopf fühlte sich seltsam an, einerseits ausgeleert, anderseits erfüllt vom an diesem Arbeitsplatz herrschenden Getöse. Aber mit der Zeit, dachte ich, würde ich mich schon daran gewöhnen.

Ich gewöhnte mich *nicht* daran. Wahrscheinlich war die Zeit, die ich mir diese Arbeit antat, einfach nicht lang genug dazu. Um ehrlich zu sein, war sie nur unerheblich länger als meine Zeit als Bademeister. Mein Plan, mir durch die Früh- und Spätschicht einen größeren Teil des Tages für die Musik freizuhalten, ging nicht auf. Wenn ich aus der Gasgasse nach Haus kam, war ich so müde, daß ich nicht nur nach der Nachtschicht, sondern auch nach der Vormittagsschicht einige Stunden schlafen mußte. So brachte der Job nicht das, was ich mir erhofft hatte. Ganz abgesehen davon, daß ich mich mit dem dortigen Umgangston etwas schwertat. Vielleicht war meine Haut, trotz ihrer relativen Dunkelheit, zu dünn. Aber an Einladungen wie: *Komm her du schwarzer Rammel, trink ein Bier mit uns, du kannst ja nix dafür, daß du ein Neger bist*, konnte ich, obwohl sie (hart, aber herzlich) wahrscheinlich gut gemeint waren, keinen rechten Gefallen finden.

So kam es, daß ich zum Zeitpunkt von Lisas Geburt im September '69 noch immer oder schon wieder ohne fixe Arbeit war, und das war gut so. Als Natascha mit ihr vom Spital zurückkam (diesmal war es nicht die Lucina, sondern die etwas weniger kostspielige Semmelweisklinik), war meine volle Präsenz zu Hause vonnöten. Bei der Entbindung hatte es gewisse Komplikationen gegeben, Lisa hatte sich im letzten Moment umgedreht, es hatte lang (zehn Stunden) gedauert, sie ans Licht der Welt zu bringen. Kaum waren Herr und Frau Scholz, die ihre blasse und schweigsame Tochter vom Spital heimgebracht hatten, zur Tür draußen (unter Mitnahme von Noël, der für die nächsten zwei Wochen von der Oma versorgt und verwöhnt werden sollte), hatte meine Frau, die noch etwas zerknitterte Lisa in Noëls Kinderbett sich selbst überlassend, auf erschreckende Weise zu weinen begonnen.

Ein elementares Weinen – von unten herauf. Aus der Tiefe der Brust und des Bauchs, aus der Tiefe aller Ängste. Aus einer Tiefe, in die sie, umgekehrt, zu stürzen drohte. Da mußte ich einfach da sein. Da mußte ich sie halten.

Ich hielt sie, da wurde das Weinen leiser und schwächer. Es schüttelte sie nicht mehr so sehr, doch es hörte nicht auf. Mich erschütterte es aber auf diese Weise noch mehr. In der Nacht, durch die dünne Decke ihres und meines Schlafs, klang es wie ein Winseln.

Untertags, im verdunkelten Zimmer, schien sie dann manchmal gut, weil völlig erschöpft, zu schlafen. Für ungefähr eine Woche kümmerte ich mich fast allein um Lisa. Das Wickeln, Baden, Cremen, all das hatte ich ja, als braver junger Vater, schon an Noël geübt. Damals, anderthalb Jahre früher, war das jedoch eine Art Spiel gewesen, ein mehr oder minder freiwilliges Durchbrechen ohnehin brüchig gewordener Rollenklischees, jetzt war es Notwendigkeit und Ernst.

In diesen schweren Tagen war Lisa weitgehend auf mich angewiesen. Wahrscheinlich ist die Nähe, die ich später, bei aller Ferne, zu ihr empfunden habe, ein Gefühl, das, wie ich glaube und hoffe, nach wie vor auf Gegenseitigkeit beruht, vor allem in diesen Tagen entstanden. Wie dem auch sei, wir kamen über die Runden. Nur die Brust konnte ich ihr nicht reichen, da mußte sich Natascha schon aufraffen.

Übrigens raffte sie sich auch auf, wenn ihre Eltern kamen. Daran, daß die nichts oder möglichst wenig von ihrem Zustand merkten, war ihr viel gelegen. Erstaunlich, wie sie das schaffte – wenn sie die Stimmen ihrer Eltern hörte, stand sie auf wie eine Schlafwandlerin. Dann ging sie ins Badezimmer, machte sich, so gut es ging, frisch und agierte eine oder zwei Stunden wie eine Puppe.

Natürlich merkten ihre Eltern trotzdem etwas, aber sie schienen beide ein Interesse daran zu haben, Nataschas Verhalten zu rationalisieren. Sie ist halt noch ein bisserl müd, sagte Frau Scholz, sie muß sich halt noch eine Weile schonen, sagte ihr Mann. Noël aber machte kein Hehl daraus, daß was nicht stimmte. Er wußte zwar nicht, was, aber seine Mamma war ihm in diesem Zustand unheimlich. Nahm sie ihn auf den Schoß und versuchte, ihn mit abwesendem Blick zu liebkosen, so verzog er das Gesicht. Er wand sich und streckte die Arme nach der Oma aus. Es erforderte ein gewisses Fingerspitzengefühl, ihn Natascha nicht zu früh und nicht zu spät wieder abzunehmen. War man zu früh dran, verletzte man sie, die ohnehin ganz wund wirkte, war man aber zu spät dran, so begann er (völlig gegen sein sonstiges eher sonniges Naturell) zu heulen.

Vielleicht war er allerdings auch nur eifersüchtig auf die neue Schwester.

Nach einer Woche kam alles wieder ins Lot. Oder doch nicht? Jedenfalls stand Natascha eines Morgens auf und zog die Vorhänge zurück.

Komm, sagte sie, packen wir Lisa in den Kinderwagen und gehen wir Noël holen.

5

Ein paar Tage später traf ich den Astrologen. Wie gehts, sagte er, warum kommt ihr nicht mehr ins *Jazz-Freddy*, wann tretet ihr wieder auf? Ich erzählte ihm, daß Jana und Jiři in Amerika waren und daß wir ein zweites Kind hatten. Ach so, sagte er, hat sich die Konstellation also verändert, soll ich der Kleinen ein Horoskop stellen? Ich antwortete ausweichend. Na schön, sagte er, dann halt nicht. Ich erzählte ihm, daß ich Arbeit suche. Er sah mich nachdenklich an. Kannst du dir vorstellen, in einer Buchhandlung zu arbeiten? Ich habe einen alten Freund, dem ist vor kurzem die Frau und Partnerin gestorben ...

Die Buchhandlung war in der Lerchenfelderstraße. Klein und schmal, von unten bis oben vollgestopft mit Büchern. Man sah keinen freien Fleck Wand, es sah so aus, als sei der Raum statt aus Mauern aus Büchern gebaut. Es war aber nicht nur so, daß die Bücher an den Wänden bis zum Plafond reichten, Bücher lagen in abenteuerlich hohen Stößen, deren Stabilität allen Gesetzen der Statik widersprach, vor und hinter dem Ladentisch, ganz zu schweigen von den Bücherhaufen, Bücherbergen, Büchergebirgen hinten im Magazin.

Eigentlich unvorstellbar, daß irgendwer unter all diesen Büchern noch irgendein bestimmtes finden konnte. Herr Jericha indes, so hieß der mit dem Astrologen befreundete Buchhändler, mit dem ich in der Folge viele Tage, Wochen, insgesamt Monate verbrachte, fand fast jedes. Das System, nach dem er die Bücher geordnet hatte, ist mir zwar nie durchschaubar gewesen, womöglich *hatte* er sie gar nicht geordnet. Ihm eignete, so schien es, was Literatur betraf, ein Gespür wie das eines Wünschelrutengängers für Wasser.

Fragte ein Kunde oder eine Kundin nach dem oder jenem Buch, so fand er es, Autorennamen und Titel beschwörend vor sich hin murmelnd, mit vibrierenden Fingerspitzen. Seine Hände zitterten zwar immer ein bißchen, aber sobald sie auf der Suche nach einem Buch waren, signalisierte, so jedenfalls mein Eindruck, dieses Vibrieren eine besondere Sensibilität. Von seiner Sensibilität für Literatur habe ich durch die Zeit, die ich bei ihm sein durfte, etwas mitbekommen. Obwohl ich das Suchen und Finden von Büchern in seinem Geschäft nie auch nur annähernd so gut lernte wie er und es, wenn möglich, lieber ihm überließ.

Ich lernte – das stimmt, obgleich er mich nicht als Lehrling einstellte. Jedenfalls nicht als Buchhandelslehrling, das wollte er sich und mir (der ich auf diese Weise herzlich wenig verdient hätte) nicht antun. Er führte mich als ungelernte, aber zu sehr fairen Bedingungen eingestellte Hilfskraft. So konnte er mich besser (wenn auch nicht wirklich gut) bezahlen.

Aber für mich war das eigentlich sekundär. Herrn Scholz gegenüber behauptete ich allerdings, daß ich etwas mehr bekam. Vom rein materiellen Standpunkt konnte man den Job kaum als gut bezeichnen – bei exakt doppelt so vielen Arbeitsstunden wie im Plattenladen verdiente ich nur ungefähr anderthalb Mal soviel. Aber zum Unterschied von dort, in der Pilgramgasse, hatte ich hier, in der Lerchenfelderstraße, nie das Gefühl, nur meine Zeit zu verkaufen und zu verraten.

Ich war einfach gern in Herrn Jerichas Bücherhöhle. Und Herr Jericha hatte mich gern neben sich. Seine Frau war ihm schrecklich abgegangen. Gut, hatte er gesagt, als mich der Astrologe als talentierten und musisch begabten jungen Mann vorgestellt hatte, wenn Sie wollen, können Sie gleich bei mir anfangen.

Ja, es ist wahr, daß Herr Jericha gern redete. Gewiß ist auch wahr, daß er sich gern reden hörte. Wahrscheinlich hat er, solang er allein war, mit sich selbst geredet. Nun hatte er wieder jemanden, der ihm zuhörte.

Realistisch betrachtet, hat er mir wahrscheinlich viel mehr erzählen können als seiner verstorbenen Frau. So viele Dinge, die sie gewußt hatte und die ich nicht wußte. Nicht nur, weil sie, nach allem, was ich von ihr gehört habe, weitaus gebildeter und belesener gewesen sein muß als ich. Sondern auch, weil sie ja das meiste, das er mir zu erzählen hatte, mit ihm erlebt hatte – erlebt und durchgemacht, erlitten und überstanden.

Er war noch als Kind der österreichisch-ungarischen Monarchie geboren. Jahrgang 1907, sagte er. Als der erste Weltkrieg ausgebrochen ist, bin ich gerade in die Schule gekommen. Vom Glanz des Imperiums habe er nichts mehr mitgekriegt. Das Essen sei immer karger geworden, und die Winter seien immer kälter gewesen und die Schuhe immer dünner. Allerdings konnte er recht detailliert über das Begräbnis des Kaisers Franz Joseph erzählen. Aber er war nicht sicher, ob das seine eigene Erinnerung war oder die des Schriftstellers Joseph Roth. Sehen Sie, sagte er, so ist das bei mir. Manchmal kann ich gar nicht mehr zwischen mir selbst und der Literatur, die ich gelesen habe, unterscheiden.

Seine Geschichte erzählte er vor dem Hintergrund der Geschichte des Jahrhunderts. Gesehen von Österreich aus, das, dem Text seiner Hymne zufolge, einem starken Herzen gleich inmitten Europas lag. Starkes Herz, unberufen, sagte er, die Dichterin Paula von Preradović, die man nach 1945 mit der Aufgabe betraut habe, schöne Worte für eine neue Hymne zu finden, habe es mit ihrem Text zweifellos gut gemeint. Aber nur selten seien die gutgemeinten Texte die besten, und das Schöne, obwohl der alte Plato dazu geneigt habe, das zu glauben, sei nicht immer das Wahre – also, um ehrlich zu sein, das angeblich starke Herz Europas sei in den Jahren, die er erlebt habe, einige Male nah am Infarkt gewesen.

Ja, vor dem Hintergrund seines und meines Jahrhunderts erzählte Herr Jericha. Aber diesen Hintergrund leuchtete er mit Literatur aus. Zum Begräbnis des Kaisers Franz Joseph, wie gesagt, fiel ihm Joseph Roth ein, zur darauffolgenden Zusammenbruchs- und Inflationszeit Franz Werfel. Autoren wie Musil und Broch zitierte er, alter Geisterbeschwörer, der er im Lauf eines Lebens zwischen Büchern geworden war, Autoren wie Saiko und Doderer legte er mir nah.

Ich nehme an, daß Ihnen nicht alle diese Namen bekannt sind. Hier kennt man halt eher Anderson, Faulkner und Williams. Ich muß gestehen, daß es auch mir so ging. Ich meine, noch dort, in Österreich – allerdings bevor ich Herrn Jericha kannte.

Obwohl ich gern las. Aber die Autoren, die mir bis dahin imponiert hatten, hatte ich in Übersetzungen gelesen. Vielleicht lag das an den Deutschlehrern in der Schule, denen es nicht gelungen war, uns die deutschsprachige und speziell die österreichische Literatur interessant genug darzustellen, vielleicht lag es auch an einer Art von Protesthaltung. Jedenfalls hatten mich Bücher deutschsprachiger Autoren bis dahin nur wenig interessiert. Und die spezifisch österreichischen Autoren, um es geradeheraus zu sagen, am allerwenigsten.

Aber wieso, fragte Herr Jericha, was sind denn Sie für ein Österreicher? Stimmt schon, man sieht es Ihnen nicht gleich an, daß Sie einer sind. Aber Sie sollten sich dieser Aufgabe stellen. Wenn Sie schon hier, in diesem Land, geboren sind, dann hat das was zu bedeuten, da können Sie meinen Freund, den Astrologen, fragen.

Offen gestanden war mir nicht ganz klar, welche Aufgabe der Herr Jericha meinte. Aber die österreichische Literatur zu lesen, und zwar gerade die, bis zu der wir im Zuge des chronologisch sich dahinschleppenden Deutschunterrichts nie gekommen waren, das stellte er mir wie eine Voraussetzung zur Erfüllung dieser Aufgabe dar. Lesen Sie, sagte er, lesen Sie vor allem die Romane aus dem in die Krise seines Zusammenbruchs, seiner Schrumpfung, seiner Restexistenz geratenen Österreich. Solche Krisen sind schrecklich, sagte Herr Jericha, aber für Romane sind sie gut.

Vielleicht lag seine Vorliebe für diese Romane einfach daran, daß jene Krisenzeit sein Leben geprägt hatte und daß er sich, so schlimm sie manchmal gewesen war, nach ihr zurücksehnte wie nach einer verlorenen Heimat. Und tatsächlich waren er und seine Frau ja auch in ihre verlorene Heimat (das, was sie trotz allem dafür hielten) zurückgekommen. Keine Viertelstunde von der Buchhandlung entfernt, in der Neudeggergasse, hatte er von Kind an bis zu seinem dreißigsten Jahr gewohnt. Im Haus neben der Synagoge, die in der sogenannten Kristallnacht unseligen Angedenkens angezündet worden und unter Polizeiaufsicht abgebrannt war bis auf die Grundmauern.

Aber das war ja erst 1938. Herr Jericha lächelte. Bis dahin waren doch noch zwanzig Jahre Zeit. Vom Ende des Weltkriegs an gezählt, den man damals noch nicht als den Ersten bezeichnete, weil man den Zweiten zwar nach und nach ahnte, aber möglichst lang nicht wahrhaben wollte. Da war noch Zeit für einen Rest Kindheit und für eine kurze Jugend und für ein paar, ja, ob Sie es glauben oder nicht, glückliche Jahre.

Manchmal saßen wir im Gasthaus *Wegenstein,* gleich neben der Buchhandlung. Da sperrte Herr Jericha die Buchhandlung einfach zu und steckte einen Zettel an die Tür. *Sind bei Wegenstein*, schrieb er, *kommen bald*. Er hatte keine Angst, daß ihm dadurch ein großes Geschäft entging. Wissen Sie, sagte er, die Zeiten, zu denen es mir ums Geschäft gegangen ist, sind vorbei. Außerdem ist es mir nie *nur* ums Geschäft gegangen. Aber ein bißchen mehr als jetzt vielleicht schon. Damals, als ich noch jung war und die Buchhandlung drüben in der Josefstädterstraße eingerichtet hab.

Schöne Räumlichkeiten. Mein Vater hat dort einen Antiquitätenhandel betrieben. Biedermeier- und Jugendstilmöbel, edle Nippes und ästhetisch geglückte Gebrauchsgegenstände. Nicht, daß ich keinen Geschmack dafür gehabt hatte – aber es war ganz einfach nicht meins. Als ich den Laden geerbt hatte, hab ich pietätvoll versucht, mit den Antiquitäten weiterzumachen, aber nach Ablauf des Trauerjahrs war mir klar, daß ich etwas anderes wollte.

Ich hab das Einrichtungszeug versteigern lassen. Und hab

mich statt dessen lieber mit Büchern umgeben. Nein, ich war kein Bücherfetischist wie der Protagonist dieses gleichzeitig skurrilen und unheimlichen Romans von Canetti, *Die Blendung*, Gott bewahre. Aber von Büchern umgeben hab ich mich immer wohl gefühlt.

Und ich hab sie ganz gut verkaufen können. Obwohl die Zeiten nicht gut waren und manche nicht genug zu essen hatten. Bücher haben die Leute damals verschlungen. Merkwürdig, nicht, wenn man bedenkt, daß dieser Heißhunger in guten Zeiten nachläßt. Er habe, so Herr Jericha, alte Bücher verkauft und neue. Es sei ihm daran gelegen, daß sie gelesen würden. Bücher *wollen* gelesen werden, sagte er, wenn sie nicht gelesen werden, leiden sie. Manchen Kunden, die gerade nicht bei Kassa waren, habe er die Bücher billiger überlassen oder geborgt.

Ja, lächelte Herr Jericha, so habe er auch seine Frau kennengelernt. Sie war eine Kundin, der ich besonders gern entgegenkam. Und das war mein Glück, sagte er, das war das größte Glück, das mir je widerfahren ist. 1930 haben wir geheiratet, von da an ist sie immer an meiner Seite gestanden.

In der Buchhandlung, sagte er, und im Leben. Und natürlich hat sich ein großer Teil unseres Lebens in der Buchhandlung abgespielt. Aber das hat uns beiden Freude gemacht. Und zu zweit ist alles besser gegangen.

Vorerst auch das Geschäft, trotz der labilen wirtschaftlichen Lage. Stellen Sie sich vor, es ging sogar so gut, daß die ursprünglichen Räumlichkeiten zu eng wurden! Wir haben dann ein daneben liegendes Lokal dazu gekauft, das während der Krise von 1929 eingegangen war. Fünf Angestellte haben wir gehabt, wir waren die am besten gehende Buchhandlung in der ganzen Josefstadt.

Jericha & Jericha ist in blattgoldenen Buchstaben über dem neuen Portal gestanden. Die Schaufenster hat meine Frau mit Liebe gestaltet. Bei den Kunden, die wir nach bestem Wissen und Gewissen beraten haben, waren wir beliebt. Aber 1938 hat man uns das Portal und die drei großen Schaufenster mit Ziegelsteinen zertrümmert.

Die Erinnerung an den Morgen nach der schrecklichen Nacht vom 9. auf den 10. November. Er und seine Frau gingen gegen halb neun Richtung Buchhandlung, um sie aufzusperren, wie jeden Tag. Natürlich hatten sie da schon ihre Befürchtungen, aber sie mußten es mit eigenen Augen sehen. Wie die Bücher verstreut auf dem Trottoir und im Rinnsal lagen, wie ihre Seiten im Wind flatterten.

Herr Jericha hätte am liebsten jedes einzelne gerettet, aber seine Frau war von rascherem Begriff und Entschluß als er. Noch an der Ecke, sagte er, dort bei der Löwenapotheke schräg vis-à-vis vom Theater in der Josefstadt, hat sie mich an der Hand gefaßt und zurück in die Piaristengasse gezogen. Das geht vorbei, habe Herr Jericha gestammelt, nein, habe sie gesagt, das geht nicht vorbei. Zu Haus in der Neudeggergasse habe sie sofort damit begonnen, ihren und seinen Koffer zu packen.

Das Anderssein, sagte Herr Jericha, das ist eine merkwürdige Erfahrung. Natürlich hab ich mich manchmal anders gefühlt als die andern. Wie jeder halbwegs sensible Mensch, würd ich sagen. Diese Art von Anderssein oder sich Andersfühlen hab ich eigentlich für normal gehalten. Damals aber ist mir mein angebliches Anderssein (eins, das ich selbst an mir bis dahin nicht entdeckt hatte) zum Vorwurf gemacht worden. Etwas an mir hat auf einmal als Makel gegolten. Ich hätte nicht sagen können, was es war. Sie, entschuldigen Sie schon, haben wenigstens ein bissel ein anderes Pigment, aber bei mir und meinesgleichen war ja nicht einmal das der Fall.

Das Komische ist, daß es offenbar Menschen gibt, die dazu neigen, sich als *die einen* zu fühlen. Im *Gegensatz* zu den andern – *wir sind wir.* Und daß dieses Gefühl, wenn man ihnen die Gelegenheit gibt, es auszuleben, aggressiv wird. Dann wird es immer schwerer, es komisch zu finden.

Daß man hinter mir hergemauschelt hat, daß man mir ausgewichen ist, daß man mir manchmal eine idiotische Art von Verachtung ganz offen gezeigt hat – eine Zeitlang hab ich das zu ignorieren versucht. Dann hab ich es nicht mehr ignorieren *können*. Dann war das Anderssein – jenes angebliche, unfaßbare, einfach behauptete Anderssein – über Nacht lebensgefährlich. Meine Frau hat das schon richtig gesehen: Nichts wie weg, hat sie gesagt, solang es noch geht.

Sie war keine Jüdin. Sie hätte bleiben können. Aber sie hat ihren Koffer zuerst gepackt. Erst ihren, dann meinen. Ich bin wie angewurzelt dagestanden. Komm, hat sie gesagt. Reiß dich los. Bevor es zu spät ist.

Losreißen mußte er sich tatsächlich, der Herr Jericha. Weil es ja zutraf, daß er an alldem hing. War das nicht sein Haus, sein Bezirk, seine Stadt, sein Land? Er war doch hier aufgewachsen. Hier angewachsen.

So stand er nicht *wie*, sondern *wirklich* angewurzelt. Und spürte, sagte er, wie das Losreißen weh tat. Da seien ihm, sagte er, die Tränen gekommen. Reiß dich los, sagte seine Frau, sentimental sein können wir später.

Auf einem Foto, das mir Herr Jericha zeigte, sah seine Frau sehr zart und jung aus. Man hätte ihr die Kraft, die sie, nach allem, was ihr Mann von ihr erzählte, gehabt haben mußte, nicht zugetraut. Ganz feine, verblasen wirkende Haare und weiche Wangen. Herr Jericha, neben ihr stehend, wirkte beinah wie ihr Vater. Sicher, das lag auch an der steifen Herrenmode jener Jahre. Aber, sagte Herr Jericha, sie hat immer sehr jung ausgesehen. Für wie alt oder wie jung würden Sie die Frau auf diesem Bild halten? Vielleicht fünfundzwanzig, sagte ich. Er lächelte: Vierunddreißig! Da waren wir schon in London.

Trotz allem, sagte Herr Jericha, sind wir zurückgekommen. Nach 1945. Ins zerbombte Wien. Das war nicht leicht, wissen Sie. Man hat uns hier nicht gerade herzlich empfangen. Man hat so getan, als wären wir freiwillig weggegangen.

Ansprüche auf Entschädigung wollten wir stellen? Ja wo

denn, bei wem denn? Da hat sich niemand verantwortlich gefühlt. Gewiß seien damals, im Achtunddreißigerjahr, schlimme Dinge passiert. Aber das sei jetzt vorbei, Gott sei Dank, und daran wollte man lieber gar nicht mehr erinnert werden.

Schon gar nicht von solchen wie uns. Das stünde uns sozusagen nicht zu. Uns, die wir das Land damals einfach verlassen hätten. Es fehlte nicht viel, und sie hätten gesagt: im Stich gelassen. Während solchen wie ihnen nichts anderes übriggeblieben wäre, als zu bleiben.

So ist das. Es kann halt nicht jeder von heute auf morgen ... Es hat halt nicht jeder die entsprechenden Mittel ... Wie wars denn in England? Sicher besser als hier ... Wenn Sie wüßten, was wir dann noch alles durchgemacht haben!

Ja, so war das, sagte Herr Jericha. Manche von unseren lieben Landsleuten waren damals bodenlos unverschämt. Auch darüber gibt es Bücher. Darunter einige großartige, die viel zu wenig wahrgenommen wurden. Lesen Sie Hans Lebert, lesen Sie Albert Drach, lesen Sie!

Und ich las. Allerdings las ich in meiner Zeit beim Buchhändler Jericha nicht nur die von ihm empfohlenen Werke *österreichischer* Literatur. Die Bestände der Buchhandlung umfaßten ja weit mehr als nur diese. Manchmal ging ich zwischen Bücherwänden, Bücherhügeln, Bücherbergen auf regelrechte Entdeckungsreisen. Eben weil ich nichts Bestimmtes suchte, konnte ich jederzeit etwas finden.

So fand ich unter anderem ein Buch über die Geschichte Afrikas. Und mehrere Bücher über die Bürgerrechtsbewegung in den Vereinigten Staaten. Eine Biographie Schuberts fand ich sowie mehrere Bücher über Blues und Jazz. Und ich fand James Baldwins Roman *Giovannis Zimmer*.

Ich las nicht nur in der Buchhandlung, sondern auch zu Hause. Nehmen Sie getrost mit, was Sie interessiert, sagte Herr Jericha. Getrost. Ein seltsames Wort. Auch damals kaum mehr in Gebrauch. Sollten mich die Bücher trösten, schon indem ich sie (noch ungelesen) mitnahm?

Auf dem Heimweg, den ich gern zu Fuß zurücklegte, auch wenn die Bücher, die ich im Seesack nach Hause trug, nicht leicht waren, dachte ich darüber nach. Wie meinte das Herr Jericha? Hatte für ihn schon die den Büchern innewohnende Potentialität etwas Tröstliches?

Der Trost der Literatur. Oh ja, sagte Herr Jericha am nächsten Tag, den gibt es. In England habe ich mit meiner Frau den ganzen Shakespeare gelesen.

Das klang gewaltig. Wirklich, den ganzen Shakespeare?

Ja, sagte Herr Jericha. Und es hat mir ausgesprochen gutgetan.

Nun war aber klar, daß Herr Jericha damals, zwischen 1938 und 1945 in der Emigration in London, eines starken Trostes bedürftig gewesen war. Auch wenn er seine, nach allem, was er von ihr erzählte, großartige Frau sogar beim Lesen an seiner Seite gehabt hatte.

Ich aber, in den Jahren 1969 und '70 daheim (oh doch, wo denn sonst?), daheim also: in Wien! Ein Kind der Nachkriegszeit und des darauf folgenden Wiederaufbaus! Ein Kind einer Zeit also, in der alles immer besser wurde! Mir ging es doch gut – die Probleme, die ich hatte, waren vergleichsweise geringfügig.

Darüber hinaus hatte ich nicht nur eine liebe Frau an meiner Seite, sondern sogar zwei Kinder. (Ein Segen, der dem Ehepaar Jericha, das gern welche gehabt hätte, versagt geblieben war.) Wozu also brauchte ich Trost, das fragte ich mich. Und warum sollte er ausgerechnet in einem Roman stecken wie *Giovannis Zimmer*?

Da stand einer am Fenster, schaute hinaus in die Nacht. Und erwartete den schrecklichsten Morgen seines Lebens. So ungefähr ließ sich das an. Offenbar eine tragische Geschichte. Wo sollte da bitte schön irgendein Trost herkommen?

Diese Frage hätte man allerdings in bezug auf Shakespeares

Werke auch stellen können. Die Komödien, gut und schön, aber was sollte tröstlich sein an den Tragödien? Daß sie durch ihre bloße Existenz der Barbarei und der Idiotie, in der die Welt manchmal zu versinken droht, widersprechen, sagte Herr Jericha. Und daß sie uns manchmal das Gefühl geben, mit unserer Querlage zu dieser Welt nicht allein zu sein.

Was nun *Giovannis Zimmer* betraf, so übte dieses Buch zuallererst einen gewissen Magnetismus auf mich aus, weil es von einem Autor dunkler Hautfarbe geschrieben war. Das Foto auf der Rückseite des Schutzumschlags zeigte einen gepflegten jüngeren Mann mit weißem Hemd, schwarzer Krawatte und Sonnenbrille. Obwohl man hinter dieser Brille seine Augen nicht sehen konnte, fühlte ich mich von ihm angeschaut. Daß es, abgesehen von der Hautfarbe, vielleicht auch noch andere Affinitäten zwischen ihm und mir gab, begriff ich erst nach und nach.

Ich las und las. Du wirst dir noch die Augen verderben, sagte Natascha. Nicht, daß sie im Prinzip etwas gegen Literatur hatte, sie las selbst gern. Aber daß ich *so viel* las, war ihr verdächtig. Gefall ich dir noch?, fragte sie. Manchmal hab ich den Eindruck, du siehst mich gar nicht.

Und deine Kinder, sagte sie, siehst du auch nicht. – Das traf nicht zu. Ich sah, wie Noël mit jedem Tag größer zu werden schien. Er war jetzt in dem Alter, in dem sein Kopf gerade die Höhe der Tische und Arbeitsflächen erreichte. Eines Tages lief er in der Küche gegen eine scharfe Kante. Er stand einen Augenblick starr vor Schreck und Schmerz. Ich erwartete, daß er schreien würde, aber ihm blieb ganz einfach die Luft weg. Erst nach einer kleinen Ewigkeit, in der ich, neben ihm kniend, gewärtig, ihn aufzufangen, fürchtete, er würde jetzt und jetzt umfallen, kam sein Atem zurück. Auf seiner Stirn platzte ein roter Riß, sein Blut tropfte auf den Küchenboden, da stand er und brüllte.

Er schlief nun schon auf der Couch, seine Schwester lag

noch im Kinderbett, das er ihr überlassen hatte. Aber sie gab sich Mühe, ihm nachzuwachsen. Vergleichsweise früher als er richtete sie sich auf, an den Gitterstäben rüttelnd. Und wenn mich nicht alles täuscht, hat sie auch früher als er gesprochen. Lisa, mein Liebling. Manchmal hatte ich das Bedürfnis, sie zärtlich in die Arme zu nehmen. Sie war noch handlicher als ihr großer Bruder. Anderseits hatte ich das Gefühl, daß in dieser Hinsicht eine gewisse Zurückhaltung am Platz sei. Ich glaube, ich wollte Reminiszenzen an unsere erste Woche, in der es Natascha so schlecht gegangen war, vermeiden.

Aber mich, beharrte Natascha, *mich* siehst du nicht. – Als ich an einem jener Abende nach Haus kam, stand sie in der Tür und strahlte. Ich wußte nicht, warum. Ich küsste sie, wie immer, und wollte an ihr vorbei. Sie folgte mir, nun nicht mehr strahlend, durchs Vorzimmer.

Siehst du denn gar nichts?

Jetzt erst bemerkte ich: Sie war beim Friseur gewesen. Trug nun eine Frisur, die man in meiner Kindheit als Bubikopf bezeichnet hatte.

Ihr standen die Tränen in den Augen: Ich habe gedacht, so gefall ich dir vielleicht besser.

Ich umarmte sie. Aber jetzt war es zu spät. Sie wurde geschüttelt von Weinkrämpfen.

Auch mein Schwiegervater begann mir Vorwürfe in bezug auf mein Wahrnehmungsvermögen zu machen. Er warf mir vor, daß ich die Wirklichkeit nicht wahrnehme. Wenn er von Wirklichkeit sprach, dann meinte er die politische Wirklichkeit. Über die wollte er mit mir diskutieren, aber ich war in dieser Phase kein guter Diskussionspartner.

Jedenfalls nicht in bezug auf die politische Wirklichkeit Österreichs.

Zwar hatte ich, das war im März des Jahres ’70, mein Recht als österreichischer Staatsbürger wahrgenommen und war, gemeinsam mit Natascha, wählen gegangen, meinen österreichischen Paß mit Nachdruck vor die Wahlhelfer auf den Tisch legend. Auch hatte ich mein Kreuz in den Kreis neben dem Namen jener Partei gemacht, die nun, wenn auch vorläufig nur auf der Basis einer Minderheitsregierung, eine gewisse Modernisierung des Landes ankündigte. Aber so groß und bedeutend schien mir das Ereignis jenes kleinen Machtwechsels nicht, daß mir nun danach gewesen wäre, lang und breit darüber zu diskutieren.

So sprach Herr Scholz einmal mehr (jetzt erst recht) Monologe. Immerhin sei das die erste linke Regierung in Österreich. Nicht ganz das, was er sich ein halbes Leben lang erhofft habe. Aber, sagte er, man muß realistisch sein und, verdammt noch einmal, die Chance sehen, die sich da bietet.

Verdammt noch einmal. Diese Aufwallung signalisierte seine emotionale Beteiligung. Interessant. Ich erinnerte mich noch gut an seinen Spott über die *Rosaroten.* Jetzt war aber eben alles ein bißchen anders. Herr Scholz bereitete sich, spät, aber doch, darauf vor, das politische Lager zu wechseln.

Es fiel ihm nicht leicht. Die KPÖ war für ihn wie eine immer häßlicher gewordene Geliebte. Er hing an ihr. Lang hatte er über ihre seit Jahren zunehmende Häßlichkeit hinweggesehen. Aber dann hatte sie als eine der wenigen kommunistischen Parteien im sogenannten Westen die brüderliche Hilfe der Warschauer-Pakt-Panzer für die tschechischen Genossen gutgeheißen. Das half ihm. Obwohl er immer noch eine Weile brauchte, um endlich von ihrem Lager aufzustehen und ein für allemal zu gehen.

Daß er sie kaum mehr anschauen konnte, ohne sich vor ihr zu ekeln, genügte ihm aber nicht. Er brauchte – ein Mensch, der trotz seiner im großen und ganzen sinnlichen Disposition gelernt hatte, die Vernunft für die einzig gültige Rechtfertigungsinstanz zu halten – seine Rationalisierung. Und jemanden, der ihm diese Rationalisierung bestätigte. Ich weiß nicht, ob er Freunde hatte, die für diese Rolle in Frage kamen, vielleicht quälte er auch die Patienten, die sich, im Zahnarztstuhl, nicht wehren konnten, mit seinen politischen Reflexionen, in der Familie aber, so komisch das klingt, hielt er sich vor allem an mich.

Herr Scholz, der Frauenfreund, war nämlich eigentlich ein Frauenfeind. Oder jedenfalls ein Frauenverächter. Fand seine Tochter und lag damit nicht ganz falsch. Mit ihr zum Beispiel (obwohl sie meist, das hing schon mit ihrem wenn auch augenblicklich unterbrochenen studentischen Umgang zusammen, viel *politischer* argumentierte als ich) versuchte er weit weniger zu diskutieren als mit mir.

Ausgerechnet von mir erhoffte er sich so etwas wie Absolution. Die historische Situation, analysierte er, die historische Situation habe sich halt geändert.

Ich nickte. Es traf ja zweifellos zu, was er sagte. Aber er wünschte sich mehr als diese etwas geistesabwesende Zustimmung.

Die List der Vernunft, sagte er. Ob ich schon etwas von der List der Vernunft gehört habe. In Kreisky, dem neuen Kanzler, sei etwas von ihr verkörpert. Klar seien von ihm keine revolutionären Veränderungen zu erwarten. Aber die *Durchflutung aller gesellschaftlichen Bereiche mit Demokratie* – also nach Jahrzehnten großkoalitionären Auf-der-Stelle-Tretens und vier Jahren konservativer Alleinregierung klinge das schon nach Fortschritt.

Tatsächlich gefiel ihm Kreisky, ein Mann, der bestens in seine Villa am Fuß des Kahlenbergs paßte, gerade wegen seiner recht unsozialistisch wirkenden Bonhomie. Wenn ihn Herr Scholz im Fernsehen sah und sprechen hörte, lag ein Lächeln unverhohlener Sympathie auf seinem Gesicht. Zwar übertreibe er seinen Antikommunismus, aber immerhin käme er aus der Tradition des Austromarxismus. Ja, Herr Scholz war bereit, sich unter all die Menschen guten Willens einzureihen, die der neue Bundeskanzler aufforderte, ein Stück Weges mit ihm zu gehen.

Zwar war diese Aufforderung sicher zu allerletzt an solche wie den Herrn Scholz gerichtet. Kreisky ging es eher um liberale Bürger und mit der Politik der angeblich christdemokratischen ÖVP unzufriedene Christen. Und sogar, wie Herr Jericha, der den Bundeskanzler trotz gewisser Verwandtschaftsgefühle nicht recht leiden konnte, meinte, sogar um alte Nazis. Das verstörte Grüppchen der Exkommunisten war eine Minderheit, die kaum ins Gewicht fiel.

Trotzdem trat Herr Scholz im Frühsommer 1970 aus der KP aus und in die SP ein. Und widmete von da an jedem Reformschritt eine meines Erachtens übertriebene Aufmerksamkeit. Das ist nun einmal die Wirklichkeit, sagte er, auch deine. Die relativ beste, die wir jemals gehabt haben.

Wahrscheinlich hatte er recht. Ich war trotzdem nicht überzeugt. Das sollte also tatsächlich die Wirklichkeit sein? Was da ablief, was in den Radio- und Fernsehnachrichten so unangemessen viel Raum einnahm? Jedes kleine Stück der *Moments Musicaux* kam mir wirklicher vor.

Übrigens war ich nicht bei den *Moments Musicaux* stehengeblieben. Seit ich sie damals, das war nun ungefähr ein Jahr her, erstanden hatte, waren die *Impromptus* dazugekommen sowie mehrere Sonaten. Die spielte ich nun schon längst im richtigen Tempo. Im Sommer jenes Jahres aber begann ich mit der *Winterreise*. Die meiste Zeit hatte ich (oder nahm ich mir) am Sonntag vormittag. Draußen schien die Sonne, aber ich saß bei Kunstlicht im Proberaum, dessen Miete Herr Scholz (vielleicht in der Hoffnung, Jana würde eines Tages wiederkehren) nach wie vor bezahlte. Da saß ich und spielte und – ja, ob Sie mir das nun zutrauen oder nicht – *sang* Schubert. Ich sang ihn nicht klassisch, aber auf meine Weise.

Ich fuhr zu meiner Mutter nach Siebenhirten. Ich hatte ein tiefes Bedürfnis, mit ihr zu reden. Mit dem Bus fuhr ich durch eine Gegend, die mir einmal gut gefallen hatte. Nach dem Wienerberg, einer längst von der Stadt eingeholten Erhebung im Süden von Wien, waren Hügel, in sanften Sinuskurven ausschwingend, ins sogenannte Wiener Becken verlaufen.

Nichts Besonderes, aber eben Gegend. Äcker, Felder, Wiesen und Ziegelteiche. Braunes Gras, rote, meist längst stilliegende Ziegelwerksgebäude. Dahinter die blauen Silhouetten des Anningers und des Hohen Lindkogels, zweier immerhin sechs- bis siebenhundert Meter hoher Bergrücken, an deren gegen die Orte Gumpoldskirchen, Baden und Vöslau abfallenden Hängen Wein wuchs.

Damals ruinierte man diese Gegend gerade. Industrie und Großhandel stellten schachtelförmige Gebilde aus Beton, Aluminium und Glas in sie hinein. Natürlich, ich weiß, hier in den Staaten tut man das schon viel länger, und kein Mensch, ausgenommen ein paar von den übriggebliebenen Indianern, findet etwas falsch daran. Aber Amerika ist groß, es ganz zu verbauen ist bislang auch dem brutalsten Kapitalismus nicht gelungen, Europa hingegen ist klein, und Österreich ist unter seinen für hiesige Begriffe lächerlich dimensionierten Ländern eins der kleinsten.

Ich meine, verstehen Sie, das braucht nicht viel. Besonders in Gegenden, die nicht viel Widerstand leisten. Das Wiener Becken mit seiner sanften, nach Süden zu immer flacheren Bodenbeschaffenheit war so eine Gegend. Jetzt wird es wohl *keine* mehr sein. Nichts, was man mit diesem Namen bezeichnen könnte.

Aber das nur nebenbei. Ich wollte von jenem Besuch bei meiner Mutter erzählen. In Siebenhirten stieg ich aus – irgendwann einmal, noch nicht allzulang her, war das ein Dorf gewesen. Kein allzuschönes wahrscheinlich. Ein paar Häuser entlang der Straße. Eine Kirche ohne besonderen kunsthistorischen Reiz in der Ortsmitte.

Nun aber war davon fast nichts mehr zu sehen. Das ehemalige Dorf war umzingelt von sogenannten Siedlungen. Die ragten, ein steriler Block neben dem anderen, in den Himmel. In einem dieser häßlichen Gebäude wohnte jetzt meine Mutter.

Ich hatte nicht angerufen, sondern wollte es darauf ankommen lassen. War sie da, war es gut, war sie nicht da, so würde ich eben unverrichteter Dinge wieder abziehen. Allerdings hatte ich mir für meinen Besuch extra einen Vormittag freigenommen. Um diese Zeit war der Teddybär wahrscheinlich in der Arbeit und meine Halbschwester im Kindergarten.

Mit einem Lift, dessen Innenwände schon durch pornographische Sprüche und Zeichnungen nebst einigen Hakenkreuzen verunziert waren, fuhr ich in den fünften Stock. Dort stand ich dann vor einer weißen Tür, auf der in gelben Messingbuchstaben der Familienname des Teddybären prangte. Einen Moment lang stutzte ich, irritiert. Aber das war die Realität: Meine Mutter hieß jetzt auch so.

Ich klingelte also und wartete. Nichts rührte sich. Als ich beim zweiten Mal etwas fester klingelte, ging die Tür der Nachbarwohnung auf. Die Nachbarin, ein Mondgesicht unter Lockenwicklern, sah mich mit weit aufgerissenen Augen an. Ich bin der Sohn der Frau Jarosch, sagte ich, das heißt der Sohn der Frau *Eder*.

Sie gab keine Antwort, sondern schlug die Tür rasch wieder zu. Ich wandte mich ab und lief die fünf Stockwerke hinunter. Unten, vor der Aufzugstür, stand eine Frau und wartete auf die von mir verschmähte Kabine. Sie sah älter aus, als ich sie in Erinnerung hatte. Sie war meine Mutter.

Sie trug links und rechts ein Einkaufsnetz, vielleicht verstärkte das den Eindruck ihrer Stämmigkeit. Servus Mamma, sagte ich und nahm ihr die Einkaufsnetze ab. Ja so was, sagte sie, *du*, das ist aber eine Überraschung! In der engen Liftkabine waren wir einander so nahe, daß wir nicht wußten, wie wir stehen sollten.

Dann saßen wir in einem fremden, streng nach Formaldehyd duftenden Zimmer. Früher war ich mit meiner Mutter ganz selbstverständlich in der Küche gesessen, aber in der

Küche hier gab es keine Sitzgelegenheiten. Im Zimmer gab es eine Sitzgarnitur und, wie ich, ohne danach gefragt zu haben, erfuhr, ein an die Wand klappbares Ehebett. Jetzt sah es aus wie ein großer, weißer Schrank, aber am Abend konnten sich sie und der Teddybär darin ausbreiten.

Sie bot mir Tee an und salziges Knabbergebäck. Wie gehts dir?, fragte sie. Mein Gott, was sollte ich darauf sagen? Mamma, ich fühl mich nicht wohl in meiner Haut? Oder: Mamma, ich glaub, das Leben, das ich führe, ist nicht mein Leben? Zwar hatte ich ungefähr das vorgehabt, aber jetzt hatte ich das Gefühl, daß ich damit fehl am Platz war.

Ich erzählte ihr also von meinem Job in der Buchhandlung und vom Wachstum der Kinder. Ja, ja, sagte meine Mutter, so schnell kann man gar nicht schauen, wie die wachsen. Ich bekam mit, daß meine Halbschwester vor zwei Monaten ihren vierten Geburtstag gehabt hatte. Um zwölf hol ich sie vom Kindergarten ab, sagte meine Mutter, wenn du willst, kannst du mit mir gehen.

Ich wußte nicht recht, ob ich wollte. Während meine Mutter weitersprach, dachte ich über eine Ausrede nach. Es war absurd, doch mir fiel keine Ausrede ein. So mußte ich wirklich mit zum Kindergarten. Der Weg führte durch ein Labyrinth von Innenhöfen, in denen (durch an jedem Durchgang angebrachte Schilder wurde man immer aufs neue darauf aufmerksam gemacht) Lärmen, Musizieren, Betteln, Hausieren, Taubenfüttern und Fußballspielen verboten war.

Ob ich gehört habe, fragte meine Mutter auf dem Weg, daß die Verkehrsbetriebe jetzt Frauen als Straßenbahnfahrerinnen zuließen. Das sei etwas, das sie reizen würde, aber ihr Mann sei dagegen, daß sie wieder zu arbeiten anfange. Du solltest es trotzdem tun, sagte ich spontan. Einen Augenblick schien es mir, als könnte die Perspektive, daß sie wieder auf der Straßenbahn fahren würde, alles verändern. Ich griff im Gehen nach ihrer Hand, um sie zu drücken. So plötzlich berührt, wandte sie mir das Gesicht zu und lächelte. Das machte sie, fand ich, mindestens zehn Jahre jünger. Es würd mir gefallen, sagte sie, aber ich mag nicht mit dem Ernst streiten.

Ernst hieß ihr komischer Mann, schmeiß ihn doch raus, dachte ich. Aber natürlich sagte ich das nicht. Vielleicht, sagte meine Mutter, wenn die Vera in die Schule geht. Aber ich weiß nicht, ob sie mich dann noch nehmen.

Inzwischen waren wir beim Kindergarten angelangt. Wir traten ein, als die Kinder mich sahen, erhoben sie ein Geschrei. Vielleicht aber schrien sie immer so, wenn jemand kam. Vera abgeholt!, riefen sie. Wer bist denn *du*?, fragte meine Halbschwester.

Wieder in der Wohnung, mußte ich ihr Kinderzimmer würdigen. Sie hatte ein aus Fertigteilen zusammengesetztes Hochbett und eine darunter liegende Höhle voll Stofftieren. Schenkst du deinem Cousin und deiner Cousine ein paar davon?, fragte meine Mutter. Nein, sagte Vera und bekam ein ganz viereckiges Gesicht.

Gleich würde sie weinen. Ich sagte, daß ich jetzt gehen müsse. Bleibst du nicht zum Essen?, sagte meine Mutter. Nein, sagte ich, ich muß um zwei in der Buchhandlung sein. Schade, sagte meine Mutter. Ja, sagte ich, schade. Vera verkroch sich und wollte sich nicht von mir verabschieden.

An der Tür nötigte mir meine Mutter einen Plastiksack mit Stofftieren auf. Nimm sie nur, sagte sie, mit denen spielt sie sowieso nicht mehr. Mir war das peinlich. Im Bus stellte ich den Plastiksack unter den Sitz. Als ich, nach Erreichen der Wiener Stadtgrenze, in die Straßenbahn umstieg, vergaß ich ihn.

Dann, über Nacht, kam es über mich, das war am Ossiacher See. Ein von bewaldeten Hügeln und Bergen umgebener langgestreckter See im österreichischen Bundesland Kärnten. Gepriesen wird das milde Klima der südlich des Alpenhauptkamms gelegenen Region sowie die freundliche Temperatur des Gewässers. Sechsundzwanzig Grad, sagte Herr Scholz, manchmal sogar siebenundzwanzig.

Ja, der Herr Scholz. Wir machten Familienurlaub. Wir sind doch, sagte er, eine Familie, oder? Er hatte uns eingeladen. Er fühlte sich wohl in der Rolle, die er jetzt spielen durfte. Wähler der größten Partei, Stammvater eines kleinen Volkes.

Man kann ihm wirklich keine Vorwürfe machen. Er meinte es gut, der Herr Scholz, wir wohnten in einem schönen Hotel. Wir schwammen, ruderten, spielten Federball. Wir lagen lesend oder dösend in Liegestühlen, wir unternahmen Ausflüge in die landschaftlich und kunsthistorisch reizvolle Umgebung.

Auch Frau Scholz kann man nur loben. Sie war eine gute Oma. Widmete sich auf manchmal aufopfernde Weise der Beaufsichtigung der Kinder. So konnten Natascha und ich manche Stunde zu zweit sein. Hand in Hand über sommerliche Wiesen wandernd, da und dort zärtlich ins Gras sinkend.

Sicher, sagte Natascha, die ständige Nähe der Eltern könne einem auch auf die Nerven gehen.

Halb so schlimm, sagte ich. Ich hatte mich nicht beschwert.

Doch diese Form von Urlaub habe auch Vorteile.

Ja, sagte ich. Ich weiß. Vor allem könnten wir uns auf eigene Rechnung so einen Urlaub gar nicht leisten.

Ich bitt dich, sagte Natascha.

Na ja, sagte ich, weils wahr ist.

Hör auf, sagte Natascha. Du hast doch Minderwertigkeitskomplexe!

Nein, sagte ich. Nur würd ich das alles nicht brauchen.

Ach ja, sagte Natascha. Aber es ist dir nicht unbequem.

Das hätte sie nicht sagen sollen. Ich haßte sie dafür. Gerade hatte ich sie geliebt, aber jetzt (aus dem Gras, in das wir zuvor gesunken waren, aufstehend) empfand ich Haß. Das erschreckte mich, aber so war es. Es ist dir nicht unbequem! Was mich betraf, konnte ich auf diese sogenannte Bequemlichkeit verzichten!

Ich brauchte das nicht. Ich brauchte das alles nicht. Wenn es nach mir gegangen wäre, wäre alles ganz anders gekommen. Wie? Das hätte ich nicht so leicht sagen können. Aber anders gewiß. Das hier war nicht mein Leben.

Und dann, über Nacht, wie gesagt ... Aber nein – diese Formulierung stimmt nicht. Über Nacht kam es nicht – es rührte auch nicht vom vorvergangenen Nachmittag her. Der Wortwechsel jenes Nachmittags war vielleicht das auslösende Moment. Doch vorbereitet hatte sich mein Aufstehen und Weggehen schon viel länger.

Ja, ich stand auf und ging weg – so einfach läßt sich der Sachverhalt darstellen. Die Anwältin, die meine Schwiegereltern später für Natascha genommen haben, hat ihn als *böswilliges Verlassen* bezeichnet. Aber es war kein böser Wille dabei. Die Wut, die ich am Nachmittag gehabt hatte, war weg, was ich jetzt empfand, war eine nüchterne Traurigkeit.

Es war an der Grenze zwischen Nacht und Tag. Draußen, vor dem Hotelfenster, zog die erste Helligkeit vom See herauf. Sie hatte etwas Feuchtes, diese erste Helligkeit, sie hatte etwas Grünes. In diesem Licht sah ich Natascha und die Kinder.

Natascha tastete zwar nach der Stelle im Doppelbett, an der ich gerade noch gelegen war. Aber dann schlief sie weiter, meine Decke an meiner statt an sich ziehend. Die Kinder atmeten ruhig und zum Heulen friedlich. Noël auf der Couch, Lisa im Gitterbett, das man uns extra ins Zimmer gestellt hatte.

Ich hätte sie gern noch auf die Wangen geküsst. Aber ich hatte Angst, sie aufzuwecken. Im Vorraum des Zimmers knipste ich behutsam das Licht der Stehlampe an. *Seid mir nicht bös*, schrieb ich auf einen Zettel, *aber ...*

Aber. Ich wußte nicht weiter. So ließ ich es stehen. Ich knipste das Licht behutsam wieder aus und öffnete die Tür. Der Korridor lag noch dunkel. Ich trat über die Schwelle. Dann war ich draußen und schloß die Tür hinter mir.

Fremd bin ich eingezogen / fremd zieh ich wieder aus. Es war Sommer, aber mir gingen dieser Text und diese Musik aus der *Winterreise* nicht aus dem Kopf. Es war jetzt schon heller, die Vögel begannen zu lärmen. Die Luft war recht kühl, ich ging den Hügel hinunter, auf dem das Hotel stand, bald war ich unten auf der Landstraße.

Ich wollte per Anhalter fahren, aber niemand hielt an. Jedenfalls vorläufig. Es war ja auch noch verdächtig früh am Tag. Ich ging nach Süden. Keine fünfzig Kilometer entfernt mußte die Grenze sein. Ein Stück ostwärts ging es nach Jugoslawien, geradeaus nach Italien.

Links und rechts der Straße lagen sanft gehügelte Wiesen. Kuhglocken bimmelten. Braun und weiß gefleckte Kühe malmten Gras. Bauernhöfe wie aus dem Bilderbuch, schneebedeckte Gebirgsgipfel im Hintergrund. Schließlich hielt doch jemand an und kurbelte das Fenster hinunter.

Ein Mann mit rotem Gesicht und blauen Augen. Der musterte mich von oben bis unten und grinste. Was machst denn *du* da?, fragte er – meine Anwesenheit in dieser Weltecke kam ihm offenbar komisch vor. Ja, antwortete ich, das weiß ich eigentlich auch nicht.

WIE MIR NACH und nach auch das Leben hier in dieser Stadt Gegenwart wurde. Und mein Leben dort in jener Stadt Vergangenheit. Eigentlich ging das schneller, als ich gedacht hatte. Anfang September, als sich der Dunst etwas lichtete, nicht nur kurz, nach dem Mittagswolkenbruch, sondern nachhaltig, jahreszeitlich bedingt, die Tage wurden klarer.

Gewiß lag es auch daran, daß mein Trauerjahr zu Ende war. Nicht, daß ich das ganz bewußt so empfand. Aber so war es. Den August mit seinen für mich betrüblichen Jahrestagen hatte ich überstanden. Im September atmete ich jedenfalls freier, beides, der atmosphärische und der psychische Tiefdruck, hatte sich gehoben.

So mochte tatsächlich etwas Neues beginnen. Der zweite Teil meiner Biographie sozusagen. Vielleicht konnte man das wirklich – ein Stück auf dem Spielplan zurückgehen und neu ansetzen. Der Gedanke der auch in Schicksalsfragen entwaffnend unpathetisch denkenden Mary war ebenso erleichternd wie aktivierend.

Mein zufälliger Auftritt im verdunkelten *Maple Leaf* war jedenfalls so etwas wie eine Initialzündung. Okay, Initialzündung ist vielleicht übertrieben. Nicht, daß mein Ruhm hier gleich explodierte wie ein Feuerwerkskörper. Aber mit ein bißchen Unverfrorenheit und positivem Denken ließ sich schon etwas mit dem dadurch gewonnenen Spiel-Kapital anfangen.

Natürlich trug Joe dazu bei, mich in Schwung zu bringen. This is my friend Peter J., who recently substituted James Booker in an amazing way. Unversehens hatte ich einen Job im *Margaritaville.* Nicht im Hauptraum, wo in den Pausen zwischen den Events Großereignisse des American Football auf Großbildleinwände projiziert werden, da hätte ich mich mit meiner (nach Joe) europäischen Diskretheit kaum durchgesetzt, aber im kleineren Nebenraum, der vom Eingang links liegenden *Storyville Tavern*, wo es schon nachmittags um zwei und fünf Auftrittstermine gab – für Newcomer und Outsider.

Vielleicht sind Sie ja schon dort vorbeigekommen, dann kennen Sie die Atmosphäre. Diese Wildwesttheke, über der ein nicht unbegabter Künstler drei Damen aus dem alten Storyville aufgemalt hat, von links nach rechts eine immer etwas nackter als die andere ... Die Barhocker und schmalen Bänke, auf denen man nur halbärschig sitzen kann ... Und die grüne Holzsäule in der Mitte und die Ventilatoren am Plafond und die kleine Bühne in der dem Ein- und Ausgang zugewandten Ecke.

Das wirkliche Storyville war natürlich nicht an dieser Ekke, sondern an der diametral gegenüberliegenden des Vieux Carré. Das heißt etwas außerhalb, in der Basin-Street-Gegend. Ein Stadtrat mit dem hübschen Namen Sidney Story formulierte in den neunziger Jahren des neunzehnten Jahrhunderts eine Verordnung, die die Prostitution und das mit ihr zusammenhängende Business dorthin verbannte. Wärst du, so Joe, ungefähr achtzig Jahre früher gekommen, so hättest du wahrscheinlich dort einen Job gesucht und gefunden.

Pianisten waren in jedem Puff gefragt – damals, das muß man schon sagen, hatten auch solche Etablissements noch Stil. Eher europäische Melodien haben sie vorerst gespielt, wenn auch mit einem vom hiesigen Temperament bestimmten Rhythmus. Ragtime Players, zu denen du gut gepaßt hättest, fingerfertige Kreolenjungen mit ungefähr deinem Teint. Oft klassisch ausgebildete Söhne längst freier Bürger, die ein paar Jahre nach der Befreiung ihrer etwas dunkelhäutigeren Verwandten zu Schwarzen und damit wieder zu Menschen zweiter Klasse erklärt wurden.

Letzteres fügte Mister Griffith hinzu.

Der freundlicherweise auch zu meinem ersten offiziellen Auftritt kam.

From Vienna, Austria, Mister Peter Jarosch, the new Piano Wizard.

Simply play your tune, sagte Joe, spiel einfach dein Spiel – er schickte mich auf die kleine Bühne mit dem meiner harrenden Instrument, wie mich der gute alte Trainer Falck aufs Fußballfeld geschickt hatte.

Dort spielte ich also ein paar Mal und gar nicht schlecht. Kratzte die Erinnerungsreste an die paar brauchbaren Kompositionen zusammen, die ich in meinem früheren Leben zustande gebracht hatte. Verpaßte ihnen sozusagen kreolisches *seasoning*. Durfte beim zweiten Mal schon um siebzehn Uhr statt um vierzehn Uhr spielen und beim dritten Mal sogar abends.

Natürlich spielte ich auch Standards von *St. Louis Blues* bis *Summertime*. Die *Saints,* ob mein Publikum damit nun die Heiligen oder das Footballteam assoziierte, ließ ich ebenso naiv wie triumphal einmarschieren. Nicht einmal vor einer Nummer wie *House of the Risin' Sun* schreckte ich zurück. Und machte mir Fans: Manche *cats*, die mir schon beim ersten Mal aufgefallen waren, erkannte ich bei den Folgeveranstaltungen glatt wieder.

Einzelne kamen mir sogar in andere Lokale nach. Ins *Trombone Shorty's* oder ins *Little People's Place*. Es ging aufwärts, obwohl es nicht gerade steil und stetig aufwärtsging. Wie das halt so ist – manchmal hatte ich einen Job, manchmal hatte ich keinen.

In den kleinen Neighbourhoodbars habe ich mich am wohlsten gefühlt. Zum Beispiel im *Vaughn's*. Das liegt etwas außerhalb des French Quarter. Marigny, dann Faubourg Marigny, schließlich Bywater and the 9th Ward ... Diese Gegend zwischen dem Mississippi und dem Industrial Canal – Tom Waits hat ein Lied darauf geschrieben ...

Ein simples, etwas abgefuckt wirkendes Pub. Wenn man eintritt, steht man direkt vor der Theke. Wenn ein paar Leute an der Theke stehen, kommt man kaum an ihnen vorbei. Das muß man aber, wenn man sich ans Piano setzen will.

Sitzt man am Piano, so hat man die Theke im Rücken. An der Schmalseite des Instruments klebt ein Zettel, auf dem in verblaßter Schreibmaschinenschrift darum gebeten wird, *no foods and drinks* aufs Klaviers zu stellen. Es ist allerdings nicht leicht, diese Bitte zu erfüllen. Wenn Sie einen Pappbecher in der einen Hand haben und einen Teller Jambalaya samt Gabel in der anderen, wird es kritisch.

Doch vielleicht schaffen Sie es, ein Stück weiterzugehen. Ins Wageninnere vorrücken! Das war eine Aufforderung, die man früher in den Waggons der Wiener Straßenbahn lesen konnte. Etwas in diesem Sinn wäre auch in einem Pub wie dem *Vaughn's* angebracht. Ein Stück weiterzugehen lohnt – das Lokal hat noch einiges zu bieten.

Ein paar Treppenstufen hinauf geht es zu einem quadratischen, kleinen Plateau. Da oben, an den vier Tischen, sitzt der privilegierte Teil des Publikums. Falls man das als Privileg auffaßt, daß man an einem Tisch sitzen und etwas freier atmen kann. Muß man nicht. Manche stehen gern. Und haben den Eindruck von Bewegungsfreiheit.

Bewegungsfreiheit, um im Lokal hin und her zu gehen. Und um zu tanzen, wenn ihnen die Musik in die Beine fährt. Das hätte etwas für sich, wenn zureichend Platz wäre. Ist aber nicht. Ach ja, das *Vaughn's* ist ein komisches Lokal.

Aber auf seine Weise durchaus sympathisch. Oben, nach dem Plateau, gibt es übrigens noch einen Nebenraum. Durch den geht man zu den *restrooms*, aber davor steht ein Tischtennistisch. Da wird, von den musikalischen Events recht unbeeindruckt oder jedenfalls ungestört, Pingpong gespielt.

Klar hat Pingpong auch einen Percussion-Effekt. Ich habe das jedenfalls so zu hören versucht. Das war im übrigen nur im Anfang störend. Wenn genug Leute da waren, hat man vom Tischtennis im Nebenraum nichts mehr gehört.

Schön, das war jedenfalls die Lage im *Vaughn's*. Sie können sich vorstellen, daß man es dort nicht leicht hat. Aber ich habe es geschafft, ich habe die Zuhörer in den Griff gekriegt. Zuhörer, die ursprünglich überhaupt nicht den Eindruck machten, als ob sie zuhören wollten.

Sie haben sich ziemlich angeregt unterhalten. Das heißt, sie bemühten sich, einander zu überschreien. Was ist mir übriggeblieben, als sie zu übertönen. Ich griff auf Methoden zurück, die ich ehemals gegen den Herrn Horak angewandt hatte.

Nur daß es ihnen gefallen hat, seltsamerweise. Die Menschen hier sind der Musik gegenüber auf eine Weise gutartig, die sie sehr angenehm von den nur dem Vernehmen nach musikalischen Wienern unterscheidet. Mein damaliges Programm hieß übrigens *Sound of Music*. Aber ich habe die damit verbundene Kitschvorstellung radikal unterlaufen.

Anfangs. Sobald sie mir zugehört haben, war ich konzilianter. Da habe ich mich sogar dazu hinreißen lassen, im Dreivierteltakt zu spielen. Sie waren entfesselt. Sie haben auf eine Weise Walzer getanzt, wie ich es in Wien nie gesehen habe. Als ich am Schluß *Mercy Mercy* spielte, immerhin die Komposition eines engeren Landsmanns von mir, hat das ganze Lokal mitgesungen und mitgeschunkelt.

Und dann ist auf einmal Muffins vor mir gestanden. Der populäre Trompeter, den viele mit dem jungen Louis Armstrong verglichen haben. I really enjoyed your playing, hat er gesagt. I'd like you to join my band for the *Jazz & Heritage Festival.*

Das müssen Sie sich vorstellen! Das Jazz & Heritage Festival im Frühling! ... Da war der Congo Square übersät mit Menschen ... bis zur Basin Street und darüber hinaus ... Viel mehr Stimmung als jetzt, auf dem Messegelände ... Und Herbert (Muffins) war eine große Nummer. Obwohl er recht klein war unter dem schwarzen Hut. Darunter hervor glitzerten seine vom ständigen Lächeln etwas verkniffenen Augen. Es war aber kein Zahnpastalächeln, das er draufhatte – sein Lächeln sah, obwohl das bei der Permanenz, mit der es sich auf seinem Gesicht hielt, erstaunlich war, ganz echt aus.

Das Publikum nannte ihn Herbie, bestätigte ihn gleich von Anfang an durch Zurufe. Auf seinem Weg zur Bühne von allen Seiten fraternisierende Berührungen. Er war einer von ihnen, er ließ sich das gefallen, er hatte das gern. Bestätigte postwendend, daß er einer von ihnen war, indem er vor allem einmal nach einem Bier verlangte.

Bud light natürlich, das Getränk des einfachen Mannes. Zog an der Flasche, daß das Mikrofon ins Wanken geriet. Und dann konnte es losgehen – come on, guys, music is fun! Er setzte die Trompete an und stieß einen schrillen Ton in den Abend.

Gleich von Anfang quietschvergnügt sozusagen. Er machte den Eindruck eines glücklichen Menschen. *On stage* jedenfalls, sobald er spielte und sang. Wenn du spielst und singst, bist du happy und machst andere happy, so einfach war das.

Ich habe ihn auch anders erlebt. Aber beim Festival genoß er seine Popularität. Mit launiger Entertainerstimme stellte er seine Leute vor. Leon Henderson, drums. Marvin Morrison, bass. – And on the piano: our new man from Australia: Peter Jarosch!

Daß er Austria mit Australia verwechselte, störte mich damals nicht mehr sehr. Ohnehin war ich im Begriff, mich von Österreich zu entfernen. Ich meine, auch innerlich. In den ersten Monaten des Jahres 1978 hatte ich den Entschluß gefaßt, hierzubleiben. Etwa um diese Zeit hörte ich auf, deutsche Blues-Texte zu schreiben.

Was die äußeren Umstände betraf, so hatte ich mit Joes tätiger Hilfe eine Greencard bekommen. Außerdem fand ich mir – sosehr es mir in seiner Junggesellenwohnung behagt hatte – etwas anderes zur Miete. Die Wohnung drüben in der Baracks Street war zwar lang nicht so hübsch wie Joes Wohnung. Aber gegen die Beharrungstendenz in jener gastfreundlichen Bequemlichkeit empfand ich diesen Umzug als erste Stufe zu einer ernstgemeinten Integration.

Und dann lernte ich Jenny kennen. Da war ich natürlich froh, daß ich eine eigene Wohnung hatte. Obwohl wir das erste Mal, als wir zusammen sein wollten, zu ihr gingen. Das ging übrigens sehr schnell. Unsere Beziehung war auf erfreuliche Weise unkompliziert. Wir trafen uns im *Funky Butt*, in der Pause des Programms, das dort lief, gab es (im Eintrittspreis inbegriffen) Gumbo.

Wir standen an der Bar, die Schalen mit Gumbo in der Hand, und löffelten die scharfe, dicke, mit allerlei Meeres-Gekrebs angereicherte Flüssigkeit. Im Gedränge waren wir zufällig nebeneinander geraten. Jennys Arm stak in mehreren Reifen aus Kupfer, Silber und Elfenbein, die sich auf ihrer fast blau schimmernden schwarzen Haut sehr hübsch machten. Hey, sagte sie, something wrong with my arm or my hand? Why do you stare this way?

No, no, sagte ich, it's okay, I like your bracelets.

Well, sagte sie weiterlöffelnd, they are full of witchcraft, you know?

Ihr Lachen, als ob im Dunkel ihres Gesichts ein Licht aufstrahlte.

If you want, sagte sie, you can take one of those bangles.

Sie streifte sich einen der Reifen vom Arm und stülpte ihn mir über.

By the way, this gumbo is not sensational.

Ich sagte, ich könne das nicht so gut beurteilen.

If you come with me, sagte sie, I'll make you taste a really hot one.

Ihr Lachen überstrahlte mich und steckte mich an. Es kam über mich wie der Heilige Geist über die Apostel. Mir war danach, zu tanzen und in fremden Sprachen zu reden. Das war zu Pfingsten 1978.

6

Die Anwältin, die meine Schwiegereltern beauftragt hatten, Nataschas Trennung von mir zu betreiben, stellte nach meiner Rückkehr im Oktober 1970 eine Reihe lästiger Fragen. Zum Beispiel, wo ich mich die ganze Zeit über aufgehalten habe. Desgleichen, wovon ich gelebt habe, nachdem mir (was recht bald der Fall gewesen sein müsse) das Geld ausgegangen sei. Und selbstverständlich, mit wem ich Kontakt gehabt habe.

Im Grunde, fand ich, ging sie das alles nichts an. Am Telefon hatte sie verbindlich geklungen. Kommen Sie nur, man kann über alles reden! Als ich zu ihr ins Büro kam, zeigte sich, daß sie weniger reden als ein Verhör führen wollte.

Sie wäre wohl besser Untersuchungsrichterin geworden als Scheidungsanwältin. Ich hatte sie mir als Frau mit junonischer Figur vorgestellt. Im Gegensatz dazu war sie eine schmale, falkenhaft aus ihrem grauen Kostüm spähende Dame. Alles, was ich sagte, konnte, so sah es jetzt aus, gegen mich verwendet werden.

Dementsprechend hielt ich es für angebracht, nicht ins Detail zu gehen. In Italien hätte ich mich in jenen drei Monaten aufgehalten. Geld verdient hätte ich durch Gelegenheitsarbeiten. Nach Erwerb einer billigen Gitarre und einer Blues Harp auf einem Flohmarkt in Rom auch durch Musizieren und Gesang auf der Straße.

Davon, daß ich ursprünglich die Idee gehabt hatte, den italienischen Stiefel möglichst rasch hinter mich zu bringen, erzählte ich zum Beispiel nichts. Daß ich schnurstracks nach Sizilien gewollt hatte, genaugenommen nach Palermo. Aber auch dort hatte ich mich nicht lang aufhalten wollen. Von Palermo gab es eine Fährverbindung nach Tunis.

Die Fähre lief jeden Dienstagmittag aus. Das hatte man mir in Venedig gesagt, wo ich eigens um dieser Information willen zum Hafen gefahren war. Die Überfahrt, hieß es, dauere achtzehn Stunden. Mittwoch früh also würde ich in Afrika an Land gehen.

Zwar hatte ich nichts anderes bei mir als die Kleider, die ich am Leib trug. Und in der Tasche hatte ich nur den Rest eines Tausendschillingscheins, den ich für den Urlaub in Kärnten gespart hatte. Ungefähr fünfzehn Dollar, mehr waren das nicht. Aber für einen Deckplatz auf der Fähre würde das reichen, und während der drei Tage, die ich bis dorthin brauchen durfte, mußte ich eben sparsam leben.

Tatsächlich gab ich während dieser drei Tage wenig aus. Wenn den Autofahrern, die mich mitnahmen, nach einer Pause zumut war, luden mich manche auf einen Imbiß ein. Darüber hinaus brauchte ich nicht viel, ab und zu kaufte ich mir eine Melone. Fürs Quartier brauchte ich kein Geld – ich schlief im Freien.

Wie ich mich fühlte? Ach Gott, das war ambivalent! Auf den ersten paar hundert Kilometern, die ich mich von meinem bisherigen Leben entfernt hatte, fühlte ich mich ein wenig wie nach der Meniskusoperation. Ein nachnarkotischer Zustand gewissermaßen. Was mir in aller Frühe widerfahren war, in einer Morgendämmerung, die nun schon lang vergangen schien, was ich Natascha, den Kindern, aber auch mir selbst angetan hatte, mußte (sollte) eigentlich weh tun, aber vorläufig blieb der Schmerz eigenartig weit weg.

So fühlte ich mich einerseits. Anderseits fühlte ich mich ein wenig wie in Trance. Ich hatte es geschafft! Ich hatte es wirklich geschafft! Ja, ich hatte mich endlich losgerissen. In manchen Momenten fühlte sich meine losgerissene Seele zwar erschreckend wund an, aber das mußte ich eben aushalten.

Natürlich mußte ich aufpassen, daß meine Gedanken sich nicht allzusehr in der Vergangenheit verfingen. Weder in der kurz zurückliegenden Vergangenheit noch in der schon länger vergangenen. Die Gegenden, durch die ich gefahren wurde, waren zwar manchmal eine Ablenkung. Aber manchmal waren sie auch das Gegenteil.

Die Poebene zum Beispiel. In der Poebene geriet ich zum ersten Mal ins Grübeln. Das wurde erst ein Stück nach Bologna besser. Ich saß da in einem Lastwagen. Der Fahrer fluchte. Ab und zu versuchte er ein halsbrecherisches Überholmanöver.

Ein grimmiger Typ, übrigens kein Italiener, sondern ein Holländer. Nicht sehr gesprächig. Ich bekam nur mit, daß er am frühen Morgen aus Rotterdam abgefahren war. Und daß er absurderweise Käse transportierte. Holländischer Käse für ein an Käsesorten wirklich nicht armes Land wie Italien!

Dafür fuhr der Mann zwei Mal pro Woche Tausende Kilometer. Aber so war das. Und ich war froh, daß er diese Strekke fuhr. Immerhin kam ich mit ihm bis zur Abfahrt Florenz Mitte. Das Wichtigste war mir, daß ich rasch vorankam.

Die italienischen Fahrer waren kommunikativer. Die meisten versuchten, eine Unterhaltung mit mir anzuknüpfen. Auf diese Versuche ging ich dankbar ein. Auch wenn mein Italienisch aus maximal zwanzig Vokabeln bestand und ihr englischer Wortschatz manchmal noch etwas geringer erschien.

Eine Ausnahme war der junge Mann, mit dem ich von der Autobahnauffahrt in Chiusi bis zur Autobahnabfahrt Rom Nord fuhr. Auch wenn ihm die eigene, schönere Sprache immer wieder dazwischenkam, war sein Englisch ganz passabel. Zwar reizte es durch die Vokale, die er an die Endkonsonanten anfügte, manchmal zum Lachen. Doch hatte diese sozusagen poetische Art mit der vergleichsweise nüchternen Weltsprache umzugehen, auch etwas durchaus Charmantes.

Er ließ mich nur ungern aussteigen. Are you sure, fragte er, that you want to go on?

Yes, indeed, sagte ich, I am very sure.

È impossibile, sagte er, it's impossible! Man könne doch nicht ganz einfach an Rom vorbeifahren!

Aber ich konnte. Zumindest konnte ich das vorläufig. Schließlich war ich auch schon an Florenz vorbeigefahren.

Ma come mai?!, sagte er kopfschüttelnd.

I'm going to Africa, sagte ich.

Si, si, sagte er, das habe er schon kapiert, aber er könne sich nicht vorstellen, was ich mir von Afrika erwarte.

Ich wisse es auch nicht genau, sagte ich. Aber ich wolle es eben wissen.

Was?, fragte er.

Wie Afrika auf mich wirke.

Dunque, sagte er. Das sei meine Entscheidung. Aber für den Fall, daß ich doch noch einmal in Rom vorbeikomme, gab er mir seine Karte.

Auch an Neapel fuhr ich einfach vorbei. Und die Costa Amalfitana, die ich, wie mir eine sehr kultivierte reifere Dame erklärte (übrigens ebenfalls auf englisch, und zwar ganz ohne Abirrungen ins Italienische, denn sie stammte, wie sie erzählte, aus Suffolk), unbedingt sehen sollte, am besten gleich mit ihr, die legendäre Küste zwischen Neapel und Sorrent ließ ich schnöde rechts liegen. Afrika, ich komme! Keine noch so verlockende Versuchung würde mich von meinem Ziel abbringen. Mein Kilometerplansoll hielt ich, meine Reisegeschwindigkeit lag sogar etwas darüber.

Dann aber, in Kalabrien, wurde es zäh. Die dicken Autos

nahmen mich nicht mit, und die kleinen bogen meist recht bald von der Autobahn ab. Die Zeit lief schnell, und ich kam nur sehr langsam weiter. Schließlich sprach ich, an einer Tankstelle, die ich zu Fuß erreicht hatte, den Fahrer eines Lieferwagens an, der, wie ich aus dem Kennzeichen schloß, vielleicht nach Reggio fuhr, wo ich fürs erste die Fähre nach Messina erreichen mußte.

Ja, sagte er, er fahre tatsächlich nach Reggio. Allerdings habe er auf dem Weg noch eine Kleinigkeit zu laden. So viel ungefähr begriff ich, mehr leider nicht. Die Kleinigkeit erwies sich als Hai, den er in einem eine gute halbe Stunde von der Autobahn entfernten Fischerdorf abholte.

Mit einem Flaschenzug wurde der Hai in den Laderaum gehoben. Das halbe Dorf stand herum, um von ihm Abschied zu nehmen. Er hatte ein großes, im Tod erschlafftes Maul und glasige Augen. Dann lag er auf Eisblöcken, die unter ihm zu zerrinnen begannen.

Der Weg zurück zur Autobahn dauerte wieder eine halbe Stunde. Bis wir in Reggio ankamen, war es Abend. Ungefähr sechs, halb sieben – totale Stoßzeit. Die Straße, die zum Hafen führte, war eine einzige hupende Stauschlange.

Gott sei Dank kennen die Einheimischen immer einen Abschneider. Leider erwies sich dieser Abschneider als Umweg. Oder irgendwelche Schlupflöcher waren verstopft, mit denen mein Fahrer gerechnet hatte. Er fluchte. Wenn wir lang standen, roch man den toten Hai aus dem Laderaum.

Die Neunzehn-Uhr-Fähre, die ich zu erreichen gehofft hatte, versäumte ich um zwei Minuten. Da fuhr sie dahin. In ein prächtiges Abendrot. Immerhin: Es gab noch eine um zehn. Da hing dann ein dottergelber, unnatürlich großer Mond über der Meerenge.

Bis ich auf diese Weise in Messina ankam, war es Mitternacht. Ein, zwei Stunden versuchte ich noch, per Autostopp weiterzukommen. Um diese Zeit jedoch hatte ich keine Chance mehr. Die Autofahrer blendeten mich mit den Scheinwerfern, manche schienen mir auch mit der Lichthupe irgend etwas andeuten zu wollen, aber mitnehmen mochte mich keiner.

Dann hielt ein Streifenwagen mit Carabinieri. Die wollten zuerst einmal meinen Ausweis sehen. Dann fragten sie mich, woher ich komme und wohin ich wolle. Und dann begannen sie lebhaft zu gestikulieren und zu diskutieren.

Natürlich verstand ich wenig bis überhaupt nichts. Zweifelten sie an meinen Angaben? Hielten sie meinen österreichischen Paß für gefälscht? Nach Palermo also wolle ich? Und von dort gleich nach Afrika? Sie nötigten mich, in ihr Fahrzeug einzusteigen, schon rechnete ich mit einer Nacht auf dem Kommissariat, aber sie brachten mich zum Bahnhof.

Auf einem der Gleise stand dort ein schlafender Zug. Ja, wirklich. Der Zug sah so aus, als ob er von der Lok bis zum letzten Waggon schlafe. Es schliefen auch Leute drin. Darunter der Schaffner. Den weckten die Carabinieri, ließen mir, wenn ich den Vorgang recht verstand, eine Art Ersatzfahrschein in Form eines blaßrosa Zettels ausstellen, zeigten mir auf ihren Armbanduhren, daß der Zug um vier oder halb fünf abfahre, und schärften mir ein, nicht vor Palermo auszusteigen.

Mir war nicht ganz klar, ob das nun eine Freundlichkeit war oder eine Unfreundlichkeit. Wollten sie mir helfen, oder wollten sie mich einfach nur loswerden? Jedenfalls mußte ich für die Fahrt nichts bezahlen. Das sei, gab mir der Fahrer gähnend zu verstehen, erledigt, in Palermo würden wir gegen neun Uhr früh sein.

Dann schubste er mich in ein leeres, nach Chloroform stinkendes Abteil. Ich öffnete das Fenster, fiel auf die Bank und schlief ein. Irgendwann merkte ich, daß der Zug endlich fuhr. Durch Baum- und Telegrafenstangenschatten unruhig unterbrochen traf mich das Mondlicht.

In einem zerfetzten, immer wieder begonnenen, immer wieder unterbrochenen Traum versuchte ich, mit Natascha zu telefonieren. Aber die Verbindung war schlecht, und sie schien mich nicht zu verstehen. Auch ich verstand sie nicht, ihre Stimme klang, als spräche sie durch ein schlecht eingestelltes Mikrofon. Halb und halb wurde mir manchmal bewußt, daß der Zug schon wieder in irgendeiner Station hielt.

Dann wachte ich auf, und der Zug stand auf offener Strekke. Vor dem Fenster hing statt dem Mond die Sonne. Darunter lagen verbrannte Wiesen mit Schafen. Dahinter kegelförmige, an Termitenhügel erinnernde Berge.

Ich sah auf die Uhr – zehn nach neun –, ein paar Schrecksekunden hatte ich die Idee, an Palermo vorbeigefahren zu sein. Der Schaffner lachte. No. Palermo e la stazione capolinea! Wo aber blieb es? Die Hände des Schaffners beschwichtigten. Pazienza, sagte er, siamo un po' in ritardo.

Wir hatten ein bißchen Verspätung, so viel verstand ich. Aber wie lang? Er wiegte den Kopf. Due ore. Was? Zwei Stunden? Wann würden wir also am Ziel sein? Verso le undici, gegen elf, kein Grund zur Aufregung.

Wirklich nicht? Um elf war von Palermo noch immer keine Spur. Draußen nach wie vor nichts als glühende Landschaft. Die karge, zeitlose Schönheit der Insel Sizilien. Für die ich in dieser Situation, in der mir die Zeit davonlief, allerdings wenig übrig hatte.

Fünf Minuten vor zwölf kam ich schließlich schweißgebadet am Pier an. Dem Pier Nummer 4, von dem aus mein Schiff in See stechen sollte. Punkt zwölf, *mezzogiorno*, die Dienstag-Fähre nach Tunis. Da war ein Kiosk, an dem ich noch rasch mein Ticket lösen mußte.

Die Läden des Kioskfensters waren geschlossen. Daneben, auf einem weißen Klappstuhl, unter einem weißen Sonnenschirm, saß eine ältere Frau. Anscheinend die Dame, die, wenn die Läden geöffnet waren, Tickets verkaufte. Da saß sie und häkelte an einem weißen Textil.

War der Verkauf der Tickets schon vorbei, war die Landungsbrücke schon eingezogen? Nein – sie deutete mit einer müden Kopfbewegung auf das sehr ruhig daliegende Schiff.

Sciopero, sagte sie – ein Wort, mit dem ich vorerst absolut nichts anfangen konnte. Sciopero, wiederholte sie, non si lavora. Allmählich begriff ich: Streik.

Yes, strike, nickten ein paar inzwischen hinzugetretene Hafenarbeiter. Sie hoben die linken Arme und ballten die Fäuste. No ferryboat, sagten sie, all over Italy. Sie wirkten wild entschlossen. Die Unternehmer sollten diesmal möglichst lang im eigenen Saft braten.

Da stand ich also. Am heißen Pier von Palermo. Die Schiffe dümpelten rostig im Hafenbecken. Sonst alles sehr weiß – die Steine, die Möwen, der Himmel. In meiner Erinnerung sogar das Meer, hinter dem, sosehr ich meine Augen auch anstrengte, keine Spur vom schwarzen Kontinent zu sehen war.

VIELLEICHT HAT MEIN Rückfall auch mit dem Tag begonnen, an dem ich im *Kaldi's* vergebens auf Joe gewartet habe. Mein Rückfall in die Erinnerung, in meine österreichische Vergangenheit. Im *Kaldi's*, wie gesagt. Vielleicht kennen Sie dieses große Lokal Ecke St. Philip Street und Decatur Street. Ich geh gern dorthin, nicht nur des guten Kaffees wegen. Ich mag diesen hohen Raum mit den tiefhängenden Ventilatoren. Sie sehen aus wie die Propeller alter Sportflugzeuge. Ich mag die Bilder und Posters an den Wänden, ich mag die Dekoration mit den alten Kaffeesäcken und Röstmaschinen. Ich mag die schlanken Holzpfeiler und die breiten Fenster.

Ich mag vor allem das Licht, das am späten Vormittag dort einfällt. Dieses Licht, in dem die an den Fenstern sitzenden Gäste wie Scherenschnitte erscheinen. Schwarz oder weiß, das ist dann kaum unterscheidbar. Nach meinen langen Nächten am Piano ist das der ideale Ort zum Morgendämmern.

Ja, und ich mag die Musik, die dort meist gespielt wird. Sie hat für mich etwas ausgesprochen Erholsames. Nichts gegen Jazz: Ich bin nicht aus purem Masochismus hier in New Orleans hängengeblieben. Aber wenn draußen am French Market an jeder Ecke eine Liveband das dudelt, was die Touristen, meist gräßliche Popcorn-Figuren in lächerlichen Kindergartenkostümen, für Old Time Jazz halten, ist ein Lokal, in dem man aus gut aufeinander abgestimmten Stereoboxen mit Geschmack ausgewählte Klassikkonserven zu hören bekommt, eine wahre Oase.

Joe war auch dieser Meinung. Bei unserem vorletzten Rendezvous dort haben sie zum Beispiel die *Pastorale* gespielt. *Erwachen heiterer Gefühle bei der Ankunft auf dem Lande.* Er hat die Augen geschlossen und gelauscht. Dabei ist mir aufgefallen, wie eingefallen seine ehemals vollen Wangen waren.

Wir haben gar nicht sehr viel geredet damals. Es war wieder einmal August, pünktlich um elf Uhr dreißig ist der Wolkenbruch gekommen. Wir haben zugesehen, wie draußen, in der St. Philip Street, der Regen auf die Autodächer geprasselt ist. Und wie die Touristen unter die Markise des Seafood-Restaurants an der gegenüberliegenden Ecke geflohen sind.

Wir haben einander zugelächelt, zwei alte New Orleanians. Er aus Chicago, ich aus Vienna, wo war das. Dann hat es zu regnen aufgehört, und die Pastorale ist noch immer gelaufen. *Frohe und dankbare Gefühle nach dem Sturm.*

Und dann, zu unserem letzten Rendezvous im *Kaldi's*, ist Joe nicht mehr erschienen. Ich bin gesessen und habe auf ihn gewartet. Vorerst ist mir nicht langweilig geworden, ich habe die Leute im Lokal beobachtet. Das habe ich immer gern getan, für mich waren sie nie bloß Publikum, sondern immer Akteure.

Da, diese in den *New York Times* oder in den *Times Picayune* blätternden, gepflegt angegrauten Intellektuellen zum Beispiel. Oder dort, die verblichen bunt gewandeten Alt-Hippies. Und die Pulks von Punks mit ihren Tatoos und ihren rasierten Schädeln. Und jene mutmaßlichen Schriftstellerinnen und Schriftsteller, die entweder die Augen schüchtern auf ihre Notizbücher niederschlugen oder meinem Blick cool standhielten in ihrer jeweils einmaligen Isolation.

Mit einem Wort: das ganze vertraute Ensemble. Nur einer fehlte und fehlt seit damals unersetzlich: Joe. Ungefähr eine Stunde nach unserem vereinbarten Termin habe ich erwogen, ihn anzurufen. Aber auf den Kaffeesäcken unter dem Münztelefon ist, im Schneidersitz, ein Mädchen gesessen, so ein von irgendwo zu Haus im Mittleren Westen entlaufenes Teenie-Girl, das ohne absehbares Ende mit Mum und Dad telefoniert hat.

Und dann ist mir etwas Seltsames widerfahren. Dieses Mädchen hat mich zum Heulen an meine Tochter erinnert. Lisa, die ich allerdings in diesem Alter nie gesehen habe. Und die nun schon – einfach grausam, wie die Zeit vergeht – Ende zwanzig sein mußte.

Damit nicht genug. Auf einmal sehe ich diese Poster an der Wand. Zwei Plakate, die nicht besonders neu aussehen, ich meine, sie müssen schon geraume Zeit dort hängen. Aber ich habe sie vorher nie gesehen. Eins vom *Kleinen Café* in Wien und eins vom Café *Hawelka*.

Nicht, daß ich diese Kaffeehäuser so oft besucht hätte, solang ich in Wien war. Das *Hawelka* war meist überfüllt und das *Kleine Café* schon voll, wenn nur zehn Leute drinsaßen. In Wien war ich gar kein Kaffeehausgeher gewesen. Aber nun, mehr als zwanzig Jahre nach meinem Weggang von dort, lösten diese Plakate in mir eine eigentümliche Sehnsucht aus.

Dann war Joes Begräbnis – Joe, wie gesagt, ein Mann ziemlich weißer Hautfarbe. Erst recht in den letzten Jahren, als sich seine Krankheit abzuzeichnen begonnen hatte. Wenn er müde war, hatte sein Teint in dieser Zeit einen geradezu wächsernen Schimmer gehabt. Aber ein Mann, sagte Mister Griffith, dem das *Civil Rights Movement* in dieser Stadt nicht wenig verdankt.

Auch auf Joes Engagement im Kampf gegen die Gouverneurskandidatur des Rassisten David Duke kam er zu sprechen. Joe sei keiner gewesen, der nach der Verabschiedung der Bürgerrechtsgesetze die Hände in den Schoß gelegt habe. Sein Grab, nicht weit von dem der von ihm verehrten Mahalia Jackson. Ich konnte mir damals gar nicht vorstellen, daß er wirklich tot war.

Ein Mann wie er. Der so vorbildlich gern gelebt hatte. *No grave can hold my body down* – wollen wir hoffen, daß das wahr ist. Ohne ihn fehlte mir etwas in dieser Stadt. Das Bewußtsein seiner freundlichen Präsenz in ihr hatte mir im Lauf all der Jahre einen als ganz selbstverständlich empfundenen Halt gegeben.

Und *meine* Präsenz?, sagte Jenny. Sie war gekränkt. Auch sie hatte Joe gemocht, das war keine Frage. Und trotzdem. Wie konnte ich so tun, als ob sie Luft wäre? Aber Jenny, sagte ich, so habe ich doch überhaupt nicht getan, ich bin nur traurig.

War die Krise, die darauf folgte, nur meine, oder handelte es sich um eine Krise zwischen uns? Wir waren seit beinahe zwanzig Jahren beisammen und hatten uns immer gut vertragen. Aber die Grundlage unseres guten Einvernehmens war meine Einwilligung in unser gegenwärtiges Leben gewesen. Von meinem früheren Leben hatte Jenny nie viel wissen wollen.

You're born in Vienna, hatte sie gesagt, so what.

Sie sei in Selma, Alabama, geboren.

Sie sei froh, daß sie von dort weg sei, ich solle mir ein Beispiel an ihr nehmen.

Komm, sagte sie. Laß uns unsere schönen Tage hier genießen.

Und das hatten wir getan, tatsächlich, das war uns jahrelang gelungen.

Jetzt aber war auf einmal der Wurm in unserer Beziehung.

Was hängst du herum?, fragte sie. Macht dir das Leben keine Freude mehr? – Das Leben hier? Das Leben mit mir?

Aber das ist doch Unsinn!, sagte ich.

Vielleicht war es keine so gute Idee, in diesem Zusammenhang die Reise nach Österreich vorzuschlagen. Aber es ließ mir ganz einfach keine Ruhe. Also rückte ich endlich damit heraus.

Wie stellst du dir das vor?, sagte Jenny. Ich kann doch nicht einfach den Laden zusperren!

Sie betrieb und betreibt nach wie vor eine kleine Soul Kitchen in der Poydras Street.

Aber warum nicht?

Das kostet nur einen Haufen Geld und bringt nichts.

Außerdem: Austria: das interessiere sie nicht besonders. Ich solle ihr nicht böse sein, aber so empfinde sie nun einmal.

Ich will nicht nur nach Österreich, sagte ich, sondern auch (vielleicht sogar vorher) nach Italien. Ja, sagte ich, wir könnten in Rom landen, ein paar Tage in Italien bleiben, um uns – im vielleicht angenehmsten Land von Europa – zu akklimatisieren, und dann erst mit der Bahn nach Österreich fahren. Nein, sagte Jenny. Nach Italien wolle sie auch nicht. Ihr reiche die italienische Community von New Orleans, in dieser Stadt gebe es für sie mehr als genug Italien, um das mitzukriegen, müsse sie nicht einmal in den Bus steigen.

Vorerst ließ ich mich wieder von meinen Reiseplänen abbringen.

Fahr doch allein, sagte Jenny. Ich werde dich nicht aufhalten.

Ich komme schon zurecht, sagte sie. Um mich brauchst du dir keine Sorgen zu machen …

Doch es verging ein Monat nach dem anderen, und ich fuhr nicht.

Ich fuhr nicht, aber in meinem Kopf hatten nun einmal die Erinnerungen herumzuspuken begonnen.

Und Jenny bemerkte das. Du bist mit deinen Gedanken schon wieder dort drüben, sagte sie, stimmts?

Nicht nur in der Bar am Piano gerieten mir immer mehr deutsche Vokabeln in mein *babbling*. Auch spätabends im

Bett, wenn wir einander liebten oder wenn ich nach der Liebe neben ihr einschlief.

Manches Mal ließ sie dann ihrem Temperament freien Lauf: Your fuckin' Vienna, your fuckin' Austria!, schrie sie. You are an Austrian? Rubbish! You are an American with African roots ... like me. Like millions and millions of other black people!

Dann war sie wieder ganz die verständnisvolle Frau. Wir haben nie geheiratet, aber es war so gut wie eine Ehe. Hör zu, sagte sie: Vielleicht solltest du das wirklich hinter dich bringen. Ruf am Flughafen an und buch endlich diesen verdammten Flug!

Das tat ich dann auch. Aber im letztmöglichen Moment habe ich diesen Flug storniert. Und bin in in Jennys Arme zurückgeflogen. Auf die Dauer war das jedoch keine Lösung. Meine unsere Beziehung belastende Nostalgie hat nicht aufgehört.

Und dann hat Jenny die Konsequenzen gezogen. Das heißt, sie ist ausgezogen aus meinem Apartment. Es muß ja nicht für immer sein, hat sie gesagt, aber für eine Weile. Vielleicht gelingt es dir ohne mich besser, mit dieser Geschichte fertig zu werden.

Ruf mich an, hat sie gesagt, wenn es soweit ist.

Das ist jetzt schon sieben Monate her – mein Gott, sie geht mir ab.

Und ich bin noch immer nicht nach Europa geflogen.

Vielleicht habe ich auch Angst davor. Aber ich glaube, ich sollte es trotzdem tun.

SECHSTER TEIL

1

VERDAMMT NOCH EINMAL, ich bin nicht aus Afrika. Das habe ich den Cops – Entschuldigung, Ihren Kollegen dort draußen – gleich gesagt. Nichts gegen Afrika, ganz im Gegenteil! Aber leider habe ich es in diesem Leben noch nicht geschafft, den Schwarzen Kontinent zu betreten. Ich bin nicht aus Afrika – ich komme aus Amerika. Don't you dig it? I'm an American subject. Ich bin ein Bürger der Vereinigten Staaten. Früher bin ich sogar ein österreichisches Subjekt gewesen.

Ob ich das auch beweisen kann? Na hören Sie! – Hören Sie meine Sprache! Spricht *so* ein Afrikaner? – I'm an African American with a particular accent. An African American of audible Austrian origin.

Das ist kompliziert, finden Sie? Und meine Sprache überzeugt Sie nicht? ... Sie hat wienerische Anklänge, aber die kann ich mir auch angewöhnt haben? ... Im Underground? In der Illegalität? Im widerrechtlichen, hierortigen Aufenthalt? ... Jetzt machen Sie aber einen Punkt. Ich bin seit zweiundzwanzig Jahren zum ersten Mal wieder in diesem Land.

Polizeikommissariat Wien 1, Deutschmeisterplatz, innen, Tag. Fünfzehn Uhr fünf genaugenommen, an der Wand, über dem Bild des Bundespräsidenten, tickt eine Uhr. Auch ein Kalender hängt an der Wand, es ist Freitag, der 23. April. Staub tanzt im durch die Fenster einfallenden Licht, von draußen, aus der Maria-Theresien-Straße, hört man das Tosen des Verkehrs.

Der Journalbeamte, der das Protokoll aufnimmt. In seinem Gesicht der Ausdruck alltäglicher Routine. *Verdacht des Rauschgifthandels / aggressives Verhalten gegenüber Organen der öffentlichen Sicherheit / Verursachung ungebührli-*

cherweise störenden Lärms. Daß sie keine Dealer sind, behaupten diese Bimbos alle.

Auch mein Amerikanisch kommt Ihnen komisch vor? ... Mein – wie sagen Sie? –, mein *sogenanntes* Amerikanisch? ... Listen man, that's 'cause I come from New Orleans ... Betont auf der ersten Silbe – New Orleeens sagen nur die Yankees und die Ausländer.

Entschuldigung, Mister, aber was wahr ist, ist wahr ... Sie zweifeln? – Was die Aussprache des Namens New Orleans betrifft, können Sie sich erkundigen ... Bei der amerikanischen Botschaft zum Beispiel, die möchte ich ohnehin sprechen ... Rufen Sie an. Ich möchte mit meiner diplomatischen Vertretung reden.

Was lachen Sie denn? Was finden Sie eigentlich lustig? ... Etwa, wie Ihre Kollegen mich behandelt haben? ... Wie sie mir den Arm auf den Rücken gedreht und mich links und rechts ins Gesicht geschlagen haben? ... Wie bitte? *Ich* soll zuerst tätlich geworden sein? Hören Sie zu, hiermit gebe ich folgendes zu Protokoll:

Mein Name ist Jarosch Peter, ich bin geboren am 7. Dezember 1946. In Wien, ja, ob Ihnen das paßt oder nicht, akkurat hier, in dieser Stadt. Meine Mutter hat Jarosch Anna geheißen und war eine Erdberger Straßenbahnschaffnerin. Mein Vater, ein gewisser Meredith William, war amerikanischer G. I.

Als Kind habe ich in Wien 3, Wassergasse 2 gewohnt, später in Wien 5, Grünwaldgasse 21. Als Erwachsener im sechsten Bezirk, Gumpendorferstraße 83, und an zwei weiteren Adressen. Aus Österreich weggegangen bin ich 1977, ich habe zuerst eine Zeitlang in New York verbracht und bin dann nach New Orleans. Meine dortige Adresse ist 208, Frenchmen Street, Apartment C, diese Angaben können Sie prüfen.

Von Beruf ist er Musiker, sagt der Schwarze. Wieder nach Österreich eingereist sei er erst gestern. Auf welchem Weg? Mit dem Zug. Aus Italien kommend. Ja, aus Italien. Was soll daran falsch sein?

Also doch Afrika.

Ich hab Ihnen doch gesagt, ich bin mein Lebtag nie dort gewesen. Näher als bis an den Congo Square bin ich nie an Afrika herangekommen. Nein, ich bitte Sie! Das ist ein Platz am Rand des French Quarter …

Aber auch das dürfte dem Inspektor ein böhmisches Dorf sein.

Laut eigener Aussage hat der Perlustrierte zuerst in Graz Station gemacht. Warum in Graz? Weil er dort seinen Sohn besuchen wollte. Ja, seinen Sohn, der, so sagt er zumindest, in Graz lebt. Diesen Sohn in Graz also hat er zu besuchen beabsichtigt.

Nein, er *redet nicht herum*, sagt der Delinquent, er *hat* seinen Sohn auch besucht. Der Besuch hat stattgefunden. Er will nur nicht detailliert über diesen Besuch sprechen. Er bittet darum, darüber nicht sprechen zu müssen. Nicht hier. Nicht jetzt. Wenn es sein muß, wird er später darüber Auskunft geben.

Danach ist er jedenfalls Richtung Wien gefahren. Da ist ihm dann seine Tasche abhanden gekommen. Eine schwarze Umhängetasche aus Kunstleder. An den Verlauf der Fahrt kann er sich kaum mehr erinnern.

Er ist, so drückt er sich aus, etwas abwesend gewesen. Nach jenem kurzen Besuch bei seinem Sohn. Sein Sohn heißt Noël. Noël schreibt man mit zwei Punkten über dem e. Wahrscheinlich hat er die Tasche beim Aussteigen ganz einfach im Abteil stehenlassen.

Er hat die Gitarrentasche genommen und an die Umhängetasche nicht mehr gedacht. Die Umhängetasche mit dem Paß und dem Geld drin. Kein Rauschgift, nein, tun Sie mir den Gefallen, sagt er, und hören Sie auf mit diesen Zynismen. Selbstverständlich hat er, sobald ihm die Tasche dann abgegangen ist, auf den Bahnhof zurückgekehrt, nach der Tasche gefragt, leider erfolglos.

Zur Sache? Zum Hergang der Tat? – Aber ich bitte Sie, von was für einer Tat ist die Rede? Ich habe ganz harmlos in der

Fußgängerzone Kärntnerstraße Musik gemacht. – Ob ich eine Bewilligung gehabt habe? Nein, ich habe keine Bewilligung gehabt. Ich weiß, daß man eine Bewilligung braucht, aber ich weiß von früher her, daß es relativ kompliziert ist, diese Bewilligung zu kriegen.

Magistratsabteilung soundso – die Nummer habe ich, wie Sie sich vielleicht vorstellen können, in mehr als zwanzig Jahren Amerika vergessen. Jedenfalls habe ich weder Zeit noch Lust gehabt, mich auf dem Gang irgendeines Amtes anzustellen. Lieber Herr, ich war *out of money*, verstehen Sie? Sie sind kein lieber Herr? Also schön, wie soll ich Sie ansprechen? Sheriff?

Ich spiele also, da kommen diese Cops auf mich zu. Zwei junge Männer, ungefähr im Alter meines Sohns. Pflanzen sich vor mir auf und reden mich per du an. Stimmt, ich komme aus einem Land, in dem man die höfliche Anrede Sie abgeschafft hat, aber hier, soviel ich weiß, hat sie nach wie vor etwas zu bedeuten.

Reden mich also per du an, Ihre zwei Cops. Wollen die Bewilligung sehen, die ich nicht habe, dazu meinen Ausweis. Den ich auch nicht habe, was ich entsprechend zu erklären versuche. Aber sie vermitteln nicht den Eindruck, daß sie das wirklich interessiert.

Sie hören nicht zu, obwohl sie allmählich kapieren könnten, daß ich mit ihnen deutsch rede. Oder österreichisch. Oder wienerisch. Jedenfalls *ihre* Sprache. Burschen, sage ich, nun meinerseits zur Anrede per du übergehend, gehts, seids doch nicht so! Ich bin doch von hier! Ich bin doch im Grund einer von euch! Mit mir könnts ihr doch nicht so umspringen!

Sie scheinen den Ehrgeiz zu haben, zu beweisen, daß sie es doch können. Der eine stößt mich gegen die Brust, der andere versucht, mir die Gitarre zu entwinden. Bar jeglicher Sensibilität rüttelt er an meinem Instrument herum. Durchsucht die Gitarrentasche auf eine Art, die dazu angetan ist, mich zu provozieren.

Passen Sie auf, was Sie reden, sagt der Polizist, die Kollegen verhalten sich nur gemäß ihrer Schulung. Auch gemäß den in diesbezüglichen Informationsschriften des Innenministeriums gegebenen und den Erfahrungen anderer Streifen entsprechenden Hinweisen. Denen zufolge im Drogenhandel besonders Schwarzafrikaner …

Ich bin nicht aus Afrika, sagt der Delinquent, aber er wird es allmählich müde, das zu sagen.

So ungefähr. Zwischen den Zeilen das müde Lächeln des Polizisten. Zwischen den Zeilen des Protokolls, das er im Zweifingersystem tippt. Seine allmählich wachsende Ungeduld. Wie redet denn der mit ihm, dieser Affenschädel?!

Verdacht des tätlichen Angriffs / Verweigerung der Ausweispflicht / Verletzung des öffentlichen Anstands. Mit seiner diplomatischen Vertretung will der reden! Man muß zugeben, daß der Typ Humor hat. Freitag nachmittag. Da werden die Amis um seinetwillen Überstunden machen!

Polizeigefangenenhaus Roßauer Lände, innen, Tag. Vorläufige Aufnahme eines Häftlings schwarzer Hautfarbe. Nicht allzuschwarz, aber schwarz genug, wie es scheint. Um einiges schwärzer, als gut ist für Wiener Verhältnisse.

Hierher gebracht worden ist der Schwarze mit dem weißen Arrestantenwagen. Ein Sammeltransport. Der weiße Arrestantenwagen fährt von Kommissariat zu Kommissariat. Das Kommissariat auf dem Deutschmeisterplatz ist von hier aus das nächste. Für den Arrestantenwagen also die letzte Station. Die Fahrt von dort nach hier dauert keine fünf Minuten.

Der Delinquent hätte gern aus dem Fenster geschaut. Da draußen, das weiß er, fließt der Donaukanal. Aber im Arrestantenwagen kann man nicht aus dem Fenster schauen. Und die Zufahrt zum Polizeigefangenenhaus erfolgt durch den Hof – beim von zwei Polizisten flankierten Aussteigen war nur der zu sehen, sonst nichts.

Dann sitzt er auf der Arme-Sünder-Bank in einer der vier

Anhaltezellen. Schmale Kojen mit auf den dahinterliegenden Korridor blickenden, dicht schließenden Glasscheiben. Im neben den Anhaltezellen gelegenen Büroraum werden inzwischen Anzeigen und Haftbefehle gesichtet. Einer davon würde den damit beschäftigten Beamten amüsieren.

Das ist immerhin was Neues, daß so einer nicht aus Afrika sein will. Sonst machen sie nur in bezug auf die afrikanischen Staaten, aus denen sie stammen, falsche Angaben. Ruanda statt Uganda. Benin statt Sudan. Zimbabwe statt Burundi. Lassen sich alles mögliche einfallen, damit wir sie nicht gleich wieder in ihre Herkunftsländer abschieben.

Schmeißen ihre Papiere weg, bevor sie unsere Grenze übertreten. Insel der Seligen, das war einmal, aber für solche wie die ist unser Land noch immer ein Traumziel. Was allerdings komisch ist, weil sie ja wissen sollten, daß sie sich, sobald sie sich auf österreichischem Boden befinden, illegal darauf aufhalten. Sich eines Delikts schuldig machen, das, abgesehen von ihrer den Hiesigen nicht zumutbaren Mittellosigkeit, darin besteht, daß sie eben nicht hierhergehören.

So ist das halt, die Beamten, die hier ihren Dienst machen, haben sich diese Gesetze nicht ausgedacht. Sie sind dazu da, auf korrekte und, so gut es geht, humane Weise zu ihrer Erfüllung beizutragen. Die durchschnittliche Schubhaftdauer in diesem Gefängnis beträgt 13,7 Tage. Wenn alles seinen vorgesehenen Gang geht, kann man die Häftlinge nach dieser Frist zum Beispiel auf den Flughafen Schwechat bringen.

Sie behaupten also wirklich, nicht aus Afrika zu kommen, fragt der Beamte, die Sprechtaste der Gegensprechanlage betätigend, den Typ hinter der Glasscheibe. Der Mensch spricht ja wirklich gut deutsch. Das ist angenehm. Trotzdem muß er zur Leibesvisitation. Und seine persönlichen Sachen muß er abgeben, das steht in der Hausordnung.

Die Gitarre natürlich auch, also bitte, alles was recht ist. Die kommt ins Depot. Ebenso wie die Ringe und die Halskette. Die Armbanduhr darf er behalten. Aber ja, das Notizbuch und den Kugelschreiber auch. Mit dem Kugelschreiber kann er gleich anschließend den Anamnesebogen ausfüllen.

Ansteckende Krankheiten hat er, behauptet er, keine. Gut. Eine Station weiter muß das gelbe Formblatt ausgefüllt werden. Nein, nicht vom Häftling selbst, sondern vom Beamten. *Beschreibung*. Ja, also, dann gehen wirs halt an. *Zutreffende Angaben sind zu unterstreichen.*

KÖRPERGRÖSSE: ...... *m* ...... *cm*
GESTALT: *dick, mittelstark, mager, sehr mager*
HÄNDE, FÜSSE: *besonders groß, klein*
KOPF: *groß, klein, rund, oval, viereckig, breit, hoch*
STIRN: *sehr hoch, sehr niedrig, zurückweichend, senkrecht, vorspringend*
GESICHT: *rosig, blaß, gelblich, gebräunt, braun, dunkelbraun, oval, rundlich, eckig, scharfgeschnitten, derbknochig, glatt, flach, runzelig*
HAAR: *hellblond, hell-, dunkelbraun, schwarz, rot, meliert, weiß, künstliche Haarfärbung, Perücke; gelockt, gekräuselt; Stirn-, Hinterhaupts-, totale Scheitelglatze*
AUGEN: *hell-, mittel-, dunkelblau, -grau, -braun, -schwarz, grün*
NASE: *geradlinig, eingebogen, ausgebogen, winkelig gebogen, wellig*
VORSPRUNG: *sehr groß, sehr klein, sehr dick, sehr spitz, aufgestülpt, schief (nach rechts, links), stark sichtbare oder verdeckte Nasenscheidewand, Trinkernase*
MUND: *sehr klein, sehr groß, dünne Lippen, aufgeworfene Lippen*
KINN: *stark zurückweichend oder vorspringend, spitz, breit, Doppelkinn, Kinnspalte, Grübchen*
OHREN: *sehr groß, sehr klein, sehr schmal, drei-, viereckig, rund, oval, sehr abstehend, sehr anliegend*
OHRLÄPPCHEN: *zwickelförmig, rechtwinkelig, bogenförmig, freihängend, durchlocht, durchrissen*

ZÄHNE: *vollständig, lückenhaft, auffallend groß oder klein, schräggestellt, Prothese oben oder unten*
SPRACHE: *z. B. Mundart, fremde Sprache, Akzent, stottern, lispeln, auffallend tiefe oder helle Stimme*
GANG UND HALTUNG *(wenn auffallend)*: ....
BESONDERE KENNZEICHEN: ....

Na schön, sagt der Beamte, das hätten wir. Jetzt brauchen wir nur noch die Fingerabdrücke.

Dann in der Zelle. Innen. Noch immer Tag. Sechs Betten (drei Stockbetten), ein großer, roher Holztisch mit Sesseln. Eine kleine Waschmuschel, eine durch eine Blech- oder Plastikverschalung abgeteilte Toilette. Zwei vergitterte Fenster. Blick in den Hof. Mit allerlei Sprüchen oder Zeichnungen beschmierte Wände.

Die Zelle ist im Augenblick nur mit fünf Personen belegt. Ein Afghane, ein Iraner, ein Iraker, zwei Afrikaner. Der Neue ist Nummer 6. Er sagt, er heißt Peter. Gott weiß es, sagt einer. Aber in einer dem Neuen unverständlichen Sprache.

Eine gewisse Lethargie, die hier in der Luft liegt. Normal. Nach ein paar Tagen Schubhaft beschleicht die jeden. Der Neuankömmling hingegen ist noch etwas hektisch. Auch normal. Das wird er sich abgewöhnen.

Es gibt eine Klingel in jeder von diesen Zellen. Wenn man die Klingel betätigt, hört sie der *Stockmeister.* Der für das jeweilige Stockwerk zuständige Beamte. Probleme? Wünsche? Beschwerden? – Im Prinzip kann man mit dem Mann reden.

So, wie das der Neue versucht, allerdings bestimmt nicht: Halten Sie das für richtig, wie man mich zum Empfang in meiner ehemaligen Heimatstadt behandelt hat? Mit Pfefferspray geblendet, in Handschellen abgeführt, in den Unterleib getreten? Was sagen Sie? Wahrscheinlich war eine von mir ausgehende Gefährdung der Sicherheitsorgane nicht auszuschließen? – Das glauben Sie doch selbst nicht! Ich glaube auch nicht, daß das Ihre Kollegen dort draußen geglaubt haben! – Alles Routine, sagen Sie? Nicht gegen mich persönlich gerichtet? – Auch nicht die oralen und rektalen Untersuchungen durch den Amtsarzt, der die mir in der vorangegangenen Amtshandlung zugefügten Blutergüsse ignoriert hat? Verstehe. Diese mit der Achtung irgendeiner Art von Persönlichkeit kaum vereinbaren Prozeduren schon gar nicht.

Wie bitte? Es kommt vor, daß die Dealer in einer Dickdarmampulle, in der Mund- oder Stirnhöhle abgepacktes Rauschgift …? Ah ja, natürlich, besonders die afrikanischen … Ich bin nicht aus Afrika, wie oft soll ich das noch sagen.

Der Stockmeister ist ein im Prinzip geduldiger Mensch, aber mehr als drei Mal muß er sich das nicht anhören.

Ob einer aus Afrika ist oder nicht, das zu beurteilen ist nicht seines Amtes. Jetzt halt endlich die Goschen, sagt er, wie man eben auf gut wienerisch sagt, nicht ausgesprochen bösartig. Halt endlich die Goschen, du Rammel, da ist er schon etwas verärgert. Bei einem wie dem müßte man das Maul extra erschlagen. Das ist natürlich nicht so wortwörtlich gemeint. Halt eine Redensart in dieser gemütlichen Sprache. Die meisten, mit denen man hier für gewöhnlich so redet, verstehen es ohnehin nicht. Der schon. Aber das ist sein Pech. Schon eine recht komische Art von Neger.

Also paß auf, sagt der Stockmeister in einer Anwandlung von ultimativer Gutartigkeit, bevor er die Klingel abstellt. Mir brauchst du den ganzen Scheißdreck nicht zu erzählen. Dafür ist die Wasagasse zuständig (er meint das fremdenpolizeiliche Büro). Montag machen die Kollegen mit dir einen Ausflug dorthin, dort wirst du einem Referenten oder einer Referentin zugeteilt, die werden schon draufkommen, wo du herkommst und wo du hingehörst.

Natürlich versucht der Neue auch, mit seinen Mithäftlingen zu reden. Besonders (nicht ohne Fingerspitzengefühl hat man ihn in gerade diese Zelle gesperrt) mit den beiden Afrikanern. Die sind aus Liberia. Oder ist es Nigeria? Ihr Englisch ist ziemlich begrenzt, und von Gola oder Haussa versteht er kein Wort. Er. Der im Vergleich mit ihnen gar nicht mehr so schwarz Wirkende. Im Dunkeln gleicht sich das allerdings wieder aus. Ich bin wirklich nicht aus Afrika, sagt er, ihr habt das sicher gleich erkannt. Obwohl ich es manchmal mit der Seele gesucht habe.

Sie lachen. Er kann ihr Lachen im Dunkeln nicht sehen, nur hören. Er hat aber nicht den Eindruck, daß sie sich über ihn lustig machen. Dann wird es still. Er hört die anderen atmen. Obwohl er sich müde und, im wahrsten Sinne des Wortes, zerschlagen fühlt, kann er nicht einschlafen.

Bei allem, was ihm so durch den Kopf geht, dem Neuen. Daß sein Sohn in Graz tatsächlich nicht mit ihm hat reden wollen. Dieser inzwischen ziemlich erwachsene Sohn. Einunddreißig Jahre alt muß er jetzt sein, schätzungsweise eins achtzig groß, ein Sohn, auf den ein Vater stolz sein könnte.

Wie der vor der Tür seines Hauses gestanden ist und ihn angeschaut hat, sein Blick hinter der spiegelnden Sonnenbrille. So daß man die verschiedenfarbenen Augen nicht gesehen hat, die in seinem Kindskopf ehemals so aparten. Haar blonder und glatter als glaubwürdig, Haut vielleicht doch etwas dunkler als hierzuland üblich, aber das könnte man auch für sportliche Bräune halten. Geh, hat er gesagt, ich hab dich nicht eingeladen, mich zu besuchen, ich hab dir nichts zu sagen, und du hast mir schon gar nichts zu sagen.

AUSZUG DER HAUSORDNUNG

Den Anordnungen der Aufsichtsorgane ist unbedingt Folge zu leisten.

Es ist alles zu unterlassen, wodurch die Sicherheit und Ordnung im Polizeigefangenenhaus gefährdet werden könnte.

Die Häftlinge haben die von ihnen benützten Räume und Einrichtungen sauber und in Ordnung zu halten sowie die ihnen überlassenen Gegenstände schonend zu behandeln.

Die Hafträume sind demnach von ihren Insassen täglich zu lüften und zu reinigen.
Tagesablauf: 6 Uhr morgens Ende der Nachtruhe.
Nach dem Wecken sind die Betten unverzüglich zu verlassen.
ca. 7 Uhr Frühstück,
ca. 11 Uhr Mittagessen,
ca. 17 Uhr Abendessen.
21 Uhr Nachtruhe.
(Die Benutzung der Betten zwischen 6 Uhr und 16 Uhr ist unerwünscht.)
Häftlingen, die länger als zwei Tage angehalten werden, wird täglich mindestens eine Stunde Gelegenheit zur Bewegung im Freien (Hof) geboten.
Ist die Bewegung im Hof aus Witterungs- oder sonstigen Gründen nicht möglich, so wird man bemüht sein, auf andere Weise für körperlichen Ausgleich zu sorgen.
Dem Häftling wird mindestens einmal täglich warmes Wasser zur Körperreinigung bereitgestellt, über Verlangen nötigenfalls auch Rasiergerät und Seife.
Der Häftling hat die Körperreinigung durchzuführen und einmal wöchentlich ein warmes Brausebad zu nehmen, erforderlichenfalls sind auch Desinfektionsmaßnahmen von ihm zu dulden.

Diese Hausordnung gibt es in siebzehn Sprachen. Der Neue liest sie auf englisch, deutsch und französisch. Er würde gern etwas anderes lesen, aber die Gefängnisbücherei ist sonntags geschlossen. Der Iraner und der Iraker hören aus einem Kofferradio auf Kurzwellen vage schwimmende arabische Musik.

Polizeigefangenenhaus Wien 9, Roßauer Lände, innen, Tag.

Ein ganzer Tag. Ein langer Tag. Dem Kalender nach ein Sonntag.

Erst scheint es draußen schön zu sein, jedenfalls zwitschern im Hof einige Vögel.

Aber bevor es zum Spaziergang kommt, beginnt es heftig zu regnen.

Der Regen rauscht. Da ist die Musik aus der arabischen Ferne kaum mehr zu hören.

Der Afghane sitzt trotz der in der Hausordnung festgestellten Unerwünschtheit dieses Verhaltens auf dem Bett, die Füße über Kreuz, sein Oberkörper befindet sich in einer ständig pendelnden Bewegung.

Meditation oder Wackeltick? Von außen kann man das nicht entscheiden. Der Afghane sitzt mit geschlossenen Augen; erst als die Lautsprecherstimme die Nachtruhe verkündet und zentral das Licht abgedreht wird, macht er sie (man sieht sie im Dunkeln glänzen) auf.

Dann Montag morgen. Wieder mit dem weißen Arrestantenwagen bringt man den Schwarzen von der Roßauer Lände in die Wasagasse. Die ist nicht weiter vom Polizeigefangenenhaus entfernt als das Kommissariat innere Stadt, Deutschmeisterplatz. Von der Roßauer Lände gleich die Berggasse hinauf, nein, das geht nicht, die Berggasse ist eine in dieser Richtung nicht befahrbare Einbahn. Der Arrestant, der hier, in der bei Fahrschulen gerade wegen ihres Einbahnreichtums beliebten Gegend, seine Übungsstunden für die Führerscheinprüfung absolviert hat, kann sich den Weg auch ohne Blick aus dem Fenster vorstellen.

Also die Türkenstraße hinauf und dann rechts abgebogen. Die Wasagasse ist eine ruhige Straße mit alten, zum Teil hübsch adaptierten Gebäuden. Das Haus, in dem sich das fremdenpolizeiliche Büro befindet, ist allerdings relativ neu. Ob es damals, in seinem früheren Leben, schon da gestanden ist, weiß er nicht, daß in der ihm so bekannten Stadt eines Tages die Fremdenpolizei für ihn zuständig sein wird, hat er zu jener Zeit noch nicht geahnt.

Wegen Bauarbeiten muß zwei Häuserblocks weiter geparkt werden. Das gibt dem Delinquenten Gelegenheit, ein paar von den wachsamen Beamten flankierte Schritte zu tun. Die führen ihn an einer Galerie vorbei, die, wie sich einem an der Innenseite des Schaufensters klebenden Plakat entnehmen läßt, erst vor kurzem eröffnet worden ist. Originell. Es handelt sich um eine Galerie mit sogenannter afrikanischer Stammeskunst.

Holzskulpturen, Bronzegegenstände, Masken. In einer Papierhandlung auf der Erdbergstraße, erinnert sich Peter, hat man damals, in seiner Kindheit, alle möglichen Masken aus Papiermaché kaufen können. Einmal hat ihm seine Mutter eine Löwenmaske gekauft. Er hat sie leider nicht lang tragen können, denn unter dem süßlich dumpf riechenden Material, das in seinem Rohzustand von innen, nebenbei bemerkt, weit weniger imponierend ausgesehen hat als von außen (überdies etwas unheimlich, als ob man sich, von den ein fahles Licht hereinlassenden Augenschlitzen einwärtsschielend, selbst unter die Haut sähe), hat er ganz einfach zu wenig Luft bekommen.

Aber jetzt ist nicht allzuviel Zeit für Rückblenden.

In diesem Schwarzweißfilm. Fremdenpolizeiliches Büro Wien 9, Wasagasse, innen, Tag.

Das Treppenhaus, die Büroräume, die Schreibtische, die Beamten dahinter.

Vor wem die Delinquenten hier stehen, gilt als eindeutig, mit wem die Beamten sprechen, steht in Zweifel.

Gibt es jemanden, der Ihre Identität bestätigen kann? … Wie ist das mit Ihrem Sohn? Wenn Sie einen angeblichen Sohn haben, werden wir ihn natürlich befragen … Das ist kein *angeblicher* Sohn, sagen Sie, sondern ein *wirklicher*? … Ja, also warum sollen wir uns dann nicht an ihn wenden?

Was Sie nicht sagen! Jetzt haben Sie auf einmal lieber eine Tochter? … *Auch* eine Tochter. Na schön. Aber glauben Sie nicht, Sie können uns an der Nase herumführen! … Jarosch Lisa. So so, Sie wissen nicht, ob die junge Dame inzwischen noch Jarosch heißt … Aha, und wo die wohnt (ob in Österreich oder inzwischen anderswo), wissen Sie natürlich auch nicht.

Wir werden Ihnen schon auf die Schliche kommen, was glauben Sie, wozu wir ein Büro für Erkennungsdienst haben? ... Ihren Angaben bezüglich der amerikanischen Staatsbürgerschaft wird selbstverständlich nachgegangen ... Alles geht seinen ordnungsgemäßen Weg, das brauchen Sie nicht zu bezweifeln. Zuerst einmal bekommen die amerikanischen Kollegen Ihre Fotos und Ihre Fingerabdrücke.

Und so weiter. Wie man ihn vom Subjekt zum Objekt zu machen versucht.

Machen *muß*, wie man glaubt. Weil sich sonst alle Objektivität aufhörte.

Ich bin aber ein Subjekt, sagt er. Nicht nur ein amerikanisches.

Nicht nur ein ehemals österreichisches.

Ich bin einfach ich, sagt er.

Nach meiner Rückkehr vom fremdenpolizeilichen Büro in der Wasagasse habe ich darum gebeten, in eine Einzelzelle verlegt zu werden. Bitte, hat der Major gesagt, wenn Sie unbedingt wollen ... Major Z. ist der Kommandant des Polizeigefangenenhauses, im Falle von außergewöhnlichen Wünschen, Ansuchen und Beschwerden, heißt es in der Hausordnung, ist der Häftling dem Kommandanten vorzuführen. Über sein Verlangen. Ich habe dieses Verlangen geäußert. Man hat diesem Verlangen stattgegeben.

Der Major ist ein korrekter Mann, im Rahmen seiner Möglichkeiten, habe ich den Eindruck, bemüht um das Wohl der ihm zur vorläufigen Verwahrung Anvertrauten. Ich schreibe das nicht nur, weil ich mir denken kann, daß er womöglich lesen wird, was ich hier schreibe. Der Major ist ein höflicher Mensch, zum Unterschied von anderen Menschen in diesem Hause. Aber das werden Sie begreifen, hat er gesagt, die Aufsichtsorgane stehen, durch ihr schwieriges Verhältnis zu den Häftlingen, die sie, das kann man drehen und wenden, wie man will, als ihre Wärter betrachten, als ihre Kerkermeister, unter einer Spannung, die sich leider gelegentlich entlädt.

Er kann sich gut ausdrücken, der Major, auch das zum Unterschied von manchen anderen. Daß auch ich das kann, hat ihn merkbar positiv berührt. Wo haben Sie, hat er gefragt, so gut deutsch gelernt? Hier in Wien, habe ich gesagt, ich bin hier geboren und habe meine ersten dreißig Jahre hier verbracht.

Ah so, hat er gesagt, Sie sind *der*, Sie erzählen ja eine *schöne* Geschichte. Also warum wollen Sie in eine Einzelzelle, haben Sie Probleme mit Ihren Mithäftlingen? Nein, habe ich gesagt, meine Mithäftlinge sind nett, besonders die beiden Afrikaner. Gefällt Ihnen die Zelle nicht?, hat er gefragt. Ich kann Sie auch in eine von den neu ausgeweißten verlegen.

Es ist einfach so, habe ich gesagt, daß ich eine gewisse Ruhe brauche. Eine gewisse Ruhe, um sozusagen in mich zu gehen. Wenn ich die Referentin in der Wasagasse richtig verstanden habe, muß ich noch mit einigen Tagen hier bei Ihnen rechnen. Ja, hat der Major gesagt, da kann ich Ihnen auch nicht helfen, das müssen Sie.

Ich meine, sagt er, selbst wenn ich persönlich dazu neige, Ihnen Ihre Geschichte zu glauben. Amtlich bin ich bis auf weiteres nur mit Ihrer Anhaltung beauftragt, nicht mit Ihrer Entlassung. Zu beurteilen, ob es rechtens ist, daß Sie eingesperrt sind oder freigelassen werden, liegt nicht in meiner Kompetenz. Also eine Einzelzelle. Kein Problem. Die diesbezügliche Nachfrage ist nicht sehr groß.

Außer in Fällen von Hungerstreik, sagt der Major. Da kann man allerdings weniger von Nachfrage reden als von Angebot. Ein strenges Angebot wohl, aber ein gerechtes Angebot. Ein Schubhäftling, der hungerstreiken und damit den österreichischen Staat zu seiner Freilassung nötigen will, muß Gelegenheit haben, ordentlich, ich meine ohne Versuchung durch die weiteressenden anderen und ohne irgendwelche mit Beihilfe dieser anderen doch eventuell durchführbaren Tricks, hungerzustreiken.

Vor allem die Einhaltung des Rauchverbots, sagt der Major, wäre auf diese Weise nicht im Ernst zu gewährleisten. Ein Zug aus der Zigarette eines Zellenkameraden – also bitte, wie soll man das verhindern? Das ist einmal so, wer nicht ißt, der soll auch nicht rauchen. Hungerstreik ist Hungerstreik. Schließlich wird in diesem Fall die Enthaftung wegen Haftunfähigkeit ausgesprochen.

Sie wollen aber ohnehin nicht hungerstreiken, sagt der Major, oder? Ich würde Ihnen davon abraten. Sie müßten den Hungerstreik achtundzwanzig Tage durchhalten. Das zahlt sich, würde ich sagen, nicht wirklich aus. Womöglich wird Ihr Fall ja doch etwas rascher finalisiert.

Die Zelle, die ich somit bezogen habe, hat etwas sehr Klausenhaftes. Acht Quadratmeter. Ein schmaler Schlauch zwischen versperrter Tür und vergittertem Fenster. Das Bett durchhängend. Das Klo ohne Verschalung in der Ecke. Aber was solls. Hier bin ich allein. Hier brauche ich mich vor niemandem zu genieren.

Tisch und Bänkchen, die mir hier zur Verfügung stehen, sehen so aus, als wären sie aus einer alten Schule. Der Tischler, der sie gezimmert hat, kann sie unmöglich für Erwachsene geplant haben. Ich habe zu wenig Platz für meine Knie und muß beim Schreiben gebückt sitzen. Aber daß hier besonders viel geschrieben wird, ist eigentlich nicht vorgesehen.

Ich habe den Major um Papier ersucht, er hat mir einige Bögen Briefpapier gegeben.

Ich werde wahrscheinlich mehr brauchen, habe ich gesagt.

Aber an wen wollen Sie denn alles schreiben, hat er gefragt.

Das ist ein Mißverständnis, habe ich gesagt, ich habe gar nicht die Absicht, Briefe zu schreiben.

Es wäre aber besser, hat er gesagt, wenn Sie die hätten. Der Briefverkehr der Häftlinge unterliegt grundsätzlich keinen Beschränkungen.

Bei Bedarf wird dem Häftling Schreibzeug und Papier zur

Verfügung gestellt. Alles andere erfordert, strenggenommen, eine Bewilligung.

Mit diesen Worten hat er mir noch einige Bögen Briefpapier gegeben. Fürs erste, hat er gesagt, wird das hoffentlich reichen. Sie dürfen halt nicht zu groß schreiben, hat er gesagt. Okay. Meine Schriftgröße korreliert mit der Größe der Zelle und der Schulbank.

Daß es Briefe sein sollen, die ich schreibe, auf diese Idee hat mich also der Major gebracht. Lieber Sohn, daß ich Dir zu schreiben versuche, verdankst Du dem Major. Nach dem, was zwischen uns vorgefallen ist; nach dem, was *nicht* zwischen uns vorgefallen ist; nach dem Vorfall vom vorigen Donnerstag. Als ich vor Dir gestanden bin, als Du vor mir gestanden bist, Deine Augen hinter den von meiner Seite undurchschaubaren Sonnengläsern.

Ich versuche mir vorzustellen, wie Du mich gesehen hast – einen fremden Menschen dunkler Hautfarbe. Längs- und Querfalten an der Stirn, tiefhängende Ringe unter den Augen, ergraute und mit den Jahren schütter gewordene Haarwolle. Und jedenfalls schwarz. Schwarz genug jedenfalls für österreichische Verhältnisse. Schwärzer, als gut ist. Schwärzer, als Dir lieb ist. Zu schwarz, um hierzulande nicht aufzufallen.

Was Deine eigene Hautfarbe betrifft, so ist das väterliche Pigment kaum mehr auszunehmen. Nur wenn man ganz genau hinschaut, mit Kennerblick, wie ich. Ich weiß schon, Du hast es nicht gern, so angesehen zu werden. Entschuldige. Es war nicht bös gemeint. Es wird wahrscheinlich nicht mehr vorkommen.

Vielleicht hast Du im ersten Augenblick geglaubt, ich sei ein fliegender Händler. Bitte? Sie wünschen? Nein, danke, wir brauchen nichts. Oder ein Bettler. Mit meiner Gitarre. So ein bettelnder Musiker. Der Gemeinderat der Stadt Graz, habe ich hier, im Gefängnis, gehört, hat einen Erlaß gegen aggressives Betteln verabschiedet.

Daß ich in Graz ausgestiegen bin, war übrigens reine Intuition. Die letzte Karte, die Du mir, als Kind von neun oder zehn Jahren, geschrieben hast, ist aus Graz gekommen. Wahrscheinlich kannst Du Dich nicht mehr daran erinnern. *Lieber Papa! Hier gefällt es mir super. Besonders der Uhrturm.*

Ich habe also die Fahrt nach Wien in Graz unterbrochen. Und gleich auf dem Bahnhof ins Telefonbuch geschaut. Und wirklich: Da ist Dein Name drinnen gestanden. Jarosch Noël. Daß es diese Kombination von Vor- und Familiennamen ein zweites Mal gab, war ziemlich unwahrscheinlich.

Trotzdem habe ich mich nicht gleich auf den Weg zu Dir gemacht, sondern mich erst ein wenig im Zentrum umgeschaut. Tatsächlich, Graz, das ich von früher her gekannt habe, ist eine sehr hübsche Stadt. Sie hat schöne Plätze und Laubengänge – ein Zentrum von fast südlichem Charakter. Auf dem Mehlplatz habe ich mich in einen sympathischen Vorgarten gesetzt und ein Glas Bier getrunken.

Um mich ein bißchen zu beruhigen – zugegeben, ich war schrecklich nervös. Aber darüber hinaus hat mir das Bier geschmeckt. Dann habe ich eine junge Frau mit einem Baby im Kinderwagen gefragt, wie ich am besten in die Saumgasse komme. Keine Spur von Fremdenfeindlichkeit – sie hat mir bereitwillig Auskunft gegeben.

Doch dann diese Situation. Wie ich *Dir* gegenübergestanden bin. Und Du *mir*. Wahrscheinlich hätte ich nicht ganz einfach fragen sollen, ob Du mein Sohn bist. Hättest Du diese blöde Sonnenbrille nicht aufgehabt, hätte ich mir (und Dir) diese Frage erspart. Warum trägst Du sie übrigens im Haus? Vielleicht wolltest Du gerade in den Garten treten.

Übrigens fein, wie Du dort wohnst (wie *Ihr* dort wohnt?). Habe ich eine Schwiegertochter? Womöglich Enkelkinder? Wie heißt die Gegend rundum? *Am Rosenberg*? Es wäre schön gewesen, mit Dir einen Spaziergang zu unternehmen.

Wenn Du mich schon nicht ins Haus bitten wolltest, Noël.

Aber ja, bis zu einem gewissen Grad kann ich Dich ja verstehen. Da stehe ich plötzlich vor Dir und stelle meine dumme Frage. Wenn ich mich recht erinnere, bin ich sogar einen Schritt auf Dich zugetreten.

Zu offensiv zweifellos. Vielleicht wollte ich Dich (im Fall einer bejahenden Antwort) sogar umarmen. Trotzdem hättest Du nicht so erschrecken müssen. Dieser Schreck, als Du meine Stimme erkannt hast! Also, ehrlich gesagt, diesen Schreck finde ich übertrieben.

Und Deine ganze darauf folgende Reaktion. Geh, ich hab Dich nicht eingeladen usw. Stimmt schon – da glaubt einer, er kann einfach wieder auftauchen nach zwanzig Jahren. Aber das Pathos Deiner Abwehr war trotzdem überflüssig.

Ich hab Dir nichts zu sagen, und Du hast mir erst recht nichts zu sagen. Du hast mir nichts zu sagen, weil Du die Mamma damals im Stich gelassen hast. Die Mamma im Stich gelassen und Lisa und mich. Ich will nichts mit einem wie Dir zu tun haben, wenn Du nicht sofort mein Grundstück verläßt, ist das Hausfriedensbruch.

Weißt Du, mein Sohn, hätte ich sagen sollen, habe ich sagen wollen, das war alles nicht so einfach. Aber Du wolltest mir nicht zuhören, er wollte mir nicht zuhören, können Sie sich das vorstellen? Seine Augen, diese angeblichen Fenster der Seele, nach wie vor hinter den Scheißgläsern versteckt. Am liebsten hätte ich ihm diese arroganten Glasscherben abgenommen.

Er hat, so mein Eindruck, er hat auch Angst gehabt. Angst, daß irgendwer auftauchen und mich sehen könnte. *Mich* mit *ihm*. Oder schlimmer noch: *Ihn* mit *mir. Verschwind, Du schwule schwarze Sau, wenn Du nicht sofort aus meinem Leben verschwindest, ruf ich die Polizei an!*

So ein Sohn ist aus diesem Kind geworden … Glauben Sie, hat es überhaupt Sinn, ihm zu schreiben? … Ich weiß, Sie werden mir nicht antworten, Sie haben mir ja noch nie geantwortet. Aber solang Sie, in Ihrem zugegeben konsequenten, wenn auch manchmal enervierenden Schweigen, nichts dagegen einwenden, müssen Sie gewärtigen, daß ich wenigstens Ihnen erzähle, wie es war.

2

Als ich zurückkam, damals, Ende Oktober. Über drei Monate war ich weg gewesen. Die Karten, die ich Natascha zu schreiben versucht hatte, hatte ich allesamt nicht abgeschickt. Weder die aus Syrakus noch die aus Bari noch das halbe Dutzend aus Rom.

Ja, stimmt, ich war vorerst wieder nordwärts gefahren. Auf der anderen Seite des Stiefels zurück. Vielleicht vorschnell, vielleicht hätte ich in Palermo auf das Ende des Streiks warten sollen. Aber als ich dort am Pier gestanden war, und aus diesem heißen, weißen Hafenambiente auf das in der Mittagssonne blendend helle Meer schaute, da war aus dem Unternehmen Afrika auf einmal alle Energie draußen.

Ob ich dann bereits auf dem Rückweg war? Und ob dieser Rückweg ein Rückzug gewesen wäre? Ich weiß nicht. Ich war mir darüber selbst nicht im klaren. Doch da ich bei Francavilla an einen Autofahrer geriet, der nicht weiter an der Adria entlangfahren, sondern bei Pescara Richtung Rom abzweigen wollte, akzeptierte ich das, nahm ich es hin, es sollte wohl so sein.

Ich hatte versucht zu schreiben, aber es war mit jedem Versuch schwieriger geworden. Liebe Natascha, eigentlich wollte ich nach Afrika ... Liebe Natascha, ich bin total desorientiert ... Liebe Natascha, ich wohne hier in Trastevere bei einem sehr kultivierten jungen Mann namens Giovanni.

Gewiß, ich hatte das Bedürfnis gehabt, Natascha ein Lebenszeichen zu geben. Und ihr etwas von dem mitzuteilen, was mich bewegte. Was mich bewegte und trieb. Oder ganz einfach, was ich trieb. Zwei Mal hatte ich auch zu telefonieren versucht, aber als das Klingelzeichen ertönt war und nicht gleich jemand abgehoben hatte, da hatte ich, enttäuscht oder erleichtert, wieder aufgelegt.

Nun aber war ich trotzdem wieder in Wien. Angekommen auf dem Wiener Südbahnhof, am einem ernüchternd kühlen, dunklen und regnerischen Abend. Gleich im Ankunftsbereich, wenn man durch die Glastüren ins Obergeschoß der Halle trat, gab es eine Reihe von Telefonzellen. Und da schaffte ich es, einfach Nataschas (also eigentlich *unsere*) Nummer zu wählen und dranzubleiben.

Wie geht es dir?, fragte ich. Und wie geht es den Kindern? Vorerst schwieg sie. Vielleicht eine halbe Minute hörte ich sie nur atmen. Dann schrie sie mich an. Ich kann mich nicht mehr erinnern, was sie geschrien hat. Und dann – ja und dann hat sie zu weinen begonnen.

Schließlich legte sie den Hörer auf und nahm ihn nicht mehr ab. Was sollte ich machen? Ich fuhr in die Gumpendorferstraße. Vielleicht hat das Anlaß zu Mißverständnissen gegeben. Meine Schwiegermutter stand an der Schwelle wie der Engel mit dem flammenden Schwert, ihr Hintern und die von ihm ausgehende Haltung hölzerner denn je, ihr Gesicht voll heiliger Empörung.

Nun wollte ich ganz bestimmt nicht wieder dort einziehen. Diese Wohnung habe ich nie leiden können. Diese mir eigentlich aufgezwungene Wohnung. – Es klingt vielleicht komisch, wenn ich das hier, im Gefängnis, so sage, aber in dieser Wohnung habe ich mich immer ein bißchen eingesperrt gefühlt.

Natürlich wollte ich Noël und Lisa sehen, aber das wurde mir nicht erlaubt. Nicht einmal Natascha durfte ich richtig sehen, die huschte nur fahlgesichtig im Hintergrund des Vorzimmers vorbei. Ihre Mamma aber wich keinen Schritt zur Seite. Merkwürdig – sie war ja recht schlank, um nicht zu sagen dürr (vielleicht hatte sie aus Gram und Wut über die ihrer Tochter angetane Schmach wieder abgenommen), aber an ihr war in dieser tragikomischen Situation kein Vorbeikommen.

Ich ging also wieder und rief meine Mutter an. Die erste Nacht nach meiner Rückkehr verbrachte ich bei ihr in Siebenhirten. Sie hätte mir auch für länger Asyl gewährt. Bleib, solang du willst, sagte sie, du bist noch immer und jetzt erst recht mein Bub.

Als sie diese Worte sprach, saß ich, daran erinnere ich mich wie an ein Bild, beim Frühstückstisch. Und sie, hinter mir stehend, legte mir die Hand auf die Schulter. Oder in den Nacken. Diese Berührung hatte etwas durchaus Verführerisches. Doch schließlich wollte ich weder das Hochbett meiner Halbschwester über Gebühr entweihen, die schon gegen die bloß eine Nacht währende Ausquartierung aus ihrem Zimmer lautstark genug protestiert hatte, noch ein weiteres, überflüssiges Mal mit dem Teddybären frühstücken.

Aber was willst du jetzt tun?, fragte meine Mutter.

Mach dir keine Sorgen, sagte ich, es wird sich schon was finden.

Sie steckte mir Geld zu. Einige hundert Schilling.

Für ein, zwei Nächte hätte ich in einem billigen Hotel schlafen können.

Das war aber gar nicht notwendig. Für die ersten zwei Wochen schlief ich in Herrn Jerichas Buchhandlung. Herr Jericha war eine Seele von einem Menschen. Wegen des unangemeldeten und überlangen Urlaubs, den ich mir genommen hatte, machte er mir keinen Vorwurf. Hauptsache, sagte er, Sie sind wieder da, es sind schon welche in die Welt hinausgezogen und über ihren Rand hinabgestürzt.

Genaugenommen schlief ich nicht in der Buchhandlung, sondern im dahinter liegenden Magazin. Dort gab es ein Sofa, auf dem sich Herr Jericha selbst manchmal ein Mittagsschläfchen gönnte. Zwar standen aus dem im Prinzip weichen Leib der Liegestatt ein paar Metallfedern hervor. Aber wenn ich mich deren Lage ausweichend bettete, ruhte ich nicht schlecht und hätte es, umgeben von interessanten und mich meist weit über Mitternacht hinaus fesselnden Büchern, ohne weiteres noch ein Weilchen ausgehalten.

Auf die Dauer war das jedoch keine Lösung. Zwar hätte Herr Jericha von sich aus meine Existenz als Phantom der Buchhandlung kaum zeitlich begrenzt. Aber in dem Haus, in dem er das Geschäftslokal gemietet hatte, gab es eine wachsame Hausmeisterin. Der fiel auf, daß ich mich, aus der Hintertür des Magazins tretend, abends und morgens an der Bassena wusch und ab und zu (auch spät in der Nacht!) das Gangklo benutzte.

Kraft ihres Amtes machte sie Herrn Jericha darauf aufmerksam, daß das so nicht gehe. Wo sind wir denn?, fragte sie. Das hier ist ein ordentliches Haus. Ein ordentliches Haus in einem zivilisierten Land. Und für die Aufrechterhaltung der Ordnung und Zivilisation darin sei sie zuständig.

Sie meine: Wen der Herr Jericha untertags in seiner Buchhandlung beschäftige, das gehe sie nichts an. Aber wer nachts auf dem Gang umgehe, also das könne sie nicht ignorieren. So ein schwarzes Gespenst – die alten Leute treffe ja der Schlag! Herrn Jerichas Buchhandlung, soviel sie wisse, sei lediglich als Geschäftslokal vermietet und keineswegs als Wohnraum.

Wenn Herr Jericha also den Mißstand meines Nachtwandelns im Hause nicht abstelle, werde ihr nichts übrigbleiben, als mit der Hausverwaltung zu reden.

Tut mir leid, sagte Herr Jericha, aber mit so etwas habe ich nicht gerechnet. Die Frau ist ja wirklich imstande, uns zu vernadern. Seien wir froh, sagte er, daß wir jetzt 1970 schreiben und nicht 1938.

So mußte ich also etwas unternehmen. Mich von Herrn Jerichas Couch aufraffen und jene gewisse Trägheit überwinden, die mich manchmal daran hinderte, Dinge, die getan werden mußten, gleich zu tun. Ich mußte, mit einem Wort, etwas anderes suchen. Wie sich herausstellte, war es ein nicht unerhebliches Problem, etwas zu finden.

Das war so ähnlich wie mit der Jobsuche (schwerer). Am Telefon sagten mir manche Vermittler und Vermieter zu, aber wenn ich persönlich bei ihnen erschien, waren die Wohnungen, die sie mir angeboten hatten, leider schon vergeben. Es war November, es war trüb bis finster, die paar Behausungen, die ich trotz meines dunklen Teints besichtigen durfte, machten einen grauenhaften Eindruck. Leere Löcher mit Wänden, von denen der Verputz blätterte, winzige Fenster mit Blick in triste Schächte, von wer weiß welchen Dahingeschiedenen hinterlassener, ins feuchte Gemäuer gesickerter Verwesungsgeruch.

Für so etwas zwei- bis dreitausend Schilling Monatsmiete und womöglich noch vierzig- bis fünfzigtausend Schilling *schwarze* Ablöse zu zahlen war eine Zumutung. Offiziell existierten Ablösen für Mietwohnungen im Österreich jener Jahre nicht. Doch offiziell existierte so manches nicht. Natürlich auch kein Vorurteil gegen Wohnungssuchende, deren Aussehen ein wenig vom im Lande vorherrschenden Typus abwich.

Was die Ablöse betraf, so würde ich die, soviel war klar, ohnehin nur bezahlen können, wenn mir jemand etwas liehe. Aber in meinem Bekanntenkreis gab es nicht viele Leute, die dafür in Frage kamen. Die Wahrheit war: Ich hatte gar keinen richtigen Bekanntenkreis. Anpumpen konnte ich nur meine Mutter. Oder Herrn Jericha. Oder (die Idee war natürlich kühn) Natascha.

Natascha, von der ich mich scheiden lassen sollte. Oder genauer: Natascha, die sich von mir scheiden lassen wollte. Noch genauer: von der ihre Eltern erwarteten, daß sie sich von mir scheiden ließe. Kein Zweifel, daß sie die diesbezüglich treibende Kraft waren.

Wäre es nach ihnen gegangen, so wären wir schon geschieden gewesen. Nur stellte sich heraus, daß diese Prozedur länger dauerte, als sie gedacht hatten. Da nützte auch das viele Geld nichts, das Herr Scholz der Anwältin bezahlte. Zwar hatten die Sozialisten, die er gewählt hatte, eine Reform des Scheidungsrechts im Sinn, aber daß die Familie als Keimzelle des seiner Tradition nach katholischen Staates geschützt und daher die Trennung einmal verheirateter Menschen nicht einfach von heute auf morgen abgewickelt werden sollte, daran konnten, so die Anwältin, der das durchaus recht war, auch sie nichts ändern.

Bevor wir uns auch vor dem Gesetz trennen konnten, mußten Natascha und ich ein halbes Jahr getrennt leben. Es sei denn, die Frau Doktor in der Florianigasse wäre mir im Zuge ihrer Befragungen auf irgendeine im Ausland begangene Untat gekommen. Aber mit Untaten konnte ich ihr nicht dienen. Nicht einmal ihre anfangs verfolgte Idee, mir böswilliges Verlassen vorzuwerfen, ließ sich erfolgversprechend durchhalten.

Es war eine andere Art von Verlassen gewesen. Aber so recht schlau wurde die Dame nicht aus meinen Antworten. Für richtig unzurechnungsfähig konnte man mich offenbar auch nicht erklären. Jedenfalls änderte die Anwältin nach zwei oder drei mäßig erfolgreichen Sitzungen mit mir ihre Taktik und versuchte, ihre Auftraggeber zu der Einsicht zu bringen, daß sich eine demnächst mögliche einvernehmliche Scheidung problemloser und im Rahmen der auch vom neuen Gesetz vorgesehenen Frist relativ rasch erledigen ließe.

In Hinblick darauf wurde, den Kontakt mit den Kindern betreffend, eine vorläufige Besuchsregelung beschlossen. Dieser Regelung zufolge durfte ich Noël und Lisa zwei Mal im Monat einen kurzen Nachmittag lang sehen. Natascha sah ich bei dieser Gelegenheit nur zwischen Tür und Angel. Entweder die Kinder wurden mir in bereits angezogenem, der Jahreszeit entsprechend wetterfest verpacktem Zustand übergeben, oder ich durfte zwar eintreten und einige Stunden in den ehelichen Gemächern bleiben, aber Natascha, in diesem Fall ihrerseits schon fix und fertig zum Ausgehen, rauschte an mir vorbei, ohne mich eines überflüssigen Blickes zu würdigen.

Zwar hatte sie dabei manchmal, das sah ich wohl, Tränen in den Augen. Aber um so rascher schaute sie, daß sie weiterkam. Oder daß sie die Tür, hinter die sie vor mir zurückwich, ins Schloß warf. Bei dieser Gelegenheit mit ihr zu reden, noch dazu über Geld, das ich peinlicherweise brauchte, war schlicht und einfach unmöglich.

Einmal in diesen tristen Tagen traf ich Natascha allerdings durch Zufall. Es war in der U-Bahn, sie trug die Jacke mit dem Kaninchenpelzkragen, die sie ehemals Jana geborgt hatte. Da saß sie, die Arme vor der Brust gekreuzt, um den Kragen enger zusammenzuhalten. Sie tat so, als sähe sie mich nicht, ich aber nahm mir ein Herz und setzte mich auf den freien Platz neben sie.

Natascha!, sagte ich.

Was willst du?, fragte sie. Mit dir rede ich nur vor der Anwältin.

Wo fährst du hin?, fragte ich.

Das geht dich nichts an, sagte sie. Wohin fährst denn *du*?

Ich war auf dem Weg zu einer weiteren Wohnungsbesichtigung. Ich erzählte ihr, auf welche Schwierigkeiten ich bei den vorangegangenen gestoßen war.

Warum suchst du dir, fragte sie, nicht lieber ein Zimmer in einer Wohngemeinschaft?

Ehrlich gestanden, sagte ich, fühle ich mich ein bißchen wohngemeinschaftsgeschädigt.

Ach was!, sagte sie. Soll ich dich jetzt vielleicht bedauern? Außerdem war unser Zusammenleben mit den Tschechen doch gar keine richtige WG!

Ich sei es zwar nicht wert, daß sie sich überhaupt noch mit mir aufhalte, aber sie gebe mir einen Tip. Vor dem Sozialreferat der Uni, die sie jetzt wieder besuche, um (daran werde sie mein Auskneifen aus unserer Ehe nicht hindern) ihr Studium zu beenden, gebe es ein schwarzes Brett. Darauf stünden jede Menge WG-Angebote. Dort könnte womöglich sogar eine schwarze Seele wie ich etwas finden.

Mit diesem Sarkasmus erhob sie sich und stieg aus. Die heikle Frage, ob sie mir gegebenenfalls vierzig- bis fünfzigtausend Schilling für eine Wohnungsablöse pumpen würde, hatte ich erst gar nicht stellen können. Wahrscheinlich hätte sie dieses Ansinnen auch als Frechheit aufgefaßt. Obwohl ich davon ausging, daß sie das Geld unter irgendeinem Vorwand ihrem Vater ausgefochten hätte.

Vielleicht hatte sie allerdings recht, und ich würde besser daran tun, mich nach einem Platz in einer Wohngemeinschaft umzusehen. Sowohl die Kosten als auch die Vorurteile waren in diesem Bereich vermutlich geringer. Nur war mir ganz einfach nicht nach so was zumut. Ich wünschte mir Einsamkeit. Ich wünschte mir Ruhe. Ich wünschte mir einen Raum, in den ich mein Klavier stellen konnte.

Mit dem Klavier gab es ohnehin ein Problem. Noch war es meins, doch ich konnte es kaum benutzen. In meiner Abwesenheit hatte Herr Scholz den Proberaum aufgelassen. Das Piano stand also nun wieder in der Gumpendorferstraße.

Wenn Natascha, wie zuvor beschrieben, wegging und ich mit den Kindern in der Wohnung blieb, konnte ich wohl ein bißchen darauf spielen. Aber die in diesem Zusammenhang realisierbaren musikalischen Möglichkeiten hielten sich in engen Grenzen. Ich durfte nur spielen, was den beiden gefiel. Spielte ich etwas anderes, so begann Lisa zu weinen, und der recht unduldsam und jähzornig gewordene Noël griff mir wild in die Tasten.

Noch war es meins, das gute alte Piano. Mein Schwiegervater war allerdings auf eine perfide Idee gekommen. Natascha sollte das Instrument als Pfand für die Alimente behalten, die ich voraussichtlich nicht in der ihr zustehenden Höhe würde bezahlen können. Bei allem, was ich ihr angeblich angetan hatte, hoffte ich, daß sie mir das nicht antun würde.

Dann traf ich wieder einmal den Astrologen.

Wie gehts?, fragte er.

Danke, schlecht, sagte ich (ob er mir eine größere Summe Geld leihen könne, brauchte ich ihn gar nicht erst zu fragen).

Ein Horoskop wollte ich mir auch nicht stellen lassen, aber er stellte mir eine Prognose.

Deine Wohnungsprobleme, sagte er, werden sich in den nächsten Tagen lösen, und danach wirst du eine produktive Zeit haben.

Der Astrolog hatte zweifellos seine Gaben. *Alleinuntermiete, ablösefrei* las ich am folgenden Samstag im Annonceteil einer nicht zuletzt um dieser Beilage willen gern gekauften Zeitung. Nach den Erfahrungen, die ich bisher mit solchen Angeboten gemacht hatte, glaubte ich nicht so recht an den Realitätsgehalt der Anzeige. Eher um mir nicht vorwerfen zu müssen, es nicht wieder einmal versucht zu haben, wählte ich die unter der Anzeige stehende Telefonnummer.

Es meldete sich eine freundliche weibliche Stimme. So, wie sie klang, die einer älteren Dame.

Ich interessiere mich, sagte ich, für die Wohnung.

Ah ja, sagte sie. Warten Sie, da reden Sie besser mit meinem Mann.

Auch der hatte eine freundliche, ältere Stimme.

Zwar war eine Adresse in der *Leibenfrostgasse* bei feuchtkaltem Dezemberwetter nicht sehr verlockend.

Doch allzuwählerisch durfte ich sicher nicht sein.

Ich überwand also mein inneres Frösteln und machte mich auf den Weg dorthin.

Steigen Sie an der Busstation Ziegelofengasse aus, hatte der Vermieter am Telefon gesagt. Dann gehen Sie über den Phorusplatz, durchqueren Sie den Phoruspark. Das tat ich. Dieser sogenannte Park war von trostloser Häßlichkeit. Ein zubetoniertes Geviert, nur den paar um diese Jahreszeit besenhaft kahlen Bäumen hatte man je ein umgittertes Stück Erde gelassen.

Die Bänke zwischen den Bäumen sahen ebenso traurig aus. Da und dort hatte man ein Brett aus ihren im Lauf der Zeit schwarz gewordenen Sitzflächen und Lehnen gerissen. Der Fußballkäfig, sozusagen als innerer Bezirk der Betoneinöde, sah aus wie ein kleiner Gefängnishof. Aus der von den Bänken immerhin am weitesten entfernten Ecke des Parks stank eine öffentliche Bedürfnisanstalt.

Die Leibenfrostgasse war eine kurze Gasse. Sie bestand aus nicht mehr als zehn oder zwölf Häusern. Pseudorenaissance-Fassaden mit in den ersten drei Stockwerken verschieden verzierten und im vierten Stockwerk augenbrauenlosen Fensterfronten. Um 1910 hatten sie vielleicht als schön und neu gegolten, jetzt wirkten sie grau und schäbig.

Das Haus Nummer 6 war, so mein erster Eindruck, das graueste und schäbigste. Ein Hausflur mit trübem Licht durch die nur mehr teilweise aus Glas bestehende Hoftür. Das Glas, das zerbrochen war, hatte man durch billigere Preßspanplatten ersetzt. Eine Batterie von Briefkästen, deren Türen fast ausnahmslos aufgebogen und in ihrer unteren Hälfte abgebrochen waren.

Ein Stiegenaufgang mit schadhaftem (an manchen Stellen mit einem schmutzigbraunen Klebeband geflickten) Geländer. Die Wohnung, die zu vermieten war, lag im dritten Stock. Zählte man den als Mezzanin bezeichneten Halbstock mit, so war es der vierte. Sie trug die Türnummer 21, gleich neben der Wohnungstür führte eine ehemals grün gestrichene Metalltür zum Dachboden.

Die Wohnung selbst jedoch war gar nicht so schlecht. Eine längliche Küche, die gleichzeitig als Vorraum diente, ein quadratisches Zimmer. Sogar eingerichtet war sie: In der Küche standen ein roher Holztisch und eine alte Kredenz. Im Zimmer gab es ein Klappbett und einen Ölofen.

Vor allem: Der Vermieter und die Vermieterin waren nett.

Der freundliche Eindruck, den sie am Telefon auf mich gemacht hatten, blieb. Ihr Schreck, als sie mich leibhaftig vor sich sahen, hielt sich in Grenzen. Obwohl sie erleichtert wirkten, als ich ihnen sagte, daß ich Österreicher sei.

Und zwar ein waschechter (als sie diesen Ausdruck verwendeten, mußten sie allerdings ein bißchen lachen). Einer, der (schwarz oder nicht!) *ihre Sprache* sprach. Mit meinem Vorgänger hatten sie sich diesbezüglich ein bißchen schwergetan. Der war nämlich (unter uns Österreichern verstanden wir einander gut, wenn wir so redeten) ein *Piefke* gewesen.

Ein Deutscher also. Ein junger Mann aus Bottrop oder Bochum. Aus einer Gegend jedenfalls, in deren Umgangssprache man das Imperfekt verwendete. Ja, ab und zu sogar das Plusquamperfekt. Die Vermieter (Herr und Frau Nemetz) definierten das nicht grammatikalisch, aber sie imitierten es parodistisch. Mit dem entsprechenden nördlichdeutschen Akzent. Eine Art zu sprechen, die die österreichische Seele ärgert. Anderes Tempo, anderer Rhythmus, anderes Feeling. Insgesamt Ausdruck einer trotz im Prinzip gleicher Sprache sehr anderen Mentalität.

Noch dazu sei dieser junge Mann mit seiner arroganten Sprache ein sogenannter Schriftsteller gewesen. Der Schreibtisch, der im Zimmer am Fenster stehe, gehöre eigentlich ihm. Es sei möglich, daß er eines Tages komme und das Möbel abhole. Wahrscheinlicher sei allerdings, daß er gar nicht mehr auftauche.

Er sei nämlich noch drei Monatsmieten schuldig. Weswegen man mich, für den Fall, daß wir handelseinig würden, um eine Kaution in ebendieser Höhe bitten müsse. Einfach, damit die Verhältnisse wieder ins Lot kämen. Dem Vernehmen nach habe sich mein Vorgänger nach Frankfurt oder Berlin abgesetzt.

Ich ging in der Wohnung herum – sie war häßlich, aber sie gefiel mir. Und der Schreibtisch gefiel mir ganz besonders. Schön war auch er nicht, mattes Dunkelbraun, eher klobig, an den Ecken abgeschlagen durch wahrscheinlich häufigen Transport. Aber die mit grünem Filz bespannte Schreibfläche sah so aus, als sei viel auf ihr geschrieben worden.

Von diesem Schreibtisch schienen mir gute *vibrations* auszugehen. Ich würde gern daran sitzen und Noten schreiben. Eine wesentliche Voraussetzung dazu mußte allerdings noch geklärt werden. Würde es jemand stören, fragte ich, wenn ich ein Klavier hierherbringen lasse?

Oje, sagte die entwaffnend offene Frau Nemetz. Womöglich glauben Sie auch, Sie sind ein Künstler?!

Ich arbeite, sagte ich vorsichtig, in einer Buchhandlung. Aber in meiner Freizeit würde ich gern Klavier spielen.

Klang das unbedenklich genug? – Gegen ein Klavier hatte Herr Nemetz jedenfalls nichts einzuwenden.

Hier oben, sagte er, haben Sie keine Nachbarn. Wenn ich einigermaßen dezent spiele und nicht mit den Füßen im Takt stampfe ... Und wenn ich um längstens zehn zu spielen aufhöre ...

Jetzt blieb nur die Frage nach der Höhe der Miete.

Der Schriftsteller, sagte Frau Nemetz, hat siebenhundert bezahlt.

Das klang erschwinglich. Es lag weit unter dem Preis, den andere verlangt hatten.

Die Kosten sind gestiegen, sagte Herr Nemetz. Sagen wir siebenhundertfünfzig.

Ich rechnete im Kopf. Für die Kaution würde ich Herrn Jericha um einen Vorschuß bitten müssen. Aber den würde er mir bestimmt gewähren.

Gut, sagte ich. Das geht. Wann kann ich hier einziehen?

Wenn Sie Ihre Dokumente mitbringen, sagte Herr Nemetz, so daß ich Sie ordnungsgemäß anmelden kann, morgen.

So begann mein Leibenfrostgassen-Leben. Leibenfrost war ein eigenartiger Name. Herr und Frau Nemetz wußten auch nicht, wer Herr oder Frau Leibenfrost gewesen war. Im Lexikon, das mir Herr Jericha zum Einstand schenkte, konnte ich zwischen *Leibeigenschaft* und *Leibesübungen* nichts dazu finden.

Für die ersten paar Tage in meiner neuen Behausung schien sich die von mir ursprünglich empfundene Ominösität des Namens jedenfalls zu bestätigen. Ich schleppte zwei schwere Kanister Heizöl in den letzten Stock, doch der Ölofen wollte nicht funktionieren. Da sind die Ventile verstopft, konstatierte Herr Nemetz. Aber er konnte den Schaden nicht reparieren.

Das sei eine heikle Geschichte, sagte er, für so etwas rufe man besser einen Spezialisten. Allerdings standen die Feiertage bevor, und die Spezialisten dachten nicht daran, sich wegen einer derartigen Kleinigkeit noch Hausbesuche anzutun. Frau Nemetz erinnerte sich daran, daß noch ein alter Heizstrahler auf dem Dachboden stehen müßte. Also holte Herr Nemetz den Schlüssel und kramte das Gerät unter einem Haufen außer Gebrauch geratener Gegenstände (alte Wiener haben dafür das sehr treffende Wort *Graffelwerk*) hervor.

Es hatte drei Heizstäbe. Immerhin funktionierten noch zwei davon. Diese zwei Heizstäbe wärmten mich über Weihnachten. Nein, mißverstehen Sie mich nicht, ich erzähle das ganz ohne Selbstmitleid. Bis zu einem gewissen Grad konnte ich der Situation sogar etwas abgewinnen.

Die kargen Verhältnisse lösten bei mir so etwas aus wie eine kontemplative Stimmung. Ich fand es tatsächlich schön, bei der in diesen Tagen schon früh einfallenden Dämmerung im halbleeren Zimmer zu sitzen, das Licht noch nicht anzuschalten und das vor dem durchs Fenster einfallende Blau immer deutlicher werdende rote Glühen der Heizstäbe auf mich wirken zu lassen. Wenn ich die Augen schloß, sah ich ihr weißes Nachbild. Das war, als ob man in die Sonne schaute, von der man in dieser Stadt um diese Jahreszeit so deprimierend wenig sah.

Ich fand es übrigens auch schön, am Abend des 24. Dezember durch die Umgebung zu streunen. Eine auf den ersten Blick unattraktive Umgebung, die aber um diese Stunde, unter den gegebenen Verhältnissen, gewann. Es schneite ein wenig, der Schnee überstaubzuckerte die Straßen und Gehsteige. Nur wenige Autoreifen und Schuhsohlen hinterließen darin ihre Spuren.

Die Betonwüste des Phorusparks war eine im Licht der durch den Schnee ebenfalls verschönerten Straßenlaternen weißglitzernde Fläche. Und die Bäume standen unter der leichten Schneelast auf ihren gar nicht mehr besenhaft wirkenden Ästen und Zweigen schlicht strahlend. Die Lücken zwischen den Brettern der Bänke waren dezent kaschiert. Mit ein bißchen Schnee auf dem Dach hatte sogar die öffentliche Bedürfnisanstalt etwas Trautes.

Ganz allein ging ich durch die Ziegelofengasse bis zur Margaretenstraße. Die war etwas begangener und befahrener, aber alle Geräusche, sowohl die von Stimmen als auch die von Motoren, waren durch den wattig wirkenden Schnee gedämpft. Auf dem Margaretenplatz stand die gußeiserne Figur einer Frau über einem sich unter ihren Füßen windenden Drachen. Die Frau, halb mitleidig, halb mitleidlos auf das Ungeheuer hinabblickend, das sie allem Anschein nach mit einem langstieligen Kreuz, das sie in der rechten Hand hielt, unschädlich gemacht hatte, trug ein weißes Häubchen, der Drache (wie er sich schmiegte und wand, gleichzeitig katzen- und schlangenhaft!) einen weißen Maulkorb.

Durch die Schloßgasse mit ihren niedrigen, im Schnee geradezu kulissenhaft wirkenden Biedermeierhäusern, schlug ich den Rückweg ein. Hinter manchen Fenstern leuchteten nun schon die Kerzen von Christbäumen. Sogar hinter einem der vergitterten Fenster der sogenannten Justizanstalt auf dem Mittersteig, einem Gefängnis für, wie es hieß, abnorme Rechtsbrecher. Selbst die mußten am Heiligen Abend Eintracht und Andacht mimen.

Ich nicht. Meine Mutter hatte mich gefragt, ob ich Weihnachten nicht mit ihrer Familie feiern wolle. Nein. Ich fühlte mich dieser Familie nicht zugehörig. Ich fand eine Ausrede. Ich feiere mit dem einsamen Herrn Jericha. Aber der einsame Herr Jericha feierte überhaupt keine Weihnachten.

Gewiß kann Jesus, sagte er, nichts dafür. Was die Christen aus diesem galiläischen Wanderrabbi gemacht haben, ist, um es auf gut jiddisch zu sagen, eine Chuzpe. In den Evangelien (die er, der Herr Jericha, als Literatur gern las: Martin Luther, merkte er an, war zwar ein Antisemit, aber seine Übersetzung sei besser als alle ihm bekannten katholischen –), in den Evangelien stehe doch, daß dieser Mann absolut nichts übrig gehabt habe für Häuslichkeit und Familie. Und ausgerechnet ihn habe man zum Patron eines diese im Prinzip schätzenswerten Werte verkitschenden Festes gemacht.

Was der Herr Jericha sagte, erwies sich auch in meiner damaligen Lage als hilfreich. Ich sah die Christbäume in den Fenstern ohne Sentimentalität. Ihr Licht war schön. Von außen. Draußen, wo ich ging, herrschte Stille. Ich konnte froh sein, wenn ich nicht hören mußte, wie falsch die drinnen gesungenen Weihnachtslieder klangen.

Nachmittags hatte ich allerdings Natascha angerufen und ihr ein frohes Fest gewünscht.

Soll ich das als Zynismus auffassen?, fragte sie.

Nein, sagte ich. Ich meine es ehrlich.

Na schön, sagte sie. Dann dankte sie mir. (Sie bemühte sich um Nüchternheit.) Ja, heute abend sei sie mit den Kindern bei ihren Eltern.

Küss sie von mir, sagte ich.

Die Eltern?

Nein, sagte ich. Die Kinder … Sag ihnen, ich bringe ihnen meine Geschenke beim nächsten Besuchstermin.

Gut, sagte sie. Sonst noch was?

Ja, sagte ich. Das Klavier.

Sei froh, wenn ich es überhaupt herausgebe, sagte sie. Und dann (mit einer gewissen, unerwarteten Wärme): Es kommt am 27.

Der 27. war der erste normale Wochentag nach Weihnachten. Tatsächlich kamen die zwei trotz des kalten Wetters nur mit blauen Overalls bekleideten starken Männer früher als der schmächtige Herr vom Ölofenservice. Im Stiegenhaus keuchten und fluchten sie, aber sie brachten das gute Stück ohne böse Schäden um die Kurven. Als das Piano dann endlich an seinem Platz stand (da der Boden im Zimmer leichte Wellen schlug, mußte man, damit es nicht wackelte, ein Eckchen Karton unterlegen), spielte ich, obwohl es vom Transport ziemlich verstimmt klang, bis halb elf Uhr nachts.

Kurios, daß ich heute, fast dreißig Jahre danach, immer noch von dieser Wohnung, von meinen ersten Wochen in dieser Wohnung, träume. Und zwar von der Phase, in der ich die neuen Räume erforschte. Es klingt vielleicht seltsam, wenn ich von neuen Räumen rede, wo es doch alte Räume waren, eine Küche und ein Zimmer genaugenommen. Aber für mich waren diese fünfundzwanzig Quadratmeter im dritten und letzten Stock des Hauses Wien 4, Leibenfrostgasse 6, Terra incognita, in der es Tag für Tag etwas Neues zu entdecken gab.

Meist Kleinigkeiten natürlich, die Sie möglicherweise nicht für der Rede wert halten. Die Form und Farbe eines Knaufs an der Lade der Küchenkredenz zum Beispiel. Diesen Knauf hatte ich, beim Frühstück oder beim Abendessen am Tisch sitzend, praktisch immer vor Augen. Aber auf einmal fiel mir auf, wie schön rund und glatt er war, aus einem Material, aus dem man solche Knäufe damals schon längst nicht mehr herstellte (irgendein Kunstharz, das wohl, aber kein billiges Plastik), und wie fast perlmutterhaft er an einer vor wer weiß wie langer Zeit abgeschlagenen Stelle glänzte.

Oder – im Zimmer – jenes Brett im Schifferboden, auf dem ich, nachdem ich mehrere Tage darüber hinweggesehen hatte, auf einmal etwas wie Schriftzeichen sah. Schwungvoll geschrieben. Irgendwie orientalisch. Wahrscheinlich war das nichts anderes als eine Unregelmäßigkeit oder eine Verfärbung im Holz. Vielleicht die Spur eines Wurms oder eines Käfers.

Dennoch kam ich immer wieder auf die Idee, es müsse etwas bedeuten. Und in den Träumen glaube ich das noch heute. Oft bin ich drauf und dran, die Schrift zu entziffern. Aber bevor es soweit ist, wache ich jedesmal auf.

Manchmal träume ich auch, daß ich noch einen Schlüssel zu dieser Wohnung habe. Und außerdem einen Schlüssel zum dazugehörigen Briefkasten. Da muß ich hin. Es wird sich eine Menge Post für mich angesammelt haben. Aber dann fällt mir ein, daß inzwischen gewiß die Schlösser ausgetauscht worden sind und daß meine Schlüssel ganz bestimmt nicht mehr passen.

Was die Post betrifft, so bekam ich damals, im Winter '70/'71, übrigens kaum welche. Die meisten Kuverts waren an meinen Vorgänger adressiert. So ging das bis in den Frühling – fast alles an ihn. Er hieß Jürgen Hassel. Er hatte keine Nachsendeadresse hinterlassen.

Hinterlassen hatte er allerdings etwas anderes. Einige wenige Seiten mit Gedichten. Genaugenommen handelte es sich eher um Gedichtentwürfe. Nichtsdestoweniger waren sie von allen meinen Funden in der Leibenfrostgasse zweifellos der aufregendste.

Ich fand sie unter der alten Löschunterlage auf dem Schreibtisch. Sieben oder acht Blätter bloß, etwas zu blasse Durchschläge. Die Originale waren offenbar auf einer recht alten Schreibmaschine getippt. Ob der verschwundene Mieter aus Bochum oder Botttrop die Durchschläge vergessen oder vor seiner Abreise einfach keinen Wert mehr darauf gelegt hatte, kann ich nicht sagen.

Für mich waren diese Texte jedenfalls eine Entdeckung.

Ich hatte mich vorher kaum mit moderner Lyrik beschäftigt.

Jetzt las ich etwas Reimloses, etwas gleichzeitig in sich Verschlossenes und Offenes.

Da ich, am Schreibtisch meines Vorgängers sitzend, ungefähr die gleiche Perspektive hatte wie er, fühlte ich mich gleich vom ersten Text angesprochen.

Grau grau dieses Dach da
wie soll man darüber
singen /
In Zeiten wie diesen
beschissen kalt
& gesanglos ...

Doch, das berührte mich. Auch dieser Typ hatte zweifellos sein Blues-Feeling gehabt. Das inspirierte mich. Damit konnte ich etwas anfangen.

Schon saß ich am Klavier und versuchte, die vorgebliche Gesanglosigkeit musikalisch umzusetzen.

Das ging recht gut. Und ließ sich ganz leidlich singen.

Vielleicht hatte mein nach Frankfurt oder Berlin entwichener Vorgänger bloß zu früh aufgegeben.

Oder es hatte ihm einfach das Musikinstrument gefehlt, das seinem Gesang auf die Sprünge geholfen hätte.

Jedenfalls nahm ich seine Gedichte (eher handelte es sich ja um immer aufs neue versuchte Anläufe) als Anregung.

Auf diese Weise entstand mein *Leibenfrost-Zyklus*.

Zugegeben, anfangs verwendete ich Hassels Anfänge sozusagen als Startbasis.

Aber bald hatte ich die Machart kapiert und tat ohne ihn weiter.

Reimlos, gleichzeititg offen und in sich verschlossen ... Musikalisch klang das noch immer ein bißchen nach Schubert (allerdings mit Blue Notes auf der dritten, fünften und siebenten Tonstufe). Doch textlich waren wir, Hassel und ich, schon etwas weiter als Schuberts biederer Wilhelm Müller. Zumindest hatte ich in der Euphorie ersten poetischen Gelingens diesen Eindruck.

Der Ausgangsposition entsprechend, waren die ersten Lieder des Zyklus eher trist.

Mit wieder länger werdenden Tagen aber wurden sie fröhlicher.

Besonders, nachdem ich (aus einem Buch über Wiener Straßennamen, das mir Herr Jericha bestellt hatte) etwas über Herrn Leibenfrost erfuhr.

Leibenfrost Franz, las ich da. 1790–1851. Weinhändler und Philanthrop.

So hätte sich die Prophezeiung des Astrologen sowohl in ihrem ersten als auch in ihrem zweiten Teil bewahrheitet. Ich hatte eine Wohnung gefunden, und ich war produktiv. Ich war dankbar für diese Wendung, aber bald schien sie mir fast selbstverständlich. Bis der Frühling kam, hatte ich mich schon recht angenehm an mein neues Leben gewöhnt.

Die Geräusche, die mich morgens weckten, waren mir bereits vertraut. Das Gurren der Tauben auf dem Dach vis-à-vis, das Schreien und Lachen der Kinder, die auf dem Gehsteig zur gleich um die Ecke gelegenen Schule strömten. Ich stand guter Dinge auf, wusch mich, putzte mir die Zähne, machte einige gymnastische Übungen, zog mich an und lief, federnden Schritts, die Treppe hinunter. Ich grüßte alle Hausparteien, die ich traf, freundlich, auch wenn mein Gruß nicht von allen erwidert wurde.

Durch den Phoruspark, der mit blühenden Forsythienbüschen und knospenden Akazienbäumen gar nicht mehr so häßlich aussah wie im Winter, ging ich in ein Espresso in der Ziegelofengasse. Dort gönnte ich mir, so schmal mein Budget damals war, ein kleines Frühstück. Das Espresso hieß *Cappuccino* und gab sich italienisch. Obwohl der Cappuccino, wie fast überall in Wien, kein mit heißer Milch duftig aufgeschäumter Kaffee war, sondern ein mit einer Schlagobershaube bedeckter. Die Chefin, eine blauhaarige Dame mit einem zartbitteren Zug um den Mund, betreute mich mit mütterlicher Zuwendung. Sie türmte den Schlagobers so hoch, daß er über die Ränder der Tasse lief. Auch strich sie mir immer ein besonders großes Butterbrot oder gab mir, wenn ihr das Format der abgeschnittenen Scheibe nicht ausreichend vorkam, deren zwei. Damit ich ordentlich esse und etwas aus mir werde.

Nach dem Frühstück ging ich entweder zur Busstation, um zur Arbeit in die Buchhandlung zu fahren, oder machte noch einen kleinen Rundgang, bevor ich in meine Wohnung zurückkehrte und mich ans Klavier setzte. Mit Herrn Jericha, der viel Interesse und Verständnis für mein musikalisches Streben aufbrachte, hatte ich nämlich eine damit vereinbare Halbtagsregelung getroffen. Drei Tage pro Woche arbeitete ich vormittags, die anderen drei arbeitete ich nachmittags. Herr Scholz, der sich so bemüht hatte, mich zu einer ordentlichen, zur wenigstens zukünftigen Erhaltung einer Familie zureichend einträglichen Beschäftigungsweise zu überreden, hätte das wohl als Rückfall bezeichnet – für mich war es ein Fortschritt.

Meinen Rundgang begann ich am Mittersteig. Da kam ich am Mittersteig-Kino vorbei, einem *Lichtspiel-Theater* vom alten Schlag. Vor den Schaukästen blieb ich stehen, um die darin ausgestellten Plakate und Filmbilder zu betrachten. Auch wenn ich sie schon kannte, hielt ich mich eine Weile vor ihnen auf.

Ungefähr hundert Meter danach bog ich rechts in die *Klagbaumgasse* ab. Schon wieder so ein eigentümlicher Name! Ähnlich und doch anders wie der Name der Gasse, in der ich nun schon drei, vier, bald fünf Monate wohnte. Der ursprüngliche Anklang des Namens Leibenfrost war (auch wenn sie sich für mein Empfinden inzwischen freundlich erwärmt hatte) frostig gewesen, der Anklang des Namens Klagbaum hingegegen war auf eine ziehende, anziehende, eigentlich sehnsüchtig stimmende Art melancholisch.

Willow Weep For Me – in meiner Erinnerung kommt es mir tatsächlich so vor, als hätte es dort noch damals, im Frühjahr 1971, eine Trauerweide gegeben. Sie neigte sich über eine Mauer oder einen Plankenzaum. In einem Buch mit Sagen aus Wien, das ich in Herrn Jerichas antiquarischen Beständen fand, wurde der Name Klagbaum allerdings auf eine Linde zurückgeführt. Unter dieser Linde habe der Sänger Ottokar von Horneck über das am Aussatz erkrankte Wien geweint.

Jedenfalls trug ich mich damals mit dem Gedanken, dem Leibenfrost-Zyklus eine Reihe von *Klagbaum-Liedern* hinzuzufügen. Hier wäre schon weniger Schubert Pate gestanden als Gustav Mahler. Den ich gerade damals für mich entdeckte. Und zwar in einem Plattengeschäft in der Wiedner Hauptstraße.

Dieses Geschäft war für mich eine doppelte Versuchung. Erstens weil es, sehr zum Unterschied von dem Ramschladen in der Kettenbrückengasse, in dem ich vor meinem Wechsel in den Buchhandel gearbeitet hatte, sehr gut sortiert war. Zweitens aber, weil es dort diese nette brünette Verkäuferin gab. Diese Verkäuferin, die mich, wenn ich die Schachteln mit den immer wieder interessanten Sonderangeboten durchstöberte, mit durch ihre Brille vergrößerten Rehaugen ansah.

Auf eine Art sah sie mich an, die mich oft dazu veranlaßte, länger zu stöbern, als ich vorgehabt hatte. Eigentlich wollte ich ja schon längst am Klavier sitzen. Anderseits waren die Sonderangebote eine Gelegenheit. Eine Chance, meine bis dahin doch etwas lückenhaften Kenntnisse der Musikgeschichte durch den Erwerb exemplarischer Werke zu verbessern.

Ich hatte damals wirklich sehr wenig Geld. Aber die Platten waren verlockend billig. Und ich tat Funde. Von den Gregorianischen Chorälen angefangen bis zum Free Jazz. Wenn ich mich nicht recht entscheiden konnte, suchte ich den Blick der Verkäuferin, der mir, zu dieser Platte mehr, zu jener etwas weniger zustimmend, die Wahl erleichterte.

Zu Gustav Mahler nickte sie ganz entschieden. Zuallererst kaufte ich mir die *Lieder eines fahrenden Gesellen*. Das war es! Ja! Da war alles drin, was ich damals in mir selbst vorfand. Sowohl der Frohsinn als auch die Melancholie, sowohl der naive Wohlklang als auch die schneidende Dissonanz.

Mein alter Plattenspieler, den mir meine Mutter in mein neues Domizil gebracht hatte, gab das zwar nur in etwas fragwürdiger Tonqualität wieder. Aber das Wesentliche erlauschte ich trotzdem. In den Plattenladen in der Wiedner Hauptstraße aber ging ich immer häufiger. Auch wenn ich nicht jedes Mal etwas kaufen konnte, aber darüber herrschte zwischen der Verkäuferin und mir ein manchmal sogar durch ein Lächeln bekräftigtes Einverständnis.

Um sie anzusprechen, brauchte ich trotzdem lang. So lang brauchte ich, daß sie mir endlich zuvorkam. Sie habe, sagte sie, zufällig zwei Karten fürs Konzerthaus. An sich habe sie mit einer Freundin dorthin gehen wollen, aber nun sei die Freundin erkrankt und könne sie nicht begleiten.

So ein Pech, so ein Glück! Sie hieß Renate. Im Konzerthaus hörten wir das *Modern Jazz Quartet*. Vier ältere Herren, außen schwarz, aber im Kern sehr weiß. Die Musik, die sie machten, war allerdings wunderschön, Johann Sebastian Bach brauchte sich nicht im Grab umzudrehen.

Danach war ein angenehm wohltemperierter Abend. Wir gingen noch ein bißchen im Stadtpark spazieren. Hinter dem Johann-Strauß-Denkmal begannen wir, einander zu küssen. Unter der Statue des *Donauweibchens*, das zwar seine hübschen kleinen Brüste, nicht jedoch seinen womöglich fischigen Unterleib entblößte, kamen wir einander noch etwas näher, aber nicht zu nah.

Zum Abschied, vor ihrem Haustor in der Belvederegasse, küßten wir uns recht anständig. Du bist lieb, sagte Renate, ich fand auch, daß sie lieb war. Wir verabredeten uns für den folgenden Samstag. Dieses Treffen kam leider nicht mehr zustande.

Am Freitag davor war nämlich mein Scheidungstermin. Die vom Gesetz vorgesehene Trennungsfrist war abgelaufen, die leidigen Verhandlungen hatten Natascha und ich mit Hilfe der Anwältin hinter uns gebracht. Zwei Versöhnungsversuchen, die man der Form halber hatte inszenieren müssen, hatten wir tapfer widerstanden. Nun mußten wir nur noch den letzten Akt der Tragikomödie hinter uns bringen.

Wir trafen einander also vor dem Bezirksgericht. Nataschas Eltern waren natürlich mit von der Partie. Unter die Augen des Scheidungsrichters durften allerdings nur wir zwei treten. Herr und Frau Scholz, so gern sie dem Akt beigewohnt hätten, zu dessen Zustandekommen sie nicht wenig beigetragen hatten, mußten draußen auf dem Gang warten.

Und dann geschah es. Es soll Bräute geben, die bei der Trauung nicht ja sagen. Natascha war eine Frau, die bei der Scheidung nicht nein sagte. Oder was sie hätte sagen sollen – den Wortlaut der Trennung hat man nicht ganz so im Ohr wie den der Vereinigung. Und unterschreiben hätte sie auch sollen – der seiner Aufgabe entsprechend ernst blickende Richter überreichte ihr den amtlichen Kugelschreiber.

Sie hielt diesen Kugelschreiber eine Weile in der Hand und ließ ihn dann auf das Dokument fallen. Das noch ununterschriebene und dementsprechend noch nicht gültige. Dann sprang sie mit einem kurzen Aufschluchzen von dem Sessel auf, der ihr zu Beginn der Prozedur angeboten worden war. Und lief ganz einfach davon, aus der Amtsstube, deren Tür sie ungebührlicherweise offenstehen ließ, an ihren Eltern vorbei, mit im Korridor widerhallenden Pferdchenschritten.

Ich lief ihr nach, darauf war ich konditioniert. Wer weiß,

wohin sie lief, ich konnte sie doch nicht einfach so laufen lassen! Alles endete und begann von neuem mit einer umklammernden Umarmung. Von da an lebten wir weitere sieben Jahre mehr oder weniger glücklich zusammen.

3

Die Gefängnisbücherei befindet sich zwei Türen neben der meinen, also im Bereich der Einzelzellen. Als man sie eingerichtet hat, ist man davon ausgegangen, daß die Einzelhäftlinge eher lesen. Aber, um ehrlich zu sein, sagt der Beamte, der die Bücherei betreut, ist die Nachfrage auch unter denen nicht sehr groß. Die meisten besorgen sich ihren Lesestoff eher beim Trafikanten, der drei Mal pro Woche mit seinem Zeitungskarren durchs Haus fährt.

Daß einer gleich mehrere Bücher mitnehmen will, kommt jedenfalls selten vor. Aber bitte, es ist nicht gerade verboten. So dicke Wälzer auch noch! Wie lang wollen Sie denn bei uns bleiben? Sie lesen tatsächlich deutsch? Ah so, Sie sind derjenige, welcher …

Der Zeitungsverkäufer führt vor allem Magazine, Illustrierte, Kreuzworträtsel und sogenannte Romanhefte. Tageszeitungen auch, aber von den österreichischen nur drei. Meiner Erinnerung nach sollte es noch andere geben. Aber die zahlen sich, sagt er, nicht aus – zwei von denen, die ich ihm nenne, sind längst eingegangen.

Dafür gibt es eine neue, die ich noch nicht kenne, aber ein wirkliches Geschäft ist die auch nicht. Sagt er. Doch, wenn ich will, kann ich sie bei ihm bestellen. Ich kann auch was anderes bestellen, sagt er, als die Aufmerksamkeit des Stockmeisters für einen Augenblick von uns abgelenkt scheint. Diskret, sagt er. Falls mir die tägliche junge Dame auf Seite fünf der *beliebtesten Zeitung* zu brav ist.

Die tägliche junge Dame dürfte auch der Grund sein, warum diese Zeitung selbst hier im Haus so beliebt ist. Lesen können ja die meisten der hier Eingesperrten eher nicht. Und höchstwahrscheinlich ist das auch besser so. Ist doch ein nicht unerheblicher Teil der ebenso kurzen wie bösen Artikel gegen ihresgleichen gerichtet.

War das auch früher schon so, bevor ich aus Österreich weggegangen bin? Mir scheint, daß es damals zumindest noch nicht so arg war. Wann soll das gewesen sein?, fragt der Bibliothekar. Damals hat es halt noch nicht so viele Ausländer gegeben!

Er meint hier. Im Inland. Im Ausland dürften sie schon immer etwas zahlreicher gewesen sein. Und dann war halt damals noch der Eiserne Vorhang. Und die Neger – Entschuldigung schon – sind halt im großen und ganzen daheim in Afrika geblieben. Oh ja, die Schubhaft haben wir damals auch schon gehabt, aber kaum Schubhäftlinge.

Jetzt hingegen – ja, ja, die Ausländer sind ein zentrales Thema. Die hier sitzen und warten, auf ihre Abschiebung warten, gegen die in diesem schönen, grünen Land kaum ein Kraut gewachsen ist, wissen gar nicht, wie wichtig sie sind. Für das Bewußtsein der *richtigen* Österreicher. Sie sind jene, von denen sich *die* unterscheiden.

In meiner Einzelzelle habe ich genug Zeit, mir die in der beliebtesten Zeitung veröffentlichte Meinung zu Gemüte zu führen. Vom Bildnis der netten jungen Dame auf Seite fünf abgesehen, ist fast jedes Foto ein Fahndungsfoto. Ausländerfotos. Die Inländerfotos sind meist die von Politikern. Die mit erstaunlicher Schamlosigkeit in die Kamera lächeln.

Stets en face. Man kann seinen Landsleuten, das heißt der Majorität der Wähler, auch und gerade aus dieser Zeitung ohne Falsch in die Augen blicken. Selbst wenn man dabei den Kopf auf recht unnatürliche Weise verdrehen muß. Zum Beispiel beim Händeschütteln. *Am liebsten* beim Händeschütteln. Wir sind wir, und die andern sind eben die andern.

Auch heimische Popstars, sogenannte Austropopper, lassen

sich so abbilden. Immer grinsend, immer mit in die Kamera strahlenden Mondgesichtern. *I am from Austria*. Mein Gott, das war ich auch einmal! Aber wenn ich das hier so sehe, bin ich, ehrlich gesagt, froh, davongekommen zu sein.

Falls ich davongekommen bin. Eigentlich ist es ja absurd, das zu behaupten. Jetzt, da ich hier festsitze – Österreich hat mich wieder, und wie! Von meinem Fenster aus sehe ich in einen Hof mit einem dünnen, von parkenden Autos umstellten Baum. Dahinter sehe ich die Rückseite des Polizeipräsidiums.

Ja, ob Sie es glauben oder nicht, ich bin nicht nur Österreicher gewesen, sondern ich war in diesem in mancher Hinsicht lächerlichen Ländchen auch ein Popstar. Kein Stern erster Ordnung, aber ein kurze Zeit (bis zu seinem Verglühen) ein paar Finger breit über dem hiesigen Horizont sichtbarer. Das können Sie sich kaum vorstellen, was, wenn Sie so sehen, was aus mir geworden ist. Aber es ist wahr – der Bibliothekar kann sich sogar dunkel an mich erinnern.

Ach so, *White*, hat er gesagt, doch, es kommt mir so vor, als hätt ich Sie damals ein paar Mal im Radio gehört. Originellerweise habe ich mich als Austropopper *White* genannt. Oder (genaugenommen) mich White nennen *lassen*. Paul White – als Peter Jarosch, haben die Typen mit dem Knowhow gemeint, als Peter Jarosch können wir dich nur halb so gut verkaufen.

War da nicht sogar was im Fernsehen?, sagt der Bibliothekar. Er entsinnt sich einer Sendung, in der ein junger, dunkelhäutiger Mann im weißen Jeansanzug durchs Bild gegangen ist, elegische Songs singend. An der Donau entlang (der Donaukanal war dem Fernsehteam nicht gut genug). Kahlen- und Leopoldsberg im Hintergrund, auch die Reichsbrücke mit ihren – zugegeben – eindrucksvoll aussehenden Metallbögen.

Daß er sich plötzlich so gut an mich (oder genaugenommen

an mein Abziehbild) erinnern kann, ist mir eher peinlich. Das war kurz bevor die Reichsbrücke zusammengebrochen ist, sagt er, nicht wahr? Ja, ja, sagt er, so ist das halt, nichts währt ewig. Selbst – Entschuldigung schon – selbst der schönste Neger wird schäbig.

Wie ich es so weit gebracht habe, damals, wie es so weit mit mir gekommen ist. Zuerst war ich ja auf dem richtigen Weg, habe ich gedacht. Die Monate nach der geplatzten Scheidung waren ja durchaus glückliche. Wahrscheinlich unsere glücklichsten. Natascha und ich haben diese drei Monate sehr genossen.

Ich zog nicht gleich in die Gumpendorferstraße zurück. Im Gegenteil, Natascha zog vorübergehend zu mir. Nun ja, daß sie zu mir in die Leibenfrostgasse zog, ist vielleicht etwas übertrieben. Aber sie hat in dieser Wohnung so manche Nacht mit mir verbracht.

Natascha kam damals nicht zu mir wie meine beinahe von mir geschiedene, doch noch bei mir gebliebene Frau, sondern wie eine Geliebte. Wenn sie draußen klingelte, blieb ich noch ein Weilchen am Klavier sitzen, als hörte ich sie nicht. Sie sollte durchaus merken, wie vertieft in seine Musik ihr romantischer Partner spielte. Dann ging ich zur Tür und machte ihr auf, und da stand sie in schönster Blüte.

Ich meine, da stand sie nicht wie eine Schülerin, die nach gerade noch geschaffter Reifeprüfung sich selbst und ihren Freund in eine zu rasch ehelich gewordene Beziehung manövriert und im Zuge ihrer Versuche, das, was sie für die große Liebe hält, festzuhalten, zwei Kinder in die Welt gesetzt hat. Eine Entwicklung (oder eben *keine* Entwicklung, keine zureichende jedenfalls), die ihr manchmal einen plötzlichen Schrecken einjagt. Wenn sie den Abgrund spürt, die Bodenlosigkeit, über der sie sich bewegt. Einen abgründigen, bodenlosen Schrecken, den man ihrem Gesicht und ihrem Körper (ihrem Ausdruck, ihrer Haltung) dann ansieht. Sie stand einfach vor meiner Tür wie eine abenteuerlustige Person von blühenden zweiundzwanzig Jahren. Über deren hoffentlich weniger beunruhigende Geschichte ich nicht so viel weiß, gar nicht so viel wissen muß. Eine junge Person weiblichen Geschlechts mit einem hübschen, lachenden Gesicht und einem ebensolchen Körper. Ja, hübsch und lachend unter dem alternativen Outfit, das sie nach wie vor schätzt, bunte Tücher, Gilets, kurze Röcke, enge Hosen, unter denen sie manchmal keine Unterwäsche trägt.

Wir umarmen einander schon an der Schwelle und entkleiden einander bereits in der Küche. Packen einander aus wie immer wieder aufregende Geschenke. Und das Klappbett im Zimmer ist schon beim ersten dieser Besuche unter uns zusammengebrochen, kaum daß wir daraufgefallen sind. Aber wir haben auch und erst recht auf dem Boden aneinander Gefallen gefunden, nackt auf dem nackten, von mir nicht besonders gründlich gekehrten Boden, auf dem irgendwo jene geheimnisvollen Schriftzeichen stehen, die vielleicht etwas bedeuten.

Dann hörte sie sich an, was ich in der Zeit seit ihrem letzten Besuch komponiert hatte. Und wenn ich es vorgespielt, vorgesungen hatte, ließ ich mich aufs neue von ihr liebkosen. Da hatte ich wieder etwas Schönes zustande gebracht. Wie ein Kind, das sich Lob verdient hat, hielt ich ihr mein Gesicht, meinen Körper hin, ihre Zärtlichkeit, ihre Leidenschaft auch als verdiente Belohnung für meine Kreativität auffassend.

Manchmal kam meine Geliebte untertags, manchmal blieb sie aber auch über Nacht. In diesem Fall übernachteten die Kinder bei Nataschas Studienkollegin Elfi, die uns schon während der Zeit mit Jana und Jiři eine Hilfe gewesen war. Frau Scholz kam als Babysitterin nicht mehr in Frage. So gern sie bisher die Oma gespielt hatte – Nataschas neuerliche Entscheidung für mich wurde (durch den spektakulären Auftritt beziehungsweise Abgang auf dem Bezirksgericht noch skandalös potenziert) als Entscheidung gegen sie und ihren Mann aufgefaßt.

Mit einem Wort: Es herrschte kalter Krieg zwischen Natascha und ihren Eltern. Diesen beiden älteren Menschen, die es nur gut mit ihr meinten. Die ihren klügeren Instinkten zum Trotz tolerant gegen mich, das heißt die verrückte Liebe ihrer Tochter zu mir, gewesen waren. Und was war nun dabei herausgekommen, man hatte es doch geahnt, vielleicht konnte ich nichts dafür, aber ich war halt anders.

Da hatten sie ja nicht so unrecht, die Herrschaften Scholz. Allerdings, erzählte Natascha, raunten sie von etwas, das mir angeblich im Blut lag, welches, in seiner Eigenschaft, nein, in seinem Wesen als besonderer Saft, von Natur aus anders war. Eine Theorie, die Natascha, wie sie ihrem Vater sagte, auf die Palme brachte. Ja, ja, sagte der, auf die Palme, das sei gewiß ein Baum, auf dem sie einem wie mir begegnen könne.

Diese Argumentation war eines ehemals für die internationale Solidarität engagierten Mannes, der beim Wiener Weltjugendtreffen im Jahre 1959 angeblich eine besondere Sympathie gerade für die Afrikaner empfunden hatte, auf geradezu peinliche Weise unwürdig. So empfand das Natascha, und das sagte sie ihm auch, bevor sie ihm bis auf weiteres den Rücken kehrte. Im verzweifelten Zorn war Herr Scholz sogar noch weiter gegangen. Die für ihn irrationale Entscheidung seiner Tochter gegen die Scheidung hatte er als sexuelle Hörigkeit infolge einer bei Männern schwarzer Hautfarbe vom weißen Volksglauben vermuteten physischen Voraussetzung interpretiert.

Das war schon stark. Damals, in jenen glücklichen Tagen, gelang es uns allerdings, auch und gerade darüber zu lachen. Lustig im doppelten Sinn des Wortes lagen wir miteinander auf dem Boden. Der war, wie gesagt, aus Holz, da und dort mit interessanten Buckeln, jedes einzelne Brett noch spürbar Stück eines Baums. Und der war gewiß keine Palme gewesen, aber eine Fichte oder Föhre, und der Gedanke daran, daß man auf diese Weise, über die Hautsinne, noch etwas vom Wald mitbekam, nicht gerade vom Urwald, aber von zureichend freier Natur, bei einem Akt, der Natur und Kunst auf schönste und intimste Weise vereint, dieser Gedanke war erhebend.

Erhebend, ja, obwohl wir kaum dazu neigten, den sexuellen Umgang miteinander pathetisch aufzufassen. Er hob in dieser Phase nicht nur unsere Stimmung, sondern auch unser Selbstbewußtsein. Das fiel mir auf, wenn wir aufstanden und, nachdem wir uns (was ich, bei aller Sympathie für Nataschas Outfit, immer ein bißchen schade fand) wieder angezogen hatten, einen Spaziergang machten. Diese Frau, diese Geliebte, diese Gefährtin eines immer aufs neue erfreulichen Spiels, die ihre Entscheidung für mich gerade wieder auf beglückende Weise bestätigt gefunden und bestätigt hatte, ging geradezu erhobenen Hauptes an meiner Seite.

Stolz war sie auf *mich* und auf *sich*, auf *uns* war sie stolz. Daß wir einander gefunden und *wieder*gefunden hatten. Den dummen Vorurteilen und der bösen Nachrede zum Trotz, ihren Eltern und besonders ihrem Vater zum Trotz. Wir gingen beschwingt, einander um die Taillen oder Hüften haltend, wir waren ein schönes Paar.

Das fand auch Frau Brenner, die Chefin im *Cappuccino*. Hatte Natascha die Nacht bei mir verbracht und kamen wir zu ihr, um zu frühstücken, so sah sie uns mit Wohlwollen. Einmal, als Natascha gerade auf der Toilette war, boxte sie mich kumpelhaft in die Seite. Herzlichen Glückwunsch! Ein liebes Mädchen haben Sie sich gefunden!

Ich sagte ihr nicht, daß das liebe Mädchen meine Frau war. Das war ja etwas, das ich selbst fast verdrängte. Wohl kam ich mehrere Male pro Woche in die Gumpendorferstraße, um die Kinder zu sehen und mit ihnen zu spielen. Aber vorläufig kam ich dorthin nicht wie ein Ehemann und Vater, sondern wie ein allen sympathischer Besucher.

Das war, so empfand ich es, eine glückliche Lösung. Das

Dumme war nur, daß Natascha das anders sah. Nicht, daß es ihr nicht gefiel – daß es ihr in vieler Hinsicht gefiel, war überdeutlich. Aber für sie, die trotz der scheinbar gelungenen Emanzipation von ihren Eltern eine andere Beziehung zur sogenannten Realität hatte als ich, handelte es sich, wie sich bald herausstellen sollte, nur um eine Übergangslösung.

Eine Übergangslösung, die mit meiner Rückführung ins Ehe- und Familienleben enden sollte. Soviel hatte sie durchaus verstanden, daß mir diese von den meisten Menschen für normal gehaltene Lebensweise gegen den seelischen Strich ging. Manches daran mag ja auch ihr gegen den seelischen Strich gegangen sein. Aber im Grunde genommen wußte sie nichts Besseres und wünschte sich eigentlich auch nichts anderes.

Daß sie sich und mir die Suppe eines solchen Lebens etwas zu früh eingebrockt hatte, war ihr schon klar. Daß es also psychologisch richtig, das heißt zielführend sein könnte, mir, der ich einen unter diesen Umständen vielleicht verständlichen Fluchtversuch aus diesem Leben unternommen hatte, etwas Zeit zu lassen. Aber diese Zeit konnte – realistisch betrachtet – nicht unbegrenzt sein. Der realistische Anteil ihrer Betrachtungsweise nahm von dem Augenblick an stark zu, in dem die Überweisungen ihres Vaters auf ihr Studentenkonto ausblieben.

Drei Monate hatte er noch abgewartet, aber jetzt war seine väterliche Geduld tatsächlich zu Ende. Damit versiegte die Geldquelle, die bis dahin den größeren Teil ihrer Ausgaben gedeckt hatte. Eine Studienbeihilfe, die sie – inzwischen immerhin im vierten Semester ihres durch die Schwangerschaften verzögerten beziehungsweise unterbrochenen Studiums – vielleicht bekommen hätte, war mitsamt meinem von Herrn Jericha ohnehin nobel bemessenen Einkommen zu wenig. So suchte sie einen Job und fand ihn (nach Absolvierung eines dreiwöchigen Einschulungskurses) als Sozialarbeiterin.

Das war gar nicht schlecht, wenn sie es schaffte, ihr Studium parallel dazu zu beenden, konnte sie mit einer wesentlich besser bezahlten Stelle im gleichen Bereich rechnen. Vorläufig aber war die Bezahlung mager. Da mußten wir (Familie, die wir komischerweise doch waren) sehen, wie wir über die Runden kamen. Da hörte der Spaß auf, da fing ein gewisser Ernst des Lebens erst richtig an.

Dem fiel zuallererst die Wohnung in der Leibenfrostgasse zum Opfer. Bei allen schönen Stunden, die wir dort miteinander verbracht und genossen hatten. Warum sollten wir nicht auch in der Gumpendorferstraße schöne Stunden miteinander verbringen? Außerdem war dort nicht nur meine Anwesenheit als Ehegatte gefragt, sondern auch und vor allem meine Anwesenheit als Vater.

Die für halbtägige Kindergartenbetreuung anfallenden Kosten waren ganz einfach geringer als die für ganztägige. Das mußte ich doch, zum Teufel noch einmal, einsehen. So ließ ich, in Gottes Namen, mein Klavier zurücktransportieren. Mit etwas gutem Willen, fand Natascha, ließe sich alles arrangieren.

Um acht brachte ich die Kinder in Kindergarten und Krabbelstube, von halb neun bis halb eins absolvierte ich meine vier Stunden in Herrn Jerichas Buchhandlung. Dann mußte ich mich beeilen, um die Kinder rechtzeitig wieder abzuholen. Nach dem Mittagsimbiß, den ich ihnen und mir zubereitete, schliefen sie, wenn ich Glück hatte, ein Stündchen. Da konnte ich (ohne die Tasten des Klaviers wirklich zum Klingen zu bringen) ein bißchen komponieren. Wenn ich Pech hatte, wollte vor allem Noël nicht schlafen. Das führte dazu, daß Lisa nicht schlafen *konnte*. Noël schlug hinter meinem Rücken irgendeinen Radau, und Lisa weinte. In diesem (nicht seltenen) Fall stand ich vom Klavierhocker auf und ging lieber gleich mit ihnen spazieren.

Und das war nicht nur richtig, sondern auch schön. Meist führte ich Noël, der zwar gut laufen, vor allem *davon*laufen konnte, im sogenannten Sportwagen, weil er bei etwas weiteren, über den Esterházypark hinausführenden Wegen doch streikte, während ich Lisa in einem im Dritte-Welt-Laden gekauften Traggestell auf dem Rücken trug. Manchmal bestand Noël, mit dem Fuß auf den Boden stampfend, darauf, daß diese Positionen getauscht wurden. Lisa war es ganz recht, auch einmal im Wagen zu fahren, aber meinem Rücken war das um einiges leichtere Töchterchen lieber als der mit seinen dreieinhalb Jahren schon erstaunlich gewichtige Sohn.

Einmal, im Schloßpark Schönbrunn, war er über die Ungerechtigkeit, die ihm als seltener auf dem Rücken Getragenem widerfuhr, derart empört, daß er nicht nur davonlief, sondern sich auch versteckte. Und zwar in einem der von den Gärtnern des Stadtgartenamts außen zu dichtestem Wuchs gezogenen, innen jedoch hohlen Buchsbäumen. Ich fand ihn lange (vielleicht zehn Minuten) nicht. Es war schrecklich. Mit Lisa am Rücken immer beunruhigter durch den Park rennend, spürte ich, wie mir der Schweiß in dünnen Bächen vom T-Shirt in die Hose rann.

Trotzdem war es schön. Im Tiergarten mochte Lisa am liebsten die Lamas. Noël hingegen war fasziniert von den Krokodilen. Was mich betraf, so zog es mich manchmal zum schwarzen Panther. Doch die Kinder wollten vor dem Käfig des entweder lethargisch in einer Ecke liegenden oder nervös drei Schritte hin und drei Schritte her laufenden Tiers, dessen Ausdünstung scharf in Nase und Augen stieg, nicht lang bleiben.

Den zweiten Anlauf, am Klavier etwas voranzubringen, unternahm ich abends, wenn meine Frau zu Haus war. Das war insofern aussichtsreicher, als sich dann sie mit den Kindern beschäftigte. Anderseits konnte ich ihr nicht zumuten, daß sie das lückenlos tat. Sie kam von der Arbeit. Sie hatte dort schwierige Fälle zu betreuen. Sie war müde und manchmal gereizt.

Trotzdem gelangen mir ab und zu ein paar Takte. Hier und

da wurde sogar ein richtiges Lied draus. Die ehrgeizigen zyklischen Ideen allerdings mußte ich bis auf weiteres vergessen. *Leibenfrost* war das einzige zusammenhängende Werk, das ich fertiggebracht hatte, die *Klagbaum-Lieder* blieben unvollendet.

Nicht, daß Natascha kein Verständnis für diese Probleme gehabt hätte. Lagen die Kinder im Bett, so trat sie manchmal hinter mich und begann mich zu streicheln. Das war lieb von ihr. Ich fühlte mich nicht nur berührt, sondern auch gerührt durch diese Zuwendung. Nur war sie, wenn ich, da eine gewisse Ruhe eingekehrt war, endlich den Faden meiner Inspiration wieder gefunden hatte, ehrlich gesagt nicht nur hilfreich, sondern auch störend.

Die Situation war heikel. Natürlich wollte ich nicht, daß Natascha sich zurückgewiesen fühlte. Anderseits wollte ich ihre Zärtlichkeit lieber *nach* dem Komponieren. Als Anerkennung fürs vollendete Opus. So wie unsere Tage ab- und davonliefen, ließ sich das aber kaum mehr organisieren.

Wenn ich dann ohnehin Feierabend machen mußte, weil mein Klavierspiel nach zweiundzwanzig Uhr von den Nachbarn, die sich in meiner vorübergehenden Abwesenheit nicht geändert hatten, als nächtliche Ruhestörung aufgefaßt worden wäre, setzten wir uns manchmal miteinander auf die Couch und redeten. Ich weiß, sagte Natascha, du hast es nicht leicht, aber ich hab es auch nicht leicht. Daß sie mich liebe, daran dürfe ich nicht zweifeln, schließlich habe sie demonstriert, daß sie mich liebe. Sie habe das relativ leichte Leben mit dem Geld ihres Vaters um meinetwillen aufgegeben, aber jetzt …

Ja, wenn ich mit meiner Musik ein bißchen Geld verdient hätte, das wäre etwas anderes gewesen! Aber so beeindruckt Natascha, die Geliebte, von meinen im Frühling und Frühsommer komponierten Werken gewesen war, Natascha, meine Frau, war mit meiner exklusiven Produktivität nicht glücklich. *Konnte* es einfach nicht sein, das verstand ich schon. Das war nicht gegen diese Produktivität an sich gerichtet, aber gegen ihre Aussichtslosigkeit als Einkunftsquelle.

Und es wurde eindeutig Herbst, und ich mußte mir meine Zeit zwischen Kinderbetreuung und Arbeit in der Buchhandlung einteilen. Und ich liebte meine Kinder, und ich liebte meine Frau. Aber die Tage, dagegen konnte ich in den kurzen Intermezzi am Klavier noch so verbittert anspielen, wurden immer kürzer. Und mit der Dunkelheit, die draußen vor den Fenstern zunahm, wurde die Stimmung immer trister.

Dagegen mußte ganz einfach etwas getan werden. Im November dieses Jahres gab es in den Sofiensälen im dritten Bezirk eine Veranstaltung, bei der man sogenannten jungen Talenten eine Chance gab. Nicht, daß mich Natascha ausdrücklich dort hingeschickt hätte. Aber sie verstand es, einige Male auf unverbindliche Weise darauf zu sprechen zu kommen, und die Beilage einer Zeitung, in der ein Artikel darüber stand, lag tagelang aufgeschlagen auf der Küchenbank.

Ich gab also meinem sie und unsere Kinder liebenden Herzen einen Stoß. Nicht, daß ich sehr überzeugt von der Sache gewesen wäre. Weder von der Veranstaltung noch von meiner Chance, dort zu reüssieren. Aber ich wollte mir nicht vorwerfen lassen, es nicht versucht zu haben.

Soviel war mir allerdings klar, daß ich dort nicht mit dem *Leibenfrost-Zyklus* anrücken konnte. Auch mit meiner frühen, sozusagen minimalistischen Blues-Produktion würde ich die Jury nicht für mich einnehmen. Womit sollte ich dort auftreten? Was würde dort ankommen? Es schien so, als ob ich mir eigens dafür etwas einfallen lassen müßte.

Seufzend setzte ich mich ans Klavier und probierte dies und das. Mir fiel weder eine Melodie noch ein Text ein, die mir für so einen Anlaß geeignet erschienen. Schon dachte ich daran, das Unterfangen, das (am inneren Widerstand und der äußeren Ergebnislosigkeit sehr deutlich bemerkbar) einfach nicht meins war, wieder bleibenzulassen. Da lag unversehens das Buch vom *Struwwelpeter* vor mir.

Nun fand ich es zwar fragwürdig, daß dieses Buch auch auf unsere Kinder gekommen war. Das mußte in meiner Abwesenheit passiert sein (wahrscheinlich war es ein Geschenk von Opa oder Oma). Wie dem auch sei, steckte es mit anderen, nicht sehr bibliophil aufbewahrten Bilderbüchern in einer großen Spielzeugschachtel. Den Inhalt dieser Schachtel entleerte der von meinem fruchtlosen Geklimper offenbar genervte Noël vor meine Füße.

Mein Gott, Noël – er wußte nicht, was er da anrichtete. Das war ein Appell, natürlich: Spiel mit mir! Und das tat ich ja nachher mit aller Hingabe. Aber zuerst schlug ich das Buch auf und hatte den Text, der meine Karriere begründete.

Es ging spazieren vor dem / Tor
ein kohlpechrabenschwarzer / Mohr
Die Sonne schien ihm aufs / Gehirn
da nahm er seinen / yeah
da nahm er seinen / yeah
da nahm er seinen / Sonnenschirm.

Das klappte, das rappte, damit war ich der Entwicklung der Popmusik ein Stück voraus. Obwohl ich das gar nicht wußte, was das betraf, war ich ein unbewußt schaffendes Genie. Zweifellos war es besser, den Text auf der Gitarre zu begleiten als auf dem Klavier. Den Kindern gefiel meine Bearbeitung jedenfalls so gut, daß sie – meine ersten Fans – die letzten Worte jeder Textzeile (ihren verschiedenen Altersstufen gemäß etwas verschieden artikuliert) mitsangen.

Nein, bei der Veranstaltung in den Sofiensälen kam ich damit trotzdem nicht in die Endrunde. Aber die Grottenberg saß in der Jury. Zwar habe sie ihre Kollegen (typisch: drei Männer gegen eine Frau) nicht von meinen für sie auf der Hand liegenden Qualitäten überzeugen können. Aber diese Herren seien (so die Grottenberg sinngemäß) emotional und intellektuell unbedarft und hätten weder Gespür für die Musikalität noch für die Originalität meines Ansatzes.

Ich kann nicht leugnen, daß mir diese Interpretation des *Struwwelpeter*-Songs gefiel. Zwar hatte ich den vorerst nicht so ernstgenommen, aber jetzt, mit Hilfe der Grottenberg, erkannte ich seine Dimensionen. Und ein gewisses Etwas hatte er wirklich. Vor allem, weil ich ihn aus der relativen Dunkelheit meiner Existenz heraus vortrug.

Sie können nicht wissen, wer die Grottenberg war. Ehrlich gesagt, wußte ich es vor meiner persönlichen Bekanntschaft mit ihr auch nicht. Oder doch. Ich hatte von ihr gehört. Vage. Aber damals hatte sie mich noch nicht besonders interessiert.

Sie war eine Mitarbeiterin des Österreichischen Rundfunks. In der Sendung, die sie zusammenstellte und moderierte, hatte sie eine beeindruckend samtige Stimme. Es ging das Gerücht, daß man mit ihr schlafen mußte, wenn man in dieser Sendung vorkommen wollte. Aber ich kann das dementieren: Ich habe *nicht* mit ihr geschlafen.

Zwar war ich in ihrer Wohnung in der Wohllebengasse. Und natürlich hatte der Name dieser Gasse etwas Suggestives. Ich meine, auch was meine künstlerische Empfänglichkeit für derartige Anregungen betraf. Aber ich habe keinen Zyklus und keine Suite dieses Namens geschrieben.

Nicht nur, weil es verfänglich gewesen wäre. (Die Adresse der Grottenberg war tatsächlich nicht wenigen Nachwuchshoffnungen bekannt.) Und nicht nur, weil mich meine Kinder nicht ließen. Einmal als Austropopper entdeckt, konnte ich an Vorhaben wie Zyklen und Suiten bis auf weiteres nicht einmal mehr denken.

Ich bin – warum soll ich das leugnen – auf ihrem schwankenden Wasserbett gesessen. Ich bin ins Wanken geraten, aber nicht gefallen. Ihr gefiel meine, wie sie es nannte, meine schwarze Unschuld. Sie war übrigens, ganz gegen das böswillige Gerücht, eine durchaus attraktive Dame, unter ihrem glänzend schwarzen Haarhelm wimperte sie hervor wie die

Zauberin Circe oder die Hexe Gundel Gaukeley, aber ich habe ihr widerstanden.

Sie hat trotzdem ein Demoband mit mir aufgenommen. Ihre Wohnung war ja nur ungefähr fünf Minuten vom Rundfunkgebäude in der Argentinierstraße entfernt. Natürlich war ich nicht unfreundlich zu Sandra (das war ihr Vorname), und gegen ein Küsschen auf die Wange oder gewisse scherzhafte Berührungen konnte ich kaum etwas einwenden. Ich habe auch gern ein Gläschen Martini oder Campari mit ihr getrunken, einmal (als wir den Abschluß meines Schallplattenvertrages feierten) sogar Champagner, aber mehr war es nicht, ich schwörs – das schwor ich damals übrigens auch der bei allem Interesse an meiner Karriere etwas besorgten Natascha.

Mag schon sein, daß Sandra ein gewisses Motiv hatte, das Stadium unserer sozusagen intimen Zusammenarbeit etwas zu verlängern. Die ersten Demobänder, die sie ohne Zuhilfenahme eines Tonmeisters und einer Cutterin in einer bis Mitternacht dauernden Studiositzung aufgenommen und geschnitten hatte, seien jedenfalls, so sagte sie mir, aus technischen Gründen mißlungen, so daß wir eine zweite Sitzung brauchten. Auf diese Weise vergingen einige Wochen. Aber schließlich waren die Bänder soweit, und sie konnte sie, wie sie das formulierte, an kompetente und effiziente Persönlichkeiten weitergeben.

Im März oder April hatten wir dann endlich einen Termin bei Herrn Augsburger. Der hatte eine Villa draußen in Döbling. Wien 19, ein sogenannter Nobelbezirk. Im Cottageviertel, dessen mit einem weiblichen Artikel versehenen Namen (*die* Cottage) richtige Döblinger wie Kotteeesch aussprechen.

Von einem Hausmädchen mit weißer Schürze wurden wir gebeten, uns eine Weile zu gedulden. Der gnädige Herr habe angerufen, er sei ein bißchen verspätet. An einem gläsernen

Tischchen sitzend, tranken wir Gin Fizz und knabberten Salzgebäck. Durch ein französisches Fenster sahen wir auf die Silbertannen im Garten.

Und dann platzte er herein, trotz des Smokings, den er (wie er uns gleich wissen ließ, direkt von irgendeiner Aufnahme fürs Fernsehen kommend) immer noch trug, hemdsärmelig. Küßte Sandra links und rechts auf die Wange, faßte mich nicht unironisch ins hinter dezenten Speckfältchen glitzernde Aug. Hab dein Band gehört, sagte er, ganz nette Sachen, wenn auch manchmal ein bißchen, wie soll ich sagen, steil. (Listig hatte ich dem Ablauf der auf ganze sieben Titel ausgebauten *Struwwelpeter-Songs* einige Stücke aus dem *Leibenfrost-Zyklus* sowie meinen alten *Junger Mann Blues* verwoben.)

Pseudoväterlich nahm er mich um die Schulter. Nicht gerade *mainstream,* würde ich sagen. Aber mit etwas gutem Willen können wir etwas draus machen. Das heißt, aus dir können wir etwas machen. Dafür habe ich eine Nase.

Wer den guten Willen, wie er das nannte, aufbringen mußte, war binnen kurzem klar. Nur du selbst kannst aus dir etwas machen, wer sonst. Er sei nur der *producer* – für den Fall, daß wir zusammenkämen, natürlich. Der Star sei ich, oder – um es etwas realistischer darzustellen – der Star könne ich unter bestimmten Voraussetzungen *werden.*

Schau, sagte er, die Diskrepanz zwischen deiner Hautfarbe und deiner Sprache ist ja ausgesprochen witzig. Wo bist du aufgewachsen? In Erdberg? Na siehst du! Ich bin aus Simmering. Aber mir als Dirigent und Produzent hat das nicht wirklich genützt – manchmal hat es mir, ehrlich gesagt, eher geschadet. Bei dir hingegen – die Dialektsongs kommen letzthin in Mode –, bei dir könnte ein vielleicht mit einem kleinen Akzent gesungener Wiener Dialekt die richtige Masche sein!

Glaub mir, sagte er, ich habe eine gewisse Witterung für das, was ankommt. – Herr Augsburger legte Wert darauf, daß ich begriff, wie lang er schon im Geschäft war. Wie lang und erfolgreich. Er hatte mit einer stolzen Reihe österreichischer Schlager- und Popstars gearbeitet. Steh auf und geh, raunte meine innere Stimme, aber das ist deine große Chance, flüsterte mir Sandra ins Ohr.

Auch über den musikalischen Background deiner Songs, sagte Herr Augsburger, müssen wir nachdenken. Selbstverständlich können wir dich ganz allein lassen – einsamer junger Mann, ein bißchen dünn, aber ehrlich elegisch auf der Gitarre zupfend. Vielleicht haben wir Glück, und es kommt trotzdem eine Platte dabei heraus, die ihre Liebhaber findet, Kuriositätenliebhaber, so etwas soll es ja geben. Oder aber wir arbeiten mit Profis, die dich ein bißchen in ihren etwas volleren Sound einbetten und stützen, ich kann dir die besten verschaffen, die es in diesem schönen Land gibt – es ist deine Entscheidung.

Überlegs dir, sagte Herr Augsburger, ich mache nur Vorschläge. Am besten, du überschläfst das, schlug er vor. Du überschläfst das und kommst in drei Tagen wieder. Und dann machen wir entweder eine Hobbyplatte, die sich die liebe Sandra aufs Nachtkästchen legen kann, oder ein verkäufliches Produkt.

Du hast dich gescheit entschieden, sagte er drei Tage später. Das habe ich, ehrlich gesagt, von dir erwartet. Ich verstehe dich ja, hatte Natascha gesagt, das ist keine leichte Entscheidung. Aber wäre es nicht fein, wenn dein Talent endlich ein bißchen bekannter würde?

Dazu ist es zuallererst nötig, daß *du* ein bißchen bekannter wirst. Sagte Herr Augsburger. Mit Talent allein lockst du keinen Hund hinter dem Ofen hervor. *Personality*, sagte Herr Augsburger. *Dich* müssen wir verkaufen. Perfekt verpackt. Jetzt werden wir deine Songs also arrangieren.

Der Arrangeur arrangierte meine Songs so, daß ich sie nicht wiedererkannte. Er verfuhr mit ihnen so wie manche Köche mit dem Salat – er verpaßte ihnen ein Dressing. An so ein Dressing kann man sich gewöhnen – manche Leute halten den Geschmack des Dressings für den des Salats. Was mich betrifft, so brauche ich auf dem Salat nur Essig, Öl und eine Prise Salz.

Sagte ich das damals nicht? – Doch, ich glaube, ich sagte das damals schon. Vielleicht nicht in diesen Worten, aber gesagt habe ich es wohl. Offenbar sagte ich es nicht deutlich genug. Herr Augsburger und der Arrangeur lachten. Ich war ein ulkiger Typ.

So gingen wir also mit ihrem Dressing ans Werk. Mit dem Austropopdressing. Das nicht zu mir paßte. Ich versuchte, den Musikern trotzdem eine Ahnung von dem zu vermitteln, was ich mir ursprünglich vorgestellt hatte. Sie seufzten und drehten die Augen zum Himmel. Sie waren richtige Profis.

Durchaus Musiker, die, wie es hieß, als Jazzer eine gewisse Zukunft vor sich gehabt hätten. Aber als Jazzer, dieser Ansicht, als wäre sie eine Einsicht, hatten sie sich, als Nachfolger ebenso vorschnell vernünftig gewordener Vorgänger, angeschlossen, als Jazzer *hatte* man keine Zukunft. Nicht in Wien, nicht in Österreich, nicht in Deutschland, wahrscheinlich nicht in ganz Mitteleuropa. Es gab Gegenbeispiele, vor allem gab es einige, die, nachdem sie hier angefangen und einen gewissen Erfolg gehabt hatten, zur Fortsetzung ihrer Laufbahn ins Ausland (meist in die Staaten) gegangen waren, aber das waren die berühmten Ausnahmen, die die Regel bestätigten.

Es gab wohl einige, die diesen (zugegeben riskanten) Sprung nicht getan hatten und sich trotzdem treu geblieben waren. Aber die *grundelten* – das heißt, sie waren mit Vierzig bis Sechzig noch immer im *underground*. Darauf angewiesen, in den wenigen Kellern, die in der näheren und weiteren Umgebung in Frage kamen, für lächerliche Gagen vor fünf bis zehn Fans zwei bis drei Mal pro Jahr aufzutreten. Auch *dafür* gab es Beispiele, abschreckende nämlich, Leute, die zwischen den wenigen Gigs, die man ihnen eher aus Mitleid denn aus Interesse anbot, ihre Instrumente versetzten und sich die Zahnprothesen, die sie allmählich gebraucht hätten, nicht leisten konnten.

Die *richtigen Profis* waren schlauer gewesen und hatten sich gleich mit den Verhältnissen, wie sie waren, abgefunden. Lauter junge Leute – jedenfalls kommen sie mir aus meiner heutigen Perspektive jung vor. Leute zwischen dreißig und vierzig, die, sozial- und krankenversichert, zum Beispiel dem kleinen oder großen Orchester des Österreichischen Rundfunks angehörten. Und wie sonst alte Leute nichts mehr von anderen, ihrer Ansicht nach unrealisierbaren Lebensentwürfen wissen wollten.

Die also drehten die Augen zum Himmel und seufzten. Auch meine Songs, wie ich sie mir vorgestellt hatte, waren für sie unrealisierbare Entwürfe. Das verbliebene *Leibenfrostlied* wurde gestrichen, der *Junger Mann Blues* wurde verstümmelt. Nicht einmal die *Struwwelpeter-Songs* durften so bleiben, wie ich sie konzipiert hatte.

Sie seufzten und drehten die Augen zum Himmel, oh ja! Anfangs hatte ich die Idee, so lang an einem Song arbeiten zu können, bis ich, immerhin der Komponist und Interpret, dabei ein halbwegs gutes Gefühl haben würde, aber diese Idee war naiv. Bei der ersten und zweiten Nummer waren sie ja noch halbwegs gutwillig, aber bei der dritten wurden sie allmählich ungeduldig. Sie hatten weder Zeit noch Lust, dieses Produktiönchens wegen bis in die späte Nacht im Studio zu sitzen.

Überhaupt hatten sie, wie sich herausstellte, Ernsthafteres zu tun. Sie waren, das begriff ich erst nach und nach, keineswegs nur meinetwegen im Hause. Parallel zu meinen Aufnahmen lief eine Produktion mit Peter Alexander. Sie werden den Herrn vielleicht nicht kennen, aber der (bei allem, was man von dem oder jenem Standpunkt gegen ihn und seine seit einem Vierteljahrhundert populären Schlager einwenden mochte), dieser andere Peter, war ein Vollblutprofi.

Herr Augsburger hob das ganz besonders hervor. – Ich

hingegen, auch wenn ein Vergleich mit dem großen Peter Alexander, schon aufgrund von dessen langjähriger Erfahrung in Relation zu meiner nicht vorhandenen, absurd wäre – ich jedenfalls bis dato kleines Arschloch (das sagte keiner, aber das meinten sie alle) konnte, wie sich herausstellte, nicht einmal Playback singen. Ganz allgemein war meine Performance vor dem Mikrofon eine Katastrophe. Entweder trocknete mir der Mund aus, oder es rann mir, im Gegenteil, die Spucke darin zusammen – daß mir ab und zu vor lauter Streß überhaupt die Stimme wegblieb, war nur eine Folge meines, man konnte es drehen und wenden, wie man wollte, durch und durch unprofessionellen Verhaltens.

Herr Augsburger bekam einen hochroten Schädel. Also entweder es wird jetzt halbwegs professionell gearbeitet, schrie er, oder ich breche dieses traurige Krippenspiel ab. Wir sind doch hier schließlich nicht im Kindergarten! Weißt du eigentlich, was eine Stunde in diesem Studio kostet – mit den paar mickrigen Scheiben, die wir von einem wie dir verkaufen können, bringen wir die Mehrkosten, die du uns verursachst, nie wieder herein!

So redete er, wenn er wütend war, und ich ließ mich – zu meiner Schande muß ich das gestehen – einschüchtern. Ich war schließlich kein kleiner Bub mehr, ich war ein zweifacher Vater von inzwischen sechsundzwanzig. Aber ich wollte meine Schallplatte machen. Ich stieß also den Galgen des Mikrofons nicht beiseite, warf die Kopfhörer, die mich beim Singen und Spielen irritierten, nicht hin und lief aus dem dummen Dämmer, der mich hier umgab, hinaus ins Freie, wo inzwischen die Sonne eines schönen Frühlingstages davonrollte, sondern blieb, schluckte und sang.

Und dann war die Platte da. *Paul White. Nicht ganz schwarz.* Origineller Titel. War natürlich dem Herrn Augsburger eingefallen. Beim ersten Mal Anhören, Hand aufs Herz, da erschrak ich. Das bin doch nicht ich, dachte ich, das hat nichts mit mir zu tun.

Es hatte aber doch etwas mit mir zu tun, das war ja das Schlimme. Das war schon etwas von mir, aber es war verfälscht. Zum Teil lag es gewiß an den Arrangements, aber eben nur zum Teil. Was für faule Kompromisse war ich noch während der Aufnahmen eingegangen, wie beschämend feig hatte ich mich zurückgenommen!

Die folgende Nacht schlief ich kaum und wälzte mich endlos. Natascha spürte natürlich, was mit mir los war. Aber sie wollte es nicht wahrhaben, noch weniger als ich. Es ist doch ganz gut, sagte sie, was dabei herausgekommen ist, stimmt, deine Stimme klingt manchmal ein bißchen gehemmt, aber schließlich war das deine erste Schallplattenaufnahme.

Am nächsten Tag wäre ich am liebsten unterirdisch durch Wien gegangen. Aber am übernächsten Tag war die Fernsehsendung. Herr Augsburger und seine Leute wußten, wie man PR macht. Kaum war die LP, auf deren Cover ich nachdenklich, aber nicht zu finster in die Gegend schaute, in den Plattenläden, gab es in einem Magazin, das sich mit junger, aber nicht allzuwiderspenstiger Kultur beschäftigte, einen Beitrag über mich (das war genau der, den der Gefängnisbibliothekar gesehen hatte).

Einen Beitrag, zu dem ich mich, das stimmt, auch hergegeben hatte. Ich stand brav in der falschen Gegend, ich ging folgsam durchs falsche Bild. Hinter mir eine verlogen blau eingefärbte Donau statt dem ehrlichen erbsengrünen Donaukanal. Nachdenklich ist okay, hatte der Kameramann gesagt, aber Sie haben so schöne Zähne und so ein sympathisches Lächeln.

Einen weiteren Tag später bekam ich das Lächeln von wildfremden Menschen auf der Straße zurück. Ich brauchte eine Weile, bis ich mich damit abfand, daß sie es ernst meinten. So lieb ist das, was Sie da singen, sagte mir eine reifere Dame, das war wieder einmal im Esterházypark. Ich war mit Noël (inzwischen fünf) und Lisa (inzwischen drei) unterwegs, ich glaube, sie waren stolz auf ihren Vater.

Was nun den Zusammenbruch der Reichsbrücke betrifft, den der Gefängnisbibliothekar merkwürdigerweise mit dieser dummen Fernsehsendung in Verbindung bringt, so sollten bis dahin noch drei Jahre vergehen. Wie er auf die Idee kommt, daß das kurz danach gewesen sein soll, weiß ich nicht, vielleicht hat man die Sendung im Jahr '76 wiederholt. In den Sommermonaten (in der kleinen österreichischen Medienwelt nennt man die Ferienmonate Juli und August bezeichnenderweise *Saure-Gurken-Zeit*) haben die Programmgestalter ja manchmal den letzten Dreck noch einmal verwertet. Es kann leicht sein, daß mir die Wiederholung entgangen ist – abgesehen daß ich von meinem Intermezzo als Popstar seit dem Flop meiner dritten Platte im Herbst '75 überhaupt nichts mehr wissen wollte, hatte ich damals leider ganz andere Sorgen.

Die Assoziation des Gefängnisbibliothekars hat mich allerdings weit über die Peinlichkeit der Erinnerung an jene Seichtigkeiten hinaus tief erschreckt. Ich habe mir diesen Schrekken nicht anmerken lassen. Nicht gleich. Oder möglicherweise war es auch so: Dieser Schrecken hat meine Seele, die sich seit Jahrzehnten gegen ihn gepanzert hatte, nicht gleich erreicht.

Erst nach und nach ist er durch den Panzer gesickert ... An das Datum des Reichsbrückenzusammenbruchs erinnere ich mich nämlich sehr genau. Dieses Unglück ereignete sich in den frühen Morgenstunden des 1. August 1976. Es war die Topmeldung in den Sechs-Uhr-Nachrichten.

Zum Glück fuhr um vier Uhr dreiundvierzig nur ein einziges Auto über die Brücke. Für den einsamen Fahrer dieses PKW war es allerdings Pech. Ich hörte die Sechs-Uhr-Nachrichten im Taxi, auf der Rückkehr vom Wilhelminenspital, in dem man Natascha wahrscheinlich gerade in diesen Minuten den Magen auspumpte. So absurd, dachte ich damals unwillkürlich, kann ein Leben enden.

An beiden Oberarmen hatte ich Natascha gepackt und

gerüttelt. Du hast doch nicht wirklich all die Tabletten geschluckt? *Inhalt der Packung*, las ich, *dreißig Stück*. Doch, hatte sie gesagt, mit einer Stimme, die trotz der Nähe, in der ich sie noch wachzurütteln versuchte, schon ein gutes Stück von mir entfernt war, laß mich ganz einfach einschlafen.

In dieser Nacht war nicht nur die Reichsbrücke zusammengebrochen. Ich will einfach einschlafen und nichts mehr wissen von dir! Ich hatte die Vergiftungszentrale angerufen und dem Arzt am Telefon den Namen des Medikaments genannt. Stecken Sie Ihrer Frau die Finger in den Mund, hatte der gesagt, und versuchen Sie, sie zum Erbrechen zu bringen.

Du bist zum Kotzen, genau, hatte sie das nicht schon einmal zu mir gesagt? Dann kotz doch, ich bitt dich, kotz doch, so kotz mich schon an. Es ging nicht so richtig; sie war schon zu schläfrig; nur ein bißchen Schleim rann über meine Hand. Laß mich in Ruh, sagte sie. Hör auf, mich zu quälen. Dann schlief sie mir davon.

Inzwischen kam die Rettung. Natascha hing in meinen Armen wie eine blasse Puppe. Die Rettungsmänner nahmen sie mir ab und legten sie auf die Bahre. Vor dem Haus stand das Rettungsauto mit blinkendem Blaulicht. Die Nachbarn waren aufgewacht und standen in gestreiften Pyjamas hinter ihren Fenstern.

Gott sei Dank waren die Kinder nicht da, die hatten Ferien und waren mit den Großeltern in Griechenland. *Liebe Mamma, lieber Papa,* hatte Noël geschrieben. *Das Wasser hier ist sehr blau und der Himmel auch. Der Opa und ich schwimmen im Meer (am Rand), aber die Lisa und die Oma haben Angst vor den hohen Wellen.*

Im Rettungsauto, in dessen Fond ich mitfuhr, hatte ich Nataschas Personalien angeben müssen. Doktor Natascha Jarosch – ja, sie hatte inzwischen ihr Studium beendet. Eigenartigerweise fiel mir ihr Geburtsdatum nicht gleich ein. Aber Sie haben doch gesagt, Sie sind der Gatte, sagte der Sanitäter, mich plötzlich mißtrauisch ins Auge fassend.

Im Spital verschwand die Bahre mit Nataschas Puppenkörper hinter einer weißen Tür. Der diensthabende Arzt erklärte mir in knappen Worten, was nun zu geschehen habe. Dabei können Sie uns nicht helfen, sagte er, und Ihrer Frau schon gar nicht. Fahren Sie nach Hause, und rufen Sie morgen früh nicht vor zehn an.

Auf dem Standplatz vor dem Spital stand um diese späte frühe Stunde nur ein Taxi. Wohin?, fragte der Fahrer. Purkersdorf, sagte ich, Süßfeldstraße. Das wissen Sie, sagte der Fahrer, daß wir bei Fahrten über die Stadtgrenze hinaus auch die Rückfahrt bis zur Stadtgrenze verrechnen? Ja, sagte ich, ich fahre diese Strecke öfter.

Purkersdorf, westlicher Wienerwald, eine Gemeinde, die sich unter Austropoppern einer gewissen Beliebtheit erfreute. Nach dem Erfolg meiner zweiten LP hatten wir es uns leisten können, dorthin zu ziehen. Für mich hätte es nicht Purkersdorf sein müssen, obwohl meine Bereitschaft, in die Gepflogenheiten der Branche einzuwilligen, zu diesem Zeitpunkt schon viel größer war. Es war aber eine Gelegenheit – ein Kollege, dem es nach seiner ersten goldenen Schallplatte noch ein bißchen besser ging als nun mir, hatte beschlossen, sein Domizil nach Teneriffa zu verlegen und das Haus in der Süßfeldstraße zu verkaufen.

Fast geschenkt, wie er sagte, weil ich ihm so sympathisch war. Und weil ihm Natascha so sympathisch war. Das war anläßlich einer Austropop-Sommerparty im Donaupark, dem in seiner ebenso pseudomodernen wie pseudovolkstümlichen Sterilität gut zum Austropop passenden sogenannten Freizeitgelände jenseits des grauen Flusses. Wir waren Austropopper unter uns und stolz darauf, daß wir es waren, selbst mit – in meinem Fall – etwas von der Landesüblichkeit abweichender Hautfarbe.

Damals hielt die Reichsbrücke noch, über die wir zu dieser fragwürdigen Party fuhren. Und von der Party zurück, einer bis in die frühen Morgenstunden dauernden Veranstaltung. Was, wenn sie schon damals (aufgrund der 1976 als Ursache für das Unglück angegebenen, nicht ganz berechenbaren Materialabnützung) zusammengebrochen wäre? Wieviele *very important persons* wären da in einer entsetzlichen Sekunde in der Donau versunken!

Nein, ich will nicht zynisch sein, dem Kollegen zum Beispiel, dem ich so sympathisch war, hätte ich noch viele glückliche Jahre in Teneriffa gewünscht. Obwohl er die Sympathie, die er für Natascha empfand, etwas allzusehr hervorhob. Wenn schon. Er zog nach Teneriffa, und wir blieben in Purkersdorf. Leider ist er unter nie ganz geklärten Umständen bei einem Motorbootunfall ums Leben gekommen.

Wie das Leben so spielt, wie der Tod so spielt. Wären wir, Natascha und ich, damals, nach jener Austropop-Party, mit den irgendeine innere Spannung plötzlich nicht mehr aushaltenden Gußeisenbögen der Reichsbrücke abgestürzt, wäre das nicht ein schöner Tod gewesen? Ein letzter Augenblick, in dem wir uns noch Illusionen hätten machen können? Nämlich die, nach gewissen Anfangsschwierigkeiten, die nun überwunden waren, ein glückliches Paar gewesen zu sein, bis daß der Tod uns schied beziehungsweise vereinte?

Es sollte nicht sein. Wir bezogen das Haus in der Süßfeldstraße. Natürlich war ich froh, aus eigener Kraft aus der Gumpendorferstraße wegzukommen. Da war etwas zu beweisen. Und der Beweis gelang. Siehe da, man konnte von der Musik, die ich machte, nicht nur vegetieren, sondern leben!

Ganz *gut* leben, wie sich zeigte, jedenfalls vorerst. Auch wenn es nicht ganz die Musik war, die ich machen hatte wollen. Aber wer weiß das schon so genau: was er machen *will*? Bevor es *da* ist. Jetzt machte ich eben *diese* Art von Musik.

Nun konnte auch die endgültige Versöhnung mit den Schwiegereltern stattfinden. Eine gewisse Wiederannäherung hatte es schon nach der ersten Platte gegeben. Frau Scholz hatte die Trennung von ihren geliebten Enkelkindern ohnehin nicht so lang ausgehalten. Und meine musikalische Tätigkeit hatte sie schon immer mit einem gewissen Wohlwollen betrachtet. Sie hatte gewußt, daß noch etwas werde aus mir. Oder zumindest geahnt. Und jedenfalls gehofft. Ich war halt ein *irgendwie anders gearteter* Mensch. Ein *irgendwie besonderer.* Dem man dies und das nachsehen mußte.

Denn jetzt war einer aus mir geworden, den man im Fernsehen sehen konnte. Und dessen Foto man in der Zeitung fand. Auch und vor allem in jener besonders beliebten. Wie sich herausstellte, hatte sie sogar eins dieser Fotos ausgeschnitten.

Herr Scholz war zurückhaltender, aber er gab zu, daß ich einiges erreicht hatte. Wieviel Prozent, fragte er, bekommst du für jede verkaufte Schallplatte? Und wie viele Platten haben sich jeweils verkauft? Ich rundete die Zahlen etwas auf, um ehrlich zu sein, kannte ich sie gar nicht genau.

Wie wir Herrn und Frau Scholz zum ersten Mal auf der Terrasse des vorwiegend von meinem Geld finanzierten Hauses empfingen. Es war eine hübsche Terrasse. Mit Blick auf den leicht hügeligen Garten. Darin einige Obstbäume und im Hintergrund Fichten. Ein aus grüngestrichenen Latten gezimmertes Lusthäuschen im melancholischen Stil des Fin de Siècle.

Die Schwiegermama, die mich jetzt wieder umarmen und sogar (erst wenige Millimeter vor meinen Lippen abdrehend) symbolisch küssen durfte, war entzückt. Insbesondere über die Schaukel und das Baumhaus für die Kinder. Was ich doch letzten Endes für ein lieber Vater war! Ich sagte nicht, daß wir auch Schaukel und Baumhaus schon fix und fertig vorgefunden hatten. Hinterlassenschaften des werten Vorgängers. Der sich vor seinem Ortswechsel nach Teneriffa von seiner Frau und seinen Kindern getrennt hatte. Vielleicht war es auch umgekehrt, und die Trennung war der Grund für diesen Ortswechsel. Jedenfalls waren die Kinder, die Schaukel und Baumhaus vor den unseren benutzt hatten, inzwischen aus dem Alter, in dem sie daran gehangen waren, heraus.

Auf den protzigen Grillherd mit dem glänzenden Kupferhelm, den wir ebenfalls geerbt hatten, hätte ich zwar für meinen Teil verzichten können. Aber der stand nun einmal da und gefiel den meisten Besuchern. Fein, sagten sie, wann macht ihr die nächste Grillparty? Mir ist es immerhin gelungen, in den zwei Jahren, die ich dort verbrachte, keine einzige Grillparty zu veranstalten.

Selbst damals, beim ersten Besuch der Schwiegereltern, wurde nicht gegrillt. Da wurde klassisch gejausnet. Wir saßen bei Kaffee und Gitterkuchen. Hausgemacht? Nein. In Purkersdorf gab es eine gute Konditorei. Diverse Singvögel, für die es ebenfalls von unseren Vorgängern ererbte Futterhäuschen gab, zwitscherten.

Auch die Inneneinrichtung gefiel den Schwiegereltern. Die Küche mit Mikrowelle und Tiefkühltruhe. Das Verandazimmer, in dem man bei schön durch die Fenster fallendem Morgenlicht frühstücken, aber auch bei indirektem, durch die beigefarbenen Tapeten warm reflektiertem Licht abendessen konnte. Und das Kinderzimmer natürlich mit den von Noël und Lisa selbst auf große Packpapierbögen gemalten Bildern. Nataschas Mansarde, mit den psychologischen Büchern und der elektronischen Schreibmaschine. Und mein Souterrain mit den beiden Gitarren und dem Keyboard. Das Schlafzimmer endlich, mit dem von einem feinen indischen Überwurf bedeckten Doppelbett. Man sieht, sagte die strahlende Schwiegermutter, daß es euch jetzt gutgeht und daß ihr glücklich seid.

Ja, nickte Natascha. Mein Gott, glaubte sie das wirklich? Ich glaube, ich fürchte, sie *wollte* es einfach glauben. Sie war Psychologin, sie redete oft und interessant über die Verdrängungen fremder Menschen, mit denen sie beruflich zu tun hatte. Aber was sie selbst und mich betraf, den sie unwiderruflich zu lieben beschlossen hatte, so war sie eine geradezu perfekte Verdrängerin.

Das war ihre Lebens- und Überlebenspraxis. Meine war ganz bewußte Schizophrenie. Ich führte in mehrfacher Hinsicht ein Doppelleben. Ich hatte mich damit abgefunden, daß es (das glaubte ich jedenfalls in jenen paar Jahren) nicht anders ging.

Hatte es mit meinem sogenannten Erfolg angefangen? Nein, gewiß hatte es schon vorher begonnen. Doch mit dem Erfolg war es virulent geworden. Wenn ich den Erfolg wahrhaben und wenigstens bis zu einem gewissen Grad genießen wollte, wenn ich meiner Frau und meinen Kindern die Freude an diesem Erfolg und den damit verbundenen Annehmlichkeiten nicht verderben wollte, so mußte ich mich selbst belügen und zumindest so tun, als ob ich mir glaubte.

So unglücklich ich gewesen war, als ich die nicht ganz schwarze LP zum ersten Mal gehört hatte ... nach und nach gefiel sie mir doch ganz gut. Nicht, daß ich nun nicht mehr gehört hätte, was an ihr falsch klang. Aber ich war immer geneigter, mit mir und denen, die dazu beigetragen hatten, Nachsicht zu haben.

Zu viele reagierten darauf viel zu positiv. Oder sie reagierten, um genau zu sein, weniger auf die Platte als auf mich. Und zwar unter genau jener Etikette, unter der man die LP verkaufte. *Nicht allzuschwarz. Dich* müssen wir verkaufen, hatte Herr Augsburger gesagt.

Nicht, daß ich das nicht, zumindest im Ansatz, durchschaut hätte. Doch es war trotzdem eine große Verführung. Wenn du verkauft werden sollst, wirst du angeboten. Wirst du geschickt angeboten, so bist du gefragt.

Diese Nachfrage überraschte mich vorerst. Wie viele Leute auf einmal auf meine sympathische und – ja doch, darauf liefs hinaus, und es war an der Zeit, daß die Welt das endlich entsprechend zur Kenntnis nahm – erotische Ausstrahlung reagierten. Es ging also nicht mehr nur um den Zuspruch von seiten älterer Damen. Auf einmal waren die jüngeren da, und zwar viele.

Trotzdem brauchte es eine Weile, bis das entsprechende Konsequenzen hatte. Daß ich mit einer meiner Konzertbesucherinnen im Bett landete, widerfuhr mir zum ersten Mal in einem Ort namens Stadl-Paura. Auf einer Tournee, die mich, schon wenige Tage nach der fragwürdigen Fernsehsendung, vorerst einmal kreuz und quer durch Österreich führte. Diese Tournee begann in St. Pölten, führte mich weiter nach Amstetten und erreichte einen ersten Höhepunkt in Linz, wo ich mich nach drei Zugaben vor gezählten einundsiebzig Zuhörern (vor allem Zuhörerinnen) gewissen Avancen schon eher nur schwer entziehen konnte.

Stadl-Paura war dann die nächste Station. Bereits der Name hatte für mich etwas Ominöses. Das Wort Stadl bezeichnet im Österreichischen eine zum Aufbewahren von Heu oder Stroh eingerichtete Scheune. Aber Paura? Was sollte Paura bedeuten?

Wahrscheinlich war das schlicht und einfach der Name eines ehemals in dieser Gegend ansässigen Großbauern. Ich aber, obwohl mein Fluchtversuch nach Afrika und der anschließende Romaufenthalt schon wieder eine kleine Ewigkeit her war, assoziierte ihn mit *paura*, dem italienischen Wort für Angst. Pa*u*ra, auf der zweiten Silbe betont. Eine nicht uninteressante Assoziation, wenn man bedenkt, daß ich gewisse Ängste akkurat dort ablegte.

Stadl-Paura ist kunsthistorisch interessant wegen seiner Wallfahrtskirche sowie dem ganz in der Nähe gelegenen Stift Lambach. Doch nicht nur Altehrwürdiges gab es dort, sondern auch ein für alles Neue und Aktuelle aufgeschlossenes Kulturzentrum. Das Programm, das an jenem Abend geboten wurde, war ich. Man soll, hatte Herr Augsburger, der persönlich mit mir den Tourneeplan durchgegangen war, auch die kleineren Orte nicht verachten.

Die junge Dame, mit der ich mich gegen Mitternacht dieses schon bis dahin recht gelungenen Abends im Bett fand, drückte mich mit einem Ausdruck verschmitzter Freude an ihren Busen. Veronika hieß sie, und Lehrerin war sie an der dortigen Hauptschule. Ich hab mirs gewünscht, sagte sie, ich hab mir das *so* gewünscht! Von dem Moment an, in dem ich dich im Fernsehen gesehen hab!

Dein Augenaufschlag!, sagte sie, machst du das eigentlich absichtlich? Und deine Stimme!, dieses gleichzeitig Sanfte und ein bißchen Rauhe. *Was* du da singst, hab ich, ehrlich gesagt, vorerst gar nicht recht mitgekriegt. Nicht bös sein, aber du hast zuerst über den Bauch und erst dann über den Kopf auf mich gewirkt.

Sie hatte einen netten Bauch, mit einem Flaum blonder Härchen, der vom Nabel abwärts führte. Sie hatte auch einen netten und klugen Kopf. Von einem wie mir hatte sie gewisse Vorstellungen, aber keine fixen Ideen. Das gefällt mir eigentlich, sagte sie, daß du im Grund, sozusagen an der Wurzel, gar nicht so wild bist, wie ich ursprünglich geglaubt hab.

No stress, sagte sie, weil sie sich, der Lügengeschichte auf der Rückseite meines Plattencovers folgend, einbildete, Englisch sei meine Muttersprache. Das war keine totale Lügengeschichte, aber sie drehte die Wahrheit meiner Biographie etwa so um, wie ich es ehemals als Nachhilfelehrer getan hatte. Kurioserweise unter Vorwegnahme eines Teils dieser Biographie, der noch als Zukunft vor mir lag. Dieser seitenverkehrten Biographie entsprechend, war ich nicht in Wien geboren, sondern in New Orleans und war erst als reiferer Jugendlicher (möglicherweise aus Liebe zu einer Wienerin, aber dieser Punkt war vage gehalten, und vielleicht war es auch einfach die Liebe zur im Vergleich mit New Orleans recht anders gearteten Musikmetropole Wien) in die Stadt gezogen, die mich nun aufgrund ihres sprichwörtlichen musikalischen Gespürs ans Herz nahm.

No stress, sagte sie, laß dir Zeit, es hetzt uns ja keiner. – Das traf nicht ganz zu – am Morgen, der bestimmt kommen würde, erwartete mich Herr Lipp, der extra für diese Tournee von der Plattenfirma abkommandierte PR-Mann, mit seinem

Ford Escort vor dem von mir in dieser Nacht verschmähten Hotel. Und bestimmt würde mir der mit seinem Gerede von Mann zu Mann, mit dem er sich mir schon seit Beginn der Tournee auf unappetitliche Weise anzunähern versuchte, nun noch mehr auf die Nerven gehen als bisher. Ganz abgesehen davon, daß doch die liebe Veronika in ihrer beruflichen Eigenschaft als Lehrerin früh um acht in der Schule sein mußte – oder?

Mußte sie nicht. Sie hatte am nächsten Tag frei.

Gut, aber vielleicht ist es doch besser, wenn du, wenn ich, wenn wir ...

Was?, fragte Veronika.

Wenn wir jetzt einfach schlafen.

Ich war ein ungewöhnlicher Popstar. Und ein ungewöhnlicher (in Österreich sagte man damals noch ganz unbefangen so) Neger.

Was ist los mit dir?, fragte Veronika.

Ich erzählte ihr, daß ich eine Frau und zwei Kinder hatte.

Herzlichen Glückwunsch, sagte sie. Und was noch?

Diese Frage und der Ton, in dem sie gestellt war, hatte etwas gleichzeitig Entwaffnendes und Befreiendes.

Ich hatte ja meine Vorbehalte und Vorsätze. Vielleicht resultieren sie aus gewissen Ängsten und Rationalisierungen. Aber so war ich nun einmal konditioniert. Tatsache war, daß ich seit unserem zweiten Frühling in der Leidenfrostgasse mit keiner Frau außer Natascha geschlafen hatte.

Und vorher? Was war denn eigentlich vorher gewesen? Okay, die aus der Distanz der Jahre beinah schon mythisch erscheinende Etelka. Und dann? Natascha! Eigentlich nur Natascha. Mit Jana, die mir nach wie vor in innigen Träumen erschien, war es ja leider nicht ganz so weit gekommen.

Und was noch?, wiederholte Veronika.

Ach Gott! Das war alles nicht so leicht zu erklären ... Ich hätte dazu etwas weiter ausholen müssen. Und wo (und mit wem) hätte ich meine Erläuterungen beginnen sollen?

Nein, ich fing erst gar nicht damit an, meine erotische Biographie zu erzählen. Etwas davon dürfte Veronika trotzdem mitbekommen haben. Intuitiv. Mit einer ebenso feinen wie letzten Endes zielgerichteten Sensibilität. Gegen vier Uhr früh trat dann in ihrem Bett zu Stadl-Paura in Oberösterreich doch etwas von dem zutage, was sie ursprünglich von mir erwartet hatte.

Gegen sechs fielen Sonnenstrahlen schräg durchs Fenster auf unsere Körper, da packte mich die Lust, in die sich meine Angst verwandelt hatte, noch einmal. Danach schliefen wir wieder ein bißchen, in sehr freundlicher Umarmung. Zum Rendezvous mit Herrn Lipp kam ich dementsprechend zu spät. Sie!, sagte er und öffnete mir die Autotür, Sie sind mir aber einer!

Das wäre soweit in schönster Ordnung gewesen. Ich weiß, es stimmt nicht mit den Vorstellungen von ehelicher Treue überein, aber es hatte für mich etwas nicht nur von diesen Vorstellungen Erlösendes. Mein schlechtes Gewissen Natascha gegenüber hielt sich in Grenzen. Ehrlich gesagt, hatte ich sogar das Gefühl, daß auch sie über den grundsätzlichen Aspekt dieser meiner Befreiung froh sein konnte.

Natürlich sagte ich ihr das nicht, wenn wir telefonierten. Obwohl sie es wahrscheinlich verstanden hätte. Pfiffig interpretierend als Psychologin. Wenn es um einen anderen Mann gegangen wäre – das heißt den Mann einer anderen Frau.

Sie bedauerte, daß sie mich auf der Tournee nicht begleiten konnte. So großartig, sagte ich, ist die nicht, eher komisch. Trotzdem, sagte sie – ich hab Sehnsucht nach dir. Ich nach dir auch, sagte ich. Log ich? So simpel kann man das nicht sagen.

Ich freute mich auf das Wiedersehen mit ihr. Auch und gerade in sexueller Hinsicht. Meine Rückkehr ins Ehebett würde die einer emanzipierten Person sein. Und sie würde auf einem anderen Erfahrungsniveau stattfinden.

Wie dem auch sei: Gewisse Erfahrungen hätte ich in ihrer

Begleitung nicht machen können. Und gewisse Bekanntschaften als Voraussetzung dieser Erfahrungen. Durchaus erfreuliche Bekanntschaften, deren Reigen mit Veronika begonnen hatte. Ich hatte noch einige vor mir. Die Tournee war noch lang nicht zu Ende.

Ich muß sagen, daß mir in dieser Phase eigentlich alle gefielen. Die Frauen und Mädchen, die es einmal mit einem wie mir probieren wollten. Und die ich, befreit durch Veronika, nun nicht mehr hinhielt. Jede war schön und sexy auf ihre besondere Weise.

Herr Lipp, der mich um meine ihm nicht gegebenen Möglichkeiten beneidete, redete platt und primitiv. Zwar fragte ich ihn nicht nach seiner Meinung, aber wir verbrachten viele Stunden gemeinsam im Auto. Die oder jene, meinte er da, hätte ich aber auslassen können. Wo es mir doch mit etwas Geduld sicherlich ein Leichtes gewesen wäre, die oder jene viel Schönere herumzukriegen. Er führte dann Akzidenzien an, aus denen er so etwas wie die Substanz weiblicher Schönheit oder Häßlichkeit ableiten wollte. Dieser Herr Lipp war ganz einfach ein Ignorant. Er verstand nicht, daß es mir nicht darum ging, die oder jene herumzukriegen (was für eine unpassende Formulierung!). Er wußte nicht, daß die Frauen und Mädchen schön und sexy wurden, indem sie mich begehrten und von mir bekamen, was sie erwarteten.

Denn das gelang mir jetzt von Mal zu Mal besser. In Attnang-Puchheim, in Gmunden und in Bad Ischl. Nicht, daß ich Sex ohne Ansehen der Person trieb. An die netten Personen, mit denen ich die ersten drei Nächte nach Stadl-Paura verbrachte, kann ich mich jedenfalls jetzt noch gut erinnern.

Zwischen St. Johann im Pongau und St. Johann in Tirol kamen mir allerdings bereits damals die Namen durcheinander. Herr Lipp zählte mit wie Leporello, aber er mißverstand mich ganz einfach. Nichts von Leistungssport oder Sammeltrieb! Ich freute mich jeder der verschiedenen Frauen, aber ich freute mich vor allem jedes Mal meiner selbst.

Gegen Ende der Tournee, die zwei Wochen dauerte, war ich allerdings schon ein bißchen erschöpft. Wäre ich nicht allein, sondern mit Band unterwegs gewesen, so hätten die enthusiasmierten Damen vielleicht doch auch ab und zu an meinen Kollegen Gefallen gefunden. Aber die *richtigen Profis* hatten mich im Stich gelassen. Abgesehen von ihren Verpflichtungen beim kleinen und großen Rundfunkorchester waren sie für eine Tournee dieser Kategorie selbstverständlich nicht zu haben.

Keine Hilfe also. Ich spielte und sang solo. Playback singen konnte ich jetzt schon ganz gut, obwohl der Sound (die Tonanlagen wurden von den Veranstaltern zur Verfügung gestellt) manchmal schlimm war. Herr Lipp stand mir bei, was Organisation und Technik betraf. Aber so gern er mir in bezug auf die Frauen und Mädchen geholfen hätte, mit seinem Sex-Appeal konnte er, soviel ich mitbekam, keine der um meinetwillen erschienenen und durch meinen Auftritt erregten Kandidatinnen in sein Bett umlenken.

Die letzten zwei Nächte (in der Oststeiermark und im Burgenland – das war der Weg, über den wir, nach einer kühnen Kurve über Osttirol und Kärnten, wieder nach Wien zurückkehrten) verbrachte ich lieber allein. Ich mußte mich auch um Nataschas willen erholen. In der Nacht nach meiner Heimkehr schliefen wir mehrere Male miteinander, ich war aktiver als gewohnt. Na, sagte Natascha, du bist aber ausgehungert!

Es hätte damit sein Bewenden haben können. Ich wußte nun endgültig, daß ich als Mann funktionierte. Nicht nur in einer gewissen (tatsächlichen oder eingebildeten) Abhängigkeit. Aber es stellte sich heraus, daß ich recht rasch in eine andere Abhängigkeit geriet.

Das Schlafen mit immer neuen Frauen wurde nämlich zur Sucht. In Wien ergab sich das nicht so leicht wie auf der Tournee, aber es ergab sich. Natürlich ergab es sich schwer, wenn

Natascha dabei war. Aber Natascha konnte nicht immer und überall dabeisein.

Mißverstehen Sie mich nicht, ich hatte sie gern dabei. Und sie war gern dabei, wenn ich irgendwo eingeladen war oder auftrat. Meine plötzliche Prominenz, so läppisch sie war, gefiel ihr. Nicht, daß sie den Betrieb, in den wir auf diese Weise gerieten, ganz ernst nahm, manchmal machte sie sich über die Leute, die sich da auf Empfängen, Vernissagen, Präsentationen und Partys bedeutend vorkamen, lustig, aber ein bißchen bedeutend kam ich ihr und kam sie sich in dieser Gesellschaft vor.

Sie machte in dieser Gesellschaft auch gute Figur. Jene gewisse Neigung zu bunter, lustiger, in den Augen konservativerer Zeitgenossen provokant wirkender Kleidung konnte sie hier auf die schönste Weise ausleben. Und gut kam sie damit an. Und ich mit ihr. Die sogenannte Szene nahm wohlwollend zur Kenntnis, daß ich eine hübsche und muntere Frau hatte.

Trotzdem – wenn sie nicht dabei war, taten sich andere Möglichkeiten auf. Ich meine – schöne Augen machten mir manche Frauen durchaus auch in Nataschas Anwesenheit. Deuteten Möglichkeiten an, verbal oder nonverbal. Nur ließen sich diese Möglichkeiten dann nicht unmittelbar verwirklichen.

Mittelbar schon. Hier und da wurden mir Zettel mit Telefonnummern zugesteckt. Ich habe so gut wie immer angerufen. Nur einmal verlor ich einen solchen Zettel. Daß mir die Frau, deren Namen ich nicht einmal wußte und an deren Aussehen ich mich auch nur vage erinnern konnte, jetzt entging, daß sie mich, der ich nicht anrief, nun womöglich für arrogant oder blöd hielt, machte mich ärgerlich und traurig.

Wenn Natascha *nicht* dabei war, ging, was die Anbahnung von Verhältnissen betraf, natürlich alles einfacher. Blicke, Worte, Berührungen, ein manchmal an Ort und Stelle beginnendes Liebes-Vorspiel. Die Kreise, in denen ich mich bewegte und bewegt wurde, waren, was einen gewissen Austausch von Intimitäten in ihrer Mitte betraf, nicht heikel. Nach einer Weile war es dann allerdings doch besser, sich zu zweit in privatere Räumlichkeiten zurückzuziehen.

Wie sich das mit meiner Rolle als Ehemann und Familienvater vertrug? Sehen Sie, das war seltsam – es vertrug sich. Ich meine, für mich. Es war nicht unvereinbar. Bis zu einem gewissen Grad, redete ich mir nach und nach ein, erhielt es mein Ehe- und Familienleben sogar aufrecht.

Wenn ich es als Widerspruch empfand, dann nicht im Sinne von Unvereinbarkeit, sondern von – jetzt lachen Sie nicht – Protest. Als Widerspruch gegen ein Leben, das ich (bei aller verzweifelten Liebe zu Natascha und bei aller zweifelsfreien Liebe zu den Kindern) nie ganz als meines empfand. Das alte Lied. Das hatten wir schon gehabt. Aber daran hatte sich bei allem Auf und Ab der letzten Jahre nichts geändert.

Dieser Widerspruch, dieser Protest, war allerdings absurd. Durfte doch die Person, die er eigentlich anging, nichts von ihm bemerken. Natascha war (außer im Fall Sandra Grottenberg, die sich übrigens nach und nach fragte, warum sie die einzige Frau sei, mit der ich *nicht* schlief, aber das war nun schon so etwas wie eine liebe Gewohnheit), Natascha war hochgradig eifersüchtig. Hätte sie das Doppelleben, das ich führte, durchschaut, es wäre eine Katastrophe gewesen.

Denn sie liebte mich und wollte von mir geliebt werden. Wenn sie das Gefühl hatte, daß ich sie nicht genug liebte, war sie imstande, sich etwas anzutun. Das wußte ich. Das hatte sie mir von Anfang an gesagt. Und es gab immer wieder Tage, an denen ihr das plötzlich einfiel.

Kaum waren die schönen Tage unseres Leibenfrostgassenlebens vorbei gewesen, hatte es wieder angefangen. Ich erinnere mich an Nächte, in denen sie plötzlich aus dem Bett aufgesprungen war, sich hastig angezogen hatte, auf meine Fragen, was denn um Himmels willen los sei, nur mit vorwurfsvollem Schweigen antwortend. Und wie sie dann zur

Tür strebte, mit einem Ausdruck bitterer Dramatik im Gesicht. So daß mir angst und bang um sie wurde und ich selbstverständlich versuchte, sie am Verlassen der Wohnung in dieser Stimmung zu hindern.

Das war ein Ritual. Sie wollte auf diese beängstigende Weise davon, ich vertrat ihr den Weg. Sie sollte sich erst beruhigen. Das Gegenteil trat natürlich ein. Mein Körper, den sie sonst liebte, wurde, wenn er ihr so im Weg stand, zum Objekt ihres Hasses. Sie schlug auf mich los. Sie kratzte und biß. Von meinem Kopf riß sie ganze Büschel von Haaren.

Ich beschwor sie, an die Kinder zu denken, die nicht aufwachen sollten. Ja eben, fauchte sie, laß mich endlich raus, ich laß mir nicht mehr gefallen, daß du mich einsperrst! Natürlich war es ihr gutes Recht, jederzeit die Wohnung zu verlassen. Nur vermittelte sie in solchen Situationen den Eindruck, als würde sie, so in die Nacht hinausrennend, womöglich nie wiederkommen.

Vielleicht reagierte ich falsch, aber sie versetzte mich in einen panischen Schrecken. Immer wieder fiel mir in diesem Zusammenhang der arme Ferdinand ein. Zwar war der Donaukanal nach wie vor recht weit weg. Aber sie konnte auch blindlings auf die nächtliche Straße stürmen und von einem Auto überfahren werden.

Hatte sie sich endlich zur Tür hinausgedrängt, so blieb ich mit einem Konflikt zurück, der etwas in mir zu zerreißen drohte, das sich anfühlte wie ein an die Grenze seiner Dehnbarkeit gespanntes Gummiband. Einerseits sollte, mußte ich ihr nachlaufen, anderseits konnte ich die Kinder nicht allein lassen. Oder doch? Manchmal huschte ich dann ins Kinderzimmer und überzeugte mich, daß Noël und Lisa, die einen erstaunlich festen Schlaf hatten, ruhig atmeten. Und dann schloß ich so leise wie möglich die Tür hinter mir und rannte Natascha nach.

Die Treppe hinunter, durch den Flur und ans Haustor. Dort schaute ich links und rechts, aber natürlich war sie längst weg.

Manchmal riskierte ich es, bis zum Esterházypark zu laufen, einmal fand ich sie dort auch wirklich. Da saß sie auf einer Bank, aber als sie mich kommen hörte, sprang sie auf, und wir drehten, sie vor mir flüchtend, ich hinter ihr herhetzend, einige Runden um den sich als schwarze Silhouette gegen den schon morgengrauen Himmel abzeichnenden Flakturm.

Etwas mehr als zwei Jahre später saß ich allein auf unserer Purkersdorfer Terrasse und sah zu, wie sich der Morgen ausbreitete. Auf dem Wipfel der Fichte saß eine Amsel. Die sang eine Weile, dann hielt sie mit leicht geöffnetem Schnabel inne. Horchte auf Antwort, die aus dem Nachbargarten kam, antwortete ihrerseits.

Schritt für Schritt drang ein gelber Lichtstreifen im hohen Gras vor. Dem Gras, das ich seit Monaten nicht mehr gemäht hatte. An manchen Stellen standen die Disteln und Brennnesseln schon in Brusthöhe. Der Lichtstreifen erreichte die ersten Obstbäume und ließ die Äpfel rot aufleuchten.

Mit durchsonnten Flügeln und kühnem Ruf flog eine Ringeltaube direkt auf mich zu. Sie kam im Gleitflug, erst im letzten Moment, mit zwei lockeren Tempi, ihren silbergrauen Leib über meinen Kopf hinweghebend. Kurz darauf folgte die zweite, ihre Partnerin oder ihr Partner. Sie landeten auf dem Dach und trippelten mit ihren zarten Füßen darauf hin und her.

Dann ließen die Nachbarn ihren Hund in den Garten. Als er mich erblickte, bellte er, er hatte sich in den Jahren, die wir nun hier wohnten, ebensowenig an mich gewöhnt wie die Menschen, denen er gehörte. Ich ging ins Haus. Ich stellte die Kaffeekanne auf die Gasflamme. Ich ging ins Schlafzimmer und beseitigte die Spuren von Nataschas leider nur spärlich Erbrochenem.

Im Radio-Morgenjournal wurde ausführlicher über den Zusammenbruch der Reichsbrücke berichtet. Wie sich herausstellte, hatte sich zum Zeitpunkt des Unglücks doch noch ein zweites Fahrzeug auf der Brücke befunden. Ein Autobus der Verkehrsbetriebe war, vom Donauwasser umspült, auf der abgesackten Fahrbahn stehengeblieben. Der perplexe Chauffeur, der um diese Zeit noch keine Fahrgäste beförderte, sondern, vor kurzem aus der Remise ausgefahren, auf dem Weg zu seiner Einsatzstrecke gewesen war, sei, so hieß es, mit dem bloßen Schrecken davongekommen.

LIEBE TOCHTER, WENN ich Deine Adresse wüßte. Ich würde Dir nicht nur schreiben, sondern den Brief auch wirklich abschicken. Und vielleicht würdest Du ihn lesen, möglicherweise würdest Du mir zurückschreiben. Vielleicht – ich halte das nicht für ganz ausgeschlossen – würdest Du mich sogar hier besuchen.

Natürlich nur, wenn Du nicht zu weit von hier weg wärst. Wo bist Du? In den hiesigen Telefon- und Adressbüchern finde ich Deinen Namen nicht. Vielleicht lebst Du ja inzwischen im Ausland, nicht mehr in diesem mir nun enger denn je erscheinenden Inland. Vielleicht wünsche ich Dir das. Vielleicht wünsche ich mir das. Obwohl es das von mir erhoffte Treffen mit Dir erschweren dürfte.

Eigentlich warst ja Du der Grund meiner Reise. Zumindest der Anlaß. Möglicherweise auch das Ziel. Obwohl ich natürlich auch anderes im Sinn hatte. Diese Stadt wiederzusehen, von der man mich nun nur einen tristen Ausschnitt durch ein Gitterfenster sehen läßt.

Aber was solls, es gibt auch andere Städte. Amsterdam zum Beispiel. Vergangene Nacht, im Traum, bin ich Dir in Amsterdam begegnet. Habe ich recht? Vielleicht hast Du recht, daß Du dort bist. Das soll ja eine sehr freundliche und weltoffene Stadt sein.

Ob Wien das ist, dessen bin ich nicht mehr so sicher. Ehrlich gestanden, bin ich dessen nie sicher gewesen. Obwohl ich es geliebt habe. Eigenartigerweise. Nicht nur damals, als ich hier gelebt habe, sondern all die jenseitigen Jahre.

Komisch, nicht wahr? Bis vor relativ kurzer Zeit habe ich das selbst nicht gewußt. Hättest Du mich damals danach gefragt, so hätte ich diese Liebe verleugnet. Dann aber ... seltsam ... Aber lassen wir das. Wie sich herausstellt, handelt es sich um eine Liebe ohne Gegenliebe.

Wer weiß, vielleicht schieben mich meine ehemaligen Landsleute ja wirklich ab. Ins Flugzeug und ab die Post. Zurück an den Absender. Schade. Gewisse Gegenden hätte ich gern noch einmal aufgesucht. Doch vielleicht habe ich Glück, und die Behörde kriegt doch noch heraus, daß ich Amerikaner bin und kein Afrikaner.

Das ist ungerecht, aber wahr – so wahr wie die Welt, in der wir leben. Als Ami lassen sie mich vielleicht doch noch in Wien spazierengehen. Entschuldigung Mister, war halt ein Mißverständnis ... Als sogenannter Schwarzafrikaner bin ich auf jeden Fall eine unerwünschte Person.

Aber vielleicht haben mich diese hiesigen Cops ja durchschaut. Als anima naturaliter africana. Als von Natur aus afrikanische Seele. Auch wenn ich bisher noch nicht in Afrika gewesen bin.

Dann könnte es sein, daß ich es jetzt endlich schaffe. Daß ich doch noch in mein Afrika komme. Mit Hilfe der österreichischen Polizei. Flankiert von Cops, die solche Jobs effizient erledigen.

Vielleicht wecken sie mich zeitig am Morgen und bringen mich zum Flughafen. Die Maschinen, die für so eine Reise in Frage kommen, starten dem Vernehmen nach früh. Es wird dabei möglicherweise ein bißchen rauh zugehen. Aber das ist nur im Sinne der raschen Abwicklung der Maßnahme.

Fahrt zum Flughafen Schwechat, Begleitung zur bereitgestellten Maschine, Übergabe an die den Flug begleitenden Kollegen. Zwischenfälle, die den geplanten Ablauf der Abfertigung verzögern oder überflüssige Aufmerksamkeit erregen könnten, sind unerwünscht. Wenn ich mich auf der Strecke, die es bis zum Flugzeug zurückzulegen gilt, wehre, wird man mich sedieren, wenn ich dann nicht auf dem Platz sitzen bleiben will, den man mir zuweist, wird man mich fixieren.

Doch das alles ist ja in meinem Interesse. Man will nur mein Bestes. Man verhilft mir zur Erfüllung lang gehegter Wünsche. Allein bin ich nie so weit gekommen, aber *with a little help from my friends* ... Ab nach Afrika, wo ich hingehöre.

Aber Schluß jetzt mit diesen schwarzen Visionen! Vielleicht wird ja nichts draus, und ich lande wieder nicht in Afrika. Von mir ist das Afrika ja schon lange gewöhnt. Also kann es auch noch etwas länger warten.

Zurück zu Dir, liebe Lisa! Was machst Du, Mädchen? Entschuldige, vielleicht bist Du ja längst eine verheiratete Frau. Hoffentlich machst Du etwas, das Dir Freude bereitet. In meinem Traum warst Du eine Malerin oder eine Fotografin.

Du bist mir damals so talentiert erschienen. Damals, mit sieben, als ich Dich zum letzten Mal sehen durfte. Und noch mit acht, als Du mir zum letzten Mal geschrieben hast. Die Zeichnungen, die jenem letzten Brief beigelegt waren, sind noch jahrelang in meiner Wohnung in der Barracks Street an der Wand gehangen.

Nach meinem Umzug in die Frenchmen Street habe ich sie allerdings nicht mehr aus dem Koffer ausgepackt. Das war einfach Selbstschutz. Die Briefe, die ich Euch, Deinem Bruder und Dir, noch eine Weile geschickt habe, sind alle ungeöffnet zurückgekommen. *Return to sender.* Einmal war ein mit Maschine getippter Brief Eurer Mutter dabei. *Ich muß Dich dringend ersuchen, die Kinder nicht mehr zu irritieren und Deine Postsendungen an sie einzustellen.*

Wie Du wohl aussiehst, jetzt, mit Ende zwanzig? Ich stelle mir vor, daß Du eine hübsche junge Frau bist. Selbstbewußt, hoffe ich. Vielleicht (zu Recht) ein bißchen nachdenklich. Es wäre schön, Dich zu sehen, auch wenn es hier im Haus nur durch eine Glasscheibe möglich wäre.

Jeder Häftling, steht in der Hausordnung, darf einmal

wöchentlich für die Dauer einer halben Stunde Besuch empfangen. In der sogenannten Besucherzone. Wie man mir beim Spaziergang im Hof erzählt hat, ist das ein schmaler Warteraum. Auf der einen Seite der Glasscheibe sitzen die Gefangenen, auf der anderen die Besucher.

4

Meine Krise setzte nicht erst mit dem Mißerfolg meiner dritten Platte ein, sondern – eigentlich – mit dem Erfolg meiner zweiten. Zwar war vorerst nichts von ihr zu bemerken (oder ich ließ mir noch nichts von ihr anmerken), aber sie war da, seit ich mir selbst aus den Schaufenstern fast aller aktualitätsbeflissenen Plattenläden entgegengrinste. Mein falsches Bild. Es hatte nicht mehr den leicht unglücklichen Ausdruck des Porträtfotos, das für das erste Cover verwendet worden war. An dieser Hülle war keine Spur mehr vom Unbehagen in der Austropopkultur.

Bei den Aufnahmen war alles glattgegangen. Sowohl im Tonstudio als auch im Fotostudio. Herr Augsburger hatte hervorgehoben, wie schnell ich gelernt hatte. Bis zur nächsten LP, sagte er, bist du der Profi, den ich mir vorstelle.

Aus dieser nächsten LP wurde nichts, es reichte gerade zu einer schwachen Single. Eben dem Flop, der das Ende meiner Karriere bedeutete. Aber das war damals, im Frühling '74, noch nicht absehbar. Die Präsentation im Prater (zwischen Riesenrad und Liliputbahn) war ein Medienspektakel.

Die unmittelbar danach angesetzte Tournee erledigte ich mit Routine. Sie führte nicht mehr durch die Provinz, sondern von einer Bundesländerhauptstadt zur anderen. Sogar über die Grenzen. Passau und München hatten die einmalige Gelegenheit, mich zu hören und zu sehen. In Orte wie Stadl-Paura kam ich nun nicht mehr.

Auch war ich diesmal nicht mehr allein auf der Bühne.

Paul White hieß es auf den Plakaten, die mein Auftreten ankündigten, *& Band.* Die Musiker, die mich begleiteten, waren richtige Profis. Aber mein falscher Name war am größten geschrieben.

Klar gab es auch auf dieser Tournee eine Reihe von Mädchen und Frauen, die mit mir schlafen wollten. Das heißt, sie wollten mit dem blöden Paul White schlafen. Und der schlief mit vielen, obwohl er jetzt durchaus nicht mehr alle nahm. Die, zu denen er sich herabließ, waren nach den Maßstäben des Herrn Lipp gewiß schöner als die, von denen ihm im Rahmen der vorigen Tournee keine zu minder gewesen war, doch der Herr Lipp, der vielleicht *auch* gefunden hätte, daß ich schnell gelernt habe, wurde nicht mehr benötigt.

Ein, zwei Monate später lancierte der Manager, den ich inzwischen hatte, meine Einladung zur sogenannten *Coupe d'Europe Musicale.* Eine Veranstaltung, die als *niveauvollere* Konkurrenz zum alljährlich abschnurrenden europäischen Song Contest gedacht war. Während dort für gewöhnlich die dümmsten Schlager prämiiert wurden, die nach einigen Wochen Dauerberieselung nicht einmal die Hörer der seichtesten Radioprogramme mehr hören wollten, sollten hier auch etwas niveauvollere Nummern eine Chance haben. Der Zufall und ein paar hochstaplerische Sponsoren aus dem Bundesland Kärnten wollten, daß dieses Wettsingen, das im Vorjahr irgendwo an der Côte d'Azur seine Premiere erlebt hatte, heuer im Kongreßhaus der Stadt Villach stattfand.

Als Mitveranstalter hatte man einen gewissen Herrn Casserol gewonnen, dessen Ruf auf der Organisation von immer neuen Mißwahlen beruhte. Ich weiß nicht, ob das zur Hebung des Niveaus der Veranstaltung beitrug, bestimmt brachte es allerdings mehr Publikum und weitere Sponsoren. Ins Rahmenprogramm der Veranstaltung hatte man raffiniert eine Präsentation diverser Missen eingebaut. Die sollten den

Villachern nicht nur ihre prämiierten Körper, sondern auch die Fähnchen lokaler Modehäuser vorführen.

Das war die Gesellschaft, in die ich somit geriet. Herr Casserol war sichtlich nicht mehr der Jüngste, trug aber viele Haare und ein Goldkettchen auf der unter dem lässig offenstehenden Hemd sichtbaren Großvaterbrust. Er war ständig von einem Kranz unverschämt gut, wenn auch sehr unecht aussehender Weibchen umgeben. Die schienen es zwar darauf angelegt zu haben, das Vorurteil zu bestätigen, daß sogenannte schöne Frauen dumm sind, jedenfalls benahmen sie sich so, um ihren Gönner herumgirrend, aber was mich betrifft, so revidierte ich dieses Vorurteil, sobald ich mit einer von ihnen in näheren Kontakt kam.

Der Kontakt ergab sich bei einem damals gerade in Mode kommenden Tanz namens Bump, den Herr Casserol, sozusagen als Animator, mit jeder einzelnen seiner Missen vorführte. Der besondere Reiz dieses Tanzes bestand darin, daß man im Rhythmus der Musik mit dem Hinterteil der Partnerin beziehungsweise des Partners zusammenstieß. Eine der Missen schien das Zusammenstoßen mit meinem Hintern zumindest vorübergehend vergnüglicher zu finden als das mit dem Altherrenarsch des Herrn Casserol. In der Folge schien sie mir gleich gar nicht mehr so dumm, sondern eigentlich sehr nett, wir stießen nicht nur zusammen, obwohl das tatsächlich etwas recht Anregendes hatte, sondern redeten auch miteinander.

Erst plauderten wir in der Bar im Souterrain des Kongreßhauses. Aber bald schon suchten und fanden wir ein Lokal, in dem wir etwas ungestörter waren. Nicht, daß unser Flirt mit all den üblichen Scherzen und Ritualen dort nicht weiterging. Aber eigenartigerweise hatten wir dabei beide das Bedürfnis, einander unsere Lebenssituation zu schildern.

Was ich zu erzählen hatte, können Sie sich ungefähr denken. Ich konstatierte, daß mein Leben in eine falsche Bahn geraten war. Eine Zeitlang hatte ich mich dagegen gewehrt, aber dann hatte ich eingewilligt. Das komme ihr bekannt vor, sagte sie. In gewisser Hinsicht sei es ihr ähnlich ergangen.

Sie war trotz ihrer relativ jungen Jahre bereits eine Ex-Miß, die, das sah sie ganz realistisch, in diesem Business eigentlich keine Chance mehr hatte. Der Grundsatz *They never come back* gelte in diesem Geschäft noch grausamer als beim Boxen. Sie mache sich, sagte sie, keine Illusionen. Sie würde noch eine Weile mit Herrn Casserols Truppe mittingeln, aber mit dem Geld, das sie dabei auf die Seite legen könne, wolle sie in absehbarer Zeit einen Schönheitssalon in Köln eröffnen, woher sie stamme, als Altersvorsorge sozusagen, ehe es auch dafür zu spät sei.

Das Blöde sei nur, daß ihr der feine Herr Casserol noch Geld schulde. Geld, das sie ihm weder schenken wolle noch könne. Dazu sei es zuviel, genaugenommen sei es das für die Eröffnung ihres Beauty-Centers nötige Grundkapital. Er winde sich, er vertröste sie, aber wenn er ihr die Summe, die ihr zustehe, bis zu ihrem 29. Geburtstag nicht auf Heller und Pfennig zahle, sei es mit ihrer Geduld zu Ende, dann müsse er das Geld herausrücken, wenn es darauf ankäme, habe sie gegen ihn gewisse Druckmittel, und diesbezüglich, fürchte ich, machte sie sich doch Illusionen.

Die Hälfte ihrer Geschichte erzählte sie mir schon im Bett, einen Teil vor und einen Teil nach dem Beischlaf. Sie trug viel Make-up, aber darunter hatte sie ein wirkliches Gesicht. Darin sah ich ihre Entschlossenheit, aber auch die Angst, daß diese Entschlossenheit nichts nützte. *Post coitum triste – bisher* hatte ich über diese meines Erachtens verfehlte Spruchweisheit gelacht, jetzt aber machte ich selbst diese Erfahrung.

Womöglich lag es daran, daß sie – nicht nur nach den Maßstäben des Herrn Lipp – meine bis dahin wahrscheinlich schönste Frau war. Jedenfalls war sie meine erste Miß. Und ich war, gestand sie mir, ihr erster Schwarzer (obwohl es in

Köln, wo zu dieser Zeit noch amerikanische Soldaten stationiert waren, nicht wenige gab). Nach dem zweiten Beischlaf mit ihr fühlte ich mich leider noch trauriger.

Vielleicht hing der Ausbruch meiner Traurigkeit auch damit zusammen, daß ich mich hier, in Villach, ganz in der Nähe des Ossiacher Sees und somit jenes Ortes befand, von dem mein Fluchtversuch, fünf Jahre lag das nun schon zurück, ausgegangen war. Am Nachmittag nach der Nacht mit Kirsten, so hieß die Ex-Miß, fuhr ich mit dem Bus dort hinaus. Die Gegend war noch immer dieselbe, glänzend grün, sanft gehügelt, schneebedeckte Berge im Hintergrund, alles sah aus wie ein Werbespot im Fernsehen. Für etwas Süßes. Milchschokolade am ehesten. Für etwas Braves. Weißer als weiß waschende Waschmittel.

Wenn dieser Fluchtversuch nicht mißlungen wäre! Wenn ich die Fähre in Palermo erreicht hätte! Und am nächsten Morgen hätte ich meinen Fuß auf den Boden des Schwarzen Kontinents gesetzt! Dann! Ja, was dann? Nun, zumindest wäre kein Austropopper aus mir geworden.

Nach Villach zurückgekehrt, mußte ich noch meinen Auftritt absolvieren. Die Bühne im Kongreßhaus habe ich wie eine Arena in Erinnerung. Das Scheinwerferlicht blendete, ich sah weder die Jury noch das Publikum. Nach einigen Takten kamen mir Text und Musik des Liedes, das ich sang, so überflüssig vor, wie sie waren, ich lehnte die E-Gitarre, die ich ohnehin nie hatte leiden können, ungeachtet des Rückkoppelungsgeräuschs, das ich dabei verursachte, an eine der am Bühnenrand stehenden Lautsprecherboxen, nickte kurz ins Dunkel und ging.

In Purkersdorf war ich dann für niemanden erreichbar. Nicht für meinen Manager, nicht für Herrn Augsburger, nicht für die Grottenberg, schon gar nicht für die Presse. Ich saß im Keller am Keyboard und versuchte, die Musik zu machen, die ich vor meiner Verirrung in jene Untiefe hatte machen wollen. Aber es fiel mir schwer, mich auch nur an die Ansätze dieser Musik zu erinnern.

Noch schwerer fiel es mir, an sie anzuknüpfen. In meinem Kopf und meinem Herz war eine große Leere. Mit der Zeit gab ich es auf, mich ans Keyboard zu setzen – es verstaubte. Ich hätte mich gern an mein altes Klavier gesetzt, aber das hatte ich bei unserem Auszug aus der Gumpendorferstraße verschenkt.

Ich ging in den Wald, der nicht weit vom Haus begann. Ich ging ohne Ziel, häufig auch ohne Weg, stapfte einfach durchs Dickicht. Wenn ich dann, wieder aus dem Dickicht hervorbrechend, jemanden traf, erschrak der oder die meistens. Ich erinnere mich an eine alte Frau, die sich bei meinem Anblick bekreuzigte.

Zuweilen hatte ich Durst und ging in ein Gasthaus. Da kam manchmal ein Geflüster auf, ein Gemurmel. Zwar wußte man im Gasthaus *Neunteufel* zum Beispiel, daß ich nicht einfach irgendein trinkender Neger war, den man vielleicht dezent aufgefordert hätte, das Lokal zu verlassen, sondern vielmehr einer, mit dem sich, noch gar nicht so lang her, ein paar von den in der Umgebung hausenden Austropop-Größen gezeigt hatten, und einmal kam sogar eine Kellnerin mit einem Kassablock, den sie, ein Autogramm erwartend, vor mich hinlegte. Das war mir zwar peinlich, aber ich kam ihrer unausgesprochenen Bitte schließlich nach, sie jedoch, als sie, an die Theke zurückgekehrt, die Unterschrift nicht recht entziffern konnte und mit der Wirtin und einem anderen Gast beratend, zu dem Ergebnis kam, daß ich nicht mit *Paul White*, sondern mit einem ihr unbekannten Namen unterschrieben hatte, zerknüllte das Papier und warf mir böse Blicke zu, ganz so, als hätte ich mir mit ihr einen schlechten Scherz erlaubt.

Was ist los mit Paul White?, fragte sich die beliebteste Tageszeitung in ihrem auf das Land Niederösterreich konzentrierten Lokalteil. Zu angekündigten Auftritten war ich nicht erschienen. Im Casino Baden hatte man ebenso vergeblich auf mich gewartet wie im Safaripark Gänserndorf. Meinem Manager, der mich endlich doch am Telefon erreicht hatte (Natascha war es müde, mich ständig zu verleugnen), hatte ich das Götzzitat gesagt, meinen Promotor, den Herrn Augsburger, der persönlich in Purkersdorf erschienen war, um mir ins Gewissen zu reden, hatte ich beinahe in den Bach geschmissen.

Meine Entdeckerin, die bekannte Rundfunkmitarbeiterin Sandra Grottenberg, konnte sich meine Wandlung auch nicht erklären. Ich sei ein so lieber schwarzer Bub gewesen. Den Reporter, der mir auf einem meiner Spaziergänge aufgelauert hatte, an meine Seite gesprungen und trotz wiederholter Aufforderung meinerseits nicht mehr freiwillig von ihr gewichen war, hatte ich mit einem in wilder Wut von einem Strauch gerissenen Ast bedroht. Anscheinend schlage nun doch die den Angehörigen meiner Rasse angeborene Aggressivität durch.

Was ist los mit dir?, fragte Natascha zum x-ten Mal. Sie wußte es ohnehin / sie wußte es nicht. Ich sagte es ihr / ich konnte es ihr nicht sagen. Sie liebte mich nämlich. Und das hätte eigentlich kein Problem sein sollen, sondern die Lösung aller Probleme.

Die sich indessen mehrten. Das Leben, auf das wir uns nach meinem sogenannten Erfolg eingestellt hatten, kostete relativ viel Geld. Von dem ich, so wie ich mich verhielt, nun immer weniger verdiente. Nataschas Einkommen als Jungpsychologin war trotz des akademischen Titels, den sie inzwischen vor ihren Namen setzen durfte, alles andere als großartig. Wenn, durch den Wegfall meiner Einkünfte, vor allem sie unsere Kosten tragen mußte, würde das, wie ich mir ausrechnen konnte, auf die Dauer nicht reichen.

Sie machte mir keine Vorhaltungen, aber ab und zu mußte sie es mir einfach vorrechnen. Was anfiel. Und was ich ganz simpel ignorierte. Das Haus gehörte zwar uns, also zahlten wir keine Miete. Aber da war die Gemeindeabgabe, da waren die Gebühren für die Wasserzufuhr und für die Müllabfuhr, da waren die Gas- und die Strom- und die Telefonrechnung.

Da waren diverse Versicherungen, die wir uns hatten aufschwatzen lassen. Die Hausrats-, die Brandschutz-, die Hochwasser- und die Glasbruchversicherung. Nicht zu vergessen die Lebens- und Ablebensversicherungen und meine private Pensionsversicherung. Und darüber hinaus gab es noch die Autoversicherungen.

Nichts als Scheiße! Ich hielt mir die Ohren zu.

Genau, sagte Natascha, genau das ist deine Haltung.

Ach was, sagte ich, ich würde das alles nicht brauchen!

Na klar, sagte Natascha, du würdest im Urwald hausen.

Das war das erste Mal, daß sie so etwas sagte. Ich wandte mich ab und ging aus der Küche ins Zimmer. Sie kam mir nach. Berührte mich an der Schulter. Entschuldige, sagte sie. Das war nicht so gemeint … Das ist mir halt, sagte sie, so herausgerutscht. Mein Gott, das kannst du dir doch denken, daß das nicht so gemeint war! Na, komm schon! Verzeih mir! Küß mich! Sei wieder gut!

Ich küßte sie, das heißt, ich ließ mich von ihr küssen, aber ich spürte, daß ich dabei innerlich zurückwich.

Zwar bekam ich für meine zwei Schallplatten theoretisch noch Tantiemen, aber nach der ersten bestand kaum mehr Nachfrage. Auch der Verkauf der zweiten ging nach dem anfänglichen Boom zurück. Zudem hatte ich hohe Vorschüsse kassiert und verbraucht. So bekam ich praktisch nichts mehr, die finanzielle Lage wurde immer bedenklicher.

Du mußt etwas tun!, sagte Natascha. So beschloß ich als erstes, mein Auto zu verkaufen. Noch in der Gumpendorferstraße, nach dem kleinen Erfolg meiner Debütplatte, hatten wir eine schwankende Citroën-Ente angeschafft. Die hatte zu uns gepaßt und war uns für unsere Bedürfnisse ausreichend erschienen. In Purkersdorf und nach dem großen Erfolg meiner zweiten Platte war die Ente nicht mehr gut genug.

Jetzt hatten wir zwei Autos, Natascha fuhr einen netten VW-Käfer, ich jedoch (schließlich hatte Paul White ein gewisses Image) einen hübschen, im Jahre 1957 zu Abington in England erbauten MG. Der stand nun seit Monaten unbenutzt in der Garage. Eigentlich, so hatte ich gedacht, war mir überhaupt nichts an dem Fahrzeug gelegen. Aber jetzt, als ich wieder einstieg, merkte ich, daß ich seinen bevorstehenden Verlust doch ein wenig bedauerte.

Es war ein cooles Gefühl, darin zu fahren. Der Wagen paßte mir wie eine perfekt sitzende Lederjacke. Knallhartes Fahrwerk, direkte Lenkung, Karosserie in British Racing Green. Er roch gut. Er klang schön. Er fuhr schnell. Angenehm blies mir der Fahrtwind durch die Haare.

Ich lenkte stadteinwärts. Bevor ich zum Autohändler fuhr, wollte ich noch Herrn Jericha besuchen. Herrn Jericha, den ich sträflich vernachlässigt hatte. Ich wünsche Ihnen alles Gute, hatte er gesagt, als ich bei ihm gekündigt hatte. Vergessen Sie mich nicht ganz, und schauen Sie ab und zu bei mir vorbei.

Das war nun zwei Jahre her, und ich hatte *nie* bei ihm vorbeigeschaut. Vielleicht lag es auch daran, daß ich mich für das, was ich inzwischen gemacht hatte, vor ihm genierte. Er seinerseits war nie zu einem meiner Auftritte gekommen. Oder vielleicht war er doch gekommen, und ich hatte ihn einfach übersehen.

Nun jedenfalls war er mir wieder eingefallen. Oder ich getraute mich wieder, ihm unter die Augen zu treten. Sehen Sie, würde ich sagen, ich möchte dieses falsche Leben als Paul White aufgeben. Brauchen Sie nicht vielleicht wieder eine Aushilfe in der Buchhandlung?

Ich parkte das Auto etwas weiter unten in der Lerchenfelderstraße. Damit bei Herrn Jericha vorzufahren kam mir ganz einfach unpassend vor. Selbst wenn ich das Renommierfahrzeug in Anschluß an den Besuch verkaufen wollte. Auch wegen des Anliegens, das ich hatte, schien es mir angemessener, das letzte Stück zu Fuß zu gehen.

Der Weg Richtung Buchhandlung war mir noch sehr vertraut. Wie oft war ich ihn, an der Bushaltestelle Ecke Neubaugasse ausgestiegen, gegangen. Erst kam die Eisenhandlung, dann kam die Tierhandlung, dann kam das Gasthaus *Wegenstein*. Dann kam die Buchhandlung. Ich trat ein. Irgend etwas hatte sich verändert.

Richtig! Die Bücherstapel, jene für Herrn Jerichas Buchhandlung charakteristischen Bücher*türme*, waren abgetragen. Wohl lagen einige Bücher auf dem Ladentisch, aber in einer befremdlichen Ordnung. Sie waren mit Nummernschildern versehen und signalisierten die nach irgendwelchen Bestsellerlisten meistverkauften oder von irgendwelchen Kritikerlobbys meistempfohlenen Bücher. So etwas sah Herrn Jericha gar nicht ähnlich.

Hinter dem Ladentisch erschien ein weißhäutiger junger Mann. Das war wohl derjenige, der meine Nachfolge angetreten hatte. Eine anstellige Hilfskraft. Einer, der, wie man sah, eine etwas zeitgemäßere Struktur in den Laden brachte. Einer, durch dessen Präsenz, das nahm ich zur Kenntnis, mein Wunsch nach Wiedereinstellung in Herrn Jerichas Buchhandlung wahrscheinlich illusorisch war.

Doch dieser Wunsch war jetzt ohnehin ausgeblendet. Er schien mir in diesem Augenblick nicht mehr so wichtig. Nur mit Herrn Jericha reden wollte ich noch. Ja. Noch *einmal* mit Herrn Jericha reden.

Aber wo blieb er bloß? Hatte er die alte Messingklingel nicht gehört, die, nach wie vor über der Tür montiert, das Eintreten eines Kunden signalisierte? Wahrscheinlich war er irgendwo weit hinten im Lager. Wahrscheinlich hatte er dort wieder einmal ein Buch gefunden, das ihn unwiderstehlich anzog. Und hatte es aufgeschlagen und war nun in die Lektüre versunken.

Aber er würde auftauchen. Er mußte doch jeden Moment auftauchen! Ich mußte ihm noch ein wenig Zeit geben. Ich mußte Zeit gewinnen. Ich blätterte also in einigen der auf dem Ladentisch liegenden Bücher. Ein Verhalten, das dem jungen Mann, der dahinterstand, sichtlich nicht recht war.

Suchen Sie etwas Bestimmtes?, sagte er schließlich.

Ja, sagte ich. Ich suche … Ach, hier ist es ja! Und damit deutete ich auf eins der numerierten Bücher. Ich glaube, es war die Nummer 3. Titel und Autor habe ich vergessen.

Der junge Mann nickte, offenbar billigte er meine Wahl. Dieses Buch hat etwas, sagte er. Es ist mit einer gewissen Kaltschnäuzigkeit geschrieben. Der Autor, sagte er, ist auf der Überholspur. Es hörte sich an, als rede er von einem Rennfahrer.

Ich bezahlte, und er steckte das Buch samt Kassabon in eine Tragtasche. Auf der Tragtasche stand der Name der Buchhandlung. Auch an diesen Namen kann ich mich nicht mehr erinnern. Aber es war jedenfalls nicht mehr der Name Jericha.

Ich mußte was trinken. Herr und Frau Wegenstein erkannten mich gleich. Sie nickten mir zu, mit der etwas zurückhaltenden Freundlichkeit, die ihre Art war. Besonders seine. Ich wußte diese Art zu schätzen. Egal, ob sie nun aus einer ursprünglichen Schüchternheit resultieren mochte oder aus einer nicht jedem Gastwirt gegebenen Distinguiertheit.

Heute jedoch war dieser Freundlichkeit noch etwas anderes beigemischt. Der Eindruck verstärkte sich, als Herr Wegenstein an den von mir gewählten Tisch trat. Er schüttelte mir die Hand. Kondolenz, ja, genau das war es. Die diskret mit dem Schütteln der Hand verbundene Information überraschte mich kaum mehr.

Voriges Jahr …, sagte Herr Wegenstein. Im Sommer … Jenen Sommer hatten wir bei Augsburgers in Marbella verbracht. Untertags waren wir auf ihrer weißen Terrasse gelegen, nachts waren wir in buntbeleuchteten Bars gesessen. Obwohl wir manchmal getaucht hatten, waren es sehr oberflächliche Tage gewesen.

Ich hatte zuviel Carlos Primero getrunken, jetzt trank ich zuviel Sliwowitz. Herr Wegenstein wußte nicht, daß ich mit dem Auto da war. Er schenkte mir teilnahmsvoll nach. Auf dem Weg zum Gebrauchtwagenhändler in der Ameisgasse mußte ich über eine die Gleiskörper der Westbahn querende Brücke. Danach kam eine S-förmige Kurve, die ich nicht mehr richtig erwischte.

Nicht bloß, daß ich den Wagen dann nur mehr als Schrott verkaufen konnte! Weil ich im alkoholisierten Zustand am Steuer gesessen war, mußte ich dreißigtausend Schilling Strafe zahlen. Daß mir der Führerschein auf drei Monate entzogen wurde, war in der aktuellen Situation von eher sekundärer Bedeutung. Das also, sagte Natascha, ist dein Beitrag zur Sanierung unserer Finanzlage.

Das war ein Sarkasmus, den ich bis dahin nicht an ihr kannte.

Herr Jericha ist tot, sagte ich.

Er war alt, sagte sie hartherzig.

Ich hätte *auch* tot sein können, sagte ich. Zumindest verletzt.

Wie immer, sagte Natascha, hast du mehr Glück als Verstand gehabt.

So bitter war sie.

Und du erzählst, daß du mich liebst!

Ich liebe dich, sagte sie. Aber ich weiß nicht, wie es weitergehen soll. *Mein* Auto kann ich nicht verkaufen. Ich muß damit zur Arbeit fahren. Während *dir* nichts Besseres einfällt, als auf der faulen Haut zu liegen.

Auf *was für einer* Haut?

Auf der faulen.

Vielleicht auch auf der *schwarzen*?

Blödsinn, sagte sie. Das hab ich nicht gesagt.

Sondern was?

Auf der faulen.

Auf der *faulen schwarzen*?

Hör auf, sagte sie. Du weißt doch genau, das ist eine Redensart!

Vielleicht eine rassistische.

Ach Gott, sagte sie, das ist doch Unsinn. Meiner Meinung nach ist damit überhaupt nicht die eigene Haut gemeint.

Sondern?

Das Fell. Das Fell, auf dem einer faulenzt.

Im Urwald.

Jetzt hör aber auf, sagte sie, du bist ja paranoid.

Du könntest doch irgendwo auftreten, sagte Natascha.

Als was?

Na, als Sänger und Musiker natürlich!

Als Paul White.

Ja, zum Kuckuck, warum *nicht* als Paul White ...? Paul White solo. Paul White unplugged. Der echte und unverfälschte Paul White.

Aber versteh doch, sagte ich, der *bin* ich nicht.

Und glaubst du, *ich* bin die, sagte sie, die Tag für Tag in der psychologischen Beratungsstelle sitzt?

Das ist etwas anderes, sagte ich. Du sitzt dort nicht mit einer falschen Etikette.

Deine Sorgen möchte ich haben, sagte Natascha. Sollen wir auch das Haus verkaufen, das du mit einer falschen Etikette bezogen hast?

Ich zuckte die Achseln.

Vielleicht könntest du als Studiomusiker arbeiten.

Nein, sagte ich. Dazu bin ich nicht perfekt genug.

Dann such dir gefälligst irgendeinen Scheißjob! Das ist doch nicht zu fassen, daß du dir zu gut bist, für deine Familie Geld zu verdienen! – Es gibt Menschen, die als Zeitungsverkäufer ihr Brot verdienen, als Bauhilfsarbeiter, als Nachtwächter, als was weiß ich. Warum versuchst du es eigentlich nicht als Taxifahrer?

Weil man mir den Führerschein für drei Monate entzogen hat, sagte ich.

Hier hatte Natascha einen kleinen Nervenzusammenbruch.

Es war nicht recht zu entscheiden, ob sie dabei eher lachte oder heulte. Siehst du, sagte sie, ich bin schon völlig konfus. Da lag sie an meiner Brust, und es schüttelte sie. Das mit deinem Führerschein hab ich glatt vergessen.

Peter, sagte sie, irgendwas muß geschehen! Ich hab mir von meinem Vater Geld ausgeborgt, um die längst fällige Gebühr für den Montessori-Kindergarten bezahlen zu können. Ich möchte Lisa nur ungern dort herausnehmen. Ich hab mir also Geld von ihm ausgeborgt, aber ich habe mich dafür geschämt.

Stimmt schon, früher war es mir kein Problem, von seinem Geld zu leben. Aber inzwischen, ob du es glaubst oder nicht, ist es mir eins. Ich hab mich geschämt wie noch nie zuvor in meinem Leben. Wenn du es genau wissen willst, hab ich mich auch für dich geschämt.

Vorübergehend fand ich Arbeit als Verkäufer in einem Elektrowarengeschäft. Aber nach sechs Wochen, die der Besitzer als Probezeit anberaumt hatte, sagte er mir, daß er mit mir nicht glücklich sei. Ehrlich gesagt, sagte er, unter uns, es ist ja nicht meinetwegen. Aber die Kunden! Jeden zweiten Tag werde ich gefragt, warum ich nicht einen Inländer nehme.

Aber ich *bin* ein Inländer, sagte ich.

Das weiß ich, sagte er. Sie haben mir ja Ihre Dokumente gezeigt …

Na, also, fragte ich, obwohl ich die Antwort ohnehin wußte, was ist dann das Problem?

Das Problem, sagte er, ist, daß Sie überhaupt nicht wie ein Inländer aussehen.

Dann wurde ich in einer Gärtnerei als Hilfsgärtner eingestellt. Mit drei jugoslawischen Gastarbeitern fuhr ich zur

Betreuung von Gärten durch die Gegend. Da waren Wiesen zu mähen und Hecken zu stutzen, da waren Schädlinge zu vergiften und Bäume zu fällen. Aber ich war nicht geschickt bei diesen Arbeiten, und mit den Jugoslawen, die sich untereinander auf serbokroatisch unterhielten, hatte ich Verständigungsschwierigkeiten.

Soviel ich mitbekam, war einer von ihnen aus Slowenien, einer aus Kroatien und einer aus Montenegro. Schon der etwas dunkelhäutigere Montenegriner hatte den beiden anderen gegenüber, die sich besser vorkamen, gewisse Selbstbehauptungsprobleme. Wie erst ich! Nicht nur wegen meines Ungeschicks war ich in dieser Partie der Letzte. Und der Vorletzte leitete die Aggressionen, die er von etwas weiter oben empfing, mit Lust an mich weiter.

Sie kamen mir auch in keiner Weise entgegen. Entweder schrien sie mich an, wenn ich die ihnen selbstverständlich erscheinenden Handgriffe nicht gleich begriff, oder sie lachten (in diesem Fall zu dritt sehr einig) über mich. Die paar Worte, die sie ab und zu an mich richten mußten, sprachen sie in einem lächerlichen und mich lächerlich machenden Gastarbeiterdeutsch. Zu allem Überfluß zerbrach ich ein Sägeblatt, das mit einem klagenden, äolsharfenartigen Ton, sie und mich selbst gefährdend, durch die Luft sauste; damit war auch dieses Arbeitsverhältnis beendet.

Dann, gegen Ende dieses traurigen Jahres, fand ich noch einen Job als Christbaumverkäufer. In einen dicken, rohen Mantel mit nach innen gekehrtem Fell gehüllt, stand ich inmitten eines kleinen Waldes von vorzeitig abgeschnittenen Nadelbäumen. Trotz der Pelzmütze und der Pelzschuhe, die ich trug, fror ich an den Ohren und an den Füßen. Aber das war ein Job, der mit dem 23. Dezember endete.

Im Frühling fand ich dann keine Arbeit mehr. Aber Natascha bekam eine Stelle in der nur ein paar Busstationen von Purkersdorf entfernten *Stadt des Kindes*. So konnte sie also ihren

VW verkaufen. Mit dem Geld, das sie dafür erhielt, kamen wir knappe drei Monate weiter.

Die *Stadt des Kindes* war ein von der Gemeinde Wien am westlichen Stadtrand erbautes Areal, in dem elternlose oder von ihren Eltern vernachlässigte Kinder und Jugendliche, von Sozialarbeitern und Psychologen betreut, wohnten. Dort fand sich auch die Möglichkeit, Noël und Lisa nach der Schule und nach dem nur mehr halbtägig besuchten Kindergarten unterzubringen. Sie kamen dann abends mit ihrer Mamma nach Hause. Ich machte vormittags ein wenig Hausarbeit, ging gegen Mittag einkaufen und bereitete ab sechs, halb sieben ein simples Abendessen.

Dazwischen hatte ich Zeit, zuviel leere Zeit. Theoretisch hätte ich in ihr Symphonien komponieren können, aber praktisch komponierte ich keinen Takt. Zwar staubte ich das Keyboard im Zuge meiner häuslichen Aktivitäten nun jeden Morgen ab. Aber darüber hinaus fing ich nach wie vor nicht viel damit an.

Ein paar Mal kam ich auf die Idee, die eine oder die andere meiner ehemaligen Freundinnen anzurufen. Aber die, die ich erreichte, hatten, so klangen sie jedenfalls, kein großes Interesse mehr an mir. So schnell kann man im Kurs sinken – doch ich hatte mir das selbst zuzuschreiben. Ich war weg vom Schaufenster. Und ich hatte mich ja selbst daraus zurückgezogen.

Immer häufiger ging ich was trinken, nicht nur in den Gasthof *Neunteufel*. Durchaus auch in etwas weniger bürgerlichen Gaststätten. Davon gab es einige, nicht nur in Purkersdorf, sondern auch in der Umgebung. In Hadersdorf oder in Weidlingau zum Beispiel, in Tullnerbach oder in Preßbaum.

Ich ging zu Fuß oder fuhr mit dem Bus dorthin. Dann stand ich zwischen bodenständigen Alkoholikern an der Theke. Ich stand zwischen ihnen und blieb trotzdem ein Fremder. Und das nicht nur, weil ich im Vergleich mit ihnen immer noch relativ wenig in mich hineinschüttete.

Im Wein liegt Wahrheit, heißt es – manche dieser Typen entdeckten auf dem Grund ihrer kontinuierlich aneinandergereihten Stehachtel vor allem die Wahrheit ihrer Vorurteile. Ergingen sich lallend in anthropologischen oder kosmopolitischen Betrachtungen. Des Inhalts, daß einer wie ich in ihrer Mitte, so urteilten die Gutartigen, eine kuriose Erscheinung sei. Oder, so urteilten die Bösartigen, eine unerwünschte Person.

Im allgemeinen versuchte ich, nicht hinzuhören, doch im besonderen gelang das nicht immer. Der alte Platon, hatte Herr Jericha gesagt, hat schon vor zweieinhalbtausend Jahren einen Zusammenhang zwischen Dummheit und Bosheit konstatiert. Es gibt natürlich auch gescheite Böse, und die haben bei allem Grauen, das sie anrichten, manchmal etwas gefährlich Imponierendes. Aber über die dummen Bösen kann man sich nur ärgern.

Manchmal machte ich den Fehler, mich mit einem exemplarischen Vertreter dieses Menschenschlags auf eine Diskussion einzulassen. Das führte zu nichts als zu potenziertem Ärger. In einem Beisel in Unterpurkersdorf kam es zu einer ansatzweisen Rauferei zwischen mir und einem ganz besonderen Idioten. Der Wirt griff auf seiner Seite ein und erteilte mir Lokalverbot.

Als mich meine Mutter einmal besuchen kam, stiegen wir auf die Hochramalpe. Sehr hoch war diese sogenannte Alpe nicht, eigentlich war sie nur ein etwas höherer Hügel von kaum mehr als dreihundert Metern. Nichtsdestoweniger geriet ich auf dem letzten Steilstück, das man mit dem Auto in zwei Minuten schaffte, ins Schwitzen. Genier dich, sagte meine Mutter, in deinem Alter wäre ich da hinauf *gelaufen*.

Oben gab es ein Ausflugsgasthaus, auf einem mit Kies bestreuten Plateau standen aus rohem Holz gezimmerte Tische und Bänke. Ja, sagte meine Mutter, von hier aus hat man eine schöne Aussicht. Unter uns wogten Wiesen, dahinter stand Wald, hellgrünes Laub und dunkle Nadeln. Die Hügel auf der anderen Seite des Tals waren tatsächlich so blaustichig wie die vor der Eingangstür zum Gasthaus in der Sonne bleichenden Ansichtskarten.

Fast idyllisch, wenn man von der Verbauung im Tal absah. Zwischen die Bauernhäuser und Villen einer verblassenden, aber aus der Entfernung schön wirkenden Zeit hatte man immer mehr Wochenendhäuser von ebenso adretter wie öder Gleichheit gestellt. Zu schweigen von den Industrieschuppen, den Lagerhäusern und den Einkaufszentren, eine praktikable, überall auf der Welt aufstellbare Schachtel neben der anderen. Ob die aus einer Entfernung von achtzig bis hundert Jahren auch schön wirken würden? Meine Mutter hatte Zweifel.

Sie war nachdenklich, kam mir verändert vor. Um Kinn und Hals wirkte sie, wie sie so mit seitlich gewendetem Kopf in die Gegend schaute, nachgerade hager. Wer weiß, wie alles werden wird, sagte sie, ob man auf dieser Welt in zehn oder zwanzig Jahren überhaupt noch leben möcht. Vielleicht hab ich ja Glück, sagte sie, und muß nicht so alt werden.

Aber Mamma!, sagte ich. Das ist doch nicht dein Ernst!

Ich weiß nicht, sagte sie. Manchmal sei ihr recht eigentümlich zumut. Unlängst im Fernsehen, sagte sie, haben sie wieder einen von diesen Atombombentests gezeigt. Du wirst mich vielleicht auslachen, aber ich glaub, ich spür die Radioaktivität in der Brust.

Aber reden wir lieber von dir, sagte sie. Du mußt es wahrscheinlich noch länger als ich hier aushalten. Und was soll denn jetzt aus dir werden, Bub? Manchmal mach ich mir ziemliche Sorgen um dich.

Daß du nicht mehr diesen Paul White spielen willst, find ich schon richtig. Ich hab diesen Herrn, ehrlich gesagt, nie leiden können. Mein Sohn heißt Peter! Dieser Paul kann mir gestohlen bleiben! Aber was jetzt? Wie soll es jetzt weitergehen?

Du darfst dich nicht, sagte sie, einfach so gehenlassen. Was deine Berufswahl betrifft, so hab ich dir nie dreinreden wollen. Ich hab mir gedacht, du wirst schon das Richtige finden. Jetzt denk ich mir manchmal, ich hätt dich vielleicht doch nicht in die Realschule schicken, sondern ein ordentliches Handwerk lernen lassen sollen.

Und dein Privatleben ... Ich weiß, es geht mich eigentlich nichts an ... Aber deine Natascha, wenn ich sie so sehe, tut mir inzwischen ein bißchen leid ... Eure Kinder sind lieb. Die Lisa besonders ... Wie die Zeit vergeht ... Du solltest nicht soviel trinken.

Und was ist, fragte Natascha, wenn du einfach als Peter Jarosch auftrittst?

Dann, sagte ich, kommt kein Schwein zu meinen Auftritten.

Versuchs doch!

Ich hab kein Programm ...

Dann stell dir eins zusammen!

Ich kann nicht, sagte ich. Auf diesem blöden Keyboard klingt für mich alles falsch.

Obwohl sie nicht wußte, wovon sie die nächsten Rechnungen bezahlen sollte, trieb sie ein Klavier auf. Das war zwar alt und klapprig, mit ständig hängenbleibenden Pedalen, aber man konnte darauf spielen. Ich war gerührt. Ich bemühte mich wirklich, etwas zustande zu bringen. Aber manchmal brütete ich stundenlang und beobachtete nur das Zittern meiner Hände.

Du mußt dagegen ankämpfen, sagte Natascha, du mußt dich zusammenreißen. Ich liebe dich, sagte sie, ich möchte dir doch helfen. Sie hatte hübsche, noch immer romantische Ideen. Beim nächsten Vollmond schütteten wir die härteren Bestandteile unserer Hausbar in den Garten.

Daß ich von heute auf morgen gar nichts mehr trank, konnte man nicht von mir verlangen. Aber ich sollte nur Bier und Gespritzten trinken. Beides mäßig. Mit dem Mond entsprechend abnehmender Tendenz. Ein paar Tage hielt ich das durch, aber es ging mir schlecht dabei, und in der Nacht brach mir der Schweiß aus.

Die Hausarbeit und die Einkäufe erledigte ich nach wie vor. Letzteres aber war eine große Versuchung. Meistens ging ich in den Supermarkt auf der von Wien Richtung Westen führenden Linzerstraße, der zwar etwas weiter entfernt war als die von den besseren Purkersdorfern bevorzugten Delikatessenläden, aber billiger. Trotzdem gab es in diesem Supermarkt eine erstaunlich gutsortierte Spirituosenecke.

Zuerst nahm ich nur einzelne Flaschen, dann packte ich immer gleich zwei oder drei auf den Einkaufswagen. Nach und nach richtete ich mir ein Geheimlager ein. Nicht, daß Natascha mein Versteck im Zentralheizungsraum gleich entdeckte, die Heizperiode war noch nicht angebrochen. Aber sie sah es an meinen Augen, daß ich wieder härter trank, sie roch es an meinem Atem, sie bemerkte es an meiner Ausdünstung.

Ausdünstung, daß sie diesen Ausdruck wirklich gebrauchte! Ich war allergisch dagegen. Aus ihrem Mund hatte ich ihn noch nie gehört. Rassistisch, sagte ich, schon wieder rassistisch! Das ist doch Blödsinn, sagte sie, oder hältst du die Alkoholiker für eine Rasse?

Deine Hautfarbe hat mich nie gestört. Im Gegenteil, sagte sie, du weißt, daß sie mir immer gefallen hat. Wie alles an dir. Auch dein sehr subjektiver Geruch. Aber daß mir ein nach Alkohol stinkender Schwarzer lieber sein soll als ein nach Alkohol stinkender Weißer, ist nicht einzusehen.

Sie hatte ja recht. Trotzdem oder gerade deshalb machte mich die Rede, die sie mir damals hielt, wütend. So wütend, daß ich am Ende sogar auf sie losschlug. Was, du schlägst mich?, rief sie. Du hast mich geschlagen! Sie wurde ganz weiß im Gesicht. Ich hatte Angst, daß sie ohnmächtig würde.

Dann brachte sie mir eines Tages das Informationsblatt über die *Selbsthilfegruppe*. Ein fotokopiertes Blatt, das sie mir aufs Klavier legte. Was da stand, klang recht sympathisch und zwanglos. Man glaube wahrscheinlich ohnehin nicht, daß man mit seinen Alkoholproblemen allein sei, aber man müsse damit auch nicht allein *bleiben*. Probiers, sagte Natascha. Wenn du mich noch ein bißchen lieb hast, probiers! Und wenn du es nicht mir zuliebe tun willst, tu's den Kindern zuliebe.

Ach Gott!, sagte ich.

Wenn du willst, sagte sie, fahr ich mit dir hin.

Nein danke, sagte ich. Wenn es Selbsthilfe sein soll, muß ich es selbst schaffen.

Die Selbsthilfegruppe traf sich jeden Dienstag ab achtzehn Uhr. Man solle ganz einfach unverbindlich vorbeikommen. Okay, den folgenden Dienstag machte ich mich auf den Weg. Seit dem Crash mit dem MG war ich nicht mehr nach Wien gefahren.

Ich fuhr mit dem Autobus nach Hütteldorf. Ich widerstand der Versuchung, einfach in der Bahnhofsgaststätte einzukehren. Ich nahm die Stadtbahn, stieg an der Haltestelle Meidlinger Hauptstraße um. Dann stieg ich beim Westbahnhof aus und ging von dort stadteinwärts.

Die Adresse der Selbsthilfegruppe war ein sogenanntes alternatives Kommunikationszentrum. Ein Haus im siebenten Bezirk, in der Zollergasse. Ich ging durch die Westbahnstraße. Hier war der *Jazz-Freddy* nicht weit. Im Prinzip war das die Gegend, in der man den Astrologen treffen konnte.

Warum bloß bin ich ihm dieses Mal nicht begegnet?

Mit dem Gespür für Tendenzen, das er zweifellos besaß, hätte er mir vom Besuch jenes Kommunikationszentrums abgeraten. Geh woanders hin, hätte er vielleicht gesagt. Es gibt auch andere Selbsthilfegruppen.

Leider tauchte er nicht auf. So lief ich blindlings in mein Schicksal.

5

Dabei sah es vorerst so aus, als würde sich alles zum Besseren wenden. Die Selbsthilfegruppe bestand aus sympathischen Leuten. Max, der sie leitete, war selbst einmal Alkoholiker gewesen. Aber das war lang her, längst war er nicht mehr in die Probleme verwickelt, von denen sich die anderen befreien sollten.

Oder nicht *sollten* (es gab keinen Druck), sondern *wollten.* Wenn sie nicht wollten, sollten sie halt weitersaufen. Das war ihre Entscheidung. Er würde ihnen nichts einreden. Nebenbei: Habt ihr schon einmal eine Trinkerleber in Spiritus gesehen?

Max trug ein stets freundliches, aber ironisches Lächeln unter dem Schnauzbart. Ich bin gar nicht so wichtig, sagte er in nicht uneitler Bescheidenheit. Ich biete nur die Rahmenbedingungen, mache vielleicht dann und wann Vorschläge. Aber der Prozeß, auf den es ankommt, muß zwischen euch ablaufen.

Schön, wir bemühten uns, diesen Prozeß in Gang zu bringen. Erzählten uns gegenseitig, wie wir in eine gewisse Abhängigkeit vom Alkohol geraten waren. Folgten den eigenen Spuren: Wo lagen die Anlässe, wo die Ursachen? Dabei tranken wir aus Gläsern, die aussahen wie große Schnapsgläser, Tee, den Max auf echt ostanatolische Art zubereitete.

Er selbst hatte sich das Alkoholtrinken nämlich in Ostanatolien abgewöhnt. Dort, wo man allmählich wirklich keine gescheiten alkoholischen Getränke mehr bekam. Um die oralen Bedürfnisse zu befriedigen, habe er also die Landessitten angenommen. Und Tee zu trinken begonnen, wie es die Einheimischen den ganzen Tag taten, allerdings mit einer Bedächtigkeit, die man als gieriger Abendländer erst lernen müsse.

Mir tat das gut. Zu dem Zeitpunkt, zu dem ich dazustieß, bestand die Gruppe aus sechs Leuten. Alle sehr freundlich und nett. Sichtlich bemüht, mich zu integrieren. Tatsächlich, da war einer netter zu mir als der andere. Es waren halt keine normalen Alkoholiker, unter die ich geraten war, sondern alternative.

Selbsterkenntnis, heißt es, ist der erste Weg zur Besserung. Wir stellten uns und einander von Woche zu Woche Aufgaben, nicht nur die radikale Reduktion des Alkoholkonsums, sondern auch die Selbsterkenntnis betreffend. Das tat mir gut. Zwar konnte oder wollte ich nicht über alles, was für mich dabei herauskam, mit den anderen reden. Und dennoch: Über manches konnte ich mit ihnen besser reden als mit Natascha.

Mit Hilde, deren Alkoholproblem mit ihrer Erfolglosigkeit als Schauspielerin zusammenhing, und mit Franz, der seine mangelnde Körpergröße vergebens durch Bodybuilding auszugleichen versucht hatte, verstand ich mich am besten. Sie war eine große Frau zwischen fünfzig und sechzig, ein ehemals vielleicht schönes, jetzt leider aufgedunsenes Gesicht unter langem grauen Haar. Er war ungefähr ebenso breit wie hoch. Mit von der Anstrengung an den Selbstfoltergeräten oder den Medikamenten, die er sich angetan hatte, hervorquellenden Augen.

Sie hatte ihre Schauspielausbildung eigentlich schon kurz vor dem Krieg begonnen. 1938 aber, als sie gerade ein Jahr davon hinter sich hatte, hatte die Schauspielschule, in die sie eingeschrieben war, zugesperrt. Nach dem Krieg hatte sie in einigen Kellertheatern vielversprechende Rollen gespielt. Aber zum großen Durchbruch hatte es nicht gereicht, und alsbald (die sieben Jahre, die man nicht nur ihr gestohlen hatte, wirkten sich aus) war sie aus dem jugendlichen Rollenbereich herausgefallen. Sie spielte dann Mütter, Haushälterinnen, Tanten. Alle eher komisch, obwohl ihr eigentlich tragisch zumut war. Einmal hätte sie beinahe die Blanche in *Endstation Sehnsucht* spielen dürfen. Aber noch bevor die Proben beendet waren, war ihr der Regisseur, mit dem sie anscheinend auch intim befreundet gewesen war, weggestorben, und ein jüngerer hatte sich für den aus der Mode gekommenen Tennessee Williams nicht gefunden.

Das Theater habe dann etwas anderes gespielt, auch, sagte Hilde, der Subventionen wegen. Einen zeitgenössischen österreichischen Dramatiker. In dessen Stück habe sie eine Frau spielen müssen, die eigentlich ein Hund sei. Keine sehr schöne Rolle. Was ihr von der Rolle der Blanche geblieben sei, sei jedenfalls eine gewisse Neigung zu Spirituosen.

Was ihn, Franz, betraf, so war er als Kind hübsch gewesen. Die Erwachsenen hatten seine muntere Putzigkeit hervorgehoben. Besonders von seinen Augen war man entzückt, die hell glänzend in die Welt schauten. Auch bei den Altersgenossen in Kindergarten und Schule erfreute er sich großer Beliebtheit.

Dann aber waren ihm die davongewachsen. Mit sechzehn hatte er noch immer die Statur eines Elfjährigen. Er wurde auch manchmal für einen solchen gehalten. Als altklug belächelt. Aus diesem Mißverständnis heraus nicht ernstgenommen.

Dann hatte er mit dem Bodybuilding begonnen. Zwei Mal pro Woche hatte er im Fitneßcenter geschwitzt, jeden Tag hatte er zu Hause trainiert und Spezialfutter mit dem Bild eines ehemaligen Mister Universum in sich hineingefressen. Mit bald merkbarem Effekt. Seine Schultern und sein Oberkörper waren phänomenal in die Breite gegangen. Was den Umfang seiner Arme und Oberschenkel betraf, so war er im Lauf eines Jahres auf das fast doppelte Maß gekommen.

Das war fürs erste ein großes Erfolgserlebnis. Auf Beinen wie Säulen kam er daher, die Arm- und Brustmuskulatur ständig angespannt. Blicke um sich werfend, die fragten, ob sich jemand mit ihm anlegen wolle oder auch nur irgendwie blöd im Weg stehe. Das ehemals weiche, lockige Haar kurz und eckig geschoren, einen leicht stierhaften Ausdruck im darunter knochiger hervortretenden Gesicht.

So sei er an Ecken herumgelungert oder durch Parkanlagen

gezogen. Mit Freunden, die er jetzt durchaus fand, Rudelgenossen, Hordenbrüdern. Alle mit Armen, die in ständiger Zupackbereitschaft nie ganz locker hingen, sondern immer etwas angewinkelt. Wie arbeitslose Bodyguards seien sie an den Theken von Vorstadtcafés und Espressi gestanden.

Vielleicht habe er, Franz, schon damals ein bißchen zuviel getrunken. Jeweils der eine oder der andere aus seiner Platte habe eine Runde Bier oder Schnaps ausgegeben. Das gehörte zum Gruppenverhalten, da konnte man sich (auch wenn es anfangs eigentlich nicht schmeckte) kaum ausschließen. Aber so richtig zu bechern angefangen habe er der Frauen wegen.

Die ihn entweder gar nicht erst wahr- oder nicht ernst nahmen. Trotz seiner überspannten Muskulatur. Die über ihn hinwegsahen, im Schnitt einen guten Kopf größer als er. Und bestenfalls über ihn lachten, wenn sie ihn *doch* sahen.

Einmal hatte ihm eine glatt ins Gesicht gesagt, daß sie ihn für einen häßlichen Zwerg halte. Noch dazu eine, die er von früher her kannte. Aus dem Kindergarten genaugenommen, als Fünfjähriger war er fast verliebt in sie gewesen. Sie, diesen Eindruck hatte er damals gehabt, und daran erinnerte er sie nun, habe seine Gefühle erwidert.

Ja, damals, sagte sie, damals, da warst du herzig. Aber jetzt – wie kann sich ein Mensch freiwillig so verunstalten? Das sagte sie ihm zu spät. Er hätte sie anderthalb Jahre früher treffen müssen. Jetzt war es leider nicht mehr rückgängig zu machen.

Zwar hörte er mit dem Bodybuilding auf, und seine Muskulatur erschlaffte. Aber die Proportionen, die er sich nun einmal antrainiert hatte, blieben. Und die hervorquellenden Augen. Inzwischen vom Trinken gerötet …

Vielleicht lag der Erfolg meiner Alkoholreduktion in der Selbsthilfegruppe auch daran, daß ich unter meinen dortigen Kollegen das Gefühl hatte, meine Probleme seien vergleichsweise reparabel.

Bis zum Jahreswechsel trank ich jedenfalls fast nichts mehr. Zu Silvester stieß ich mit türkischem Tee an. So sicher fühlte ich mich meiner Trockenheit, daß ich sogar einen Job als Kellner annahm. Im Gasthaus *Zum Schreiner* würde ich ab 6. Jänner servieren.

Dieses Gasthaus gehörte nicht zu jenen, die ich noch ein halbes Jahr vorher als wandernder Trinker abgeklappert hatte. Es lag etwas außerhalb meines damaligen Reviers. Die Wirtin war nicht voreingenommen gegen mich, auch hatte sie, wie es schien, kein meine Hautfarbe betreffendes Vorurteil. Wenn Sie wirklich kellnern können, sagte sie, so sind Sie mir willkommen.

Ich hatte erzählt, daß ich in Italien als Kellner gearbeitet habe. Und das hatte ich ja tatsächlich getan. In Giovannis Bar in Trastevere. Zwar war das eine Phase meines Lebens, die ich sonst fast aus meinem Gedächtnis gelöscht hatte, aber etwas von den praktischen Fähigkeiten, die ich mir damals erworben hatte, konnte ich nun wieder anwenden.

Ja, als Kellner kam ich bald richtig in Form. An guten Tagen trug ich mit Unterarm und Hand bis zu fünf Menüteller. Die meisten Gäste mochten mich. Manche gaben mir reichlich Trinkgeld. Wenn ich Durst hatte, trank ich Apfelsaft oder Mineralwasser.

Ins Zentrum in der Zollergasse ging ich eigentlich nur mehr aus kommunikativen Gründen. Und aus Gewohnheit. Hätte ich es doch bleiben lassen! Es war am letzten Dienstag im Februar. Da erschien im mir inzwischen fast familiär vertrauten Selbsthilfekreis ein Neuling.

Ich saß, als er eintrat, mit dem Rücken zur Tür. Im Türkensitz. Plaudernd. Mich wohl fühlend. Tee trinkend. Erzählte den anderen gerade, daß ich wieder auftreten werde. Mit einem genuinen Blues-Programm. Als Peter Jarosch.

Das sei für den Neuanfang nur ein kleiner Auftritt. Um so mehr würde ich mich freuen, wenn ein paar aus der Gruppe hinkämen. Dann sah ich mich um. Da stand der Neue und grinste. Sein Pseudo-Burt-Lancaster-Grinsen. Okay, sagte er, ich werd auch kommen.

6

Im Unterschied zu mir war er in Afrika gewesen. Allerdings nicht einfach in jenem Teil, den man in der weißen Welt nie ganz vorurteilsfrei als Schwarzafrika bezeichnet, einem dunklen, immer noch als wild aufgefaßten Bereich, in dem es von Tieren zahlloser Gattungen und Menschen diverser Stämme wimmelt, deren Namen man nur schwer behalten und noch schwerer zuordnen kann, exotisch chaotisch tropisch abenteuerlich, das wohl, aber auch unheimlich und gefährlich, nicht dort also, im schwärzesten Inneren, wo man ein Buschmesser braucht, um durchzukommen, wo unberechenbare Krankheiten und Kriege jederzeit ausbrechen können und ein Leben in dem anständigen Europäer oder Nordamerikaner vertrauten Bahnen kaum möglich scheint, sondern dort, wo man aus diesem Inneren, hätte man es tatsächlich durchquert, wieder herauskäme, und dann würde sich alles öffnen zu neuer, aufs erste überraschender Klarheit. Weg vom Äquator Richtung Kap, da tut sich ein weites, immer weniger heißes Land auf unter einem immer heller nach Süden fließenden Himmel, ein spiegelverkehrter Norden sozusagen, mit Wolken und Bergen und grünen Tälern und Ackerbau und Viehzucht und Bergbau und Industrie, mit einem Wort Zivilisation, fast wie daheim, da lacht dem aus ähnlich geordneten Gegenden stammenden Menschen doch eigentlich das Herz. Und seine Seele fühlt sich gleich weniger beängstigt, sondern im Gegenteil angeregt zu produktiver Arbeit, wie sie die Welt voranbringt seit vielen Jahrhunderten. Ja, dieses Südafrika ist ein schönes Land und war damals, als Robert Reiter hinkam, noch ein gutes Land für Menschen weißer Hautfarbe, die bereit waren, die dort herrschende Ordnung nicht für skandalös zu halten, sondern für vernünftig. Wenn man einmal dort ist, von einer Firma geschickt, die sich eine gewisse Sentimentalität, hinter der ja letzten Endes auch handfeste Interessen stehen, was glaubst du, nicht leisten kann, sondern ganz einfach

Geld machen will, möglichst effizient ohne falsche Scham, also dort, vor Ort, da schaut das alles doch ziemlich anders aus als von hier, aus der Ferne betrachtet. Und die Apartheid hat schon ihre Richtigkeit, Weiße und Schwarze müssen ja nicht in allen Lebensbereichen zusammenleben, was für die einen gut ist, müssen die anderen nicht unbedingt haben. Und die Regierung bitte sehr hat sogar ein eigenes Bildungsprogramm für die Zulus entwickelt, das ist doch gut, nur eben anders, die Schwarzen sind ja auch anders als die Weißen, das ist einmal so, ob du es nun gut findest oder schlecht, entschuldige, war *ich* drei Jahre dort oder *du*, ich kenne das Land, und ich kenne die Leute, doch, auch die Schwarzen, natürlich, auf unseren Baustellen haben sie gearbeitet, und in meinem Haus waren sie angestellt, Verzeihung, mit einem wie dir hat das gar nichts zu tun.

Nach seinem Abgang von unserer Schule hatte Robert Reiter eine HTL, also eine Höhere Technische Lehranstalt, besucht und abgeschlossen. Das war zwar nicht ganz so glattgegangen, wie er es aufs erste darstellte. Je mehr er an jenem Abend trank – aus dem Kommunikationszentrum entwischt, landeten wir in einem Lokal in der Mondscheingasse, und auf Tee hatte er sich nach dem ersten Besuch in der Selbsthilfegruppe noch nicht umgestellt –, desto deutlicher zeichnete sich im Hintergrund der Terror ab, mit dem ihm sein Vater sehr handgreiflich nahgelegt hatte, nicht neuerlich zu versagen. Aber mit zwanzig, nach seinem zwölf statt neun Monate lang geleisteten Militärdienst, war er als sogenannter Mittelschulingenieur in eine Firma für Hoch- und Tiefbau eingetreten.

Zwei Jahre lebte er dann noch in einem Haushalt mit seinem Vater, die Mutter, von der er nur mehr in diesem traurigen Zusammenhang redete, eine kleine, blasse, schüchtern wirkende Frau, die ich als Schüler nur ein einziges Mal aus der Ferne gesehen hatte (sie hatte ihrem Sohn, der neben mir ging, von der anderen Seite der Straße zaghaft gewinkt, und er hatte das eher peinlich gefunden), diese Mutter war ein Jahr vor dem Schulabschluß gestorben. Aber als er von der Firma das Angebot bekam, nach Südafrika zu gehen, griff er freudig, fast gierig zu. Das war die Gelegenheit, endlich wegzukommen, aus dem Herrschaftsbereich des Vaters, der seinen Sohn bis zur Matura mit dem Hosenriemen gezüchtigt hatte. Und der womöglich im Rausch, den er sich immer häufiger antrank, vergaß, daß dieser Sohn inzwischen Unteroffizier der Reserve und ein inzwischen ziemlich erwachsener Mensch war.

Die Firma respektive eine südafrikanische Schwesterfirma bezahlte ihre Mitarbeiter nicht nur für österreichische Begriffe überaus großzügig, sondern stellte ihnen auch sehr anständige Quartiere zur Verfügung. Robert erzählte von einem weißen Haus im Kolonialstil, mit einer Terrasse, auf der er abends im weißen Anzug gesessen sei und in einen schönen violetten Sonnenuntergang geschaut habe. Und ein Boy habe ihm kühle Getränke gemixt, und eine Maid habe er natürlich auch immer gehabt. Die erste sei eine schon etwas abgebrauchte Frau gewesen, von seinem Vorgänger übernommen, aber die zweite, um die er sich nach ein paar Monaten umgesehen habe, bereits ein ziemlich nettes, junges Geschöpf, und die dritte, gesucht und gefunden mit dem alsbald erworbenen Know-how in bezug auf die Möglichkeiten, deren man sich als gut bezahlter und bezahlender weißer Mann bedienen konnte, die dritte, sagte er, war eine schwarze Gazelle, mit langen Beinen, einem hohen Hintern und feinen, kleinen Brüsten, gerade schön in seine Hände passend, und überhaupt habe er mit den schwarzen Frauen in Südafrika die besten Erfahrungen gemacht.

Zwar brauchten die Schwarzen zur Arbeit in weißen Bereichen eine Aufenthaltsbewilligung und eine Sondergenehmigung. Aber über die Firma habe man die ohne große Probleme bekommen. Und die Leute waren so dankbar dafür. Besonders die Weiber, sagte er (da hatte er schon sehr viel getrunken), die Weiber sind schlicht und ergreifend gekniet vor mir.

Außerdem sei er in seiner Freizeit auf die Jagd gegangen, aber die Jagd, das sei dort nicht so eine kleinkarierte Angelegenheit wie hier, sondern eine großflächige. Du fährst mit dem Jeep durch ein Gebiet, so groß wie, na sagen wir, die Steiermark, und läßt dir von deinem Bantu die besten Plätze zeigen. Sicher, manchmal mußt du dazu auch ein Stück zu Fuß gehen, aber das zahlt sich aus, da kommst du an Wild heran, von dem die Jäger hier nur träumen können, Rehe, Hirsche, das sowieso, aber auch größere Viecher, Gnus, Raubkatzen, alles, was dein Herz begehrt, das ist zwar stellenweise verboten, aber du kannst ja auch über die Grenze (hier gerieten ihm die Sätze schon etwas aus der Grammatik). Wenn du bezahlst, kriegst du alles, einmal sogar eine Löwin, auf einem Felsen, wie eine Sphinx, die habe er einfach von hinten genommen.

Wie soll ich die Wirkung beschreiben, die diese Erzählungen auf mich hatten? Einerseits war ich, wie Sie sich denken können, empört über manches, was er, und vor allem darüber, wie er da erzählte. *Einem wie mir* erzählte, ohne auch nur ein einziges Mal zu erröten. Mit diesen zynischen Pseudoentschuldigungen dazwischen.

Da war mir ein paar Mal danach, einfach aufzustehen und zu gehen. Und genau das hätte ich auch tun sollen! Anderseits hatte ich ihn seit Jahren nicht gesehen. Und er war mein Freund, oder war er mein Feind, jedenfalls war er jemand, der mir nahestand.

So konnte oder wollte ich mich nicht gleich wieder von ihm trennen. Und er war ja sehr herzlich zwischendurch, boxte mich in die Seite oder legte mir seinen Arm um die Schulter. Fast wie früher. Nur daß wir jetzt um einiges älter waren. Und daß wir einiges hinter uns hatten, das uns nicht jünger und schöner gemacht hatte, weder ihn noch mich.

Ich stand also *nicht* auf und ging *nicht*, festgehalten durch einen auf fatale Weise zwischen uns wirkenden Magnetismus. Daß im Kraftfeld dieses Magnetismus auch abstoßende Kräfte zur Wirkung kamen, wußte ich aus Erfahrung. Sehr rasch allerdings konnte sich sein unverschämtes Grinsen in ein melancholisches Lächeln verwandeln. Auch jetzt. Jetzt erst recht. Dann waren die anziehenden Kräfte gleich wieder stärker als die abstoßenden.

Meine Bereitschaft, ihm nachzusehen, was ich bei anderen nie toleriert hätte ... Und für ihn und mich selbst, der ich diese höchst fragwürdige Toleranz übte, Entschuldigungen zu finden ... So sagte ich mir zum Beispiel, daß ich Robert ja nicht alles glauben müsse, was er da erzählte. Bestimmt war ein Teil dieser Geschichten frei erfunden.

Renommiergehabe, das war es wahrscheinlich! In Wirklichkeit hoffentlich alles halb so wild. Auch wenn es bezeichnend ist, *womit* jemand renommiert. Und was er sich, von der möglicherweise doch etwas weniger aufregenden Wirklichkeit in die Tagtraumwelt der Wunschvorstellung abhebend, ausspinnt.

Allerdings erzählte Robert im Lauf dieses Abends nicht nur von seinen vorgeblichen oder wirklichen Verhältnissen in Südafrika. Er kam auch noch auf eine ganz andere Geschichte. Deren zentrale Szene spielte auf dem Wiener Zentralfriedhof. Mitten in seinem schönen Leben als weißer Master und Macho hatte ihn die Nachricht vom Tod seines Vaters erreicht.

Dessen Schwester hatte ihm telegrafiert. Dein Vater gestorben, Begräbnis am kommenden Freitag. Ja, sagte Robert, das war es: Leberzirrhose. Allein in der kleinen Wiener Wohnung zurückgelassen, habe der Alte noch ärger gesoffen als zuvor.

Eigentlich hätte der Sohn sich nun wirklich befreit fühlen können. Zuallererst aus seiner Hand war eine Schaufel Erde auf den Sarg des kleinen, stämmigen Mannes gefallen, vor dem er sich eine Kindheit und Jugend lang gefürchtet hatte. Und dann hatten die Totengräber weitergetan. Aber schon als er, mit den paar Tanten und Onkeln aus dem zweiten Tor jener riesigen Leichenentsorgungsstätte getreten, etwas desorientiert auf dem halbrunden Friedhofsvorplatz zwischen den Blumenständen stand, spürte er, aus dem Bauch heraus, sagte er, daß diese Befreiung keine war.

Vorerst empfand er eine leichte Übelkeit. Vielleicht bedingt durch den von den Totenblumenständen herwehenden Geruch. Dann hatte er Angst, mitten im Kreis der Verwandtschaft erbrechen zu müssen. Beim Überqueren der Simmeringer Hauptstraße, den anderen Richtung Gaststätte panisch vorauseilend, wäre er beinah von einer Straßenbahn der Linie 71 überfahren worden.

Drüben dann auf dem Klo der Friedhofsgastwirtschaft habe er sich eine Weile aufgehalten. Die Erleichterung seines Körpers ging nicht in eins mit einer Erleichterung seiner Seele. Nachdem er sich gereinigt hatte, versank er in den Anblick seines Gesichts im Spiegel. Die Totenblässe unter der Sonnenbräune.

Und dann, am Tisch, die quatschenden Onkel und Tanten. Wie es ihm denn gehe, dort unten in Südafrika, offensichtlich gut, man sehe es ihm ja an. Er erzählte von seinem weißen Haus und von seinem silbergrauen Mercedes, auch von der Jagd erzählte er und den Waffen, die er sich dafür gekauft hatte. Von den schwarzen Frauen, in die er seinen weißen Schwanz steckte, erzählte er den biederen Verwandten lieber nichts.

Aber warum habe er seinen armen alten Vater nicht nachkommen lassen in jene durch Wohlstand und Ordnung ausgezeichneten Verhältnisse?

Was sollte er sagen? – Weil ihn der Alte eine Kindheit und Jugend lang mit dem Hosenriemen geschlagen hatte?

Die Tante, die das Telegramm geschickt hatte, erzählte, wie dreckig es dem lieben Verstorbenen gegen Ende seines Lebens gegangen sei. Immer öfter habe ihn buchstäblich das heulende Elend angefallen.

Ja, habe er gesagt, vielleicht sei er manchmal ein bißchen zu streng zu seinem Robertl gewesen. Aber er habe doch nur das Beste für ihn gewollt als Vater. Und wie man am Effekt seiner Bemühungen, den Buben etwas Anständiges werden zu lassen, sehe, habe er das auch erreicht. Es sei nicht gerecht, daß sein Sohn sich nun nicht um ihn kümmere.

Daß er ihn einfach hier verfaulen lasse … in diesem finsteren Loch von einer Wohnung … In hellen Augenblicken, so die Tante, habe der nunmehr dort draußen unter der Erde Liegende eine erschreckende Einsicht in seinen Zustand gehabt. Wenn sie, seine Schwester, einmal in der Woche zu ihm gekommen sei, um wenigstens den ärgsten Dreck wegzuräumen, habe sie zuallererst alle Fenster aufreißen müssen.

Vielleicht habe es bei ihm damals angefangen mit dem Saufen, sagte Reiter. Dort, in diesem gemütlichen Friedhofswirtshaus. Zwischen den mit Grabsteinen vollgerammelten Vorgärten der entlang der Simmeringer Hauptstraße angesiedelten Steinmetzbetriebe. Ein bißchen zuviel Alkohol getrunken habe er früher vielleicht auch schon, aber nie so verzweifelt bewußt, um etwas zuzuschütten.

Was allerdings nichts nützte, im Hotel, in dem er für die paar Tage, die er damals nach Wien zurückgekehrt, wohnte, konnte er lang nicht einschlafen. Als er dann doch einschlief, träumte er natürlich von seinem Vater. Der nun dort draußen unter der Erde lag. Und binnen kurzem noch viel grundsätzlicher faulen würde als vorher.

Am nächsten Tag ging er in die Wohnung, deren Schlüssel ihm die Tante übergeben hatte. Gott sei Dank hatte die gute Frau nach dem Tod ihres Bruders schon die gröbsten Rückstände beseitigt. Es roch nach Desinfektions- und Insektenvertilgungsmitteln. Auf dem Boden des Schlafzimmerschranks, unter den ausgebeulten Hosen des Vaters, fand der Sohn noch den Riemen.

Dann hatte er einen Termin beim Notar. Der fragte ihn, ob er die Erbschaft annehmen wolle. Was für eine Erbschaft?, fragte Reiter. Nun, sein Vater habe ihm einen gewissen Geldbetrag vererbt. Der Betrag war kleiner als die Summe, die der Notar für die ordnungsgemäße Abwicklung der Erbschaftsangelegenheit verrechnete, trotzdem war Robert, als ihm das Kuvert mit der eindeutig von der Hand des Vaters stammenden Aufschrift *Für meinen Sohn* übergeben wurde, gerührt.

Es enthielt den Geldbetrag sowie das Duplikat eines Meldezettels. Bei dessen Lektüre stellte sich heraus, daß nicht nur der Vater in der von ihm bis zu seinem Tod bewohnten Wohnung gemeldet war, sondern auch der Sohn. Tatsächlich hatte sich Robert vor seinem Aufbruch nach Südafrika nicht eigens abgemeldet. Aber das Dokument, wie aus dem polizeilichen Stempel hervorging, ungefähr ein Jahr nach Roberts Abreise wegen Verlusts des Originals erneuert, führte ihn nach wie vor als Mitbewohner.

Mein patzweiches Herz, sagte Reiter, meine Scheißsentimentalität! Eigentlich hatte er die Absicht gehabt, eine Entrümpelungsfirma anzurufen und den Haushalt endgültig aufzulösen. Stattdessen wählte er nun die Nummer der Hausverwaltung. Er wolle, so sagte er, die Nachfolge seines Vaters als Hauptmieter antreten. Als seit seiner Geburt kontinuierlich in der Wohnung gemeldeter Sohn hatte er ein im österreichischen Mietwesen verbrieftes Recht auf diese Nachfolge. Zwar benutzte der Hausverwalter die Gelegenheit der Ummeldung zu einer Erhöhung der Miete. Aber für den in Südafrika gutverdienenden Robert war das kein Problem. Auf einer Bank eröffnete er ein Konto und gab den Dauerauftrag zur monatlichen Überweisung.

Dann kehrte er zurück nach Südafrika. Aber während der paar Tage in Wien war etwas mit ihm vorgegangen. Wahrscheinlich hätte er nicht zum Begräbnis kommen sollen. Jedenfalls wurde er seines komfortablen Lebens dort unten nicht mehr so recht froh.

Da waren, im Gegensatz zum täglichen Traumleben, die nächtlichen Träume. Und die Angst, die aus diesen Träumen blieb. Sein Vater, der Tote. *Erde, wem Erde gebührt*, sagte er eines Nachts. Ein merkwürdiger Satz, den er als Lebender kaum gesagt hätte.

Robert, wenn ich ihn recht verstand, faßte diesen Satz als Drohung oder Prophezeiung auf. Er begann, um sein Leben zu fürchten, überall lauerten Gefahren, an die er früher nicht gedacht hatte. Sein Boy könnte ihn vergiften, seine Maid könnte ihn verhexen, ihre Brüder könnten kommen und ihm die Kehle durchschneiden. Vielleicht fanden die es auf die Dauer doch nicht so gut, auf welche Art er sich ihrer bediente.

So etwas geschah manchmal. Auch daß man auf Jagdausflügen in die Irre geführt wurde. Robert kam es plötzlich bedenklich vor, seine Bantus die Gewehre tragen zu lassen. Er behielt die Waffen nun lieber bei sich. Auch nachts hatte er einen geladenen Revolver immer griffbereit neben sich liegen.

Überhaupt schien ihm der Boden dort unten, in jenem schönen, vor allem für weiße Menschen so angenehmen Land, nun immer heißer. Vielleicht war es schon zu lange Zeit vor allem für sie angenehm. Vielleicht war es für sie die längste Zeit angenehm gewesen. Zwar versuchte das Regime, jeden inneren Protest, so gut es ging, zu unterdrücken, aber wer weiß, dachte Reiter, wie lang das noch gutgeht.

Vielleicht war die Angst vor dem Umsturz in Südafrika allerdings nur eine Rationalisierung. Die einer anderen Angst, einer irrationalen. Er trank, um die Angst zu betäuben, sowohl die eine als auch die andere. Er trat die Flucht nach vorn an, kündigte seiner Firma und ging unter die Söldner. Er kämpfte, erzählte er, auf Seiten der *Renamo*, einer von Südafrika und Rhodesien finanzierten Destabilisierungsarmee. Gegen die *Frelimo*, eine Bewegung, die den Norden des Nachbarlands Mosambik von der portugiesischen Kolonialherrschaft befreit hatte.

Das Kriegsspiel gefiel ihm. Auch und gerade in diesem Zusammenhang kann man sich groß und stark vorkommen. Seine Angst hatte er sowieso, aber sie im Krieg zu überwinden war eine Lust. Er sagte das ungeniert. Der Krieg sei noch aufregender als die Jagd. Auf Menschen statt auf Tiere zu schießen sei letzten Endes geiler.

Pfui Teufel, sagte ich.

Ja, sagte er, du hast recht. Dieses Spiel ist dreckig. Aber es ist nicht nur ein Spiel, sondern auch gut bezahlte Arbeit. Gut bezahlt, weil es dabei um verdammt viel geht. Und es geht nicht nur um Geld, es geht nicht nur um Macht, sondern es geht, wenn du dich darauf einläßt, um Leben und Tod.

Wenn du schneller schießt als die anderen, überlebst du. Für ein paar Stunden, für ein paar Tage, aber das ist es. Erde, wem Erde gebührt, die einen erwischt es früher, die anderen später. Wenn der andere umfällt und du bis auf weiteres stehenbleibst, ist das ein gutes Lebensgefühl.

So redete er. Nicht, ohne sich bei alledem gut vorzukommen. Manchmal warf er den Kopf zurück, trotzig, gab mir Gelegenheit, sein mit den Jahren, die wir uns nicht gesehen hatten, schärfer gewordenes Profil zu bewundern. En face wirkte sein Gesicht im Gegensatz dazu teigig aufgedunsen. Die aschblonden Haare, die er jetzt länger trug als früher, hingen matt und ungepflegt.

Mir graute ein bißchen vor ihm, anderseits tat er mir leid. Du stinkst nach Angst, genau, das hatte ich damals, vor unserer ersten Auseinandersetzung in der Mittelschule, ganz richtig gewittert. Jetzt verleugnete er seine Angst wenigstens nicht mehr, gestand sie sich selbst und anderen ein. Es war eine Angst, der er nirgends auf dieser Welt davonkam.

Eben, hatte er gedacht, nachdem er in Mosambik mit dem Leben und einigem Geld davongekommen war. Er konnte genausogut nach Hause zurückkehren. Letzten Endes war alles eins – oder nicht? Auf dem Flughafen Schwechat angekommen, fuhr er mit dem Taxi bis zum zweiten Tor des Zentralfriedhofs und besuchte seinen Vater.

Da stand er wieder am Grab. Er stellte sich den Verwesungszustand vor, in dem der Körper seines Vaters jetzt sein mußte. Beruhig dich, du altes Arschloch, sagte er, ich werd dir schon nachfolgen. Dann fuhr er in die Wohnung, deren Schlüssel er an einer Kette um den Hals trug. Dort trank er eine im Flugzeug zu Duty-free-Preisen gekaufte Flasche Whisky bis zum letzten Tropfen leer und schlief anschließend wie ein Toter.

Nicht, daß er in dieser Wohnung geblieben wäre. Er hatte ja Geld. Seine südafrikanischen Ersparnisse hatte er schon früher nach Europa transferiert. Jetzt kam noch das Blutgeld aus Mosambik dazu. Einen Teil seines Geldes habe er in ein Loft investiert.

Ein hübscher Dachboden draußen in Heiligenstadt. Mit schöner Aussicht auf Kahlen- und Leopoldsberg. Keine zehn Minuten zu Fuß, sagte er, brauche er zu den schönsten Heurigenlokalen von Grinzing oder Nußdorf. Aber wenn er sich richtig betrinken wolle (sich *zusaufen*, nannte er das), dann ziehe er sich in die alte Wohnung zurück.

Ja, sagte er, seit er wieder hier sei, beschäftige er sich vor allem damit, seine Ersparnisse zu versaufen. Wir werden schon sehen, was früher am Ende ist, sagte er, mein Geld oder meine Leber. Er fürchte, sein Geld. Seine Leber sei ein erstaunlich robustes Organ. Womöglich müsse er sich wirklich noch etwas einfallen lassen, um seinen Lebensunterhalt zu verdienen.

Das war nun der Grund, warum er heute hierhergekommen sei. Er grinste. Er meine nicht *hier*her, sondern *dort*hin. Er rülpste. Nicht in dieses gemütliche Gasthaus hier, sondern in dieses – wie heißt das Lokal? Na, du weißt schon. Dieser Heilsarmeeschuppen … Dieser Selbsthilfekönigreichssaal …

Nützt das was?, fragte er. Bringen die einen wirklich vom Alk herunter?

Ja, sagte ich. Mir hat es enorm geholfen.

Darauf sollten wir anstoßen, sagte er. Er war inzwischen beim vierten oder fünften Viertel Wein angelangt.

Na prost, sagte ich. Aber ich blieb beim Mineralwasser.

Vielleicht hatte er mir in einem unbemerkten Moment ein paar Tropfen von seinem Wein hineingeträufelt. Ich weiß nicht recht. Das letzte Glas Mineralwasser schmeckte ein bißchen eigenartig. Aber vielleicht war dieser Geschmack oder Geruch auch nur Einbildung. Das ganze Wirtshaus und vor allem er, der mir gegenübersaß, roch ja nach Fusel.

Jedenfalls fühlte ich mich auf einmal extrem müde. Stimmt, ich war mitgenommen durch sein manisches Mitteilungsbedürfnis. Und natürlich durch die teils schrecklichen Inhalte seiner Geschichten. Es ist spät, sagte ich. Ich muß meine Frau anrufen.

Was, sagte er? Du hast eine Frau? – Das klang sowohl überrascht als auch amüsiert.

Ich hab auch zwei Kinder, fügte ich rasch hinzu.

Na, dann grüß sie schön von mir, sagte er, leider noch unbekannterweise. Ich mein, die Frau. Die Kinder werden ja um diese Zeit schon schlafen ...

Wie alt sind sie denn, deine Kinder?, fragte er, als ich von der Telefonzelle zurückkam.

Sieben und fünf, sagte ich, ein Bub und ein Mädchen, sie heißen Noël und Lisa.

Du hast doch bestimmt Fotos von ihnen bei dir. Und ein Foto von deiner lieben Frau ...

Nein, sagte ich.

Das find ich aber schad, sagte er.

Nie hätten die beiden zusammenkommen dürfen. Aber Reiter ließ mir damit keine Ruhe. Jedes Mal, wenn wir uns in den nächsten Wochen trafen, kam er darauf zurück. Wann stellst du mir deine Frau vor? Ich würde sie so gern kennenlernen.

Ich hatte diesbezüglich kein gutes Gefühl. Aber auch Natascha äußerte ein gewisses Interesse. In dessen Artikulation allerdings ein Unterton von Mißtrauen mitschwang. Der Typ, den du jetzt so oft triffst, was ist denn das für einer?

Tatsächlich traf ich Robert in den nächsten Wochen nicht nur in der Selbsthilfegruppe. Wir kamen auf die Idee, miteinander die Stätten unserer gemeinsamen Erfahrungen aufzusuchen. Also den Park, die Schule, den Fußballplatz. Und den Ziegelteich. Und die Gasthausgärten im Böhmischen Prater.

Letztere lagen allerdings um diese Zeit noch brach. Die Sockel der Tische, von denen man die Holzplatten entfernt und im Schuppen eingewintert hatte, standen wie Grabsteine. Im Gastzimmer des Wirtshauses *Bendekovicz* konnte man sich allerdings aufwärmen. Ich tat das mit Tee. Robert bestellte sich einen doppelten Wodka dazu.

Bei ihm griff Maxens Methode nicht so ganz richtig. Tee mit Schnaps war zweifellos nicht die anempfohlene anatolische Art. Obwohl es in Anatolien im Winter saukalt sein mußte. Robert grinste. Wenn der Wind über die schneeverwehten Hochebenen blies.

Wer ist dieser Reiter?, fragte Natascha.

Ein Schulfreund.

Und was treibt ihr so oft miteinander?

Wir erzählen einander, was seither geschah.

Seit wann? Seit der Matura?, fragte sie.

Seit vorher, sagte ich. Wir sind schon vorher auseinandergeraten.

Diese Formulierung machte sie hellhörig.

Was ist mit euch beiden? Habt ihr damals gestritten?

Ich erzählte ihr, was ich für richtig hielt. Die Widersprüchlichkeit unserer Beziehung andeutend, ohne mich voll und ganz auf ihre Deutung einzulassen.

Wobei natürlich Vorsicht geboten war, schließlich war Natascha Psychologin.

Was, deine Frau ist Psychologin?, fragte Robert.

Ja, sagte ich. Aber sie ist noch keine Therapeutin, weißt du.

Trotzdem, sagte Robert. Vielleicht kann sie mir gute Ratschläge geben.

Ich erzählte Natascha von Reiters Fremdenlegionsabenteuer. Und von seinem Vater, dem er bis jetzt nicht davongekommen war. Von Südafrika erzählte ich ihr nur wenig, von Mosambik so gut wie gar nichts. Sie hätte bestimmt nicht verstanden, warum ich mich mit so jemandem abgab.

Sie hätte ihn sicher einen Faschisten genannt.

Ich wollte das nicht, es kam mir kurzschlüssig vor.

Scheint ja ein armer Hund zu sein, sagte sie.

Ja, sagte ich. Manchmal habe ich auch diesen Eindruck.

Und manchmal einen anderen. Die Ambivalenz der Aspekte ... Manchmal schien mir Robert auch ein *blöder* Hund zu sein. Oder ein häßlicher Hund, ein brutaler Hund. Warum ich mich wieder so tief mit ihm einließ, ist schwer zu sagen.

Ein Grund war wohl der, daß ich mir einbildete, ihm helfen zu können. Noch bevor sich Natascha das einbildete. Ich hatte mir das Trinken so gut wie abgewöhnt, vielleicht könnte ich dazu beitragen, daß auch er es sich abgewöhnte. Stattdessen hatte er mich bereits bei unserem dritten Treffen außerhalb der Selbsthilfegruppe soweit, daß ich mir wenigstens Rum in den Tee schüttete.

Sein Zusammentreffen mit Natascha konnte ich nicht verhindern. Obwohl ich versuchte, seine diesbezüglichen Appelle zu ignorieren. Es ergab sich anläßlich meines Auftritts. Ort des Ereignisses: ein Espresso in der Ottakringer Straße, genaugenommen das Hinterzimmer dieses Espressos, in dem der Pächter ein Piano und fünf Reihen mit Sesseln aufgestellt hatte.

In der ersten Reihe saß niemand, Natascha saß in der zweiten. Weiter hinten saß die halbe Selbsthilfegruppe. Vier Personen also; Max war freundlicherweise auch da. Darüber hinaus eine Handvoll Fremder und der Pächter, der vor meinem Auftritt John-Lee-Hooker- und Muddy-Waters-Platten spielte.

Ich spielte auf dem Klavier und auf der Gitarre. Ich bemühte mich, nichts Falsches zu spielen und zu singen. Ich rede nicht von falschen Tönen. Die ersten zwei Nummern gelangen mir recht gut. Während der dritten Nummer erschien Reiter, trat mit deutlich hörbarem Schritt (seine Absätze waren mit Eisen beschlagen) aus dem Hintergrund in den Vordergrund und setzte sich zielstrebig auf den Platz neben Natascha.

Das also ist die schöne Frau, sagte er nachher, mit der du mich nicht bekanntmachen magst. Gratuliere. Dein Auftritt hat mir auch gefallen. Besonders die Nummer, in der du nach Haus kommst und dich nicht daheim antriffst. Wie geht die zweite Strophe? *Immer wenn ich bei ihr bin / bin ich nicht bei mir?*

SIEBENTER TEIL

I

Die Beziehung zwischen Natascha und Robert ... Schon in dem Lokal, das wir nach meinem Blues-Auftritt besuchten, zeichnete sich ihr zukünftiges Wesen ab. Da saß die Selbsthilferunde, und ich saß in ihrer Mitte. Und dort, am anderen Ende des Tisches, saßen Robert und Natascha.

Es ärgerte mich, daß er ihre Aufmerksamkeit so auf sich zog. Er redete auf sie ein, und sie hörte ihm zu. Das lenkte mich ziemlich ab, ich konnte mich mit den anderen kaum unterhalten. Es irritierte mich, daß er so laut redete, aber es irritierte mich erst recht, wenn er seine Stimme senkte.

Nachher ließ er es sich nicht nehmen, uns mit seinem Auto nach Haus zu bringen. Kein silbergrauer Mercedes, wie er ihn angeblich in Südafrika gehabt hatte, aber ein weißer Studebaker. Gebraucht gekauft offenbar, wo die Karosserie geflickt war, glänzte der Lack nicht. Ein Hochstaplerfahrzeug. Es erinnerte mich an das des Herrn Grandegg.

Ich saß auf dem Rücksitz. Natascha saß vorn neben Robert. Natürlich hatte der im Gasthaus getrunken. Nicht einmal vor Max genierte er sich dafür. Ich hatte Angst um Natascha. Bekanntlich erwischte es ja die Beifahrer bei Unfällen meist am schlimmsten. Um mich hatte ich weniger Angst, obwohl ich einen Unfall hinter mir hatte. Robert hingegen schien seine Todesangst glatt vergessen zu haben. Er fuhr viel zu schnell, obgleich ich ihn auf die Radargeräte zwischen Hadersdorf und Purkersdorf hinwies. Gewiß war es besser, ihn nicht auch noch die Rückfahrt antreten zu lassen.

Dann aber am Morgen! Wie seine Hände zitterten! So sehr, daß Natascha sich einbildete, sie halten zu müssen. Eigentlich war es empörend. Meine Hände hatten schließlich auch schon gezittert. Aber mir hatte sie deswegen vor allem Vorwürfe gemacht.

Ihm ging sie sogar eine Sechserpackung Bier holen. Ich mußte womöglich noch froh sein, daß sie nicht mich schickte. Aber es geht ihm doch schlecht, sagte sie in der Küche zu mir, siehst du nicht, wie schlecht es ihm geht? Er lag im Wohnzimmer auf der Couch, die Füße auf der Seitenlehne, eine seiner großen Zehen, deren Nagel ein Loch in den Socken gebohrt hatte, ragte obszön in den Raum.

Nach dem ersten Bier stieg etwas Farbe in sein Gesicht, und das Zittern ließ nach. Nach dem zweiten war er schon wieder ganz gut in Form. Mit nacktem Oberkörper machte er auf unserer Terrasse Morgengymnastik. Es war März und trotz des schönen Sonnenscheins noch kalt, aber er legte anscheinend Wert darauf, uns das Spiel seiner Muskeln vorzuführen.

Die waren tatsächlich noch immer recht beeindruckend. Auch wenn sie unschön mit Fett überzogen waren. Das um den Bauch herum eindeutig überwog. Die blonden Haare auf seiner Brust bewegten sich im Wind.

Es war Samstag, da hatte Natascha frei, aber ich mußte zur Arbeit. Um elf begannen im Gasthaus *Zum Schreiner* die Vorbereitungen fürs Mittagessen. Ich wies ein paar Mal darauf hin, daß ich gleich gehen müsse, aber Robert verstand das nicht als Signal zu seinem eigenen Aufbruch. Er hatte begonnen, mit Noël zu spielen – einander mit imaginären Pistolen beschießend, rannten sie durch den Garten.

Im Gasthaus entglitten mir an diesem Tag zwei Menüteller. Schnitzel, Pommes frites und Salat lagen auf dem Boden. Daß dieser Tag, so wie er begonnen hatte, nicht mein bester sein würde, hätte ich mir schon vorher denken können. Hinter der Theke beruhigte ich mich mit mehreren Schlückchen Sliwowitz.

Von da an besuchte uns Reiter jedenfalls manchmal. Das heißt, um genauer zu sein, er besuchte uns häufig. Behauptete, in der Gegend zu tun zu haben. Geschäfte führten ihn zum Beispiel nach Neulengbach oder Eichgraben. Geschäfte, deren Charakter sich kaum erschloß. Import, Export / en gros, en detail / Spekulation und Gewinn. Geschäfte in Mauerbach und in Königstätten. Da lag es doch nahe, bei uns *vorbeizukommen.*

Wobei diese Wendung nicht ganz den Sachverhalt traf. Anfangs sprach er sogar noch von *einem Sprung.* Auf einen Sprung kam er vorbei, zuweilen auf einen *kleinen* Sprung. Diese Sprünge hatten die Tendenz, sich auszudehnen.

Ich kann nicht behaupten, daß er nur in meiner Abwesenheit kam. Er kam für gewöhnlich am späteren Nachmittag. Meine sozusagen einleitende Anwesenheit war ihm durchaus recht. Ich saß am Klavier und versuchte, das Fünkchen Inspiration, das mir in diesem Frühling blieb, am Glimmen zu erhalten, er stand hinter mir und redete wie ein Wasserfall.

Sobald allerdings Natascha erschien, redete er vor allem *auf sie* ein. Sie reagierte vorerst etwas konfus. Natürlich wollte sie sich erst einmal umkleiden sowie Noël und Lisa, die mit ihr aus der *Stadt des Kindes* kamen, mit Imbissen versorgen. Dann aber, wenn sie die mütterlichen Pflichten fürs erste erledigt und die anfängliche Konfusion durch kurzes, konzentriertes Durchatmen überwunden hatte, war sie durchaus bereit, sich für den nach zwei, drei solcher Besuche kaum mehr überraschenden Gast auf schwesterliche Weise Zeit zu nehmen.

Während ich mich rasierte und mir das für den Kellnerjob obligate weiße Hemd anzog, saß sie meist schon mit ihm am Küchentisch. Sofern er bereit war, ein Wurst- oder Käsebrot als Unterlage zu essen, bekam er ein extra für ihn eingekühltes Fläschchen Bier. Ließ ich die Badezimmertür offen, so sah ich dieses traute Tableau hinter meinem Rücken im Spiegel. Natascha saß, den Kopf etwas schief in die Hand gestützt, und *lieh* dem auch mit vollem Mund seine Suada kaum Drosselnden *ihr Ohr* – nie zuvor ist mir der Sinn dieser Redewendung derart augenfällig geworden.

Dann mußte ich aufbrechen. Wochentags war das so gegen halb sieben Uhr abends. Länger als bis dreiviertel sieben konnte ich meinen Aufbruch, wollte ich keine Probleme mit der Wirtin bekommen, kaum hinauszögern. Daß Robert mit mir aufbrach, war unter den gegebenen Umständen nicht zu erwarten. Anfangs fand er es immerhin noch angebracht, mit ein paar Worten darauf einzugehen. – Du hast doch hoffentlich nichts dagegen, wenn ich noch ein bißchen bleibe ... Mit deiner lieben Frau kann ich derart gut reden ... Sie kann, wie du wissen wirst, äußerst sensibel zuhören ... Sie ist ein psychologisches Naturtalent mit einem potentiell heilsamen Verständnis für mich.

Bald hielt er solche Erklärungen nicht mehr für nötig. Er blieb, und ich mußte gehen. Mit einer gewissen Unruhe im Herzen. Um diese Zeit lief das Vorabendprogramm, da saßen die Kinder vor dem Fernseher. Im Gasthaus *Zum Schreiner* zerbrach ich weitere Teller.

An Wochenenden kam er schon vormittags. Natascha brachte er Blumen, obwohl wir genug davon im Garten hatten. Auch den Kindern machte er kleine Geschenke. Metallene Matchbox-Panzer und Kampfflugzeuge für Noël, blau- und grünhaarige Plastikschlümpfe für Lisa. Nicht gerade die Art von Spielzeug, die *wir* ihnen gekauft hätten. Manchmal versuchten wir, es verschwinden zu lassen. Aber sie waren sehr rasch darauf fixiert. Als ich, in einem Anfall erzieherischer Konsequenz, wenigstens einen Teil davon zu entsorgen versuchte, bemerkten sie es rechtzeitig vor Ankunft der Müllabfuhr und holten das eklige Zeug wieder aus den vor der Gartentür wartenden Abfalltonnen heraus.

Das geht auch zu weit, urteilte Natascha, du kannst die Sachen, die ihnen der Onkel Robert bringt, nicht einfach wegschmeißen. Der *Onkel* Robert! Ich hatte das Gefühl, daß sie mir in den Rücken fiel. Das mache ich *nicht*, sagte sie, aber was *du* machst, wirkt psychologisch kontraproduktiv. Ach was, sagte ich. Manchmal ging sie mir auf die Nerven mit ihrer Psychologie.

Robert hingegen hielt große Stücke auf sie. Deine liebe Frau, sagte er, erreicht bei mir mehr als die ganze Selbsthilfegruppe. (Die er nach drei, vier Sitzungen nicht mehr besucht hatte.) Seit er sie kenne, habe er nicht mehr das Bedürfnis gehabt, *sich zuzusaufen*. Nicht, daß er gar keinen Alkohol mehr trinke, das wäre ja direkt unnatürlich. Aber er schaffe es, den Pegel unter der Katastrophengrenze zu halten. Die Besserung seines Zustands sei deutlich bemerkbar. Er stellte ein Glas auf seinen Handrücken und zeigte, daß er kaum zitterte.

Vielleicht tue ihm das ja wirklich gut, sagte Natascha. Daß ihm jemand wie sie ganz einfach zuhöre. Mit potentiell heilsamem Verständnis – dieser Formulierung konnte sie etwas abgewinnen. Vielleicht lasse dadurch auch sein *inneres Zittern* etwas nach. Das nämlich müsse er in den Griff bekommen. Was *sie* dazu beitragen könne, sehe sie sozusagen als Erste Hilfe. Eine *richtige* Therapie, zu der sie vor Beendigung ihrer Lehranalyse noch gar nicht befugt sei, sei das jedoch nicht. Wegen einer richtigen Therapie, die sie ihm sehr empfehlen würde, müsse er sich an jemand anderen wenden.

Sie gab ihm ein paar Adressen und Telefonnummern. Aber er rief dort nicht an oder ging nicht hin. Die Therapie, die keine richtige war, gefiel ihm. Die Therapeutin, die keine richtige war, gefiel ihm erst recht.

So ging das in den Frühling hinein dahin. Wenn ich vom Gasthaus *Zum Schreiner* nach Haus kam, war Robert meist schon weg. Doch fand ich immer wieder gewisse Spuren seines offenbar erst vor kurzem beendeten Besuchs. Einen noch kaum ausgeglühten Zigarettenstummel der Marke Gauloises zum Beispiel, die noch nicht wieder in die von Natascha bevorzugte Horizontallage zurückgeklappte Klosettbrille.

Manchmal jedoch war er einfach immer noch da. Er saß dann nicht mehr in der Küche, sondern im Wohnzimmer auf der Couch. Des Verdachts, daß er ab und zu auf ihr *lag*, konnte ich mich nicht ganz erwehren. Von Mal zu Mal wurde mir verdächtiger, was in meiner Abwesenheit vorging.

Natascha, sagte ich, sei ehrlich zu mir …

Das war im Bett. Wir waren einander nah und doch eigentümlich fern.

Du brauchst dir überhaupt keine Sorgen zu machen, sagte sie. Zwischen Robert und mir geschieht nichts, was nicht sein dürfte.

Sie tat so, als ginge es vor allem um die *therapeutische* Beziehung. Die keine war. Oder sein *sollte*. Nach wie vor nicht. Nach ungefähr drei Wochen fing sie allerdings an, sich Notizen zu machen. Das seien jedoch, auf diese Feststellung legte sie Wert, rein private Aufzeichnungen.

Nicht etwa therapeutische Protokolle.

Eine therapeutische Beziehung zwischen Robert und ihr käme nicht nur aufgrund ihrer nicht abgeschlossenen Lehranalyse nicht in Frage.

Über die Interessen der sogenannten Autoritäten, ihre Macht und ihren Einfluß zu wahren, könne man zwar verschiedener Auffassung sein …

Aber bekanntlich sei eine Therapie problematisch, wenn sich Patient und Therapeut beziehungsweise Therapeutin zu nahe stünden.

Wie nahe stehst du ihm?, fragte ich.

Komm, hör auf, sagte sie. Du bist doch nicht etwa eifersüchtig?

Gefällt er dir?

Sie verschränkte die Hände hinter dem Kopf und schaute zum Plafond.

Das würde sie, sagte sie, nicht ohne weiteres sagen.

Der Konjunktiv gab mir zu denken. Die durch Robert ausgelöste Gefühlsambivalenz war mir nicht fremd.

Etwas Bubenhaftes, sagte sie, sei ihm bei allen Abnützungserscheinungen bis heute erhalten geblieben. Das wirke ein wenig rüde, aber auch charmant. Ja, das sei es wohl, was er ausstrahle, sein sozusagen rotzbubenhafter Charme. Doch über das Alter, in dem sie auf so etwas hereingefallen wäre, sei sie hinaus.

Er setzte seine Besuche fort, konsequent. Eines Nachmittags schlug ich ihm vor, mit mir einen Spaziergang zu unternehmen. Okay, sagte er, wenn wir rechtzeitig wieder da sind. Er meinte, rechtzeitig vor Nataschas Eintreffen.

Ich schrieb einen Zettel. Liebe Natascha, schrieb ich. Wir zwei sind im Wald. Auf ein Gespräch unter Männern. Er lächelte, als er das las. Eine Weile gingen wir schweigend. Es war bereits Mai. Aus den kulissenhaft gegen den Himmel ragenden Bäumen rief ein Kuckuck.

Weißt du, Robert, sagte ich schließlich, daß du dich so gut mit meiner Frau verstehst, finde ich im Prinzip erfreulich. Und daß dir die Gespräche mit ihr wirklich zu helfen scheinen, ganz besonders. Allerdings frage ich mich, ob es nicht besser wäre, im Rahmen dieser Freundschaft – ich will eure Beziehung bona fide so nennen – nicht allzunah an gewisse Grenzen zu kommen. Desgleichen – wenn auch in einem etwas anderen Sinn – im Rahmen *unserer* Freundschaft.

Er sah mich von der Seite an, mit seinem vom jungen Burt Lancaster entlehnten, unverschämten Grinsen. Das aber inzwischen ganz und gar seines war. Negerl, Negerl, sagte er, du bist vielleicht komisch! Für einen, der etwas ganz Einfaches sagen will, drückst du dich ganz schön kompliziert aus!

Hauptsache, sagte ich, du verstehst, was ich meine.

Ich bin doch nicht blöd, sagte er.

Schön, sagte ich. Ich auch nicht.

Gut, sagte er. Aber deine Frau ist eine erwachsene Person. Und wir leben – für den Fall, daß du das vergessen haben solltest, darf ich dich daran erinnern – im Jahr 1976.

Was sollte ich sagen? Die Situation war mir peinlich. Wie sollte ich glaubhaft die Rolle des eifersüchtigen Ehemanns verkörpern? Vor ihm, vor Natascha, vor dem Zeithintergrund. Vor allem (und das war das schwierigste) vor mir selbst.

Mit meinen vier bis fünf Dutzend Seitensprüngen! Gegen Ende hatte ich sie nicht mehr gezählt, aber ungefähr so viele mußten es gewesen sein. Bis zu jenem letzten mit Kirsten in Villach. Wie sollte ich die ahnungsvolle Angst, die mir die Beziehung zwischen Natascha und Robert einjagte, begründen?

Keine Angst, sagte er und schlug mir auf die Schulter, deine Frau steht nur auf dich.

Woher weißt du denn das?, fragte ich.

Na ja, sagte er, in gewissen Situationen merkt man das ganz einfach.

So, sagte ich. In gewissen Situationen ... Es wäre mir ehrlich gesagt lieber, wenn solche Situationen zwischen euch seltener einträten.

Ah ja?, sagte er und zog eine Braue schief. – Soll das heißen, du willst mir dein Haus verbieten?

Das nicht gerade, sagte ich, aber ...

Was aber?, fragte er.

Eine gewisse Zurückhaltung fände ich angebracht.

Hör einmal, Negerl, sagte er, um eines ein für allemal klarzustellen. Zweifellos ist deine Natascha eine Frau, die ich gern aufs Kreuz legen würde. Wenn ich trotzdem eine gewisse Zurückhaltung übe, dann akkurat aus Freundschaft zu dir. Obwohl mir diese Zurückhaltung, ehrlich gestanden, manchmal etwas absurd vorkommt.

So, sagte ich, absurd. Und warum, wenn ich fragen darf?

Das weißt du doch selber, sagte er, tu nicht so! Deine liebe Frau macht mir, um es ohne Umschweife zu sagen, einen ziemlich unterversorgten Eindruck.

Ich stolperte über eine Wurzel.

Paß auf, sagt er, daß du nicht fällst.

Nach diesem Gespräch wurden Reiters Besuche bei uns seltener. Nicht, daß er sie ganz einstellte, aber meine im Wald gesprochenen Worte waren doch nicht ganz ohne Wirkung geblieben. Dachte ich. Das war eine Phase, in der ich ein bißchen aufatmete. Bis mir Natascha erzählte, daß er damit begonnen hatte, sie an ihrem Arbeitsplatz in der *Stadt des Kindes* zu besuchen.

Als sie mir das gestand, muß sein erster Besuch in ihrem dortigen Büro schon einige Wochen zurückgelegen sein. Was der unmittelbare Anlaß für ihre diesbezügliche Mitteilsamkeit war, weiß ich nicht, eine Zeitlang hatte sie es jedenfalls für besser gehalten, mich nicht darüber zu informieren. Ich hatte mir also Illusionen gemacht. Nicht nur hatte die Quantität der Treffen zwischen ihr und ihm, unter diesem neuen Aspekt betrachtet, kaum nachgelassen, auch ihre Qualität hatte sich anscheinend verändert.

Wie sie es darstellte, war ihr jener erste, unangemeldete und, wie sie fand, unpassende Besuch gar nicht recht gewesen. Um nicht mit Robert in ihrem Büro bleiben zu müssen, habe sie ihn im ganzen Heimkomplex herumgeführt. Habe ihm die Quartiere für Buben und Mädchen gezeigt sowie die ausgedehnten Spiel- und Sportanlagen. In den Theater- und Musiksaal sowie in den sogenannten Mehrzweckraum habe sie mit ihm hineingeschaut.

Eigentlich wollte sie ihn möglichst rasch wieder loswerden, er aber bat sie, sich doch noch einen Augenblick mit ihm auf eine am Rand des Sportplatzes stehende Bank zu setzen. Er müsse sie etwas fragen, habe er gesagt, was ihm schon seit einiger Zeit auf der Zunge liege. Sie fühlte sich nicht behaglich, er fragte trotzdem. Wie sich das eigentlich so abspiele zwischen ihr und mir.

Sie sagte, sie verstehe die Frage nicht recht.

Nun, sagte er, wie das so sei zwischen uns im Bett.

Sie sagte, daß sie mich liebe. Daß wir einander liebten.

Ja, aber wie?, sagte er.

Auf intime Details wollte sie sich nicht einlassen.

Das erzählte sie mir. Sie erzählte mir wahrscheinlich nicht alles. Sie erzählte es aber, weil es ihre Seele belastete. Die Art, wie er fragte, habe sie irritiert. Sie habe nicht recht begriffen, worauf er hinauswollte.

Er will mit dir schlafen, sagte ich.

Ja, sagte sie etwas zerstreut, das auch.

Was das betreffe, habe sie ihm jedenfalls ihre Meinung gesagt.

Und die wäre?

Klipp und klar: Daraus wird nichts.

Nichts für ungut, habe er gesagt. Sie habe ihn vielleicht ein bißchen mißverstanden.

Daß sie ihn nicht nur als mehr oder minder therapeutisch wirkende Gesprächspartnerin, sondern auch als Frau mit erotischer Ausstrahlung anziehe, wolle er gar nicht verhehlen. Ja, ehrlich gestanden, träume er sogar manchmal von ihr. Er könne ihr diese Träume erzählen, vielleicht hätten sie ja etwas ganz anderes zu bedeuten. Ihm allerdings wäre es lieber, wenn sie nichts anderes zu bedeuten hätten, als daß er sie (dazu bekenne er sich) begehre.

Anderseits habe es auch etwas zu bedeuten, daß ich sein Freund sei. Ein ganz besonderer Freund sogar, eigentlich sein *bester* Freund. Er erzählte Natascha, was meine Mutter und ich damals für ihn getan hatten, als ihm auf dem Rückweg vom Fremdenlegionslager in Mühlhausen das Geld ausgegangen war. Natascha war gerührt. Ich hatte ihr das nicht so detailliert erzählt.

Sie war gerührt über uns, meine Mutter und mich. Sie war aber offenbar auch gerührt über Robert.

Über Robert, den treuen Freund ihres Mannes.

Sie müsse jetzt wirklich in ihr Büro zurück, sagte sie rasch, vor der Tür warte wahrscheinlich schon eine Schlange von Kindern.

Stimmt, ich war nicht dabei. Ich rekonstruiere.

Ich rekonstruierte und ergänzte auch damals.

Aber ich kannte Natascha. Und kannte *ihn*.

Ich glaube nicht, daß meine Phantasie sehr weit von der Realität abwich.

Bevor sie sich verabschiedeten, kamen sie noch am Schwimmbad vorbei. Durch die großen Glasscheiben sah man erwachsene Menschen schwimmen.

Ist das öffentlich zugänglich?, fragte er. Ja, sagte sie.

Das hätte sie nicht so leichthin sagen sollen.

Von da an besuchte er nämlich dieses Schwimmbad. Und danach besuchte er jedes Mal sie. Das aschblonde Haar noch strähnig feucht von der Dusche. Er möge das nicht, wenn es nach dem Fönen so wegstehe. Er lehnte sich an ihren Schreibtisch und kämmte sich. Seine Art hatte, das war weder ihr noch mir neu, etwas Unverfrorenes. Seine Art hatte aber auch etwas Entwaffnendes. Zwar wiederholte sie, daß ihr seine Besuche an ihrem Arbeitsplatz eigentlich nicht recht und für den Fall, daß die Heimleitung darauf aufmerksam werde, problematisch seien, aber sie brachte es nicht übers Herz, ihn hinauszuwerfen.

War das Schwimmen ein Vorwand? Nicht ganz und gar. Früher, sagte er, sei er viel geschwommen. Besonders zu seiner Zeit in Südafrika. Drei Kilometer sei er damals gekrault, wie gar nichts. Jetzt sei er natürlich ein bißchen außer Form. Beim ersten Versuch sei ihm schon nach vierzig Längen die Luft ausgegangen. Also nach einem lumpigen Kilometer. Aber er werde sich steigern – das Bewußtsein, in Nataschas Nähe zu schwimmen, werde ihn beflügeln.

Ob er auch im Schmetterlingsstil schwimme – manchmal versuchte sie, mit einer gewissen Ironie auf ihn zu reagieren.

Ja klar, antwortete er ernsthaft. Schmetterling-Brust und -Rücken. Man brauche viel Kraft für diesen Stil, aber die habe er im Prinzip. Ich hätte ihr sicher erzählt, daß er in der Schule der Klassenstärkste gewesen sei.

Der Peter hat mir erzählt, sagte sie, daß du ihm in der Schule zwei Zähne ausgeschlagen hast.

Ja, sagte er. Das auch. Es war unvermeidlich.

So, unvermeidlich, sagte sie. Und warum?

Weil er frech geworden ist, sagte er. Weil er nicht akzeptieren hat wollen, wer der Chef ist.

Sie ließ ihn reden und machte sich ihre Notizen.

Immer der Chef sein wollen, der Größte, der Stärkste.

Sigurd, Tarzan, Superman, James Bond.

Eigentlich lauter in ihrer Pubertät steckengebliebene Idioten.

Da war ich mit ihr d'accord.

Zuerst muß da ein tiefes Gefühl der Inferiorität sein.

Und dann das Bedürfnis nach Überkompensation.

Nicht, daß ich ihre Notizen extra gesucht hätte. Sie lagen ganz einfach obenauf in der Tischlade.

Sie fühlte sich zweifellos durch ihn geschmeichelt. Ihr potentiell heilsames Verständnis hatte ihn dazu gebracht, wieder einen gesunden Sport zu betreiben. Hatte er seine Saufgewohnheiten wirklich in den Griff bekommen? Es sah so aus. Wenn es zutraf, wirklich erstaunlich.

In einem gesunden Körper wohnt auch ein gesunder Geist, sagte er. Oder kann wieder einziehen, präzisierte er, der gesunde Geist nämlich. Na ja, sagte sie. Solche Sprüche gefielen ihr zwar weniger. Aber sie räumte ein, daß etwas Wahres dran sein konnte.

Jetzt mußte nur noch seine Seele genesen.

Sein Bedürfnis nach Heilung, schrieb sie, *ebenso tief wie naiv.*

See me / feel me / touch me / heal me. Sie habe gar nicht gewußt, wie ihr geschah, er sei vor ihr niedergekniet und habe seinen Kopf in ihren Schoß gelegt wie ein Hund.

Sein Pathos und sein angesichts einer gewissen Peinlichkeit dieses Pathos sofort abrufbarer Zynismus.

Als er ihr Zurückweichen, ihre im physischen Sinn des Wortes innerste Reserve angesichts der Zudringlichkeit gespürt habe, als die sich dieser Kniefall zweifellos auch interpretieren ließ, sei er sofort wieder aufgesprungen. Sei aufgesprungen und habe sich verschanzt hinter einem Schwall von zum Teil unflätigen Worten. Über die Lächerlichkeit von Hunden, die, an der Leine hängend, nicht zusammenkämen, ein bißchen Schnüffeln sei schon das höchste der ihnen erlaubten Gefühle, und gewisse Bewegungen würden ins Leere vollzogen.

Anscheinend teilte er sich seine Schwimmtrainingszeiten so ein, daß sie unmittelbar vor Nataschas sogenannten Fenstern endeten. Stunden also, die sie zwischendurch freihatte. Wenn ich ihr Glauben schenken sollte, hatte er solche die ersten Male zufällig erwischt. Die Häufung von nichts als Zufällen in der Folge schien mir allerdings sehr unwahrscheinlich. Da kam er also zu ihr ins Büro und war da. Frisierte sich, lächelte, redete, machte keine Anstalten, wieder zu gehen. Einmal kam eine Kollegin herein, der stellte er sich als Nataschas Schwager vor. So ein Schlawiner! Sie fand seine Schlagfertigkeit amüsant.

Er redete, und sie schrieb – oder schrieb sie erst im nachhinein?

In Gedanken weiter mit ihm beschäftigt?

Sowohl als auch, ging mir auf. Offenbar führte sie zwei Hefte.

Eins im Büro, eins zu Haus. Letzteres ließ sie nach wie vor in der Tischlade.

Eine Botschaft für mich? War es so gemeint?

Wenn ich ihn nicht bremse, schrieb sie, *erzählt er mir sein Leben.*

Ein Konglomerat von Banalitäten und Ungeheuerlichkeiten.

Manches davon möchte ich lieber nicht gehört haben.

Laß mich los, möchte ich dann sagen, hör auf, es reicht, wer bin ich, deine Beichtmutter?!

Diese dumme Angst vor dem Tod, als ob das etwas Besonderes wäre, als ob wir nicht alle sterben müßten.

Enervierend: gewisse Rückfälle ins Rollenklischee des starken Mannes.

Wenn er allerdings seine Schwäche zugibt, fällt es schwer, ihn nicht zu streicheln.

So stand es also. Das ließ mich Natascha wissen. Ja, ich hatte in zunehmendem Maße den Eindruck, daß es sich so verhielt.

Manche Notizen bezogen sich auch auf gewisse Andeutungen Roberts. Die ab und zu wiederkamen. Und ihr ein vages Unbehagen bereiteten.

Offenbar handelte es sich um Andeutungen, den von ihm eigenartig hervorgehobenen besonderen Charakter unserer pubertären Freundschaft betreffend. Und meine ihm in Erinnerung gebliebene Schüchternheit gegenüber Mädchen. An einer Stelle, die darauf Bezug nahm, hatte Natascha einen ganzen Absatz mit Filzstift gestrichen. So nachhaltig, daß ich auch bei Zuhilfenahme einer Fokuslampe und einer Lupe nichts mehr davon lesen konnte.

Das alles war jedenfalls nicht dazu angetan, mich zu beruhigen.

Ich mußte wohl noch einmal mit Robert reden.

Klarer und deutlicher als damals im Wald. Ich durfte mich nicht wieder von seinen Frechheiten irritieren lassen.

Also bei nächster Gelegenheit, nahm ich mir vor.

Diese Gelegenheit ließ nicht zu lang auf sich warten.

Zwar hatte die Frequenz von Roberts Hausbesuchen, wie gesagt, nachgelassen. Aber im Schnitt einmal pro Woche bereitete er uns doch das für mich immer zweifelhaftere Vergnügen.

Es war ein Donnerstag nachmittag, als ich sein Auto vor

unserem Haus vorfahren hörte. Er hatte die dumme Gewohnheit, sein Erscheinen dadurch zu signalisieren, daß er noch, kurz bevor er den Motor abstellte, aufs Gas stieg. Ich hörte ihn eintreten – an unserer untertags nie versperrten Tür zu klingeln, hatte er sich längst abgewöhnt. Und schon kam er die Holztreppe zu mir ins Studio heruntergepoltert.

Ich saß am Klavier und drehte mich vorerst nicht um.

Servus Negerl, sagte er hinter mir.

Servus Robert, sagte ich, möglichst cool.

Gleich, dachte ich, gleich würde ich ihm meine Meinung sagen.

Nur, wie am besten beginnen, das war die Frage. Er sollte nicht den Eindruck haben, daß ich seinetwegen nervös war.

Was ich zu sagen hatte, sollte eher en passant kommen.

Aus einer heiteren Gelassenheit heraus. Dann aber um so deutlicher.

Ich spielte noch einige Takte einer Ballade, die ich in den letzten Tagen immerhin zustande gebracht hatte. Dann drehte ich mich mit dem Klavierhocker um hundertachtzig Grad.

Ich hab gehört, sagte ich, daß du in die *Stadt des Kindes* schwimmen gehst.

Ja, stell dir vor, sagte er, das war ein guter Tip von Natascha.

Er lächelte strahlend. Mit spöttisch blitzenden Blauaugen. – Sag, warum kommst du eigentlich nicht auch ab und zu dorthin? Ganz im Ernst, das würde dir sicherlich guttun. Genau, wie es *mir* guttut. Schau! – Und mit dieser Aufforderung zog er sein Hemd aus.

Wirklich war das Fett, das sein Muskelrelief verunziert hatte, zurückgegangen. Und der Bauch, den er allerdings merkbar einzog, hatte sich verkleinert.

Durch das Kellerfenster meines Studios fiel um diese Jahres- und Tageszeit ein schräges Licht.

Das gab seiner Haut einen schönen, rötlichen Goldton.

Na?, sagte er, sich um sich selbst drehend, wie gefall ich dir?

Es wäre mir lieber gewesen, er hätte sein Hemd wieder angezogen. Was ist?, sagte er, macht es dich unruhig, meinen Luxuskörper zu betrachten? ... Tatsächlich? Du bist aber leicht aus der Ruhe zu bringen!

Er grinste sein unverschämtestes Lancaster-Grinsen.

Und dabei ist die Show noch gar nicht zu Ende ...

Mit diesen Worten begann er, seine Hose aufzuknöpfen.

Laß das, sagte ich und verließ das Zimmer.

Zwei Stufen auf einmal nehmend, floh ich die Treppe hinauf. Oben klopfte mein Herz. Ich fühlte mich elend. In der Küche schenkte ich mir das für Robert vorbereitete Bier ein.

In meinem Studio malträtierte er das Klavier und sang das Lied vom Paprika, der in Afrika drei Meter hoch wächst.

Die Sliwowitzflasche war eine große Verführung. Seit ich damals, nach Reiters erstem Besuch bei uns, damit angefangen hatte, ab und zu einen Schluck aus ihr zu trinken, konnte ich nicht an ihr vorbeigehen, ohne sie wahrzunehmen. Allerdings konnte ich mich nicht so ohne weiteres aus ihr bedienen. Dazu mußten gewisse günstige Voraussetzungen eintreten. Ideal war es, wenn die Wirtin in der Küche und kein Gast im Schankraum war. Meist saß jedoch der alte Edgar am Stammtisch. Edgar war ein kleiner, verängstigt dreinblikkender Mann, der fast nie ein Wort redete. Nur manchmal begann er unvermittelt und wegen eines Sprachfehlers fast unverständlich über den Krieg zu monologisieren. In Edgars Anwesenheit riskierte ich den Schluck aus der Flasche jedenfalls auch. Ich ging davon aus, daß er mich nicht wirklich beachtete. Manchmal füllte ich die Flasche (einen klassischen Doppelliter, den man für gewöhnlich lang nicht nachfüllen mußte) mit Wasser auf. Leider wurde der Sliwowitz dadurch immer dünner.

Einmal, als ich an der Busstation stand und auf den letzten Bus wartete, der mich nach Purkersdorf zurückbringen sollte, fuhr ein offener Jeep mit drei in Tarnanzüge gekleideten Männern vorbei. Sie tauchten auf der einen Seite aus dem Dunkel ins Licht der Bogenlampe und auf der anderen Seite wieder ins Dunkel. Sie riefen irgend etwas, das sich mit seiner aggressiven rhythmischen Struktur wie eine politische Kampfparole anhörte. Der auf dem Rücksitz, mit seinem langen, etwas ungepflegten, im Fahrtwind flatternden Haar, sah aus wie Robert.

2

Ungefähr zwei Wochen später kam es zu jenem Zwischenfall im Schwimmbad, durch den sich die Entwicklung unserer Dreiecksgeschichte extrem zuspitzte. Seit Robert dorthin ging, hatte Natascha das hauseigene Schwimmbad in der *Stadt des Kindes* nicht besucht. Obwohl sie das vorher recht oft und recht gern getan hatte. Den Mitarbeiterinnen und Mitarbeitern des Heims standen dessen Einrichtungen kostenlos zur Verfügung.

Seit Robert das Bad frequentierte, war ihr jedoch die Selbstverständlichkeit, mit der sie sonst von dieser Gelegenheit Gebrauch gemacht hatte, abhanden gekommen. Von der Möglichkeit, ihm dort unversehens (oder sagte sie *unvorbereitet*?) über den Weg zu laufen, habe sie sich gehemmt gefühlt. Obwohl sie auf kaum mehr überraschende Weise an ihre Fensterstunden grenzten, waren seine Schwimmstunden angeblich nicht berechenbar. So stellte sie das zumindest im nachhinein dar.

Die Vorstellung, ihm im Badeanzug zu begegnen, sei ihr jedenfalls nicht angenehm gewesen. Das sei ihr irgendwie, sagte sie, unpassend erschienen. *Irgendwie*. Ich will nicht unterstellen, daß sie erst ein paar Kilo abnehmen wollte. Sie war sonst sehr schlank. Aber in unserem letzten, nicht sehr leidenschaftlichen Ehejahr hatte sie etwas zugenommen.

Die Wochen vor jenem Eklat erfaßte sie zwar, wenn ich mich recht erinnere, eine auffallende Vorliebe für Rohkost. Aber es war Frühsommer, und gewisse Frauenzeitschriften, die sie trotz ihrer Selbsteinschätzung als nach wie vor eher alternative Person zu lesen begonnen hatte, empfahlen auf Hochglanzseiten verlockend abgebildetes Obst und Gemüse. Ich will sagen, man muß nicht das Gras wachsen hören. Und ich hörte es ja auch nicht unmittelbar, aber im nachhinein, im Zusammenhang mit einem gewissen Aha-Erlebnis, sozusagen als Nachklang.

Was das Schwimmen betrifft, so fuhr die durch Reiter an der unbefangenen Ausübung dieses Sports gehinderte Natascha zu diesem Zweck ein paar Mal ins Hietzinger Bad. Doch mit dem Bus dorthin zu fahren und Eintritt zu zahlen war, zu dieser Erkenntnis kam sie zur gegebenen Zeit, einfach verrückt, wenn ihr doch direkt am Arbeitsplatz ein Gratisbad zur Verfügung stand. Eines Mittwoch nachmittags war es jedenfalls soweit, sie wollte sagen, da sei es ihr zu dumm geworden. Und sie sei ganz einfach wieder ins hauseigene Schwimmbad gegangen – warum sollte Robert ausgerechnet an diesem Tag und zu dieser Stunde seine Längen ziehen?

Zwar muß sie, das zu wiederholen kann ich nicht umhin, bis zu diesem Zeitpunkt schon einen gewissen Überblick über seine diesbezüglichen Gewohnheiten gehabt haben. Aber mir erzählte sie die Geschichte so, als hätte sie just an diesem Tag eigentlich nicht mit ihm gerechnet. Sie schloß ein Treffen allerdings auch nicht aus. Trotzdem erschrak sie, als er plötzlich in der Badehose vor ihr stand.

Es war eine Badehose mit Leopardenmuster.

Die Begegnung fand am Schwimmbeckenrand statt, Natascha kam gerade aus der Dusche.

Sie hatte das Gefühl, daß seine Augen den Wassertröpfchen folgten, die an ihrem Körper von oben nach unten rannen.

Zufällig trug sie einen neuen Bikini.

Für eine Frau, die zwei Kinder geboren hat, sagte er, hast du aber eine erstaunlich geile Figur.

Seine Unverschämtheit verschlug ihr die Rede.

Das kleine Kompliment, das sie enthielt, fand sie indes nett.

Oder war es umgekehrt? Enthielt das Kompliment eine große Unverschämtheit?

Während sie das noch überlegte, packte ihn plötzlich eine Art von Energieanfall, und er sprintete zum Trampolin. Das Brett brachte er derart zum Federn, daß das dabei entstehende Geräusch selbst den jenseits des Kinderbassins auf der anderen Seite der Halle in Strecksesseln dösenden Badegästen den Kopf herumriß. Dann sprang er, hing einen Augenblick mit ausgebreiteten Armen in der Luft, knickte in der Mitte ab und tauchte, Kopf voran, ins Wasser. Mit einer deutlich sichtbaren Erektion kam er die Metalleiter neben dem Sprungbrett herauf wieder an Land.

Natascha stieg rasch dieselbe Leiter hinunter. Sie wollte lieber nicht zu lang neben ihm stehenbleiben. Wie sah denn das aus? Die Bademeister und Bademeisterinnen kannten sie. Sie schwamm einige Breiten. Er sprang zum zweiten Mal vom Trampolin und tauchte spürbar unter ihr durch.

Sie spürte ihn, sagte sie, aber im nächsten Augenblick war er schon wieder woanders. Sie spürte ihn noch einmal. Er drehte und wendete sich wie ein Seehund. Unter Wasser war er ein glatter Schatten. Plötzlich hinter ihr auftauchend, drängte er sie an den Beckenrand.

Sie deutete an, auf welche Art er sie bedrängt hatte. Bist du verrückt geworden, keuchte sie, laß mich sofort los! Sie holte Luft, um zu schreien, da ließ er von ihr ab. Während sie, aus dem Wasser entkommen, all ihre Selbstbeherrschung brauchte, um den Weg zu den Umkleidekabinen nicht zu rennen, kraulte er einige Längen geradezu wütend, als müsste er sich abreagieren.

Diese Geschichte brachte mich unter Zugzwang. Tu was! Die Aufforderung hatte Natascha zwar nicht ausgesprochen, aber das war zweifellos die Botschaft. Tu was! Ich mußte die Initiative ergreifen. Ich rief ein Taxi und sagte dem Fahrer Roberts Adresse.

Es war eine lange Fahrt, sie führte durch halb Wien. Purkersdorf liegt etwas außerhalb der westlichen Stadtgrenze, Heiligenstadt, ein Teil des neunzehnten Bezirks, im Norden. In der knappen Stunde, die wir brauchten, um diese Strecke zurückzulegen, ließ ich mir diverse Szenarien durch den Kopf gehen. Ich mußte überzeugend sein. Ich durfte mich diesmal auf keinen Fall wieder in die Defensive drängen lassen.

Das Haus, in dessen Dachgeschoß die Wohnung sein sollte, lag in einer schönen Umgebung, mit Kahlen- und Leopoldsberg im Hintergrund, war aber an sich häßlich. Ein klotziges, graues, in den autoritären Jahren der ersten Republik errichtetes Gebäude. Man hätte gut daran getan, es wieder abzureißen. Am besten mit Robert drin, das wäre eine Lösung gewesen.

Der Lift, hinter Gittern, erinnerte mich an meine Werbezettelausträgerzeiten. An seinem Schloß hing ein kleiner Metallkasten, in den man, wollte man ihn benutzen, fünf Schilling einwerfen mußte. Die Prozedur war mir zu langwierig, ganz abgesehen von der Frechheit des Preises. Um fünf Schilling konnte man damals in manchen Wiener Gasthäusern noch ein Achtel Wein trinken.

Ich lief also die drei Stockwerke des häßlichen Hauses hinauf und klopfte an Roberts Tür. Oder genauer: Ich schlug mit der Faust dagegen. Ja, ja, rief seine Stimme von drin, dann näherten sich seine Schritte. Dann sperrte er auf. Ach so, du bist es, sagte er – warum benutzt du nicht die Klingel?

Robert hatte mir zwar ehemals seine Adresse gegeben, aber er hatte mich nie in sein sogenanntes Loft eingeladen. Auch, wenn ich ihr glauben durfte, Natascha nicht. Jetzt sah ich, warum. Die Wohnung war lang nicht so komfortabel, wie er sie geschildert hatte. Ein ausgebauter Dachboden, das wohl, aber viel kleiner und dunkler als in meiner durch seine Beschreibung gestifteten Vorstellung.

Letzteres lag wohl daran, daß er trotz der schönen Aussicht nie die Fenster putzte. Flaschen standen auf dem Boden, an der Wand hingen Pistolen und Gewehre. In der Mitte des Raums ein Zebrafell, dessen helle Streifen längst grau statt weiß waren. Kaum Möbel, bis auf eine stark riechende Sitzgarnitur aus Leder.

Nimm Platz, sagte er, ein paar zerknüllte Wäschestücke einfach beiseitefegend.

Aus einer Art Seemannstruhe fischte er eine Flasche Whisky.

Dann schenkte er sich und mir je ein graues Glas voll.

Nein, danke, sagte ich. Ich bin nicht gekommen, um mit dir zu trinken.

Na schön, dann halt nicht, sagte er. Und warum bist du gekommen?

Das weiß du doch, sagte ich. Natascha hat mir von eurem Zusammentreffen im Bad erzählt.

Er nahm einen Schluck und wischte sich mit dem Handrücken über den Mund.

Ah ja?, sagte er. Das war ein nettes Zusammentreffen.

So, sagte ich, nett nennst du das!

Ja, sagte er, mit so wenig Textilien am Leib fühlt man sich gleich ein bißchen unbefangener.

Er grinste. Seine Unverschämtheit verschlug mir die Rede.

Ich nahm doch einen Schluck.

Du Arsch mit Ohren, sagte ich. Das nennst du Unbefangenheit?

Was?, fragte er. Würdest du freundlicherweise etwas konkreter werden?

Also erst, sagte ich, hast du sie mit deinem blöden, unbeherrschten Schwanz in Verlegenheit gebracht. Und danach – ich nahm einen zweiten Schluck – bist du in an einen Vergewaltigungsversuch grenzender Weise zudringlich geworden.

Er riß den Mund auf und lachte. Mein Gott, sagte er, was hat sie dir erzählt? Das ist doch zumindest – na, sagen wir, schwer übertrieben.

Also jetzt ganz im Ernst, ich bitt dich, was soll das? Das ist die Natur, wir haben Frühling, ich komme wieder zu Kräften! Was ich, nebenbei bemerkt, vor allem deiner Frau zu verdanken habe. Aber das weißt du ja. Sie hat eine hübsche Figur.

Eine *geile* Figur, sagte ich.

Ach was, sagte er, ich rede halt, wie mir der Schnabel gewachsen ist. Und bin auch sonst ein eher gerader Michel. Stimmt, ich hab eine Erektion gehabt, einen Ständer. Na und? Was willst du? Was will sie? So was soll vorkommen!

Was das andere betrifft, diese, wie hat sie das genannt, diese Zudringlichkeit ... Negerl, das waren ganz harmlose Wasserspiele! ... Ich hab mich halt wohl gefühlt wie ein Fisch im Wasser ... Ich bin vielleicht kindisch, kann sein, aber ich hab mich gefreut, daß sie da war.

Er war unglaublich! Oder sollte ich ihm doch ein bißchen glauben? Etwas unsicher fühlte ich mich jetzt schon. In meiner ursprünglichen Überzeugung schwankend. Ich nahm also noch einen Schluck, um ins Lot zu kommen.

Robert lächelte nun. Seine Augen lächelten. Aber nicht spöttisch. Oder beinah nicht spöttisch. Eher verständnissinnig. Ein bißchen bedauernd. Da war ich womöglich einem leicht hysterisch gefärbten Bericht meiner Frau aufgesessen.

Auch Psychologinnen sind nicht vor so was gefeit. Und erst recht nicht solche wie deine Natascha. Du weißt, sagte Robert, wie sehr ich gerade ihre Sensibilität schätze. Aber da ist, scheint mir, etwas mit ihr durchgegangen.

Sagen wir, schlug er vor, die Phantasie. Oder so etwas wie ihr weibliches Wunschdenken. Ich hab eine Erektion gehabt, schön und gut. Aber daß sie das gleich so konfus und verrückt macht ...

Er schüttelte nachdenklich und nach wie vor etwas bedauernd den Kopf. Doch dann blitzte plötzlich etwas in seinen Augen. Etwas blitzte da auf: eine scharfe Klinge. Vielleicht liegt es daran, sagte er, daß sie bei einem wie dir weniger davon mitkriegt.

Fast hätte ich mich schon von ihm einlullen lassen.

Nun weckte mich aber der Stich, den er mir versetzt hatte.

Was war er doch für ein hinterhältiger Schuft!

Da saß er und grinste sein allergemeinstes Grinsen.

Das war stark. Der Whisky war auch stark. Ich schleuderte mein Glas zu Boden.

Was willst du damit sagen?

Das kannst du dir doch denken, was ich damit sagen will. Es ist ja vielleicht dein Glück, daß du dir eine Frau wie Natascha gefunden hast ... Aber bestimmte Erinnerungen geben mir Anlaß, daran zu zweifeln, daß du, wie man es bei uns so schön treffend ausdrückt, wirklich auf Frauen stehst.

Er trank jetzt aus der Flasche und reichte sie mir, brüderlich. Die Kinder sind ja von dir, das kann man nicht leugnen. Es sei denn, deine Natascha kennt noch einen Nigger. Vielleicht einen, der den Vorstellungen, die man von den richtigen Männern eurer Rasse hat, ein bißchen eher entspricht.

Jetzt schleuderte ich die Flasche nach ihm, aber ich traf nicht.

Na komm, sagte er. Sei ehrlich. Natascha ist deine einzige, nicht wahr? Sie liebt dich. Das rührt dich, das bringt dich ein bißchen auf Touren. Aber so ganz dein Fall sind die Frauen nicht.

Du Arschloch!, sagte ich. Ich hab wahrscheinlich mit dreimal mehr Frauen geschlafen als du!

Ein guter Witz, sagte er.

Nein, sagte ich, ich mache keine Witze.

Und ließ mich dazu hinreißen, ihm von meinen Tourneen

zu erzählen. Mein Leben als Austropopper hatte er ja bisher nur vage zur Kenntnis genommen, es lag vor seiner Rückkehr aus Afrika.

Von meinen donjuanistischen Tourneen also erzählte ich und von meinem auch in Wien ehemals florierenden, promiskuitiven Sexualleben. Auch mein letztes Abenteuer mit der schönen Kirsten ließ ich nicht unerwähnt. Als ehemalige Miß war sie ein Trumpf, den am Schluß noch auszuspielen ich nicht unterlassen konnte. Nur die Traurigkeit nach dem Beischlaf paßte nicht ins Renommierkonzept und blieb daher verschwiegen.

Inzwischen hatte Reiter eine zweite Flasche Whisky geöffnet. Und zwei neue Gläser vollgeschenkt. Seine Augen glitzerten. Ja so was, sagte er, das ist ja phänomenal, das hätt ich dir wirklich nicht zugetraut! Na komm, seien wir wieder gut, laß uns auf deinen Erfolg bei den Frauen trinken.

Ich erschrak. Erst in diesem Moment begriff ich, in welch unmögliche Position ich mich manövriert hatte. In welche Falle ich ihm gegangen war.

Nein, sagte ich, ich will nicht mit dir trinken, du bist ein Aas!

Noch nicht ganz, sagte er. Aber nur Geduld, es wird schon werden.

Und dann trank ich doch. Obwohl mir der Whisky nicht schmeckte. Ich bin nie ein Whiskytrinker gewesen. Mich ekelt vor diesem dezenten Leichengeschmack. Aber ich trank. Was sollte ich tun. Was blieb mir übrig.

Ich fühlte mich ausgepumpt. Die Batterie war leer. Die aus Empörung und Wut gespeiste Energie, die mich noch vor fünf Minuten wild bewegt hatte, war verbraucht. Jetzt saß ich da, vom Fauteuil, auf dem ich ursprünglich gesessen war, auf Roberts dreckiges Zebrafell gesunken. Wie sollte ich mich wieder aufraffen, wie den Faden der Intention, mit der ich zur Tür hereingekommen war, wiederfinden?

Doch, ich erwischte noch ein Ende des Fadens.

Natascha …, sagte ich, ihres Auftrags gedenkend. Des Auftrags, mit dem sie mich hergeschickt hatte: Tu was!

Aber nach allem, mit dem ich mich inzwischen belastet hatte, war der Faden zu dünn, als daß ich mich daran hätte hochziehen können.

Er riß sofort. Und Robert griff an die Rißstelle.

Apropos Natascha, sagte er, wie kommt denn übrigens sie damit zurecht?

Womit?

Na, mit deiner phänomenalen Männlichkeit. Und mit der Neigung, sie anderswo auszuleben.

Jetzt grinste er wieder.

Na ja, sagte er, ich weiß, daß sie eine fortschrittliche Frau ist. Und daß wir in recht avancierten Zeiten leben. Aber trotzdem. Da gehört schon eine gewisse Toleranz dazu. Eine gewisse Toleranz und eine gewisse – ja, so muß man es wohl nennen – Souveränität.

Hör zu …, sagte ich.

Nein, nein, sagte er, laß mich erst ausreden. Alle Achtung vor deiner Angetrauten! Daß sie das toleriert, ohne ihrerseits … Sie selbst scheint ja von der Offenheit eurer Ehe keinen Gebrauch zu machen.

Ich meine, sagte er, mir gegenüber zumindest … Mit mir treibt sie's nicht, so leid es mir tut, was mach ich bloß falsch? … Mir gegenüber hat sie merkwürdigerweise nie etwas von der Offenheit eurer Ehe angedeutet.

Die Bezeichnung *offene Ehe*, sagte ich, ist in diesem Fall auch nicht ganz zutreffend.

Was, sagte Robert, du willst doch damit nicht sagen …

Aus der inzwischen auch schon wieder halb geleerten Flasche schenkte er sich bedächtig nach.

Er ließ sich die Worte auf der Zunge zergehen.

… daß die arme Natascha von deinen zahllosen Groupies nichts bemerkt hat?

Ich nahm ihm die Flasche weg und trank sie aus.

Ich glaube, sagte ich, sie hat sie einfach nicht bemerken *wollen*.

Er pfiff durch die Zähne. Na, das ist ja ein Schlager!

Ich fühlte mich wie erschlagen. Ich fiel zurück auf sein Zebrafell.

3

DASS SIE MICH wirklich in die Gummizelle gesperrt haben!

Sie haben getobt, sagt der Major.

Ich kann mich an nichts erinnern.

Die Gummizelle liegt der meinen schräg vis-à-vis, der Transfer dorthin war also kurz. Aber der Stockmeister hat zwei Beamte zu Hilfe rufen müssen.

Es war in der Nacht. Ich habe angeblich zu schreien angefangen. Im Schlaf. Der Stockmeister hat an meine Zellentür geklopft und gefragt, was los sei. Als ich keine Antwort gegeben habe, ist er eingetreten. Er habe, erzählt er, versucht, mich wachzurütteln.

Es sei zwischen drei und vier Uhr früh gewesen. Um sechs, mit der Tagwache, sei dann der Amtsarzt gekommen. Im vorgeschriebenen Zeitraum. Alles sei ordnungsgemäß abgewickelt worden. In der Gummizelle dürfe keiner mehr als drei Stunden ohne amtsärztliche Untersuchung angehalten werden.

Bis dahin haben mich die Stockbeamten im Auge behalten. Durch den Monitor. Nach ungefähr einer halben Stunde hätte ich zu toben aufgehört. Müde geworden. Vielleicht wieder eingeschlafen. Hat ja auch keinen Sinn, gegen die weichen Kunststoffwände anzurennen.

Was wollen Sie von mir?, habe ich den Amtsarzt gefragt; da war ich schon wieder ganz vernünftig.

Ich habe zu untersuchen, hat er gesagt, ob es sich um einen gewöhnlichen Anfall oder um eine Psychose handelt.

Er war sehr korrekt, muß ich sagen.

Haben Sie so etwas, hat er gefragt, schon früher gehabt? Gibt es Fälle von Epilepsie in Ihrer Familie?

Er hat vorläufig davon abgesehen, eine Überweisung auf die Baumgartner Höhe anzuraten.

Was ist los mit Ihnen, sagt der Major, Sie werden mir doch nicht im vorletzten Moment durchdrehen.

Er ist von sich aus zu mir in die Zelle gekommen.

Ihr Fall wird bearbeitet, sagt er. Wegen gewisser im bürokratischen Ablauf nicht ungewöhnlicher Verzögerungen müssen Sie sich nicht so aufregen.

Es war nicht das, habe ich gesagt.

Aber was war es dann?, hat er gefragt. Wenn Sie aus sozusagen taktischen Gründen auf die Psychiatrie wollen, das ist keine gute Idee. Es kann dort länger dauern als hier bei uns. Brauchen Sie noch Papier? Vielleicht tut es Ihnen gut, wenn Sie noch ein paar Briefe schreiben.

Lieber Robert! Es war der reine Mutwille. Oder doch nicht? Was war es? Deine Lust an meiner Erniedrigung? Als hätte Dich das erhöht, Du blöder Hund! Meine Erschöpfung auszunutzen, meine Trunkenheit!

Und meine Schwäche natürlich (ein dummer Ausdruck). Vor allen Dingen meine Schwäche für Dich. Einem wie Dir gegenüber war es halt Schwäche. Angesichts der Schwäche der anderen hast Du Dich immer stark gefühlt.

Du Arschloch, *wem* wolltest Du damals *was* beweisen? – Dir? Oder mir? Oder Natascha, die nicht dabei war? Natascha, die Dir dann auch in die Falle ging? Weil sie sich, und das ist das Verrückte, ähnlich wie ich, trotz allem von Dir angezogen gefühlt hat?

Sie hätte sich ja damit zufriedengeben können, daß Du nicht mehr gekommen bist. Über den Verlauf unseres Gesprächs und des anschließenden Abends habe ich, wie Du Dir denken kannst, nur sehr knapp erzählt. Am nächsten Tag. In der Nacht, als ich nach Haus kam, wäre ich dazu nicht fähig gewesen. Aber da schlief sie schon und umklammerte mich nur im Halbtraum.

Doch das war dann trotz allem der erwünschte Effekt. Du kamst nicht mehr, weder nach Purkersdorf, noch in die *Stadt des Kindes*. War es nicht das, was sie gewollt hatte, doch, vielleicht hatte sie das sogar wirklich gewollt. Aber jetzt, da es soweit war und wir Dich (wie immer ich das zustande gebracht hatte) losgewesen wären, erwies sich alles als anders.

Die traurige Wahrheit ist, daß sie Angst um Dich hatte. Schließlich warst Du nicht nur ein faschistoider Phallokrat, der sie beinahe vergewaltigt hätte, sondern auch ein armer, labiler Mensch, der die Krankheit zum Tode im Herzen und vor allem in der Leber trug. So absurd es war, sie bekam Gewissensbisse. Wer weiß, wie dreckig es Dir nun ging, ohne ihr nicht ganz zu seiner Aktualität gelangtes, potentiell heilsames Verständnis für Dich. Vielleicht hatte Dich ja wieder das Bedürfnis übermannt, Dich in der Wohnung Deines Dir in Sachen Psychose und Zirrhose vorangegangenen Vaters zuzusaufen. In ihrer Phantasie sah sie Dich schon dort liegen, ein einsames Häufchen Unglück. Wahrscheinlich ein stinkendes Häufchen, aber eins, das trotzdem einen gewissen Pflegetrieb auslöste. Vielleicht konnte sie, vielleicht mußte sie noch etwas für Dich tun.

Warum ich sie nicht daran gehindert habe …? Daß sie sich damals, am Abend des 31. Juli, auf den Weg zu Dir machte …? Sie hat mich sogar nach Deinen Adressen gefragt. Ich kann mir nicht vorstellen, daß Du sie ihr nicht gegeben hast. Vielleicht ein Signal von ihr: Halt mich zurück, halt mich fest! Aber ich wußte doch, wie sie reagierte … Wenn ich sie wirklich festzuhalten versuchte … Ich ließ sie also gehen. Ich ließ sie also fahren. Ich ließ sie also los.

Ich weiß nicht, vielleicht war ich einfach zu fatalistisch. Oder ich wollte es darauf ankommen lassen. Natürlich konnte ich hoffen, daß sie Dich weder in Heiligenstadt noch in der Wohnung Deines Vaters antreffen würde. Ich konnte auch hoffen, daß Dich die Macht, die ich Dir in die Hand gegeben hatte, nicht verführen würde – aber bei Deinem Verhältnis zur Macht war diese Hoffnung sehr gering.

Da Du inzwischen wahrscheinlich totgesoffen neben Deinem Vater auf dem Zentralfriedhof liegst, will ich nicht nur schlecht von Dir denken. Erde, wem Erde gebührt. Sie werde Dir leicht! Ich will also zu Deinen Gunsten annehmen, daß Du Dich nach meinem Besuch bei Dir auch von uns ferngehalten hast, um nicht in Versuchung zu kommen. Die böse Versuchung, die Macht, mit der ich mich dir ausgeliefert hatte, zu nutzen.

Jetzt aber kam Natascha von sich aus zu Dir. Vor ihrem Selbstmordversuch habe ich noch mitbekommen, daß sie es zuerst in der Hollgasse versucht hat. Ich war ja nie dort, aber diese Passagen ihrer Erzählung waren noch sehr anschaulich. Ich kann mir also die Tür, an der sie vergebens geklingelt hat, vorstellen. Diese dunkelbraune, etwas verzogene Tür einer typischen Wiener Altbauwohnung. Mit dem von Werbematerial vollgestopften, rostigen Briefschlitz. Vor allem mit dem noch immer nicht abmontierten Namensschild. Leopold Reiter, Bundesbahnwagenmeister.

Natascha klingelt, Du machst ihr nicht auf. Kein Wunder. Du bist ja nicht da. Aber das kann sie nicht mit Sicherheit wissen. Womöglich liegst Du dort drinnen bereits im Koma. Sie versucht, durchs Schlüsselloch zu spähen, aber sie sieht nur Zwielicht, sie legt das Ohr ans Schloß, aber da wird sie nur kühl angeweht.

Ihr Herz klopft. Was soll sie tun? Die Polizei rufen, um die Tür aufzubrechen? Ganz abgesehen davon, daß sie in diesem Fall kaum behaupten kann, Du seist ihr Schwager, ist das vielleicht doch etwas übertrieben. Womöglich bist Du ja doch in der anderen Wohnung. Sie ist schon dabei, sich ein wenig zu beruhigen, bis ihr einfällt, daß sich Deine Neigung zur

Selbstdestruktion vielleicht noch kürzere Wege zum Ziel finden könnte.

Nicht wahr, Du hast ihr von Deinen Waffen erzählt? Sie sollte doch einmal kommen und sie besichtigen. Darauf war sie nicht eingegangen. Sie hatte kein Interesse an Schießgewehren. Jetzt kam sie dennoch. Wenngleich aus anderen Gründen.

Sie kam mit dem Taxi, genau wie ich ein paar Wochen zuvor. Sie nahm ebensowenig wie ich den Aufzug, sondern rannte die Treppe hinauf. Sie klingelte Sturm. Robert war schlicht und einfach zu Hause. Unverletzt (jedenfalls äußerlich), nicht über das normale Maß hinaus betrunken.

Und sehr erfreut, sie zu sehen, mit lächelnden Augen. Obwohl sie, erzählte sie, vollkommen derangiert war. Bis hierher erzählte sie fortlaufend, dann tat ihre Erzählung einen Sprung. Mitten in der Erzählung sprang sie plötzlich auf und stürmte ins Badezimmer.

Das war am 1. August 1976, zwischen zwei und drei Uhr früh. Ungefähr vier Stunden, nachdem sie von ihm zurückgekommen war. Sie verriegelte die Tür des Badezimmers von innen und öffnete sie trotz meiner flehentlichen Bitten nicht mehr. Die Tür war massives Holz. Es war nicht leicht, sie einzuschlagen.

Du Kretin, mußtest Du ihr wirklich alles erzählen? Ich versuche, mir vorzustellen, wie es ungefähr ablief. Sie ist froh, Dich so unerwartet gesund und munter anzutreffen. Eine große Anspannung fällt von ihr ab, sie ist nicht abgeneigt, sich fallenzulassen. Möglicherweise sogar auf Dein Zebrafell. Ja, ich kann mir das leider nur allzugut vorstellen. Ganz und gar fallenlassen aber mag sie sich nicht. Es fehlt nicht viel, aber im letzten Moment scheint sie sich zu besinnen.

Du willst nicht einsehen, warum. Sie sagt, daß sie mich liebt. Das findest Du nicht besonders originell. Wenngleich kurios. Wenn man dies und jenes bedenkt ... Vielleicht hätte ich Dich damals, bevor zwischen uns alles soweit (und zu weit) kam, erschießen sollen.

Ich muß gestehen, daß ich einen noch in der Erinnerung grell durch mein Hirn blitzenden Augenblick daran gedacht habe. Nachdem ich Dich mit der Whiskyflasche verfehlt hatte. Da warst Du, da war ich, da waren die Gewehre an der Wand. Aber es ist unwahrscheinlich, daß sie geladen waren.

So viel trifft zu, daß meine Performance als Kellner immer fragwürdiger geworden war. Und daß die Kündigung schon längst in der Luft hing. Trotzdem hoffte ich, daß die Wirtin ihre freundlichen Augen wenigstens bis Mitte August zudrücken würde. Da gab es vierzehn Tage Urlaub, und danach würde man schon weitersehen.

Die Wirtin war eine wirklich geduldige Frau. Doch Mitte Juni war ihre Geduld zu Ende. Sie bat mich zu einem kurzen Gespräch ins leere Extrazimmer. Es tut mir leid, sagte sie, aber ich kann Sie nicht weiter beschäftigen.

Den Sliwowitz, den Sie kippen, könnt ich mir leisten. Aber das Geschirr, das Sie zerbrechen, kommt mir allmählich zu teuer. Und die Gäste werden schön langsam unwillig. Ich muß Sie also bitten, sich etwas anderes zu suchen.

Das traf mich. Ich hatte die Wirtin gern gehabt. Sie wischte sich die Hand in der Schürze ab, bevor sie sich von mir verabschiedete. Ich wünsche Ihnen viel Glück, sagte sie, und daß Sie die Probleme, die Sie offenbar haben, lösen können. Hier bei mir wird ab Montag ein anderer Herr arbeiten.

Zwar bezahlte sie mich noch bis Ende des Monats. Aber das war bald, und wie sollte es dann weitergehen? Mit mir? Mit uns? Mit Natascha, den Kindern und mir? Aber mit uns ging es ohnehin nicht mehr weiter.

Diese Flugblätter in Nataschas Notizheft. Ja, genau in jenem, in dem sie ihre Aufzeichnungen über Reiter geführt hatte. *Kleine Rassenkunde*. Über die schwarze Rasse. Daß sie ohne

Hilfe des weißen Mannes noch keine einzige Kulturleistung zustande gebracht habe.

Urwald. Sumpf. Befangenheit auf einer niedrigen Entwicklungsstufe. Kein Sinn für Wissenschaft und Technik. Keine Idee von Fortschritt. Träge Mentalität. Keine Arbeitsmoral. Sklavennatur, aber mit Tendenzen zum gelegentlichen Ausbruch.

Und so weiter. Es stand da dann noch einiges über die angebliche Neigung schwarzer Menschen zur Gewalttätigkeit. Über ihre primitive Kraft und über ihren unberechenbaren Sexualtrieb. Man lasse sich, hieß es abschließend, von einem Neger im Anzug nicht täuschen. Einige Sätze des Machwerks waren mit Kugelschreiber unterstrichen.

Von Robert? Von Natascha? Von jemand Drittem, den ich nicht kannte? Ich habe viel über dieses Flugblatt gegrübelt. Ich habe gehofft, eines Tages mit Natascha darüber reden zu können. Doch dieses Gespräch ist nicht mehr zustande gekommen.

Liebe Mutter! Daß Du ausgerechnet damals sterben hast müssen! Ich habe das gar nicht so richtig mitgekriegt. Natascha lag für ein paar Tage im Sanatorium, ich saß allein in unserem Haus in Purkersdorf. Da kam Dein Anruf. Das war eine knappe Woche vor Deinem Ableben.

Ich war wie betäubt damals, nicht nur vom Alkohol. Den Ernst Deines Zustands habe ich nicht begriffen. Es war allerdings auch nicht Deine Art, großes Aufhebens von so etwas zu machen. Ich muß mich einer kleinen Operation unterziehen – Deine Stimme am Telefon hat nicht besonders beunruhigend geklungen.

Was ist es denn?

Eine Frauensache, hast Du gesagt.

Da wollte ich als Sohn nicht indiskret fragen.

Du mußt mich nicht unbedingt im Spital besuchen.

Wenn Du ein bißchen an mich denkst (das waren die

letzten Worte, die ich von Dir gehört habe), wird mir das schon guttun.

Weißt Du, jetzt, da Du tot bist, kann ich es Dir ja sagen. Auf Roberts Zebrafell habe ich an Dich gedacht. Ich weiß nicht, ob Du verstehst, was ich meine, ich meine nichts Schmutziges. Aber dort, wo Du jetzt bist, versteht man vielleicht alles. Oder gar nichts mehr.

Scheiße. Waren die Metastasen wirklich schon so weit vorgedrungen, oder hat Dich ein ärztlicher Kunstfehler umgebracht? Ich habe damals nicht begriffen, was sie mir erzählt haben, und ich begreife es bis heute nicht. Ich bin mit meiner roten Rose in der Hand dort gestanden, der Oberarzt hat aus seinem weißen Mantel heraus auf mich heruntergeredet. Darf ich meine Mutter noch sehen, habe ich gefragt, nein, das geht jetzt nicht, hat er gesagt, was weiß ich, sie hatten Dich schon auf Eis gelegt.

Im Sarg dann bist Du mir vorgekommen wie eine Wachspuppe. Gar nicht mehr Du, ich weiß nicht, was sie mit Dir angestellt haben. Auch Natascha war bei Deinem Begräbnis. Aber sie hat kein Wort mehr mit mir geredet.

Die Kinder waren nach der Rückkehr aus Griechenland vorerst bei ihren Großeltern geblieben. Wahrscheinlich war das auch gut so, Natascha mußte sich erst wieder finden. So nannte das Elfi, die zu ihr nach Purkersdorf gezogen war, um ihr in dieser schwierigen Phase beizustehen. Tatsächlich wirkte Natascha verloren, aber ich war der letzte, der ihr nun helfen konnte.

Mein Gott, Mamma, wie bist Du mir abgegangen! Damals, als ich im Hotel *Wiental* gehaust habe, jenem kuriosen, kaisergelben Kasten in der Nähe der Stadtbahnendstation Hütteldorf. Nicht daß ich, wärst Du noch am Leben gewesen, doch noch zu Dir nach Siebenhirten gezogen wäre. Aber mit Dir geredet hätte ich gern …

Und wärs nur am Telefon gewesen. Schon Deine Stimme zu hören hätte mir gutgetan.

Aber die gab es nicht mehr. Wohin kommen die Stimmen?

Mamma?

Ja, Peter?

Mamma, verflucht noch einmal, wer bin ich?

Wie kannst du das fragen?! Du wirst immer mein Kind sein ...

Ja, Mamma, ja, solche Worte hätte ich damals gebraucht. Und hier und jetzt, da würde ich sie erst recht brauchen. Sag, Mamma, würdest Du meine Identität bestätigen? Oder würdest Du mich inzwischen nicht mehr erkennen?

Der Brief, den ich noch von Natascha bekommen habe. Das war im Februar '77, also sechs Monate nach der Katastrophe. Laß mich in Ruh, hat sie geschrieben, hör auf mit Deinem Voodoo-Zauber! Ich mag auf dieser Wellenlänge nicht mehr empfangen.

Sie habe sich, schrieb sie, von mir behexen lassen. Sie habe an mich geglaubt, ja, aber das war ein schlimmer Irrglaube. Den Bedenken ihrer Eltern gegenüber habe sie diesen Irrglauben und mich verteidigt. Aber jetzt, so schmerzlich das sei, müsse sie zugeben, daß an diesen Bedenken etwas dran gewesen sei.

Als fortschrittliche Psychologin habe sie gewisse Fakten nicht wahrhaben wollen. Die Kraft der Gene habe sie unterschätzt und weiß der Teufel was noch für Kräfte. Etwas von dunkler Triebhaftigkeit stand in ihrem Brief und von darüber hinaus verfehlter Veranlagung. Sie wisse inzwischen, daß sie mir weder das eine noch das andere zum Vorwurf machen könne, meinesgleichen sei halt so und nicht anders, aber ihresgleichen tue besser daran, sich von dieser Spezies fernzuhalten.

So ungefähr. Im Postskriptum bat sie mich, ihr die Locke zurückzuschicken, die sie mir damals geschenkt hatte, als sie sich das Haar um meinetwillen hatte schneiden lassen. Ich trug diese Locke in einer Plastikhülle in meiner Brieftasche. Nun steckte ich die matt gewordenen Haare in ein Kuvert, klebte es zu und trug es auf die Post. Bis zum Ende des Monats arbeitete ich noch als Nachtwächter bei der Wach- & Schließgesellschaft, dann nahm ich den billigsten Transatlantikflug, den ich bekommen konnte.

Man hat mich in die Besucherzone beordert.

Die Frau, die mir hinter der Glasscheibe gegenüber gesessen ist, war mir fremd.

Alter: knapp über dreißig. Gesicht: etwas zu füllig.

Dem reiferen Alter vorauseilend gehorsam gefärbtes, blaugraues Haar.

Hallo, Peter, sagte sie, kennst du mich nicht mehr?

Ihre Stimme berührte etwas in mir, eine Wunde.

Das war doch ... Aber nein, das war ja unmöglich ...

Beinahe die Stimme meine Mutter. Es war aber die ihrer Tochter.

Vera, sagte sie. Na also, jetzt ist der Groschen gefallen.

Ich nickte. Das also war aus dem Schreihals geworden.

Du machst ja Sachen, sagte sie.

Ich zuckte die Achseln.

Das fremdenpolizeiliche Büro ..., sagte sie. Ich habe zuerst gar nicht verstanden, was die von mir wollen.

Jetzt lächelte sie. Tatsächlich drang etwas wie Wärme durchs Glas.

Dich identifizieren, sagte sie. Im ersten Moment hab ich befürchtet, du bist tot.

Ich versuchte, auch zu lächeln. Wie du siehst, leb ich noch.

Du siehst gar nicht schlecht aus, sagte sie. Ich meine: den Verhältnissen entsprechend.

Jedenfalls seh ich dich jetzt, sagte sie. Und ich kann bestätigen: Du bist es. Der schwarze Peter, sagte sie, mein großer Bruder.

So erwachsen, so dunkel, so geheimnisvoll, so – ja, eben: ein bißchen anders.

Weißt du eigentlich, daß ich dich als Kind enorm bewundert habe?

4

Sie haben mich also entlassen. Sie haben mir meine persönlichen Gegenstände zurückerstattet. Ringe, Halskette, Gitarre. Sonst haben Sie nichts bei sich gehabt? Nein, habe ich gesagt. Ich habe ein Formular unterschreiben müssen. Dann haben mich zwei Polizisten zum Ausgang begleitet.

Hier steh ich nun, da ist die Roßauer Lände, vis-à-vis eine Plakatwand. *Neue Freiheit* steht in appellierenden Buchstaben darauf geschrieben. Etwas, das man sich kaufen kann, wenn man Geld hat.

Meine Halbschwester hat mir das Geld für den Rückflug gegeben.

Unmittelbar vor dem Polizeigefangenenhaus ist es unmöglich, die Straße zu überqueren. Meine ehemaligen Landsleute: Autofahrer mit Bleifüßen und Scheuklappen. Hundert Meter stromaufwärts ein Zebrastreifen. Österreich ist ein ordentliches Land, hier überquert man die Straße nur an den dafür vorgesehenen Stellen.

Dort also läßt man mich auf die andere Seite. In einer lächerlich kurzen Grünphase, aber immerhin. Da ist auch die Plakatwand durchbrochen, dahinter steht noch eine von den alten Stadtbahnstationen. Auch die Stufen, die zum Donaukanal hinunterführten, sind noch die alten.

Da fließt er also tatsächlich noch, der Kanal. Der Fluß meiner Kindheit. Erbssuppenfarben wie in meiner Erinnerung. Der Himmel darüber ist kalt, obwohl Frühling sein soll. Ich gehe stromabwärts. Bis zur Rotundenbrücke brauche ich ungefähr eine halbe Stunde.

Die schräge Wiese. Das Gebüsch unten am Wasser ist stark gelichtet. Man liegt oder sitzt schutzloser, Intimität wäre hier kaum mehr möglich. Ich setze mich trotzdem und schaue ins fließende Wasser. Ich schließe die Augen und sehe mein Holzschiffchen davonfahren.

Zwei Tage später wieder am Mississippi. Mit der Fähre nach Algiers, dann am Ufer entlang. Jener Fluß/dieser Fluß, ein Vergleich/kein Vergleich. Aber ich sitze und schaue ins fließende Wasser, da wie dort.

Peter's Point. Ist das nun endgültig mein Platz? *Am Pier sitz ich/Bier schwitz ich/und der Mississippi fließt unter mir.*

Das wird ein Blues. Die ersten vier Takte müssen etwas variiert wiederholt werden.

Erst war ich am Donaukanal/aber jetzt bin ich hier.

Im Ufersand Steine und Muscheln, unter die Kiesel geratene und integrierte Kohlestücke und Glasscherben.

Im ufernahen Wasser ihrer Funktion sehr entwöhnte Werftanlagen.

Pfähle, Drahtseile, Kabel, frei ragend und hängend.

Dieses Zurückrosten in einen fast schon wieder natürlichen Zusammenhang, in dem die Dinge ihre ihnen von den Menschen zugedachte Bestimmung nach und nach vergessen.

Ich gehe stromabwärts, meine Spuren im Sand werden nicht lang bleiben.

Schlepper ziehen vorbei und verursachen lang anbrandende Wellen.

Ich rieche das ölige Wasser und spüre den Wind im Gesicht.

Ich höre die Walstimmenmusik der Schiffssirenen.

Dann ein Stück Auwald: Im Dickicht brüllen von der Hitze enthusiasmierte Zikaden.

Rohrvögel piepsen mit mittagsschläfrigen Stimmen.

Von den Ästen hängen dicke Stricke mit sicherlich unauflösbaren Seemannsknoten.

Unversehens eine Feuerstelle: Fischgräten, leere Bierdosen.

Und dann der Mann, der mir im tiefen Uferboden entgegenstapft. Er erinnert mich an den Typ, der dem kleinen, miesen Hotel gegenüber auf dem Gehsteig gesessen ist. Damals, bei meinem ersten Blick aus dem Fenster. Am Morgen nach meiner nächtlichen Ankunft hier in New Orleans.

Bei jenem war ich allerdings nicht ganz sicher, ob er

schwarz oder weiß war. Der hier ist eindeutig schwarz, nicht nur solang er mir als Silhouette im Gegenlicht erscheint. Auch aus der nächsten Nähe. Hey man, sagt er, how are you doing, it's a hot day. Brother, sagt er, etwas enervierend vor mir hin und her wackelnd, have you got a cigarette for me?

Es ist ein heißer Tag, aber nichts gegen die Tage in Afrika, in Afrika ist es noch heißer.

Sure, sage ich, während ich in meiner Jacke nach einer letzten Zigarette suche. Das glaube ich sofort.

Obwohl ich noch immer nicht dort war, während mein Gegenüber dort gewesen zu sein behauptet.

Ein paar Monate oder Jahre war er dort. Trying to go back to the roots, if you know what I mean.

Ja, sage ich, ich glaube, ich weiß, was er meint. And have you found, frage ich, the Black Sea down there?

Er zündet sich die Zigarette an, verkniffenen Blicks. The Black Sea, sagt er schließlich und grinst. There is no Black Sea down in Africa.

Jedenfalls hat auch er nicht gefunden, was er dort gesucht hat. No, sagt er. Sorry. Afrika sei ein Irrtum gewesen. Not my land, sagt er. Definitely not my land. Too big. Too strange. Too hot. New Orleans is better.

New Orleans is better. Okay. Vielleicht hat der Mann recht. Joe wäre zweifellos seiner Meinung gewesen. Vielleicht gehe ich morgen auf den Friedhof, um mich bei ihm zurückzumelden. Heute will ich versuchen, Jenny anzurufen.

Hab ich Ihnen eigentlich schon erzählt, wie das damals mit meinem Vater war? Ich meine, mit dem Mister Meredith, den ich schließlich doch noch getroffen habe? Das war in meinem dritten oder vierten Jahr hier in dieser Stadt. Ich habe einen anderen Namen im Telefonbuch gesucht und bin dabei zufällig wieder auf den Namen Meredith gestoßen.

Das war wie ein Blitz im Kopf, jetzt, hab ich gedacht, oder nie. Ich wähl also wieder eine der Meredith-Nummern. Am anderen Ende der Leitung eine freundliche ältere Stimme. Hallo, sage ich, couragierter als ehemals, in meinem ersten Jahr, mein Name ist Peter Jarosch.

Einem spontanen Einfall folgend, hab ich nicht gesagt, daß ich meinen Vater suche. Ich habe gesagt, daß ich etwas über World War II-Soldiers in Deutschland und Österreich schreibe. Okay, hat mein Gesprächspartner gesagt, you've found the right man. In the first years of occupation I served in the 94th Infantry Division in Germany.

The right man! Mister Meredith konnte nicht wissen, wie diese Formulierung auf mich wirkte. Er war sehr entgegenkommend. Bereit, mich zu treffen. Zwar irritierte mich der von ihm vorgeschlagene Treffpunkt ein bißchen, zum Balkon des *Royal Café* wollte mir mein Vater, so wie ich ihn mir vorgestellt hatte, nicht recht passen. Aber anscheinend hielt mich Mister Meredith trotz meiner inzwischen assimilierten Sprache für einen aus Europa angereisten Journalisten, da wollte er mir New Orleans von seiner feinen Seite zeigen.

This fair and noble city. Am nächsten Abend saß ich also auf dem Balkon mit dem exquisiten Gußeisengitter. Wartend. Ich war, zugegeben, etwas zu früh gekommen. Die Terrasse des *Royal Café* war allerdings kein schlechter Platz zum Warten. Ich schaute auf die Straße hinunter und auf den bunt beleuchteten Eingang der Grocery an der gegenüberliegenden Ecke.

Es war wie im Kino. Nicht nur, weil ich diesen Blick tatsächlich aus Filmen kannte. Dort unten die Freaks, die vor der Ladentür herumlungerten, und da oben vor allem Touristen. Japaner zum Beispiel, die alles fotografierten. Die Skinheads, die Junkies, die Transvestiten, und natürlich die Musiker.

Klar, Musik gab es auch, nicht nur das dezente Gesäusel auf dem Balkon. Unten spielten drei Typen mitten auf der Straße. Die war vorn, gegen die St. Peter Street, mit einem Scherengitter abgesperrt. Gleich danach hatten sie eine Gitarrentasche auf den Asphalt gelegt, offen wie ein hungriges Maul.

Der Sänger, sehr black and blue, mit Lippen und Mundharmonika zu nah am Mikro. Mit einem gewissen Unwillen agierte der, einer gewissen, allerdings ironisch gebrochenen Renitenz. Eine Grundhaltung, die auch seine beiden Begleitmusiker – wie soll ich sagen: auszeichnete? Einen Bassisten mit gelbem Haar und zu verfilzten Zöpfen geflochtenem Bart auf der einen Seite und einen Gitarristen, dem ein trister Roßschwanz hinten und ein schläfriger Blick vorn hing, auf der anderen.

Der Baß des Bassisten war aus einem blechernen Schaff und einem Besenstiel plus locker hängender Hanfschnur gebastelt, klang natürlich kaum, deutete den Rhythmus eher visuell an, als daß er ihn akustisch realisierte, aber das hatte Methode. Die drei schienen davon auszugehen, daß es vor allem wichtig wäre, Energie zu sparen. Der Gitarrist hielt auf der E-Gitarre immer den nämlichen Akkord, was braucht man mehr. Und der Sänger und Mundharmonikaspieler rang sich nur mit großen Pausen zwischen den einzelnen Nummern dazu durch, zu singen und hohle Töne auf der Blues Harp zu produzieren, die ein bißchen an das Heulen eines streunenden, um die komische Traurigkeit der Existenz wissenden Katers erinnerten.

Was sollte man spielen? Sollte man überhaupt spielen? Für *dieses* Publikum? Sollte man es nicht lieber bleibenlassen? Die drei schienen sich diese Grundfragen vor fast jeder Nummer zu stellen. Einmal schleuderte der Sänger die Mundharmonika, die offenbar verspuckt war, mit sozusagen verschmitzter Wut ins Rinnsal.

Das zu beobachten hatte ich reichlich Zeit. Ich war zu früh gekommen, aber was Mister Meredith betraf, so schien er sich etwas zu verspäten. Ich hatte mir einen Aperitif bestellt, der war schon fast ausgetrunken. Ich sah mich um, doch außer mir saß auf dem Balkon kein Mensch dunkler Hautfarbe.

Vielleicht hatten wir einander mißverstanden, und er saß drinnen, in einem der Speisesäle. Ich machte einen kleinen Erkundungsrundgang. Nein. Dort schien keiner auf einen wie mich zu warten. Ich ging wieder hinaus auf den Balkon und bestellte mir einen zweiten Drink.

Und dann ging der Kellner herum und rief meinen Namen. Mister Jarosch, Mister Peter Jarosch! Und ich stand auf und ließ mich an den Tisch des Herrn Meredith führen. Und der Herr Meredith war weiß, sogar sehr weiß, mit rotblonden, schütteren Haaren und Sommersprossen.

Im ersten Moment schoß mir ein, daß meine Mamma mit ihrer der Tante Fanny gegenüber geäußerten Theorie vom überraschenden Ausbruch des schwarzen Pigments womöglich doch recht gehabt hatte. Mendelsche Erbgesetze, weiß der Teufel! Aber sehr bald kam ich von dieser abstrusen Idee ab. Herr Meredith war in den Jahren '45 und '46 übrigens gar nicht in Wien, sondern erst im Sudetenland und dann in München gewesen.

Er war trotzdem ein netter und freundlicher Mann. Der nicht ungern von jener Zeit erzählte. Ich hörte ihm höflich zu. Ich machte mir sogar Notizen. Mein persönliches Motiv, das zu unserem Treffen geführt hatte, gestand ich ihm nicht.

Als wir uns an der Ecke vor dem *Royal Café* verabschiedeten, spielten die drei Musikerkollegen noch immer. Oder schon wieder. Wahrscheinlich hatten sie zwischendurch eine Trinkpause gemacht. Jetzt lief ihr Programm womöglich noch stockender ab. Mit noch längeren Diskussionen vor den einzelnen Nummern.

Zu *Little Red Rooster* konnten sie sich schließlich doch durchringen. Aber die Laufkundschaft, die vorbeikam, war die Anstrengung nicht wert. Nur zwei Stromer hörten wirklich zu, die, mit leicht lallenden Stimmen über den gebotenen Blues fachsimpelnd, vor der Grocery auf dem Randstein neben ihren Bierflaschen saßen. Schließlich stand einer von den beiden auf, warf einen Dollar in die immer noch offenstehende Gitarrentasche, sagte: *thank you for playing St. James Infirmary*, eine Nummer, die weder vorher gespielt worden war noch nachher gespielt wurde, und setzte sich wieder.

DANKSAGUNG

Die Recherchen in New Orleans wurden durch die Hilfe von Wolfgang Unger, Ernst Aichinger, Melanie und Günter Bischof, Mary und Joe Logsdon sowie anderer freundlicher Menschen wesentlich erleichtert.

Ein Teil der Arbeit wurde durch das Elias-Canetti-Stipendium der Stadt Wien ermöglicht.

Den Schluß des Buches durfte ich in der Sala del Frantoio der Familie Simonelli in S. Quirico d'Orcia schreiben. Wofür ich Signora Tita Simonelli besonders herzlich danke.